饒宗頤著

文轍

選堂

（上）

臺灣學生書局印行

文轍小引

——文學史論集（中國精神史探究之一）

一九七九年，余編次史學論文，命名曰《選堂集林·史林》。其它有關文學、書畫、音樂、宗教等論著，亦吾國精神史之重要對象，將次第整理，繼爲文林、藝林等之輯，而卒卒未暇。本書所收長短論文，統六十餘篇，皆文林一類之舊稿也。念平生爲學，喜以文化史方法，鈎沈探賾，原始要終，上下求索，而力圖其貫通；即文學方面，賞鑒評騭之餘，亦以治史之法處理之。五十年來，講論所及，凌雜米鹽，亦有門人楠記，未忍刋削者，玆彙爲一帙，略依討論內容之年代爲次，用便省覽，題曰《文轍》，讀者視爲國史上文學演變之陳迹也可，視爲吾個人餘力學文經歷途轍之自白亦無不可。

一九九〇年七夕 **饒宗頤** 書於香港梨俱室

文輶（上）目錄

文輟（下）目錄

中國古代文學之比較研究

一、名號與文字

名號爲事物之稱謂，文字因之而孳生，文篇所由以構成，人類文明之基礎也。

近東開闢史詩發端云：

E-nu-ma e-*liš* La na-bú šá-ma-mu

Šap-*liš* am-ma-tum Šu-*ma* la zak-rat

英譯：When on high the heaven had not been named, Firm ground below had not been called by name.

天之高兮，　既未有名。

厚地之庳兮，　亦未賦之以名。

老子道經：

道，可道也，非恆道也；名，可名也，非恆名也。無名，萬物之始也；有名，萬物之母也。（故）恆無欲也，以觀其眇；恆（有）欲也，以觀其所噭。兩者同出，異名同胃（謂）。玄之又玄，衆眇之門。（馬王堆老子甲、乙本并同作「以觀其所噭」。羅振玉謂：徼，敦煌本作「曒」。朱謙之校釋：「理顯謂之曒。」觀眇、觀曒，以隱顯說之。通行本作「無名，天地之始」。惟史記日者列傳引與帛書同。）

近東史詩敍天地開闢即從無名（Šú-ma la　）說起（la 即否定詞之無），與道經言「無名，天地之始」最爲吻合。近東重神道，凡名號之生，皆出于神，故開闢史詩最上神 Marduk 即有五十名之夥，皆賦以神之號。從 ① Marduk, as Anu, his father (ancestor) called him from his birth (Tablet VI, 124)至㊿Father Enlil called his name Lord of the Land (T. VI, 136) 。由日主至於地主，皆錫以種種之名。

馬王堆甲、乙本道經并作「觀其所噭」及「異名同謂」，與通行本之作「觀其徼」、無「所」字大異。兩本悉同作「噭」，最可注意。而其義不易了解，茲試爲解說之。噭，說文云：「吼也。」

(玉篇引作吼。段注據文例改為「噭，口也。一曰噭呼也」。)噭蓋即叫。(龍龕手鑑：噭，音古弔反，鳴也。……與叫同。)觀其所噭，謂察其所稱呼也。董仲舒深察名號篇區別名與號爲二物。其言曰：

> 名號之正，取之天地；天地為名號之大義也。古之聖人，謞而效天地謂之號，鳴而施命謂之名。名之為言，鳴與命也；號之為言，謞而效也。謞而效天地者為號，鳴而命者為名，名號異聲而同本，皆鳴號而達天意者也。

又云：

> ……名衆于號，號其大全。名也者，名其別離分散也。號凡而略，名詳而目。目者，徧辨其事也；凡者，獨舉其大也。

號是大共名，名是散名；號是大凡，名是紐目。(大卽名號篇開端云「治天下之端在審辨大」之大。)循是以言，馬王堆老子云觀其所噭，猶言觀其所「謞」，卽指號，謂所稱呼之名號也。「莊子齊物論」之言天籟、有激(奚侗云：借為噭)者、謞者(釋文：謞，音孝，李軌虛交反，與效聲諧)、叫者、譹者，意指宇宙間之形形色色，謞而效天地，是謂之號。仝云「異名同謂 」，猶董子所謂「異聲而同本」，知老子道經首章實論名號之所肇始。由有無之義言之，「觀眇」出于恒無欲，眇者不可見，蓋指名號所涵之意義；「觀所噭」出於恆有欲，噭則有聲音可聞，有形體可見，當指名號所形成之語言及文字。今以董子解之，其義乃明。此章舊解緐賾，均與馬王堆本不切合。此一新義，賴出土資料得以知之。

印度梨俱吠陀之開闢史詩云：

Nāsad āsīn, no sad āsīt tadānīm.

英譯：There was not the non-existent, nor the existent then.

太初無無，亦復無有。（X 129, 1）

tāma āsīt tāmasā gūlhām agre ; apraketām sālilām sārvam ā idām.

英譯：Darkness was in the beginning hidden by darkness ;
indistinguishable, this all was water.

太初惟玄，復濳于玄（即玄之又玄）、何處非水，深不可測。（同上3）

kāmas tad agre sam avarta tādhi,
manaso retah prathamam yad āsit.

英譯：Desire is the beginning came upon that,
（desire）that was the first seed of mind.

欲所肇始，心之虇蕍。（爾雅釋詁：「權輿，始也。」王念孫以為其萌虇蕍之假音。）

水經注序：「天以一生水。」故水為物之先。水與長天一色，玄之為色，水與天之所同。tama存在于tama之中，非「玄之又玄」而何？kama（desire，欲）為心之第一種子。道經言從無欲到有欲，無欲則可觀微妙之意義，有欲則可觀有音形之名號。「欲」者心之第一種子，一切知識皆自此出也。試表之如下：

欲（心之第一種子）
- 無：觀眇—義之所存
- 有：觀所噭—可聞可見之名號

上說借吠陀以取譬解釋，非謂道經之義出自吠陀也。

周禮中關於名之紀錄甚多：

春官：「外史掌書外令……掌達書名于四方、若以書使于四方，則書其令。」

鄭注：「謂若堯典、禹貢，達此名使知之。或曰：古曰名，今曰字……」

夏官司馬：「中夏，教茇舍，如振旅之陳。羣吏撰車徒，讀書契，辨號、名之用。帥以門名，縣鄙各以其名，家以號名，鄉以州名，野以邑名。百官各象其事，以辨軍如夜事，其他皆如振旅。」

大行人：「九歲屬瞽史諭書名。」

鄭注：「書名，書之字也；古曰名。」

儀禮聘禮記：「百名以上書于策，不及百名書于方。」

鄭注：「名，書文也；今謂之字。」

管子君臣篇：「戈兵一度，書同名，車同軌，此至正也。」禮記中庸作「書同文……」。

秦始皇瑯邪刻石：「書同文字。」

鄭注：「或曰：古曰名，今曰字。」此示爲別一說。名與文字二者可以互用，知者：合上三條觀之，名與文及文字當是一事。故孫詒讓云：「審聲正讀則謂之名，察形究義謂之文，形聲孳乳則謂之字；通言之，則三者一也。」（周禮正義卷五十二）鄭注于論語子路篇「必也正名乎」亦解曰：「謂正書字。古者曰名，今者曰字。」鄭說貫通禮書，以爲名即是文字。清錢大昕、俞正燮、臧琳等，多韙其說。（見臧琳「經義雜記」、錢大昕「潛研堂答問」、俞正燮「癸巳存稾」。）

按加上一動詞之「書」字則曰「書名」，或曰「書字」，有下列諸項：

諭書名——大行人瞽史

達書名——外史所掌

正書字

「諭」是教學之事（老子「譬道之在天下」，說文「譬，諭也」），「達」是傳達之事，「正」是校訂之事，任務不同。隋志經小學類有「正名」一卷，書佚（廣韻二十七合引）。近日臨沂出土婺（務）光殘簡有云：「大婺光曰：名不正不立。讓於事則小識不。」（下缺）務光乃答湯問，則正名蓋先殷之舊說也。

大司馬之職掌，在仲夏時，須「讀書契，辨號名」。鄭注：

「讀書契，以簿書校錄軍實之凡要。號名者，徽識所以相別也。鄉遂之屬謂之名，家之屬謂之號，百官之屬謂之事……。」

此謂習兵之法，要注意冊籍，及辨別徽號。

說文名字下云：「名，自命也。从口夕。夕者，冥也。冥不相見，故以口自名。」戴侗引周官辨號名之用，以辨軍之夜事。「莫夜則旌旗徽識不可辨，故必謹其號名以相壹，名之文所以从夕也。」（六書故第十一）彼申名字从夕之義，以司馬夜事戒備證之。茇舍，草止之所，無險要可禦，故特慎之。齊語云：「夜戰聲相聞……。」六韜敵強篇：「敵人夜來，當明號審令，……或擊其表裏，徽號相知……。」在夜戰期間，須自己報名，方不引起誤會，是冥不相見，以口自名，當出於古兵法。（冥亦假借為鳴。道經二十一章：「幽兮冥兮。」馬王堆甲本作「澩呵鳴呵」，借鳴為冥。）

名之使用，古書均云出于聖人：

　禮記祭法云：「黃帝正名百物。」

　書呂刑：「禹平水土，主名山川。」

　列子湯問：「伯益知而名之，夷堅聞而志之。」

說文「名，自命也」一義蓋用禮祭統語：「夫鼎有銘。銘者，自名也；自名以稱揚其先祖之美，而明著之後世者也。」段注以爲許之所本。

　周禮小祝：「故書作銘，今書作名。」

　士喪禮：「古文作銘，今文皆為名。」

甲骨合集19617骨版：「𢦏其名……𢦏其名。」「名」字三見。此處名似是作動詞用。又19108：「乃作㞢。」驗之銅器彝銘：

　邾公華鐘：「鑄其龢鐘，□□……吝（慎）為之名，元器其舊。」

　楚公逆鎛銘：「氒(厥)格曰亡𣏟八(克、又作㠯)……」（金文通釋40）字从木，作格。

　屭羌鐘：「用明則之于銘。」

　秦公鐘：「乍叔龢（鐘）氒名曰哲邦……」（薛氏7・2）

　吉日劍：「朕余名之，謂之少虡。」

　中山王嚳鼎云：「隹十三年中山王嚳詐鼎于銘曰……」

　「明火之于壺。」「明則」者，劉節謂：「則，刻劃也。」說文：「等畫物也。」刻之于銘，著己之勞伐，以垂子孫也。

銘亦作名，或作格，从木；又作詻，从言。島根縣大原郡出景初三年鏡：「母（毋）人詻之。」又大阪和泉市出土十四字鏡云：「陳是（氏）作詻。詻之保子宜孫。」

早期銅器銘辭只有一二字或三數字者，實即祭統所云「自名」之「銘」。此類最簡單之銘文，向來有文字畫說及族徽說（或稱為原文字）。前者失之支離，後者病于籠統。如細作分析，不出㈠私名、㈡氏族名、㈢地名、㈣官職名、㈤祖先，諸名之結合。

余謂稱之爲「族徽」，不如用周禮之「徽識」，較爲恰當；因徽識不限于氏族一類而已也。

周禮司常注：「事、名、號者，徽識所以題別衆臣，樹之於位朝，各就焉。」可見事、名、號三者之相互關係。

夏官所辨之號名，表之如次：

鄉遂——名　州長至比長　如東門（裏中）　桐門　西門（慶）
　　　　　　　　　　　　東鄉（眼）　南鄉（甄）

家——（采地）——號

百官——事

在國——表位

在軍——象制

殷人立國多方，卜辭所見，方名特多。周禮夏官有職方氏（主四方職貢）、土方氏（主四方邦國土地，掌致日景）、懷方氏（主來四方之民物）、合方氏（主合同四方道路之事）、訓方氏（主教道四方之民）、形方氏（主制四方邦國之疆界）。

訓方氏云：「掌道四方之政事，與其上下之志，誦四方之傳道。正歲則布而訓四方。」鄭注：「道，猶言也；爲王說之。方，諸侯也；上下君臣也。」又：「傳道，世之所傳說往古之事也；爲王誦之。」楚辭天問云：「遂古之初，誰傳道之？」莊子盜跖篇：「此上世之所傳，下世之所語。」傳道即今人所謂 Oral tradition 者也。周官中有此專職，網羅四方傳說爲王誦之，其任務爲「道四方之政事……」。此之「道」，即老子言「道可道」之第二個道字。釋名釋言語：「道，導也；所以通導萬物也。」以此語解老最合。道家出于史官，老子爲周柱下史。世本云：「籛鏗在商爲周守藏史，在周爲柱下史；一云，即老子也。」（逍遙遊釋文引）周官外史掌達書名于四方，又御史則掌藏書。老子于道經開端即云「道可道」，「名可名」者，以道與名駢擧，而歸于「大道」、「無名」。此超級之道與名、所以別於訓方氏之傳道及一般可以嗷稱之名，其說雖出史官，而比史官更推進一步矣。

馬王堆乙本經法「論」篇言：「審三名以爲事。一曰正名立而偃，二曰倚名法而亂，三曰強主立而无名。三名察，則事有應矣。」管子樞言：「名正則治，名倚則亂，无名則死，故先王貴名。」論名有三，而察名之論，導董子之先河。

名與天地同生。董子云：「效天所爲，爲之起號。」又稱無論大名之號與散名之名，「無有不皆中（合）天之意者」。如是則「事各順于名，名各順于天」，則「天人之際，可以合一」。司馬遷傳其學。史公報任少卿書言：「究天人之際，通古今之變。」實即本諸董生正名號之說。深察名號篇又云：

> 名生於真，非其真弗以為名。名者，聖人所以真物也，名之為言「真」也。故凡百譏有黮。

黮者，各反其眞。則黮黮者，還昭昭耳。欲審曲直，莫如引繩；欲審是非，莫如引名。名之審于是非，猶繩之審於曲直也。

此爲董子至精之言。名即是眞。返黑暗于光明，有賴于正名之事，而謂之曰引名。以引繩取譬，引名有如引繩，則曲直自見矣。說文學冥不相見，必自呼名，亦由黮黮以還昭昭之義。故正名之務，在於反眞。反眞必須覈名實，正名分。名從天生，皆合天意。效天所爲以起名號，反乎其眞，則合天道。此即所謂「究天人之際」。「春秋辨是非，故長于治人。」西漢人講正名，至董仲舒、司馬遷可謂十分精彩。其說尚保存于春秋繁露。東漢詁經家如鄭玄解正名爲正書字，雖有合於禮，而黯於大義，故不免蘇輿之譏。其實名之所包，文字特其一端耳。

釋名釋言語：「名者，明也；名實事使分明也。」「號，呼也；以其善惡呼名之也。」明時呂柟重刊釋名，有後序云：「欲知義而不辯言，則于義不可精；欲辯言而不正名，則于言不能審。」「故名猶明也，釋猶譯也、解也。譯而明之，以從義而入道也。」清代漢學以戴東原明道必先通詞爲把柄，實則呂氏已先言之矣。

世但知孔子論正名。徐幹中論引子思曰「事，自名也；聲，自呼也；貌，自眩也；物，自處也」（貴驗篇），以申求己之義，是子思亦論「名」。今由臨沂出土新資料婺光殘簡「名不正不立」之語，知「正名」是殷人之舊學，淵源甚遠。孔子及其門人與後之爲春秋學者張皇而光大之。

漢志：「名家者流出于禮官。名謂不同，禮亦異數。」蓋「辨名正物」爲禮之大端。（儀禮喪服傳：「名者，人治之大者也。」）故儒、墨、名、法諸家，均摭取其義。道家以「禮爲忠信之薄，而亂之首」，故主張無名。老子道經之末章云「道恆无名。侯王者能守之，萬物將自化。化而欲作，吾將闐（鎮）之以无名之朴，夫將不辱。不辱（通行本作「不欲」）以靜，天地將自正」（馬王堆乙本《道》最末一條），與開端「无名，萬物之始」相呼應。有欲之生，則以「無名之樸」鎮之。道經「萬物歸焉而弗爲主」，則所謂「恆无欲也」。由有欲歸於無欲，不觀其所噭而觀其眇，如是則反乎無名之朴，而天地將自正，以宇宙本來即是如此也。（司馬談習道論於黃子，論六家而歸於道術。故曰：「乃合大道，混混冥冥，光燿天下，復反無名。」與史遷異趣，可以見之。）由有名而返於無名，爲古代中國道術之關鍵，儒與道之分歧在此。論名、號之發展，宜首先注意；否則無從了解古代中國文學之思想基礎。

二、詛盟與文學

文學作品表現手法，大抵不出抑與揚二途。抑即是從反面來作文章：諷刺及詛咒是也。諷刺（irony）有時用反面之語言（speaking by contraries），來引人入勝。老子所謂「正言若反」，是一種特別技巧。揚即歌頌方面，而皆以夸飾爲美，否則無文學價値可言。中國古詩六義有風、雅、頌三體。風，諷也，近於反面之抑；頌者，美盛德之形容，側重於揚；雅者，正也，用以言政事，抑揚之手法皆有焉。

古代以神道設教，文學作品，頌占最重要之地位。近東、印度遠古之文學，以頌讚(hymns)爲多。西亞巨神曰marduk，即由Mar（accadian語為兒子）＋utu（日），義即太陽之子（J. Bottéro說）。埃及對太陽之崇拜亦極隆重，Aton（圓形之太陽）爲宇宙唯一之神。其頌詩見「有關舊約之近東古代文獻」（頁三六九—三七一）。希伯來文學頗受其影響，於舊約第一○四號讚詩可以見之。

山海經在「大荒東經」及「大荒西經」中記載日月所出與日月所入之山，有種種不同之名稱（森鹿三教授列出有十四名）。如「孽搖頵羝」（上有扶木）、「鏖鏊鉅」，似是漢代輸入之外來語，無從稽考。中國古代雖有十日竝出、若木、羲和諸神話，但文獻上對於太陽幷無專篇之頌讚。九歌「東君」乃與河伯、山鬼竝列。周代祭日有祝辭，見於大戴禮公冠篇云：

明光於上下，勤施於四方，旁作穆穆。

孔廣森云：「此朝日辭。」尚書大傳載東郊迎日辭與此相同。陳壽祺云：「此二語古有是語，成王以之贊美周公，謂公德如日月之照臨也。」考尚書洛誥：「惟公德明光於上下，勤施于四方，旁作穆穆，迓衡不迷。」語與此同。（魏文帝延康元年詔引作：「御衡不迷。」）可見此祝辭乃摘取尚書成句。文心祝盟篇：「是以庶物咸生，陳於天地之郊，旁作穆穆，唱于迎日之辭。」亦引是語，而不知其乃襲用尚書。古代漢俗日月竝重，封禪書齊國八神中有日主、月主，幾乎處於同等之地位。西安出土漢磚文：「延年益壽、與天相侍、日月同光。」九章涉江：「與天地兮比壽、與日月兮齊光。」歌詠日月，用以擬人，每借喻人主之威德，不似西亞、波斯以日爲至高無上之神明，頌讚之篇，車載斗量也。

詩三百篇，周、魯、商頌，皆重人事，非自然神之頌讚。頌本容字，祇是形容祖先及人主之盛德。在祭祀上，配合樂與舞，故樂器有頌琴頌瑟（詳藏鏞拜經堂文集「頌釋」一長文）。頌以過分頌揚，令人生厭，文學價値不高，今不欲詳論。惟諷刺及詛咒性之文篇，最爲動聽。風之爲諷，世多熟悉，茲專談盟詛問題。

詩小雅節南山之什，詩序皆以爲刺幽王之詩。「家父作誦（說文「誦，諷也」），以究王訩（爭訟也）。式訛（新語引作「化」）爾心，以畜萬邦。」對王深加責備，而冀其有所悔改。惟「何人斯」一篇，詩序云：「蘇公刺暴公也，暴公爲卿士而譖蘇公焉，故蘇公作是詩以絕之。」其句云：

> 及爾如貫，諒不我知。出此三物，以詛爾斯！為鬼為蜮，則不可得。有靦面目，視人罔極。作此好歌，以極反側。

此爲絕交詩。不止規諷，直是詛咒。毛傳云：

> 三物，豕犬雞也。民不相信，則盟詛之。君以豕，臣以犬，民以雞。

周禮春官詛祝云：「詛祝掌盟、詛、類、造、攻、說、禬、禜之祝號。」鄭注：「八者之辭，皆所以告神明也。盟詛主於要誓。大事曰盟，小事曰詛。」詛祝之文辭共有八類，皆爲告神明之作。盟與詛之分別，在于大事曰盟，小事曰詛。

神權時代，人類喜詛咒于神，使詛咒之惡果降於敵人之身。在西亞最有名之Hammurabi法典，最末一段全以詛咒之語言出之，爲古今極精彩之詛辭。茲摘漢譯數句於下：

> ……願衆神之父賜我統取權力之大神Anu，褫奪其光輝，翦除其王笏，詛咒其命運。……詛咒其本人，詛咒其子孫，詛咒其國家，詛咒其戰士，詛咒其人民及其軍隊。願（大神）Enlil以其金口玉言大聲詛咒之，并立使其詛咒降臨厥身。

反覆用無量數之詛咒（azāru）字眼，足以令人震駭！現存中國此類文字，有宋時初見於著錄之秦告巫咸詛楚文。蘇軾鳳翔八觀詩始記之，王厚之爲作音釋，章樵「古文苑」載之，謂詛楚文。近世出土者有三。摘數句如下：

有秦嗣王敢……告于不顯大神巫咸，以底楚王熊相之多辠（罪）……今楚王熊相康回無道，……不畏皇天上帝及不顯大神巫咸之光列（烈）威神而兼倍（倍）十八世之詛盟，……唯是秦邦之羸衆敝賦……應受皇天上帝及不顯大神巫咸之幾靈德賜，克劑（制，亞洍本作劑，翦也）楚師，且復略我邊城。敢數楚王熊相之倍盟犯詛，著者（諸）石章，以盟大神之威神。

持與西亞法典比較，不啻小巫與大巫之比。近東、遠東，古代皆有詛祝文學，殊覺有趣。

盟詛之手續，周禮秋官司盟云：「掌盟載之法。……北面詔明神，既盟則貳之。」西周㚇𣪕云：「邵（昭）朕福盟。」魯侯爵：「用隮自□盟。」盟字从血，示殺牲于明神之前。文心祝盟篇：「盟者，明也。騂毛白馬，珠盤玉敦，陳辭乎方明之下，祝告於神明者也。」

方明之制，見于記載，殷已有之。伊訓佚文云：「惟太甲元年十有二月乙丑朔，伊尹祀于先王，誕資（咨）有牧方明。」（漢書律曆志引）御覽引三禮圖：「方盟木，方四尺，設六色。……方盟者，上下四方之神明，天之司盟。」覲禮云：「拜日于東門之外，反祀方明。加方明於壇上。」方明木代表上下四方。鄭注引六玉以說之，又列日、月、山川不同明神及其等次如下：

日——王巡守之盟，其神主日。

月——王官之伯會諸侯而盟，其神主月。

山川——諸侯之盟。

會盟必於方明之前者，表示天地四方共同鑒臨。盟約之事，神明共鑒之，無敢或渝。

近年山西侯馬出土大量盟書，共千餘件，用作祭祀之玉幣極多。此為晉趙鞅殺趙午之事。盟辭中涉及九氏二十一家。其載書慣語云：「及群虖（呼）明（盟）者，虘（吾）君其明亟䙺（視）之，麻蹇非是。」「麻蹇非是」一語，說者謂即公羊之「昧雉彼視」（襄二十七年）。對於古代盟詛之實際情況，已極明瞭。所謂用騂毛者，侯馬玉璧上墨書「羍義」字樣。詩閟宮：「享以騂犧。」鄭注：「其牲用赤牛純色。」足見盟牲用騂。

禮鄭注云：「盟詛主于要誓。」要為契約，字亦作纆，有專職司之。散氏盤銘末記：「厥左執纆，史正中農。」仲農史官署名，示執契以為公證人。要誓與盟約，其事不可分。左傳稱述極繁，曰要言，曰要盟，其語習見。舉例論之：

左襄九年傳：荀偃曰：改載書。公孫舍之曰：昭大神要言焉。若可改也，大國亦可叛也。

又：楚子伐鄭，子駟、子展曰：……要盟無質，神弗臨也。所臨惟信。信者，言之瑞也，善之至也。……

春秋於盟必書，穀梁傳隱八年盟于瓦屋下云：「諸侯之參盟于是始，故謹而日之。誥誓不及五帝，盟詛不及三王。」楊士勛疏：「周公制盟載之法者，謂方岳及有疑會同始為之耳。不如春秋之世屢盟，故云不及三王也。」周衰屢盟，直以要盟為兒戲，故春秋譏之。然則盟詛之事，極為慎重。三王之所不及，要以昭諸大神而莫爽，否則明神不臨，以其言之無信也。

由於對春秋以來詛盟陳辭之禮制，與要言必昭告于大神等意義之了解，可幫助吾人進一步對屈原離騷之作意，得到合理之解釋。「濟沅湘以南征，就重華而敶辭」者，猶之「陳辭于方明之下」，剖告于神明也。「巫咸將夕降兮，懷椒糈而要之」，此「要」字極重要，亦以昭告大神巫咸而要言焉。此巫咸仍是詛楚文之不顯大神巫咸，秦與楚詛盟所共禱告者也。清錢兆鵬精於周代史事，作巫咸論（述古堂文集十一），謂巫咸與子巫賢幷殷賢臣。近年湖南發現商代遺址不一，證明殷時方國，南及湘境。巫咸地理，山西及越、湘皆有古跡，足見屈子所言之巫咸，可能與彭咸同指殷臣。

劉勰嘗謂招魂爲「祝辭之組纚」，說者據此加以推衍，以爲古代宗、祝、巫、史有相互關係，遂目楚辭爲巫祝之文學。復以比附通古斯之薩滿教。亦有視屈原爲巫長者矣。然彥和此篇，實以祝與盟駢列。其論盟之大體云：「祈幽靈以取鑒，指九天以爲正，感激以立誠，切至以敷辭。」以之說騷，最爲恰切。因離騷之作，旨在表明「耿吾既得此中正」，掬肝瀝誠，以邀天地四方明神之共鑒。（屈原爲楚同姓，義無他適。近賢考三閭之屈姓人物甚備。余於湖北見一九七五年湞陽出土銅簠，銘云：「屈子赤角爲次女屈璜作。」爲春秋屈姓之器。）其云「相觀民之計極」，「相覽觀于四極」，與詩皇矣之「臨下有赫，監觀四方，求民之莫」，曾無以異！春官詛祝所掌，告神明有盟詛等八者之辭，而大祝六祈則有祠命等六辭，皆辭之類也。不知說者何以有見于祝，而無見于盟耶？離騷長至三百七十二句，自「豈余心之可懲」以下，行文曼衍夸飾，盡馳騁之能事。觀乎四荒，上下求索，其寫作手法、布局蓋有取于方明，以上下四方爲謀篇經緯，構成如是長文。尋其中心思想，亦如惜誦之「指蒼天以爲正，令五帝以枏中，戒六神與嚮服」。六神者，一說謂即上下四方之六宗。文中再三敷辭，陟降上下，冀天地之鑒臨，昭大神以要言，明其忠貞之志，其事義與盟正相似。故離騷者，可謂屈子祈天神昭鑒之盟辭也。故友陳世驤教授嘗摭取離騷中言「時」數句，討論屈賦中之時間（time）觀念。鄙意屈賦騁辭及於上下四方，實模仿方明。招魂因之。文中有空間（space）觀念，其重要性不次於時間，惜尚無人加以抉發耳。

司馬遷謂「屈子之作離騷，蓋自怨生也」。此如孟子稱「詩小弁之怨，爲親親也」。「詩可以怨」，騷亦出于「怨」。此蓋受譖蒙謗者，鳴其不平，且自剖白，以明其心志。釋名云：「盟，明也；告其事于神明也。」離騷之作，亦此意耳。（又九章王逸云：「章者，著也、明也。」義復如是。）斯義既明，知屈子此文，質之天地以爲正，要之靈巫而不渝，「亦余心之所善兮，雖九死其猶未悔」。彼特假靈巫以道志，其人不必爲巫，其文亦不必隸屬於巫祝也。如是方可有得于作者之用心，庶免于拘泥。

至於「小事曰詛」一類之文學作品，劉勰已擧出「後之譴呪，務于善罵，惟陳思誥咎，裁以正義」。此類製作，至明、清尚有其例：黃石齋駢枝別集有「自詛」之篇。（略云：「余有悖德者四，反性者六，爾跽泥首，聽吾詛爾……」評其文者云：「……陸隱何巢，舟藏靡壑，處則不知所託，行則不知所之。悠悠蒼天，彼何人哉！黃子所以自詛也。」）胡天游有詛雨師之文。（見石笥山房文集。略云：「豈黔罪宜于是罰，俾帝怒無佚，抑有以致之者歟？人氣愁苦，孰原其由？訥訥沓興，罔敢天誹，惟雨嶽是聚，乃詛而訊之。……誰爲汝爲澤，惟實予敵；誰爲女爲霖，惟獨予寃。……」）皆奇詭可誦。亦有以訟代詛。如韓愈之訟風伯文，明太祖深不以爲然，爲文辨之曰：「風張天地之威，乃天地之正氣，國家載在祀典。愈以風託比奸邪，作文譏之，殊爲慢神矣。」（明太祖文集）彼以人主之立場，主張必欽天畏地，謹人神而不可慢神。我恐退之讀之，必不服氣，未必首肯之也。

三、史詩與講唱

印度史詩之來源，據說出于讚誦（kirtana）。大抵分爲故事與唱歌兩部份節目，在廟中唱導。大戰書摩訶婆羅多即由此而產生。由于伶工到處遊行說唱，代代口耳相傳，遂成爲史詩。

佛家之本生經故事，亦施於講唱。自東漢末翻譯，傳入中土，唱導之事亦復興起。傳說有曹植魚山梵唄之事。（近年東阿魚山有曹植墓碑出土。見「文物」一九七九、五。惜所記至略。）梁高僧傳云：「原夫梵唄之起，亦兆自陳思。始著太子頌及睒頌等，因爲之製聲，吐納抑揚，並得神授。今之「皇皇顧惟」，蓋其風烈也。」（經師傳論）所謂睒頌，即吳康僧會譯六度集經卷五忍辱無極章第三之睒菩薩孝感動天之故事。原出于Syāma仙人本生（Jataka），即洛陽伽藍記所載之閃子供養父母。自三國以來，因譯者灌輸強烈之孝順觀念，與漢廷提倡孝道互相配合，故傳播極廣。慧皎舉出曹植二文，均不見于明人編纂之曹集。（陳寅恪疑爲僞託。見「四聲三問」。）然宋武帝時，與著「京師寺塔記」（似是第一部伽藍記）之釋曇宗同住於秣陵靈味寺之釋僧意。其人善唱說，慧皎稱其「製睒經新聲，哀亮有序」（高僧傳十三唱導）。則魏晉以來，爲睒頌製聲，大有其人。此猶在南齊竟陵王之前也。

此種在神廟宣唱之習慣和 Gātha Nārāśamsī（偈頌）組成之文體，可以隨意擴大。印度人講故事隨時插入詩歌，用一邊講一邊唱之表達方式，表現於佛經中爲散文與偈頌雜陳。通過翻譯傳入中國，引起一般僧人及文士之注意和仿效。睒頌新聲必是其一例。睒子故事西方學人認爲即是羅摩延那（Ramayana）中羅摩之父十車王（Desaratha）射死隱士獨子故事所演化。羅摩延那與大戰書都由歌唱之紀事詩與抒情短詩組合而成，因爲唱時有增有減，時地不同，流傳之唱本長短復有差異，寫成文字便形成許多不同之傳本。

希臘荷馬史詩原亦是口頭流傳，逐漸踵事增華，紀錄下來，遂成萬行以上之巨著。法國 Georges Dumezil 論 Myth 與史詩及小說有書多種。彼分析史詩有三型：un héro（英雄）、un sorcier（巫靈）、un roi（王）。其理論自成一套，很是動聽。此以論印歐語系之史詩則可，若以論漢語之古代資料，則未甚適宜。古代中國之長篇史詩，幾付缺如。其不發達之原因，據我推測，可能由於：㈠古漢語文篇造句過於簡略，㈡不重事態之描寫（非 Narrative）。但口頭傳說，民間保存仍極豐富。復因書寫工具之限制及喜藝術化，刻劃在甲骨上，鑄造於銅器上，都重視藝術技巧，故紀錄文字極爲簡省。即施用于竹簡長條上，亦不甚方便書寫冗長辭句，不若閃族之使用羊皮可作巨幅。及至縑帛與紙絮發明以後，方可隨意鈔寫長卷。

有人謂歐洲文體，漢文學皆有之；惟史詩爲例外。然中國非無史詩，其侈陳寓言，講說故事，嘗經發展爲縱橫家之「說」。陸機文賦云：「說煒曄而譎誑。」李善注：「說以感動爲先，故煒曄而譎誑。」譎誑可作寓言看，煒曄可作危言看。莊子一書，實亦「說」之一型，極盡夸飾之能事。其流衍爲賦，賦發展至於庾信之哀江南賦，可以看作詞藻繁縟之一種史詩，與印歐之史詩文學實異曲同工。

至於保存於口語流傳民間之文學作品，許多尚未筆之於書。西藏史詩格薩爾（Gesar）據一九六二年統計，民間流行便有一百五十多種，有八百萬字（青海民間文學研究會調查）。文備衆體，有說有唱，散行與韻文均見，極近於印度史詩。以前法國 R.A. Stein 教授有專書介紹。其唱出之樂調，M. Helffer 亦有詳細研究。此史詩現已有中文譯本。蒙古亦有民間史詩「格斯爾可汗」（一九六三年北京中文譯本）。其他西南邊疆少數民族之口傳史話，尤爲豐富。以前丁文江爨文叢刻中之「宇宙源流」，凌（純聲）、芮（逸夫）、李（霖燦）諸家之整理苗族、麼些文獻，李方桂發表之貴州水家口語，以及近年雲南省民族民間文學組譯刊之納西族民間史詩的「創世紀」，彝族支系「阿細的先基」（Sei ji 意義爲歌）等等，皆有開闢史詩，可供研究。僮族有特康射落十一個毒太陽故事（見「廣西僮族文學」），水家傳說有十二個太陽與十二個月亮，似乎同于山海經。惟又出現玉皇、吳婆等名字，及「道光新來」之語（見一九頁附錄）。可見其逐漸增加，有極晚出之材料。史詩之形成，口口相傳，隨時畫蛇添足，自是如此，毫不足怪。

關於上帝造人之故事，最早見於西亞之開闢史詩（Enūma eliš, when on high）第六版。上神 Marduk 之語曰：

Blood I will mass and cause bones to be, I will establish a savage,
'Man' shall be his name. Varily, Savage-man I will create. He Shall be
Charged with the service of the Gods, that they might be at ease.

（據 E.A. Speiser 英譯）

予將摶其血而畀其骨兮，
予將置僕豎，而命之曰「人」。
予將真正創造此「僕——人」，使其安心服事于神。

其造人之經過，乃拘繫Tiamat之餘黨，執之於大神Ea之前，加之以罪而歃其血，以其餘瀝塑造人形焉。如是人之塑造乃出於叛逆者之血，此人所以有原罪而永遠得爲神之僕役，在上帝之面前，人只有俯伏戰慄。舊約之書，世所共悉，今不具論。若漢土則造人之說始于女媧。東漢應劭風俗通云：

俗說天地開闢，未有人民，女媧摶黃土作人。乃引繩于絚泥中，舉以為人。（太平御覽七八皇王部引）

人乃由泥土造成，與西亞謂出於瀝血不同。漢代有古帝感生說，乃對統治者受命之由來，提出特殊解釋；緯書尤其代表。然衡之民族學家調查所得，多有類似者，略見下表，不欲詳論。

人類誕生	古傳說	民間口傳
土造人	見風俗通	
鳥生人	商頌「玄鳥生商」	台灣泰雅族
石生人	蜀王本紀禹生石紐	台灣魯凱族、婆羅洲亦有之
樹生人	楚辭伊尹生于空桑 又竹王故事	貴州花苗、菲律賓
蟲生人	漢高祖母劉媼夢與龍遇	台灣布魯族

西亞神話之Tiamat，閃語義爲溟海（La mer）。其神屢次搆患，使天下不安，頗似漢土神話中之共工振滔洪水爲害。及女媧積蘆灰以止洪水，殺黑龍而濟冀州（淮南子覽冥訓），始恢復天地之秩序。邃古衆神相爭之傳說，各處多相同。楚辭天問：「康回憑怒，地何以故東南傾。」淮南子言共工與顓頊爭爲帝，怒觸不周山，以致天傾西北，地不足東南。而南印度神話乃謂Siva與Parvati在Kailasa結婚時，諸天齊集，不勝重負，而地乃傾斜于北方。Siva乃命Agastya（傳說稱其製Tamil文法。今Podiyil hill尚有洞窟文字，說者謂與彼有關）步至南方，使其均衡。其地即今之Madura。南印地傾之說與漢土天傾相類似。麼些史詩之創世紀亦有「天不圓滿，用綠松石來補；地不平坦，用黃金來鋪」之句。又天問稱：「女媧有體，孰制匹之。」王逸注：「傳言女媧人頭蛇身，一日七十化。」曹植女媧贊稱其「神化七十，何往之靈」。郭璞大荒西經注亦云：「女媧一日中七十變。」女媧之爲人面蛇身，漢賦及畫像石已獲證明。淮南子說林訓言：「此女媧所以七十化也。」如是其說已流行於西漢。按七十化之說頗近印度之言化身神變。康僧會翻譯之六度集經，佛對比丘說：「睒子者，吾身是。」凡本生扮演之主角，悉爲佛陀之化身。故法華經普門品觀世音有三十二應化身。後來道教徒揑造之老君十六變詞十八首（伯希和目二〇〇四），老君亦有無窮之變形。女媧爲造人之大聖，自然可以在一日中七十化，與佛陀、老君相同。女媧神話起于西南，苗族稱之爲Kueh。何以天傾及七十化等說，與印度極相類似？其間關係如何？有待于深入研究。開闢史詩，瑤族所傳者謂：「七日七夜洪水發，胡蘆浮上到天門；七日七夜洪水退，胡蘆跌落到崑崙。山上樹木水淹死，世上全無一個人，尚剩伏羲兩兄妹。……從此兄妹便成婚。」（民間文學一九六二・一・九六）考之獨異志：「宇宙初闢之時，只有女媧兄妹二人在崑崙山，而天下未有人民。議以爲夫妻。」西南苗、傜系統之洪水傳說，大抵皆與此相同。此類保存于口頭文學者，亟須記音幷作綜合研究。聞一多伏羲考已開其端。唯世界洪水（Déludes）神話幾乎各處皆有之。巴比倫則見于 Gilgamesh 史詩（Tablet XI）及 Sumerian, Atrahasis 殘簡，希伯來聖經見于創世紀。其他，Bènose, Abyden 希臘、敍利亞皆有洪水故事，已詳 G. Contenau 所著書。中國洪水傳說，散見于古書，只存片段。雖經馬伯樂整理，實不足目爲史詩。後代演繹禹治水故事，踵事增華，又有唐人之「古岳瀆經」（太平廣記四六七題作李湯，似出李公佐），嗣又演爲無支祈故事。（稱其被禹鎖于龜山足下。葉德均著有「無支祈傳說考」。）更後有人著「大禹治水」小說，六十卷，一百二十回（山陰沈嘉然著），其書失傳。中外洪水史詩、神話，其間異同、分合之故，尚須作全面爬梳整理，希望有人加以從事。茲略論其大概，以供參考。

荀子作成相篇，可算是一種非長篇之史詩。用三、五、四、三句式之唱詞，必吸收民間說唱之史詩雛型。然步武者甚少。清盧文弨謂其體爲後世彈詞所自出，其說可信。元時有說書臣錢天祐者，撰「敍古頌」，上表自言「效荀卿成相之體爲之」。共八十章韻語。其句式即循成相之舊規。舉其末段宋元事：

杜鵑啼，兆禍基。安石招出金馬來。幹離虎視，二帝青衣。良可悲。

憶中原，幾變遷。代與代廢何可言。六合無外，航海梯山。歸大元。

全書存於永樂大典古字號（卷一〇八八八），似尚未有人加以引述。明楊愼謫居雲南，作「歷代史略詞話」，分十段，起總說，訖于說元史。每段先繫西江月或蝶戀花，再用一絕一律幷七言句詩，作爲說明，體裁已近戲文。然本身主要詞句是三三四句式。如云：

一段詞，一段話，聯珠間玉。一篇詩，一篇鑑，帶武兼文。

實仍是承襲成相講史一路。

講唱文學至於唐宋，又有重要新發展。唐人講一枝花話（鄭元和遇李亞仙故事），自寅至巳，猶未完畢（元稹詩）。武平一論當日妖妓、胡人、街童、市子，呼歌舞蹈，謂之合生。其時僧徒講唱自成一套，所謂文溆之「和尚教坊」，世所共悉。蓋自佛教傳入以後，一方面佛家神通事蹟，爲人吸收，開出六朝以來神怪小說一新路；另一方面對于講唱技術之講求，隨時創新。慧皎高僧傳列爲十科，「誦經」之外，又出「經師」與「唱導」二項。表面看似重床疊屋，實則極有其道理。因經師與導師皆屬於特技。經師長于轉讀梵唄，爲聲明之學；導師則須兼聲、辯、才、博，談無常則令心戰慄，語地獄則便怖淚交零，辯說鋒起，感人尤深。唐道宣本人爲律宗大師，深病其淫音嬌哢，目爲鄭衞之音，故併之稱爲「雜科」。宋贊寧則改唱導曰「聲德」，實則經師與導師，其功用不同，而皆僧人做功德之特技。中唐以來，餘風未滅，觀於文溆之唱，文宗以善吹小管，竟采其聲以製曲（見碧雞漫志）。自敦煌石室變文經卷大量出現（已有五十餘卷，包括講經文押座文等），唐人講唱之業，昭然大白。五代蜀地尤盛，吉師老看蜀女轉昭君變（才調集六），今巴黎所藏昭君變文可以驗之。茅亭客話記蜀僧辭遠，行與坐輒念「后土夫人變」，此「后土變」爲敦煌所未發見。然北宋大觀時，世有藏本，或稱其詞瀆慢太甚，乃唐人所作以譏武后，則變文之取自傳奇者也。（出異聞錄。詳葉德均考證。）

唐張祜譏白樂天詩似目連經（唐摭言十三），孟棨本事詩作「目連變」。敦煌變文中屬於目連變者，其一稱曰「大目乾連冥間救母變文幷圖」，後代由變文演進而爲戲文。如明新安鄭之珍編「新刻出相音註勸善目連救母戲文」三卷，刻畫其事，可謂踵事增華；而寶卷亦有目連；今不具述。

大抵宣揚佛教，講與唱兼施。轉唱因地區不同，作風亦異。故道宣論：「東川諸梵，其中高者則新聲助哀，般遮掘勢之類也。吳越好浮綺，惟以纖婉爲工。秦壤雍梁，音詞雄邁。金陵昔唄亦傳長短兩引。劍南隴右，其風體秦。故知神州一境，聲類既各不同。」南北殊風，此其大略也，唱導之事，深入民間，士庶奉佛既衆，遞相倣效。影響所及，或采釋氏法事以解書史，或取和聲，以合清唱。試舉二例論之：

（一）些與娑婆訶：楚辭招魂每句用些字爲助聲。玉篇云：「些，辭也。」唐德宗時楚有釋些些師，口自言些些，故號之。贊寧爲之系曰：「些之聲爲商爲羽耶？通曰：傳家采錄其例有二：一則按文不音；二則口授知韻。今得些者，按文也。若楚詞聲餘，則蘇箇切也。若山東言少則寫邪切焉。此師，荊楚間事也。」（宋高僧傳二十）是些楚言應爲蘇箇切。宋沈括夢溪筆談乃以梵語說之。朱熹云：

> 楚些，沈存中以些為咒語，如今釋子念娑婆訶三合聲。而巫人之禱，亦有此聲。此却說得好。蓋今人只求之于雅，而不求之于俗，故下一半却曉不得。（道夫記）

極贊賞是說。葉夢得則謂：「不知梵語何緣得通荊楚之間？大抵古文多有卒語之辭。」說亦有理。些，當是助聲。宋柳拱辰永州風土記：「競船舉棹，則有些聲；樵夫野老之歌，則有欸乃聲。些，助語，即楚辭之楚些。」（麓山精舍輯本）僧人唸心經咒結尾曰：「揭諦揭諦薩婆訶。」（玄奘法師譯本，見敦煌西藏文卷記音作 ga ti swa ha （P.T. 448）。）宋高僧傳菩提流志傳：「所僳者古今共譯一切陀羅尼末句云莎嚩訶，皆不竊考清濁。或云『薩婆訶』，或云『馺皤訶』，九呼不倫……故剋取莎（桑已反）嚩（無可反）訶（呼箇反）爲正矣。」按梵語原是svāhā。湘友見告岳陽巫師唸經每句末作 So …… ko'h，即以些爲助詞之變音。招魂作者，無可能采用梵語。沈括、朱子之說，難以置信。惟此即儒者竊取釋氏音聲以解說書史之例，不可不知。

（二）魯流盧樓與 ṛ ṝ ḷ ḹ：敦煌所出悉曇章用於唱誦者，不止一種。如伯希和三〇九九號爲一巨册題曰「佛說楞伽經禪門悉曇章」。諸帙皆言出自釋定惠翻譯。其序云：

夫悉曇章者，四生六道，殊勝語言。唐國中岳釋沙門定惠法師翻注，并合秦音鳩摩羅什通韻魯流盧樓為首。

鳩摩羅什通韻現存于英倫史坦因列一三四四號，有云：「魯留而成斑。」所謂魯流盧樓，實即梵語字母之 ṛ ṝ ḷ ḹ。余於十年前曾撰文論通韻及此四字母之關係，爲印度友人頌壽，刊於Madras（The Adyar Library Bulletin）。若干年來，疊有新知，更爲補充。考悉曇章詞句每嵌魯流盧樓四字母于行間作爲助聲。如云：

魯流盧樓弗憟只

魯流盧樓晃浪晃

皆有聲無義，只是用爲幫聲而已。唐代悉曇章曲詞之魯留盧樓，廣寧樂工唱王維渭城曲作「剌里離賴」爲和聲（李治敬齋古今黈）。宋人唱詞，張炎詞源謂「哩字引濁囉字清，佳乃囉哩頓唛喻」，即由魯留盧樓變爲「哩囉唛喻」與「剌里離賴」。

後來唱曲以此爲助聲或省變爲三字。清初曹寅有聽閩樂聞有囉哩嗹句。有詩紀之云：

一拍么絃一和纑，舞餘無復掃花鈿。团郎漫縱哄堂笑，摘耳猶聞囉哩嗹。

其序稱：「記董解元西廂曾有之。老子不獨解禽言，幷通蛇語矣。」团郎見顧況詩，以此取笑。其實不止董解元喬和笙唱本中見「哩哩囉哩哩來」，明王越詞中亦有「哩囉囉哩囉」。金時，全眞教祖師王喆輩仿搗練子，句中亦有「哩囉嗹」。現代台南道曲唱本出仙宮云：

出仙宮　哩囉嗹　離了蓬萊騰彩雲　騰彩雲（你來）出離了天台　出離了天台　哩囉嗹

（法國施博爾教授藏陳榮盛抄本）

猶存其遺聲。古代講唱取自梵音之殘迹，猶可追溯。禮失求諸野，其是之謂乎！

【附　錄】

今舉貴州水家口傳造人故事爲例：

古時造人　天不成地（指天地不分的意思）
當初造天　地不成天
未成天　成塊大平石
硬圓的石頭仙人分開　纔知貧苦
老輩的人　不知封贈（指不善說話）
混沌來了　知識開通
一個天　長似葫蘆　中粗端細
仙人知他大了　分裂為二

成為兩塊
以手握提
高越山嶺
楊千里
十二個太陽
十二個月亮
天初亮
戴來遮太陽
熱的太兇
忍不住
仙人家
王者家
造弓箭
射第一個
射第二個
射第三個
射第四個
射第五個

一俯一仰
支去上面
天下空曠
造十二個太陽
亮到半夜
亮到早晨
戴鐵笠鋼笠
鋼笠銅笠
石頭也溶化的凸凹不平
去射太陽
造下銅弓
銅箭在手
管射太陽
熱亦不滅
熱仍兇惡
一點也不弱
也不見弱
水牛黃牛睜眼

射第六個　猪狗纔起來
射第七個　鱔魚泥鰍纔蠕動
射第八個　生出綠的芥菜
射第九個　兄妹（或兄弟）作工
射第十個　長出樹與柴
（射）第十一個　生出蘆葦與草
我們相向　不要射了
只留一個　各里皆亮　各方皆勻（平安）
玉帝王　造火與水
十六（指天下人）皆取用　巧愚同取
所有巧愚的人　全是吳婆的人
處處皆有人　各地皆有坡
當初造齊全了　建牛龍殿
仙人打製天柱　纔真生出王來
堯王生出來了　鰲魚翻身
那鰲魚　撐在山巖之下
黃頭龍　撐在天中
百廿椽　皆在王家

龍磨角　去殿上相鬥
他們相鬥　在山嶺裏面
那雷公　跳得天都快崩了

又：

混沌出　搖動天地　造上（天）與下（地）
古時乾坤　分作陰陽
看地下　四隻龍魚
四隻魚　撐在山嶺下
使他們伏而不動　不使他們擺動鰭
使他們聽　不使睜眼
睜眼的時候　山嶺崩了　地方震動
那年收成不好　地方乾旱
年頭乾旱　道光就來（即位）

四、詩詞與禪悟

時賢論詩與禪之關係，輒溯源於達摩。然慧皎創立高僧傳，凡分十科。其四曰習禪，為之論曰：「禪也者，妙萬物而為言。……以禪定力，服智慧藥……先是世高、法護譯出禪經，僧光、曇猷并依教修心，終成勝業。」禪經雖短篇（宇井伯壽「譯經史の研究」），傳入已自漢末。禪定爲實踐之本，東來諸僧「或傳度經法，或教授禪道」，其由來遠矣。（法京伯希和目藏文一二二八「為南天竺國菩提達磨禪師觀門」云：「何名禪定？答：禪為亂心不起，無動無念為禪定。何名為禪觀？答：心神澄淨名之為禪定，照理分明，名之為觀。因有七種觀門。」玄奘於顯慶二年請入少林寺習禪，奏稱：「定慧相資，如車二輪，缺一不可。」「少得專精教義，惟于四禪九定，未暇安心。」奘師於定學，自覺仍有慊然。禪道重理入行入，尤貴實踐。贊寧宋僧傳習禪論，述其流變，言最扼要，茲不多贅。）

謝靈運已用「禪」字入詩，言：「禪室栖空觀，講宇析妙理。」（石壁立招提精舍詩）晉簡文前後，有若耶山帛道猷者，與僧竺道壹書云：「始得優遊山林之下，縱心孔釋之書，觸興爲詩，陵峯采藥，服餌蠲痾，樂有餘也。」因有詩曰：

連峰數千里，修林帶平津。雲過遠山翳，風至梗荒榛。茅茨隱不見，雞鳴知有人。閑步踐其逕，處處見遺薪。始知百代下，故有上皇民。（高僧傳卷五竺道壹傳）

此更在大謝之前。杜甫秦州積草嶺詩起句「連峰積長陰」，結云「茅茨眼中見」，實暗用此篇「茅茨隱不見」句。仇註不知也。其書札云：「觸興爲詩。」直是唐人興象之說。此詩乃王孟之前導，可入唐賢三昧集。

僧徒能文事者甚夥。隋時釋眞觀（俗姓范氏），八歲通詩、禮，和庾尚書林檎之作。時人語曰：「錢唐有眞觀，當天下一半。」開皇十一年，江南叛反，王師臨弔，江南儒士多被繫。眞觀以名聲滿江表，謂其造檄，爲元師揚素拘問。素曰：「道人不愁自死，乃更愁他。」令作愁賦。其辭略云：

……愁之為狀也，言非物而是物，謂無象而有象。雖則小而為大，亦自狹而成廣。……霧結銅柱之南，雲起燕山之北；箭旣盡于晉陽，水復乾于疏勒。（續高僧傳三十）

惜道宣不全錄其文。姜夔稱「庾郎先自吟愁賦」（齊天樂）。不知同時尚有因事命題而非無病呻吟之愁賦，出於高僧之手也。南朝僧人之能詩者稱惠休，經沈約品藻，鍾嶸入於詩品，謂其「淫靡，情過其才」。宋武帝命還俗。唐僧人詩篇，大致見于宋寶祐間荷澤李龏編之「唐僧弘秀集」十卷。起皎然，訖智暹。余曾見南宋書棚本。其自序云：「詩教湮微，取以爲緇流砥柱。」後之步武者有毛晉輯「明僧弘秀集十三卷」（崇禎十六年刊、藏北京圖書館）。宋陳狀元應行輯吟窗雜錄，卷三十二，爲古今詩僧，摘取佳句。如「一劍霜寒十四州」（貫休句，檢元祿八年本禪月集，未見），「大海從魚躍，長空任鳥飛」（元覽句），爲後人傳誦者，皆與禪理無關。今觀晚唐僧人所著詩議、詩格一類著作，皆從詩之體製、技巧、修辭著眼，未嘗摭禪理以入詩也。

惟自六祖開宗以後，詩偈流行。諸大師於示法、開悟、頌古，動喜吟哦，爲付法之用。禪宗本破除文字，至是乃反立文字，詩遂爲禪客添花錦之翰藻矣。孟郊詩有教坊歌兒云：「十歲小小兒，能歌得聞（一作朝）天。六十孤老人，能詩獨臨川。去年西京寺，衆伶集講筵。能嘶竹枝詞，供養繩床禪。能詩不如歌，悵望三百篇。」（東野集三）似即對文溆「和尚教坊」一流之諷刺。（北宋遵式撰「往生西方略傳」，記「唐德宗迎法照入內，用劉球繩牀，教宮人五會念佛」。塚木教授引此為說。然續高僧傳二十五道仙傳，稱其「雜草止容繩床」，蓋僧人坐禪之具。）若夫棒喝之篇，去竹枝不遠，以「嘶」字貶之，已近戲謔。祖師之禪詩，具見祖堂、傳燈、會元、尊宿語錄等書，今不具論。曹山本寂，文辭遒麗，嘗注「對寒山子詩，流行宇內」（宋高僧傳十三）。宗門尊宿好爲偈詩，久成風氣。至於「繞路說禪」之作，其言往往如咬鐵鋑錎，其義如重溟浩漾（碧巖種電鈔中語），不無佳製。（五山詩僧，詩學詩功皆極深。所輯選之禪詩總集，如義堂周信之祖苑聯芳集，蔚為巨觀。又室町流行之（宋）松坡「江湖風雲全集」可以見其別裁所在。至如崇禎時刊永覺和尚禪餘內外集，構李曹谷序稱其「機辯自在，或痛快，或綿密，或高古，或平實，如摩尼圓映，五色不定，如巨海波瀾，涌沒何常」。玆揭其示圓常上人四首之一云；「岁前山高鳥絕蹤，石門天險孰能通。苦非鐵額銅睛漢，秖在青烟翠靄中。」鐵額四字可見禪家口吻。）大都隨緣而發，深入理窟。偶有意外之意，思外之思，去怊悵述情甚遠，以之警世牖俗則可，謂爲眞詩，則恐非詩人之所許也。（王漁洋嘗舉白楊順禪師偈「落林黃葉水流去，出谷白雲風捲回」，則不易覯。）

詩僧之眞能詩者，若唐之皎然，其句云：

白雲供詩用，清吹生座右。（答裴集陽）

花滿不污地，雲多從觸衣。（酬秦山人）

永夜出禪吟，清猿自相應。（送清涼上人）

時諺謂「霅之晝，能清秀」，不愧謝康樂之後也。（皎然名晝，湖州人，謝康樂十世孫。）貫休句云：

荷緣冥目盡，一句不言深。野火燒禪石，殘霞照栗林。（寄山中伉禪師）

真風含素髮，秋色入靈臺。（詩）

唯宜高處著，將寄謝宣城。（上王使君）

落想至高。故徐琰云：「味其語，正宜高處著眼，不當以詩僧看也。」（孫光憲亦云：「唐末詩僧，惟貫休骨氣混成，境意倬異，殆難儔敵。」見天福三年白蓮集序。）宋江西洪覺範，與東坡山谷遊，著石門文字禪。其句云：

詩如畫好馬，落筆得神駿。（同慶長游草堂）

眞所謂「律儀通外學，詩思入禪關」。外學之詩，與內學之禪，殊途而漸趨合一。故釋達觀（萬曆間人）爲石門文字禪撰序云：

禪如春也，文字則花也。春在于花，全花是春；花在于春，全春是花。而曰禪與文字有二乎哉？故德山臨濟，棒喝交馳，未嘗非文字也；清涼天台，疏經造論，未嘗非禪也。而曰禪與文字有二乎哉？名其所著曰文字禪。

言謚而理圓。禪棄文字，而復合于文字。僧人以禪定力服智慧藥，定能生慧。詩即慧之表現，詩爲定後所生，則定與慧，根本已是一而非二矣。（贊寧于習禪篇論曰：「經云不著文字，不離文字，非無文字。云不立文字，乃反權合道。」可明禪家不著文字之義。）

至若詩家之得力於禪者，非僅以禪爲其切玉刀而已。蓋以妙悟孕育其詩心，以活句培養其詩法，以最上乘致其詩品之高，以透澈玲瓏構其詩境之敻。自司空圖至于王漁洋，皆善用禪而不泥于禪，得活用之效。若嚴滄浪則依禪造論，得其契機，沾溉他人，而未能自食其果者也。

司空表聖之贊香嚴長老，曰：「大師之旨，吾久得之。」又曰：「一塵不飄，見大師力。」香嚴即鄧州香嚴山智閑禪師，嘗禮大溈山靈祐。祐召對，茫然，乃將諸方語要，盡焚之。曰：「畫餅弗可充飢也。」泣辭溈山去。於南陽忠國師遺跡（五燈會元二：南陽慧忠國師，姓冉氏，居南陽白崖山党子谷。肅宗問：師在曹溪得何法？師曰：陛下還見空中一片雲麼？其瀟灑如此），芟草木擊瓦礫自立，遂冥有所證。（此事見宋高僧傳四十三、景德傳燈錄十一、五燈會元卷九，極著名。後代藝人每引用此典故。如董其昌是。）禪宗貴自闢戶牖，潙山亦於敻無人烟比爲獸窟處開創山門，求道之精神亦是如此。潙山論「道人之心……譬如秋水澄渟，澹泞無礙。喚他作道人，亦名無事人」（潙山靈祐禪師語錄）。仰山慧寂禪師于潙山處，因作〇此相而頓悟。圓相之作，相傳起於南陽忠國師。（道泰及智境編禪林類聚七云：「南陽忠國師見僧來，以手作圓相。」）即香嚴住處。故「圓相」代表潙、仰之禪學。又有所謂三照者，謂本來照、寂照、常照。香嚴爲潙山法嗣，著有三照頌。其頌寂照之境界云：「不動如山萬事休，澄潭澈底未曾流。箇中正念常相續，月皎天心雲霧收。」形容已破初關證入空寂之心境。以上即香嚴之宗旨及功力。表聖自言得之，則其參禪必有所得。觀其二十四詩品，以雄渾居首。曰：「超以象外，得其環中。」雖用莊子之言，而環中即圓相之〇也。又其句云：「不似香山白居士，晚將心境著禪魔。」其不縛於禪，信能深知禪者。故以之論詩，則曰：「辨於味而後可以言詩。」「王右丞、韋蘇州澄澹精緻，格在其中。」又云：「近而不浮，遠而不盡，然後可以言韻外之致。」（與李生論詩書）此與潙山論道心之必如秋水澄渟，澹泞無礙，境界原自相應。謂其以參得之禪境，比擬詩境，無不可也。王昌齡詩格有象外語體及象外比體。表聖云「超以象外」，又進一步。昌齡論詩有五趣向：曰高格，曰古雅，曰閑逸，曰幽深，曰神仙。而僧齊己風騷旨格論詩有十體，一曰高古，二曰清奇，即合昌齡之高格與古雅爲一。表聖二十四詩品中高古與清奇并同于齊己，似亦有取于同時緇流之論。（考齊己白蓮三有寄華山司空圖詩「天門艱難險，全家入華山」，「瀑布寒吹夢，蓮峯翠濕間」，可見原爲交好。齊己入梁尚存。）故知表聖論詩，字面不及禪，而實有得于禪。

若嚴羽則不然，熟讀禪燈之文，撏撦其語彙，正面借禪以喻詩。詩辨部分，其語最精，大都出自禪語。舉例如次：

入門須正，若自退屈，即有下劣詩魔入其腑

見與師齊，減師半德

自然悟入

此乃是從頂𩕳上做來

謂之直截根源

謂之單刀直入

羚羊挂角，無跡可尋

五燈會元十五：善暹禪師云：「良由諸人不肯承，自生退屈。」

傳燈錄十五：全豁禪師云：「智與師齊，減師半德。」五燈會元三，智字作見，引作懷海禪師語。

「悟入」語習見。宋高僧傳八玄覺傳：「覺唱道著明，修證悟入，……號永嘉集是也。」

五燈會元十八：「介諶禪師踏著釋迦頂𩕳。」

禪林類聚：「圜悟勤拈云：至簡至易，最尊最貴。往還千聖頂𩕳頭，世出世間不思議。彈指圓成八萬門，一超直入如來地。」

傳燈錄永嘉證道歌：「直截根源佛所印，摘葉尋枝我不能。」

五燈會元九：「（大潙山）靈祐禪師云：單刀直入，則凡聖情盡體露直常。」

傳燈錄十六：「（雪峯）義存禪師：我若東道西道，汝則尋言逐句；我若羚羊挂角，你向什麼處捫摸？」（又見大涅槃經如來性品十二）

禪林類聚：「東林總云：怪哉弘覺，二十年羚羊挂角，絶跡亡蹤。」

……」

句句借禪爲喻。嚴氏主旨在揭櫫當以盛唐爲法，不可步武江西，持論頗近包恢敝帚稾。惜其本人非名詩家，不足以服人。自明訖今，非議者衆。惟王漁洋則篤信之。謂「滄浪借禪喻詩，歸於妙悟。如謂盛唐家詩如鏡中之花，水中之月，如羚羊挂角無迹可尋，乃不易之論」。而錢牧齋駁之，馮班鈍吟雜錄因極排詆，皆非也。（池北偶談十七，分甘餘話二續責馮班之詆譏為風雅中羅織經；又香祖筆記屢及之；不具引。）紀昀云：

> 滄浪標妙悟，無迹可尋，有明惟徐昌穀高叔嗣傳其衣鉢。虞山二馮詆滄浪為囈語，不免挑之太過，叩寂寞以求音。陸平原之「思君如流水」，劉舍人之「情往似贈，興來如答」，則此論不倡自儀卿也。飴山（趙執信）堅執馮說，漁洋獨篤信不移，亦有由歟。（紀文達集田侯松岩詩序）

可謂平情之論。紀氏深疾山谷詩，謂其五古有腐、率、雜、澀四病（書山谷集後）。故以漁洋之說爲正。漁洋論詩宗旨，見於唐詩三昧集，實祖滄浪之說，揭神韻二字，其內涵即承滄浪一脈。宜興謝芳連著詩庸，漁洋序云：「王、裴輞川絕句，字字入禪。如雨中山果落，以及太白却下水精簾，常建松際露微月，劉眘虛時有落花至，遠隨流水香，妙諦微言，與世尊拈花，迦葉微笑無別。通其解者，可語上乘。」如此類語，漁洋著述中層見疊出。蓋其晚年之定論。

伊應鼎編述之漁洋精華錄，即師說之結晶，有云：「五言絕以古澹閑遠爲上乘。言景當如溫伯雪子之目擊而道存，信手拈來，不假思議也；言情則當如嵇叔夜之手揮目送，意在個中，神遊象外也。故禪宗以可說爲粗，以不可說爲妙，是不可說亦不可說爲妙中之妙。」詩家以詩通禪之說，至是得到一個歸宿。漁洋有黃龍晦堂禪師一詩云：「山谷大辯才，妙義皆糠粃，滿院木犀香，吾無隱乎爾。」黃龍晦堂爲山谷所從遊。語次，問山谷，「吾無隱乎爾」作何解。山谷詮釋極精，晦堂皆不謂然，山谷不服。時秋香滿院，晦堂乃曰：「聞木樨香否？」山谷曰：「聞」。晦堂乃曰：「吾無隱乎爾。」山谷乃服。曾見五山詩僧漆桶萬里畢生抄集山谷詩注，共二十一册，書名「帳中香」（天理圖書館藏善本）。其題句云：「香爲江西詩祖焚，黃龍涎上起清芬。」即用此典故。古今箋黃之作，此最爲繁富矣。精華錄注云：「妙道只在當下，當面錯過，但從故紙尋求，都無是處。當前花香，是現現成成，活活潑潑的一箇。」禪只宜默照，而不宜辨析。近賢說詩禪者，至欲以曹洞正偏五位以說成詩之歷程，不知作詩只是要觸興。「興會神到，不可刻舟緣木求之。」（池北偶談十八）「詩而待于做，必無好詩。」況析之以五位，必無如此齊整。如是，復爲詩披上一副禪學桎梏，何異以禪縛之？

吳興董說，明亡爲僧，著有禪樂府。以禪林故事製爲樂府，大率三字爲題。如「風旛動」云：

不是旛，不是風，蟭螟眼裏擊金鐘。不是風，不是旛，一片征帆兩岸猿。非旛動，非風動，梅花墮井泥牛痛。風動非，旛動非，柳絮悠揚信口吹。

紙上機鋒，充滿禪趣。饒州薦福退庵休禪師上堂：「風動耶？旛動耶？風鳴耶？鈴鳴耶？非風鈴鳴，非風旛動，此天與西天，一隊黑漆桶。」（五燈會元）理亦如是。清初聶先與曾王孫合編百名家詞，先自署那羅延窟學人，爲之序曰：

余不知詞而知禪，請以禪喻：五祖舉示佛果云：頻呼小玉元無事，祇要檀郎認得聲。果入室云：少年一段風流事，祇許佳人獨自知。此絕妙好詞也，近于麗纖。政黃牛云：解空不解離聲色，似聽孤猿月下啼。此絕妙好詞也，近于清寒。端師子云：我本瀟湘一釣客，自東自西自南北。此絕妙好詞也，近于豪宕。洪覺範云：秋陰未破雪滿山，笑指千峯欲歸去。此絕妙好詞也，近于淡冶。首楞嚴曰：佛謂阿難，辟如琴瑟箜篌琵琶，雖有妙音，若非妙手，亦不能發。今諸公之詞，各以妙指而發妙音。……盡使摸象之盲人，扣鐘之聾者，忽如天眼頓開，疾雷破柱，直得香象渡河，華鯨夜吼，豈不快哉！（百家詞題長水曾王孫道扶，廬陵樂讀居士聶先晉人纂定。康熙綠蔭堂本收百名家詞共一百卷，京大藏本只三十卷八冊，有曾王孫序而無聶先此序。）

摘禪家妙句以證詞境，妙用直喻暗喻，亦是一篇絕妙好文。宋人詞集已以禪命名，陳與義集曰無住詞，楊无咎集曰逃禪詞。清初納蘭成德名其集曰飲水，取道明禪師語「實未省自己面目，今蒙指探入處，如人飲水，冷暖自知」。曹貞吉名集曰珂雪，王僧孺佛事文謂天尊「煥發青蓮，容與珂雪」。敦煌呪生偈「目淨修廣若青蓮，齒白齊密由珂雪」（英倫斯坦因目五六四五），亦取釋典。

厲樊榭齊天樂秋聲警句：「獨自開門，滿庭都是月。」如指月錄中語。故譚復堂評曰：「詞禪。」董潮東風齊著力一詞，有句云：「石壇風靜，牖影晝沈。闌角嫣然一笑，凝眸處，黛淺紅深。君知否，桃花燕子，都是禪心。」淒馨秀逸，說者謂爲「眞詞禪」也（兩浙詞人小傳）。俞樾采桑子雋句：「死是禪心，活是仙心，一樣工夫兩樣心。」不死不能活，頗能道破妙處。（黃龍有四句云：「死中有活，活中有死，死中常死，活中常活。」圜悟云：「死水裏浸殺。」）詞心之通禪，與詩心之通禪，固無二致也。

五、文評與釋典

劉彥和撰文心雕龍在南齊之世，審文體，辨聲律。其人雖浸淫于內典，而書中只舉「般若」一詞，間用圓字論詩，未嘗以禪理比附文事也。梁武天監六年，敕僧旻於慧輪殿講勝鬘經，仍選才學道俗釋僧智、僧晃、臨川王記室東莞劉勰等三十人同集上定林寺抄一切經論，以類相從，凡八十卷（續高僧傳五僧旻）。神清北山錄二：「梁太子綱撰法寶聯璧二百卷，沙門僧祐、僧旻、寶唱、智藏咸皆纘述，頗多條目。」劉勰參加者，必此一工作。臨川王即梁武第六弟蕭弘。勰時爲其記室，仍以精通釋典著聞。文心之作，初似未爲人所重。然若干詩文評常用詞彙，劉氏已開其先。舉例言之：

興

王漁洋帶經堂詩話十八：「右丞詩：『山中一夜雨，樹抄百重泉。』興來、神來，天然入妙。」此雖同于唐殷璠河嶽英靈集序「文有神來、氣來、情來」之語，然文心神思贊已云：「情往似贈，興來如答。」「興來」二字出此。

味

鍾嶸詩品：「五言是衆作之有滋味者。」又評永嘉時篇什，「理過其辭，淡乎寡味」。以後司空圖亦言「辨于味而後可以言詩」。詩味之論，發軔于此。然文心屢提及「味」字，如云：「繁采寡情，味之必厭。」（情采篇）此謂味出于情。又云：「機入其巧，則義味自生。」（總術篇）又云：「道味相附，懸緒自接，如樂之和，心聲在協。」（附會篇）舉出道味、義味兩詞，皆與佛理無涉。

印度詩學，向來有 rasa 與 alam kāra 二派。前者主情，後者重采。rasa 漢譯爲味，被目爲詩魂（soul of poetry）。此派詩說，從未介紹入華，鍾劉輩之言味，了不相關。

唐貞元初，僧皎然居東溪草堂，「欲屏息詩道非禪者之意，因著詩式，既又寢而不紀」。（宋高僧傳二十九）其書今存者恐非完篇。然自彼以後，僧齊己（著「風騷旨格」。天理大學藏永樂大典卷九百九「詩」字號作「風騷詩格」，已有印本；宋人之「吟窗雜錄」作「旨格」，宜參校）、文彧（詩格）、虛中（流類手鑑。齊己白蓮集與虛中上人來往詩，不一而足。）、桂林僧□淳大師（詩評）、保暹（處囊訣），相繼有所造述。其時緇流喜著詩格一類之書，中唐以來，成爲風尙，似皎然有以啓其先。

宋人喜以禪喩詩，詩論每借用內典詞語（loan terms）。此種「擬配外書爲生解之例」，向謂之格義（梁高僧傳竺法雅傳），以釋典事類比附詩說，蓋亦格義之流亞。

（一）借用南北宗以喩詩文派別

六朝以來，南北對峙，風氣既殊，互爲軒輊。北史儒林傳已論南北學風之異。清許宗彥「記南北學」謂經學自東晉以後，分爲南北；自唐以後，則有南學而無北學（鑑止水齋集卷十四）。唐神清北山錄第四論文學分南北，謂「宋風尙華，魏風尙淳，淳則寡不據道，華則多遊于藝。觀乎北則枝葉生於德教，南則枝葉生于辭行」。同書第三論佛學分南北宗云：「後諸學者以文殊爲法性，以慈氏爲法相……自伐其美，致使西極東華。人到於今，有南北兩宗之異也。故南宗焉以空、假、中爲三觀，北宗焉遍計、依他、圓成爲三性也，而華嚴以體性、德相業用範圍法界。得其門統於南北，其猶指諸掌矣。」此中唐佛教折衷之論也（神清于元和中終於梓州慧義寺，見宋高僧傳六）。然自禪宗崛起，能、秀分途，能不度（大庾）嶺，「天下散傳其道。謂秀宗爲北，能宗爲南，南北二宗，名從此起」（語見贊寧撰神秀傳）。薦福弘辯禪師答唐宣宗禪宗何有南北之名，云：「開導發悟有頓漸之異，故云南頓北漸，非禪師本有南北之稱也。」（禪林類聚一）此乃與神清所揭西極（印度）東華（中國）共同之南北宗，大異其趣。然禪門南北宗之影響獨鉅，人多接受此說，而寖忘舊義矣。

空海大師於貞元二十年十二月至長安，留唐三載。歸國著文鏡祕府論。自云：「閱諸家格式，勘彼同異。」故王昌齡詩格、杼山詩議，皆在甄采之列。其書南卷「文意」篇，曾借南北宗一詞以論文云：

荀孟傳于司馬遷，遷傳于賈誼。誼謫居長沙，遂不得志。風土既殊，遷逐怨上。屬物比興，少於風雅。復有騷人之作。皆有怨刺，失于本宗。乃知司馬遷為北宗，賈生為南宗，從此分焉。

以司馬遷屬之北宗，賈誼屬之南土，漢土舊無此說。誼原籍洛陽，以南謫楚土，遂以隸南宗。篇中「遷傳於賈誼」一語，年代明有舛錯，各本似皆如此（參小西甚一考文篇，又參本文末附註），未喻其故。「文意」上半取自王昌齡，下半取自皎然，衆所共悉。若其眼心抄起自「凡作詩之體，意是格，聲是律」句，共四十四凡，比文鏡條理更爲清晰。昌齡詩格存於吟窗雜錄者已非完帙，又有「詩中密旨」，俱無此段文字。故知以司馬遷爲北宗，賈誼爲南宗，必非出自轉引，諒爲空師自撰，揣其意，似以騷人怨刺者爲南宗，風雅不失其本者爲北宗。

詩論之區分南北宗，見於題賈島作之「二南密旨」。撮錄如次：

論南北二宗　宗者，總也。言宗則始南北二宗也。南宗一句含理，北宗二句顯意。

南宗例　如毛詩云：林有樸樕，野有死鹿。

如錢起詩：竹憐新雨後，山愛夕陽時。

北宗例　如毛詩：我心匪石，不可轉也。

如左太沖詩：吾希段干木，偃息藩魏君。

觀其例句，似以虛而尚比興者爲南宗，實而用賦體者爲北宗。

又釋虛中著流類手鑑云：

詩有二宗：第四句見題是南宗，第八句見題是北宗。（吟窗雜錄卷十三）

似以見題先者爲南宗，見題後者爲北宗，前者頓而後者漸，意頗曖昧，未知然否？

詞家亦有借南北宗立論者。清張其錦爲梅邊吹笛譜序云：

南宋詞有兩派：一為白石，以清空為主。高、史輔之。前則有夢窗、竹山、西麓、虛齋、蒲江，後則有玉田、聖與、公謹、商隱。掃除野狐，獨標正諦，猶禪之南宗也。一派為稼軒，以豪邁為主。繼之者，龍洲、放翁、後村。猶禪之北宗也。

所見頗新。以清空屬南宗，豪放爲北宗。惟合白石與夢窗爲一派，似有可商，未爲確論。董其昌論畫揭南北宗，亦假禪立說，最爲膾炙人口。他若張作楠之梅簃隨筆，辨道家有南北二宗（見越縵堂讀書記），剽襲陳說，不免於牽強。論文說詩，假南北宗以立義者，代有其人。其實與釋氏原旨無關，祇是借喻而已。唐人假南北宗以擬頓漸，記有僧問越州石佛曉通禪師：「如何是頓教？」師曰：「月落寒潭。」曰：「如何是漸教？」曰：「雲生碧漢。」（五燈卷十六）以景色比方，亦饒詩意。取南北宗以喻詩，陳義不過如是已耳。

（二）借禪宗三句語說詩

葉夢得石林詩話：「禪宗論雲間有三種語：其一爲隨波逐流句，謂隨物應機，不主故常。其二爲截斷衆流句，謂超出言外，非情識所到。其三爲函蓋乾坤句，謂泯然皆契，無間可伺。其淺深以是爲序。予嘗戲爲學子言，老杜詩亦有此三種語，但先後不同。如波漂菰米沉雲黑，露冷蓮房墜粉紅，當爲函蓋乾坤句。落花游絲白日靜，鳴鳩乳燕青春深，當爲隨波逐浪句。百年地僻柴門遠，五月江深草閣寒，當爲截斷衆流句。若有解此，當與同參。」按雲間乃雲門之誤。仇注杜詩卷六，錄此段於題省中壁詩後，仍作雲間，未之是正（新印中華本）。五燈會元十五：鼎州德山緣密禪師，爲雲門文偃禪師法嗣：「上堂我有三句語，示汝諸人。一句函蓋乾坤，一句截斷衆流，一句隨波逐浪，作麼生辨？若辨不出，長安路上輥輥地。」文偃師嘗說過「河裏失錢河裏摝，上堂函蓋乾坤目」。函蓋乾坤原文師語，未嘗舉示例句。以後雲門各禪師多祖述之。

信州西禪欽禪師　僧問：如何是函蓋乾坤句？　師曰：天上有星皆拱北。曰：如何是截斷衆流句？　師曰：大地坦然平。曰：如何是隨波逐浪句？　師曰：春生夏長。

鼎州普安道禪師　三句頌：函蓋乾坤曰：乾坤幷萬象，地獄及天堂。物物皆真見，頭頭用不傷。截斷衆流曰：堆山積嶽來，一一盡塵埃。更擬論玄妙，冰消瓦解摧。隨波逐浪曰：辯口利舌問，高低總不虧。還知應病藥，診候在臨時。

日芳上座（開福賢禪師法嗣）　僧問：如何是函蓋乾坤句？師豎起拄杖。僧問：如何是截斷衆流句？　師橫按拄杖。僧曰：如何是隨波逐浪句？　師擲下拄杖。……

南康軍雲居大慶海印禪師（雲蓋顒禪師法嗣）　僧問：如何是函蓋乾坤句？　師曰：合。

曰：如何是截斷衆流句？師曰：窄。……

曰：如何是隨波逐浪句？師曰：闊。曰：如何是截斷衆流句？師曰：日出東方夜落西。曰：如何是隨波逐浪句？師曰：船子下揚州。……

盧山歸宗慧通禪師（大潙宥禪師法嗣）僧問：如何是函蓋乾坤句？師曰：鐵山橫在路。曰：如何是截斷衆流句？師曰：船子下揚州。……

雲門說偈最饒詩意。此三句語例子甚多，不能備錄。上擧諸師答案各異。或擧現成句，或別出心裁，或示以拄杖，或喩以空間。（說隨波逐浪是闊，乃從廣度看；說截斷衆流是窄，乃從長度看。故是空間義。）開悟處不同，得力句亦隨之。黃檗志因禪師說：「得力句在脚，一步進一步。」（五燈十六）爲學經歷亦是如此。三句語原是空間不同，未必有何先後可說。隨波逐浪句即景而生，所謂「有時入荒草，有時上孤峯」（臨安玄妙禪師語）。杜詩如「林花著雨，水荇牽風」，「侵陵雪色，漏洩春光」等名句，觸處皆是。此三句語不限於杜少陵，其他大家莫不有之，在讀者善自體會耳。

（三）向上說及正眼說

王灼碧雞漫志論：「東坡先生非心醉於音律者，偶爾作歌，指出『向上』一路，新天下耳目，弄筆者始知自振。」東坡有極高明之襟抱，抒寫爲詞，不同凡近，如宗門之極詣，故以「向上」比況之。其實不獨倚聲爲然，其詩亦能指「向上」一路。嚴滄浪詩辨亦點出詩宜「向上」。向上一詞本爲禪宗常用語。傳燈錄七：「寶積禪師上堂示衆曰：向上一路，千聖不傳。學者勞形，如猿掛影。」五燈會元十二：「東京淨因禪師謂善華嚴有千聖不傳底向上一路在。善問曰：如何是向上一路？師曰：汝且向下會取。」又同書十三：「越州乾峰和尙上堂：法身有三種病，二種光，須是一一透得，始解歸家穩坐，須知更有向上一竅。」又十五：「明州育王常坦禪師：僧問：如何是有中有？師曰：金河峰上。曰：如何是無中無？師曰：般若堂前。上堂：千花競發，百鳥啼春，是向上句；諸佛出世，知識興慈，是向下句……」向上一竅不易做到。「潞府妙勝臻禪師：問：如何是向上一路？師曰：一條濟水貫新羅。」元楚石法師題畫句云：「若論向上宗門事，盡在山光水色中。」（「向上」資料，見禪林類聚三「橋路」一項，今不備錄。）禪家句子有向上與向下二種。王灼用向上一詞以形容東坡之造詣，蓋以其湛於禪理也。東坡題李之儀詩後云：「每逢佳處輒參禪。」正是夫子自道。而李之儀句云：「悟筆如悟禪。」（姑溪居士後集一）又云：「說禪作詩本無差別，但打得過者絕少。」（與李之言書）其時學人已深知詩禪合一之理，然能打得過者莫如東坡，故山谷稱「東坡於般若，橫說豎說，了無賸語」。蓋其作品，處處充滿智慧。清劉熙載亦謂「東坡詩善於空諸所有，又善于無中生有，機括實自禪悟中來」，語最中肯。其在廬山贈東林總長老（卽照覺大師。警句「溪聲便是廣長舌」，盡人皆知。大鑑禪師禪居集有「一溪說」，謂溪為衆水所歸，宣演妙音，全文卽申東坡「溪聲便是廣長舌」之義）題西林壁（卽「不識廬山眞面目」一詩），已與偈語無別。南遷而後，與緇流往返最密。凡有所作，活潑禪機，躍然紙上。且每自言能下轉語，如詠馬祖「豈墮山鬼計」，「戲留一轉語」（虔州塵外亭），下語已高馬駒一著。又如：「一言破千偈，況爾初不語。可憐一轉語，他日如何擧。」（和江行見桃花）傳燈錄：「省念禪師傳到處擧似人。」坡詩：「他日如何擧似人。」彼深懂破偈，學似種種禪家活法，妙處尤在命意。漫擧貪泉一詩示例：

水性故自清，不清或撓之。君看此廉泉，五色爛摩尼。廉者為我廉，何以此名為？有廉則有貪，有慧則有癡。誰為柳宗元？孰是吳隱之？漁父足豈潔？許由耳何淄？後然立名字，此水了不知！毀譽有時盡，不知無盡時。朅來廉泉上，捋鬚看鬢眉。好在水中人，到處相娛嬉。

直是說偈，明白曉暢，語語如摩尼珠，橫說豎說，無所不宜。豈止下一轉語，眞是無中生有。孰謂詩不可說理耶？

山谷之於禪，參證特多。范溫記其言曰：「學者先以識爲主，禪家所謂正法眼藏，直須具此眼目，方可入道。」（後此嚴羽稱「學詩者以識爲主」，全襲是說。）又云：「句中有眼，學者不知此妙，『韻』終不勝。」溫用其說作「潛溪詩眼」一卷（永樂大典卷八〇七詩字引之，又見苕溪叢話）。法眼爲禪家常談。文益示寂後諡曰法眼，被稱爲法眼宗。麻谷問臨濟：「大悲千手眼，那箇是正眼？」（五燈十一）汝州風穴禪師上座，「哮吼一聲，壁立千仞，誰敢正眼覷著？覷著即瞎却渠眼。時有僧問：如何是正法眼？師曰：即便戳瞎。曰：戳瞎後如何？師曰：撈天摸地」（五燈十一）。宗慧初參雲門，問「如何是正法眼？師曰：紙撚無油」（五燈十五）。僧問江陵重善禪師，「如何是正法眼？師曰：夜觀乾象。曰：學人不會意旨如何？師曰：日裏看山」。此類不回答之回答，不勝僂指（法眼資料，參禪林類聚十「心眼」項）。究竟什麼是正法眼，不須說破。如范溫說山谷直以「韻」爲詩之正法眼，已病在說破了。山谷言能用翻著襪法，似太注重技巧（五山詩僧虎關師鍊論詩，眼力甚高。山谷翻著襪法取之王梵志。虎關詩話論諸家擬王梵志云：「蓋梵志者，意到句不到。東坡放而不警矣，圓悟警而不精矣。只涪翁之論亦佳矣，然無句。」其說可供參考），不如東坡有得于大全，任其自然。山谷悟入在詩中之韻，以此爲句中之眼，不知司空圖已論韻外之致，味在鹹酸之外。韻外之韻，比韻又進一境。百喻經諷有人因主人益鹽，而「便空食鹽」，正因黏著于味，而不能外却鹹酸之味。尚韻而不能外韻，病亦如是！山谷譽東坡學高而韻勝，正以其有韻而不黏于韻，此其所以高絕，山谷所以嘆爲不可及。坡、谷優劣，亦可於此見之。

（四）境界說

拈出境界二字以論文學，近人每誤認爲倡始於王靜安之人間詞話。余廿年前嘗撰平議。嗣見觀堂已自悔其少作（見黃濬花隨人聖盦摭憶頁一九）。其實境界說，唐宋人言之甚多，且與釋氏有密切關係。茲略論之。

宋李耆卿文章精義云：「作世外文字，須換過境界。」因之有空境界、鬼境界、仙境界諸名目。唐僧皎然詩議則標出「境象」一義云：

> 夫境象非一，虛實難明：
> 有可覩而不可取，景也；
> 有聞而不可見，風也；
> 雖繫乎我形，而妙用無體，心也；
> 義貫眾象而無定質，色也。
> 凡此等可以偶虛，亦可以偶實。

判境有虛實，而區爲景、風、心、色四者，統稱曰境象。又論對法有「含境」一項。例句是：「悠遠長懷，寂寥無聲。」又詩評有「取境」之說云：

> 取境之時，須至難至險，始見奇句。成篇之後，觀其風貌，有似等閑，不思而得，此高手也。

禪家造偈，原即取境借境，宜杼山之有深契也。（吟窗雜錄中王昌齡詩格論詩有三境：物境、情境、意境。題白樂天之文苑詩格，亦論依帶境及抒析入境等法門，知唐代詩論已喜言境，淵源甚早。）

禪家喜用境界一詞。例如：

金陵天寶和尚：僧問：白雲抱幽石時如何？　師曰：非公境界。（五燈十五）

韶州東平山洪教禪師：僧問：如何是向上關？　師豎起拂子。僧曰：學人未曉，乞師再指。師曰：非公境界。曰：和尚豈無方便？　師曰：再犯不容。（同上）

淨因禪師答善華嚴問向上一路曰：汝且向下會取。善曰：如何是寶所？　師曰：非汝境界。善曰：望禪師慈悲。　師曰：任從滄海變，終不為君通。（五燈十二）

似禪家對境界用法，有界限意味，不可踰越。白雲抱幽石原為大謝詩句，此境非僧所宜，向上一關非俗子可到，故師不指引，則境界與境象義略有別。

五山詩僧別源禪師南游集，其前有玲瓏岩主跋云：

詩勝境則境歸于詩，境勝詩則詩不入境。詩與境合，見詩卽見境；境與詩合，見境卽見詩。苟不然，則詩、境兩失。（五山文學全集頁七三三）

已暢論詩與境之分合。

涿州紙衣和尚（卽克符道者）問臨濟和尚：如何是奪人不奪境，奪境不奪人，人境兩俱奪，人境俱不奪四境界？復爲之頌。茲擧四境中兩禪師于前二境之雋句如下：

奪人不奪境

煦日發生鋪地錦，嬰兒垂髮白如絲。（濟答）

驪珠光燦爛，蟾桂影婆娑。（紙衣頌）

奪境不奪人　王令已行天下徧，將軍塞外絕烟塵。（濟答）　日照寒光澹，山搖翠色新。（紙衣頌）

完全用比興方法，作偈正如作詩。王靜安言境界有有我之境與無我之境，奪人不奪境即是無我，奪境不奪人豈非有我？如此比擬，未必完全相符。然人我之分及境之予奪，釋氏已盡分析之能事，理復圓融。後之說者，難免拾其牙慧矣。

人間詞話喜學警句以顯境。明胡應麟論杜詩之變化云：「變主格，化主境，格易見而境難窺。」因學錦江天地、玉壘浮雲等爲字中化境，絕壁過雲、疏松隔水爲句中化境，昆明池水、風急天高爲篇中化境。余謂字、句、篇之勉強劃分，殊屬難言。然化境則神動天隨，從心所欲，因外境之物色不同，所構成之境界亦異。誠如黃龍慧南禪師云：「摩尼在掌，隨衆色以分輝；寶月當空，逐千江而現影。」豈主變化之故常？何有人我之區別？以之論詩、論詞、論禪偈，其理固如一也。

前人假釋典以論文，其說如五色繽紛，茲以篇幅所限，不能多述。若錢謙益之立齅詩香觀之說（香觀說書徐元歎詩後及後香觀說），而東坡已屢言鼻觀（東坡和黃魯直燒香云：「且令鼻觀先參。」又題楊次公蕙：「云何起微馥，鼻觀已先通。」觀鼻端自謂之鼻觀，出楞嚴經。錢說似受東坡影響）；方以智論詞意必中邊皆到（龍眠風雅引述），而東坡亦先有中邊皆甜之論（東坡題跋）。意看似創而實因。難怪明人爲東坡編禪喜集（徐長孺纂在禪林叢書），信乎其有得于禪！王安石亦湛于禪學，文集七十八與蔣穎叔論禪書可以見之。山谷跋王荊公禪簡云：「荊公學佛，所謂吾以爲龍又無角，吾以爲蛇又有足者。」甚致傾佩。今觀其和俞秀老禪思詞（見詞品二），仍是沾著于禪，不若東坡之翛然不爲禪縛。然北宋以來，諸巨公皆躭禪悟，以詩通禪，開出無數法門。爲文評者，遂有蕲新之說。其源出于釋典，有待于抉發者尚多。正如坡公云：「八萬四千偈，如何舉似人。」茲但示其一隅而已。

以上五次講論，從名號說到境界，相去九萬八千里，拉扯得很遠，未敢說在旁通、橫通做過一點工夫，只是粘著一邊，更談不到「得其環中」！禪林有偈云：「百年鑽故紙，何日出頭時？」可作棒喝。我只希望在文學解悟上，和大家一同找出「向上」一路。

附註：文鏡秘府論南卷此條，林宏作君曾請高野山大德靜慈圓氏代為遍查各本，據稱皆作「遷傳於賈誼」。高野山三寶院傳下之古寫本亦然。正智院與栂尾高山寺二本原皆不全，合之乃成完帙，亦作「遷傳於賈誼」。此語殆一時偶爾筆誤。

（原載一九八〇年京都大學中國文學報第三二冊）

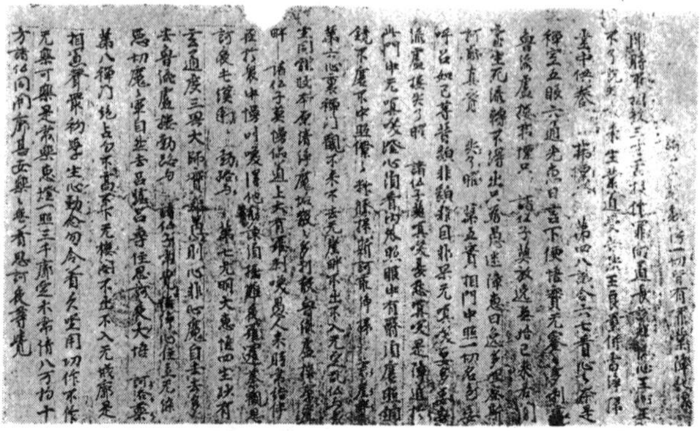

佛說楞伽經禪門悉曇章（ p.3082 ）

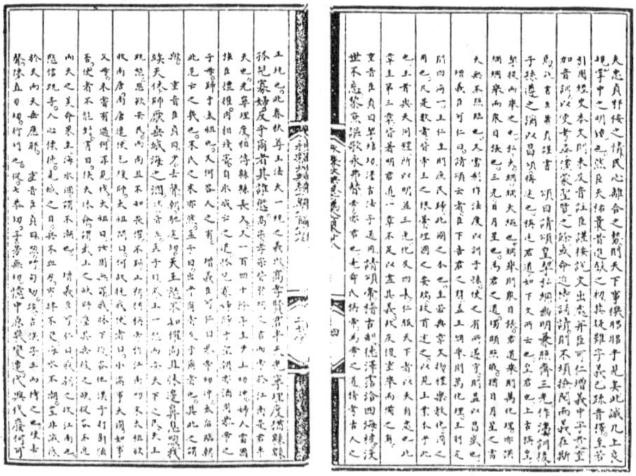

元　錢天祐「敍古頌」（永樂大典卷 10888 ）

中國文學在目錄學上之地位

一、文學範疇在目錄分類上之演進（從詩賦略到集部）
二、別集、總集之濫觴及其種別
三、集部名稱之更張與文學領域之開拓
四、餘論

「目錄之學是學中第一要緊事，必從此問塗，方能得其門而入。」（清王鳴盛十七史商榷）這指出目錄學在治學上的功用及其重要性。目錄學本身的任務，是討論典籍分類之專門學問，我們可以從歷代典籍的類別，看出某一種學問演進的過程。章學誠所謂「將以辯章學術，考鏡源流」，在這方面，目錄學是有極大的幫助。

中國文學觀念的演進，在目錄學上表現著什麼？從目錄書的分類系統，可以看出文學變遷的大勢，這在中國文學史的研究上，該是一項重要課題。

一、文學範疇在目錄分類上之演進（從詩賦略到集部）

中國目錄學正式成立，在西漢成帝時候。劉向撰別錄；向子歆繼父業，寫成七略；班固根據它，作漢書藝文志。他類次群書爲六個部門。第一是輯略，即群書的總序。其餘六略中，經書稱六藝略，子書稱諸子略，文學作品稱詩賦略。班固西都賦序謂成帝時奏御的賦，千有餘篇，賦家的梗概，在藝文志中可窺見一斑。晉時荀勗作「中經簿」，改變七略之法，分爲甲、（原爲六藝）乙、（諸子、兵書）丙、（史書）、丁四部。丁部所收，爲詩賦、圖讚、汲冢書。這時候恰値漢代人像畫的興起，在圖像上的題贊，極爲風行，新的作品衆多。像曹植的畫讚，即其一例。汲冢書詳細見晉書束晳傳。穆天子傳是其中有名的一種。這可說是地下發見的新資料。把它和詩賦及圖讚放在一起，入於丁部，可見漢時詩賦一項，已不能再包括其他種類的文學作品了。至東晉初年，李充爲元帝編書目，開始將乙丙二部互調，乙爲史而丙爲子，惟詩賦仍列丁部（參文選王文憲集序李注引臧榮緒晉書李充傳）。自宋至隋，除七志七錄之外，其他目錄，都以四部爲名，沿用李充的次序。梁元帝時，集諸賢校理秘閣舊書八萬卷，已分爲經史子集四部。據顏之推觀我生賦自注云：

> 右衛將軍庾信，中書郎王固，晉安王文學宗菩業，直省學士周確校集部也。

則梁時的四部，已通用「集部」一名。

楊修作荀爽述贊云：

> 載而集之，獨說十萬餘言。（類聚四七）

自作之集稱「錄」，起於曹植之「前錄」。類聚55引其序云：「刪定別撰爲前錄七十八篇。」似即指其作品自行編集者。

先是劉宋間，王儉作元徽書目，仍用四部體制，其後改撰七志，其第三題曰「文翰志」，專收詩賦之類（隋書經籍志序）。及梁阮孝緒撰七錄，其第四曰「文集錄」，亦收詩賦。他的七錄序云：

> 王（儉）以詩賦之名，不兼餘制，故改為文翰。竊以頃世文詞，總謂之集。變翰為集，於名猶顯。故序文集錄為內篇第四。

可見阮孝緒的時候，是集名盛行的時代。他所以變翰爲集，事實上是適應當時的需要。梁時文詞總謂之集，這一有趣的現象，下面將加以說明。

二、別集、總集之濫觴及其種別

別集始于何時？或云肇于東漢。姚振宗隋志考證，在東方朔集下注云：「自著論設客難以下諸篇，皆劉向所錄，見于別錄。然則七略別錄。載有朔集審矣。……是知別集之體，亦始於向也。」按西漢至東京，乃有專集，實多出後人追錄。觀漢武命所忠求司馬相如的遺書，魏文詔天下上孔北海的文章。他與吳質書說：「徐、陳、應、劉，一時俱逝。」復云：「頃撰其遺文，都爲一集。」

陳壽亦奏上諸葛武侯集，這些都是出於後人追輯成書。文選任昉作王文憲集序末云：

是用綴緝遺文，永貽世範，為如干卷。所撰古今集記、今書七志為一家言，不列于集，集錄如左。

這是王儉死後，其集由後人編集而成的一篇說明。可見下至劉宋，個人的文集，還是出於後人追錄編輯而成書的。

四庫提要集類小序云：「集始于東漢。荀況諸集，後人追題也。其自製名者，始于張融玉海集。」其說本諸南史融傳。其傳云：「自名其集為玉海，司徒褚淵問其故？融云：蓋玉以比德，海崇上善耳。」在隋書經籍志集部所著錄，融除玉海集外，尚有「大澤集十卷，亡。」可見南齊時，已開始有自名其集的風氣了。

詩經、楚辭，為最早的總集，人所共悉。四庫提要總集類序云：「體例所成，以摯虞流別為始。」晉摯虞的著作，原有文章流別集四十一卷，又志二卷，論二卷。見隋書經籍志，晉書本傳稱：「名曰流別集，各為之論。」他的文章流別一名下面，本有「集」字。總集之以集為名，似乎以他為最先。（舊唐書藝文志，荀勗有「新撰文章家集五卷」，惜內容未詳。）至於髣髴「文選」一路錄選文章的編著，晉初杜預有「善文」五十卷，見隋志著錄。這書名不甚顯著，史記李斯傳宋裴駰集解云：「辯士遺秦將章邯書，在善文中也。」善文即杜預此書，似唐時尚存，章懷太子後漢書注曾加引用。（馬皇后傳）揆以年代，這當是最早的文選。（清成瓘蒻園日札已有此說）

晉宋以來，盛行分體的選文總集，晉（散騎常侍）王履有書集，謝靈運有賦集九十二卷，詩集五十卷，「七」集十卷及策集等，謝莊有碑集、讚集、誄集等，惜皆失傳。

一人之集有區分部帙和種類的，隋志所見，像：

梁武帝有集二十六卷，又有詩賦集二十卷，雜文集九卷；又別集目錄二卷。

梁元帝有集五十二卷，又有小集十卷。

江淹、徐勉各有前集十卷；陶宏景有集三十卷，又有內集十五卷。

「別集」一名見此，它的涵義，應是指集外之文，和七錄指某人的專集有些不同。這如先秦諸子書分爲內外篇一樣。

王筠每做一官，便編成一集。計有：洗馬集十卷，中庶子集十卷，左佐集十卷，臨海集十卷，中書集十卷，尙書集十一卷。（見南史王曇首附傳云：「自撰其文章，以一官為一集。」）梁時自編成集的風氣，已達到鼎盛期。釋氏書亦有法集（如梁寶唱的法集）。難怪阮孝緒說「頃世文詞，總謂之集」了。

梁世集部的盛行，可見當日文學發展，已到了極高峯；另一方面，亦可看出中國文學成熟之早。

三、集部名稱之更張與文學領域之開拓

自漢至梁，集部名稱的演變，我們試加以擧出，再看後代目錄家採用和沿襲的情形：

（1）詩賦略　見于漢志。清孫星衍祠堂書目分書爲十類，第十曰「詞賦」。以詞賦代集類。不稱詩賦，只此一例。

(2)文翰志　晉李充始作翰林論，王儉七志乃立文翰志以代詩賦。翰即翰藻。（潘岳射雉賦云：「敷藻翰之陪鰓。」李善注：「藻翰，翰有華藻也。」）蕭統文選序：「義歸乎翰藻。」這都是用「翰」來代表文學作品。翰亦筆也。蔡邕筆賦：「性其翰之所生。」

(3)文集錄　阮孝緒七錄所立，與經典錄、記傳錄（史）、子兵錄、術技錄五者爲內篇；仙道錄、佛法錄二者則爲外篇。

(4)集　部　顏之推稱爲集部。「唐武德初，魏徵收東都圖書，時以王灣等治集。」（馬懷素傳）隋書經籍志簡稱爲「集」。毋煚古今書錄（即舊唐志）丁部稱曰「集錄」，宋李淑邯鄲圖志稱「集志」，清四庫全書仍稱「集部」。

其他有稱爲「文類」的。宋鄭樵通志藝文略分十二類，第十二爲文類，以「文」代「集」。鄭寅鄭氏書目共分七錄，其六曰「文錄」。這一名稱，很少被人採用。

集部中還有一些細目需要討論，在目錄書所見有可注意之要點，析言如次：

（一）自七錄開始有「文集錄」之名，又分爲三類，曰楚辭類、別集類、總集類；集部內涵因而確立。後人陳陳相因，都把楚辭單獨列爲一項，惟文獻通考經籍考，改楚辭類爲詩賦類，回復漢志的舊稱。

（二）新唐書藝文志有文史類，宋崇文總目亦有文史類，宋史、明史藝文志皆仍之。李充的翰林論，劉勰的文心雕龍，即被列入文史類。陳氏直齋書錄解題亦有文史類，晁氏讀書志則改名爲「文說類」。故四庫始別立爲「詩文評類」。

（三）尤袤遂初堂書目始于集部立樂曲類，書錄解題作「歌詞類」，分爲樂府、詞、曲三項。文獻通考則稱歌詞類，將樂曲獨立起來。

（四）小說自七略以來，列入諸子略十家之一，歷代因之，隸屬子部，孫星衍祠堂書目十二類，列小說于最末，爲第十二，把它獨立起來，甚有見地。

（五）明徐𤊹紅雨樓書目子部彙書類下列傳奇類。集部則分「集類」、「總集」、「總詩」，又有「詞調類」與「集類」并列。傳奇入子部，是把它和小說同樣看待的。

集之一名，所有文學作品，很難完全包括。清代四庫，仍七錄舊貫，集部分爲楚辭、別集、總集、詞曲、詩文評五類。其實楚辭應入總集，而別集總集仍在集的大共名之下；詞曲類之分立，遂初堂目之立樂曲，已啓其端；詩文評即唐書以來所謂文史類的另一名目。至于小說一類，循向來舊轍，入於子部，仍是未能擺脫舊分類法的羈絆。

四、餘論

漢代以詩賦領頭，其時還是以某種流行的文體，作爲文學的代表。

六朝以來，才有概括性的名稱。「文翰」一名之外，亦盛稱爲「文章」，這似乎和宋時文學獨立價值的提高，很有密切關係。宋文帝時，立四學，文學與儒學、玄學、史學分立，這是一樁極重要的事情。至于文章一名施用以總稱文學作品，隋志晉荀勗的「新錄文章家集五卷」（舊唐書經籍志列史部書目類）已開其端。摯虞因之作「文章流別」及「文章志四卷」。是時其他著作，如：

宋明帝江左文章志

沈約宋世文章志

顧愷之晉文章紀

丘淵之文章錄（世說劉孝標注引）

傳亮續文章志

都是以「文章」爲書名，可說是早期的斷代或地域性的文學史，可惜各書都沒有流傳下來。這時文和筆的觀念，已有明顯的分界，純文學的地位，至此已經奠定。梁世集類的盛行，這一風氣的成長，和文章獨立價值的提高，似乎不能說是沒有關聯的。

集部確立以後，自梁至清，一成不變。別集的觀念，過於側重個人，所謂某人的集，即是某人作品的纂錄，這和先秦諸子的著作，以某一領導人或某一學派的代表爲主而稱爲某子，本質上實無二致。所以六朝的「集」，可以說是先秦的「子」的變相。同時，這種以作家爲主，不以文體爲主，每一作家往往兼擅各體，每一集中，各體都有之。這與其說是某一個人的別集，無寧說是某一個人的總集。上擧兩端，前者可謂個人主義，算是「集不異子」；後者可謂兼通主義，等于「別不離總」。這樣看來，別仍是總，雖則某些作家的成就，有的在詩，有的在文，但精力却不能集中在某一項，由于集的觀念，太側重個人的地位和各體的兼通，對於文體的發展，似乎反成爲一種阻力，中國文學的早熟，在某些地方，反變爲停滯，集部的重視，對于文學觀念的影響，恐怕是其中一重要原因，故爲指出，附帶在這兒加以討論。

（原載新加坡大學中文學會會刊）

漢字與詩學

一、從 Ezra Pound 說起

Ezra Pound 在他的名著 ABC of Reading，收入 Ernest Fenollosa 所作 The Chinese Writter Charater as a medium for Poetry 一篇。他節取其大意，寫成 The Chinese Ideogram。他只從字形著眼，認爲：

The Egytion finally still used abbreviated picture to represent sounds, but the Chinese still use abbreviated pictures as pictures, that is to say, Chinese ideogram does not try to be the picture of a sound, or to be a written sign recalling a sound, but it is still the picture of a things of a thing in a given position or relation, or of a combination of things. It means that thing or action or situation or quality germane to the several things that it pictures.

因此他指出古代中國人以圖形來製字是根據一般人所知的事物來造字的。他強調 Fenollosa 之說，用這種方法寫出來的語言是 right way, had to stay poetic。可見漢字的結構和詩學關係之巨。

可惜 Pound 對於漢字未有深入的研究。漢字不僅重形，同樣亦重聲。漢字是由音符和形符共同組成，而以形聲字佔最大多數。一般認爲漢字是象形文字，這只是從形體結構這一角度來看

問題，其實漢字很早已脫離表意階段。殷代的甲骨卜辭差不多大部分是借音字和形聲字，僅有表音的作用，已離開了形構的示意作用。

所以漢字是以音符爲主，形符爲輔。在銅器時代，一個字有許多異形。儘管形符可以變動不居，而音符所代表的聲音則比較固定。因此，不能完全從字形方面著眼來談漢字。這一點 Pound 是不大了解的。

二、最古的記號與漢字

關於漢字產生的年代，目前已有最新的考古學資料，可以證明。陝西西安半坡仰韶文化遺址的陶符，經 Carban 14 測定，約爲 4800 — 4200 B.C.。有人認爲它只是孤立的符號，不可能是文字；實則其中符號有的出現于他處。像丅字，亦見山西夏縣的陶器，南至廣東清遠和香港的陶文，亦有相同者，至於X字是表示數目的五，幾乎各地陶文很普遍的流行。這說明它和後來的文字存在著密切的關係。又陝西臨潼姜寨，C.14 測定年代爲 4000B.C. 左右，陶器上刻劃符號有（象羊頭帶角形）諸形。甘肅洮河唐汪川的彩陶豆上繪有，象二人竝跪形，顯然是殷文字「比」或「从」的前身。又山東大汶口晚期陶器，年代爲 4300 — 1900 B.C.，其上刻有符號表示太陽上昇，出于地面（有人認爲是「旦」字），這很像 Sumarian 表示太陽（šamǎs）的（utu）和埃及象形文表示 horizon 的，其文字結構都是由二個以上的單文組成。這些很早的零星陶器上的記號，可以了解中國文字的誕生，應推前至 4000 B.C.。（關于中國遠古陶文的說明，另有專篇討

論，故不註明資料來源。）這和近東對于文字前身，由於近年專家探討的結果，知道由 token 系統的㊉（計算「羊」的記號）發展而爲文字，可以推前五千年，都是人們對世界文字起源問題的新知識。

三、最早用韻的敘事詩

詩經的雅頌，無法確定其年代。銅器銘辭，在西周時已通行用韻。大豐𣪘是周武王時器，許多地方用韻。較長的銘辭，爲近年陝西出土的史牆盤，周共王時器（982 — 967 B.C.），可以作一篇周頌來讀。全銘大約六十四句，共二百八十字，多用四字句式。通篇除最後一段之外，都有押韻。詩經周頌最長的僅有載芟一章，共三十一句，此已倍之；大雅皇矣八章，章十二句，共九十六句，與此盤銘相當。我們可以斷言西周中葉以後，這樣長篇用韻的敘事詩，已經形成，是沒有疑問的。史牆盤中大量使用複詞，更具備詩頌的形式。茲錄數句如下以示例：

> 曰古文王，初戾和于政。上帝降懿德，大屏。匍有上下，會受萬邦。𤔲圉（威德剛武曰圉）武王，聿征四方。……

盤銘中所見複詞已有下列各類：

1. 同義平行。如：楚荊。
2. 反義相對。如：上下。
3. 名詞上加形容詞。如：上帝、懿德。
4. 聯緜形容字。如：舒遲。

這些即後來所謂「駢字」。可見複詞的發展，在西周爲發軔期。漢語由單字走向複詞是必然的道路，一直至今尙在繼續發展；而詩的構成，駢字正是最重要的骨幹。

四、單音字與複詞

漢語是單音語，文字又是單音字，這是漢字的特性。由於基本上一字一音，在音節結合容易取得齊整與和諧。但漢字與漢語是游離的：第一，字和詞不能完全相應，單音的字只是詞組成的一部分；第二，漢字本身不能夠正確表示語言，許多口語沒有相應的字，已造出來的字，又有古今字及地域性的不同。所以形成語言與文字不一致的游離現象。漢語中存著大量的同音字。現以北宋人編的廣韻作一粗略統計。廣韻共二萬六千一百九十四字，同音字得三千八百零二字，實佔14.5%。同音字雖有如是之多，但在實用上無大關係。韻書的編輯，給我們把同音字按收音的韻部擺列在一起，只可備查，實際沒有什麼用處——因爲許多字只是異體或已死的文字，成爲歷史陳迹而已。

漢字的音符部份在開始可能和語言有些關係。某一字可以使用某音符來注音（形聲），或者借用某字來代表它的聲音（假借），到了成爲文字之後，與原有的語言，已完全脫離。現在的文字學者在研究形聲字及假借字的音符部分，所以作種種揣測——原因是文字與語言已發生很大的距離，不得不作猜謎式的考證。

單音字是不夠區別事物，且易引起混淆，于是有複詞的產生，以補其不足。複詞是由兩個單音字所組成，最主要是增文以足義。由于單音字所代表的意義有其極限，在擴張意義、或轉移意義及加強意義時，得增加另一個字在原來某一字之上，構成一新的複詞。今以詩學上兩個常用術語爲例子：

風……風氣　風教　風化　風俗
風物　風流
風力　風格　風骨　風範

興……興會　興致　興象　興趣

上一字的「風」、「輿」，好像是語幹，在下面另加一字，所組成的是複詞。雖由上字孳生，但它的意義，已大有不同。這些詞兒有它的發展經歷。某一詞的出現，亦有它的時代背景和形成的理由，還可作斷代的研究呢！

五、形聲字之發展及其美學作用

殷周以來，形聲字大量產生，成爲漢字發展過程中一大主流。形聲字每每附加形符來區別。金文的複雜形體表示其時喜歡一而再地增益附加的形符。秦人統一文字，加以簡化。形聲字大體上保存一形一聲，形聲字中形符最重要的區別作用是一望而可認識這個字所代表的事物是屬於什麼事類。譬如見山旁即知爲山，水旁即知爲水，非常簡單。不像埃及古文，義符之外復加聲符，形上加形，聲上加聲，凌亂複雜，最後終歸於放棄。

形聲字本身，具有形文和聲文兩者的聯結。不管形聲字的結構，是左形右聲，抑是上形下聲，或內形外聲，形符與聲符成爲對稱美。形主視覺，聲主聽覺，同時產生不同的美感。形與音引起情感上的反應，連帶生出情文。

聲符（聲文）＼
　　　　　　　＞情文
形符（形文）／

一個形聲字，分開來說，形符與聲符所引起的反應，各有不同的聯想，對於構成詩的語言，是非常有力而方便的。詩賦上有「聯邊」的現象，即是形符部分相同得太多，重疊繁冗而引起的不愉快的感覺。相反地，有的却把這種聯邊作爲特殊的技巧。例如謝靈運的名句：

蘋萍泛沈深，
菰蒲冒清淺。
芰荷迭映蔚，
蒲稗相因依。

蘋、萍、菰、蒲四個字都有形符的艸，泛、沈、深、清、淺五個字都有形符的水，二句之中出現這樣「聯邊」的技巧。這二句是互爲對偶的。還有聲律的美。蘋、萍同爲p'母，清、淺同爲ch'母，是爲雙聲；菰、蒲皆收u，同屬虞韻，沈、深同收m，同屬侵韻，這是疊韻。

第二聯亦有同樣的情形。這兩聯每句都有二個複詞（聯綿字），只用一個動詞來聯繫（泛、冒）。四個複詞相對構成一聯，是非常工整的形文，再加上雙聲疊韻的聲文，只有漢文字才有這樣的在文字形態上構成的美感。

六、造字法則與「類」的觀念

漢代人所提出的造字法則有所謂「六書」，非常重視「類」的觀念。六書之中有三者的定義與「類」的觀念發生密切關係。

1.象形：「依類象形，故謂之文」。（許慎說文序，下同。）

2.會意：「比類合誼，以見指撝」。

3.轉注：「建類一首，同意相受」。

所謂「依類」、「比類」、「建類」均是以類爲標準。類的觀念在古代哲學可以找到許多根據。易繫辭傳云：「方以類聚，物以群分。」（我在湖南看到馬王堆出土的易經帛書，漢文帝時物，其中即有繫辭傳。）墨子說：「摹略萬物，……以類取，以類予。」可見向來對「類」的重視。這裡所謂類，和亞里士多德講範疇的 genus 雖未必盡同，但是對事物的認識務使各從其類，把這一通則用到造字上面，要使它各從其類。比方凡山水一類的字，都以山及水統一起來，作爲形符，再以另一字記音，作爲聲符。以形符定其義界，以聲符示其語音，這樣有規律地把宇宙的事物歸入于某一物類。說文所載的形聲字，大都說是「从某，某聲」。从某，即指出屬於某一物類。我們原來不懂得的字，但看它所從之形符（即偏旁），便已知道它是何種物類，可說已識得一半了。如看松、柏二字的木旁，即知它是樹木。其它可類推。這樣一來，在造字者很是容易，認字者更無困難。這是形聲字的優點。

中國自秦統一文字，把篆、隸的字形整齊劃一，字畫安排得很勻稱，儘量減少以前文字的圖畫性部分，和複雜多變的結構，加以簡化，把文字規範化了。近年以來，晉、楚、中山及秦本國的文字資料出土很多。經過仔細比較，對秦人爲何刪剔各地區混亂的異體字，如何完成簡化文字的工作，大體可以明白。試舉一例：

吾  （毛公鼎）（石鼓文）（詛楚文）（秦小篆）（馬王堆帛書）

刪去繁複，只存一形（口）一聲（五）。由偏旁而建立部首，文字各從其類，漢字構造的法則，亦可有條不紊地加以歸納起來，給予分類，來編成字書了。

七、省略習慣、疊字作法

許多人談漢詩，認爲省略（Ellipse）是漢詩的特徵。在詩的語言裏，主詞的人名及表示位置的介詞（proposition），往往省略。其實在殷代武丁時期的卜辭，已大量使用省略的方法。我們可以從同時同事的占卜文字體會出來，在不同的甲骨上面細心比較便可了然。譬如A片上記著主詞（有卜者名）及日期，B片C片上可以省去。有時同一版上同事的占卜在上文很具體地紀錄，到了下面，便省略去了。介詞的省略，更隨便可以看到。例如「用一牛于兄丁」，可以作「用一牛兄丁」；甚至連動詞亦省去，只作「兄丁一牛」。銅器上亦普遍採用「略辭」。從同一地區出土的銅器群，經過比勘之後，可確定是略辭。例如（洛陽東郊西周墓出土）：

 射作尊　（甗）

射作父乙　（爵）

作父乙（觚）

射（尊）

在不同器上所鑄的文字，有的省去作器的人名，有的省去先祖名及器名。這種用極少數文字簡括地來表達的特殊手法，淵源甚早。再舉左傳一例：

天子七月而葬，同軌畢至；諸侯五月，同盟至；大夫三月，同位至；士踰月，外姻至。（左隱元年傳）

這處第一句言七月而葬，爲天子之禮；以下諸侯、大夫、士月數遞減。諸侯以下，皆省去「而葬」一語，而文義自明。

可見省略的習慣，不限於詩，這是漢語的一般慣例。詩的語言，因爲字數的限制，省略更進一步罷了。

同一字的重疊使用，可以助長文章的氣勢。特別是有關鍵性的字眼（Key word），不止一次地反覆運用。如左傳楚子問鼎，用德字作樞紐，凡六用。呂相絕秦，「我是以」凡五用；「我」字多用，幾乎達四十次。（請參看先秦文學史參考資料頁二〇六呂相絕秦（左傳成公十三年）。）摘一段如下：

康公我之自出，又欲闕翦我公室，傾覆我社稷，帥我蝥賊，以來蕩搖我邊疆，我是以有令狐之役。

在這篇中，「我」字兼有主詞（I）、受詞（me），作爲 Possessive case（my）用特別多，可以見到漢文法于不同格之情形下在字形上不必有什麼變化，只從上下文氣就可以看出來。

呂相絕秦一節，宋元文家都視爲「作文法度」的規範（隱居通議卷十八，叢書集成本）。

詩的疊字用得最多的。試舉梁湘東王（蕭繹）的「春日」一首爲例：

春還春節美，春日春風過。春心日日異，春情處處多。處處春芳動，日日春禽變。春意春已繁，春人春不見。不見懷春人，徒望春光新。春愁春自結，春結詎（那也）能申。欲道春園趣，復憶春時人。春人竟何在，空爽上春期。獨念春花落，還以惜春時。

詩中「春」字，一連用二十三次。一句五個字，有時出現了二次。而且有對仗。像「日日」與「處處」對。又作連環性的安排，技巧嶄新。同時有鮑泉者和他此詩，則疊用「新」字至三十次。舉六句于此：

新鶯始新歸，新蝶復新飛。……新扇如新月，新蓋學新雲。新落連珠淚，新點石榴裙。

右二詩載於明人編的詩紀（卷八〇，卷一〇二），大概是「宮體」詩的代表作。初唐張若虛的「春江花月夜」，其作法即從此脫胎而出。中唐無名詩人，流落在吐蕃，有白雲歌一篇七古，詞采甚佳。有句云：

……不知白雲何所以，年年歲歲從山起。雲收未必歸石中，石暗翻埋在雲裏。世人遷變比白雲，白雲無心但亂氳。……

詩見伯希和編卷號二五五五。這篇作法是反覆用「白雲」二字作爲 Key word 。原卷藏在巴黎，附爲介紹。

疊字疊詞在詩法是一種技巧。漢詩因爲字句齊整，一字一音，每一句的字數亦一致。重疊用字更有它的獨特之美妙。

八、對偶與聲調

漢文學在語文結構上最特出的地方無如對偶與聲調二者。對偶問題，六朝時劉勰已有麗辭篇，加以討論。他指出「對」有言對、事對、反對、正對四項，而以正對為劣——因為不免有重意合掌的毛病。

對偶（couple）與平行（parallel）不同。對偶要避免字面的重複。漢文的對偶還要調協平仄，更為其他國家所無。

由「句」的對偶發展為「篇」的對偶，在漢文學史上有四種特別出於對偶的文體：

（一）殷代龜甲上對貞式的卜辭。

（二）六朝以來四、六字句式的駢文。

（三）唐代的律詩：八句中第三、四句和第五、六句成為一對。

（四）明以後士人應試的八比文（由八段字句相等，上下對比的散文所組成的說理文）。

詩中的對句是特別講究的，唐人寫了不少書來討論對偶的構成和它的避忌。詩與律賦成為唐代考試的主要科目，韻書與類書的編集便應運而興。唐玄宗命徐堅編纂的初學記，其書在每一項之下，以「敍事」、「事對」為主，然後選錄一些詩賦等。此後如李瀚著蒙求，亦以對偶為文，作為小學的教材。到清代康熙六十年，御纂的分類字錦，共六十四卷，為成語、對偶集大成之作。

駢文在唐、宋仍舊非常盛行，成為朝廷的制誥與士大夫表啓的應用文體。每一篇文裏面，必須有一些警句可以摛誦。對外國的制誥——如對安南王日𤋮（即顯）的文字亦用駢體。當時稱精通這種文字曰「敏博之學」（劉壎隱居通議卷二十一）。即游戲文章的攻擊鄉試弊端之「非程文」，亦用駢儷，一時傳誦（輟耕錄卷廿八）。

應用文用駢體是十分美化的文字。至於詩中的對偶，其重要更不待言。空海在文鏡秘府論中舉出二十九種對偶。基本上不外相反、相生兩大系：前者二句包含的事物完全對立化，不必有何種關係，即劉勰所謂「反對」；後者上下句可能在意思上有某些因果關係，有時被稱爲流水對。長篇的律體稱曰「排律」，又是一格。

對偶在舊文學中所佔地位極其重要。練習作對是童而習之，必經長時間的訓練，才能夠隨手寫詩。

漢字的韻律是聲、韻、聲調三位一體。每個字都具備這三個要素。由於一字一音，漢詩的構成，字句終是很有規律。由字數多少組成的詩，爲體不一。三字爲句的三字詩，習見于鏡銘。四字爲句的四言詩，形製同于頌及碑銘。及五言、七言興起，字數旣齊整，對偶又工麗，爲使字與字之間，異音能相隨（和），同聲可相應（韻），這樣來構成詩的旋律，必在平仄上取得調協。於是嚴平、上、去、入四聲的辨別，斟酌於清濁輕重之間。自齊、梁至於晚唐，討論四聲、聲病說的著作，車載斗量。漢詩中聲文的重要性，表現於新體式的詞、曲，更爲嚴格，每一曲調有它的限定字數與平仄規定。清初詩人著「聲調譜」，更從句的韻律，進而講「篇」的韻律；由近體而及於古體。聲調在漢語詩律上的格式，已有許多專著談及，不再多贅。

九、漢字由實用變爲藝術及詩之簡化

還有一層，漢字字形有多次的演變：

大篆——小篆——隸——行——草

主要是筆畫由直線變爲曲線，圓筆變爲方筆，形體由凝固變爲飛動，方法由遲慢變爲迅速。每一時代的字體有它的特別的美感。書法的發達，五花八門，使文字一轉而爲美術，由日用之工具，一變而爲個性精神表現的媒介。

律詩中工整的麗句，是詩的警策動人的部分，有如人首的一副眼睛。詩句典型即在于此。唐五代的時候有許多「詩句圖」的著述。張爲的「詩人主客圖」，是「摘句」工作的肇始。（張爲書參看羅根澤晚唐五代文學批評史頁五〇。）以後選詩編成「句圖」的大有其人。在名家的詩集中，往往摘取對句若干聯，以爲代表作。南宋陸游的七律特工，陳應行的續句圖中摘錄至七十七聯之多。

宋代以來，楹聯盛行。楹聯即是把對句寫出來，可以懸掛在廳堂。它是詩和書法的結合，成爲一種藝術品。所寫的句子，可說是簡化的詩，是詩的縮影。書寫楹聯的風俗，至今尚然。這是詩的社會化、普遍化的一種表現，是中國文學之一特色。

十、餘　論

西方凡韻文都可稱爲詩，Poetic 應該包括所有的韻文。漢詩則不然。由於詩的形式有一定的體製，韻文大別有賦、詩、詞、曲四大類。詩的固定體製又有古詩、樂府、律詩、絕句；尤其律詩和絕句有規定的字數和平仄格式。作詩者用上列形式寫詩，已可免却形式上的負擔，實際已減去部分的精力。新詩是自由詩，未有固定的型式，作者同時要顧及形式與內容，在創造過程，比較吃力。新詩至今所以還未臻成熟，作者兼要經營句型，是一重要原因。

語言學在西方，目前幾乎居於其他學術的領導地位。漢語與文字由于是處于游離狀態之下，語言的重要性反不如文學。中國靠文字來統一，儘管方言繁多，而文字却是共同而一致的。這顯示中國文化是以文字爲領導。中國是以文字→文學爲文化主力，和西方之以語言‖文字→文學情形很不一樣。這說明純用語言學方法來處理分析中國文學，恐有扞格之處；尤其是詩學，困難更多。至若輕易借用西方理論來衡量漢詩，有時不免有削足就履的毛病了。

（原載法京 Écritures，法文本）

孔門修辭學

一、引　言

在沒有討論到這個問題之先，我們應明白兩點意義：

第一、我國古代極端重視修辭，但所指的修辭，是指「言」與「行」，「文」與「德」的一致性，和西方所說的「修辭學」（Rhetoric　）是不相同的。所謂修辭學原是包括「言」「文」兩方面，所謂「言之無文，行之不遠」。這說明了「言」「文」二者的關聯性。故孔門四科，言語是極重要的一科。修辭學在西洋是指講話的技術，希臘語的 Oratary 本來是指話術（拉丁文是

Oratoria ），後來才演變到作文章方面，專指文術。即指文辭的修飾和表現的種種技巧和形式。我國之有修辭學，乃是極近的事情。而且最初是洋化的，唐鉞的修辭格只是依納氏的英文法格式如法泡製，只是從造語的形式和組織風格立論罷了。其實我國眞正講修辭的要算劉勰的文心雕龍，在神思篇以下便很詳細地講文術了。

日本人有許多修辭學的書，亦稱「美辭學」，如高田早苗氏、島村瀧太郎的著作，都稱做「美辭學」。這「美辭」二字是根據曹植辯道論「溫顏以誘之，美辭以導之」一語而來，是側重於積極修辭部分。但秦漢儒家所說的修辭，是指文德而不是指文術的，我現在所要講的是孔門的修辭，是和現代所說的修辭學絕不相同。

其次，孔門的修辭學和縱橫家的修辭亦截然異趣。古代大行人小行人，即外交官無不注意言語應對。春秋戰國時代，由於時代需要，對於辭令很爲重視。誦詩三百亦爲了辭令之故，一言可以興邦，可以喪邦，在聘問交際上是不能不對言語加以特別訓練的。孔門四科：德行、言語、政事、文學，言語是其中之一。這種言語科的發展，有義理和權謀的兩個分歧。前者是儒家言行相顧；後者是縱橫家，專以巧辭炫人，充滿揣摩利害的機詐，不出于誠心，不本于道義，正如漢書藝文志所說的「邪人爲之，則上詐諼而棄其信」。現在所講的孔門的修辭學是以經傳爲主，國策、韓非、鬼谷一類是在摒棄之列。

二、修辭立誠是合內外之道

修辭二字見于易乾文言：「君子進德修業，忠信所以進德也，修辭立其誠，所以居業也。」辭是屬于外表的事情，能修辭是能有美的辭令，但必要出于「誠」。誠是內在的，必須內在充實，才能言之有物。美的辭令必須建築在誠之上，修辭屬於「美」，「誠」包括了「眞」和「善」，有「眞」和「善」才有「美」之可言，有眞和善然後可以立誠。

說「誠」字最明白透切的莫如中庸，我們可以拿易經和中庸互相印證，誠字可以概括「眞」「善」。中庸說：「誠身有道，不明乎善，不誠乎身矣。」又說：「誠者，天之道也；誠之者，人之道也。」「誠之者，擇善而固執之者也。」由這些話看來，「誠」本身就有眞和善。「誠」在己是誠意，把誠推而及於事物上面，徹頭徹尾都是誠的表現。中庸又說：「誠者，物之終始。不誠無物。是故君子誠之爲貴。誠者，非自成己而已也，所以成物也。（即格物，即隨處體認天理。天理是誠。所謂「惟天下至誠為能盡其性」。）成己，仁也；成物，知也。性之德，合內外之道也。故時措之宜也。」自己心中具備「誠」是仁，由此而推及一切事物是「知」。修辭是知，立誠是仁。從修辭以立誠，正是合內外之道了。

可是有些人只是能修辭而沒有誠的，即論語所指的「巧言令色，鮮矣仁」。美的辭令必要內在誠篤始有價值。所謂「有德者必有言」，就是說立誠能兼修辭，做到了內外一致，仁知相兼的地步。反之，「有言者不必有德」，是謂修辭而不立誠，徒有諸外而無其內，有「知」而沒有

「仁」的。至誠的人，從大的方面可以盡物性，與天地參，這是致廣大；小之則可以致曲，曲而有誠，則明且著，這是能盡精微的。由此可見修辭必要與立誠合一，必要做到內外一致，言行相符，然後才可成爲「文質彬彬」的君子。

對於修辭立誠的道理，發揮得淸楚的，還有禮記表記（鄭注說：君子之德見於儀表者也）。表記說：「是故君子服其服，則文以君子之容，有其容，則文以君子之辭，遂其辭，則實以君子之德。是故君子恥服其服而無其容，恥有其容而無其辭，恥有其辭而無其德，恥有其德而無其行。」從這段話裏可見服、容、辭、德、行是一貫的，更可以看出修辭與德行的相倚性。表記又引孔子的話說：「情欲信，辭欲巧。」情欲信就是立誠，辭欲巧就是修辭，這正與文言的說法相同。又引子曰：「君子不以辭盡人，故天下有道則行有枝葉，天下無道則辭有枝葉。」辭有枝葉，則言行未必一致，所以「辭」比「行」是次要的。必先要誠，其辭才有價值。論語「行有餘力，則以學文」亦是這個意思。

三、由辭以觀人

辭包括言語與文章，是人的思想反映於外面的東西。即所謂有諸內然後形諸外。故易云：「聖人之情見乎辭。」揚雄云：「言爲心聲。」我們可以從某種言辭去了解一個人的爲人，了解一人內心與性格的好壞。這便是知人。知人是我國古代專門的學問，是爲政的要務。書臯陶謨上說：「在知人，在安民。」「知人則哲，能官人；安民則惠，黎民懷之。」所以知人的問題在古代有專書討論。大戴禮有文王官人篇，稱文王官人的方法是觀誠、考志、視聲、觀色、觀隱、揆德（文亦見逸周書）。易繫辭傳也有幾句很重要的話：「將叛者其辭慚，中心疑者其辭枝，吉人之辭寡，躁人之辭多，誣善之人其辭游，失其守者其辭屈。」這幾句話是一切理論文最精密的批評，而又賅括而深入文心的。以後孟子論知言似即從此脫胎出來。什麼叫做知言？孟子說：「詖辭知其所蔽，淫辭知其所陷，邪辭知其所離，遁辭知其所窮。」我們可以從一個人的說話，看出其人的心理，可以判斷其人的好歹。

上面已經就理論方面說過了，現在舉些實際的例子。關於知人知言的實例，在左傳和國語中可以找到不少的好資料。國語周記下記單襄公告其子頃公，論晉孫談之子周（即晉悼公名）說：「其行也文，將得晉國。」他把「文」字來概括周的人格，特別說明「文」的道德綜合性。他說：「其行也文。能文，則得天地；天地所祚，小而復國。夫敬，文之恭；忠，文之實；孚，文之信；仁，文之愛；義，文之制；智，文之輿；勇，文之帥；教，文之施；孝，文之本；惠，文之慈；讓，文之材。」他看到晉悼公具備這十一種德性，拿一「文」字來概括他。所以「文」字可說是一個典型的道德綜合體，實在具有道德文化的全體意義。後來晉悼公果然是復國了，證明單襄公很有知人之明一點沒有看錯！

左傳昭公二十年記晏子對齊景公論「和」與「同」兩個概念的差異。文云：「齊侯至自田，晏子侍於遄臺，子猶（即梁丘據）馳而造焉。公曰：惟據與我『和』夫。晏子對曰：據亦同也，焉得為和。公曰：『和』與『同』異乎？對曰：異。和如善焉。水火醯醢鹽梅，以烹魚肉，燀之以薪。宰夫和之，齊之以味，濟其不及，以泄其過。君子食之，以平其心。君臣亦然。君所謂可，而有否焉，臣獻其否，以成其可；君所謂否，而有可焉，臣獻其可，以去其否。是以政平而不干，民無爭心。……今據不然。君所謂可，據亦曰可；君所謂否，據亦曰否。若以水濟水，誰能食之？若琴瑟之專一，誰能聽之？同之不可也如是。」這一段極精警的話言提出可與否相合叫做「和」，這說明要從矛盾中，求得統一。易經睽卦象說：「君子以同而異。」王注云：「同於通理，異于職事。」「異」「同」不在事理上的區分，而是說與其一味苟同，不如從異去求同，庶幾能集思廣益。論語曰：「君子和而不同，小人同而不和。」（何晏集解云：「君子心和，然其所見各異，故曰不同。小人所嗜好者同，然各爭其利，故曰不和也。」）亦指出所見能有不同的，才是君子；否則唯唯諾諾，一味苟同，不外小人而已。晏子似即發揮這個意義，他所說的「可」「否」「和」，有如現在辯論術中的「正」「反」「合」，與辯證法的原理非常相合，完全是一種語言辯證的邏輯，這是很有價值的。

四、修辭學與語意學

最後我再想指出孔門修辭學，與現在的語意學，意味頗相類似，語意學最終目的是研究語言怎樣運用到適當。不像修辭學只注意言辭的美化，儒家講修辭立誠，所以居業，如是方能盡言語之用，與語意學的主旨頗爲接近。

從上面所說，可以知道儒家的修辭學，內之在于立誠，外之在于知人知言，不是徒然講「辭形」「辭式」，而是講文德的，所以和西洋的修辭學截然不同。孔門的修辭，與其說是講修辭，毋寧說是講語意。至于說「辭達而已矣」，「出辭氣，斯遠鄙倍矣」（論語），「言不序」（艮卦），「不辭費」（曲禮）等等，這才與現代人所說的消極修辭，求其「意義明確」（達），倫次通順（序），辭句平勻（不費），有美感能動人（遠鄙倍）有點相似，但都不是孔門所謂修辭的目的和最終意義的。

不過孔門的修辭，和新近的語意學也有不同的地方。語意學是分析言語如何適當的運用和如何影響個人行爲和思想，和語言的類別和功用，還只是從語言現象和使用方面着眼，至于語言使用的出發點與內在的正確性——即內在的「眞」「善」要素，却還沒有詳細指示，是有「末」而無「本」的。儒家的知人知言是中國的語意學，但折衷於道義，以「立誠」爲本，是「有本之學」，所以不是單純的語意學，而是混合了道德哲學。

有些人以爲中國人缺乏對於語言的思考，那是不對的。儒家談修辭是建築在道德基礎上的語意學，這是値得現代語意學者的探索和參考。今天把它揭櫫出來，希望能引起世界語意學者的注意。今天只是發表些個人意見，對不對還請各位賜教。（林均田筆記）

（原載民國四六年人生雜誌九月份）

讀阜陽詩簡

一、秦漢之際的詩經學
二、幫助了解左傳引詩的古本
三、為說文古文提供佐證
四、解決詩異文的疑難
五、一些罕見的異文
六、餘論

安徽阜陽縣夏侯灶墓出土的詩經簡册（以下省稱「阜詩」），已在本年的「文物」第八期正式公布了。這是繼馬王堆易經寫本以後古文獻又一重要發現。詩經古寫本在竹簡上的出現這還是第一次，所以非常重要。夏侯灶是夏侯嬰的兒子，同墓出土又有倉頡篇等，應該是漢初楚域流行的讀本。也許是死者生前誦習的經本。夏侯灶死於漢文帝十五年（公元前一六五年），這一寫本的年代下限不能遲過是年。雖然有人寫了「簡論」，對詩經早期的風貌，作了種種考察，筆者讀後，仍有許多不同看法，不揣固陋，謹提出向讀者請教。

一、秦漢之際的詩經學

孔門以詩設教，其門下相承，自子夏至於荀卿，都長於詩。西漢傳詩有四家。隋書經籍志：

漢初，魯人申公受詩於浮丘伯，作詁訓，是為魯詩；齊人轅固生亦傳詩，是為齊詩；燕人韓嬰亦傳詩，是為韓詩。終於後漢，三家竝立。漢初又有趙人毛萇……善詩，自云子夏所傳，作詁訓傳，是為毛詩。古學而未得立（於學官）。

轅固生和韓嬰時代相當晚：轅固爲景帝時博士；韓嬰較早，漢文時嘗爲博士，武帝時與董仲舒討論於皇帝面前，一時傳爲美談。毛詩由河間獻王的傳播，方纔流傳。這三家詩之成立及傳授，都在阜陽詩簡之後。惟有魯詩傳自浮丘伯，其來歷遠在嬴秦之世。浮丘伯是荀卿的弟子，和李斯同時。其人頗爲漢初儒家所稱道：

陸賈新語資質篇：「鮑丘之德行非不高於李斯、趙高也，然伏隱於蒿廬之下。……」

桓寬鹽鐵論毀學篇：「昔者李斯與包丘子俱事荀卿。既而李斯入秦，……包丘子不免於甕牖蒿廬。……」

劉向孫卿子書錄：「春申君死而荀卿廢，因家蘭陵。李斯嘗為弟子。……又浮丘伯皆受業為名伯。」

浮丘與包丘、鮑丘爲一聲之轉，說者咸認爲是一人。漢書楚元王傳云：

少時嘗與魯穆生、白生、申公俱受詩於浮丘伯。伯者，孫卿門人也。及秦焚書各別去。

如傳所言，楚元王劉交與申公輩同學詩於浮丘伯，是在秦始皇焚書之前。史記儒林傳申公傳言：

> 申公者，魯人也。高祖過魯，申公以弟子從師入見高祖于魯南宮。呂太后時，申公游學長安，與劉郢同師。

據漢書高帝紀下：「十二年十一月，行自淮南。還，過魯，以大牢祠孔子。」是申公從其師浮丘伯謁見漢高祖，應該在高祖十二年十一月（公元前一九五）。漢書楚元王傳又云：

> 漢六年，既廢楚王信，分其地為二國。立（劉）賈為荊王，交為楚王。……元王（交）既至楚，以穆生、白生、申公為中大夫。高后時，浮丘伯在長安。元王遣子郢客與申公俱卒業。文帝時，聞申公為詩最精，以為博士。元王好詩，諸子皆讀詩。申公始為詩傳，號「魯詩」。元王亦次之詩傳，號「元王詩」。世或有之。

然史記申公傳則言：「申公獨以詩經爲訓以教。」索隱云：「謂申公不作詩傳，但教授。」與漢書說異。漢書藝文志本諸劉歆七略，亦不載劉交的「元王詩」，殆未之見，或其書未成。阜陽詩簡寫於漢文帝十五年以前，其時申培公不知已爲博士否？從史實論，阜詩爲文帝（十五年以前）之物，和浮丘伯傳授申公、劉交時代最爲接近。浮丘伯傳入楚地之詩經本子未知視此如何？其時齊詩、韓詩尚未成學，毛詩傳授者大毛公爲河間人，小毛公（萇）爲趙人，在另一地域流行，故阜詩不必管它是屬於上列三家之任何一家。只有魯詩年代相當——但亦不能指爲魯詩的讀本。

申公傳魯詩，受之浮丘伯，而浮丘伯則爲荀卿之門人。荀子一書中引詩甚多。據陸德明經典釋文序錄荀卿的師承關係，其來歷亦斑斑可考。茲表列如下：

子夏—曾申—李克—孟仲子—根牟子—孫（荀）卿—浮丘伯—申培
　　　　　　　　　　　　　　　　　　　　　　　　　—劉交（楚元王）
　　　　　　　　　　　　　　　　　　　　　　　　　—穆生
　　　　　　　　　　　　　　　　　　　　　　　　　—白生
　　　　　　　　　　　　　　　　　　　　—大毛公（魯人）

（另有徐整一說，不錄。）

荀子大略篇引「國風之好色也。傳曰：盈其欲而不愆其止，其誠可比於金石，其聲可內（納）於宗廟」。俞樾撰「荀子詩說」，以爲這「傳文必是根牟子以前相承之師說，實爲毛傳之先河」（見「春在堂全書」中「曲園雜纂」第六）。大毛公亦及荀卿之門，可是大略篇這一段話，是否出於根牟子，還是沒有堅強證據。

浮丘伯傳魯詩，大約在秦始皇時代。近人馬非百著「秦集史」，即爲浮丘伯立傳（見「秦集史」人物傳十三，中華本，頁三三七）。又劉汝霖著「漢晉學術編年」第一册，高祖六年之下，記載劉交爲楚王申培等至楚事。因漢廢楚王韓信，分其地爲二國，立劉賈爲荊王，交爲楚王，即在是年。然劉氏述申公見高祖在是年之前則誤，當在高祖十二年（說已見前）。

漢初，儒生多通詩書。賈誼傳稱其「年十八，以能誦詩書屬文稱於郡中（誼爲洛陽人）」。陸賈傳記其拜大中大夫，時時前說稱詩書，爲高祖所罵。賈所著「新語」，每每引詩。如「辨惑」第五篇末言：「詩云有斧有柯，言何以治之也。」可見秦漢之際，詩經爲一般人所誦習的情形。

二、幫助了解左傳引詩的古本

阜詩雖然是斷爛的殘簡，片文隻字，有時卻非常有助於經典文字的勘正與研究。開頭第四條：

> 于時于以用（S 004）

即是國風召南采蘩的首章「于沼于沚，于以用之」的殘文。我們習慣讀毛詩本子，初看到這個「時」字，必甚詫異，其實是有它的來歷。陸德明「經典釋文」在毛詩這章下云：「沚，音止；沼也。」但另在左傳隱公二年傳「澗溪沼沚之毛」句下云：

> 時，音止。本又作沚。亦音市；小渚也。

據此則左傳古本原有作「沼時之毛」者。故孔穎達疏云：「沚與時音義同。」廣韻上聲六止韻內，時字有三個音，其一在洔字之下，音直里切。洔字訓「水中高土」，又音止，則洔與沚及時都通用。左傳古本沚之作時，由於僅此一例，向無人注意。今得阜詩之「于時」殘文，可以證實左傳古本確有這一寫法。

> 阜詩鄘風：「賁，人之无良，我（以為君）。」（S059）

是「鶉之奔奔」第二章的殘文。其缺字補足之，應作「鶉之賁賁」。今毛詩作「鶉之奔奔」。按左傳僖公五年八月，晉侯圍虢國的上陽，卜偃引童謠回答，有「鶉之賁賁……虢公其奔」之語。「鶉之賁賁」一句，詩鄘風和春秋時童謠均用之。左傳釋文：「賁音奔。」賁與奔二字每互借。如易渙卦爻辭「奔其几」，馬王堆本作「賁其階」，即其例證。魯詩、齊詩皆作「鶉之賁賁」，亦同於左傳。禮記表記引詩「鵲之姜姜，鶉之賁賁」，鄭注：「姜姜賁賁，爭鬥惡貌也。」呂覽壹行高誘注：「賁，色石純也。詩云：鶉之賁賁。」均作賁。似以作賁爲正——因童謠下文用奔字協韻，不能重複。

左傳每引用詩句詩意。釋文序錄云：「左丘明作傳，以授曾申。申傳衞人吳起。」申字子西，爲曾參之子。申復從子夏傳詩，一人兼傳詩經和左傳。曾申所授的「詩」本子今不可考。上舉雖僅兩例，所引詩均不同於毛傳，必是出於左傳的古本，則可斷言。

三、爲說文古文提供佐證

阜詩小雅部分只存七則。伐木第二章殘文云：

於粲洒騷，每食八朹。既有肥牡，以速者咎。寧是不來，微我有咎。（S 143）

毛詩本作「洒埽」、「陳饋八簋」、「諸舅」、「寧適」。其它相同。騷和埽二字同音通借，阜詩在唐風「山有樞」的第二章「弗（洒）弗騷」句（S 114），亦借騷爲埽。者咎宜讀爲諸舅。咎之爲舅，古來習見。「寧是」之作「寧適」，是與適之互通，在阜詩中不止一見。今不詳論。「每食八朹」句，與毛詩大異，最爲有趣；尤以「朹」字的出現，最有研究價值。

說文竹部簋字之下重文有𠤳、匭兩字，竝注云：「古文簋。」最後又有朹字。許君云：「亦古文簋。」這個「朹」字，清代權威的文字學家有不同看法：

段玉裁說——簋以木為之，故字从木也。惠棟九經古義曰：易渙「奔其機」，當作朹。宗

廟器也。（說文解字注）

桂馥說——文當為机。从几俎之几，非从八九之九。（說文義證）

兩說正相反。按爾雅釋木有朹字，云：「朹，檕梅。」郭璞注：「朹樹狀似梅，子如指頭，赤色。」釋文音求。玉篇在木部後增字引爾雅，補朹一文，實不以爲簋字。周禮春官小史「史以書敍昭穆之俎簋」句下鄭玄注：「故書簋或爲几。鄭司農云：几讀爲軌。書亦或爲簋，古文也。」（四部叢刊翻宋本）几和九二文形近易亂。段玉裁改校周禮此條之几爲九，謂：「周禮故書作九，則更古矣。」孫詒讓從段說，謂：「說文古文簋字凡三：曰𠤳、曰匭、曰朹，其不數『九』、『軌』，何也？說文所說者，小篆古文之別也；禮經所用者，古文之假借也。」（周禮正義）如是周禮故書有但作「九」者，同音借用爲簋。左傳僖公四年「苞匭」，釋文云：「音軌。本或作『軌』。」是左傳別本簋又有作「軌」者，與「九」同是假借。

至易經渙卦九二爻辭所見之「机」，是否如惠棟說爲朹之誤，則甚難言。考馬王堆本此句作：

渙，賁其階，悔亡。（「文物」，一九八四・三，頁八。）

不作机而作階，與「簋」全不相干。故知作机決非朹之訛，惠說非是。易損卦爻辭又有「二簋可用享」句（馬王堆本作「二巧」，借巧為簋），商承祚著「說文中之古文考」引此語的釋文云：「蜀才本作軌、朹。」但核之納蘭成德的通志堂刊本及盧文弨校刊的「經典釋文」（抱經堂叢書本）實同云：「蜀才作軌。」今歲我在日本校印之敦煌書法叢刊，第四卷爲敦煌石室所出唐開元二十六年蒲州趙全岳寫本周易釋文（東京二玄社印），此條亦云：「蜀才作軌。」諸本竝無「朹」字。故知商氏誤引，隨便增一「朹」字，遽謂出自蜀才易注。商氏書又據惠棟說把許多机字都改成「朹」

字，似乎過於大膽。其實以杋字作爲簋之古文，綜合上述各種資料看來，只有說文古文一處而已，其他周禮故書及左傳則借九與軌以作簋。段氏沒有新資料，過於信從惠棟妄改之說，似嫌輕率；桂氏改杋爲机，以爲從几之訛，亦非。今從阜詩「八杋」之杋字，可知漢初已通用杋字代簋，足爲許君杋爲簋之古文提供實物上之證據，且可明瞭清儒各種揣測之不可信。一字千金，十分可貴。

四、解決詩異文的疑難

詩經的本文，由於四家詩本子的不同，向來有許多爭論。阜詩的出土，提供了嶄新資料，可以幫助我們解決一點積疑。試拈二例論之：

（一）毛詩邶風谷風第五章：

不我能慉，既阻我德，賈用不售。

毛傳：「慉，養也。」鄭箋：「慉，驕也。君子不能以恩驕樂我，反憎惡我。」陸德明釋文：「毛：興也；鄭：驕也；王肅：養也。說文：起也。」（宋中箱本）

在詩經學史上三國時鄭、王之爭最劇。王肅好與鄭玄爲難，著有毛詩義駁、問難、奏事諸書，以申毛難鄭。清儒謂其「有意與鄭乖異，甚且不憚改古人相傳之故訓，以申己見」（盧文弨「龍城札記」說）。臧庸著「拜經日記」，指出毛傳「慉，養也」一句即出王肅所僞作（皇清經解卷一一七〇—一一七六）。大概他看見陸氏釋文有「王肅：養也」一語，故作這樣推斷。今觀阜陽簡殘文云：

> ……畜，反以我為讎，既沮我直。（S 036）

這句有三處和毛詩不同：慉作畜，不從心；阻作沮；德作直。德字從直心，故省借「直」爲德。沮、阻音義皆同。此本作畜，不作慉。訓養之義，疑即從畜而來。說文心部：「慉，起也。從心，畜聲。詩曰：能不我慉。」引詩，字亦作慉。段注謂起與興義同，亦以訓養爲非。然孔穎達正義釋「傳：養」云：

> 徧檢諸本，皆云慉養。孫毓引傳云：「慉，興。」非也。爾雅不訓慉為驕，由養之以至於驕，故（鄭）箋訓為驕。

他說「徧檢諸本」，都是訓養，且斥孫毓的（三家詩評）引傳作興爲非。唐初詩經寫本較多，孔氏之說，必有根據，所以不宜輕易說毛傳訓養是出於王肅所羼改。但陸德明云：「毛：興也。」與孫毓相同。孔氏撰正義則不採是說。阜詩作畜，與各家獨異，猶存早期詩經寫本之眞面目。

（二）毛詩陳風墓門第二章：

> 墓門有梅，有鴞萃止。夫也不良，歌以訊之。

陸氏釋文：

> 訊之，本又作誶。

廣韻去聲六至云：

> 誶，言也。詩云：「歌以誶止。」

引詩與釋文一本作誶相合。隋代經學家對這一字討論甚繁。錢大昕認爲訊是誶的形訛。他說：「六朝人多習草書，以卒爲卆，遂與卂相似。陸元朗不能辨正，一字兩讀，沿訛至今。」說文引國語吳語「誶申胥」，今本國語作訊。誶誤作訊，古書中其例不一而足。陳奐毛詩傳疏云：「廣韻誶字引詩『歌以誶止』。然則此句止字與上句止字，相應爲語詞。凡古人之詩，韻在句中者，韻下用字不得或異。三百篇惟『不可休息』（案此漢廣句。），『思』譌作『息』，與此處『止』譌作『之』，失詩句用韻之通例。」陳氏亦以爲應當作「誶」，方與上句之「萃」協韻。今按阜詩殘簡正作：

……桲止。夫也（不良），歌以誶☐。（S 128）

桲是萃的異寫，從艸與從木不分。「歌以誶☐」句和廣韻引詩、釋文一本相同。桲與誶協韻，是漢初詩經寫本確有作「誶」者，可證錢、陳之說。

五、一些罕見的異文

阜詩異文甚多，不少爲前所未見，一時不易解釋。經典釋文序錄詩類有言：「口以相傳，未有章句。……遭秦焚書而得全者，以其人所諷誦，不專在竹帛故也。」漢初，詩經的傳授，由於口口相傳，「倉卒無其字，或以音類比方假借爲之」，所以同音別字特別多。像「出自幽谷」之作「幼浴」，楚帛書「山川澫浴」即萬谷，馬王堆老子甲本德經「浴得一以盈」，道經「浴神（不）死」，都借「浴」爲谷。這尚很容易加以解釋，但有一些是很特別的。

例如：琴瑟在御作「在蘇」。按廣韻十一模，蘇字下又有「滿也，悞也」諸訓。穌下有一義爲「舒悅也」。悞在去聲十一暮，爲誤的重文，音五故切。和它同音的共十四字，其中有娛。蘇之訓悞，穌之訓舒（悅），可能是從娛而來。娛有平聲五于切一音，又五故切，因得與「御」同音假借。

有的是增形假借。如夕之作[歹昔]。王風「日之夕矣」句，阜陽詩簡兩處皆作「[歹昔]誒」，即「夕矣」。語助字在阜詩中每增益言旁。如非（匪）之作誹，嗟之作[言差]，矣之作誒，例正相同。夕之作[歹昔]者，周禮天官「腊人」鄭注云：「腊之言夕也。」腊音昔。穀梁傳：「辛卯昔，恒星不見。」即辛卯夕。夕可借作昔。[歹昔]字與腊之從肉不同，他書未見。[歹昔]應是夕的繁體，增益聲旁之昔。

又有字形稍變的省借。如曹風「其弁伊騏」，陸氏釋文云：「（騏）音其。騏，綦文也。說文作[玉綦]，云：弁飾，往往冒玉也。或亦作[玉綦]。」按周禮夏官弁師：「王之皮弁會五采，玉璂。」鄭注：「皮弁之縫中，每貫結五采玉十二以爲飾，謂之綦。詩云……其弁伊綦是也。」字逕作綦。騏是[玉綦]、綦的借音字。阜陽詩簡作「弁伊[甘丌]（S一二九）」，字從說文箕之古文甘，而形少變；下益丌爲音符。即金文的[甘丌]（季良父壺）。阜陽詩簡直是用「其」字來代替璂或綦，但存聲符而已。

六、餘論

有的異文已見於經典釋文。如卷耳「我馬屠誒」，毛作「瘏」。釋文云：「本又作屠，非。」此正作屠。樛木，此作枓木。釋文云：「馬融、韓詩本幷作枓，音同。」

有用本字者。如唐風揚之水「白石鑿鑿」，阜詩作「糳糳」（S 116）。玉篇殘卷鑿字下引左傳「粢食不糳」（桓二年），字下從米。糳訓「精細米也」，字見說文。

異文有可正音讀者。如邶風終風「攜手同居」即同車。莊子徐無鬼「日之車」，釋文云：「元嘉本作居。」與此同，車字作居。正如劉熙釋名云：「古者車聲如居，所以居人也。」可證漢初人不讀車爲尺居反之音。吳韋昭謂後漢以來始有「居」音一說，不攻自破。

阜陽所出簡册，兮字都用「旖」爲之。如殘簡：「□橐旖（兮）北辰游」（「文物」一九八三、二），「簡旖（兮）方將萬舞」（S 三九）。同樣之例還多。馬王堆本老子，所有兮字皆作呵，語詞之兮或作猗。猗與旖音義同。如旖旎亦作猗狔（見廣韻上聲四紙）。旖復作旑，從扵，可聲（廣韻上聲三十三哿），與呵之「從口，可聲」相同。兮之作呵及旖，還是楚聲的系統。

阜陽詩經漢簡雖所存殘字無多，然算是現存詩經最早的寫本。近世經學式微，治古文字者多不通經，研習訓詁的又往往排黜古文字，兩者不易得其會通。故略爲抉發一二，以竢方聞之匡正。

（原載明報月刊）

騷言志說

詩言志，騷亦言志。淮南之論屈子云：「推此志也，雖與日月爭光，可也。」史公錄以入傳，故假騷以言志，其事漢、唐已然，而特盛于宋、明，蓋又與義理之學有關。近世治楚辭者多措意于訓詁校勘，而頗昧斯義。詩言志之說，朱自清已有專書討論，若騷學則尚闕如。賈誼謫長沙，爲文以弔屈原，其云「方正倒植」，又云「曠九州而相君兮，何必懷此都也」，既以自況，亦以自寬也。班固以詩經之小弁，與離騷相提並論。漢書馮奉世傳贊云：

讒邪交亂，貞民被害，而自古而然，故伯奇放流，孟子宮刑，申生雉經，屈原赴湘，小弁之詩作，離騷之詞興。

班氏雖譏其露才揚己，然於騷之文辭，良深嗟歎，日月爭光，非淮南之私褒，固天下之公言。借騷言志，不特出于儒生，即緇流亦因此塗徑，法琳即其例也。釋彥悰著唐護法沙門法琳別傳卷下云：

帝（太宗）曰法琳雖毀朕宗祖，非無典據，特可赦其極犯，徙在益郡為僧。法師見放，意不自得，因作悼屈原篇，用申厥志。其詞曰：「何天道之幽昧兮，乖張列宿。使忠正之屈原兮，而見放逐。讒佞從旨兮，位顯名彰。直言不諱兮，遂焉逢殃。和璞捐于山澤兮，燕石為珍。西施壓而不幸兮，嫫母見親。撫心思會屈原兮，博達廣識。君王不察其貞正兮，

> 斥逐去國。納讒諂之誸惑兮，自昏厥德。燕蘇棄于荒野兮，鱉蕃見殖。鷄鶋鳴嘯于君林兮，鵷鸞戢翼。豺狼當路而從橫兮，麟麏伏匿。鳳鳥尚知懷德兮，見覆巢而高翔。麒麟猶忻有道兮，矚不仁而騰驤。忠諫之不入兮，箕子佯狂。杜伯之諒直兮，遭尤逢殃，比于正而剖心兮，伍子胥貞而抉眼。痛清白之屈原兮，沈汨羅而不返。」……（琳）謂三五友人曰……昔屈原被讒放逐，原豈不為忠？卞氏獻璧加刑，誰言是瑕？此亦時君用與不用也。屈原雖放逐，離騷盛行。……因為詩曰：僕秉屈原操，不探漁父篇。問言蓬轉者，答為直如絃。……（大正藏第五十史傳部二）

法琳見放，即以屈原自比。弔屈原之文字，歷代甚多，如僧皎然有弔靈均詞（晝上人集），王守仁有弔屈原賦（王文成公全書卷十九外集一），若法琳之作，世罕知之，故爲表彰于此。

兩宋騷學盛行，晁无咎、朱考亭皆其尤也。晁氏重編楚辭，復取歷代擬騷之作，自王逸九思至韓愈復志賦二十六人，共六十篇，爲「續楚辭」；又錄荀卿成相至顧況招北客等三十八人，通九十六首，爲「變離騷」。區楚辭之流派爲「續」與「變」。朱子因之，釐爲楚辭後語，共五十二篇，起荀子成相，終呂大臨之擬招，而揭其遴選之準則有二：曰「辭」，曰「義」。其言云：「晁氏之書，固主于『辭』，而亦不得不兼於『義』。今因其舊，則其考于辭也宜益精，而擇于義也當益嚴矣。」夫辭者，文之外形；而義者，文之寓旨。治騷者於「辭」與「義」固皆宜措意。惟義爲一切文學之內蘊，舉凡詩文詞曲，有幽憂窮蹙怨慕凄涼之意者，無不與離騷之微旨相通。如是而博稽遍考，則將汎濫而莫知所裁矣。

宋人之治楚辭，有二途焉：一擬其文，如黃山谷是也；一求其文或思更有以正之，如東坡經屈原祠下爲賦以詆揚雄，而申原之志。其輯之亂曰：「君子之道，不必全兮。全身遠害，亦或然兮。嗟子區區，獨爲難兮。雖不適中，要以爲賢兮。夫我何悲，子所安兮。」朱子以爲此有發于屈原之心，故其論屈原也，稱其不能合于中庸之道。即洪興祖論「屈子之事，蓋賢之變者，使遇孔子，當與三仁同稱」。朱子雖援其說于後語，而始終以爲「屈原之忠，忠而過者也，屈原之過，過于忠者也」，似緣東坡以立說。此宋人治楚辭而又有以正之者也。

朱子收呂大臨擬招，謂此詞寓夫求放心，復常性之微意，故附之使游藝者知有所歸宿，尤具深意所在。此則因辭而正之者也。復云：「上帝若曰：哀我人斯，資道之微。……圈豚放馳，散無適歸。……魂兮來歸反故居，盍歸休兮復吾初。……曷自苦兮一方拘，魂兮來歸故居。」則不爲屈子招魂而亦爲一己招魂。如孟子云求其放心，用意尤深長也。

朱子謂屈子志行過于中庸，不知離騷自言「耿吾既得此中正」。九章惜誦云：「指蒼天以爲正，令五帝以析中。」中正之義，本于易教。騷云「我固知謇謇之爲患兮，忍而不能舍也」二句，實用蹇卦語。屈子嘗熟讀易，蓋無疑也。

宋人注楚辭者特多，蓋託楚辭以言志。洪興祖之爲楚辭補注是也。興祖楚辭學，遠有所承。直齋稱其從柳展如得東坡手校楚辭十卷，凡諸本異同皆兩出之。郡齋讀書志著錄此書引洪氏自序，今本無之。可能因其獲罪而爲人所刪削，故意沒著者名姓，故其序不載于今書。宋史儒林傳稱其南渡後，知眞州、饒州，忤秦檜，編管昭州，卒。據建炎以來繫年要錄卷一六七紀：

紹興二十四年十二月丙戌左朝散大夫主管台州崇道觀洪興祖送昭州編管。先是右正言王珉言：故龍圖閣學士程瑀本實妄庸，見識凡下……其竊世之譽如洪興祖者，則為文以冠其首……朋附鼓唱異說。珉又言：興祖天姿陰險，趨向不正，如程瑀妄人之雄者，興祖傾心附之，結為死黨。……於是刑部尚書韓仲通乞將興祖送煕州，竝編管。

宋史藝文志子部雜家興祖有「聖賢眼目一卷」，其人以希聖自居。其論屈子長文，今附載補注中。自序雖亡，而微旨可見。

其後朱子著楚辭集注，則爲趙汝愚而作。歷代詩餘卷一一八引宋名家詞評云：「汝愚謫後，晦庵注楚辭以表之。」此說亦見周密齊東野語記紹煕內禪事。

余考嘉慶閩譚掄纂福鼎縣志卷八有楊楫作朱子楚辭集注跋云：

> 慶元乙卯，楫侍先生于考亭精舍。忽一日，出示學者以所釋楚辭一篇。楫退而思之，先生平居教學者，首以大學，語，孟，中庸四書，資以六經，又次而史傳，至於秦漢以後詞章，特餘論及之耳。乃獨為楚辭解釋，其義何也？然先生終不言，某輩亦不敢有請焉。

又題後自注云：「時朝廷治黨人方急，丞相趙公謫死于永，公憂時之意，屢形于色，因注楚辭以見志。」乙卯即寧宗慶元元年。此篇端平本不載，至可寶也。

楊楫字通老，楊興宗從弟，與楊方、楊簡爲朱門高弟，時號三楊，官莆田尉、湖南提刑。縣志入理學傳（卷六）。選舉表楫淳煕五年戊戌進士。朱子答黃直卿論楊通老書，即此人也。縣志黃崎山條云：「閩窮海也。有屏風山爲障。又有文星明山，朱子避僞禁到此止焉。作中庸序于民家，鄉僻無紙，寫序于屏，後舁入州庫。」朱子晚歲因僞學之故，轉徙至于福鼎。縣志所言，可補史傳，故併記之。

太史公以屈賈并論而作合傳，明人則喜言「屈揚」。舉例言之：

一、李贄：

李生曰離騷，離，憂也。反騷，反其辭以甚憂也。屈子夷之倫，揚雄者惠之類，雖相反而實相知也。（温陵集十六「反騷」條）

史公屈傳引易「王明竝受其福」，李贄云：

故知王明則臣主并受其福，不明則臣主并受其辱，又何福之能得乎！此以人臣事君之道，臣之所以廣忠益者，真大忠也。

此譽屈原爲大忠。

二、明諸城邱志廣「爲離騷太玄作」一篇云：

離騷、太玄，千古奉之為『經』。屈原本于忠，揚雄嗜其奧。文以明白簡易入情入理為主。如論語，孟子在十三經中，是千古奉之為經者，何曾有詰屈之詞如屈，艱深之詞如揚哉？古人云屈原之忠，忠而過者也，況其文耶。且文章關乎人之性情，閱乎人之禍福，文如離騷，文中之鬼道……屈之文雖不足為法，而品猶可重。……（柴村文集十二「雜著」）

其說屈子忠而過，其文亦過，則拾朱子議屈失于中庸之餘唾。稱騷爲鬼道，尤異乎常論。

王禕忠文集述騷云：「粵義命之是安兮，弗舍己而人從，雖一身之終絀兮，固百世之耿光。」義與命之所安，忠耿不渝，明人則深譽其忠，不似宋儒議論之苛。方震孺讀離騷詩云：「信美修能莫認眞，獨褰蘭芷復誰親。乾坤若有同醒者，憔悴江潭增一人。」（方孩未集卷八）亦頗哀其志。

明季擬騷之作大行。堵允錫作墜龍騷，哀甲申之變。其文五章，皆用「些」字。自序云：「楚臣楚聲，寸腸斷矣。」死節之士，若夏允彝作招魂九哀，黃道周爲續離騷、續招魂、續天問及叢騷十五首（文見漳浦先生集卷三十六），尤爲集大成之製。黃文煥因坐道周黨下獄，著楚辭聽直一書，取惜誦「命咎繇使聽直」以名其書，亦借騷言志之作也。

清乾隆間高安陳遠新特著「屈子說志」一書，讀其凡例數則，對靈均作騷之用心，頗多抉發。茲摘大要如下：

一、「離騷有三答問：『衆不可戶說』以下，答女須之詈；『民好惡其不同』以下，答靈氛之占；『湯禹儼而求合』以下，答巫咸之告是也。今一就其兩下語氣，機鋒相對處，尋其脈理，似覺辭旨分明。」

二、「騷問原是一時之作，觀天問起手，便爲女須『鮌婞直』一句洗刷可見。『鮌營』『禹成』二句，足翻千古罪鮌德禹之案。其不滿禹、啓，而於湯武無譏者，一以病其塞傳賢之路，一以大其創興王之門，爲當世舍賢立愛，偏覇自安諷也。屈子生楚仕楚，盡忠於楚，正不得以春秋之義繩之。大意歸於自奮用人，自明己忠，只末一句。然通篇許多話說，而云『吾告堵敖以不長，則何試上自予忠名彌彰』之語，又不爲短矣，此騷心微渺令人探索不盡處也。」

三、「卜居自敍竭盡忠而障蔽於讒。是九章提綱，故以冠九章之首。惜誦通篇發忠蔽於讒，末云『重著自明』，又是以下各章冒子，故次之。思美人，著明其不得於君之故；惜往日，著其先信後疏之寔；抽思是四章結尾，因惜往日，不畢辭以赴淵二句而反覆著明之也，合爲一章。橘頌著明已之內美，借物以自況，悲回風，著明『依彭咸之遺則』，『從彭咸之所居』，此二篇始終離騷之義，應爲一卷。

所論雖未必眞能盡窺古人心事，誠如沈瀾序所云「別具會心」，「融釋貫串，屈子之考旣得，讀者亦曠若發蒙」矣。此書有愼餘齋刻本，流傳不廣。向於京都大學文學部獲見其書，因爲補記於此。

故詩以言志，騷亦言志，取義諒有同然。論漢文學者，盛言「詩言志」，而不及騷，因試摭若干事，發其端倪，論其大略如此。年前在香港中文大學退休演講稿「楚辭學及其相關問題」，其中有一節論及「騷言志」，原文未刊布，今附載於末。

戴密微教授晚歲治大謝詩，特賞其臨終「本自江海人，忠義感君子」之句，因廣及中日文士僧徒易簀前作品。積稿盈尺，未遑寫定。曩曾與余論及文天祥就義前之正氣歌，嗣因讀遠遊，方知「正氣」二字，實出該篇「內惟省以端操兮，求正氣之所由」句。惜先生墓木已拱，不及擧以請益。臨文握管，爲之泫然。

附錄：楚辭學及其相關問題

一、「楚辭學」建立的意義
二、屈原人格的影響
三、楚辭研究者「以騷言志」問題

四、楚辭的作者及時代、地理問題
五、楚辭與其它科學及藝術關係問題
六、楚辭是否受到域外文化影響問題
七、楚辭對後代文學的沾溉問題

一、「楚辭學」建立的意義

中文大學文學院和新亞書院爲我的退休特別學辦這一次演講會，我非常感激他們的安排。

楚辭與詩經同是古代中國文學作品的寶庫；尤以南方文學作品，到了楚辭即成爲第一部總集。漢書藝文志詩賦略詩與賦竝列，賦大部份即是楚辭。隋書經籍志以來，集部以楚辭爲首，自成一類，後此相承不替。詩經既厠於經之列，漢代楚辭的首篇離騷亦被人稱爲離騷經。它在文學和歷史上，跟詩經有著同樣重要的地位。

過去研究楚辭的專書和論文，到一九五八年爲止，計有專書二二八種，論文四四七篇❶；就中以朱子的楚辭集注而論，最早刊本印於南宋寧宗嘉定四年（一二一一）而非（如姜亮夫所說）慶元四年❷。自刊布以後，幾乎成爲一部極流行的教科書。它的翻刻次數最多，計宋有四次，元有四次，明有十次，清有四次，在日本刊印了一次，朝鮮四次，總共合計二十七次。楚辭的外文譯本，到 David Hawkes 的英譯可說成爲之一個總結。該書出版於一九五九年。由於近年三楚地區考古成績的卓著，新資料層出不窮，對於楚辭的了解，有許多需要推進一步的研究。

中國文學重要總集，如詩經與文選，都已有人著書成爲專門之學，像詩經學，文選學之類，楚辭尙屬闕如。本人認爲今日治學方法的進步，如果配合新材料和新觀念，楚辭的研究，比較詩經更有它的重要性。由于研究領域的開拓，楚辭學的建立，成爲一種獨立的學問，是極其重要而有意義的。

二、屈原人格的影響

行吟澤畔，憔悴投江的屈原，在歷史上人們對他的評價有許多不同的說法。董仲舒取他與伍員相比，譽其「無所後顧」（士不遇賦）；淮南王安謂離騷兼有國風小雅之美，可與日月爭光，劉向稱他爲節士（新序）。從司馬遷，班固以下，諸家抑揚不一，後來劉勰辨騷已有折衷之論。屈原的身後遭遇，倘若泉下有知，應該感到莫名其妙。在唐哀帝的時候，他竟被封爲昭靈侯（全唐文哀帝封屈原勑）❸；宋神宗元豐六年改封忠潔侯（神宗紀）；又封爲清烈公（宋史禮志）；元延祐五年七月，又被加封爲忠節清烈公（元史仁宗紀）。雖然朱熹曾批評他的志行或過乎中庸，但清季還有人要請他入聖廟（記得是王頌蔚），我想他應該是受寵若驚呢！

屈原的人格對後人影響極大，死後愈走紅運。近年世界各處對屈原作品研究的熱烈，令他在地下一定發生不可思議的驚訝。他如果看到一些對他曲解的文章，一定又要叫屈。歷代對他的評論之多，眞如萬花筒，有關禮讚和評騭方面，我曾搜集了許多資料；而且爲他寫過「屈原論」的人，尤屬不少。現在試舉二例來談談：

（一）明末方以智的屈原論，見浮山文集前編卷八，大意謂：

古人（指屈子）不以死生介意，而并不以文介意。古人之心，翱翔乎天地，呼吸乎古今；隨所出處，倘然自適。或著書以垂教，或發聲以言志，何與乎死生！屈子以不死之文，死其所不必死，以成其不死之死。後人愛惜其死，以愛惜古人之死。何能知古人耶？

方氏對屈子之死，確有進一步的看法。

（二）清季陸懋修（潤庠父）的屈原論（見窳翁文鈔）。竟謂屈原「不過爲一驕且咎之人耳」；他的見觀十分支離，不足爲訓。

以上兩種極端的說法，可以看出「褒貶任聲」（文心雕龍）的情形。倘若能夠把歷來各種各樣對屈子的評論彙集起來，對於知人論世，當然是很有幫助的。這正是楚辭學的一項應該做的工作。

三、楚辭研究者的「以騷言志」問題

古人喜歡以詩言志，後人亦喜歡以「騷」言志。中國文學史上作家著爲文章，每每有所寄託。不特文學作品如此，即注解古人之書亦有這種習慣。故就注騷而申己志的，大不乏人。

丹陽洪興祖的楚辭補注，是王逸以後，朱熹以前的名著。他少時曾從柳展如得到東坡手校楚辭十卷（見直齋書錄解題），這一項特殊資料，正爲他這本書打好基礎。宋史儒林傳說他「南渡後知眞州、饒州，忤秦檜，編管昭州卒」。他著這書，究在何時，尙難論定。最可惜的是他的原有序文（晁公武郡齋讀書志引洪氏自序，但對此却云：「未詳撰人。」）失去了，或爲人所删去，故意沒著者名姓❹。洪氏以忤秦檜獲譴，也許這篇序是著者言志之作（說明著書緣由）。著錄家有所忌諱，故不敢擧其名。（今觀卷一在王逸離騷經序注語，論屈子之事云：「蓋聖賢之變者，使遇孔子，當與三仁同稱。」可見其對屈子的推崇。）

朱熹之著楚辭集注，據齊東野語云：「趙汝愚永州安置，至衡州而卒。朱熹爲之注離騷以寄意焉。」楊萬里誠齋集，退休集有戲跋朱元晦楚辭解詩二首，其一云：「霜後蘩枯無可羹，飢吟長作候蟲聲，藏神上訴天應泣，與賜江蘺與杜蘅。」（卷三八）今看書中解說，每每言及忠君之意思，可見他的確有所寄託。吳仁傑著離騷草木疏，據他慶元丁巳（一一九七）自跋，以薌草比之忠義獨行傳，薋菉葹之類猶佞幸姦臣傳，亦意有所指，與慶元黨案有關，似在攻擊韓侂胄❺。

注楚辭以言志，明清以來尙有其人，如黃文煥楚辭聽直。崇禎中，文煥坐黃道周黨下獄，在獄中著此書，其序例已言之甚明：「朱子因受僞學之斥，始註離騷，余因鉤黨之禍，爲鎭撫司所羅織，亦坐以平日與黃石齋前輩講學立僞，下獄經年，始了騷註。屈子二千餘年中，得兩僞學，爲之洗發機緣，固有奇異。而余抱病獄中，惟悴枯槁，有倍於行吟澤畔者。著書自貽，用等招魂之法。其懼國運之特替，則嘗與原同痛矣。」可見其著作之意。

又魏元曠有離騷逆志，惜原書未見。

陳遠新，乾隆間人，撰有離騷說志。姜亮夫有此書，稱其章有章旨，用以極細極深。從他們所著書名稱看來，應是屬於言志一派。

四、楚辭的作者及時代、地理問題

關於楚辭各篇的作者，楚辭學史上存在著相當有趣的問題，因爲向來有不少的人認爲楚辭的作者，並不是屈原。亦有人以爲連九辯、二招亦是屈原所作，像乾隆時山東棲霞人牟廷相，他著楚辭述芳便是持這樣的主張。他說楚辭被王逸誤注，考其時地，重定九辯、招魂、大招的作者，都應是屈原。結果招來李慈銘的訕笑，說他是「心勞日拙」（越縵堂讀書記頁一一六六）。清季廖平作楚辭講義，更爲大放厥詞，主張大招，招魂爲道家神遊說，與屈子無涉。楚辭即秦時的仙眞人詩，其書序略云：「秦本紀始皇三十六年，使博士爲仙眞人詩，即楚辭也。楚詞即九章、遠遊、卜居、漁父、大招諸篇。著錄多人，故詞意重複，工拙不一，知非屈子一人所作。當日始皇有博士七十人，命題之後，各有呈撰，年湮歲遠，遺佚姓氏。及史公立傳，後人附會改攙，多不可通。」「著書諱名，文人恒事，使爲屈子一人擬撰，自當整齊故事，掃滌陳言，不至旨意緟複，詞語參差若此。」他竟然大膽到要把楚辭變成秦代的僊詩，實在是毫無根據。

胡適讀楚辭曾懷疑屈原並無其人，後來更有人主張楚辭作于漢代之說（如何天行，朱東潤等，因九歌封禪書同出現「壽宮」一名）。最近日本學者曾把這一樁事重新提出討論。

關於楚辭地理方面，過去錢賓四先生在先秦諸子繫年，論過楚辭所說洞庭、沅、澧諸水，皆指江北地名；又寫過一篇楚辭地名考，根據地名相同，可能由於人民遷徙的緣故，又以爲湘域在兩漢時尚爲蠻陬荒區，豈得先秦之世已有此美妙典則之民歌：基于這兩個理由，因而推論屈原放居宜在漢北，不惜把楚辭中所見的江、湘等地，北移於漢水流域。當然，長江、漢水兩區域可以有相同的地名，但地名儘管相同，屈原書中所記的「上洞庭而下江」等句，如果放在漢北，是很難解說得通的。四十年前，我在中山大學廣東通志館，利用館藏的地方志寫成楚辭地理考一書（商務出版）和錢先生討論（該書最近有人翻印）。我想如果現在看到安徽六安所得的鄂君啓舟、車兩節，具體地說明楚懷王時楚國通行證經過的路線，和九歌所說完全一致❻。至于長沙馬王堆出土的相馬經，雖不知出自誰氏之手，而詞藻文彩，比之荀卿賦篇，尚有過之，不必懷疑漢初湘境文化程度之低了。新資料可以幫助我們解決不必要的疑難。關於楚辭中作者、時、地的考證，雖是無關宏恉，但在楚辭學史上仍應占一葉之地位。

五、楚辭與其它科學及藝術關係問題

楚辭與其它科學最有密切關係的無如音韵學。利用楚辭考證古音及先秦韵部分合，自陳第以來，已極著成績。在古代楚辭一書，原有數家的「音」。晉徐廣的兄長徐仙民（邈），著有楚辭音。該書宋時尚存，洪興祖補注於離騷「索」字引徐邈讀作「蘇故切」；這一條可說是現存最早的音訓。敦煌所出列伯希和目二四九四的僧道騫的楚辭音，雖只存八十四行，但爲朱子所未見；是卷對於中古音的探討及協韵說的重訂，極有貢獻，已有許多人寫過研究文章。

其次談到考古學。近若干年來，楚地出土文物十分豐富；我于一九五七年曾在德國慕尼黑所舉行的第二十四次東方學家會議，提出楚辭與考古學一文；那時候信陽，馬王堆……各處的楚遺物尚未出土，材料至爲貧乏。以現在新獲考古資料而論，如能加以適當的運用，可以寫成一本像「聖經考古學」之類的專書，來供研究者參考。最可惜的，信陽的簡書，馬王堆第三號帛書，湖北江陵的竹簡，尚未正式完全公布，就所知而論，信陽簡上記著「猶芑萰與（歟）」，蘭字寫作萰，可證離騷「滋蘭九畹」，象徵賢者之義。簡上又記載許多儒家、先王的言論，和楚語申叔時的遺教亦可印證，說明楚人文化和中原向來已有非常密切的聯繫。

考古資料還需要和紙上資料取得印證，對於楚辭幫助尤多，像天問談開闢之初，明明闇闇，和楚繒書說「瞢瞢墨墨」，馬王堆道原篇的「濕濕夢夢」，是同樣句型，正可得到恰當的理解。

從神話學的觀點來研究楚辭，在當前已成爲一主流，日本學者藤野岩友曾著巫系文學論（一九五一，大學書店），把巫術和楚辭聯繫起來研究九歌、天問，可能得到若干新解，有關 chamanisme 一類著述（著者如 Mircea Eliade），已有專章討論招魂、遠遊等篇（頁三五〇—三五二）。崑崙山與不死之鄉，在楚辭屢屢被提及。唐段成式言「崑崙爲天地之齊（臍）」，雖出道家之說（酉陽雜俎卷二），亦見雲笈七籤，必有遠源。近世討論崑崙山的學人，大都認爲即神語中鐵圍山的蘇迷盧（Sumeru）；或比附西亞 Ziqqurat。帕米爾（Pamirs）有地名 Garan，有人以爲即是昆崙，說得更爲汎濫。其實，人類對 Pilier du Monde（天柱或地軸）的觀念，古埃及，印度（Rig-Veda x89.4），希臘、巴比倫皆有之，中國亦然。古代不死觀念，甚爲普通；山海經有不死樹，淮南子談到不死民。不死和印度吠陀的 Amrta 觀念很相似。神話是詩；詩與神話本來已很難分別。楚辭與山海經一方面是人類史上遠東地區有關 myth 的最重要題材，同樣地，用比較神話學的方法來處理楚辭，自然可以得到許多旁證與合理的解答。

楚辭因爲保存著南方文化的傳說，它的文字及內容，後來給人多方面的運用，已成爲所有文學的典故及各種藝術的題材。繪畫史上的九歌圖，與古琴曲中有離騷，屈原問渡，搔首問天，宋玉悲秋等等，都說明楚辭給予後來影響之大及如何與藝術結上了不解緣。這些問題，本人另有專書論述❼，這裡恕不再贅了。

六、楚辭是否受到域外文化影響問題

楚辭中天問體裁是否受過域外文化的影響？蘇雪林認爲它是有藍本的；但她只引用讚誦明論（即梨俱吠陀）一段話，及舊約約伯傳第三十八章兩處，作爲佐證；其實，在印度經典中，這類句式甚多。吠陀是和火教經最有密切的關係。蘇氏認爲：「或者聖經約伯傳先傳入印度，印度學人擬其體作吠陀頌，吠陀頌又傳入我國，乃啓發了屈原寫天問的動機。」這一說法，證據似乎未夠充足。吠陀各篇的年代，本來就很難確定❽。尤其吠陀卷十、一二九的創造歌，固爲其中表現着極濃厚的高度一元論思想（monism），如 tad ekam（that one）觀念的出現，正如我們的「太一」。此歌開頭便說：「太初無無，亦復無有。」有點像老子一派主張：「建之以常無、有，主之太一。」（莊子天下篇）太一觀念，在戰國以後已經神化了❾。而吠陀中的 tad ekam 是純理的，抽象的，所以被認爲是很晚出的❿。

屈原的天問，文體很奇怪；光是這個題目，過去學人就有許多聚訟。英國 Arthur Waley 在他編選的 *The Temple and Other Poems*，竟說天問好像是一些試題，不知何以滲入屈原的作品。這引起蘇雪林帶著譏嘲的口吻，說他「強把『升學南針』的『考題彙刊』一類書來看天問，未免太可笑了」[11]。其實，從比較文學的觀點來考察，這種「發問型態」的文學作品，自有它的源遠流長的歷史。印度最古經典的吠陀經和伊蘭火教經中的祀歌，都出現同樣的句型；聖經舊約約伯傳亦有類似的問句。中國在戰國以來，隨著天文學的發展，「天」的觀念有很大的轉變。有些學者對一切事物，抱著懷疑態度，對宇宙現象的形成，儘量提出問題，和惠施同時的楚人黃繚，便是這樣一個著名的人物。屈原的天問，是在這種風氣下茁長起來。天問文體確立以後，晉六朝以來，便有不少摹倣他的作品，在中國文學史上，且成為一條支流，可參看拙作天問文體的源流一文。

天問中注意到「東西南北，其修孰多？南北順橢，其衍幾何」等問題，在山海經的中山經，管子地數篇及河圖括地象都已舉出宇宙廣袤的一些數字，恐怕天問作者，嘗接觸過這類記載，所以會提出質問。屈原到過齊國。（有人說屈子到過燕國，但細查說苑八云：「蘇子屈景，以周楚至。」原文是屈景非屈原。）當時喜歡談天的鄒衍，他的議論，也許對屈子不無影響。屈子所獲得的世界地理知識，有無取自域外，這是極有趣而值得研究的問題，但一時尚難解決。然而，天問本身卻是先秦神話資料的淵藪，這是不能否認的。我們對於神話的追尋（quest myth），這當然是非常重要的文學史上的工作。如果我們放開視野，把世界古代文學上的具有發問句型的材料，列出來作為比較，以及從同樣文體推尋它的成長，孳生的經過，來作深入的探討，這種研究的方向，亦可以說幾乎接近 Northrop Firye 所說的「文學的人類學」的範圍，而楚辭正為這一科學提供東方古代最重要的資料。

七、楚辭對後代文學的沾溉問題

楚辭和詩經是中國自漢代以後文學作品的泉源。歷代的文人，很少沒有受到詩騷的影響而能夠卓然成家的。沈約說：「自漢至魏四百餘年，辭人才子，各相慕習，原其飇流所始，莫不同祖風騷。」其實這一段話的時間性並不局限於梁朝，時至今日喜歡研究舊文學的人，同樣也接受詩經和楚辭的沾溉。

歷朝的韻文固然是從詩騷取法，但散文亦一樣從那裡吸取精華。柳宗元說過「參之離騷，以致其幽」。更指出幽字，是他得力于騷的地方。唐宋八家當中，韓愈和蘇軾的文章氣勢，一向被推譽爲韓潮蘇海，他倆亦自稱嘗向屈子學習。韓云：「上規姚姒，下逮莊騷。」（進學解）。蘇軾對屈子更景慕不已，他說：「終身企慕，不能及于萬一，惟屈子一人。」後來明蔣翬也有這一番話：「詩文有不從楚辭出者，縱傳弗貴；能於楚辭出者，愈玩愈佳。如太史公文，李太白，李長吉詩是也。」因此，楚辭在中國文學的地位，有如崑崙溟渤，爲百川所滙歸，萬派所朝宗，可見歷來文人對它景仰的程度。

蕭統在文選中特立「騷」一類，劉勰辨騷篇，用「騷」來統攝全部楚辭。後代文集中往往有騷體。晁无咎且謂：詩亡春秋微而後有騷，其後復變爲賦，他的雞肋集收有離騷新序，續楚辭序，變離騷序數篇，暢論此義，十分有意思。歷代擬騷作品甚繁，自莊（嚴）忌哀時命，揚雄反離騷以來，遽數之不能終其物，大抵有二類，一爲出於有意的摹倣，只具形式之類似，有其文而無其情，一爲幽愁憂思同于屈子，環境相似，故摹倣之以表達抑鬱之思，則每每文情兼備。

東坡說：「熟讀國風離騷，詩之曲折盡在是。」是不特治散文須讀騷，即詩歌韻文，亦須根柢於騷，六朝以來，名篇不少脫胎於楚辭，梁簡文帝有生別離（即取九歌之「悲莫悲兮生別離」句），李白有遠別離，餘如杜牧的杜秋娘篇末數句，即模倣天問，李長吉，李商隱詩皆得力于騷，而所體會到的又各有其獨到之處。

楚辭對於後代文學沾溉之深，已如上述，不特騷人墨客爲然，即遁入空門的和尚緇流，亦未能忘情，隋釋道騫作楚辭音，唐初法琳作悼屈原篇，更是哀感動人，如果能夠從文集中作進一步的蒐討，把歷代擬騷的作品，詳細加以論列，這亦應該是「楚辭學」的重要項目。

本文目的在指出楚辭的研究範圍，由於今後學問領域的擴大，中國文學、史學、考古學、語言學各方面都有新的發展，與楚辭有深切的聯繫，楚辭應該成爲一專門之學，故有建立楚辭學的必要。現在因時間的限制，不能縷述太多，他日有暇，當草成楚辭學一書。今天所講，到此爲止。

（一九七八年講稿）

❶ 第一部楚辭著作目錄考證是拙作的楚辭書錄，於一九五六年印行；其後姜亮夫再編撰楚辭書目五種。茲據姜氏書統計。惟拙著所收，有姜氏所不載者。

❷ 明人如毛以陽疑朱熹楚辭集注爲僞，姜亮夫辨之。稱及慶元四年戊午刻本。謂在熹生前已有刊行本（楚辭書目五種 p.42）。查大正三年內閣文庫目原書，實作慶安四年，非慶元四年。慶安乃日本年號，即順治八年。姜說有誤。此慶安本乃據成化何喬新本刻刊。參拙作楚辭書錄第一一頁。

❸舊唐書二十下哀帝紀：三閭大夫祠，先以澧朗觀察使雷滿奏，已封昭靈侯，宜依天祐元年九月二十九日敕處分。

❹參看游國恩：楚辭講錄。文史第一期p.139。

❺鮑廷博跋六：「是書成于慶元丁巳，維時寧王初政，韓侂胄方專擁戴功，與趙汝愚相軋，既而斥汝愚，罷朱子，嚴僞學之禁，從而得罪者五十九人。先生官止國錄，未敢誦言。迺祖述離騷，譬之草木，按神農本草諸書，爲之別流品，辨異同。薰蕕既判，忠佞斯呈。用補劉杳舊疏之亡，因以暢其流芳遺臭之旨。庶幾言者無罪，聞者足戒。觀其自序，厥意微矣。至前三卷，首列名銜，而末卷自薋菉葹以下，缺而不署。又隱然寓不屑與小人爲伍之意。」

❻文物精華第2集，商承祚鄂君啓節考，節云：「大司馬邵鄒敗晉師于襄陵。」即楚世家懷王六年（B.C.323）昭陽攻破襄陵事。舟節屢言「內江」，「辿江」，又見濱，沅，澧，澮諸水名，可見不必移于漢北。

❼見拙著楚辭書錄圖像第四及楚辭與詞曲音樂。

❽印度學者B.G. Tilak著 *The Orion*（獵戶星座）一書，提出吠陀年代可能在4000至2500 B.C.，但未爲西方印度學者所承認。

❾如九歌有東皇太一。宋玉高唐賦云：「醮諸神，禮太一。」

❿參看Swami Ghanananda *The Dawn of Indian Philosophy——The Cultural Heritage of India* I.p.333。

⓫見蘇氏著天問正簡引言，p.23。

（原載法國遠東學院學報戴密微教授紀念號）

小南一郎寄示《朱熹楚辭集注考》一文（中國文學報三十三期），據嘉定四年同安郡齋刊大字本「楚辭辨證」楊楫跋文，即拙作所錄楊楫之文。余據志書則作楊楫。

楚辭拾補

「離騷」異文亦作「離慅」考第一

史記屈原傳：「屈平疾王聽之不聰也，讒諂之蔽明也，邪曲之害公也，方正之不容也，故憂愁幽思而作離騷。」按司馬貞史記索隱本「離騷」作「離慅」。單行索隱（卷二十）「而作離慅」句下云：「慅亦作騷，按楚詞慅作騷，音素刀反。應劭云：『離，遭也；騷，憂也。』又離騷序云：『離，別也；騷，愁也。』」（據廣雅叢書覆毛晉本）若宋紹興初杭州刻本劉氏嘉業堂景宋蜀大字本裴駰集解則作「離騷」。

日本瀧川資言史記會注考證云：「索隱本、楓、三本「騷」作「慅」。」楓蓋指日本楓山文庫本史記，三指日本三條西實隆寫本史記。是屈傳之作「離慅」，東瀛古鈔本多與索隱同。

史記三家舊注，古各單刊。明毛晉覆刻索隱三十卷，據晉跋乃取北宋秘省大字本。又元世祖中統二年曾刊史記索隱（見拜經樓題跋二）較毛刻注尤備。自三家注合刻，於原注多所芟節，今存南宋黃善夫本（百衲本二十四史據影）字作「離騷」。引索隱文，無起句「慅亦作騷」以下十字，已有刪削。而「音素刀反」句下，又有「一音蕭」三字。余藏明嘉靖金臺汪諒本與黃本同，而

「素」字作「索」。今依足本索隱知「離騷」二字史記一本作「離㥰」，與楚辭異。洪氏補注朱氏集注皆未及校，此古本所以可貴也。

㥰字不見于字書。張文虎曰：「索隱本作慅，疑今本史文皆後人所改。」則一本作「離慅」。廣雅釋詁：「慅，愁也。」又釋訓：「慅慅，憂也。」九歎「蹇騷騷而不釋」，慅慅即騷騷也。慅與騷通。詩陳風「勞心慅兮」，釋文云：「慅，憂也。」重言則曰「慅慅」。爾雅釋訓：「慅慅，勞也。」釋文：「郭：騷、草、蕭三音。」慅亦音「蕭」，與索隱「騷一音蕭」正合。可知「慅」「騷」乃一字。又形聲字從叟從蚤每同音通用。如詩生民「釋之叟叟」，釋文：「字又作溲，濤米聲也。」爾雅釋訓：「溞溞，淅也。」郭音騷。即其例證。故㥰與慅亦一文，「慅」訓憂訓愁，與離騷之爲離憂正合。

晉郭璞楚辭遺說摭佚第二

自叔師而後，注楚辭者以郭璞爲大家。隋志：「楚辭三卷，郭璞注。」兩唐志璞注楚辭皆作十卷，其書已亡。一切經音義頗引璞所注書，獨不及楚辭。自敦煌僧道騫楚辭音殘卷出，其中引璞說凡四，遺文賸義，世皆寶之。聞一多跋益以江賦一條，以爲景純注騷，今所見者，略盡于此。然郭注爾雅、方言、山經、穆傳，其書具在，間每援引楚辭爲說，比而輯之，亦可窺其厓略，未可忽也。

惟郭注山海經引離騷文，間稱曰「離騷經」，與王逸注本同。唐皮日休九諷序亦云：「屈平既放，作離騷經。」晉唐皆然。可見洪興祖引釋文無「經」字，未必眞爲古本也。

又引九章、天問、遠遊語，則稱曰「離騷」，引九歌、湘夫人則曰「離騷九歌」，引招魂則曰「楚詞」，頗與宋人輯注楚辭統稱屈原所作爲「離騷」相符。知晦庵集註目錄題曰「離騷九歌」，而云「隱栝舊編，題屈原二十五篇爲離騷」者，其說固遠有所據也。疑自晉以來本子已如此。彥和文心辨騷篇以「騷」名統楚辭，正六朝以來之習慣焉爾。茲就郭注各書引及楚辭者輯錄如左：

陬　爾雅釋天：「正月爲陬。」郭注：「離騷云：攝提貞於孟陬。」

江離　洪氏補注引郭璞云：「江離似水薺。」

宿莽　爾雅釋草：「卷施草，拔心不死。」郭注：「宿莽也，離騷云。」又郭氏爾雅圖讚云：「卷施之草，拔心不死。屈子嘉之，諷詠以比。」（藝文類聚八十一）

藒車　爾雅釋草：「藒車芞輿。」郭注：「藒車香草。見離騷。」

薜荔　山海經二西山經：「小華之山，其草有萆荔，狀如烏韭，而生于石上，亦緣木而生。」郭璞傳云：「萆荔，香草也，蔽戾兩音。」

按洪興祖引以「緣木生」句爲郭注文，與明本山經異。郝懿行云萆荔、薜荔古字通。

翳　山海經十八海內經：「北海之內有蛇山。……有五彩之鳥，飛蔽一鄉，名曰翳鳥。」郭璞傳：「鳳屬也。離騷曰：駟玉虬而乘翳。」（「而」各本並作「以」）

按廣雅釋鳥：「翳鳥，鳳皇屬也。」字作翳，即郭說所本。唐本文選集注作「乘翳」，引王注亦作「翳」，與洪氏補注考異一作同。騫音及宋本朱熹集注並作「鷖」，從鳥。

崦嵫　山海經西山經：「崦嵫之山。」郭璞傳：「日沒所入山也，見離騷。奄茲兩音。」

若木　又騫公楚辭音作「茲」，下引：「郭云止日之行，勿近昧谷也。」山海經一南山經：「其華四照。」郭璞傳：「言有光燄也，若木華赤，其光照地，亦此類也。見離騷經。」（案離騷：「折若木以拂日。」）

蜺　爾雅釋天：「蜺爲挈貳。」郭注：「蜺，雌虹也。見離騷。」（郝懿行云：蜺者，霓之假借。按離騷云：「帥雲霓而來御。」）

鴆　楚辭音鴆下：「郭云：凶人見欺也。」

珵　楚辭音珵下：「郭本止作程字，取同音。」

巫咸　郭璞山海經圖讚云：「羣有十巫，巫咸所統。」又有巫咸山賦，序云：「巫咸者實以鴻術爲帝堯醫，生爲上公，死爲貴神。」（藝文類聚七全晉文一二〇）

糈　山海經一南山經：「糈用稌米。」郭璞傳：「糈，祀神之米名。先呂反。今江東音所，一音壻。稌，稌稻也，他覩反。糈或作疏，非也。」（按離騷云：「巫咸將夕降兮，懷椒糈而要之。」郭訓糈爲祀神米，本此。）

鴆　楚辭音鴆下：「郭云：姦佞先己也。」

（以上離騷經）

帝子　山海經五中次十二經：「帝之二女居之。」郭璞傳：「離騷九歌所謂湘夫人稱帝子者是也。」（案九歌湘夫人「帝子降兮北渚」。山經郭注文甚長，不錄。）

褋　方言四：「襌衣，江淮南楚之間謂之褋。」郭注：「楚辭曰：遺余褋兮澧浦。音簡牒。」（案句見九歌湘夫人）

涷雨　爾雅釋天：「暴雨謂之涷。」郭注：「今江東呼夏月暴雨爲涷雨。離騷云『令飄風兮先驅，使涷雨兮灑塵』是也。涷音東西之東。」（按句見九歌大司命）

（以上九歌）

憑　方言二：「憑，怒也。楚曰憑。」郭注：「憑，恚盛皃。楚詞曰：康回憑怒。」（案句見天問）

燭龍　山海經十七大荒北經：「是謂燭龍。」郭璞傳：「離騷曰：日安不到？燭龍何燿？」（案語見天問，作「燭龍何照」。郭引「照」作「燿」也。）

九衢　山海經五中山經：「其枝五衢。」郭璞傳：「言樹枝交錯，相重五出，有象衢路也。離騷曰：靡萍九衢。」（案句見天問而稱曰離騷。）

畢日　山海經海外東經：「湯谷上有扶桑，十日所浴。」郭傳：「莊周云：『昔者十日並出，草木焦枯。』淮南子亦云：『堯乃令羿射十日，中其九日，日中烏盡死。』離騷所謂『羿焉畢日？烏焉解羽』者也。歸藏鄭母經云：『昔者羿善射，畢十日。』」（下略。案畢日二句見天問。明本字作彃日。）

朴牛　山海經三北山經：「（敦薨之山）其獸多兕旄牛。」郭傳：「或作撲牛。（郝懿行疏作『樸牛』，此據成化本。）撲牛見離騷天問，所未詳。」

按天問云：「恆秉季德，焉得夫朴牛？」是郭璞本作「樸」或「撲」。洪氏補注謂「朴無樸音」，非也。大荒東經：「王亥託于有易河伯僕牛，有易殺王亥，取僕牛。」徐文靖（管城碩記）以爲朴牛即僕牛，音同字異。然郭說乃以樸牛說旄牛，視爲動物名，與王逸訓朴爲大，義別。（「恆秉季德」，王靜安以為卽卜辭所見先公之王亙及季，可備一說。）

（以上天問）

玉英　山海經二西山經：「黃帝乃取峚山之玉榮。」郭傳：「謂玉華也。離騷曰：『懷琬琰之華英。』又曰：『登昆侖兮食玉英。』」（案上句見遠遊，下句見涉江。）

棘　方言三：「凡草木刺人，江湘之間謂之棘。」郭注：「楚辭曰：『曾枝剡棘。』亦通語耳。音己力反。」（案句見九章橘頌）

任石　文選郭璞江賦：「悲靈均之任石。」李善注：「楚辭（案見九章悲回風）曰：『驟諫君而不聽，重任石之何益？』又曰：『懷沙礫而自沈兮。』史記曰：『屈原作懷沙賦，懷石自投汨羅。』懷沙即任石也。義與王逸不同。」

（以上九章）

大壑　山海經十四大荒東經：「東海之外大壑。」郭傳：「詩含神霧曰：『東注無底之谷。』謂此壑也。離騷曰：『降望大壑。』」（案句見遠遊）

（以上遠遊）

巫陽　山海經十一海內西經：「有巫彭、巫抵、巫陽、巫履、巫凡、巫相。」郭傳：「皆神醫也。世本曰：『巫彭作醫。』楚辭曰：『帝告巫陽。』」（案句見招魂）

（以上招魂）

隋僧道騫楚辭音殘卷校箋第三

隋志著錄楚辭音，有晉徐邈、宋諸葛氏、孟奧、隋僧道騫及失名五家，書皆失傳。朱子集註獨言：「道騫能爲楚聲之讀，今亦漫不復存，無以考其說之得失。」蓋自趙宋以來，騫音已不可得見。近歲敦煌所出，乃有騫音離騷殘卷，曠世瓌寶。王重民、聞一多先後爲考校，惟多疏略。周祖謨復發其協韻之說，然未及全文也。時賢有注離騷者，頗采摭騫音，惟或誤增（如縣圃其高一萬一千里句，原卷萬上無「一」字），或誤奪（如引「汝者，靈氛汝屈原也」句，漏「靈氛」二字，致不可解），知據他處轉引，似未覩原卷影本也。玆爲覆影，並重加補校如左（以下引騫公音簡稱曰「音」）：

椉鷖　唐鈔文選集注作乘翳。劉永濟離騷通箋據戴本，以翳字爲正，然證此卷，隋本乃作鷖，知二字通用，作鷖未必非。

溘　文選集注引王逸曰：「溘猶奄也。」而此卷作「掩」，洪氏補注引王作掩，與此同。又騫音引埤蒼：「溘，依也。」今本廣雅釋詁云：「溘，依也。」王念孫據衆經音義引作「溘」，此卷可爲佐證。

榰　音于榰下引迩疋（卽爾雅）：「榰，柱也。」又軔下引王逸云：「枝，輪木也。」是王注又作「枝」，然洪補注引王作「搘，輪木」，又言「搘，一作支」。考唐鈔文選集注正作「支」，詩小旻疏引注同，可見字有榰、搘、枝、支數本之異。

圃　音引廣雅：「高萬一千里百一十四步一尺六寸。」乃釋地文。與淮南地形訓合（據影鈔宋本。惟淮南作二尺稍異耳）。今本廣雅作「萬一千一百一十里一十四步二尺六寸」，疑數字有誤。

奄茲　音引山海經，乃西山經文。其中癉作「㢆」，「其實如瓜」句「實」下無「大」字，並與成化本山經小異。音又引禹大傳，亦見西山經郭注。成化本「洧盤」誤作「消盤」，可據此卷正。又引穆傳「逆驅陞于弇山」，郭注：「弇，弇茲山，日所入也。」明天一閣本作「日入所」，非。音於「奄」下云宜作「崦嵫」。于茲下云「宜嵫」。聞校：唐寫本文選殘卷作「奄茲」，按文選原卷實作「崦嵫」，聞氏未見影刊，故誤。

徧　胡刻文選引王注：「不可卒徧，吾方上下左右，以求索賢人。」唐本文選同，明正德刊楚辭亦同，與此卷合。知補注及今本章句作「卒至」者非是。

須臾　唐鈔文選作「須臾」，陸善經本作「逍遙」。騫公以消搖爲非，而云：「須臾者，謂待卜日也。」義較長。

僔僔　音引廣雅證王逸說，語見釋訓。按說文：「僔，聚也。」廣雅釋詁：「蓴、總（原作總依王念孫改），聚也。」張衡南都賦：「森蓴蓴而刺天。」又揚雄甘泉賦：「齊總總撙撙其相膠轕兮。」蓴蓴、撙撙、與僔僔並通。

溷　音引廣疋「濁也」。乃釋詁文。

女　音云：「以諭女也。」本王逸說，洪補注「諭」作「喻」。

溘　音云：「奄並作晻字。於感反。」引廣疋「晻晻，暗也」。按此詁王逸義。廣雅文見

字詁　釋訓。博雅音「烏感反」，同。音引字詁共二則：一濭字下，（晻），字詁云：「亦陪字也。」其一蓀下云：「字詁：蕒、荃、今蓀。」考爾雅釋言：「陪，闇也。」玉篇：「陪同晻。」又蕒，玉篇云：「同蓀。」並與字詁義同。按字詁即張揖著。隋志有古今字詁三卷。唐志作古文字詁二卷，張揖撰。一切經音義引稱張揖字詁。匡謬正俗兩漢書注文選注並引之。任大椿小學鉤沈有輯本。右二條可補其缺。

貽　與補注一本同。唐本文選亦作貽。

宓　音云：「亡筆反。」按洪補宓音伏。然隋時固讀如密也。

緯繣　音云：「宜作𢿋，同許韋反。」「宜作㦃，同夫麥反。」引廣疋「𢿋㦃，乖刺也。」按博雅音：「𢿋音揮；㦃，呼獲反。」（據王念孫校）公孫羅文選音决：「緯音揮；繣，呼麥反。」音正相近。說文：「𢿋，戾也。」騫公據廣雅為說，所引乃釋訓文。玉篇：「㦃，乖戾也。」分言之。馬融作「徽㦃」（廣成頌），字亦通。

驕　音引字林云：「怚也，子恕反。」按淮南子繆稱訓：「矜怚（據茅本）生於不足。」高注：「怚，驕也。」（怚或誤為恒，王念孫已訂正。）又說文：「怚，驕也。」即字林所本。宋刻大徐本作「嫭也」，非。據此可正其誤。段云：「此與女部嫭，驕也，音義同。」又方言郭注：「怚音驕怚。」

違　音云：「本或作遙字，與招反。」按唐本文選亦作「違」。補注考異及各本無作「遙」者，此當是隋以前別本。

偃蹇　音三引廣雅。一爲釋訓文（卷六），一爲釋言文（卷五）。今本作「偃，仰也」，其一「偃蹇，僑也」，今本廣雅不見。騫公湛精雅故，徵引獨多，惜王氏爲疏證時，未及見此以爲考校之資。

鴆　音引廣雅釋鳥文。淮南繆稱訓：「暉日知晏，陰諧知雨。」許愼記云：「暉日，鴆鳥也。陰諧，暉日雌也。」張揖本此。騫云淮南作「雲日，字或作鴍」。按今所見淮南子各本，如景鈔北宋本、茅坤批本、漢魏叢書本、莊逵吉本、道藏本，並作「暉」，無作「雲日」者，而「日」或誤作「目」。劉文典集解，王叔岷斠證均校定「目」爲「日」誤，而不知唐以前淮南本又有「作雲日」也。劉逵吳都賦注：「鴆鳥一名雲日。(以下數語略同中山經郭璞注，茲從略。胡刻文選「日」誤作「白」。）與古本淮南合。其作「鴍日」者，王念孫疏證言御覽引吳普（按普，廣陵人，從華陀學）本草：「運日一名羽鴆，運或作鴍。」名醫別錄：「鴆鳥毛有大毒，一名鴍日，生南海。」劉氏新語殊好篇：「鴍日嗜蚍。」說文：「鴆，毒鳥也，一名運日（小徐誤作目）。」知「鴍」與「雲」、「暉」、「運」並字通。

䲲　唐本文選作「䲲鳩」，字同。洪補注釋文：「雄作鳩，誤。」劉師培考異云：「漢書揚雄傳顏注引『鳩』作『䲲』，似以作䲲爲正。」然證之隋唐本，其說亦非。

宅　音云：「如字。或作㝉音。」按補注：「宇一作宅。云若作宅，則與下韻叶。」今騫本正作宅。下韵「孰云察余之善惡」，騫音「惡，烏各反」。與好惡之讀「烏故反」別，是宅正與惡叶也。聞一多校補謂，作宅爲非，或據陳第擬音以斥洪說，蓋於騫音未細覈故。

畣　按廣雅釋言：「對，畣也。」經傳通作答。音作畣從曰。晉公盦有此字（筠清館金文三、十七吳榮光釋）。汗簡：「⿱亼凶，荅。出牧子文。俗作畣字。」與此異。

珵　按玉篇：「珵，除荆切，美玉也。埋六寸光自輝。」可與王注及此所引相玉書參照。相玉經，漢志不載。魏志鍾繇傳注引魏略太子與繇書曰「竊見玉書稱」云云。姚氏漢志拾補列在形法家，據騫音則相玉經隋時書尚存也。又據騫音，知隋前古本有誤珵作「瑤」者，洪氏考異所無。

蘇　音云：「宜作穌，同私胡反。」按說文：「穌，杷取禾若也（按若即秸）。」樵蘇字當作穌，騫公據說文正之爲是。

幐　音云：「杜緪反。」按王注「幃謂之幐。幐，香囊也。」玉篇：「幃，香囊也。」

幃　音云：「又禕，又緯，同許韋反。」按幃通作禕。爾雅釋器：「婦人之禕謂之縭。」亦見詩東山毛傳。說文：「幃，囊也。」段注謂「凡囊皆曰幃，非毛詩之幃」，清人多取其說。今覈騫音，則隋以前本，幃與禕固通用也。

糈　音云：「宜作稰字，駛呂反。」按大徐本說文：「私呂切。」音同。他本有作稰（漢書揚雄傳顏注引孟康說），未見作「稰」者。騫公蓋據說文正。又云：「依字宜先呂反。」按山海經南山經：「糈用稌米。」郭注：「糈謂祀神之米名，先呂反。」是騫公取郭璞音也。

曰勉陞降以上下　音云：「曰靈氛之詞。」按五臣謂「此巫咸之言」說異。清戴（震）、張

（惠言）、姚（鼐）、曾（國藩）、吳（汝綸），以至蔣（驥）、龔（景瀚）、葉（樹藩）各家亦皆以「曰」爲巫咸之詞。

矱　音云：宜作彠。按廣雅釋詁：「彠，度也。」說文「彠，規蒦商也。一曰度也。或作彠。」引離騷「求榘彠之所同」。騫公乃依許愼說。

嚴　音引邇疋云：「儼，敬也。」按釋詁文。釋名：「嚴，儼也。」文選各本作「儼」。騫公蓋讀「嚴」爲「儼」。

鷤鴂　此條引文釋云云，下言：「按江之意，秋時有之。」文釋爲書名，聞一多跋疑係「釋文」之倒誤。（然無名氏楚辭釋文爲宋人所傳，騫公隋人，年代懸絕，不應引及其書。況釋文未見爲舊本。說詳四庫提要。）今考文選張衡思玄賦：「鶗鴂鳴而不芳。」善注引服虔云：「鶗鴂一名鵙，伯勞也。順陰氣者生，賊害之鳥也。王逸以爲冬鳥，繆也。」與騫公引文釋語正同。一切經音義引書有曰文字釋訓、文字釋要者。「文釋」可能爲其省稱。又思玄賦有舊註，李善云：「未詳註者姓名。」此句胡刻文選善注前有「鶗鴂，鳥名也；以秋分鳴」九字，當是舊註文。騫公言「江之意」，其人無考，江或注字之誤，豈指思玄賦注歟？疑莫能明也。又音引廣疋：「鷤鴂，布穀也。」按後漢書張衡傳章懷注引廣雅語亦同。然廣雅釋鳥原文云：「鷤鴂、鷶鵖，子鳺也。」「擊穀、鴶鵴，布穀也。」騫公實混爲一條。至章懷之誤，王念孫疏證已糾其失矣。

迎　音云：「魚敬反。」陳第謂「迎」恐是「遻」字誤。戴震以迎爲迓，古音御或譌作迎，方績同其說。今證以此卷，知「迎」字自不譌，戴說非也。

調　音云：「徒雕反。調，和也。」調上與同叶。朱駿聲疑調爲詷形譌，殊爲肊說。而吳才老謂調音同，證以此卷，隋時仍讀如字。自宋以來，韻學盛行，注家于騷不叶之韻，每輕爲改字。如上舉二字，是其著例。實多無據。以騫音觀之，古讀殊不爾。惜騫公書自宋已亡，使吳才老、陳季立輩能及見之，其立論必不如是之悍耳。

沬　按廣雅：「沬、既、央、極，已也。」招魂亦云：「身服義而未沬。」王逸注云：「沬，已也。」說同騫音。沬，亡蓋反，沬與茲叶。諸家以沫爲沬。陳第云：「古音迷，讀平聲。」殊無據。證以騫音字當從未作沬，非沫也。宋本集注正作沬。段玉裁以「茲」「沬」乃之脂合韻，是。

今按騫公此卷有裨于楚辭之考證者，約有八事：

一曰：可校隋以前古本之異同也。如求索作「索」（方言同），瑤，音云「或作璠」是。

二曰：可校王逸注之異文也。如上舉「卒至」之作「卒徧」，「勃勃」之作「浡浡」，與補注一本合。「鑿」之作「糳」，與他本異。

三曰：可考古章句之遺義也。如「勉陞降」句云「靈氛之詞」，可息清人之異論。

四曰：可考古協韻及古音切也。協韻說周祖謨已發其凡，至若音切則當合郭璞爾雅、方言注之音，及博雅音與文選集注所引公孫羅音決等而綜輯之，可別撰爲「楚辭舊音」。

五曰：可據以輯楚辭佚注也。如郭璞遺說，輯已見前。

六曰：可據以輯校古小學書及其他古籍。殘卷引字詁、字林，俱可補清人小學鉤沈等之缺；

所引古籍，如淮南子之「雲日」，可正今本之訛。

七曰：可辨古文字之異體也。如畣之作倉，與廣雅及汗簡異，而同于金文。

八曰：可據以訂古之韻讀也。如「懷乎故宇」之作「故宅」，與「惡」讀烏各反相叶，足正陳第之誤。

是卷注音之字二百八十有奇，惜乎殘缺不全，然殘膏剩馥，沾溉後人多矣。其他見于文選集注引公孫羅音決者，尚有四條：

岐，騫音奇，又巨支反（吳都賦，集注卷九）。

刈，騫上人魚再反（離騷，集注卷六十三）。

嚴，騫上人魚檢反（同上）。按卷見此條，作魚檢反。

蘋音頻。即字林所謂青蘋草也。蕭（按指蕭該文選音）、騫等諸音，咸以爲「蘋，音煩」，非（招隱士，集注卷六十六）。

茲併錄之，以存其概。

唐本文選集注離騷殘卷校記第四

日本所藏失名鈔本文選集注，日本國見在書目未著錄。據岡井博士柿堂存稿引御堂關白記：「長保六年（即一條天皇年號，為宋眞宗景德元年，西元一〇〇四）九月，乘方朝臣集注文選竝元白集持來，感悅無極。」又其卷八卷九末並有源有宗嘉曆元年識語（即日本醍醐天皇年號，當元泰定三年，西元一三二六)。蓋此書自北宋時傳入扶桑。卷中於唐諸帝諱,或缺或否,其寫自東瀛,抑出唐人手筆,不能遽定。要所據爲唐本,則無疑也。集注共一百二十卷,全帙舊庋金澤文庫,後散出各處不全。東京大學倉石教授爲余言:當原卷發覺被人剪拆盜出,島田翰即以此負咎自戕。今集注有羅振玉影刊十六卷,及京都帝國大學影印舊鈔本(自第三集至第八集),惜非全豹。其卷六十三爲離騷經,起注引王逸序至「恐導言之不固」爲上卷,自「時溷濁而嫉賢兮」以後爲下卷,今僅存上卷而已。茲擷其要,撰爲校記。至王注異同亦多,從略。

一、唐本無「曰黃昏以爲期」二句。六臣本文選亦無之。洪興祖疑後人誤以九章二句增此。今唐本正無二句,可爲洪說佐證。

二、「聊須臾以相羊」句,及所引王逸注並作「須臾」,與騫音作「顉臾」合。明本則並作「逍遙」。騫公云:「本或消搖二字,非也。」

三、「長顑頷亦何傷」句,唐本「顑頷」作「減淫」。集注引「曹:減、搖二音。陸善經曰:顑頷亦爲減淫」。

按說文:「顑,飯不飽面黃起行也。從頁咸聲。讀若戇。」又:「頷,面黃也。」集注引曹憲音讀「減搖」。唐本作「減滛」及「咸滛」,他本所未見,當是音假。「頷」與「顉」通。玉篇及一切經音義引說文云:「搖其頭也。」(見古本考)左傳「迎於門顉之而已」,本作「頷」。杜注:「頷,搖其頭。」釋文:「頷,本又作顉。」曹音頷爲搖,疑取音義於此。「搖」又轉爲「滛」,故又作咸滛耳。

四、唐本有,而明本無者。如:「皇覽揆余於初度」之「於」字,「又重申之以攬茝」之

「重」字。

五、唐本無者。如：「折若木以拂日」之「以」字，似奪。

六、唐本異文多與考異引之一作同。如：

齊怒之「齊」（明本作齌）。

按六臣本文選，亦作「齊」同。考異齌一作齊。劉師培引匡謬正俗、御覽、事類賦注並作齊。作齌者乃通假字。

夭乎羽之野之「夭」（明本作殀）。

「何不改此度也」及「道夫先路也」（明本無二「也」，而注云一本句末有也字）。

按屈賦音義：「與上也字一呼一應。俗本刪去者非。」覈以唐本，其說是。黃省曾本有「也」字。

七、唐本「世」字避作「代」或作「時」或作「俗」，又「民」字避作「人」。按洪氏補注云：「李善注本有以『世』爲『時』爲『代』，以『民』爲『人』之類，皆避唐諱。」

八、衆皆競進以貪婪句，唐本注云：「陸善經本無衆字。」

九、唐本誤者如「好朋」誤爲「好明」，「鞶衲」誤爲「鞶柄」。其注文亦有一二誤筆。

十、唐本有異體字，如「藥」「滯」等。

唐陸善經文選離騷注輯要第五

日本舊鈔文選集注卷第六十三屈平離騷經，注引公孫羅音決案語言：「序不入，或並錄後序者，皆非。」集注作者案：曰「此篇至招隱篇鈔脫也。五家（卽五臣本）有目而無書，陸善經本載序」云云（卽王逸離騷序）。集注既載陸氏異文，又時著其說於王逸舊注之下，有裨於騷學至鉅。集注爲天壤孤本，殘帙雖經景刊，而購求不易，故不憚繁瑣，迻錄其要，以饗讀者。

善經，玄宗時人。集賢注記云：「開元十九年三月蕭嵩奏：王智明、李元成、陳居注文選。（中略。）明年五月，令智明、元成、陸善經專注文選，事竟不就。」（玉海五十四引）惟文選集注屢稱引「陸善經本」（上舉外，又如卷六十一上，江文通雜體詩下云：「音決陸善經本有序，因以載之也。」），則善經注文選似曾獨力成書。日本新美寬著陸善經之事蹟，卽主是說。詳支那學中（九卷第一號）。廣韻九痲：「⿰麻頁，難語，出陸善經字林。」則善經又著有字林一書。

陸注離騷，不少新義。如解胡繩爲冠纓，皆與叔師異詁；顑領亦作咸搖，獨殊于他本。並足以資考鏡而廣異聞。治楚辭者向未捃摭（洪氏補注引文選異文及五臣說不及善經），斷璣碎璧，其可寶貴爲何如耶！集注本離騷殘存其半，自九歌至九辯並缺，不獲稽其同異，是可惜耳（集注招魂及招隱士尚存，玆不錄）。

王逸注　逸字叔師，南郡宜城人，後校書郎中，注楚調，後爲豫章太守也。

按楚調，調當是詞字之誤。

庚寅　歲月日皆以寅而降生，爲得氣之正也。
按此本王逸說。

皇覽　言父觀揆之爲初法度。

內美　內美謂父教誨之。

扈　扈、帶也。

紉　紉謂紀而綴之。禮內則曰：「衣裳綻裂，紉針請補綴。」

遲暮　喻時不留，己將凋落，君無與成功也。

先路　言君何不改此度而用賢良，來入于正，吾則爲先道也。

申椒　申椒，椒名。菌桂，生於桂枝間也。

窘步　窘，迫也。堯舜行耿介之德以致太平；桀紂昌狂，唯求捷徑，而窘迫失其常步，以至滅亡。

踵武　言己急欲奔走先後以輔翼君，望繼前王之跡。

齊怒　君不察我中情，反信讒言而同怒己也。
按此釋「齊」爲「同」。

靈脩　靈脩，謂懷王也。言己知謇諤之言以爲身患，忍此而不能舍。指九天以行中正者，唯欲輔導君爲善之故也。

數化　化，變也。言我不難離別放流，但傷君數變易耳。

畦　爲區隔也。

萎絕　萎絕，猶將死也。言所種芳草，冀其大盛，忽逢霜雪，遂至萎死。喻修行忠信，乃被

婁　放流，不惜身之時亡，恐志士亦羅（罹）害也。

婁，貪之甚。此句原案：「陸善經本無婁字。」

憑　憑，每也。

嫉妒　讒諂之徒，行皆邪僻，乃內恕諸己以度人，各興其嫉妬之心。

顑頷　顑頷亦爲咸淫。（按原卷作「長減淫亦何傷」。）

木根　貫，穿；蘂，花也。木根取其顧本也。

胡繩　胡繩，冠纓也。莊子云：「縵胡之纓。」

按莊子說劍：「曼胡之纓，短後之衣。」成玄英疏：「曼胡之纓，謂屯項抹額也。」釋文：「曼胡，司馬云：曼胡之纓。謂麤纓無文理也。」魏都賦：「三屬之甲，縵胡之纓。」銑注：「縵胡，武士纓名。」此說與王逸注訓胡繩爲香草，義獨異。

謇吾法夫前脩　帶佩芳草，蹇然安舒。

朝誶　誶，告也。告以善道，所謂諫也。好自脩係，以爲羈飾，謇然朝諫而夕見廢，言忠之難也。

九死　亦心之所善，雖死無恨。九，言其多也。

謠諑　謂共爲謠言而諑訴也。諺曰：「女無善惡，入宮見妬。」方言云：「楚以南謂訴爲諑。」音涿。

按方言十：「諑，愬也。」此以愬爲訴。

追曲　隨曲而行。

競周容　皆競比周相容以爲法，言敗亂國政也。
所厚　所以屈忍者，欲伏清白以死，直節堅固，乃前世之所共厚也。
相道　相道，謂君側之人；不敢言君，指其左右。
　按此與王注釋相爲視迥異。
止息　言步馬于蘭澤之中，馳往椒丘，且焉止息，猶俟君命也。
信芳　雖不我知，情其信芳也。
四荒　觀乎四荒，欲之他國也。
繁飾　言外服鮮華，喻內行脩潔也。
博謇　博謇，寬博偃蹇也。原案：「陸善經本謇爲蹇。」
　按五臣文選作蹇，同陸本。
歷茲　己之所行，皆依前聖節度中和之法，而被放流，經歷於此，故撫心而歎。
陳辭　謂興亡之事也。
九歌　言夏啓能修禹之功，奏九辨九歌之樂以和神人。九辨亦見山海經。
五子　太康但恣娛樂，不顧禍難以謀其後，失其國家，令五弟無所依。
羿　羿，夏諸侯。左傳云：「羿因夏人以代夏政。」
浞　左傳曰：寒浞，伯明氏之讒子弟。羿以爲相，殺羿，因其妻而生澆。
嚴而祗敬　原案：「陸善經本嚴爲儼。」
　按補注：儼一作嚴，與此同。

周論道旣莫差　原案：「陸善經本『旣』爲而。」

阽　臨也。

　按補注云：「阽，臨危也。」

未悔　臨我身於死地，亦未悔於初。

鑿枘　枘將入鑿，須度其方圓，猶臣欲事君，先審其可否。

哀朕時　自哀不與時合也。

陳詞　陳辭於重華也。

中正　言我耿然旣得中正之道而不愚，時將遊六合以後（疑應作俟）聖帝明王。

軔　軔，止車木也。蒼梧，舜所葬也。

靈瑣　瑣門鋪道，言欲留君門側以盡忠規。

勿迫　弛節徐行，勿迫令急也。

須臾　原案：「陸善經本須臾爲逍遙。」與明本章句同。

奔屬　奔走以屬繼也。

雷師　雷聲赫赫，以興於君也。

雲霓　雲霓惡氣，以喻臣之蔽擁。

上下　言欲求賢輔君，而讒佞之人，聚相離絁，紛紛衆多，乍離乍合，斑然參差，或上或下，言其盛也。

延佇　曖曖，光漸微之貌。猶政令漸衰，不可以仕，將欲罷歸，故結芳草，遷延佇立，有還意也。

蹇脩　言先解佩玉以結誠言，令其蹇然脩飾以達分理，冀宓妃之從己也。

按廣雅：「理，媒也。」此釋分理，采王逸說；惟解蹇脩爲脩飾，則與王逸訓伏羲臣名迥異。

洧盤　王逸曰蹇脩既通誠言於宓妃，而讒人復相上（下）離合而毀之，令其意乖戾，暮則歸舍窮石之室，朝沐洧盤之水，而不肯相從。

按此引王說，語與補注本多出入。

二姚　幸及少康未有室家，留取二姚與共成功，不欲速去之意也。

不固　欲留二姚，則辭理愞弱，媒氏拙短，恐相導之言不能堅固，復更迴移。

唐宋本揚雄反離騷合校第六

魏書常景讚揚子雲云：「蜀江導清流，揚子挹餘休。含光絕後彥，覃思邈前修。」漢書雄傳：「怪屈原文過相如，至不容，作離騷自投江而死。悲其文，讀之未嘗不流涕。以爲君子得時則大行，不得時則龍蛇；遇不遇，命也；何必湛身哉！」雄蓋亦有不平之意乎？其爲反離騷往往摭原之文。如「掍申椒以菌桂」，是以「掍」詁「雜」也。曰「橫江湘以南洼兮，云走乎彼蒼吾；馳江潭之汎濫兮，將折衷乎重華」，是證原濟沅湘南征之爲實也。是篇不獨文辭之美，而漢師遺訓，往往乎在。朱子集注既錄反離騷於後語中，今端平及嘉定兩宋本俱存，而漢書景祐本亦影刊流布於世

（卽百衲本）。東瀛又有唐人舊鈔卷子漢書揚雄傳，反離騷文俱完整。合諸本而參校之，亦可互見其得失，或於騷學不無涓埃之助也。班書宋祁校語多可采，王懷祖每引之，以糾時本。張菊生取以校景祐本，亦多相合（詳校史隨筆）。今持校唐鈔，符契者夥，是可匡謝山之疏失（鮚埼亭集外編辨宋祁漢書校本）而爲宋氏辨白者也。又據唐鈔，知三宋本間有並譌者，彌見古本之可貴。惟唐本亦有誤寫之處，今隨文擧似。此唐鈔揚雄傳，神田喜氏曾爲校記，惟未及端平嘉定兩本。茲重爲校核，但揭其犖犖大者，庶免駢枝之誚。嘉定本現藏台灣，未克寓目，惟烏程張氏已影寫刊行，故據校云。

一、唐本義長可證宋本之譌者

超既離乎皇波　注：「超，遠也。」景祐本、嘉定本、端平本，並譌「遠」爲「速」。

騁驊騮於曲蘱　三宋本並譌「於」爲「以」。宋祁曰：「以字疑作於。」是。

神龍之淵潛兮　景祐本無「兮」。宋祁曰：「淵潛」下當有「兮」字。是。

陽侯素波　注言屈原襲陽侯之非，景祐本譌「非」爲「罪」。宋祁曰：「罪當作非。」是。

何恐日薄於西山　三宋本並無「何」。宋祁曰：「疑有何字。」是。

「崦嵫勿迫」注　景祐本「勿」作「忽」。審注言「崦嵫勿迫，喜於未暮，何乃自投汨羅」云云，「何」「勿」二字，應從唐本。

「薜芷」注　景祐本譌「芳芷」爲「于芷」。

傅說　嘉定本譌「傅」爲「傳」，注同。

雄鳩作媒　「鳩」三宋本並作「鴆」，誤。應從唐本作鳩。參王念孫說。

焉駕八龍　景祐本誤脫「焉」。宋祁曰：「古本駕上有焉字，淳化本無，刊誤據史館本添。」是也。案師古注含有焉字意。

聖哲之不遭　景祐本脫「不」字。

二、唐本誤字

「后土方貞」注　「圖纍」譌「圓纍」。

「瓊茅」注　「離騷云」上脫「離騷曰懷椒稰而要之晉灼曰」十二字。

「聖哲不遭」注　「不遇」譌「不過」。

斐斐遲遲　脫一「斐」字。

由聃所珍　注：「二人守道，不爲時俗所汙。」唐寫本「汙」作「行」，非。

「九招九歌」注　「茹惠」譌作「茄惠」。

三、兩義可通者

楊侯　唐寫本「楊」字從木，三宋本並從才。

欃槍　唐寫本端平本並從木。景祐本、嘉定本並從才。

素初貯　唐寫本、景祐本並作「素」，嘉定、端平兩朱注本作「纍」。

駕鵝　唐寫本作「駕」，而注作「鴐」。三宋本並作「鴐」。案司馬相如子虛賦「連駕鵝」，史記作「駕」，漢書作「鴐」，是通用之證。（瀧川資言史記會注考證云：各本作鴐，索隱單本中統本作駕。漢書人表作駕，知史漢各本皆混用。）左傳之「榮駕鵝」唐宋石經從馬，而刊本于定元年及襄廿八年又從馬從鳥者互用。山海經中山經「鴐鳥」，郭注：「或曰當作駕。」顧亭林以駕爲誤。日本神田喜又以鴐爲誤。錢大昕金石文跋尾再續謂「說文無鴐字，當用鴚，假借作駕也」。廣雅作「鴚鵝」。是其證。

（固）不如㜸而幽之離房　景祐本、端平本兩「固」字並無。嘉定本則上有下無。

固相態以佳麗　宋祁說：監本兩「固」字皆有。神田喜謂唐本于文勢爲長。

旑旋　三宋本並作旖柅。

奚必（云）女彼高丘　三宋本並有「云」字。

其他異文無關於文義者不記。

附錄一：陳姚察、唐顧胤佚訓條錄

唐鈔漢書揚雄傳卷，欄內外綴有後人校語，時徵引舊文。有曰訓、曰察，有曰集者，即陳吏部尚書姚察漢書訓纂（隋志著錄三十卷）及唐弘文館學士顧胤漢書古今集義（新舊唐志著錄二十卷）。兩書日本見在書目並有之，則曾傳入海東。今書已亡。校語所引，吉光片羽，彌覺可珍。（校語書法，與卷尾「天曆二年五月點了藤原良秀」十五字相同，似即出良秀筆。）今就反離騷錄出共約四十條。班書舊注，爲師古割棄者，可藉窺一二。姚察仕履，世所共知。顧胤吳人，永徽中，累遷起居郎，兼修國史。事附唐書令狐德棻傳，與李延壽、李仁實，同以史學顯稱當世云。

蟬嫣　集義：「晉曰：方言：蟬出□未也。言胄出于周，雄是其末也。韋云：歷遠，綿連之貌也。顧云：蟬連，枉往系續之言也。」（案錢繹方言箋疏一云：「蟬，出也。楚曰蟬，或曰未及也。」與晉灼所引異。）

豐烈　訓纂：「如曰：豐；美也；烈，□也；離，入也。應曰：皇，美也。韋曰：豐烈，大業也。」

潭　集義：「應云：楚人深淵云潭。」訓纂：「蘇曰：音滛。」

潤　集義：「說文：洼，遠行也。」

纍　訓纂：「□□，察案：公羊傳宋督弑其君與夷，及大夫孔父。及者何？纍也。何休□纍纍從君死，齊人語也。徐邈力追反，相累而死也。又力僞反，亦謂相累從也」集義：韋曰（以下漫漶）。

淟涊　訓纂「蘇曰：淟音禮不淟之淟；涊音橪。晉云：俗謂水漿不寒不溫爲淟涊，以字義言之。」（按王先謙補注引宋祁說作不寒而温。）「蘇音是。察案方言：曰，撚音諾典反。楚辭以爲切淟涊之流俗是。」

繽紛　集義：「王逸云：繽紛，盛貌。」

十世　集義：「雖有始生之年、始仕之年二說，而晉□□說是也。」

鉤矩　「□曰：鉤矩，尺寸度也。李……衡也。張云：鏇璣……也。如云：象椒蘭，佞人之徒也。履以綦，欲蹈□惡人也。韋云：上言帶鉤矩，此宜爲稱上之衡，衡有斤兩之數也。」

欃槍　察案：「爾雅云：彗星爲欃搶。」

資　訓纂：「如曰：資者以爲資貨。韋曰：資，取也。」

𨋕娃　集義：「如云：『韋昭作頦，云：閻頦，梁王魏嬰之美人。』通俗文云：南楚以好爲娃。」（案王先謙補注曰：「官本注末有『韋昭曰：娵，當作頦，梁王魏嬰之美人曰閭頦』十七字。」）

鬻　集義：「如曰：□□也。韋云：鬻，賣也，索求也。言取二美之鮑，賣之九戉，無利也。」

捷　訓纂：「如曰：捷，接也。」

䞤　集義：「韋云：道曲而難也。」

蔂　察案：「廣雅云：木蔂牽爲榛。字林云：音口人反。」

擬　察案：「說文云：擬，相向也。」

靈脩　集義：「韋云：靈，神；脩，遠也。言君德當神明高遠，故以喻□□□靈善脩智也。」

椒蘭　察案：「韋云：並楚佞臣也。」

蜨倿　集義：「案詩傳云：虫聲也。」

茄　集義：「音何。」

淖約　集義：「韋云：淖約，爭美好貌。」

啍　集義：「韋云：言美目如茱萸之啍拆。」（案王先謙補注引官本作「言其目如茱萸之拆也」）。

被離　集義：「音光被，離音麗。」

慶　集義：「案：小雅云：羌，發音也。劉逵注吳都賦云：羌，楚人發語端也。」

橫　集義：「廣疋云：『橫、筏也。』方言云：『方舟謂之潢。』郭璞云：『揚州呼度津船爲杭，州口潢。潢音橫。』（案錢繹方言箋疏丸引郭注云：「揚州人呼渡津舫爲航，荆州人呼潢。」語略異。）

陽侯　集義：「案口非度江中口陽侯之波起也。」

靡　訓纂：「如曰：靡音河水浼浼之浼。靡，瓊玉之華。」

汨羅　集義：「韋曰：汨羅二水名，音羃。」

薛芷若惠　集義：「韋云：二四，皆香草也。」

糈　集義：「韋云：糈，祭糈也。王逸云：糈，精米也。」

靈氛　集義：「案王逸云：『靈氛，古賢明，知吉凶。』江皐，江邊平澤也。」

鶗鴂　集云：「大如博穀，雜黑色，常以春分鳴，鳴則百草不芳。」

摎流　集義：「蘇云：齊恭音摎縛之摎。晉云：摎流，猶繚繞也。」

濤　訓纂：「如曰：大波之迴轉者。察案：許愼注淮南云：湖（？）水涌起，還者爲濤也。」

溷　集義：「案埤蒼云：溷，亂也。」

彭咸　訓纂：「李云，殷大夫。」

右輯約四十條，其漫漶難曉者不錄。所云晉曰、韋曰諸氏，指晉灼、韋昭、如淳、應劭、蘇林、李奇、張晏、服虔諸舊注也。

（原載楚辭書錄）

附錄二：楚辭補注曾經辛稼軒引用考

辛稼軒賀新郎別茂嘉十二弟一首，其序云：

鵜鴂、杜鵑實兩種。見離騷補注。

按離騷：「恐鵜鴂之先鳴兮，使夫百草爲之不芳。」洪興祖補注云：

按禽經云：「巂周，子規也。江介曰子規。蜀右曰杜宇。」又曰：「鶗鴂鳴而草衰。」注云：鶗鴂，爾雅謂之鵙，左傳謂之伯趙，然則子規、鶗鴂二物也。

稼軒所謂離騷補注即指興祖此書。其序引此者，以詞起句：「綠樹聽啼鵜鴂，更那堪、鷓鴣聲住，杜鵑聲切。」以明二者之非一物，故引洪說爲佐證。

稼軒弟茂嘉。他詞又有永遇樂戲賦「辛」字送茂嘉十二弟赴調。劉過龍洲詞又有沁園春題爲送辛稼軒弟赴桂林官。鄧廣銘云：據岳珂桯史，劉改之於嘉泰四年（一二〇四）方被稼軒延入幕府。其送茂嘉可能在此時之後。慶善因觸犯秦檜，編管昭州，卒於紹興二十五年（一一五五），年六十六。稼軒別弟茂嘉之詞作於何年不可知，假定在劉過入幕前後，以此忖測，當在嘉泰間。慶善此書久已流傳於世，故稼軒獲得見其書云。

屈原與經術

從表面看，屈原與經術似乎不該連在一起，況且楚辭在四部裏是列在集部之首的。可是從事實上觀察屈原的學問，却與經術有相當的淵源。現在我試拈出一些問題來討論：

甲、離騷的稱經。

一、王逸稱離騷爲經。

離騷章句敘：「離騷經者……乃作離騷經。離，別也；騷，愁也。經，徑也。言已放逐離別，中心愁思，猶依道徑以風諫君也。」

二、班固稱淮南王安作離騷傳。

漢書淮南王傳：「淮南王安入朝，獻所作內篇。新出，上秘愛之。使為離騷傳。旦受詔，日食時上。」（師古曰：傳謂解說之，若毛詩傳。惟王念孫於讀書雜志中謂傳當作傅。傅與賦通。近人楊樹達又從而引申之。）

三、漢宣帝認爲合於經術。

劉勰文心辨騷：「漢宣嗟歎，以為皆合經術；揚雄諷味，亦云體同詩雅。四家舉以方經。」

四、楊雄對「經」字的看法

揚雄法言吾子篇：「或問：君子尚辭乎？回：君子事之為尚。事勝辭則伉；辭勝事則賦；

事、辭稱則經。足言足容，德之藻矣。」

綜合上列各點，我們由漢武愛騷，淮南作傳，漢宣帝認爲合於經術，及漢人以「事、辭相稱則經」的尺度推論，那麼，離騷的稱經，應該在西漢時已經開始。到了王逸，承繼前人未竟之業，用經生離章析句的方法去整理它，並且加上「章句」兩字。以後宋人中的周必大就認爲王逸將離騷稱經是合理的。至於朱熹，仍然將它當作經書看待，稱曰「離騷經」，保持傳統的稱謂，在天問各章都冠上「離騷」兩個字。

乙、屈原時，學術上還沒有九流十家的分別，他的學問屬哪一類？他的辭賦是否配得上稱經？

現在我首先談談各家對屈原的批判：

一、劉向稱他做節士。

新序節士篇，屈原是其中的一位（文繁不錄）。

二、揚雄稱他頗爲有智。

法言吾子：「或問：屈原知乎？曰：如玉如瑩，爰變丹青。如其智，如其智！」

三、班固不同意揚雄的說法，但稱許屈原是「妙才」。

離騷序：「雖非明智（哲）之器，可謂妙才者也。」

四、王逸稱他爲大雅之士。

楚辭章句序：「離騷之文，依託五經以立義焉。……詩人怨主刺上曰：嗚呼小子，未知臧否。匪面命之，言提其耳。風諫之語，於斯為切。然仲尼論之，以為大雅，引此比彼。屈原之詞，優游婉順。……誠博遠矣。」

五、劉勰稱他「雅頌之博徒，詞賦之英傑」（博徒之博，卽王逸其詞博之博）。

文心辨騷：「觀茲四事，同於風雅者也。……摘茲四事，異乎經典者也。故論其典誥則為彼，語其夸誕則為此。固知楚辭者，體慢(憲)於三代，而風雅於戰國，乃雅頌之博徒，而詞賦之英傑也。」

六、顏之推承襲班固的話，批評他「露才揚己」。

顏氏家訓文章：「自古文人，常陷輕薄。屈原露才揚己，顯暴君過。」

七、洪興祖對屈原有深度的了解，稱他是「聖賢之變者」，並且極力駁斥各家的批判。

楚辭補注：「屈子之事，蓋聖賢之變者。使遇孔子，當與三仁同稱。雄未足以語此。班孟堅、顏之推所云，無異妾婦兒童之見。」

八、朱熹說「不敢以辭人之賦視之」。

楚辭集注序：「竊嘗論之，原之為人，其志行雖或過於中庸，而不可以為法，然皆出於忠君愛國之誠心。……雖其不知學於北方，以求周公仲尼之道，而獨馳騁於『變風』『變雅』之末流，以故醇儒莊士，或羞稱之。然使世之放臣、屏子、怨妻、去婦，抆淚謳唫於下，而所天者幸而聽之，則於彼此之間，天性民彝之善，豈不足以交有所發，而增夫三綱五典之重？此予所以每有味於其言，而不敢直以詞人之賦視之也。」

以上八說，大體都是從屈原的行爲下斷語。其中朱子之說，我最不同意。他可惜屈原不到北方去接受正統文化，因此變成變風變雅的末流，這點是很可商榷的。

春秋時代的楚國，雖受中原諸國的擯斥，不能參與中原的盟會，在政治上，誠然沒有重要的地位，但在文化上，並不見得怎樣隔閡。左傳裏記載楚人「賦詩」的事不少，國語裏記申叔時對楚莊王的論教育，及左史倚相的能讀三墳五典等等，都充分顯示出當時楚國與中原文化的緊密聯繫，五經之學老早已經在楚國植根傳播起來，屈原不必到北方去，已有足夠的機會接受正統文化了。史記本傳說他是個「博聞強記」的人。在離騷本文裏，他常常引用經語，而離騷所表現的思想，也與經學息息相通，那麼，屈原實在深受正統文化的薰陶。現在試從文辭及思想兩方面加以探索：

一、離騷與經語

（一）論語

恐年歲之不吾與。（離騷）

日月逝矣，歲不我予。

恐脩名之不立。

君子疾沒世而名不稱焉。

己矣哉，國無人莫我知兮。

己矣哉，吾未見好德如好色者也。

不吾知其亦己兮。

莫我知也矣。

願依彭咸之遺則。

吾將從彭咸之所居。

竊比我於老彭。（「老彭」，包咸注論語、大戴記都說老彭是殷賢大夫，與王逸所說的，當同是一人。）

（二）易經

吾固知謇謇之為患兮。（離騷）

王臣謇謇，匪躬之故。

循繩墨而不頗。

無偏無頗。

結幽蘭而延佇。

同心之言，其臭如蘭。

（三）書經

皇天無私阿兮。

皇天無親，惟德是輔。（王逸引周書）

忽吾行此流沙兮。

餘波入於流沙。（禹貢）

巫咸將夕降兮。（書經說及巫咸的不少。）

五子用乎家巷。（書經有五子之歌。）

（四）詩經

忽奔走以先後兮。

予曰有先後。予曰有奔奏。

衆女嫉予之娥眉兮。

螓首蛾眉。

見有娀之逸女。

有娀方將。

（五）春秋

恐皇輿之敗績。

大崩曰敗績。（莊，十一年傳曰）

以上所擧的例子，可見屈原對於論語、易經、書經、春秋、詩經這些書，都讀得相當爛熟，並且吸收了它們的詞語。

二、屈原思想與經義

屈原在離騷裏表現的思想，與經學息息相通的有四點：

（一）脩能與內美——「紛吾既有此內美兮，又從之以脩能。」

「脩能」

易乾文言：「君子進德修業，忠信所以進德也；修辭立其誠，所以居業也。」

「內美」

易坤文言：「君子黃中通理，正位居體，美在其中；而暢於四支，發於事業，美之至也。」

「修業」與「修辭」，是「進德」的一體兩面。屈原的「修能」，正是易經的「進德修業」「修能與內美」，是分內外兩層講的。在儒學裏，是最重要的一環。

（二）善與義——「夫孰非義而可用兮，孰非善而可服？」

「善」與「義」，不用說，是儒家學說的中心。大學引楚書曰：「楚國無以爲寶，唯善以爲寶。」

（三）時——「哀朕時之不當」，「願俟時乎吾將刈」，「吾獨窮困乎此時也」。

易經：「時義大矣哉！」

「時」是易學中心思想，屈原「時」的觀念，無疑是出源於易經的。

（四）中正——「耿吾既得此中正」，「依前聖以折中兮」。

「中」的觀念也是易經的主要觀念。

總括來說，屈原的文章吸收了經書的詞語，屈原的學問，會通了經學，而他的思想跟儒家思想的主要部分，有相承關係。不過他不是個章句之儒只會在一章一句裏討生活。他對經學有深度的造詣，並且接受了若干主要部分。因此，可以說他深受儒家影響，不能說他是儒家。如果用漢人（揚雄）稱經的標準去衡量他的文章的話，離騷稱經大致不會有問題的。

至於他的學問究竟屬於哪一類呢？明朝方以智在他的象環寤記裏論莊子、孟子與屈原有這麼一句話：「扇揚大成藥肆者也。」我的見解跟他大略相同。現在就引這句中肯的話，作爲本題的結束——屈原，大成藥肆的扇揚者。（在聯合書院講，李達良筆記）

天問文體的源流

——「發問」文學之探討

屈原的《天問》，文體很奇怪。光是這個題目，過去學人已是聚訟紛紜。英國韋烈（Arthur Waley），在他編選的《神廟與詩》（The Temple & other Poemes）竟說《天問》好像是一些試題，不知何以滲入屈原的作品。這引起蘇雪林帶著譏嘲的口吻，說他強「把升學南針的『考題彙刊』一類書來看《天問》，未免太可笑了」❶。

其實，從比較文學的觀點來考察，這種「發問形態」的文學作品，自有它的源遠流長的歷史。印度最古經典的《吠陀》，和伊蘭《火教經》中的祀歌，都出現同樣的句型；聖經《舊約・約伯傳》亦有類似的問句。中國在戰國以來，隨著天文學的發展，「天」的觀念有很大的轉變。有些學者對一切事物，抱著懷疑態度，對宇宙現象的形成，儘量提出問題。和惠施同時的楚人黃繚，便是這樣一個著名的人物。屈原的《天問》，是在這種風氣下茁長起來。《天問》文體確立以後，晉六朝以來，便有不少摹倣他的作品，在中國文學史上，且形成一條支流，可惜沒有人加以注意。是篇特別把本人所知見的零碎材料，臚列在一起，加以討論。

《天問》在王逸的《楚辭章句》裏原列爲第三篇，但《楚辭釋文》舊本却列於第四（《九辨》列於第二）。作者爲屈原，當然不成問題。太史公說：「余讀《天問》、《哀郢》，悲其志。」作者中心思想所在很不易了解，所以，宋高似孫《騷略》云：「《離騷》不可學，可學者，章句也；不可學者，志也。」可見《天問》所陳的志，非可遽作蠡測。洪興祖云：

天地變化，豈思慮智淺之所能究哉！天固不可問，聊以寄吾之意耳。楚之興衰，天耶？人耶？吾之用捨，天耶？人耶？國無人，莫我知也！知我者，其天乎？此《天問》所以作也。

然《天問》開端，對天地問題發問，次及神話歷史，知其所問者原不限於「天」。問》中心思想，在說明天的因果律，本在勸善懲惡；但世事不盡如此，故發爲若干疑問。仍是依據《離騷》「皇天無私阿兮，覽民德焉錯輔，夫惟聖哲以茂行兮，苟得用此下土。瞻前而顧後兮，相觀民之計極。夫孰非義而可用兮，孰非善而可服」一義加以引申。《哀郢》云：「皇天之不純命兮，何百姓之震愆？」亦即此意。《天問》意隱而《離騷》意顯，必先有《離騷》之心，而後換另一形態，加以抒寫，故《天問》不必早於《離騷》。又四言長篇句式，戰國韻文每每有之，楚《繪書》荀子《成相》，都是其例證❷。

《天問》文體之特殊型態，在於用韻而作連續的發問。此種對天地問題加以發問，在楚國文獻頗爲普遍。茲略舉之：

一、楚昭王問觀射父曰：「《周書》所謂重黎，實天地不通者何也？若無然，民將能登天乎？」（《楚語》），這是對書《呂刑》「重黎絕地通天」一語加以質問。

二、《莊子・逍遙遊》：「天之蒼蒼其正色耶？其遠而無所至極耶？」在《晉書・天文志》裏引述漢秘書郎郗萌記先師相傳論《宣夜》說云：「天了無質，仰而瞻之，高遠無極，眼瞀精絕，故蒼蒼然也。譬之旁望遠道之黃山而皆青，俯察千仞之深谷而窈黑。夫青非真色，而黑非有體也。」取此語以證莊，知莊子之發問，乃用《宣夜》說。先師相傳，雖片鱗隻爪，至為可貴。

又《莊子・天運篇》云：「天其運乎？地其處乎？日月其爭於所乎？孰主張是？孰維綱是？孰居無事推而行是？意者其有機緘而不得已耶？意者，其運轉而不能自止耶？雲者為雨乎？雨者為雲乎？孰隆施是？孰居無事淫樂而勸是？風起北方，一西一東，有上彷徨，孰噓吸是？孰居無事而披拂是？敢問何故？」❸這何異一篇《天問》，祇是表現的句式略有不同而已。《天問》之作，似乎襲用《天運》的老套加以擴大，明人以為屈子是見過《天運》的。

《莊子・天下篇》：「南方有倚人號曰黃繚，問天地所以不墜不陷，風雨雷霆之故，惠施不辭而應，不慮而對，徧為萬物說。」可惜黃繚所問的原文，今已失傳。

三、《逸周書・周祝解》云：「故萬物之所生也，性於從；萬物之所及也，性於同。故惡姑幽？惡姑明？惡姑陰陽？惡姑短長？惡姑剛柔？故海之大也，而魚何為可得？山之深也，虎豹貔貅何為可服？人智之邃也，奚為可測？跂動噦息，而奚為可牧？玉石之堅也，奚可刻？陰陽之號也，孰使之？牝牡之合也，孰交之？君子不察，福不來……。」（四部叢刊本）《逸周書》是篇連續提出問題，亦近於「徧為萬物說」一類，祇是句法構造，和《天問》頗有不同。

其在印度，古《吠陀》及《奧義書》對宇宙問題亦多發問，舉例如次：

《梨俱吠陀》（Rig-Veda）10,129為創造之歌，其第一章云：

nāsad āsīn, no sad āsīt tadānīm;
There was not the non-existent nor the existent then;
太初無無，　亦復無有；
nāsīd rajo no vīomā paro yat.
there was not the air nor the heaven which is beyond.
其間無元氣，　其上無蒼穹。
kim āvarīvaḥ? kuha? kasya śarmann?
What did it contain? Where? In whose protection?
何所覆之？　伊誰護之？
ambhaḥ kim āsīd, gahanaṃ gabhīram?
Was there water, unfathomable, profound?
何處非水，　深不可測？

其第六段云：

kō addhā veda? ka iha pravocat?
Who knows truly? Who shall here declare?
孰知其真？孰窮其故？
kuta ājātā, kuta iyam visṛṣṭiḥ?
Whence it has been produced, whence is this creation?

何所自生？何因而作？

arvāg devā asya visarjanena;

By the creation of this (universe) the gods (come) afterwards;

明神繼之，　合此造化；

athā ko veda yata ābabhūva?

Who then knows whence it has arisen?

是誰知之？　孰施行之？

又 Rig V. I,185 對天地父母亦多用問句。而 Rig V. Asya vāmasya Hynm 4 云：

ko dadarśa prathamam jāyamānam？

Who has been seeing the first-born possessing bones？

初生之骨，　誰實覩之？

asthanvantam yad anasthā hibharti？

Which what has no bones has been bearing？

其無骨者，　復孰致之？

bhūmya asur asṛg ātmā kva svit？

Where then is the life, the blood, the self of the Earth?

大地之我，命耶？血耶？何處有之？

ko vidvāmsam upa gāt praṣṭum etat?

Who went near the wise to ask this?

誰依智者，往而諮之？

Atharva Veda 10、7 言宇宙支柱（skambhā），亦用發問句式。《奧義書》之由誰書（kena upanisad），開端數句云：

Keneṣitam patati preṣitam manaḥ?

By whom willed and directed does the mind light on its objects?

由誰所馳，心思如射？

Kena prāṇaḥ prathamaḥ praiti yuktaḥ?

By whom commanded does life the first, move?

由誰所勒，生氣前適？

keneṣitām vācam imām vadanti cakṣuh?

At whose will do (people) utter this speech?

由誰所策，作此言語？

śrotraṁ ka u devo yunakti?

And what god is it that prompts the eye and the ear?

誰神所驅，耳目從役？

《天問》所用的發問代名詞，有誰、孰、何、焉、安諸字，在梵經則有 Ka（who, what, which），Kim（what, why），Ko（what, how）等等。

火教經（Avesta）中 yasna 44，3－4 云：

This do I ask Thee, Oh Lord, tell me truly;
Who is the creator, the first father of Righteousness?
Who laid down the path of the sun and stars?
Who is it through whom the moon now waxes now wanes?
All this and more do I wish to know, Oh Wise One.

誰為創造主，正義之祖？
誰斡大鈞，日星異路？
誰藉疇力，致月盈虧？
嗚呼智人，我願知之！

This do I ask thee, Oh Lord, tell me truly;
Who holds the earth below the sky as well from falling?
Who (created) the waters and the plants?
Who harnesses the (two) coursess to wind and clouds?
Who, Oh Wise One, is the creator of Good Mind?

誰分大地、下麗於天，以免其傾？
水與植物，誰孳生之？
誰役風雲，周道是遵？

嗚呼智人，誰更啓我善心？（據 Richard N.Frye: The Heritage of Persia P.55-56 英譯）

《聖經舊約》約伯傳：

Who determined the measures thereof, if thou knowest?
Or who stretched the line upon it?
Whereupon were the foundations thereof fastened?
Or who laid the comer stone thereof?
…………
Where is the way to the dwelling of light?
And as for darkness, where is the place thereof?

—Job XLVI, Old Testament

是誰定下地的尺度；是誰把準繩拉在其上？
他的根基安置何處？地的路標是誰安放的？
……光明從何而至？黑暗原來位於何所？

聖經中這一些文字甚長，一如《天問》「明明闇闇，惟時何爲」等句，意思亦有點相似。已見蘇氏《天問正簡》引言所徵引（P.28），今不詳述。

至於歷代摹擬《天問》之文學作品，試就所知，略舉如次：

一、晉傅玄《擬天問》。今存斷句：「七月七日，牽牛織女，時會天河。」（《北堂書鈔》一百五十五引，原見宗懍《荊楚歲時記》。）「月中何有？白兔擣藥。」（《御覽》四，又見嚴可均輯《全晉文》四十六。）

二、梁江淹《邃古篇》有序云：「僕嘗爲造化篇，以學古制，今觸類而廣之，復有此文，兼象《天問》，以遊思云爾。」其文云：「聞之邃古，大火然兮。水亦溟涬，無涯邊兮。……上有剛氣，道家言兮。日月五星，皆虛懸兮。……太一司命，鬼之元兮。山鬼國殤，爲遊魂兮。迦維羅衛（Kapilavastu），道最尊兮。黃金之身，誰能原兮。……茫茫造化，理難循兮。聖者不測，況庸倫兮。筆墨之暇，爲此文兮。薄暮雷電，聊以忘憂，又示君兮。」（宣城本《醴陵集》、又《廣弘明集》三）此文四字爲句，似不甚次第，所述歷史，從開闢以至宗周，兼敍鬼神，次及四裔，結句仍用《天問》「薄春雷電歸何憂」句，摹擬痕跡太顯著。

三、北齊顏之推《歸心篇》。此文亦見唐法琳《辨正論》《九箴篇》引，《法苑珠林》一百唐蕭宣慈有《歸心論》卅卷，即用其名。本文對不信佛者，加以讚述，言俗之謗佛，有五端，其一爲「以世界外事及神化無方爲迂誕也」。關於此點因佛氏宇宙觀易於眩惑，故作解釋，其文略云：「……星有墜落，乃爲石矣，精若是石，不得有光，性又質重，何所繫屬？……石既牢密，兔焉能容？石在氣中，豈能獨運？積水之下，復有何物？江河百谷，從何而生？東流到海，爲何不溢？歸塘尾閭，渫何所到？沃焦之石，何氣所然？潮汐去還，誰所節度？天漢懸指，那不散落？水性就下，何故上騰？……」《珠林》卷六即暢論星墜爲石之說。王應麟《困學紀聞》九：「顏之推《歸心篇》、孔毅父《星說》，亦倣屈子《天問》之義。」

又顏之推有《稽聖賦》三卷。陳振孫《直齋書錄解題》云：「之推《稽聖賦》三卷，本擬《天問》而作。」惜今已佚。

四、唐楊炯《渾天賦》。此賦末有一段云：「靈心不測，神理難詮。日何爲兮右轉？天何爲兮左旋？盤古何神兮立天地？巨靈何聖兮造山川？……鐘何鳴兮應霜氣？劍何伏兮動星躔？列子何方兮御風而有待？師門何術兮驗火而登仙？……女何冤兮化精衞？帝何恥兮爲杜鵑？……」亦疊用若干詰問句式。

五、唐柳宗元《天對》。見《柳先生集》卷十四，宋楊萬里爲之解。《天對》提出元氣爲天地本原，認爲宇宙是無限的，本來如此，故云：「無營無成，無功無作。」又云：「焉恃夫八柱？」「烏際乎天則？」「棊布萬熒，咸是焉託？」誠如是說，屈子的發問，是多餘的。文中具有鮮明的無神論觀點。宋代樓鑰云：「河東《天對》最傑作，釋問多本《山海經》。」（《攻媿集》卷六《題林德久（至）楚辭故訓傳詩》）認爲《天對》資料是取自《山海經》的。子厚駁斥「八柱」，道教書籍，有《中黃八柱經》，存《道藏》太平部，則襲用「八柱」之說，且取以作書名。

六、劉禹錫《問大鈞賦》，見《夢得文集》卷十一，首段云：「圓方相函兮，浩其無垠。窅賓翕闢兮，走三辰以騰振。孰主張是兮？有工其神。迎隨不見兮，強名之曰大鈞。敧以臨下兮，巍乎雄尊。天爲獨陽，高不可問。工居其中，與人差近。身執其權，心平其運。循名想象，斯可得以訊。」此文改變作爲賦體，雖篇名《問大鈞》，而作法則與屈子的《天問》，大異其趣。清彭兆蓀有廣問大鈞賦（《小謨觴館文集》）。

明人學《天問》的文章，實繁有徒，最重要的有三篇：

一、方孝孺《雜問》

文見《遜志齋集》卷六《雜著》。通首從頭至尾悉用問句。第一段仍是《莊子·天運》的老問題；其次爲歷史上所有學術、政制、民生、國計問題，隨想隨寫，沒有聯貫性，又有點像連珠。歷來摹倣《天問》，通篇爲發問句式，只有這篇最爲出色。摘錄數段以示例：

天曷為而運乎？地曷為而處乎？日月降升，曷為而有寒暑乎？峙者曷為而山？流者曷為而水乎？鳥曷為而飛？獸曷為而走乎？孰明而可見？孰幽而不可覩乎？上下千載，孰不變乎？四方萬里，孰不異乎？人何由而出庶類乎？心何由而參天地乎？有生芸芸，奚不朽乎？有為而成，孰長久乎？

三代異尚，道亦異乎？忠質化原，文何貴乎？秦之繼周，豈尚刑乎？漢之寬大，亦善承乎？唐尚諫諍，自其始乎？宋尚儒術，奚而中圮乎？奚王奚霸？奚為美乎？

天孕兆民，猶厥子乎？既受而生，奚復死乎？

人之生死，果有命乎？桎梏巖墻，孰非正乎？

君以出命，將不然乎？猛虎黠盜，豈皆天乎？

孰非民乎？孰富孰貧乎？孰衣文繡？孰如懸鶉乎？屈為傭隸，天寧不仁乎？仁莫如井田，井田不易，在任人乎？封建莫復，天下為私乎？擇賢命爵，尚庶幾乎？刑措民滋，世有不熙乎？

二、王廷相《答天問》九十五首

廷相爲明七子之一。此文見《王氏家藏集》卷四十一。其序云：

楚屈原有《天問》一篇，漢劉向、揚雄、班固，晉（此誤）王逸，宋朱子皆有注釋，但其言多天地、日月、星辰、山川之秘化及夫義、黃、堯、舜三王之遺蹟，且誣謬奇詭，神怪之說參半，以故諸儒雖援引傳記以解其文，而發問之意尚蒙蔀而未彰。唐柳氏子厚，雖有《天對》，然多依文憑故為辭，而正諸經要之道者無幾。後生來學，無由取裁，附誣傳奇，踵謬襲怪，邈哉其尚蔽於聖途也。余讀其書病之，暇日取所問者，每一事相屬作一首，共得九十五首。每首以數語答之，務取於符道，故其論多刺；止求於意達，故其文不工。天地造化之秘闡而大明，聖人賢士之心皭而不污，則於三閭之問，未必無指迷辯惑之助也。嘉靖八年九月朔日，浚川王廷相子衡序。

從序文可見他撰寫的旨意。茲錄二則以示例：

陰陽三合，何本何化（《天問》句）？三靈既合，一性乃成。氣為物始，厥維本根。形有有無，俟機而化。

圜則九重，孰營度之？惟茲何功？孰初作之（《天問》句）？元氣始化，闢此寥廓。積陽九重，厥論荒鑿。既無功只，亦非營只。不我以信，請問太始。

他只求意達，故文不求工。蔣之翹曾評柳宗元《天對》云：「《天問》一篇，原屈子不顧其可問不可問，只是矢口而談，縱筆之所之，以發言之牢騷焉。……柳宗元不知，乃作《天對》以摭其實，詞多附會可笑。」（《七十二家集注楚辭》卷三）子厚的《天對》已受到明人的譏評；王氏的《答天問》，更是蹈此覆轍。不過，子厚採取唯物觀點，廷相則以明代儒家天道觀置答，立場各有不同。

三、黃道周《續天問》

文載《漳浦集》卷三十六「騷」類。黃氏精熟緯候之學，故雜用神話資料特多。茲摘一段如下：

> 甲子之鼂，有神下集。勒數鴻相，剔櫛玉岌。授余《魚書》曰：「獲厥藉靈，策五九以紀天地。九首之皇四萬五千歲，凡三千七百餘歲，闢一天地。以唐甲辰，迄胡丁未。數文以龜，賢士出涕。」余曰：「疑然！孰固而移？孰畫得避？」余將訊之。曰：「二隱五章，孰從比只？倏越短差，孰從理只？別千派支，何所繫只？厥端渾窀，行何止只？何與人謀，為衆規只？列宿何施？與人相觝只。軫還蒙鴻，觸何戾止？孰毉孰醜？荒洞曷擇？百神馮馮，何所暨只？帝何慕奇？為世厲只。衆曷所遠？聖曷嬖只？日安不及？曷偏昧只？肯元陽虧，胡不得砥只？月死復育，星曷克墜只？盤古曷歿？瘞骨南海，而曷流膏，以漫渤澥只？」

甲子是天啓四年，文或作於此時。文中兼用《大招》句法，每用「只」字語助詞。道周又有《叢騷》十五章，其第四章爲《天式》，即取《天問》「天式縱橫」語，加以引申，亦摹擬《天問》之作。

此外，陳雅言有《天對》六篇，《千頃堂書目》著錄，未見。清初李雯《蓼齋集》有《天問》一篇，全文甚長，茲摘一段以示例：

……誕稽開跡，疇號旌之？漢垠未屬，何以形之？馮馮沈沈，夫誰惡之？劃然以照，疇尚慕之？冥滓蠢煩，曷帝自庭？厥初不有，奚知其聖？太濛肇啓，厥從何始？義和未司，攝提安紀？……何有不足？陷於東西？何幽黑頑洞？智而益愚？

篇末以「智而益愚」作結，憤慨之情，不忍卒讀。

《列子》有《湯問》篇，亦論宇宙原始，其言曰：

殷湯問於夏革曰：古初有物乎？……物無先後乎？……夏革曰：……朕所不知也。……湯又問：四海之外奚有？革曰：猶齊州也。……湯又問物有巨細乎？有修短乎？有異同乎？革曰：……

這分明是受到《天問》及《莊子》的影響。所以從古初有無物問起，追詰到四海之外的東西和物的大小、修短、同異問題。據說《湯問》篇中所記周穆王欣賞的木造巧人，與晉太康六年竺法護譯出的《生經》（Jātaka-nidāna ）中的故事完全一樣。（參季羡林：《列子與佛典》——《中印文化關係史論叢》，八三頁）《湯問》既有剽竊內典的證據，而周穆王又大半采摭泰康汲冢出土的《穆天子傳》，故《列子》成書年代顯然在於晉初，故《湯問》應是很早的一篇從《天問》脫胎而成的文章。不過，雖然這是一篇宇宙問題的對話，有問兼有答，但屈子文體之特異處，是在有問而不置答。此外《列子．天瑞篇》記杞人憂天事，其人問曰：「天果積氣，日月星宿，不當墜耶？」這又與黃繚問天地所以不墜不陷者相同。《莊子．逍遙遊》中分明說道：「湯之問棘也是已。」棘即是革，二字音近。可見湯問於革的故事，莊周已見過了。那麼，《列子．湯問》篇中湯和革的對話未必沒有所本，好像「天傾西北，日月星辰就焉；地不滿東南，故百川水潦歸焉」和《天問》的「東南何虧」及「墜何以故東南傾」意思正是相承襲的。

《論衡．卜筮篇》說：「俗信卜筮，謂卜者問天，筮者問地。」「如實論之，卜筮不問天地，著龜未必神靈；有神靈，問天地，俗儒所言也。」又云：「無其實則知其無神靈；無神靈，則知不問天地也。且天地口耳何在，而得問之？」「夫言問天，則天爲氣，不能爲兆；問地，則地耳遠，不聞人言。信謂天地告報人者，何據見哉？」王充破除迷信，認爲天不可問。且把卜與筮分開來，把卜屬於天而筮屬於地。漢人原有這種說法，單獨把問天的事列入「卜」的範疇，今觀楚辭中《卜居》文體，亦復重用問句句式，凡叠用「乎」字至十六次，總結以此孰吉孰凶？何去何從？日本學人著《巫系文學論》便把《天問》稱爲占卜型的文學，未曾沒有道理。可是將王充的意見，證之《卜居》，原文分明說道「詹尹乃端策拂龜曰」，是卜與筮二者並用，不能說他單純用龜卜，而不用著，可見欲把問天的事，一概目之爲「卜」，是有點勉強的。

先秦典籍，每每於篇中發爲問答，如《莊子．逍遙遊》之肩吾問於連叔，《齊物論》齧缺問乎王倪曰、瞿鵲子問乎長梧子曰，罔兩問景曰，《大宗師》南伯子問乎女偊曰，顏回問仲尼曰，此爲《內篇》之例，皆假託人物互爲問答。其他尚多，不能畢擧。

近日馬王堆三號墓出土《老子》乙本卷前古佚書的《十大經》有下列各段：

一、黃帝問閹冉曰：「吾欲布施五正（政），馬止馬始？」對曰：……（《五正》）
二、黃帝問□輔曰：「唯余一人，兼有天下。今余欲畜而正之，均而平之，為之若何？」果童對曰：……（《果童》）
三、力黑（即力牧）問：「……高陽〔為〕之若何？」太山之稽曰：「……以臨天下。」（《正亂》）
四、高陽問力黑曰：「天地□成，黔首乃生。莫循天德，謀相復（覆）頃（傾）。吾甚患之，為之若何？」力黑對曰：「勿憂勿患，天制固然。……」（《姓爭》）

這種問答文體在戰國末期很是盛行。洪邁說：「自屈原詞賦假爲漁父日者問答之後，後人作者悉相規倣。」舉《子虛》《上林》等爲例（《容齋五筆》卷七），他的意思是指《卜居》（詹尹）和《漁父》兩篇。這二篇的作者問題，由於《荀子·不苟篇》有「新浴者振其衣，新沐者彈其冠」句，是抄襲《漁父》的，而賈誼《弔屈文》中「吁嗟默默，生之無故」，和《卜居》「吁嗟默默兮」語亦相同，足見二篇在荀卿、賈誼之前已存在，故王逸定爲屈原所自作。至於《卜居》疊用反詰句的方法。可以追溯到《管子·心術》：「能專乎？能一乎？能毋卜筮而知吉凶乎？能止乎？能已乎？能無向人而自得於己乎？」《內業》及《十大經》亦有相同的語句，疊用若干「乎」字句式同於《老子》之「衞生之經能抱一乎」一段，而《莊子·雜篇·庚桑楚》亦見之。後來魏晉間人的作品，若曹植的《髑髏說》，嵇康的《卜疑》，都是摹倣《卜居》的疊用反問句式，這是戰國以來散文發展的成果。至於佚書中假託黃帝對天地、政體的發問，在這時候對天道的看法已相當確定，所以力黑（牧）的對答有「天制固然」、「天地已定」等語。而屈原在《天問》中則仍存著「天命反側，何罰何佑」及「皇天集命，惟何戒之？受禮天下，又使至代之」等等疑難，因爲他作《天問》時的心情是十分苦惱，所以對宇宙、歷史、人生都抱著懷疑的態度。屈原作《天問》的動機，是受了一切委曲而無處伸訴，故把心中一切抑鬱，通過向天叩問來發洩的。這樣逆境在他人或者可以忍受過去，在感情奔放和富於正義感的屈原便忍受不住的。以正道直行、竭忠盡智的人，反而沒有好結果，可見天道眞是無憑的了。所以他終於忍不住要發問。《史記·屈原賈生列傳》云：「夫天者，人之始也；父母者，人之本也。人窮則反本，故勞苦倦極，未嘗不呼天也；疾痛慘怛，未嘗不呼父母也。」這幾句話，太史公已很清楚地指出屈原作《天問》的動機了。

《天問》文章之體裁，無論其內容與形式方面，比較其他文學作品，總是別創一格，尤其有問而無答，和其他問答文體判然有別，是十分奇佹的。《天問》全篇共三百七十四句（其中至少有脫簡六句不算）一千五百五十三個字，是屈原作品中的第二首長詩。最特色的，是一遇到不合理的事情，便加以詰問，因而形成了一百七十多個組合的疑問語句。

它的形式，除了少數句子外，基本上以四言爲主。通篇四句爲一節；每節爲一韻，亦有兩句爲一韻者，其例很少。通體全用問語，而參差歷落，錯綜變化，不但不單調、不板滯，而且非常奇倔。《天問》在文學上的價值，於《楚辭》中向來被認爲最低，但它却有最特出的一面，爲他篇所不及。其句式雖以四言爲主，但最短的有三言，最長的有七言，又有五言及六言。那些句子長短不很規律，但兔起鶻落，給予人以多姿多釆的感覺。此外，篇中所用的疑問代名詞及疑問副詞、形容詞等，亦極複雜，神明變化，不可方物。《天問》唯一的好處便在這一點。所以孫鑛評它道：「或長言，或短言，或錯綜，或對偶，或一事而累累反覆，或數事而鎔成一片；其文或峭險，或淡宕，或佶倔，或流利，諸法備盡，可謂極文章之變態。」這眞能了解他寫作的藝術手腕。

文學作品是人類精神的產物。人類學領域中的奇葩異卉，當然可以包括文學作品在內的。在古代神話與文學糅合之下，愈覺資料缺乏，所以更當加以重視。屈原的《天問》，不特是卓絕的文學產品，亦是無可忽視的人類學上的素材。本文特別注意《天問》在文體上的特色，從這一點去探究，摭拾東方各處相同的有發問句式的文學資料，加以比較，以說明人類寫作的共同心理。而《天問》全文充分使用發問句式，爲古今各處所未見，實在是一最嶄新的創作，而後人的模倣，亦止有點滴片段的類似，沒有屈原的魄力，從開天闢地，呵問到底，可見一位偉大作家自有他的萬萬不可及的地方。

至於《天問》體裁之是否受過域外文化的影響？蘇雪林認爲它是有藍本的；但她只引用《讚誦明論》（即《梨俱吠陀》）一段話及《舊約約伯傳》第三十八章兩處作爲佐證；其實，在印度經典中，這類句式甚多，所以我特別舉出一些梵文原句，以供參考。《吠陀》是和《火教經》最有密切關係的，蘇氏認爲：「或者《聖經約伯傳》先傳入印度，印度學人擬其體作吠陀頌，吠陀頌又傳入我國，乃啓發了屈原寫《天問》的動機。」這一說法，證據似乎未夠充足。《吠陀》各篇的年代，本來就很難確定，尤其《吠陀》卷十、一二九的《創造之歌》，因爲其中表現著極濃厚的高度一元論思想（monism），如 Tad Ekam（That One）觀念的出現，正如我們的「太一」，此歌開頭便說「太初無無，亦復無有」，有點像老子一派主張「建之以常無、有，主之以太一」，（《莊子・天下篇》）太一觀念，在戰國以後已經神化了。（如九歌有《東皇太一》，宋玉

《高唐賦》云：「醮諸神，禮太一」《漢書・藝文志》中，兵陰陽有《太一兵法》，天文家有《泰一雜子星》，《泰一雜子雲雨》，五行家有《泰一陰陽》及《泰一》二十九卷，可見西漢時太一在術數上支配的力量。）而吠陀中的 Tad Ekam ，是純理的抽象的，所以被認爲很是晚出（參看 Swami Ghanananda: The Dawn of Indian Philosophy — The Cultural Heritage of India I,P.333）❽。《天問》中注意到「東西南北，其修孰多？南北順橢，其衍幾何」等問題，在《山海經》的《中山經》、《管子地數篇》及《河圖括地象》都已舉出宇宙廣袤的一些數字，恐怕《天問》作者，嘗接觸過這種記載，所以會提出質問。屈原到過齊國❾，當時喜歡談天的鄒衍，他的議論，也許對屈子不無影響，屈子所獲得的世界地理智識，有無取自域外，這是極有趣而值得研究的問題。一時尚難解決；但《天問》本身，却是先秦神話資料的寶庫，我們對於神話的追尋（Guest-myth）當然，是非常重要的文學史上的工作。如果我們放開視野，把世界古代文學上的具有發問句型的材料，列在一起作出比較，以及從同樣文體推尋它的成長孳生的經過，作深入的探討，這種研究的方向，亦可以說幾乎接近 Northrop Erye 所說的「文學人類學」的範圍了。

❶ 見蘇氏著《天問・正簡・引言》（p.23）。

❷ 方孝岳「關於屈原《天問》」——《中山大學學報》一九五五：一。又收入《楚辭研究論文集》，一五三—一七六頁。論成相篇卽打糠鼓，卽古之搏拊（應如東南亞民族之拍鼓），其體式句法爲六言四言句，與《逸周書周祝》爲一類。《天問》文體出此（乃齊學），與楚騷不同系統，是北方調子。按長沙繒書亦用四字句，兼用韻。

❸ 戴密微教授著"Enigmes Taoistes"(《道家隱語》)，已先我言之，引《莊子・天運》加以法譯。見Kyoto大學，《東方學報》，二五冊，一九五四。又Y.Hervouet之Ssen-ma. siang-you dan L, Histori Littératre P.139 亦言及。

❹ Rig-veda 10,129的英譯，據Arthur A. Macdonell: A Vedic Reader for Students P. 207, 211 Hymn of Creation 。這二章茲再錄Karl F. Geldner的德譯於下，以供參考：Der Ursprung der Dinge ..

1. Weder Nichtsein noch Sein war damels; nicht war der Luftraum noch der Himmel daruber. Was strich hin und her? Wo? In wessen Obhut? Was War das unergründliche tiefe Wasser?

6. Wer weiβ es gewiβ, wer kann es hier verkünden, woher sie entstanden, woher diese Schöpfung kam? Die Götter (kamen) erst nachher durch die Schöpfung dieser (Welt). Wer weiβ es dann, woraus sie sich entwickelt hat?

❺ Rig-veda V. Asya Vāmasya 的英譯，據印度 C. Kunhan Raja所著 Asya Vāmasya Hymn (The Riddle of the Universe) Translation and Notes P.12。

❻ 奧義書Kena I的英譯，據印度S. Radhakrishnan的The Principal Upanisads P. 581。此頌有徐梵澄漢譯，名曰《由誰書》，南印度Pondicherry版，一九五七。

❼ 《火教經》的資料，據 M.W. Smith, Studies in the Syntax of the Gathas of Zarathushtra, University of Pennsylvania, Philadelphia 1929, P.108 。

Yasna 44

transcription

3

taṯ θwā pərəsā · ərəš mōi vaočā ahurā
kasnā ząθā paθā ašahyā paouruyō
kasnā xᵛə̄ng strə̄mčā dāṯ adwānəm
kə̄ yā mā̊ uxšyeitī nərəfsaitī θwaṯ
tāčīṯ mazdā vasəmī anyāčā vīduyē

4

taṯ θwā pərəsā ərəš mōi vaočā ahurā
kasnā dərətā ząmčā adə̄ nabā̊sčā
avapastōiš kə̄ apō urvarā̊sčā
kasnā vātāi dvąnmaibyasčā yaogəṯ āsū
kasnā vaŋhə̄uš mazdā dąmiš manaŋhō

translation

3

This do I ask thee, tell me truly, O Ahura.
What being (was), by creation, the original sire of justice?
What being established the path of the sun and of the stars?
Who (is he) through whom the moon (now) waxes, now wanes ?
Both these, O wise-one, and other-things do I wish to know.

4

This do I ask thee, tell me truly, O Ahura.
What being set-firmly both the earth from below and the sky, (to keep them) from falling?
Who (created) the waters and the plants ?
What being yoked swiftness to the wind and to the clouds ?
What being (was), through wisdom, the creator of good purpose ?

此處所引《火教經》中古波斯文原文如下︰

Avesta edited by K.F. Geldner

Avesta　　　　Stuttgart 1896
Yasna 44　　　Vol. 1, P. 148.

3

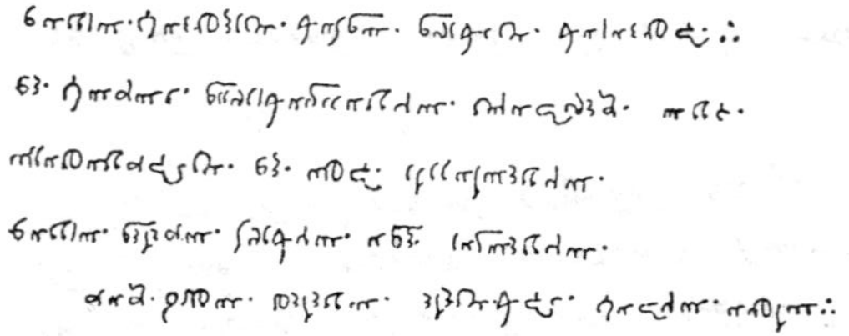

4

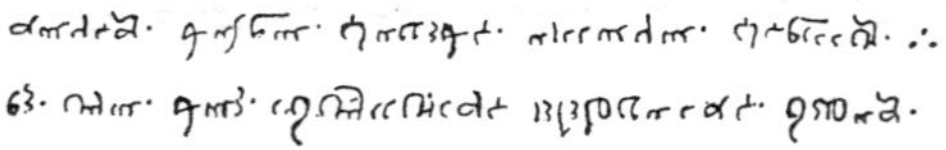

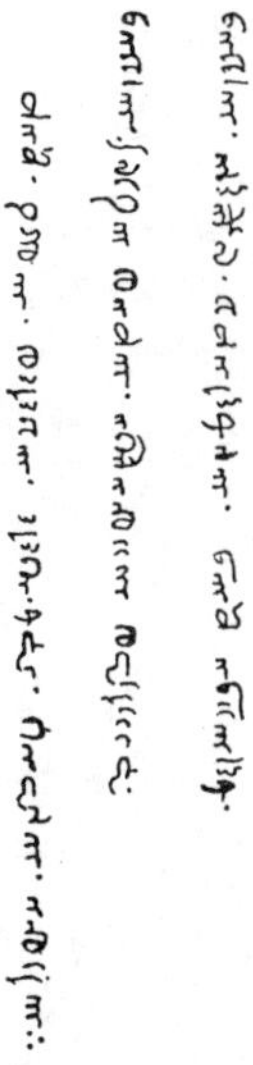

（此材料承吳其昱博士鈔示，特此誌謝。）

❽ 印度學者B.G. Tilak著The Orion（《獵戶星座》）一書，提出《吠陀》年代可能在4000至2500 B.C.但未爲西方印度學者所接受。

❾ 有人據說苑認爲屈原可能到過燕國，但查說苑八原文云：蘇子屈景自周、楚至，是屈景而不是屈原。

（原載選堂集林）

唐勒及其佚文

——楚辭新資料

唐文宗時，余知古著渚宮舊事稱：「楚文王至頃襄王四百年間楚產之尤者，儒學則觀射父、左尹然丹、左史倚相等，文章則屈平、宋玉、唐勒、景差。」其說蓋本之史記屈原傳：「屈原既死之後，楚有唐勒、景差之徒，皆好辭而以賦見稱。」唐勒名，漢書古今人表列於第六等中下。藝文志詩賦略唐勒賦四篇，注云：「楚人。」又宋玉賦十六篇，注云：「楚人，與唐勒並時，在屈原後也。」唐勒列於宋玉之前。唐勒有賦四篇，已亡。嚴氏全上古文卷十只據水經汝水注錄其奏土論廿四字。

水經汝水注「又東南過郾縣北」下云：

> 醴水又屈而東南流，逕葉縣故城北。春秋昭公十五年（楊守敬訂正應是成公十五年），許遷於葉者也。楚盛周衰（楊守敬云：此處疑脫「莊王」二字），控霸上南土，欲爭強中國，多築列城于北方，以逼華夏，故號此城為萬城，或作方字。唐勒奏土論曰：「我是楚也，世霸南土，自越以至葉垂，弘境萬里，故號曰萬城也。」余按春秋屈完之在召陵，對齊侯

曰：「楚國方城以為城。」杜預曰：「方城，山名也，在葉南（楊疏引元和志在葉縣西南十八里，互詳潕水篇）。」未詳孰是。

永樂大典楚字號（卷一〇九三五）云：「方城山岡阜自唐州比陽縣連接，西至方城，又西至汝州葉縣南。楚國方城以爲城，即此。」（參看附圖）全祖望云：「方城當以左傳爲是。唐說晚出，蓋方訛爲万，流俗固有以万字爲萬字者。」全氏意謂方訛作万，以万字爲俗寫。然萬舞之萬，在殷虛卜辭作万（小屯甲編），万字出見甚早。清新化鄧顯鶴作方城考，略謂：「楚寶引盛宏之荊州記：葉東界有故城始犨縣，東至瀙水，連泚陽界，南北聯絡數百里，號爲方城；一謂之長城……故屈完云云。尸子曰：楚狂接輿耕于方城之南。郭仲產亦謂苦萊東俱有方城。」又引唐勒文云：「宏鏡（應作境）万里，故號万城。方、万二字相似。楊升庵疑方城即爲万城，非也；又袁小修謂万城在當陽，亦非。」（南村草堂詩文鈔二十楚寶考異）按唐勒楚人，稱萬城得名由于弘境萬里，萬城一名必非誤傳。奏土論賴汝水注徵引，得剩此廿四字，至可寶貴。萬城、方城，酈氏兩存其說，最爲公允，未必是方而非萬。或當日有二名，不必肯定万（萬）爲方字之訛，如全謝山之說。闕疑可耳。

渚宮舊事云：

襄王與唐勒、景差、宋玉游于雲陽之臺（古文苑作陽雲），王曰：「能為大言者上坐。」王因曰：「操是太阿剝一世，流血衝天，軍不可以厲。」至唐勒曰：「壯士欻（此據吉石盦叢書青芝山堂鈔本，墨海金壺本等作「憤」）兮絕天維，北斗戾兮太山夷。」（以下景差、宋玉語，從略）「若此之大也何如？」王曰：「善。」（古文苑少末二句）

襄王登雲陽之臺，令諸大夫景差、唐勒、宋玉等並造大言賦。賦畢，而宋玉受賞。王曰：「此賦之迂誕，則極巨偉矣，抑未備也。……有能為小言者，賜雲夢之田。」景差曰：「（從略）」唐勒曰：「折飛糠（吉石庵本如此，他本作塵）以為輿，刻粃糟（此吉石庵本，他本作糠粃）以為舟，汎然投乎盃水中，淡若巨海之洪流。憑蚋背以顧盼，附蟣蠓而遨遊，寧隱微以無準，渾（古文苑作原）存亡而不憂。」又曰：「館乎蠅鬚，宴于毫端，烹虱腦（古文苑作脛）、切蟣肝，會九族而同嚌，猶委餘而不殫。」（以下宋玉曰從略）

以上爲渚宮舊事之記載。襄王時，唐勒、景差、宋玉三人均受命作大（小）言賦，舊事摭錄其辭。余知古爲唐文宗時人（四庫提要引唐書藝文志說），又有漢上題襟集十卷，唐志注段成式、溫庭筠、余知古，則與段、溫同時。唐時唐勒之賦尚未失傳，則漢志所稱唐勒賦四篇，大言小言應居其二。宋紹定間，章樵整理唐人所藏佛龕中之古文章，次爲古文苑，無唐勒文，惟收宋玉賦六首，有大言賦與小言賦。細審之，即渚宮舊事所采之篇。則題以大言小言賦，概視爲宋玉之作。如是則唐勒、景差之賦，乃宋玉撰時所依託者，與舊事所言三人並受命作賦，事實不合。隋志著錄有宋玉集，惜久佚無從參校，今據舊事仍視作唐勒賦之殘文。

近歲山東臨沂出土殘簡有唐革賦，共九號，茲錄如下：

一

唐革（原編號一八四）僅二字書于簡背

唐革與宋玉言御襄王前，唐革无（撫）髯曰：人謂□馬登車，嗛⿰扌桼馬沖臨

□□□□不□步驕□（下缺　一八四）

二

馬也愈而安勞，輕車辨進，騁若蜚蠪（飛龍），兎若歸風，反驕逆馳□□起□，夕日而□均□

（下缺　一九〇）

三

月徒□□銜星躍而□愪，子神賁而鬼走，進退詘信，莫見亓（其）壙埃。均□（下缺

二〇四）

四

（上缺）胸中，□神俞六馬，不卟（稽）啫，不撓扣□，步趨（下缺　四九三）

五

龍□能急若□，起□若蜚兎若紀□（絕），反趨逆馳□，□起□，夕日而入日蒙三（巳），此□

（下缺　四〇三）

六

（上缺）不能及就又趨步彳□御者詘。　（下缺　一七一七）

七

仌臨㩟徼　（下缺　三六五六）

八

（上缺）□有三而王□訁□　（下缺　三五八八）

九

（上缺）□轠義御　（下缺　三五六一）

以上殘簡九，出臨沂一號漢墓，據羅子期先生整理錄出（在傻翁一得錄中）。唐革即唐勒。詩「如鳥斯革」，釋文引韓詩「革」作「勒」，可證。

羅先生僅舉第三簡與淮南子覽冥訓參校，而疑淮南襲自唐勒。今按覽冥訓文云：

昔者王良造父之御也，上車攝轡，馬為整齊而斂諧。投足調均，勞逸若一，心怡氣和，體便輕畢，安勞樂進，馳騖若滅，左右若鞭，周旋若環，世皆以為巧。若夫欽負大丙之御也，除轡銜，去鞭策，車莫動而自舉，馬莫使而自走。日行月動，星燿而玄運，電奔而鬼騰，進退屈伸，不見朕垠，故不招指，不咄叱。……
騁若飛，鶩若絶，縱矢躡風，追猋歸忽，朝發榑桑，入日落棠，此假弗用而能以成其用者也。非慮思之察，手爪之巧也，嗜欲形于胸中，而精神諭于六馬，此以弗御御之者也。

此段論弗御之御，其說甚精。臨沂簡開端記唐勒與宋玉言御於襄王之前，主題亦是御，故文字頗多雷同，可以比證。

第二簡言「馬也愈而安勞，輕車犇（樂）進」，以校淮南「體便輕畢」句，輕畢應是輕車，車與畢二字形近。又「安勞樂進」，即簡文之「安勞」「犇進」，知犇字即樂。

第三簡宜再以淮南兵略訓校之。其言曰：

善者之動也，神出而鬼行，星耀而玄運，進退詘伸，不見朕埑，鸞舉麟振，鳳飛龍騰，發如猋風，疾如駭電。

覽冥訓亦作「星耀而玄運」。臨沂簡原作「星躍而□愪」，其缺文可以「玄」字補之。則躍即燿，而愪可讀爲運。（左宣四年鄖字或作䢵。春秋之鄆，公羊作運，是其比。）高注：「燿，光也；玄，天也；運，行也。」

簡「子神賁而鬼走」句，兵略訓作神出而鬼行，語最接近。覽冥訓作電奔而鬼騰，劉家立臆改爲電奔而雲騰，「雲」字無據。御覽七四六引騰作駭，與文選絶交論李善注引同。賁爲奔之借。星與玄（天）相從，神與鬼互爲比方。故知覽冥之作電奔，應據簡文之「神賁」，兵略之「神出」訂之。電字古從申，申讀爲神。劉殿爵曾疑電當作神，只從上下爲說，方大成淮南校釋非之。今得此簡，則作「神」是也。簡文「莫見其墳埃」句，淮南覽冥作「不見朕垠」，兵略作「朕埑」，御覽七四六引作「膣毀」，皆異文。玉篇：「埶，古文垠。」「進退詘信」即「進退屈伸」，覽冥、兵略語并同。

第四簡「胉中」以覽冥「形於胸中」校之，即「胸中」，而「神俞六馬」即「精神諭于六馬」。御覽引諭作喩。高誘注：「藏嗜欲之形于胸臆之中。喩，和也。以弗御御之，以道術御也。」此說亦見主術訓。

第五簡與第二簡語有重複。如「騁若蜚蠶，兔若歸風」，第五作「𧺆若蜚，兔若紀」。以覽冥訓「騁若飛，鶩若絕」校之，紀殆「絕」字。「兔若歸風」者，淮南說林訓：「以兔之走，使大如馬，則逮日歸風。」孫詒讓據呂覽「遺風之乘」改歸字爲「遺」。今簡文正作歸風，則孫改非。楊樹達淮南證聞謂歸風與追風同，二字皆從𠂤聲，故得假借。彼尚未知有此資料可證說林訓「歸風」之不誤。「入日蒙三」句，據覽冥訓「朝發榑桑，日入落棠」，高注：「落棠，山名，日所入也。」以是爲例，則「蒙三」或爲日入之地。爾雅：「西方日入處曰大蒙。」楚辭天問：「出自湯谷，次于蒙汜。」三或巳之壞字未可知。覽冥訓之「邅迴蒙汜之渚」。覽冥「日入落棠」句，王念孫謂：「日入當爲入日。今本作日入，蓋涉高注「日所入」三字而誤。上文云「入日抑節」，正與此「入日落棠」同意。」今按臨沂簡正作「入日」，王說是也。

第二簡「夕日而□」，第五簡亦見夕日，與入日對文。古假昔爲夕。穀梁經：「辛卯昔恆星不見。」左傳：「爲一昔之期。」故夕日即昔日，指朝而言。

第一、第七簡有𣝠馬字，從重木，疑讀爲秣馬。荀子勸學篇：「六馬仰秣。」秣通餗。說文餗訓食馬穀。

臨沂此殘簡，賴淮南比勘，略可通讀一部分。羅氏稱其書體一致，可證原出一篇。其作者爲唐勒，殆無疑問。言御馬馳騁之術。惜失其篇題。殘缺之餘，合數簡可得百三十字左右。吉光片羽，亦足珍矣。

梁玉繩淸白士集人表考六：「唐勒惟見史屈原傳。楚滅唐，子孫以唐爲氏。」蓋據通志氏族略二。文心雕龍夸飾篇：「文辭所被，夸飾恆存。自宋玉、景差，夸飾始盛。」語不及唐勒，其名已漸晦。惟西京雜記卷二霍光妻一產二子，光言楚大夫唐勒一產二子，一男一女，男曰貞夫，女曰瓊華，皆以先生爲長。洪邁容齋隨筆（五筆）言：「唐勒有子曰正夫。」事即本此。唐勒遺聞無多，可考見者略備於此云。

一九八〇年六月三〇日於京都

（原載九州大學中國文學論集第九號）

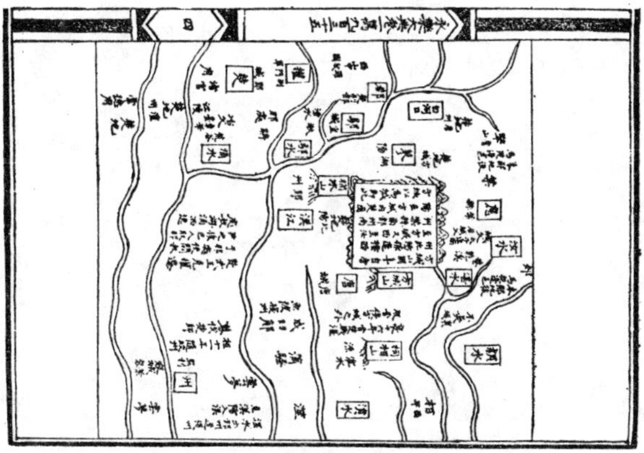

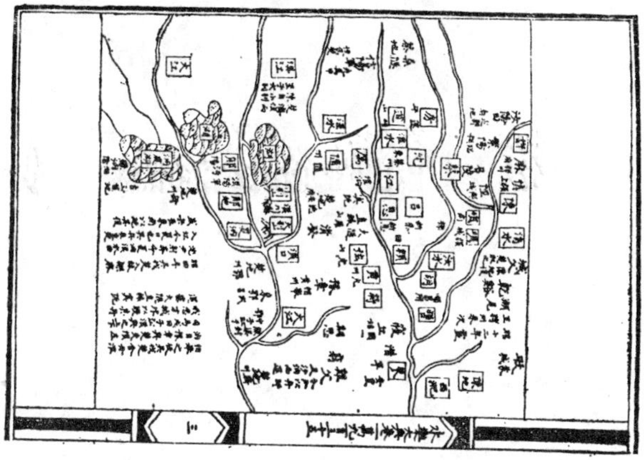

陵陽子明經佚說考

——馬王堆醫書跋

馬王堆三號漢墓所出古醫書第一部分，唐蘭定爲却谷食氣篇（文物一九七五／六）。其文有云：

……春食一去濁陽，和以□光、朝暇（霞），（昏清）可。夏食一去陽風，和以朝暇（霞）、行暨，昏（清可。秋食一去）□□、霜霧，和以輸陽銧，昏清可。冬食一去凌陰，（和以沆瀣）、□陽銧光，輸陽輸陰，（昏清可）。□□□（凌陰者）□四塞，清風折首者也。霜霧者⧄。濁陽者黑四塞，天之亂氣也，及日出而霧也。（陽風者）□風也，熱而中人者也，日⧄⧄者入骨⧄⧄⧄⧄，（四）者不可食也。朝暇（霞）者⧄者日出二千，春為濁⧄雲如蓋，蔽□□□□者□□□者苑⧄夏昏清風也。凡食⧄氣者食員，員者旡也。卜⧄者北鄉⧄多食。則和以□陽□氣暇（霞）⧄多陽日夜分⧄（清）附，清附卽多朝暇（霞）。朝□失氣為日□，日□卽多銧光。昏失氣為黑附，黑附卽多輸（陽）。⧄得食毋食。（缺文在五字以上或字數難以確計者，以⧄爲記。）

又：

食氣為禁：春辟濁陽，夏（辟）陽風，秋辟霜瞀，冬辟凌陰。必去四咎，乃棎（深）息以為壽。……（未刊帛書）

此篇爲古代六氣學說之殘膏剩馥。莊子逍遙遊言「乘天地之正，而御六氣之變」，楚辭遠遊亦云「湌六氣而飲沆瀣兮，漱正陽而含朝霞」。六氣之義，王逸楚辭章句云：「湌吞日精，食元符也。」又引陵陽子明經云：

春食朝霞。朝霞者，日始欲出赤黃氣也。秋食淪陰。淪陰者，日沒以後赤黃氣也。冬飲沆瀣。沆瀣者，北方夜半氣也。夏食正陽。正陽者，南方日中氣也。幷天地玄黃之氣，是為六氣也。

亦見太平御覽十五天部引。淪陰作淪漢。

莊子李頤注引陵陽子說同（見經典釋文卷二十六）。李頤，穎川襄城人。晉丞相參軍。自號「玄道子」。馬王堆殘籍所保存六氣說，當出陵陽子明經。廣雅釋天常氣類亦有此材料。茲比較三書異同如次：

馬王堆醫書

東	春食	一去濁陽	朝暇
西	秋食	（缺）	輪陽鈂
北	冬食	一去凌陰	沆瀣
南	夏食	一去陽風	（缺）
上	天		
下	地		

陵陽子明經			廣雅
朝霞	日出	赤黃氣	朝霞
淪陰（御覽作淪漢）	日沒	赤黃氣	淪陰
沆瀣	北方	夜半氣	沆瀣
正陽	南方	日中氣	正陽
玄			列缺
黃			倒景

馬王堆醫書謂「凌陰者□四塞，清風折首者也」，「濁陽者黑四塞，天之亂氣也」，是濁陽爲天之亂氣。又云：「朝（霞）失氣爲日□，日□即多銧光。昏失氣爲黑附，黑附即多輪〔陽〕」。證以文中有「輪陽輪陰」句，陵陽子作淪陰，與廣雅同。以是例之，則輪陽即淪陽。陽淪則陰昏，故爲黑附。司馬相如大人賦云：「反太一而從陵陽。」又：「呼吸沆瀣兮餐朝霞。」張揖注云：「陵陽，仙人陵陽子明也。」又「貫列缺之倒影兮」句，張注亦引陵陽子明經：「列缺，氣去地二千四百里；倒景，氣去地四千里，其景皆倒在下。」此爲陵陽子明經之佚文。

楚辭九章哀郢：「當陵陽之焉至兮，淼南渡之焉如。」洪興祖補注云：「前漢丹陽郡有陵陽仙人，陵陽子明所居也。」按前志丹陽郡領縣十七，陵陽其一也。續漢郡國志劉昭注：「陵陽、陵陽子明得仙于此縣山，故以爲名。」陵陽仙人之傳說已見于屈原賦。又列仙傳云：「（陵陽）

子明于沛銍縣旋溪，釣得白龍，放之。後白龍來迎子明去，止陵陽山上百餘年，遂得仙也。」而抱朴子黃白篇仙藥篇謂：「方書所名藥物……如河上姹女，非婦人也；陵陽子明，非男子也。」此爲陵陽子明之記載。

各書徵引陵陽子明經者，有文選甘泉賦「歷倒景」下張揖注（引陵陽子明經曰「倒景氣去地四千里，其景皆倒在下」），思玄賦（「飡沆瀣」下注引陵陽子明經曰「夏飡沆瀣北方夜半氣」）、江賦（「吸翠霞」下引陵陽子明經曰「春食朝霞，朝霞者，日始出之赤氣」）、琴賦（「餐沆瀣」下引陵陽子明經曰「夏食沆瀣，沆瀣，北方夜半氣」），七命李善注屢引之（「承倒景」下引陵陽子明經，說同前）。隋書經籍志道家類有陵陽說黃金秘法一卷；唐書經籍志有陵陽了秘訣一卷，陽月公撰（唐書藝文志同）。敦煌卷 Stein 6030 殘葉引陵陽一條，上繪七足跡，即所謂禹步，以線連之，題言七步，當是後人依托。

吳榮光筠清館金文卷五著錄漢陵陽鬲，其銘云：「陵陽子明受王孫釜乍鬲用沸鬻。」龔自珍與何子貞書云：「附呈一條，乞入之筠清館陵陽子明鬲跋尾中。」何子貞復牋按語云：「陵陽子明經當是道書。國初如錢牧齋（注杜），顧小阮（注溫飛卿詩）皆見之引之，而今無刻本。」（王佩諍校本龔氏全集第五輯）「陵陽子明鬲」一器，眞僞不得知，而陵陽子明經出于楚辭王逸注所引，其書久已無存，何紹基且不知其來歷；今馬王堆醫書正可窺陵陽遺說，龔氏好古敏求，使其及見之，其快慰當何如耶！

釋主客

——論文學與兵家言

臨沂銀雀山漢墓所出孫臏兵法有客主人分一篇云：「兵有客之分，有主人之分。客之分衆，主人之分少。客負（倍），主人半，然可敵也。……客者，後定者也，主人按地撫勢以胥。」（圖見考古，一九七四／六；文見文物，一九七五／一。）兵家區別主客之分，主少而客衆，以少敵衆，要在把握道機。故孫臏曰：「以決勝敗安危者，道也。敵人衆，能使之分離而不相救也。」以寡勝衆，在妙用之法而已。按老子書云：「不敢爲主而爲客。」僞李陵答蘇武書亦言：「客主之形，既不相如，步馬之勢，又自懸絕。」皆以「客主」名詞用于兵法者，必以孫臏書說之，其義乃明。

古之能文者，善擒縱捭闔之術，優爲之賦出于縱橫家，尤爲的證。文心雕龍詮賦云：「遂客主以引首，極聲貌以窮文，斯蓋別詩之原始，命賦之厥初也。」漢書藝文志有主客賦。賦之爲體，肇基於此，惜其文不可覩。然以意揣之，必立主客之分而爲對問之體，以曼衍其辭。戰國時人著書，慣用對話，近出馬王堆佚書，若伊尹、九主、十大經，無不如此，自是一時風氣使然。至于「客主」之名，原出兵家，繼乃演而爲賦體。向非孫臏兵書，則此理殆不可曉。此出土文書，所以有裨于考證也。

兵家主要觀念，後世施之文學，莫切要于氣與勢二者。李德裕窮愁志文章論謂「氣不可以不貫，勢不可以不息」是也。孫臏兵法有延氣篇，謂：「合軍聚衆，〔務在激氣〕；復徙合軍，務在治兵利氣；臨竟（境）近敵，務在癘（厲）氣；戰日有期，務在斷氣；今日將戰，務在泟（延）氣。」以氣馭軍旅，所以激之，利之，厲之，斷（正）之，延之。是氣者，兵之帥也。後世曹丕論文「以氣爲主」，舒緩者爲齊氣，奔猛者爲逸氣，蔚彼風力，以立骨鯁。此則言其氣質，文之體貌見焉。至於散體之篇，必全以氣領挈之，於以馳驟、頓挫，無不中節。姚鼐所謂爲文者八，其精者曰神、理、氣、味。韓愈謂氣盛則言之短長與聲之高下者皆宜。以水喻氣，以浮物比言，則氣所以載言者也。余謂如是之氣，乃爲文之帥，正如其爲兵之帥，學爲文者，又可不激厲磨礱養根而竢實乎哉！

勢者，孫臏有勢備之章，論兵之道四：曰陣，曰勢，曰變，曰權，而云：「羿作弓弩，以勢象之。」「何以知弓弩之爲勢也？發于肩膺之間，殺人百步之外，不識其所道至。故曰：弓弩，勢也。」劉公幹始于文中論勢，謂：「使其辭已盡而勢有餘。」文心雕龍有定勢篇，以爲：「勢者乘利而爲制，如機發矢直，澗曲湍回。」亦以弓弩爲喩。又云：「圓者知體，其勢也自轉；方者矩形，其勢也自安。文章體勢，如是而已。」復云：「淵乎文者，並總羣勢。奇正雖反，兼解俱通。」「文之任勢，勢有剛柔，不必壯言慷慨，乃稱勢也。」則以勢合正反，理兼剛柔，不以偏勝論勢，其義得于兵家者尤深。孫臏書亦言奇正（所謂「刑（形）以應刑（形），正也；无刑（形）而𧜟（制）刑（形），奇也。奇正无窮，分也」），尤不可不察也。

包世臣文譜云：「文勢之振，在於用逆；文氣之厚，在於用順。順逆之于文，如陰陽之于五行，奇正之于攻守也。」又陳行文之法有集散：「或以振綱領，或以爭關紐。」而「集有集勢、集事之異，散有縱散、橫散之殊」（藝舟雙楫）。辨析彌精，文章鈐鍵，于是乎在，蓋深有譓於縱橫家言，而其術正與兵家互爲表裏者也。

論戰國文學

戰國（B.C. 403 — 221）是諸侯力征的時代，「不統于王，分爲七國」。每個國家都各自尋求它的發展的道路。因之，「律令異法，言語異聲，文字異形」（說文解字序）。文學方面，亦各有獨特和卓越的表現，像諸子的散文和楚土的韻文，都開放着燦爛的奇葩。章學誠云：「至戰國而文章之變盡，至戰國而著述之事專，至戰國而後世文之體備。」（詩教上）可見戰國時代在文學史上的重要性。本篇探索範圍，一般文獻以外，考古學的新資料，亦附帶一併討論，用以開拓文學的領域，並補苴向來文學史家所未注意的部分。

一、戰國文學的地域性

一般文學史家談及先秦文學時，都很喜歡劃分爲南北文學，以詩經和楚辭作爲代表，這是非常膚泛的。呂覽音初篇已分別東、西、南、北四方的音，各有它的來源。到了戰國時候，由于把春秋散漫而割裂的局面，摶聚爲幾個大國，處于中原的三晉算是三位一體，名爲七國，其實不外五個重要單位，即秦、晉、齊、楚、燕。這裏分爲幾個單位，加以敍述：

周

周地的歌詩在藝文志詩賦略中所記錄的，有雒陽歌詩四篇，河南周歌詩七篇，河南周歌詩聲曲折七篇，周謠歌詩七十五篇，周謠歌詩聲曲折七十五篇，周歌詩二篇，總共一百七十篇，有聲曲折的共八十二篇。周地到了戰國，成爲商業的重鎭，像呂不韋以陽翟大賈往來販賣于邯鄲。我們看六朝的吳歌、西曲，即流行于江南及荊州商業區域的估客，沈溺于聲色玩好，飲宴取樂的作品。周地歌詩的發達，當然和商業城市的發展，有密切關係❶。至於聲曲折就占了八十二篇，又可推知當時已如何注重音樂歌唱的部分，可惜這些作品都沒有流傳下來。

燕、秦

在北方，北音的起源甚早。呂覽音初篇：「燕遺二卵，北飛遂不反，二女作歌一終。曰燕燕于飛，實始作爲北音。」可以追溯到商頌的「天命玄鳥」及邶風的「燕燕于飛，差池其羽。」漢書詩賦略有燕、代謳，雁門、雲中、隴西歌詩九篇。其後魏文帝有燕歌行。庾信云：「燕歌遠別，悲不自勝。」由于荊軻有易水寒之句，後來王褒因之，作燕歌描寫塞北苦寒，梁元帝及諸文士和之，競爲淒切。燕、趙之音，向來是以悲歌慷慨聞名的❷。

秦居關中，席岐周的舊疆，充分接受周文化。文字是繼承西周的系統，所以獵碣（石鼓）上的繁體，即沿襲史籀的遺制。石鼓文是十首一組的聯章詩，車攻馬同語句，分明是三百篇的摹仿者。史記說：「秦文公十三年初有史以記事。」又說：「時有史敦，爲秦國史官。」（封禪書）遂有「秦紀」一書❸，司馬遷采入于六國表。晉侍中彭權嘗見過其書（御覽六八〇引摯虞決疑要彔）。呂氏春秋音初篇說：「殷整甲徙宅西河，始作西音，秦繆公取風焉，實始作爲秦音。」整甲是卜辭中的戔甲，爲西音的創始者，而秦風即西音之步武者。秦風黃鳥篇哀子車氏三子殉葬，成爲後來漢、魏詩的主題（像曹植的三良）。秦風十篇中，車鄰是美秦仲，駟鐵四篇爲襄公作（依據詩序），可是沒有穆公時的詩。崤之敗，穆公悔過，作秦誓（見左傳僖三十三年及書序），後來列于尚書。至惠文王，又有詛楚文❹，告于大神巫咸，以咒楚王熊相（槐）之背盟。宋章樵收入古文苑，其行文則髣髴春秋晉國的呂相絕秦，十分動人。姚寬西溪叢語上記詛楚文，又論秦誓文有三本。詛楚文中的嗣王，向來認爲是惠文王。唐蘭以爲惠文即位時不稱王，定其年代爲B.C.310年❺。

秦統一天下後的詩賦，可考的大約有下列各篇：

（一）博士僊眞人詩——「秦始皇三十六年，令博士撰。及行所游天下，傳令樂人歌弦之（史記始皇紀）。」疑是遠遊一類之神仙家言，或出於燕齊方士之手。

（二）長城民歌——楊泉物理論：「始皇起驪山之衆，使蒙恬築長城，死者相屬，民歌曰：『生男愼勿舉，生女哺用脯，不見長城下，尸骸相支柱。』」（水經河水注引）語亦見建安陳琳的飲馬長城窟行。這可說是很早的五言詩。

（三）黃公作歌詩——漢志名家：「黃公四篇，名疵，爲秦博士。作歌詩，在秦時歌詩中。」

（四）秦時雜賦九篇——文心詮賦：「秦世不文，頗有雜賦。」

從秦國文章著述上來說，呂氏春秋一書應該爲代表統一前奏的文學作品的總滙。其書寫成于秦（始皇）八年涒灘之歲❻。此書之作，乃不韋使其賓客，人著所聞，輯集而成。似其賓客借此書以收攬衆譽，收買天下之人心，儼然以一家春秋，托爲新王之法。在他眼中分明沒有始皇，而不韋與秦廷之間，諸多矛盾，于此可見。

楚

楚國地區有它獨特的語言。揚雄方言中所列舉的楚郢、南楚、江湘之間的特殊事物名稱的方語，像「侘傺」、「貪惏」等聯綿字，是用地方音表達的語彙。有人從楚辭中輯出屈、宋方言❼，同時楚人歌唱，又有它的獨特作風，謂之「楚聲」❽。「楚聲」到了漢初仍然流行於淮河流域等地帶。

在屈子前二百年，楚康王母弟鄂君子晳泛舟，越人擁楫而歌，越譯而楚說之。楚譯是：「今夕何夕兮……？」而原文則是：「濫兮抃草濫……。」原文用古越方言，依音讀錄出，有如西漢四字句的白狼歌❾，可惜原文無從復原，亦無法加以句讀，不知是否一字一音，抑一字多音，末由擬測。可是楚譯的詞句，如「山有木兮木有枝」句法，與九歌之「沅有茝兮澧有蘭」相同，漢武秋風辭的「蘭有秀兮菊有芳」亦本之。有人說楚譯文詞見於說苑善說篇中莊辛的談話❿。莊辛事，楚策謂其說楚襄王，去之趙，留五月，秦果擧鄢郢、上蔡、陳之地。則辛乃頃襄王時人，在屈原之後。如果說這些楚譯的越人歌出於莊辛，很可能譯出寫下來的時候，沒有那麼早，而實在反受屈原賦的影響呢！

此外尚有幾首用楚音而較古的歌，詞句古簡，其中都有「兮」字，這些應該是騷辭的先導⓫：

（一）楚狂接輿歌——見論語微子篇及莊子人間世。

（二）漢上孺子歌——見孟子離婁。

（三）徐人歌——見新序節士：「延陵季子兮不忘故，脫千金之劍兮帶丘墓。」

（四）吳伍胥蘆之漪歌——「日月昭昭乎侵已馳，與子期乎蘆之漪。」又漁父歌：「日已夕兮，予心憂悲；月已馳兮，何不渡爲？事寖急兮將奈何！」此歌見吳越春秋，不見於史記伍子胥傳。

這些歌辭分明是「楚聲」，和漢初虞兮、三侯之章有類似之處。試看吳歌的特點，到東漢時梁鴻適越作五噫之歌，仍保持著重用語助，慨嘆詠言的調兒。這首歌寫成的年代，無法斷定，但分明是屬於「楚聲」系統。吳越地區後來都併入楚的疆土之內，所以吳、越古歌亦是「楚聲」形成的重要成份。吳、越及接輿、滄浪四歌皆用「兮」字，并是「楚聲」。呂氏春秋音初篇：「禹……巡省南土，塗山氏之女乃令其妾，候禹于塗山之陽，女乃作歌，歌曰：『候人兮猗！』實始作爲南音。」是「兮」字用法，通行于南音系統⓬。

楚地人文蔚盛。以著作論，老子道德經保存許多古代的格言；莊子、荀子都是楚人，一以寓言、卮言構成他的洸洋恣肆的文體，一以縝密的說理文勝，特別發展賦體，皆是千古妙絕的文字。

（荀子不苟篇引：「新浴者振其衣，新沐者彈其冠。」「其誰能以己之潐潐，受人之掝掝者哉！」則襲用楚辭漁父，此荀卿之賦出自楚辭之證。）另一系統爲天學的闡發及懷疑精神的發揚。唐昧以降，而畸人黃繚對惠施問天地所以不墜不陷風雨雷霆之故（莊子天下篇）。到了屈原遂有天問文體的創作。在銅器銘文像鄂君啓節爲絕佳的交通地理紀事文⑬，繒書以四字爲句，構成韵語，這二篇都是楚辭以外可以諷誦的特出楚國文章。

齊

齊國在威王時喜文學游說之士，其時以稷下爲中心⑭。（劉向別錄：「齊有稷門，城門也。談說之士期會於稷下也。」）新序云：「騶忌既爲齊相，稷下先生淳于髡之屬七十二人。」稷下之徒咸作書刺世。（劉向荀子目錄）韓非外儲：「兒說，宋人善者也。指白馬非馬也，服齊稷下之辯者。」稷下先生自淳于髡、田駢、荀況、鄒衍等爲諸子的巨擘，故稷下的學風，實爲先秦學術人物的淵藪。（稷下見水經注淄水注引鄭志張逸問書贊作棘下。）齊一地在先秦文學上的重要性，尤其在散文著作方面，成就及影響更大。管子一書，爲齊地文學著作的總滙。晏子春秋中有歌：「穗乎不得穫，秋風至兮殫零落，風雨之拂殺也，太上之靡弊也。」（景公為長庲章）其他歌詩斷句如：

田成子　菜芑歌（見史記田完世家）

馮　諼　彈鋏歌

齊　人　松柏歌（俱見齊策）

齊聲舒緩，和燕、秦慷慨的高腔，在聲曲折上表現亦有懸殊⑮。

趙

法家興于中原，商鞅出于衞，鄧析、申不害產于鄭，吳起、李悝、尸佼起自魏，韓非、韓諸公子；愼到、荀卿產于趙，李斯籍楚（上蔡），皆中土之人也。法家傳播所及的區域，諸子游仕之地，以秦爲主，而韓、魏次之。申不害相韓，商鞅先仕魏，後相秦。法家深抑文學，故中州文風，不及齊楚，文章亦樸質無華。

三晉在戰國時代，詩歌寥寥可數。趙有琴歌（辭云：「美人熒熒兮，顏若苕之榮，命乎命乎，曾無我嬴。」見趙世家及列女傳），又有號笑之謠（趙世家）；魏有文侯之誦（呂覽期賢篇）、鄴氏之歌（漢書溝洫志引。詠史起事云：「鄴有賢令兮為史公，決得水兮灌鄴旁。終古舄鹵兮生稻梁。」）。餘則無聞⑯。

文心時序篇云：「春秋之後，角戰英雄，六經泥蟠，百家飆駭。……惟齊、楚兩國，頗有文學。齊開莊衢之路，楚第蘭臺之宮，孟軻賓館，荀卿宰邑，故稷下扇其清風，蘭陵鬱其茂俗。鄒子以談天飛譽，騶奭以雕龍馳響。屈平聯藻於日月，宋玉交彩于風雲。觀其艷說，則籠罩雅頌，故知煒燁之奇意，出乎縱橫之詭俗也。」劉氏指出齊、楚二地在文學上的重要地位。可知齊楚二國，當日除政治有其特殊政績外，於文學亦有較深厚的文化憑藉，故成就特高。

二、取自民間的新體製

新的文體起於民間，到了文人手裏，加以取材而變化之，踵事增華，便成爲新的製作。在戰國時出現的新體製，舉其可研究者，有下列各種：

（一）成　相

「相」本是樂器的拊，用以節樂。禮記樂記云：「治亂以相；訊疾以雅。」鄭注：相即拊也。拊者以韋爲表，裝之以糠，糠一名拊，因以名焉。今齊人或謂糠爲相。」劉熙釋名：「搏、拊也。以韋盛糠，形如鼓，以手拊拍之也。」（亦見尚書益稷鄭注）周禮大師職大祭祀：「帥瞽登歌，合奏擊拊。」則在廟堂上奏樂時，亦擊拊（相）以合歌聲之節奏。雅亦是樂器。鄭注：「狀如漆筩，中有椎。」是用椎擊筩發出聲音，用以節舞，即是所謂舂櫝。

古代歌與舞往往聯合舉行，以相來調節歌，以雅來調節舞。原來單純唱歌，一面擊著糠鼓來伴奏就叫做「相」。到了後來，凡利用一定節奏來調節歌聲緩急的，都可叫做「相」。

禮記檀弓：「鄰有喪，舂不相。」鄭注：「相謂以音聲相勸。」朱熹云：「相者、助也。成相、助力之歌也。」（楚辭後語又方以智通雅卷三）史所謂五羖大夫死而舂不相杵是已。淮南子：「舉大木者呼邪許。」劉晝新論：「牽石拕舟，必歌噓嘆。」故「相」亦爲勸力呻吟的送杵聲。成字從丁爲聲，成相即打相（吳曾能改齋漫錄五引歐陽修論打字）。所謂「請成相」，亦猶「請奏相」，有如打大鼓時的開場白，「請打打鼓，來唱一曲」一樣。成相辭，該是後世彈辭及鼓兒詞，以及唱道情一類之祖。（盧文弨即認相爲彈詞所自出。）⑰

漢書藝文志著錄成相雜辭十二篇，在漢人雜賦之末，惜已失傳。今可見的，只有荀子的成相篇。和佚周書周祝解體裁相似。秦簡爲上吏之道有韻文八首。如云：「審民能，以任吏。非以官祿使助治。不任其人，及官之暋豈可悔。」即用成相句式押韻，以助記憶。所謂成相雜辭，殆此之類。成相篇的內容，有點像後代的勸世文。成相篇很少人倣其文體，摹倣它類似史詩的有元人的作品，保存在永樂大典中。

（二）招　魂

「招魂」原是民間的一種習俗，東南亞及蒙古民族都盛行之。六朝人對招魂的看法是這樣的：陳沈炯歸魂賦序云：「古語稱收魂升極，周易有歸魂卦；屈原著招魂篇，故知魂之可歸，其日已久。余自長安反，乃作歸魂賦。」（全陳文十四）人的靈魂通過巫師可以呼喚和收攝。收魂的儀式至今許多地方流行著，由道士主持。明鄺露赤雅有「收魂」一條，記巫者瑤朊持籃以收魂。從沈炯文看來，此俗的由來甚早。

劉勰又有另一說法云：「若夫楚辭招魂，可謂祝辭之組麗也。」證以招魂中有「工祝招君」，及「巫陽焉乃下招曰」等語，可見古代招魂的手續，必有「祝辭」。（莊子天運篇亦云：「巫咸祒[18]曰：『來吾語女！天有六極五常，天下載之，此謂上皇。』」此祒字借為招。）巫陽、巫咸都有招和祒的事[19]，「招魂」一類的文字，原應是巫者的祝辭。屈、宋依倣之，把原有招魂所用的祝辭，加以增飾而別鑄偉篇，遂有招魂、大招一類的佳構。

蜀東風俗，以病者為山鬼作祟，必延巫驅厲鬼以招魂。招魂有小招大招之分，小招俗謂之送星宿，有迎鬼、安魂、送鬼三步。安魂用薰籠，並取玄色線繩繫於病者之身。送鬼則用五色線、五色布，送時呼病者名氏，招其魂來歸。說者取此習俗以解釋楚辭招魂「篝縷綿絡，永嘯呼些」

二句。蜀東招魂，羣巫皆有一套泛用巫辭，如云：「婦人之鬼，奶子丁當；產後之鬼，血泪淋漓；病夫之鬼，咳咳嗽嗽；叫化之鬼，棍棍棒棒；災兵之鬼，刀刀槍槍。」又魯東招魂：「蕩蕩遊魂，何處留存？或在廟宇，或在山林；天神地神，門神竈君，招魂還家，復起精神。」其文詞皆鏗鏘動人，可知楚辭招魂之辭，可能原爲戰國楚地流傳招魂的巫辭，經宋玉輩潤色成篇⑳。

我到過蘇門答刺的 Battaks 山，據說其土人招魂的詞句是這樣的：「魂啊！回來吧！」這和楚辭的「魂兮歸來，返故居些」恰好一樣㉑。古禮，死時招魂之辭曰「復」。禮記曲禮：「復曰天子復矣。」鄭注：「始死時呼魄辭也。」檀弓：「復，盡愛之道也。」鄭注：「復謂招魂。」又禮運：「及其死也，升屋而號。告曰臯！某復。然後飯腥而苴孰。」「復」即是「歸來」之意。「復」爲古禮，自天子諸侯以下至民間皆行之。喪服小記：「復與書銘，自天子達于士，其辭一也。」「復」的制度，詳見喪大記：「皆升自東榮，中屋履危，北面三號，卷衣投于前，司服受之，降自西北榮。」「凡復，男子稱名，婦人稱字。」朱子以爲中原對死人招魂，荆楚施于生人。今廣東東莞縣風俗，凡兒童因受驚成疾，可請老嫗以剪刀及尺擲地膜拜，招回驚散的魂魄。可見這種風俗流行地區的廣泛。

招魂和大招二篇所用的語助詞，一個用「些」，一個用「只」；「些」字後來尚流行著。宋柳拱辰永州風土記云：「競船擧棹，則有些聲。」可以見之。

楚辭中的招魂、大招，作者爲誰，所招究爲何人的魂，說者紛紜，今且不論。但這二篇必是根據楚俗民間巫者招魂手續所用的祝辭，在詞藻上，加以組纚夸飾，是可斷言的。作者不論是屈抑是宋，他們是取資民間作品，加以改編，踵事增華，作成新製。

大招只向四方招魂，招魂則四方之外，兼及上天下地；「幽都」一段，對地獄有具體的描寫。長沙馬王堆軑侯墓所出銘旌的繪畫，帷幕上挂着穀璧玉璜，正是招魂篇「挂曲瓊些，結琦璜些」的寫照。是圖之出土，對于楚俗招魂制度的了解，有很大的幫助㉒。

（三）挽　歌

唐李匡乂資暇集：「昔謂挽歌始自田横門人，非也。左傳（哀十一年）魯哀公會吳伐齊，將戰，公孫夏命其徒歌虞殯。杜預注虞殯，送葬歌曲，示必死也。如是則已有久矣。」史記周勃世家記他「爲人吹簫給喪事」。索隱謂「左傳虞殯若今挽歌類，歌者或有簫管也」。御覽五五二引莊子佚文云：「紼謳所生，必於斥若。」司馬彪注：「紼，引樞索也；謳，挽歌也。」是挽歌出于紼謳。莊子大宗師記子桑戶死，或相和而歌曰：「嗟來！桑戶乎！嗟來！桑戶乎！而已反其眞，而我猶爲人猗。」這當是挽歌之一例㉓，本是挽柩者所唱的（崔豹古今註）。東漢順帝時，大將軍讌客，酒闌，爲薤露之歌（通鑑頁一六八九），挽歌十九之「人生如朝霞」，當即此類。

可見挽歌在先秦已有之，後來的相和曲才演變成薤露、蒿里一類。故鄭樵通志樂略稱：薤露歌亦曰天地喪歌，亦曰挽柩歌。到了漢以後，賓婚嘉會，酒酣之後，繼以挽歌（應劭風俗通）。六朝時，挽歌成爲娛賓的節目；文人亦學作挽歌，魏繆襲、晉陶潛所作，均爲人所傳誦。

上舉即是文學作品吸收民間文學形式，加以改進的成相、招魂二個顯著例子，一起於齊，一生於楚。至於九歌之製，乃因南郢沅湘之舊曲。王逸稱屈原「竄伏其域，懷憂苦毒，出見俗人祭祀歌舞之樂，其詞鄙陋，因爲作九歌之曲」（楚辭章句）。劉禹錫亦謂：「昔屈原居沅湘間，其民迎神，詞多鄙陋，乃爲作九歌。」（劉夢得文集九）彼之竹枝，亦取自建平民間之作，是說衆所熟知。東坡、子由皆有竹枝歌幷序。

三、韻文中詩、騷與賦、頌的相互關係

班固云：「賦者、古詩之流也。」詩的諷諭作用，後來轉移到「賦」上面去。「賦」初時只是詩的作法，「賦詩」之外，又有所謂「賦辭」。說苑卷六記舟之僑事云：

文公曰：「二三子盍為寡人賦乎？」舟之僑進曰：「君子為賦，小子請陳辭。辭曰：有龍蟜蟜，頃失其所；一蛇從之，周流天下，龍反其淵。……」文公求之不得，終身誦甫田之詩。

這是陳辭稱爲「賦」的例子。

楚人把辭賦的境域大加開拓，其實是繼承詩教而發皇光大。試看楚辭中的句子，每每稱引及「詩」，舉例如下：

「展詩兮會舞。」（九歌東君）洪注云：「展詩猶陳詩。」

「二八接舞，投詩賦只。」（大招）王逸云：「詩賦指雅樂。」

在屈宋的作品，有時亦暗中引用詩經。哀郢云：「忽若去不信兮，至今九年而不復。」即本詩豳風九罭：「鴻飛遵陸，公歸不復，於女信宿。」九辯云：「竊慕詩人之遺風，願託志乎素飡。」即取自魏風伐檀。可見屈賦的作者，怎樣熟讀詩，如何吸收詩經句子作爲詞彙㉔。

劉勰詮賦篇舉「鄭莊之賦大隧，士蔿之賦狐裘，結言扭韻，詞自己作，雖合賦體，明而未融（長也）；及靈均唱騷，始廣聲貌」。此明指騷即是賦。賦自詩出，後來遂成分歧異派。賦之成立，「以荀卿爲正體」（王闓運王志）。荀卿賦篇，乃詠物之作，其內容計：禮、知、雲、蠶、箴五者，句法大體爲四字，雜以占曰、王曰等之疑問疊句。或爲君臣問答。（如禮賦：「王曰：此夫文而不采者與？簡然易知而致有理者與？」）有如卜居句式。賦末間有小歌曰，則如九章，可見體式本於楚辭。而末繫以佹詩，謂之佹者，莊子齊物論云：「是其言也，其名爲弔詭。」（可相當法語之 bizarre）佹與恑同，說文：「恑、變也。」佹詩猶言變詩，取義於「反辭」，乃論其反面，以「螭龍爲蝘蜓，鴟梟爲鳳皇，比干見刳，孔子拘匡」。仍是九章涉江的遺意，而下開賈誼弔屈原文。其言「皓天不復，憂無疆也；千歲必反，古之常也」，亦即天道周星，物極必反之義。佹詩爲賦之末章，仍舊稱之曰詩，足見賦正是詩之流亞。荀卿賦首列禮、知，其辭爲「致明而約，甚順而體，請歸之禮」和「百姓待之而後寧，天下待之而後平……」，還是本於諷諭㉕，但已給以篇題，故不是詩而是賦了。劉勰謂：「荀況禮智，宋玉風鈞，爰錫名號，與詩畫境。六義附庸，蔚爲大國。」（詮賦）其說良然。

騷以諷爲主，劉勰云：「楚國諷怨，則離騷爲刺。」（文心明詩）郝懿行云：「漢志以騷爲賦，此篇以騷爲詩。蓋離騷含詩人之性情，具賦家之體貌也。」王逸亦說：「屈原被譖，憂幽愁思，獨依詩人之義而作離騷，上以諷諫，下以自慰。」（楚辭章句序）都指出騷和詩內在的關係。然騷以夸飾爲其寫作手段，即向來被譏爲詭異、譎怪的部分，這是以神話爲基礎的。漢六朝以來，人們很喜歡討論離騷和經典違合的問題，其實騷不但有些地方「依經立義」，還有很多是根據歷史資料，所以嚴格來說，騷內容成分的組成，應如下圖：

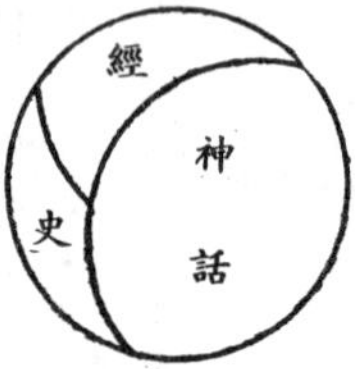

劉勰論諸子文學曾指出有純粹、及踳駁二種。他所說的踳駁者即是神怪之類、怪譎之談，而班固譏屈賦「崑崙懸圃，非經義所載」。劉勰爲調停之說，亦稱屈賦中之「託雲龍、說迂怪」，其詭異之辭，譎怪之事，異乎經典。彼所目爲夸誕，亦即神話部分。在舊觀念中，以經術作爲文學衡量的尺度，凡神話皆以夸誕目之。不知文學中最富有想像力而能夠鑄造偉詞的，無如神話；離騷所以能爲一時鬱起的奇文，全靠它和神話結合起來，才有這種成就。孟堅、彥和的說法，在今日看來是很不公允的。

後人把騷作爲楚辭的大共名，連招魂亦被稱作離騷。（水經鮑丘水注引離騷峨峨之詠，即出招魂「層冰峨峨」之語。）夸飾部分的發展，遂爲騷賦中「麗」的主要條件。後來曹丕乾脆地說：「詩賦欲麗。」（典論論文）揚雄區別麗則爲詩，麗淫爲賦，「淫」便是夸飾達到極點的表現。

陸機文賦云：「賦體物而瀏亮。」謂託體于物而貴清明，其文爛焉，要本隱以之顯（說本王志論詩文體式）。王氏謂：「賦者詩之一體，即今之謎也。亦隱語而使人自悟，故以諭諫。」按荀子之賦篇，正是謎語，由隱而之顯，乃賦的特色。

頌是詩之一體，而劉向云：「不歌而頌謂之賦。」漢書藝文志作「不歌而誦」。屈賦中有頌，所謂「三閭橘頌，情采芳芬，比類寓意，覃及細物」（頌讚篇）。有的賦像頌（王褒的洞簫賦，亦稱洞簫頌），有的頌似賦。（劉勰云：「馬融之廣成上林，雅而似賦。」）故言：「頌惟典懿，辭必清鑠；敷寫似賦，而不入華侈之區。」那些不太華侈的賦，如荀卿的賦，竟反而近于頌了。後來，頌成爲獨立的文體。詩、騷、賦三者，本來是應該分開的。漢人在目錄書歸入詩賦略，以騷包入賦中，但劉勰却分撰明詩、辨騷、詮賦各篇加以釐別，具體而微，他的見解，是很正確的。

四、散文中諸子書相當於後代的「集」

漢後若干新文體的興起，據說都從戰國諸子的作品中，分化而出。章學誠詩教上云：「文選諸體，以徵戰國之賅備：京都諸賦，蘇張縱橫六國，侈陳形勢之遺也。……客難、解嘲，屈原之漁父卜居，莊周之惠施問難也。韓非儲說，比事徵偶，連珠之所肇也。」從章氏說，可見文體源流的大概。諸子的書，以一人一派的著述集爲一子，和後代集部的性質並沒有什麼不同。其實，某子即某家某派的文集，這時雖然文集的名稱未立，而文集的性質已具備了。章學誠謂「辭章實備于戰國」，後來只是「承其流而變其體製」而已。又謂「至戰國而著述之事專」，如「春秋之時，管子嘗有其書」，其後「記管子之言行，則習管氏法者所輟緝，而非管仲所著述也」。因爲「至戰國而官守師傳之道廢，通其學者述舊聞而著於竹帛焉」（詩教上）。照這樣說來，諸子之書，大抵是某一學派的學者所輯述，亦可說是這一派作者文辭的總集，不必是某一人所著的（參羅根澤：戰國前無私家著作說）㉖。

梁時，阮孝緒在七錄中開始稱四部的集類著作爲「文集錄」。其時始有集部之稱（顏之推「觀我生賦自注」），把個人文章纂在一起，稱之曰集。漢末記載已見之，楊修荀爽述贊云：「載而集之，獨說十萬餘言。」（藝文類聚四七）曹丕與吳質書說：「頃撰其遺文（指徐、陳、應、劉），都爲一集。」而曹植序亦云：「刪定別撰，爲前錄七十八篇。」（類聚五五引）可見「集」的名稱，起源甚早。

戰國至秦，逐漸趨於統一，思想界與著述的路向，亦從「小」綜合而趨於「大」綜合。其實一部子書，即是每一系思想圈子的小綜合，它即是某一派的雜家。老子書是古格言的集錄（如其中有古黃帝之言）。莊子是古代重言，巵言，寓言的結合和批判，其中有齊諧，有楊朱，有田駢等家說。這是一派系初步的結集。至於呂覽又是一個更高的綜合，網羅彌廣，各派兼收并畜，成爲大雜滙式的總集，所以被稱爲雜家，這是第二步的結集。其實說某人的集，即是某人作品的纂錄，這和先秦諸子的著作，以某一領導人，或某一派的代表爲主而稱爲某子，本質上沒有二致，所以六朝以來的集，可說是先秦的「子」的變相。

散文中諸子文的成就是多姿多采的。文心雕龍諸子篇云：「逮及七國力政，俊乂蠭起，孟軻膺儒以磬折，莊周述道以翱翔，墨翟執儉确之教，尹文課名實之符。……尸佼兼總於雜述，青史曲綴以街談。承流而枝附者，不可勝算。」又云：「研夫孟荀所述，理懿而辭雅。管晏屬篇，事覈而言練。列御寇之書，氣緯而采奇。鄒子之說，心奢而辭壯。墨翟隨巢，意顯而語質。尸佼尉繚，術通而文鈍。……愼到析密理之巧，韓非著博喩之富，呂氏鑒遠而體周，淮南汎採而文麗，斯則得百氏之華采，而辭氣之大略也。」又才略篇云：「戰代任武，而文士不絕。諸子以道術取資，屈宋以楚辭發采，樂毅報書辨而義，范睢上書密而至，蘇秦歷說壯而中，李斯自奏麗而動；若在文世，則揚班儔矣。荀況學宗，而象物名賦，文質相稱，固巨儒之情也。」上面三段，對「諸子文學」算是作一個概括的論述。

諸子的文章，大抵有兩大系統：

（一）尚質者以道術取勝，如墨家的質樸，法家的密察，儒家的清顯。

（二）尚采者以騁辭振奇，如縱橫家的陳辭夸誕，道家的巵言曼衍。

但他們的作品，也有共同的地方：1.比喩方面，表現文章的形象性；2.辨證方面，表現文章的邏輯性。這二項都有超越前人的成果，而爲後代開無限法門的。

諸子的散文，在五光十色的思想奇葩的種子孕育之下，形成一個璀璨的文囿。口語的多量吸收，修辭術的充分運用，透闢的說理分析力，廣泛而有機地采用設喩，使這些散文奠定了日後的基礎，對唐宋的散文家沾漑無窮。

戰國以來，文體在語法上之演變與運用，對于散文之形成有極重要的幫助，略揭數事：

（一）主詞的重複使用，與疊句之構成

楊樹達曾比較叔夷鐘喜用複詞與呂相絕秦相同（見積微居金文說）。今以詛楚文與呂相絕秦比較，注重其用主詞的「我」：

詛楚文

昔我先君穆公及楚成王是（寔）繆力同心，兩邦以壹，絆以婚姻，袗以齋盟。欲剗伐我社稷，伐威我百姓……取俉邊城新郢及於長敘，俉不敢曰可。（容庚古石刻零拾）

呂相絕秦書

昔逮我獻公及穆公相好，戮力同心，申之以盟誓，重之以昏姻。殄滅我費滑，散離我兄弟，撓亂我同盟，傾覆我國家。……入我河縣，焚我箕、郜，芟夷我農功，虔劉我邊陲，我是以有輔氏之聚。

前文反覆用「我」字，故詞氣縱橫，讀起來十分動聽。

（二）疊字形容詞及駢詞四字格：

如孟子書中之綽綽然、巍巍然、嘐嘐、踽踽、涼涼；莊子之栩栩然、蘧蘧然、恢恢乎；荀子之「快快而亡」、「察察而殘」（榮辱篇）等即是。有時加指示詞於前，如齊物論「之翏翏」、「之調調」、「之刁刁」（參徐德庵莊子內篇連語文示例㉗）。有時還用聯緜駢字四字格的，如莊子的「塵垢粃糠」、「恢恑譎怪」、「惴慄恂懼」；荀子的「勃亂提僈」、「怠慢僄弃」、「愚款端愨」、「庸衆駑散」一類的句子，這對文句的舖張和夸飾方面，以助長文章的氣勢，很是重要的。

（三）複合「謂義動詞」之多量使用：

如荀子不苟篇「此之謂也」、致士篇「夫是之謂」。此類複用「謂義動詞」，用以申說解述；對于論說文很有裨益。法家文章精悍廉勁，像韓非說難一文，以「說之難」爲主題，而重復爲說，計兩用「凡說之難」句，一用「凡說之務」句，以爲冒起，而連用三句「非……之難」以承接之。下文分析爲言，則連用「如此者身危」，「則身危」等句，反覆致意，迭用助詞之「者」、「則」以貫串之，而於頓筆，言「此說之難，不可不知也」，「此說之成也」，皆用「謂義動詞」收束，委曲周至，所以爲千古至文。

前人論戰國文章的作法，如說莊子用跳過法，離騷用回抱法，國策用獨闢法（見劉熙載文概），可見各自有他的手法，所以有獨特的成就，會心在人，上學只是略示其例罷了。

五、金、石刻辭二者的消長

墨子天志云：「書於竹帛，鏤之金石，琢之盤盂。」（又見明鬼篇）詛楚文云：「著之石章。」盤盂的性質，必有點像彝器款識的綴錄。盤盂在漢志「雜家」有孔甲盤盂二十六篇。王應麟引七略云：「孔甲者，黃帝之史也；書盤盂中爲誡法，或于鼎，名曰銘。」史記田蚡傳：「蚡辯有口，學盤盂諸書。」由此知當時已有彝銘的撰集一類的著述。戰國以來，石刻文學逐漸盛行，金刻反而衰微了。

石刻的發展，與秦地文化似乎很有密切的關係。管子稱：「封於泰山七十有二家。」其銘刻今不可見。降而下之，商時有磬上刻永戉、永余、夭余等銘字，這是刻于樂器上的。現在所知戰國刻石，以秦地區最爲盛行，計有石鼓及詛楚文和秦始皇時的嶧山、泰山、瑯琊、芝罘、碣石等刻石。秦本紀記紂時，秦之先世蜚廉爲壇霍太山，得石棺，銘曰：「帝令處父（索隱：處父，蜚廉別號），不與殷亂。賜爾石棺以華氏。」而秦蜀守李冰立碑有「深陶潭，淺包隱」句（張澍蜀典引金石文）。秦昭襄王與巴刻石爲盟（華陽國志一），可惜這些石刻已是失傳，但由於秦地石刻的豐富，可見刻石的風氣是秦人加以發展的。

秦始皇在泰山、瑯琊頌功德的刻石，有三句一韻的，又有二句一韻的，爲後世碑銘之祖（秦刻石用韻見蛾術編五七）。劉勰稱：「秦皇銘岱，文自李斯；法家辭氣，體乏弘潤。然疏而能壯，亦彼時之絕采也。」（文心封禪篇）可見刻石文學，是秦文化中一種重要表現，有它的很長遠之淵源的。

一方面石刻的發展，相反地便是金刻的衰落及銘辭之型式化與套語化。若干政制上習用的文詞，像「顯揚式」的銘和「教條式」的箴，「告誡式」的盟，都是充滿「套語」，已毫無文學的意味。

銅器到了戰國時期，表現下列等現象：1.兵器的高度發展；2.花紋之簡單化；3.以刻畫代替「綴笵法」。處處表現著典禮上銅器製作的沒落，故銘辭亦淪於次要的地位。茲以秦器爲例而討論之。鑄於秦景公時（春秋後期 B.C. 576）的秦公簋，是每字用一笵，用以鑄款；再合多笵而成文，很像後來的活字[28]。這種綴笵法，盛行於春秋時，可是戰國以來的秦器都是刻銘；其他國家的器物，有的用璽印來印銘，其法不見於秦國㉙。孝公以後，見於容量器及兵器的文字，表現得非常程式化。由於鍥刻之故，書法變為纖細剛勁，筆畫略呈簡化。這種秦式文字，開小篆的先河，成為官書的楷則，大抵有若干特徵：一、銘文附記地名（如鐓銘記「雍」，升銘記「重泉」之類）；二、記明督造者的官銜。試舉出一些秦器物銘文如下：

B.C. 346	商鞅鐓	十六年大良造庶長鞅之造雝（雝）𨛜。（吉圖下50；衡齋下3）
344	商鞅升	十八年齊遣（逹）卿夫＝衆來聘。冬十二月乙酉，大良造鞅爰積十六尊五分，尊五分尊一為升。重泉。（小校 11/19；周存 6/124；兩錄 291/292）
		此似秦孝公十八年會諸侯于逢澤時器。
352-338	商鞅戟	全大良造鞅之造戟。（三代 20/21 上下；貞松 12/6） 大字，分兩面鐫，體近小篆。
334-321	樛斿戈	四年相邦樛斿之造。櫟陽工上造間卄吾。（雙吉圖下31；三代20、26下）
325-312	張儀戈	十三年相邦義（儀）之造。咸陽工帀田工大人耆工穨（頹？）（錄遺 584；1962/2 文物有陳邦懷釋。）
289	上郡武庫戈	十八年，漆工里縱口隸臣庚，工正，上郡武庫。（出土于易縣，銘見李學勤戰國題銘。）
286	魏冉戈	廿一年，相邦冉之造。雝工帀枼（葉）。（貞松吉金圖下 32；三

243或244	上郡守趞戈	代20、23）） 廿五年上郡守□（　）造，高奴工帀窋，工鬼薪戠（正）。上郡武庫，治都。（金文叢考 p. 418。）
243	相邦呂戈	四年，相邦呂〔工〕寺工龍承（丞）。（一九五七年七月，出土長沙左家塘；1959/9 文物張中一文。）
342	呂不韋戈	五年，相邦呂不韋造，詔吏圖，丞蕺，工寅，詔吏屬邦。（善齋古兵上35；周存；小校10/59；六書疏證29 p. 49）
236-210	丞相觸戈	□□年（秦昭十五、六），丞相觸造，咸□□（陽）帀葉工（面）；武（背）。（貞續下22；參1964/2 文物陳邦懷說。史記穰侯傳有「壽燭」。）

商鞅有關的器物，有孝公十六年大良造鞅之鐓（雙劍圖錄下五〇），十八年齊率卿大夫衆來聘于重泉鑄造之升（國學季刊五卷四期PL一）及造戟（三代二〇·二一·一）。自是以後，各國似乎推行這種制度，「物勒工名」，成爲一時風氣。秦器治鑄兵器的地方，以上郡爲最重要，所以可見到的秦器，以上郡守戈爲最夥。有名的秦昭王時鑄的銘文如下：「卌年上郡守趞，圖工帀（師）耤丞秦隶臣庚。」這便是一個例子。

秦國在政治上於戰國末期成爲舉足輕重的國家，奠定大一統的局面。它的文學活動，應該特別受到重視；所以這裏把它作爲金石消長形態下的重要角色。秦文尚質，既幷天下，而改命曰制。文心奏啓篇云：「奏者進也；言敷于下，情進于上也。秦始立奏，而法家少文。觀王綰之奏勳德，辭質而義近；李斯之奏驪山，事略而意逕，政無膏潤，形于篇章矣。」秦的文學，在程式文及石刻文上，都帶點法家的氣味。像泰山刻石，論者謂其「一變爲樸渾，知體要也」。蓋仍以實用爲鵠的，但這一類勒銘，却開了後來文體上的新局。

六、游說文學的興起及小說的濫觴

先談游說文學的技巧。縱橫家所用的慣技，有下列各種：

1. 讔語

戰國時的君主，若齊宣王、楚莊王都好隱語。在當時讔語的使用，成爲一種風氣。劉勰諧讔篇：「意生于權譎，而事出於機急，與夫諧辭可相表裏。」漢書藝文志有隱書十八篇，新序雜事：「齊宣王發隱書讀之。」文心又云：「漢世隱書十有八篇，歆固編文，錄之賦末。」顏師古引劉向別錄云：「隱書者，疑其言以相問對者，以慮思之，可以無不諭。」漢世輯錄的隱書，今已無傳，但左、國、韓非、呂覽、新序、列女傳、說苑所錄，像秦客爲廋辭于朝（晉語五韋昭注：廋，隱也；謂以隱伏譎詭之言問于朝也），成公賈對楚王以有鳥不言爲諫（呂覽重言）即淳于髡之說大鳥（史記滑稽列傳），靖郭君客之言海大魚（齊策），都是很有名的讔語。桂馥札樸訓隱爲占。隱語在外交上的運用，施之諷諫，成爲滑稽家的拿手好戲。它的流衍變爲謎語，時和小說合流。怪不得劉勰謂：「文辭之有諧讔，譬九流之有小說。」「君子嘲隱，化爲謎語。謎也者，迴互其辭，使昏迷也。」（文心諧隱）後世東方朔，管輅射覆之辭，亦由此出。同時，隱語在戰國時有它的實用意義，作爲說客及權謀家一種交際手腕㉚。

隱語和西方的 Riddle 頗相似，很值得搜集，而作比較研究。Riddle 在近東和西歐起源甚早，吠陀及可蘭經中均有之，埃及的 Sphinx Riddle 爲最有名。Archer Taylor 在 The Literary Riddle before 1600（1948，California）書中第二章，列舉世界古代文學性的 Riddle 甚備，可惜未接觸到中國的資料。

2.「主　客」

主客，本爲兵家言，見孫子九地篇。臨沂新出孫臏兵書殘簡篇題有「主客人分」。文心雜文篇：「宋玉含才，頗亦負俗，始造對問，以申其主。」又詮賦篇：「遂客主以首引，極聲貌以窮文。」漢志有主客賦篇，此後發展成爲賦在開端的慣例，而且形成雜文一類中對問的新文體。自宋玉設問以後，如東方朔、班固之流，皆沿襲之。漢賦如兩都、兩京，皆以主客開端，都是受到主客方法的影響。

3. 問　難

孔門四科，言語列爲第三，儒家以此設教。鄧析的無厚轉辭，「操兩可之說，設無窮之辭」（劉向語）。言術有八依、三避。鬼谷子有抵戲篇（漢書杜周傳顏注）。韓非說難，指出十二種談說不同的對象。說客對于「對話」技巧的講求，這是極進步的「修辭術」。希臘人注重雄辯，到

Aristotle（前384—322）才寫 Rhetorike 三卷，成爲這門學問的結晶品，春秋戰國這類材料，如有人整比成書，亦可建立一東方辯辭學的獨立體系（像盧弼著有古詞令學）。

其次談小說的產生問題

戰國以來，小說的興起原因有如下列：一、說客喜歡用寓言之故事體。二、若干民間故事可用爲談助的資料。三、長篇故事的誕生，像纏綿悱惻，如盛姬之死，見于穆天子傳；博物廣識，像伊尹辨味，事存呂覽。這些最爲膾炙人口。茲將若干先秦小說資料，考述如次㉛：

百家

漢志諸子略收有「百家」一三九篇。說苑敍錄云：「除去與新序復重者……別集以爲百家。」則此書似曾經劉向整理，略如說苑的體制。古書所記如：「甘茂事下蔡史舉，學『百家』之說。」（史記甘茂傳）「應侯言五帝三代之事，『百家』之說，吾既知之。」（史記范蔡傳）這書諒爲縱橫家所必讀，故主父偃學「縱橫長短之術」，兼及「百家言」（史記主父偃傳）。百家言的佚文，像風俗通云「城門失火，殃及池魚」之類，「謹案百家書宋城門失火」云云（見沈欽韓漢書疏證）。司馬遷稱：「百家言黃帝，其文不雅馴。」正以其爲小說家言也㉜。

伊尹

漢志伊尹二十七篇，列於小說家。呂覽本味篇記：「有侁氏得嬰兒于空桑之中，令烰人養之，是爲伊尹，尹說湯以主味。」說文引之稱曰伊尹；本味篇即出小說家之伊尹（王應麟說，見漢志考證）。

青史子

大戴禮保傅篇、風俗通祀典均引青史子書說。漢志青史子五十七篇，梁時僅存一卷。劉勰文心云：「青史曲綴于街談。」（諸子篇）街談巷尾的綴錄，這說明青史子正是民間故事的淵藪。

宋子

漢志宋子十八篇，列在小說家。莊子天下篇稱其：「上說下教，雖天下不取，強聒而不舍。」荀子正論謂：「宋子率其羣徒，辨其談說，明其譬稱。」是其書當如桓譚所謂：「合叢殘小語，近取譬論，以作短書。」顧頡剛曾舉出呂覽中的竊鈇、攫金諸故事，謂即出自宋子，其書能近取譬，有如佛徒之百喻經[33]。

汲冢書

瑣語十一篇：「諸國卜夢、妖怪、相書也。」史通六家：「汲冢瑣語記太丁時事，爲夏殷春秋。」隋志著錄四卷，似其書唐代尚存。

穆天子傳

晉書束晳傳：「言周王遊行四海，見帝臺西王母。」此本曾經晉人整理，有荀勗和束晳二種本子。今傳荀本六卷，其第六卷即束皙傳雜書十九篇中的周穆王美人盛姬死事一篇㉞。

其他諸子書與小說多有關係，如晏子春秋，其中故事即是小說的選集。韓非子中的說林及內外儲，（偽）列子的說符，多記民間故事，可說是漢魏雜事小說的濫觴。隋志著錄宋玉子一卷，楚大夫宋玉撰，與燕丹子並列于小說家，則宋玉亦擅長小說，不僅爲賦家的巨擘而已㉟。

七、戰國時「文學」觀念的演變

戰國時期，由於政治上鬥爭的劇烈，各國君主，網羅人才，有時招集賓客著書，對於文學的提倡，不遺餘力。齊稷下而外，燕昭王築臺于碣石宮，趙有叢臺、野臺（武靈王十七年），楚前期有章華臺，後期有蘭臺，許多文學作品，由是產生。西漢以來，淮南王、梁孝王都是繼承這一老辦法，把文學家集中在一起，觀摩砥礪，因之作者輩出。漢賦的蓬勃，正和此有密切的關係。

可是，戰國有些國家，在法家思想控制下，其施政策略，對於「文學」之事，則深惡痛絕。自秦孝公時商鞅變法以後，整個社會風氣有重大的改變，由于法家思想的抬頭，文學地位遂驟爲之降低。三晉地區對于文學的鄙棄，在商鞅、韓非書中，可以見之。黃河流域的文學領導地位，反爲江、漢、沅、湘流域的楚人取而代之，非偶然也。齊魯一帶則尚爲文學昌盛的地方。史記儒林傳序云：「夫齊、魯之間於文學，自古以來，其天性也。」法家反文學的理論，像韓非五蠹云：「儒以文亂法，俠以武犯禁，而人主兼禮之，此取以亂也。夫離法者罪，而諸先生以文學取犯禁者誅。……工文學者非所用，用之則亂法。」（太史公正引用此語）在「法」的推行下，「文學」

必遭受禁止的，因爲它是「法」的障礙物。五蠹又云：「然則爲匹夫計者，莫如修行義而習文學。行義修則見信，見信則受事；文學習則爲明師，爲明師則顯榮，此匹夫之美也；然則無功而受事，無爵而顯榮，有政如此則國必亂，主必危矣。故不相容之事，不兩立也。」照這樣說來，文學對個人有益，但對國家則極爲有害。韓非反對私學，反對無功之爵（應卽孟子所謂「仁義忠信，樂善不倦爲天爵」。）。在六反篇中說：「學道立方，離法之民也，而世尊之曰『文學』之士。」又說：「息文學而明法度，塞私便而一功勞，此公利也。」他特別反對那些「學道立方」的文學之士，學道則自己有特出的主張，立方則自己有獨立的行動，文學是私便，而非公利，他站在公的立場來反對文學之「私見」、「私說」，所以謂之「亂法」。秦策上說：「文士並飾，諸侯亂惑。……辯言偉服，戰攻不息，繁稱文辭，天下不治。」法家反對文學，是從施政公利上來做出發點。這樣只有跟隨着政治走的文學，文學只是政治的應聲蟲。至是，文學的地位，已被貶抑到了極點。

相反地，儒家、墨家皆倡言文學。論語先進所記孔門四科，第四即是「文學子游、子夏」。漢武斑碑云：「敷游夏之文學。」唐人正義說指「文章博學」，邢昺疏引范寧云：「善先王典文。」儒家所謂「文學」，是包括前代典章禮文而言的㊱。荀子非相篇描寫各人的怪相之後，接著說：「從者將論志意，比類文學耶？」同篇又云：「有聖人之辯者，……發之而當，成文而類。」又云：「文而致實，博而黨正，是士君子之辯者也。」楊倞注：「文謂辯說之詞。」這裏的文，是指「辯說」。又大略篇云：「人之于文學，猶玉之於琢磨也。」則以爲文學是不可缺少的教育工具。

墨子亦提出「文學」一詞。墨子非命中云：「凡出言談，由（猶）文學之爲道也，則不可而不先立義法（按卽法儀）；若言而無義，譬猶立朝夕于員均之上也；則雖有巧工，必不能得正焉。」這裏的「文學」，是指「立言」的文辭。

文學都爲儒與墨所注重，故漢時任爲「文學」的儒官，他們論學的宗旨，往往兼及儒墨，鹽鐵論相刺篇云：「今文學言治則堯舜，道行則稱孔墨。」是其明證。

文學一名，從春秋戰國至漢，其含義實在經過廣狹多次的變更，略加說明如次：

（一）文指「文化」（Culture）的總體，這是「文」的宇宙義。

國語周語下：「單襄公有疾，召（其子）頃公而告之曰：……其行也文，能文則天地……此十一者，夫子皆有焉……文之象也。」按此義出自堯典「欽明文思」，注：「經天緯地謂之文。」白虎通三教篇，周教尚文和夏教尚忠，殷教尚敬不同，孔子云：「郁郁乎文哉！吾從周。」這可說是極高度的人文觀點。

（二）文學指辯說、文辭（Literary work）。

如上引墨子、荀子等家說。

（三）文學指學術（Scholarship）。

史記儒林傳序云：「延文學儒者數百人……以文學禮義爲官。……自此以來……斌斌多文學之士矣。」漢武擧方正賢良文學之士，即是此類。

（四）文學爲官名（Official name），指方士或儒生。

秦人薄「文」，此爲商鞅以來之傳統觀念，自無足怪。惟秦時有獄吏典文學者，如史記蒙恬傳：「恬嘗書獄典文學。」索隱：「謂恬嘗學獄法，遂作獄官典文學。」中井積德曰：「謂作獄辭文書。」秦世教育以吏爲師，此「文學」二字見于秦人史傳，文學且配合法律，亦一有趣之事。秦始皇紀：「悉召文學方術士甚衆，欲以興太平，方士欲諫，以求奇藥。」秦所坑儒生之方術士，亦稱文學諸生。漢代學官及師儒都稱曰文學（見劉寶楠愈愚錄卷五漢學官條，又卷六漢學師條）。武威漢簡：「諸文學弟子出穀。」（河平〔B.C. 25〕月忌簡）西漢地方郡國「文學」之官，始於景帝末年（見漢書文翁傳），如匡衡爲平原文學。及曹丕爲五官將，亦置文學之官。漢以後，文學往往偏指「經學」（Classics）及禮樂，見崔瑗南陽文學頌。以後才指純文學（belles-lettres）。文學一名，秦漢前後之演變如此。戰國時代，諸子書中所謂文學，大抵是指辯說及文辭而言，涵義不如前後之爲廣義的和偏稱的一樣。

❶ 以後代情形比況之，如揚州畫舫錄所載，鼓子儂曲的唱奏，都在商業性都市集中流行。西曲・吳歌之起於荆、揚，理有同然，可以推想周地歌詩發達的原因。

❷ 水經易水注有荆軻館。又引闞駰稱：「荆軻歌，宋如意和之。爲壯聲，士髮皆衝冠；爲哀聲，士皆流涕。」

❸ 參金德建：秦紀考證。

❹ 米芾群玉堂法帖作「咀楚」。

❺ 見唐蘭：石鼓年代考（故宮院刊 1.1958）。

❻ 參錢穆：呂不韋著書考（先秦諸子繫年）；又劉坦：中國歲星紀年。

❼ 見李翹：屈宋方言考。

❽ 朱謙之：中國音樂文學史、楚聲考，及鈴木修次：楚風の系譜（漢魏詩の研究）。

❾ 白狼王所作的遠夷樂德歌，漢人譯義之外，又用漢字記出原來的夷音。丁文江謂白狼語是爨文。據方國瑜

考證，白狼歌八十二字與麼些音十九相同，不同的只八九字而已，其中有一些是借用漢字的。

⑩ 莊辛一說。詳錢穆：先秦諸子繫年卷四。

⑪ 黃侃在文心雕龍札記，擧出左氏內外傳所載當世的謳謠，和國語晉惠公改葬共世子，國人之誦有「猗兮違兮，心之哀兮……」句，先於屈子二百餘年。又史記載優孟歌孫叔敖事用韻方法，亦先於屈子，爲南土之舊音。

⑫ 近出馬王堆三號墓老子漢初寫本，所有兮字均寫作呵，可證孔廣森詩聲類「猗」「兮」音義相同，猗古讀阿之說，而兮亦音呵。

⑬ 鄂君啓節四件，楚懷王六年（B.C.323）所製，水陸路程的地理，和楚辭「上洞庭而下江」完全一致。此鄂君啓節文和鄂君子晳時楚譯的越人歌，都是楚區域內地方文學極重要的資料。

⑭ 錢穆：稷下通考（諸子繫年）。

⑮ 從講唱的腔調的辨別而論，楚有楚聲，秦有秦聲。秦聲見李斯諫逐客書、楊惲報孫會宗書，秦人以缶爲伴奏主要樂器，而歌嗚嗚。而齊聲則舒緩，一般常擧齊風「遭我于狃之間兮」句爲例。如以淸代的子弟書唱法爲比喩，子弟書有東城調、西城調之分。西調緩而低一韻，縈紆良久，東調沈雄壯濶，慷慨激昂。古代齊之聲緩，和燕秦的高腔，想是這樣的情況。

⑯ 先秦各地韻文，詳王鳴盛蛾術編七五說集記諸國之風。游國恩先秦文學中春秋戰國時之雜歌詩，不具擧。

⑰ 關於成相的考證，可參考朱熹：楚辭後語，兪樾：諸子平議十五，李慈銘：越縵堂讀書記，胡玉搢：許廎述林（成相釋義），方孝岳：屈原和稷下學派（關于屈原天問），趙仲邑：成相辭與擊壤歌（國文月刊47），及N.G.D. Malmqvist 的荀子「成相」釋等篇。

⑱ 馬敍倫莊子義證：招借爲招。引說文：招，手呼也。

⑲ 參E. Erkes: Das Zuruchrufen der Seels, Leipzig 1944, Mircer Eliade: Sympolismes et Techniques Chamaniques en Chine（Le Chamanisme, p.349.）蒙古招魂習慣，詳C. R.Bawden著 Calling the Soul: A Mongolian Litany（B.S.O.A.S. Vol. XXV. 1962）。

⑳ 張懷瑾：「招魂」篝縷綿絡風俗證（國文月刊六五期）。

㉑ 文崇一：楚文化研究，徵引民族學的材料、緬甸、儸儸等的招魂習慣，茲不備述。

㉒ 參長沙馬王堆一號漢墓（報告）。

㉓ 一海知義：挽歌考（京都中國文學報）；邢慶蘭　挽歌的故事（國文月刊六一期）。

㉔ 參劉永濟：屈賦通箋附錄。

㉕ 參H. Wilhelm: The Scholar's Frustration: Notes on a Type of Fu (Chinese Thought and Institution). 學人之挫折，每以詩、賦言志，申其憤懣之情。

㉖ 羅根澤文見諸子考索，又古史辨第四冊。

㉗ 徐文見國文月刊六七期。

㉘ 詳羅振玉：松翁近稾，p.33。

㉙ 詳李學勤：戰國時代的秦國銅器（文物 1957,8）。

㉚ 參王煥鑣：先秦寓言研究。

㉛ 余嘉錫：小說家出于稗官說。

㉜ 金德建：百家書的性質。

㉝ 顧頡剛論：宋鈃宜入小說家，見史林雜識，p.33。

㉞ 參朱希祖：汲冢書考。

㉟ 「小說」一名見莊子外物篇。他述任公釣東海一事，復加以按語云：「已而後世輇才諷說之徒，皆驚而相告也。」又云：「飾小說以干縣令，其于大達亦遠矣。是以未嘗任氏之風俗，其不可與經于世亦遠矣。」這裏任公釣一故事，正可視作當日「小說」的模型。小說是「談說」之小者。釋名釋言語：「說，述也；宣述人意也。」莊子所指那些輇才諷說之徒，便是「飾小說以干縣令」的人。周制縣比郡爲大。（左昭二十九年）蔡墨言劉累遷于魯縣。楚莊王滅陳爲縣。穀梁隱五年：「寰內諸侯。」注：「寰，古縣字。」縣是極大的行政單位，所以「干縣令」即干諸侯。莊子所言的小說，分明是指說客干時君所用的一套手法。

班志云：「閭里小知者之所及，亦便綴而忘。」取收小說十五家，一三八〇篇。其中方士虞初周說即占九三三篇。百家有一三九卷。靑史氏五七篇，爲最多之著。荀子正名篇云：「故知者論道而已矣，小家珍說之所願皆衰矣！」小家珍說當然指那些有乖大道的游說人物，有如宋鈃一類即是。從任公子釣一事觀之，這樣的小說是說客的儲寶。諸子書中像韓非有說林上下（即預備作內外儲說的資料），淮南子有說山、說林，列子有說符，所用的「說」字，應該和莊子所言的小說，意義相同。都城紀勝：「說話有四家：講史書講說前代書史……之事。最長『小說人』，盡『小說』者，能以一朝一代故事頃刻間搜破。」

陸機文賦云：「說煒曄而譎誑。」李善云：「說以感動爲先，故煒曄而譎誑。」譎誑可看作寓言，煒曄可看作卮言；則莊子之書，實亦「說」之一種型態。譎誑即神話（Myth）部份；煒曄是極盡誇飾之能事，非 grand style 不足以當之。莊子之書，可算是「說」之巨觀。至于小說，則取材于其小焉者。桓譚新論云：「小說家合叢殘小語，近取譬論，以作短書。」「小說」和「小語」、「短書」是同樣性質的。後代以小說爲書名甚多。如殷芸小說有余嘉錫輯本。史通雜說稱：「梁武帝令殷芸編爲小說。」其書實因梁武的通史而作，其資料即通史之外乘。凡不經之碎事，另行輯錄之。小說之所以爲小，于此可見。漢志小說十五家有伊尹二十七篇，而道家別有伊尹五十篇。余嘉錫認爲必出于小說家，非道家之伊尹書。按余說非是。新出馬王堆老子甲本後佚書，附有伊尹論九主一段，且言：「伊尹布圖（即九主圖）陳笮，以明法君、法臣。」與殷本紀集解引劉向別錄論九主說同。由于是書附于老子之後，可見當是漢志著錄于道家之伊尹書，不必視爲出于小說家。小說與非小說之分，在漢代目錄學家心目中，自有他的界限。

至于小說家的功用，原有它的諷勸意義。隋書經籍志云：「小說者，街談巷語之說也。」竟把它和周官誦訓、及訓方氏相比況，且引左傳「士傳言，庶人謗」來加以說明，余嘉錫曾有闡述。但看國策齊策記鄒忌因徐公之美一事說齊王，而齊王乃下令群臣吏民能面刺寡人之過者受上賞，上書諫者受中賞，能謗議于市朝者受下賞。這一故事可以看出：⑴利用小說作諷刺的成功；⑵先秦時代確有士傳言，庶人謗的事實。小說的實際功用，在說客口中如果運用技巧非常高明，當然收效甚宏。小說是「諷說之徒」所必備的武器；諷刺（irony）是他的主要技巧。irony 有時是用反語（a speaking by contraries）來引人入勝

(irony源出希臘語之「我問」)。老子所謂「正言若反」，是說話一種特別技巧。近代西方小說愈來愈趨向于 ironic mode，充滿嘲弄(mock)的意味。這種精神在中國先秦已十分發達，尤其是游說之士及滑稽家者流，例如淳于髡「一鳴驚人」的謎語、呂氏春秋重言篇作成公賈諫楚莊王，「談言微中，可以解紛」，大概春秋以來已流行著的。「小說」是以街談巷語來幫助說明大道理，它的功用是承接這一種教訓精神而來的。可惜這些資料在中國只散見于諸子書中，沒有人正式把它彙集起來，像印度的五卷書(Pancatantra)一樣，整理成爲專書。近人頗討論到中國短篇小說的起源問題。漢書藝文志著錄小說十五家共千三百八十篇，而縱橫家只收十二家百七篇，可見小說數量之富。雖然許多被班志加上不好的評語，如「其語淺薄」、「迂誕依託」等等，但小說家的東西，可能是(縱橫家)說客的糧食，亦可能是史料的剩餘(如周考七十六篇是「考周事也」)。小說的內涵也包括了神話、傳說、史事、寓言，尤其小說在干縣令時每還用 ironic 的技巧，來說服人。它表現的方式花樣，和今天所謂小說的體裁雖不相同，可是本質上是沒有二致的。

㊱ 陳槃曰：「案孔子之所謂『文學』，竊以爲當以全部經藝爲主體；而典章之類，則是其次。『文學』簡稱則曰『文』。論語學而：『行有餘力，則爲學文』。正義：『(馬融)注言古之遺文者，則詩書禮樂易六經是也。』不誤也。齊魯間之所謂『文學』亦然。故史記儒林傳上言：『齊魯之間於文學，自古以來，其天性也。』繼卽云：『故漢興，然後諸儒得修其經藝。』漢書地理志下齊地條亦云：『初太公治齊，修道術，尊賢智，賞有功，故至今，其士多好經術……。』齊魯之文學既無異於孔子之所謂文學，則與戰國時期燕趙楚國所提倡所影響而產生之純文學，似不可以相提並論(若稷下學士『談天』『雕龍』之輩，則又當別論)。」

引用書目

楊　寬：戰國史。
陳夢家：六國紀年。
呂思勉：先秦史。
朱希祖：汲冢書考。
徐　復：秦會要（訂補）。
蒙文通：古史甄微。
金德建：秦紀考證。
李學勤：戰國題銘概述（文物一九五九，7、8、9三期）。
王國維：兩周金文韻讀。
郭沫若：兩周金文韻讀補遺。
楊樹達：積微居金文說。
唐　蘭：石鼓年代考（故宮博物院院刊1）。
劉知幾：史通。
章學誠：文史通義，詩敎上、下；又文集篇。
章太炎：國故論衡，辨詩；又秦獻記。

游國恩：先秦文學。
聞一多：詩與歌。
朱自清：中國歌謠。
龍宇純：先秦散文中的韻文（崇基學報2、3卷）。
余嘉錫：小說出於稗官說。
顧頡剛：史林雜識初編——宋鈃書入小說家。
王煥鑣：先秦寓言研究。
王利器：文心雕龍新書。
中島千秋：賦之成立と展開。
鈴木修次：漢魏詩の研究。
星川清孝：楚辭の研究。
Burton Watson, Early Chinese Literature, 1962, New York.
E. Erkes, Das Zurüchrufen der seels, Leipzig, 1944.
N.G.D. Malmqvist, A note on the cherng-shiang in the shyum Tzyy（論荀子成相）。

（原載一九七七年史語所集刊第四八本第一冊）

「秦世不文」辨

文心雕龍通變篇云：

黃虞淳而質，虞夏質而辨，商周麗而雅，楚漢侈而艷，魏晉淺而綺。

衡論皇古至於魏晉，文章風格之嬗變，而嬴秦不與焉。又詮賦篇云：

秦世不文，頗有雜賦。

或問：秦世果無文乎？余答之曰：非也！秦起戎狄，周之東遷，席據其地，即周之舊疆。秦文公獵於汧、渭之會，嘗言：「昔周邑我先秦嬴于此，後卒獲爲諸侯。及卜居之，曰吉，即營邑之。十六年，以兵伐戎，戎敗走，文公遂收周餘民有之。」秦既收周餘民，自承襲周之文化。此一事也。尚論秦世文章學術，不能僅於始皇統一期間着眼，必遠溯其先世。書有秦誓（穆公敗於崤，歸而作此），詩有秦風（子車氏之子殉穆公，黃鳥之作，見左文六年傳）。此又一事也。

秦世人材輩出，皆由他國客卿延攬而得。李斯諫逐客書云：「西取由余于戎，東取百里奚于宛，迎蹇叔于宋。」吸收他國人才，爲秦一貫之政策，故其人非秦籍而肯效力於秦，秦萃天下之豪儁而得盡其用，以此富強。漢志有由余之篇（兵家類作繇敍二篇），又有由余陣圖（見李筌太白陰經）。三輔黃圖：「戎使由余適秦，穆公示以宮觀。由余曰：使鬼神爲之則勞神矣，使人爲之則苦人矣。」其名言猶流傳於漢代。戎人歸心，樂爲秦用。此又一事也。

秦一統以後，惟一大著作爲呂氏春秋。其書實成於始皇八年。自序篇云：「維秦八年，歲在涒灘。」而不書始皇年號。其謹聽篇云：「今周室既滅而天子已絕。亂莫大於無天子。無天子則彊者勝弱，衆者暴寡，以兵相殘，不得休息。今之世當之矣。」又功名篇：「欲爲天子，民之所貴，不可不察。故當今之世，有仁人不可不此務，有賢者不可不此務。」是主民爲貴之說，以諷始皇。故高似孫子略稱「始皇不好士，不韋則徠英茂，聚畯豪，始皇甚惡書，不韋乃極簡册，攻筆墨，成一家之言。……此所以譏始皇」也。明方孝孺亦謂「其書詆時君爲俗主，至數秦先王之過無所憚」。故呂覽乃秦之謗書，亦秦之奇書，始皇之前學術之總滙。劉彥和賞其「鑒遠而體周」（諸子篇），不可不察焉。此又一事也。

余論秦文多因襲姬周，可揭二事爲證：

一、秦公𣪘之取雅頌。銘云：「鼏宅禹賚，十又二公，在帝之坏。」詩大雅：「維禹之績。」商頌：「設都於禹之蹟。」石鼓文，時賢多以爲秦之獵碣，而文辭則類詩之車攻。人所共悉，故不深論。

二、詛楚文之取呂相絕秦。試比較其文如下：

詛楚文	呂相絕秦
昔我先君穆公及楚成王繆力同心，兩邦以壹，絆以婚姻，袗以齋盟。	昔逮我獻公及穆公相好，戮力同心，申之以盟誓，重之以昏姻。

欲剗伐我社稷，伐威我百姓，……取俉邊城新鄍，及於長敎，俉不敢曰可。

殄滅我費滑，散龍我兄弟，撓亂我同盟，傾覆我國家……入我河縣，焚我箕部，芟夷我農功，虔劉我邊陲，我是以有輔氏之聚。

文中反覆用「我」字，故詞氣縱橫，讀起來十分動人。

凡此皆秦文之可諷誦者，俱與經傳相表裏。是秦文因于周之明證也。

秦燔燒書，然燒之不盡。故張蒼爲秦御史，掌柱下方書（見張蒼傳）。沛公至咸陽，蕭何先入關，收秦丞相御史律令圖書（見蕭相國世家。黃圖云：石渠閣，蕭何所造，藏入關所得圖籍）。今秦時著述可考見者有：

秦策五卷　見國策

秦紀　始皇本紀、六國表引

秦法　漢書刑法志：「蕭何捃摭秦法，取其宜于時者，作律九章。」

秦儀　叔孫通本傳：「定朝儀，頗采古禮與秦儀雜就之。」

故漢武帝以前一切制度皆仍秦舊。此又漢文化之因于秦者也。

若秦博士之著作見藝文志者，儒家有羊子四篇百章（故秦博士），名家有黃公四篇（名疵，爲秦博士，作歌詩）。俱詳章炳麟秦獻記。

秦人薄「文」尚武，此爲商君以來之政策，自無足怪。惟秦世有以獄吏而典文學者。史記蒙恬傳：「恬嘗書獄典文學。」索隱：「謂恬嘗學獄法，遂作獄官，典文學。」中井積德：「謂作獄辭文書。」秦人以吏爲師。始皇三十四年李斯議：「若有欲學法令，以吏爲師。」制曰「可」。

此處文學爲官名，但以獄吏主之，此與漢書西域傳「諸大夫郎爲文學者」顏注謂「爲文學謂學經書之人也」涵義不同。獄吏所典之文學向不易曉，自雲夢睡虎地秦簡出土，其文書有秦法律及論吏道佚籍，與治獄事例等等，知蒙恬所典者，殆此類耳。

秦人重質，然其文辭亦有可觀者：

一、史傳有紀：

文心史傳篇：「子長繼志，甄序帝勣……故取式呂覽，通號曰紀。紀綱之號，亦弘稱也。」秦史書曰「秦紀」。始皇三十四年李斯奏：「臣請史官非秦紀皆雜燒之。」金德建有秦紀考證，爬梳甚備。雲夢睡虎地秦簡有事紀五十三條，起昭王元年，訖今（始皇）卅年，多質略，不紀月日。秦紀形貌，可窺其概。史記本紀體例稱紀，實昉于秦。以前稱「書」及「春秋」，如汲冢周書、楚書，墨子所見百國春秋之類是。（此條可參潘重規史記通論。）

二、書奏定體：

文心奏啓篇：「奏者，進也。言敷于下，情進于上也。秦始立奏，而法家少文。觀王綰之奏勳德，辭質而義近；李斯之奏驪山，事略而意逕。政無膏潤，形于篇章矣。」（按凌義渠湘烟錄引蔡質漢儀：李斯治驪山陵上書。）

又議對篇：「商鞅變法而甘龍交辨，雖憲章無算，而同異足觀。」（按見史記商鞅傳）

又章表篇：「秦初定制，改書曰奏。」御覽五九四引漢書雜事：「秦初之制，改書爲奏。」

又詔策篇：「令者，使也。秦幷天下，改命曰制。漢初定天下，命有四品。……遠詔近命，習秦制也。」（按文選吳都賦劉淵林注引秦零陵令上始皇帝書，漢志縱橫家有秦零陵令信一篇，難秦相李斯，嚴可均云即此。）

此漢代程式文，多源於秦。秦文辭質而意逕，亦重「法」不重文之例；「政無膏潤」，故辭亦少麗彩。「風」「骨」都乏，質文遞變。故漢興，一反秦之塗轍，遂發展爲辭賦之途。亦矯枉而過正也。

以上論無韵之筆。

至于有韵之文，秦人亦非全無措意者：

三、雜賦開漢之先：

文心詮賦：「秦世不文，頗有雜賦。」漢志秦時雜賦九篇，惜不可考，否則可明荀卿賦篇與西漢初時賦體演變之迹。然荀賦大致以四言爲句，且多雜長疊句（如知賦：「此夫安寬平而危險隘耶？修潔之爲親而雜汙之爲狄者耶？其深藏而外勝敵者邪？法禹舜而能弇迹者耶？行爲動靜待之而後適者耶？」），雲賦連用若干「與」字句，箴賦亦然，蓋與卜居同句法。

荀賦以禮、知、雲、蠶、箴爲題，想雜賦或類此。

四、詩詞雜錄：

文心明詩篇：「秦皇滅典，亦造仙詩。」始皇紀三十六年：「使博士爲仙眞人詩，乃行所游天下，傳令樂人歌弦之。」此樂府之先河也。秦已設樂府官署，臨潼始皇陵出土器物有「樂府」二字銘文可證。

漢書藝文志：黃公四篇。名疵，爲秦博士，作歌詩，云在「秦時歌謠」中。漢志左馮翊、京兆尹俱有秦歌詩。

異苑：「秦世有謠云：『秦始皇，何強梁！開吾戶，據吾牀。……前至沙丘當滅亡。』」（云刋在孔子壙壁）

楊泉物理論載始皇築長城，民歌曰：「生男愼勿擧，生女哺用脯。不見長城下，屍骸相支拄。」（水經注引陳琳飲馬長城窟行有此句，字略小異。）使楊氏此說可信，則五言詩已昉于秦世矣。

又風俗通逸文有百里奚婦琴詩，眞僞難悉考。

惟秦人抒情詩，若蒹葭、黃鳥，皆極動人。文心哀弔篇云：「共三良殉秦百夫莫贖，事均夭橫，黃鳥賦哀，抑亦詩人之哀辭乎！」又秦誓中語，若「我心之憂，日月逾邁，若弗云來」，亦情往意深，孰謂秦人之不文乎？

小學字書及瓦當多用韻。倉頡篇、爰歷篇即其例：許愼說文序引「幼子承詔」，爾雅郭注引「考妣延年」，顏氏家訓書證篇引「漢兼天下，海內并廁，豨黥韓覆，叛討殘滅」。此乃漢人語，非出秦人。敦煌簡及居延簡俱有倉頡殘文，幷四字句，有韵。（參勞榦居延簡漢簡考釋。）

秦瓦當文咸陽故城所出者有「唯天降靈，延元萬年，天下康寧」十二字，其字體爲李斯所定之小篆，乃統一後之文字。

秦簡爲吏之道中有韻文八首，句式略近成相篇。例如：「凡戾人，表以身，民將望表以戾眞。表若不正，民心將移乃難親。」（秦簡研究，頁三四四）

日書中有馬禖祝辭，文亦爲韻語，典麗可誦。見拙著日書研究，不錄。

秦刻石銘辭亦有三字對句者。如蜀守李冰立之湔溯隄（堰）碑云：「深淘潬（灘），淺包隄（堰）。」（見張澍蜀典引金石文。）

以上論有韻之文。

秦代文學材料，非常匱乏。章太炎撰秦政記、秦獻記，擧出秦博士與學者八人。先是嚴可均撰全秦文一卷，錄十六人。除始皇二世詔制外，以王綰、李斯、周青臣、淳于越、趙高爲重要。亦有不可信者，如據墨池編收李斯之用筆法是。本文所論，可補其缺。至於新資料之可稱述者，如：

新郪虎符　文共四行，內有：「凡興士被甲用兵五十人以上，會王符，乃敢行之；燔隊史雖毋會符，行殹（也）。」一九七六年余在巴黎拍賣場曾見原物一件。

秦武王二年（墨書）除道木牘（文物，一九八二・一）

秦家書（黃盛璋有文研究）

南郡守騰文書（見余另文討論）

皆重要之作。其它零星不復及。

秦代散文，向來以奇橫稱。茲摘錄文評家要語，以供觀摩：

文心雕龍論說篇：「夫說貴撫會，弛張相隨，不專緩頰，亦在刀筆。范雎之言事，李斯之止逐客，並煩情入機，動言中務，雖批逆鱗而功成計合，此上書之善說也。」又才略篇：「范雎上疏密而至，蘇秦歷說壯而中，李斯自奏麗而動，若在文世，則揚班儔矣。」

秦文雖傳誦者寡，而雄奇掣勝，孝公之求賢令，昭王之約楚懷，始皇時之議帝號、廢封建諸令，皆峻險爽利，有西戎驃悍之氣，民族性使之然也。尤以喜疊三字句（如秦誓「嗟我士，聽無譁」之類），或疏落跌宕，整而不齊。以此而孕育奇氣。李斯更奇而麗。文心事類謂相如上林撮引李斯之句，是其例也。（李斯偶句：「建翠鳳之旗，樹靈鼉之鼓。」上林倣之云：「建翠華之旗，樹靈鼉之鼓。」）

若夫勒銘更爲後人所擊節。文心頌讚篇：「至於秦政刻文，爰頌其德；漢之惠景，亦有述容，沿世並作，相繼於時矣。」又銘箴篇：「至於始皇勒岳，政暴而文澤，亦有疏通之美焉。」又封禪篇：「秦皇銘岱，文有李斯，法家辭氣，體乏弘潤，然疏而能壯，亦彼時之絕筆也。」按秦之先代泐石，飛廉有石槨之錫，秦昭有華山之刻，文心俱已徵引，由來已久。下至嶧山，遂成卓絕之作。而琅琊刻石，亦復囊括併吞之氣，振盪於字裏行間。國勢之雄，有助於文勢，理固然也。駢體文鈔評語云：「秦相他文無不詼麗，頌德立石，一變爲樸渾，知體要也，其詞其氣，便欲破除詩書，自作古始。」駿靈之氣，俯視百代。自來於此，久有定論。此又談秦文者，所不可不知也。

從雲夢騰文書談秦代散文

關于最近在湖北雲夢出土的一些簡書，今年我在法國巴黎已看過這些材料，在大公報的圖書第二十八期亦曾有刊載，我感到非常有興趣。我願意對這材料提出我的看法。今天我要講的就是這個題目。

我們知道，秦代的文獻資料向來是非常缺乏，在文學史上是一片空白的。我們今天可以看到秦代的文學材料，有清朝嚴可均編的全秦文。他用個「全」字，是指所有的秦代材料，可是他所收集的只有十六人，僅有一卷，且多數材料都來自史記秦始皇本紀和李斯列傳。這十六個人的文章，裏頭還有些是不可靠的。像李斯名下有一篇用筆法。大家知道李斯是一個寫篆書的名家，篆書是經他整理的。他協助秦始皇作過「書同文」的工作，可是這篇用筆法採自一本宋人所著的，叫做墨池篇。此爲晚出的資料，我想這是不可靠的❶。

秦代的文學材料極少，今天我們有新材料出現于雲夢。這一大批出土竹簡，是一九七五年在湖北雲夢睡虎地十二個墳墓中的第十一號墓的木棺裏發現的，竹簡的數量竟有一千多條。在文物七六年第五號載有簡單的報告。在這些新材料中，有一種是秦始皇二十年南郡太守名字叫「騰」的文書，另一種是大事記，又有法律文書，還有一些是治獄案件的。而我今天特別要講的是關于前面所舉的第一、第二兩種資料。今年大公報圖書的第二十八期已經把這兩種的原文加以發表，很值得提出來再作研究。

騰文書是一篇很好的散文，筆調很像韓非子的句法，行文很精采，唸起來有鏗鏘的節奏，是水準非常高的一篇散文。這居然出于一個南郡太守的手筆。那個太守騰，並沒有著明他的姓，他究竟是誰呢？在史記裏有兩篇關于秦代的材料：一篇是秦本紀，一篇是秦始皇本紀。而後一篇出現「騰」的名字：

（一）始皇本紀：「十六年九月，發卒受地韓南陽假守騰。」

（二）又：「十七年，內史騰攻韓，得韓王安，盡納其地，以其地為郡，命曰潁川。」

這兩條中，「騰」字都沒有寫姓，和雲夢秦簡相同。第一條的「假」，意思是代理，指南陽代理太守的名字叫「騰」的。另一條說內史騰攻韓。內史是個官名。知道翌年騰已被調作內史，他被派去攻韓，把那個韓王名字叫安的俘擄了。後來把韓那個地方平定，以其地爲潁川郡。我們知道秦有三十六郡，這三十六郡的設置是慢慢一年一年地設立的。得了某些地方，就逐漸設置。而南郡和潁川郡都屬于三十六郡之列。騰這個人對秦有很大的貢獻。最要緊是攻打韓國，俘擄韓王。這篇文書寫于始皇二十年，那時他做南郡太守。他和十六年的南陽假守騰，我認爲是同一人，要不然沒有那麼巧合的。這名字叫騰的，在始皇十六年做代理南陽太守，後來被調到內史去，直至二十年的時候，再外放出來作南郡的太守，于是年發表這篇文告。我們知道南郡這個地方，很早就置郡的。秦始皇本紀開頭就有一段記着：始皇父親莊襄王死後，「當此之時，秦地已併巴、蜀、漢中，越宛有郢，置南郡矣」。這時秦始皇剛剛登位不久，已經有南郡了。秦本紀：「昭襄王二十九年，白起攻楚，取郢爲南郡。楚王走。」據此南郡該在昭襄廿九年白起拔郢那時候就設置了。南郡地方在戰國的末年是一個非常重要的地區。秦人先打敗楚國，掘他的老巢，以建立南郡。始皇把其他的國慢慢打敗，最後只賸下楚國。所以這個南郡到後來還很重要。一直到始皇二十年，南郡還是有問題。騰文書正可證明這一樁事實。騰有很大的功勳——平定韓國。後來又做南郡太守。從這篇文告，可以見他在貫徹執行法家的路線。而對秦在未統一六國的前夕，強調明法、急法的逼切措施。

騰文告是警告當時南郡那個地區的官吏應該守法，特別強調法、律、令的重要性。又特別提到令、丞都不應該違背法、律、令。令是縣的首長，丞是他的幫手。一個太守之下還有縣，有道。（漢書百官公卿表：縣有蠻夷曰道。地理志，南郡所轄有「夷道」。）那時候一定有些不守法律的，所以太守騰才公布這個文告。這篇文告完全站在法家立場說話，和韓非子的文章十分接近。秦是以法律爲第一位的。我記得章太炎有一篇文章叫做秦政記，他裏頭特別講到秦法律嚴厲的情形。他舉出秦昭王有病，百姓置牛爲王祈禱。昭王認爲這是非令而擅禱。雖愛寡人，仍是違悖于法的。太炎說：「使君主和人民沒有感情，彼此不相愛，塊然循于法律之中。」塊然，好像一塊石頭一樣。大家都生活于法律裏，老百姓跟國君一樣地共同遵守法律，沒有情感可言。我們今天唸這篇騰的文書，也有這種感覺，完全是以法律爲第一位。文章寫得非常好，這是很重要的發現。

至于大事記，記載從秦昭王元年到秦始皇三十年爲止，亦是雲夢出土之文獻簡書。這個材料是按照年份記錄下去，是一個不很完備的記錄——因爲它裏頭有些只有年，沒有事情記載。像秦昭王元年就是空白，有好幾年上面亦沒有記事情。但仍然是按照年次安排，到秦始皇三十年爲止。

這材料是今天我們可以看到地下出土的先秦有紀年的史料，可以說是第二次的發現。第一次的發現，是在晉朝武帝時河南汲縣魏王的墳墓出現的一些竹簡文書。後來的竹書紀年便從這個地方來的。晉初幾個大學者像荀勗、和嶠等人都有參與整理。穆天子傳這本小說，也就是在同時出土的。我們現在看到的竹書紀年不是原本，是經過明朝人整理的。你們唸歷史都知道，有所謂今本的竹書紀年和古本的竹書紀年。原來的竹書紀年已經失掉，清代許多學人花了很大精力，在各方面的類書、歷史書找到一點一滴的資料，然後湊合起來。像王國維的古本竹書紀年是比較有份量的著作。這個雲夢竹簡所記，從秦昭襄王元年到秦始皇三十年的大事，寫在竹簡上面，一條只能寫幾個字。這篇大事紀只有五十三根。雖是不多，但材料很寶貴。這是歷史上第二次發現有年份的先秦紀年史料。這一材料在文物今年的第五期已正式發表了。我認爲這椿材料有三個值得注意的地方：

一、這材料是簡單的，只是記某某年打什麼地方。多數是這樣非常簡單的一個記錄，大多數不寫月日。我沒有太仔細的統計，大概只有十幾條有寫，其他則沒有寫明月日的。關于不寫月日的問題，我們知道太史公的史記有部份利用古籍的秦紀，是他寫秦本紀的主要根據❷。秦紀這本書是很重要的，可惜已失傳了。他在史記六國表序就提到這句話：「獨有秦紀，又不載月日，其文略不具。……」雲夢大事記的竹簡，我不敢說就是秦紀，但是起碼他的寫法就同秦紀有類似的地方，多數不載月日。可見當時寫歷史的人並不是有意思寫歷史的，却喜歡用日記方式去將事情記載。這正是所謂「斷爛朝報」。當時竹書紀年也有這個情況。我們開始唸竹書紀年時，會覺得記載那麼簡單，眞是惜墨如金，不敢多寫幾個字。今天我們看到這批雲夢竹簡材料，便可參合秦紀，得到合理的解答。

二、其次在雲夢這篇秦簡裏頭，屢次見一個「今」字，好像他叫秦始皇做「今」。裏面出現「今」字有兩次：一次是今多少年。像「今元年」。有一條是：「今廿八年，今過安陸。」安陸是湖北一個縣名。這兩個今字，就是指秦始皇。他沒有稱「今上」，就只「今」字。這裏可以幫助我們解決一些問題。當晉初竹書紀年出土的時候，荀勗作過整理的工作。荀勗有一篇穆天子傳序，經過多年的傳寫，裏面有二處提到「今王」，都被誤作「令王」。另外，他說當時在魏墓出土的竹書，引「和嶠云：紀年起自黃帝，終于魏之今王。」（史記魏世家集解引），亦有一個「今」字。這是對的。荀勗的穆天子傳序，後來因不同的本子，既誤「今王」作「令王」，宋人又把「令王」讀成「靈王」❸，於是有些研究穆天子傳的，像近人寫穆天子傳西征講疏的，就說這個應該是「令」字❹。但這是不對的。我們今天從雲夢竹簡上的「今」字，可以看到這「令」字分明是錯誤，這是可以確定的。

三、第三要講的是牽連到騰的問題。秦簡大事記有一條說到昌平君，在「秦始皇二十一年，韓王死，昌平君居其處」。同書又說：「新鄭反，昌平君徙于郢。」我們知道內史騰在秦始皇十七年已把韓王安俘擄了。據秦簡，韓王就在二十一年死去，昌平君即被外調居于韓地。昌平君本是楚國的公子，他很早就在秦的宮廷任職。始皇本紀云：「（九年）令相國昌平君、昌文君發卒攻（嫪）毒，戰咸陽。」索隱云：「昌平君，楚之公子。立以爲相。後徙于郢，項燕立爲荊王。史失其名。」我們知道秦有亂，昌平君以相國身份參加平定嫪毒的。他是楚國的公子，却去幫助秦。在歷史沒有談到昌平君住在韓的地方，亦沒有記載他徙居郢的時間。這二條可補史記之不足。

到秦始皇二十三年，楚國又有暴動。這時項燕便立昌平君為荊王，反秦于淮南。昌平君原是楚國公子，這時徙居在郢，所以楚國人仍然希望他能起來與秦鬥爭。在這時他就被擁戴起而抗秦。至二十四年，王翦、蒙武破荊軍，昌平君死，項燕也自殺了。在廿五年以後，秦人才正式平定六國。這是史記始皇紀的講法，清朝學人像梁玉繩的志疑，却有許多修正的意見。秦簡有這二條，說昌平君在韓王死後到韓的地方去住，後又徙郢，就可知道當時六國雖然逐個被秦人擊破，但是他們的勢力還潛伏着的，所以屢次必須派朝廷的大員去鎮壓。南郡雖是很早經秦廷置郡，但周遭楚人的勢力仍然很活躍。我們看秦簡大事記上分明寫着：「始皇十九年，南郡備警。」試想在秦始皇二十年的時候，楚的地區還有很多問題，騰被派來南郡做太守，便發表這個文告，表面在叫人家奉公守法，要遵守法律令，但骨子裏一定有一個歷史背景，目的在對付楚的反動力量。到了秦王二十三年的時候，楚有一次暴動，他們却利用昌平君來圖謀復國。南郡原是楚的舊地。在秦始皇二十年到二十三年這個期間，一定是有很多問題的。在始皇二十六年，初幷天下，其赦令中說道：「荊王獻青陽以西。已而畔約，擊我南郡。故發兵誅，得其王。遂定其荊地。」蘇林注：「青陽是長沙縣。」這說明荊楚的復國份子，中間曾襲擊南郡。所以秦簡說「南郡備警」，事正吻合。我們可想而知，楚國最後被秦始皇平定，但是楚人始終不甘心。後來項羽繼續出來反抗到底。六國的潛勢力，在秦大統一後仍是很強大。騰文書提及「鄉俗、淫佚之民不止，即是廢主之明法」。所謂鄉俗，即指六國的人民仍保留他們的舊習慣，很是明顯。

我今天就從這兩件材料加以解釋。這是一種比較個人的看法，所以提出來商榷。

我們從這件地下文獻看來，南郡太守騰責所屬令、丞，遵守法律。其實「令」的職位，在秦的時代地位並不太低的，他常常可以向中央提出不同的意見。試舉一個比較偏僻而在文獻上不太被人注意的材料來談談。在漢書藝文志子部的縱橫家部份，著錄有「秦零陵令信一篇難丞相斯」。這篇文章在漢成帝時尚保留在中秘（國家圖書館）。這是給始皇時代的丞相李斯辯論的。零陵令的名字叫信，沒有記着姓。這是秦的習慣。秦簡上的南郡守騰也沒有著姓。這篇文章全文已佚，今天只有一條材料保存在文選吳都賦的劉逵注中。文云：「秦零陵令上書曰：『荊軻挾七首卒刺陛下，陛下以神武扶揄長劍自拔。』」這句話就是講荊軻刺秦王的時候。這位陛下當然是指秦始皇。「扶揄」是什麼東西呢？當是一把劍的名字。荊軻刺秦王，秦王把這個劍拔起來，這劍有個名字叫「扶揄」。左思的吳都賦上說：「扶揄屬鏤。」西晉時劉逵見到秦零陵令上書，故引證它來解釋扶揄這兩個字。扶揄，據所知，有許多不同的寫法。它是一把劍名，並沒有問題的。屬鏤乃是吳王夫差送給伍子胥自殺的劍，這是誰都知道的。扶揄的不同寫法在宋本太平御覽卷三百四十四兵部七五劍下引廣雅，這個劍名引作「蔡倫屬鏤」（中華本，頁一五八〇）。可是清朝王念孫作廣雅疏證，他在這一條居然作「蔡倫」，不作「蔡倫」。很奇怪，王念孫沒有下注語，他避開不談。但是我們知道蔡倫是造紙的人，哪裏有一把劍名叫蔡倫呢？但據此王念孫用的廣雅本子有作蔡倫的。我們可以推定，本應是「蔡倫」，「蔡倫」是寫錯的。劍名應該叫「扶揄」，是秦始皇拿來對付荊軻的劍。而我無意中發現這一條，可以補訂廣雅疏證。荊軻刺秦王事在始皇二十年，騰文書發表在始皇二十年四月，正是同一年的事。

零陵在秦時尚是一個縣，其時零陵可能屬于長沙郡，到漢武帝元鼎六年才置零陵郡。秦零陵令寫文章上書給李斯辯論，想必在始皇二十年荊軻事件之後，他們辯論的內容是什麼？因爲文章失掉，無法知道。現在殘文中只剩下一把劍名。漢書藝文志說此文目的是難李斯，可惜不知所難爲何事。我們回頭看在騰文告的竹簡裏頭有一段說道：

> 凡良吏，明法律令。……又能自正也，而惡與人辨治，是以不爭書。……惡吏不明法律令，不智（知）吏（事）……緰隨（偷惰）疾事，易口舌……毋公端（正；按此避秦政諱）之心，而有冒祇（抵）之治，是以善㡿（斥）事，喜爭書。爭書因恙（佯）瞋目扼捾（腕）以視（示）力，訏詢疾言以視（示）治，誈訏丑（醜）言麃斫以視（示）險，阬閬強肮（伉）以視（示）強，而上猶知之㱾（也）。故如此者，不可不為罰。

上面這一段文章是非常好的。以零陵令的地位而可以上書給丞相李斯辯論，可見秦時低下的官吏尚容許和上級辦難。我們知道韓非子的書中有講「難」的四篇，有關辯論技術的掌故。在春秋時代，辯士一方面是縱橫家，一方面亦是法家。法家參用縱橫家之術，縱橫家一定要辯論的。韓非子的「難」篇，文章非常好，所以唸韓非子的人不唸「難」篇是不會寫辯論文哪。可是韓非子本人是反對政治上的辯難。他在問辯篇說：

> 問者曰：上之不明，因生辯也。何哉？對曰：明主之國，令者，最貴者也；法者，事最適者也。言無二貴，法不兩適，故言行而不軌于法令者必禁。……亂世則不然：主有令，而民以文學非之；官府有法，民以私行矯之。人主顧漸其法令，而尊學者之智行，此世之所以多文學也。……是以亂世之聽言也，以難知為察，以博文為辯；其觀行也，以離羣為賢，以犯上為抗。人主者，說辯察之言，尊賢抗之行。故夫作法術之

人，立取舍之行，別辭爭之論，而莫爲之正。……故曰：上不明，則辯生焉。」

韓非極力反對辯，因爲辨是有妨礙于法令的推行。騰文書指出良吏和惡吏的區別，在于良吏不與人辨，而惡吏則觸冒犯上，善斥事而喜爭書。他所謂「爭書」，即韓非所謂辭爭之論。他所謂「阬閬強肮以示強」，即韓非所指犯上的抗行。騰的主法律令而非辯，與韓非的意見一致，同是反對文學的。雖然騰在文告盡力強調應該守法、去辯，而零陵令仍是膽敢上書和丞相非難，他的文章尚爲後代人所珍視。在法家盛行的時代，那麼威嚴的丞相，也有人可以上書和他辯難，這是很有趣的事情。此外另有一篇亦是非常偏僻的文章。它的篇名保留在史記的註解裏。這是一個辯士遺秦將章邯書。而這封信現在也看不到了，只是在李斯列傳裴駰集解提到這篇文章的名字。復有一句亦有「今王」二字。文云：「李斯爲秦王死，廢十七兄而立今王也。」這個今王當然是指胡亥。這篇文原載在杜預的善文中。善文是杜預編的一本總集，隋書經籍志裏有著錄，共有五十卷。善文一定是非常好的文章。而杜預編的善文在昭明文選之前，可算是最早的總集。嚴可均輯此文，標題曰：辨士隱姓名遺秦將章邯書，題目則是他安上的。韓非與南郡守騰都是反對爭，反對辯，可是秦世仍承縱橫的餘波，辯士之端，是難以消除的。法令雖然滋彰，而辯仍不止，故文學雖爲法家的眼中釘，却照舊爲人所喜歡。所以劉勰云：「秦世不文，乃有雜賦。」（文心雕龍詮賦篇）正是一個很好的例子。秦的文學材料雖然非常少，但是還有很多可以講，可惜只是太零碎罷了。平時我們唸秦代的文章，只有李斯那一篇諫逐客書，家弦戶誦。那是因爲文選收入的緣故。這篇文章在一般古文家心目中的評價是很高的。現在我們再看南郡守騰這篇文章，我覺得也可以選來唸，亦是代表法家的大手筆，足以和韓非媲美的。

談到古文，從前唐宋八大家就有好幾個人是學韓非子的。算起來，起碼會有一半。例如唐的韓、柳，宋的蘇老泉、蘇東坡與王安石都是。所以，韓非子的文章後來桐城派最後的一位大師，專講義法的吳汝綸的兒子吳北江，你們可以看到他的桐城古文義法的選本，只選兩個人的文章：第一個是韓非子，第二個就是太史公。如果唸了這兩個人的文章，包你會寫古文。該書開頭就選韓非子的難篇給人誦讀。所以從文學上觀察韓非文章對後來的散文影響非常大。八家的文章以至桐城派，假定要寫議論文，一定是不能離開韓非的。今天看了騰這篇文章，便想到這個問題。而騰這篇文章亦是相當優美，很値得指出來作爲範文。關于他的歷史背景，我亦順便講這麼一點，以供進一步的硏究。

我今天提出這個不成熟的看法，希望以後這個材料正式公布了，那麼我們再作深入的硏究。希望各位指敎指敎。（王小娥筆記）

附記一：南郡守騰文書景本及摹本

據一九七六年考古第五期圖版叁1至8，又該期頁三〇七摹本，該文書已正式發表。原貌歷歷可覩。凡十四簡，分爲二部分：第一部分從「廿年四月丙戌朔丁亥南郡守騰」起，訖「以次傳別書江陵，布以郵行」止，共八簡，三百二十七字。「郵行」以下留有許多空隙。第二部分于「凡良吏明法律令」起，訖「志千里使有籍書之以爲惡吏」，共六簡。應是第一部分的附件，故放置在一起。或擬定第二篇名曰「課吏」，似未甚妥——因爲沒有根據。第一部分文書末言「別書江陵布以郵行」，漢書地理志南郡首縣爲江陵，原是楚的郢都。秦的南郡，江陵當亦屬首邑。故文告在此處分發。

附記二：騰文書所見之秦代聯緜語

「誈訙」

或改讀爲「嘽諸」，于字形難通。按字彙補：誈，誣字。訙或訟之省體。此二字也許可讀作「誣訟」。

「窔斫」

秦簡隸體如此。或以方言郭璞注揚越古語訓無知之「却斫」釋之，然「却」字與「窔」字形相去極遠。按說文斤部：「斫，擊也。」窔當讀爊。廣雅釋詁四：「爊，熅也。」說文金部作鑣，讀若奧（小徐本）；字亦作鏖。漢書霍去病傳：「鏖皋蘭下。」注謂：「苦擊而多殺也。」故窔斫猶言鏖斫。二字重言，俱訓「擊」。所云「誈（誣）訙（訟）醜言窔（鏖）斫以視（示）險」，鏖斫有如今人謂雙方互相攻擊也。險字簡文甚顯晰。或讀爲儉，非也。荀子不苟篇：「是姦人將以盜名于晻世者也，險莫大焉。」此即險之義，不必改讀爲「儉」。

「阬閬强肮」

說文𨸏部：「阬，閬也。」二字分言，秦簡阬與閬合爲聯綿字。字林：「閬，高皃。」揚雄甘泉賦：「閌閬閬其寥廓兮。」李善注引說文作「門高大之皃」。肮字，說文所無，而亢或體作頏。揚雄解嘲：「鄒衍以頡亢而取世資。」漢書作亢，文選作頏。段注云：「頡亢謂鄒衍之強項傲物。」肮與亢、頏當是一字，故強肮即強亢，猶言強項也。後漢書楊震傳，靈帝稱震玄孫楊奇云：「卿強項。」又酷吏列傳漢光武謂董宣爲「強項令」。章懷注：「強項言不低屈也。」朱駿聲云：「項，讀如亢也，是猶直項。」（通訓定聲項字注）項可讀亢，故知秦簡之「強肮」，即漢人語之「強項」。此四字爲新出資料，可補說文注之不及。

❶ 用筆法一文見宋朱長文治平間作之墨池編。余紹宋曰：「不類秦文，唐以前書未見徵引，其僞無疑。馮武書法正傳亦謂未必是李斯之言。」（書畫書錄解題，卷儿。）

❷ 參看金德建著：司馬遷所見書考，六三，秦紀考證。

❸ 宋高似孫：史略。

❹ 朱希祖：汲冢書考，附魏哀王魏令王考。

（原載選堂集林）

論小說與稗官

——秦簡中「稗官」及如淳稱魏時謂「偶語爲稗」說

小說一名，始見於莊子外物篇，述任公釣東海一事，加以按語云：

> 已而後世輇才諷說之徒，皆驚而相告也。

又云：

> 飾小說以干縣令，其于大達亦遠矣。是以未嘗任氏之風俗，其不可與經於世亦遠。

達者，中庸云：「天下達道五。」廣雅釋詁云：「達，通也。」所謂「其於大達亦遠」，即班志引論語「雖小道……致遠恐泥」之意。小說有背于大道，荀子正名篇云：「故知者論道而已矣，小家珍說之所願皆衰矣。」小家珍說可與小說同義。外物篇云「輇才諷說」，陸氏釋文云：「本或作軨。軨，小也。」如是則「小才諷說」，上與「小家理說」無殊。韓非外儲左上云：「先王之言，有其所爲小，而世意之大者，有其所爲大，而世意之小者，未可知也。說在宋人之解書與梁人之讀記也。故先王有郢書，而後世多燕說。」論說有小大之分，在運用上，見仁見智，可以不同。其所舉之郢書，即小說之著例。內外儲說之作，即儲「小家珍說」以備說客之用。凡文中云

「說在某」等例，可爲小說事例提供不少趣聞。韓非又有說林上、下，淮南子有說山、說林，列子有說符，所用之「說」字，與莊子所言之小說，意義應同。

漢書藝文志取自七略之輯略云：「小說家者流，蓋出于稗官。街談巷語，道聽塗說之所造也。」顏師古訓稗官爲小官，引漢名臣奏唐林文內有都官、稗官之名以解說之。近時余嘉錫著論，以爲稗官即古時傳言之士。如隋書稱引周官之訓方氏。顧無的證。余考新出雲夢秦律中即見稗官一名。秦簡四・四六云：

今與其稗官分如其事。

可見漢志遠有所本，稗官秦時已有之。

「稗」字，孟子云：「不如荑稗。」左定十年：「用秕稗也。」杜注：「艸之似穀者。」說文云：「稗，禾別也。从禾卑聲。」引申之，凡別種非正可謂稗。如淳引九章「細米爲稗」，則以稗爲粺。

考九章算術卷二粟米：

粟率五十　糲米三十　粺米二十七　糳米二十四　小䵂十三半　大䵂五十四　糲飯七十五

粺飯五十四　糳飯四十八

又卷六均輸：

今有粟七斗，三人分舂之。一人為糲米，一人為粺米，一人為糳米。今米數等，問取粟為米幾何？答：

糲米　$\frac{一〇}{一二一}$分斗

粺米　$\frac{三八}{一二一}$分斗

糳米　$\frac{七三}{一二一}$分斗

李淳風云：「米有精粗之異，粟有多少之差。據率，粺、糳少而糲多；用粟，則粺、糳多而糲少。……」可知粺米之性質，介於糲與糳之間。廣韻訓粺爲精米。故如淳之訓粺爲細米，蓋讀稗爲粺。稗之意義可以推知，惟稗官之正式職務未詳。如淳謂：「王者欲知閭巷風俗，故立稗官使稱說之。」惜無其他資料可以佐證。

余嘉錫駁如淳說，謂其誤解稗官爲細碎之官。惟余氏引如說，略去其最首最末二句。今錄原文如下：

> 稗音鍛家排。九章：「細米為粺。」街談巷說，其細碎之言也。王者欲知閭巷風俗，故立稗官使稱說之。今世上謂偶語為「稗」。

余氏非小學家，故不注意字音及俗語。今試詳爲申說：

一、「音鍛家排」者，必謂此「稗」字音如「排」。說文：「稗，从禾卑聲。旁卦切。又，旁賣切。」廣韻稗與粺同音，傍卦切，在去聲十二怪。

二、如淳云：「時謂偶語爲『稗』。」如淳爲馮翊人，魏陳郡丞（見顏師古漢書敍例）。如說原保存于西晉晉灼所著之漢書集注。其云：稗音「排」。排與「俳」，幷以「非」爲聲符。廣韻排、俳同步皆切，在十四皆。「俳」字，說文云：「戲也。从人非聲。步皆切。」（倉頡篇同）三蒼云：「偶也。」（錢坫說文斠詮引）俳可訓「偶」，知俳必是二人對語，時雜嘲戲，故俳亦曰俳諧。劉宋時太尉袁淑嘗取古之文章令人笑者，次而題之名曰「俳諧集」。當如「齊諧」之諧，及後世笑林之類。如淳時稱「偶語」爲「稗」，稗既音「排」，而俳又訓偶，故知稗之爲「排」，乃讀爲「俳」。俳與排古常假借混用。如文心雕龍論說篇：「張衡譏世，詞似俳說。」明以來各本多作「排說」。世說新語第二十五爲排調。排即俳也。

「偶語」一詞，見於史記始皇本紀。始皇三十四年，因淳于越言「事不師古不能長久」，李斯因奏：「今諸生不師今而學古，似非當也，惑亂黔首……古者天下散亂，莫之能一，是以諸侯並作，『語』皆道古以害今……人善其所私學，以非上之所建立。……聞令下，則各以其學議之。入則心非，出則『巷議』。夸主以爲名，異取以爲高，率羣下以造謗。……臣請史官非秦紀皆燒之……天下敢有藏詩、書、百家語者，悉詣守、尉雜燒之。有敢偶語詩、書者棄市。以古非今者族。」時所燒者爲詩、書及「百家語」。下句云「偶語詩、書者棄市」，可見百家語與偶語極有關聯。漢書高祖紀：「誹謗者族，偶語者棄市。」又漢書張良傳：「望見諸將往往數人偶語。上曰：『此何語？』良曰：『陛下不知乎？此謀反耳。』」此處「偶語」二字史記作「往往相與坐沙中語」。此類記載言及「道古」、「巷議」、「偶語」諸字眼。「出則巷議」即漢志引七略所謂「街談巷說」。巷說語必鄙淺，故鍾嶸譏魏文詩「率皆鄙質如偶語」（詩品中）。巷議巷說，必有兩人對語，自然是「偶語」。史記正義訓「偶語」云：「偶，對也。」故知以偶語爲稗者，亦即是「俳」。

文心諧讔篇：「侏儒之歌，並嗤戲形貌，內怨爲俳也。東方、枚皐，其自稱爲賦，迺亦俳也。」又：「文辭之有諧讔，譬九流之有小說，蓋稗官所采，以廣視聽。」又：「魏文因俳說以著笑書。」由俳說而有笑書。小說類所以多收笑談之作，其故在此。

小說家言出于道聽塗說，是爲巷語，亦即偶語，蓋古所謂「庶人謗」者也。古代有采謗之制度，秦人禁絕，漢文又恢復之。大抵由稗官采自民間，使綴而不忘，以備在上者之參考。如淳稱魏時（今世）亦謂偶語爲稗，保存古訓，至爲可珍。

今將小說與偶語及稗之語義關係表之如下：

「稗」——（魏時語）
←
排——排說
俳——俳諧，笑林
誹——謗，誹謗之木
＝
偶語——出于庶民，可見非出于士之傳言

小說——乃民間談論政治之零星紀錄

李斯稱「出則巷議」，「率羣下以造謗」。考古代有所謂「庶人謗」者：

一、國語上：（厲王時）邵公曰：「防民之口，甚於防川。川壅而潰，傷人必多；民亦如之。……天子聽政，使公卿至於列士獻詩……百工諫，庶人傳語……而後王斟酌焉……民之有口，猶土之有山川也。夫民慮之於心而宣之於口，成而行之……。」

二、左傳襄十四年師曠對晉侯曰：「夫君，神之主也，民之望也。若困民之主，匱神乏祀，百姓絕望……自王以下，各有父兄子弟以補察其政。史為書，瞽為詩，工誦箴諫，大夫規誨，士傳言，庶人謗……故夏書曰：『遒人以木鐸徇於路。』官師相規，工執藝事以諫，正月孟春，於是乎有之，諫失常也。天之愛民甚矣，豈其使一人肆於民上，以從其謠，而棄天地之性，必不然矣。」

以左、國二條對比，師曠所述，士傳言之下又有庶人謗一事，以謗屬之庶人，與士無關。疏云：「周語云『庶人傳語』，是庶人亦得傳言以諫上也。」傳既有「士傳言」，下別云「庶人謗」，可見其間之等差，亦可見稗官之不得爲士。

余氏認爲稗官，即傳言之「士」。然依邵公之言，傳語者實爲庶人。國語之「傳語」，左傳作「謗」。謗即巷議也。古制不特不避謗，且鼓勵人民進謗。晉語云：「范文子曰：古之王者，政德既成，又聽于民。問謗、譽于路，有邪而正之，盡戒之術也。」秦乃以謗爲厲禁，二世尤甚。大戴禮保傅篇責秦二世云：

今日卽位，明日射人。忠諫者謂之誹謗，深為計者謂之訞誣。

至漢文帝二年後，恢復古制，其詔曰：

古之治天下，朝有進善之旌。（應劭曰：「旌，幡也。堯設之王達之道，令民進善也。」如淳曰：「欲進善者，立於旌下言之。」）誹謗之木，所以通治道而來諫者也。今法有誹謗訞言之罪（師古曰：「高后元年詔除妖言之令，今此又有訞言之罪，是則中間曾重復設此條也。」），是使衆臣不敢盡情，而上無由聞過失也。將何以來遠方之賢良？其除之……

故一時稱爲美政。漢世有擧極諫之傳統，非偶然也。「庶人語」既不可廢，而政府對付之方，則因執政者寬猛而異，不能納諫者多爲無道之君。歷史上最著名者有周厲王之殺謗。周語稱「厲王虐，國人謗，使衞巫監謗。以告，則殺之」是也。謗語之內容如何？可於子產時國人之謗見之。左昭四年：「子產作丘賦，國人謗之曰：『其父死于路（子國），己爲蠆尾，以令于國，國將若之何？』子寬（渾罕）以告，不聽。寬曰：『國民其先亡乎！……政不率法而制于心，民各有心，何上之有？』」謂民之離心也。

其獎勵謗者，有齊策鄒忌因徐公之美一事說齊王，王乃下令刺過者上賞，上書諫者中賞，能謗議于市朝者受下賞。此爲著例。又古立誹謗之木，其制度具見于史漢孝文本紀之注家。其說如下：

索隱：「尸子云『堯立誹謗之木』，誹音非，亦音沸。」

服虔云：「堯作之，橋梁交午柱頭。」

應劭曰：「橋梁邊板，所以書政治之愆失也。至秦去之，今乃復施也。」

韋昭曰：「慮政有缺失，使書于木，此堯時然也。後代因以爲飾，今宮外橋梁頭四植木是也。」

鄭玄注禮云：「一縱一橫爲午，但以木貫表柱四出，即今之華表。」崔浩以爲木貫表柱四出名「桓」，陳楚俗桓聲近和。又云：「和表」，則「華」與「和」又相訛也。

誹謗之木作十字形，置於街頭。明時謂之「揭貼」。今之大字報，其遺意也。

稗亦訓小。廣雅釋詁：「稗，小也。」小說之「小」，亦與稗有關。與小說同稱「小」，見于漢人書所記。如：

小數：陰陽家，序：「牽于禁忌，泥于小數。」時曰小數，凌雜米鹽之喻。

小語：即瑣語短書。桓譚新論：「若其小說家合叢殘小語，近取譬論，以作短書，治身治家，有可觀之辭。」（文選江淹雜體詩李注引）

小書：周訓十四篇在道家。劉向別錄云：「人間小書，其言俗薄。」則周訓亦可入小說家。

觀此可明小說之「小」字之取義矣。

此文大意於一九七八年，嘗在法京演講。近見袁行霈作「漢書藝文志小說家考辨」（文史，第七輯）論及此問題，不甚接受余氏之說。可見稗官不等于士，惟未指出稗官一名見于秦簡，本文可補其缺。

司馬相如小論

——非常之人與非常之文

文學家能夠承先啓後，非有過人的才智不辦。司馬相如的文學作品既能上承楚辭的餘緒，下關漢賦的新路，自足以當上「非常」的稱號而無愧。法國吳德明曾經寫過一本研究司馬相如生平時代與作品的書，並附譯有史記司馬相如列傳一文。在日本時，我跟吉川幸次郎先生談過這本書。吉川先生以爲司馬相如不大容易研究，而且他的賦很難翻譯，我也有同感。

文選卷四十四檄文類收有司馬相如喩巴蜀檄與難蜀父老書二文。史記本傳說：

> 相如為郎數歲，會唐蒙使略通夜郎西僰中，發巴蜀吏卒千人，郡又多為發轉漕萬餘人，用興法誅其渠帥，巴蜀民大驚恐。上聞之，乃使相如責唐蒙，因喻告巴蜀民以非上意。

漢武帝好大喜功，爲了開拓邊境，招西南夷人來歸，於是派唐蒙打通到夜郎西僰的道路❶。唐蒙殺了巴蜀人的領袖，當地的百姓感到震恐。相如本來是蜀郡成都人，所以武帝派他到巴蜀去安撫百姓。喩巴蜀檄一文就是在這種情況之下寫出來的。但是當時朝中大臣如公孫弘輩和蜀中長老都以爲通西南夷的工作是徒勞無功的，都想請武帝撤銷原意。相如恐怕武帝信心動搖。於是以私人身份寫了一封難蜀父老書，「藉以蜀父老為辭，而已詰難之，以風天子，且因宣其使指，令百姓知天子之意」（本傳）。其實他寫這篇文章，目的是給武帝看，堅定他的信心的。文中有幾句：

> 蓋世必有非常之人，然後有非常之事；有非常之事，然後有非常之功。非常者，固常人之所異也。故曰非常之原，黎民懼焉。……

「非常之人」、「非常之事」這兩句奉承話，適足以穩定漢武帝的信心。於是公孫弘等人的反對，也就對武帝起不了什麼作用了。

「非常人」、「非常事」二句話，後來變成漢代的習語，時常被人徵引或仿作。如後漢書班彪列傳，說班固奏記東平王蒼書時，亦引用這兩句話：

> ……傳曰：「必有非常之人，然後有非常之事；有非常之事，然後有非常之功。」……

可見這兩句話在當時流行的情形。文選卷三十五收有漢武帝兩篇詔令。第一首說：

> 詔曰：蓋有非常之功，必待非常之人。故馬或奔踶而致千里，士或有負俗之累而立功名。夫泛駕之馬，跅弛之士，亦在御之而已。其令州縣察吏民有茂才異等，可為將相及使絕國者。

武帝詔令頒於元封四年，而相如難蜀父老書，文選注未有說明寫成的年份；大抵在元封四年之前。所以武帝「非常之功，非常之人」的講法，說不定是模仿難蜀父老書「非常之人」、「非常之事」兩句，而變化出來的。

祇有非常人才能說出非常之話。相如本身是非常人，才有這種非常話，但非常人的司馬相如，祇有遇到非常人的漢武帝才能發揮他非常人的才華，顯露他非常人的潛力。如果司馬相如不是遇到非常人的武帝，他的非常人的才幹，大概就要與草木而同腐，淪泥淖以湮滅，我們再不能讀到他的作品了。史記說相如初事孝景帝時，爲散騎常侍，「會景帝不好辭賦」，所以他的才華不能伸展；後來他到梁孝王處作客，「梁孝王令與諸生同舍，相如得與諸生游士居數歲」，亦得不到非常人的賞識，梁孝王只令他與諸生同舍。這時雖然他著有「子虛之賦」，但亦不能改變梁孝王對他的待遇。直到梁孝王死後，武帝讀到他的子虛賦，才驚歎於他的才華。經過他的同鄉狗監楊得意的推引，始得出任郎官。從此展現出他非常人的才具來，寫出非常人的作品。而他琴挑卓文君，「亡奔成都」之事，世人都以之爲恥；他們都以道德標準來衡量他的學問。但祇有不拘小節的漢武帝才能提拔他這個非常人，相如才能「負俗之累而立功名」。能夠不拘小節，著眼於大體，武帝自然是個非常人。「夫泛駕之馬，跅弛之士，亦在御之而已」兩句，正是武帝自道之語。

司馬相如早年的生平很值得研究——因爲這個時期的生活，對他以後的行事有很大影響。史記和漢書的司馬相如本傳都只能提供司馬相如早年生活的概略情形，未足以作深入的探討。相如四川成都人，在相如之前，除了文翁以外，四川並沒有特出的文學家❷，學術風氣不濃厚。當時文學氣氛最濃厚的地方是梁地。相如之所以游梁，大概是文翁所指使的。相如之後，蜀地的文風漸漸興盛，先後有王褒、揚雄、李尤等人，爲蜀文學放出異彩。相如初游梁，不爲孝王所見重。梁孝王是漢文帝的幼子，很得竇太后鍾愛，時常厚賜給他。「得賜天子旌旗，出從千乘萬騎」(梁孝王世家)。排場與天子無異。又孝王好「招延四方豪傑，自山以東游說之士，莫不畢至，齊人羊勝、公孫詭、鄒陽之屬」。而其中「公孫詭多奇邪計」，舌辯多端。竇太后本想立孝王爲帝，但爲袁盎等人所阻撓。孝王後來指使羊勝、公孫詭等人「刺殺袁盎及他議臣十餘人」，景帝由是怨恨孝王，與他疏遠。景帝三十五年，孝王「北獵良山，有獻牛，足出背上，孝王惡之」。明年六月病死。從此文學集團解體，相如便返蜀。相如雖然做梁孝王幕客，却與這次政治暗殺無關，所以並沒有多大牽連。相如游梁，正是這個文學集團最全盛的時期。他能夠與當時負盛名的文士相往來，這對他以後的創作有直接的影響。當時的賦體仍留於篇幅短小的階段，相如學到寫賦的方法，演成長篇。梁孝王曾經在山東東部建造東苑❸，「方三百餘里。廣睢陽城七十里，大治宮室。爲複道，自宮連屬於平台三十餘里」。相如作「子虛之賦」以爲規勸，目的令孝王歸於節儉；但梁孝王却未加理會。子虛賦文選列入畋獵類，人物有子虛、烏有先生、無是公三人，藉三人的討論畋獵事情，以通於諷諫。排比舖陳，堆垛誇飾。文章最後說：「然在諸侯之位，不敢言游戲之樂、苑囿之大。」這是反對梁孝王擬於天子的畋獵行爲而作的。

子虛賦不能打動梁孝王的心，正因爲梁孝王並不是非常人，所以非常人的司馬相如也就藉藉無名，不能露出頭角。後來得到得意的薦引，才遇到非常人的名主——漢武帝，從此扶搖直上，平步青雲，爲武帝寫下了上林賦，極盡誇張之能事。上林賦與子虛賦寫作方法相同，其實不寫也罷。

相如文思緩慢，屬於「遲才」一類。文心雕龍神思篇說：「相如含筆而腐毫。」范文瀾注引西京雜記：

> 司馬相如為上林、子虛賦，意思蕭散，不復與外事相關。控引天地，錯綜古今，忽然如睡，煥然而興，幾百日而後成。

漢武帝却是一個文思敏捷的人。太平御覽八十八，引漢武故事說：

> 上好詞賦，每行幸及奇獸異物，輒命相如等賦之。上亦自作詩賦數百篇。下筆而成，初不留思。相如造文，彌時而後成。上每歎其工妙。謂相如曰：「以吾之速，易子之遲，可乎？」相如曰：「於臣則可，未知陛下何如耳。」上大笑而不責。

西京雜記所說的，大抵是子虛、上林二賦。我以爲文章只講求工拙，不在於遲速之分；遲速並不影響文學的價值。

司馬相如在漢朝文學上的建樹有兩點：第一是相如的文章常有新意。如難蜀父老書的「非常之人」與「非常之事」，就是司馬相如深思熟慮得出來的創獲。第二是 hyperbole（hyper 是超越的意思）夸飾法。在相如之前，賦的作品都是短篇的，直到司馬相如才有長賦出現；而且前人的作品在描寫鋪排方面，都不及相如的盡情表現。他的誇張手法，靈感得自枚乘七發，從而開拓賦體，增長篇幅。七發中間寫波濤部分，枚乘極寫水之形態，這大概是相如賦鋪張宏麗之所本。七發由楚辭衍伸而來，仍屬楚辭系統。楚辭中的招魂亦多用誇張手法。招魂的誇張，是襯托宇宙之大，與枚乘、司馬相如的誇張描述小事物方面，方向不同；但所用心思則一樣。文心雕龍有很多篇都提到司馬相如的作品，值得抄下來互相比較參照。如銓賦篇說：「相如上林，繁類以成艷。」類指事類，艷即「詩賦欲麗」之麗的特質。但文學作品只以麗爲本質，並未足以成就其不朽的價值，所以後來揚雄論賦有「麗以淫」、「麗以則」的說法。揚雄法言君子篇批評司馬相如作品說：「文麗用寡，長卿也。」認爲他單重華彩，說理成分不足，只有「麗」的部分而已。揚雄看得不對，相如賦也說理，衹不過以諷諭方法表現，屬於內在的，不拘形於賦的外在表現方式。由於揚雄衹看作品的外表，難怪他以「文麗用寡」的說話來批評司馬相如了。眞正能體會到相如的用意的，祇有太史公一人。司馬相如傳贊說：

> 春秋推見至隱，易本隱以之顯，大雅言王公大人，而德逮黎庶，小雅譏小己之得失，其流及上，所以言雖外殊，其合德一也。相如雖多虛辭濫說，然其要歸引之節儉。此與詩之風諫何異？楊雄以為靡麗之賦，勸百諷一，猶馳騁鄭、衛之聲。終曲而奏雅，不已虧乎？

其中「揚雄以爲靡麗」句以下數語屬衍文，出自漢書本傳贊文，今本法言並沒有這幾句話。司馬遷將相如的作品來和春秋，易經，大、小雅相比，說相如作品「雖多虛辭濫說，然其要歸引之節儉，此與詩之風諫何異」？以爲適於詩之諷諫，不屬於「麗淫」一類，反歸於「麗則」之屬。至于文心雕龍也附和揚雄之說。才略篇：

> 相如好書，師範屈、宋。洞入誇艷，致名辭宗。然覆取精意，理不勝辭。故楊子以為文麗用寡者長卿，誠哉是言也！

這更加不足道了。（李鋭清筆記）

❶ 由新近地下文物的發現顯示，武帝時勢力已達到當時的滇地（晉寧山）了。

❷ 戰國時雖有游士尸子（佼）卒於四川，但他不算蜀人。

❸ 東苑中有平台，脩竹園。枚乘作有脩竹園賦，菟園賦。

敦煌寫本登樓賦重研

一、盡删「兮」字為漢以來詩賦慣例
二、敦煌寫本異文斠補
三、登樓賦寫作年代
四、餘論

巴黎國家圖書館所藏敦煌寫卷，內有王仲登樓賦一首，共十四行，著錄于陸翔譯之巴黎圖書館敦煌寫本目錄。余旅法京時，曾見原物，略有校記，附於拙作敦煌本文選斠證之二（一九五八、二新亞學報第三卷第二期）。友人陳祚龍先生另撰敦煌寫本登樓賦斠證（大陸雜誌第二十一卷第五期），指出此寫卷登樓賦全無「兮」字，蓋因「魏武論賦，嫌于積韻，而善於資代」，謂「仲宣製作是賦之先，或已深受魏武之影響」，「不用兮字作爲語助與餘聲，當係爲求迎合魏武之情調」。陳先生入校諸本，爲胡克家刻文選，張溥漢魏百三名家集，嚴可均輯全三國文，爲習見之三種本子，并謂各本之有「兮」字，概爲衍文。今案藝文類聚卷六十三「樓」類，引魏王粲登樓賦，亦無「兮」字，茲據影紹興本錄其文如次（以明胡纘序刊小字本參校）：

登茲樓以四望，聊暇日以銷憂，覽斯宇之所處，實顯敞而寡仇。挾清漳之通浦，倚曲阻之長洲。北彌陶牧，西接昭丘。雖信美而非吾土，曾何足以少留。憑軒檻以遙望，向北風而開襟。平原遠而目極（胡小字本作「梜」），蔽荊山之高岑。路逶迤而修迥，川既漾而濟深。昔尼父之在陳，有歸歟之歎音。鍾儀幽而楚奏，莊舃顯而越吟。人情同於懷土，豈窮達之異心。惟日月之逾邁，俟河清其何極，冀王道之一平，假高衢而騁力，步棲遲而徙倚，白日忽其西匿。風蕭瑟而並興，天慘慘而無色，獸狂顧以求羣，鳥（胡小字本作「鳥」）相鳴而鼓翼。原野闃其無人，征夫行而未息，循階除而下降，氣交憤於胸臆。夜參半而不寐，悵盤桓以反側。

文句既多刪節，字亦與文選多異。藝文類聚爲唐高祖武德七年歐陽詢、裴矩、陳叔達奉詔撰集，此敦煌寫卷登樓賦，前有劉希夷代白頭吟斷句（終于「須臾鶴髮亂如絲，但看故（古）來歌舞」。下殘。全詩可參搜玉小集），則當鈔寫于類聚成書之後。是登樓賦刪去「兮」字，非始見于敦煌卷，原無足異者。頃循覽是卷異文，覺猶有若干剩義，茲再揚榷論之。

一、盡刪「兮」字爲漢以來詩賦慣例

詩賦有助詞兮字者，漢以來異本常刪去。例如：

大風歌：日本九條道秀藏平安朝寫本文選，所載大風歌三句，皆無「兮」字（見中國文學報第三冊，頁三三，吉川幸次郎：關于漢高祖之大風歌）。

天馬歌：史記幷有「兮」字，漢書省之，王先謙補注謂應有「兮」字（參看逯欽立：漢詩別錄，史語所集刊第十三本，頁三一五）。

九歌山鬼：「若有人兮山之阿」，宋書樂志「陌上桑」調楚詞鈔，改作「今有人山之阿」，盡刪「兮」字（參拙作楚辭與詞曲音樂）。

洛神賦：宋高宗草書此賦，句尾多無「兮」字。

此皆其著例。漢初，賈誼鵩鳥賦，史漢所錄，互有不同。

史記屈賈傳：「單閼之歲兮，四月孟夏，庚子日施兮，服集予舍。……」俱有「兮」字。

漢書誼傳則作「單閼之歲，四月孟夏，庚子日斜，服集余舍」，四字一句，刪去「兮」字。

（惟中間引老子「禍兮福所倚」二句，及引莊子「其生兮若浮」，「兮」字不刪，餘皆省之。又史記伯夷列傳，引「貪夫徇財，烈士徇名，夸者死權，衆庶馮生」等句，同漢書無「兮」字，而史記誼傳則有之，同一書中已自不同。）文選五臣本鵩賦，亦無「兮」字。

足見西漢時辭賦間將「兮」字省去。亦有移易其位置者。

弔屈原賦，史記「于嗟嚜嚜兮，生之無故」一段，漢書作「于嗟默默，生之無故兮」，是其例。即移「兮」字于下句之末。

六朝文士引用楚辭，亦每省略「兮」字。

劉勰文心雕龍明詩篇論五言詩之始云：「按召南行露，始肇半章；孺子滄浪，亦惟全曲。」今按滄浪之歌，見于孟子離婁及楚辭漁父，又水經注引地說，俱作「滄浪之水清兮」，有「兮」字。

鍾嶸詩品序：「夏歌曰：『鬱陶乎余心。』楚謠曰：『名余曰正則。』雖詩體未全，然是五言之濫觴也。」按離騷「名余曰正則兮」，本有「兮」字，此省。

水經夏水注：「屈原所謂『過夏首而西浮，顧龍門而不見』。」此九章哀郢文，原有「兮」字，此省。

北史隱逸張文詡傳，引「老冉冉而將至，恐修名之不立」，亦省「兮」字。

或改爲其他語助者：

南史劉勔傳：劉諒引「帝子降于北渚」，湘東王云「目眇眇以愁予」，今本「以」原作「兮」。

具見引用辭賦原句，助字可以省改。登樓賦見六朝人徵引者，亦每省去「兮」字。

宋書王華傳：每閒居諷詠，常誦王粲登樓賦曰：「冀王道之一平，假高衢而騁力。」

文心雕龍麗辭篇：「仲宣登樓云：『鍾儀幽而楚奏，莊舃顯而越吟』，此反對之類也。」

水經漳水注：「漳水又南，逕當陽縣，又南逕麥城。王仲宣登其東南隅，臨漳水而賦之曰『夾清漳之通浦，倚曲沮之長洲』是也。」

臨文引用，省略「兮」字，乃至尋常。再觀王粲所自作各賦：

無「兮」字者有：槐樹賦、柳賦、白鶴賦、鶡賦、鸚鵡賦、鶯賦。有兮字在句中或句末者有：遊海賦、浮淮賦、出婦賦、寡婦賦、初征賦、羽獵賦、迷迭賦、瑪瑙勒賦等。

是仲宣所作他賦，屢用「兮」字，自非迎合魏武可知。

二、敦煌寫本異文斠補

敦煌寫本，諸多異字，陳先生已略論之，茲更補陳如次：

「聊暇……」

按暇字與胡本同，李善注「暇」字下云：「古雅（切）。」又注：「暇或爲假。楚辭云：『遷逡次而勿驅，聊假日以消時。』」許巽行文選筆記引師古曰：「楚詞云：『聊假日以媮樂。』此言遭遇幽戹，中心愁悶，假延日月，苟爲娛樂耳。今俗猶言借日度時。今之讀者改假爲暇，失其意矣。」今按類聚及唐寫本皆作「暇」，未必爲後人所改。

「覽斯宇」

敦煌本此句缺。類聚亦作「覽」，與文選同；張溥作「覺」，未可據。

「寡求」

按「求」，文選作「仇」。「求」當讀爲「逑」。詩：「君子好逑。」毛傳：「逑，匹也。」爾雅釋詁：「仇，匹也。」郭注引詩：「君子好仇。」太玄經玄測曰：「謹于⿱肥女执。」范望注：「执，匹也。」釋文：「⿱肥女與妃同，执音仇。」仇與逑、执字并通。唐寫本作「求」，乃省借。

「俠清漳」

胡刻文選作「挾」，水經漳水注引作「夾」，類聚作「接。」

「曲沮」

「沮」字，與文選同。水經沮水注：「沮水又南，逕楚昭王墓，東對麥城。故王仲宣之賦登樓云『西接昭丘』是也。」作「沮」字是。類聚作「曲阻」恐誤。

又水經漳水注云：「漳水又南，逕當陽縣，又南逕麥城東。王仲宣登其東南隅，臨漳水而賦之曰『夾清漳之通浦，倚曲沮之長洲』是也。」熊會貞水經注疏：「沮水注敍昭王墓，東對麥城，隨引登樓，賦『西接昭丘』以證之。意以所謂西接者，就麥城言，已隱隱以仲宣所登爲麥城之樓矣。此於麥城更鑿鑿言之，曰『仲宣登其東南隅，臨漳水而賦之』，且揭出夾清漳、倚曲沮二語，以麥城在沮漳間也，是不從盛弘之當陽城樓之說，酈氏必有所據，今不可考矣。」今按仲宣樓古蹟，李善注引盛弘之荊州記以爲當城樓，與酈說異。又文選五臣劉良注云：「登江陵城樓。」明王世貞則謂在襄陽，此後出之說，自不可信。

「陶沐」

類聚，文選幷作「陶牧」，水經注引亦同，與此迥異。陶牧，地望未詳，五臣張銑云：「陶，鄉名；郊外曰牧。」不言所在。善注引盛弘之荊州記：「江陵縣西有陶朱公冢，其碑云是越之范蠡，而終於陶。」按此說實誤，水經夏水注已糾正之。其言曰：

（夏水）歷范西戎墓南（墓在今監利縣西北）。王隱晉書地道記曰：「陶朱冢在華容縣，樹碑云是越之范蠡。」晉太康地記、盛弘之荊州記、劉澄之記，幷言在縣之西南。郭仲產言在縣東十里。檢其碑題云「故西戎令范君之墓」，碑文缺落，不詳其人，稱蠡是其先也，碑是永嘉二年立，觀其所述，最爲究悉，以觀逕其地，故違衆說，從而正之。

郭仲產有南雍州記。據其調查所見，此乃范西戎墓，與朱公無涉，酈氏據以駁正諸家說是也。史記越世家引括地志：「齊州平陰縣東陶山南五里有朱公冢。又曹州濟陰縣東南三里有陶朱公冢。」敦煌寫本作「陶沐」，頗疑「沐」或「木」之異文。（墨子節葬篇：「越之東，有輆沐之國。」列子湯問篇作「輒木之國」。是「沐」「木」通用之證。）古地名以木稱者，如樠木（左莊四年）杜木（格伯殷），根木、楮木（散氏盤），木指都邑四疆之封樹。陶木與昭丘對言，殆指陶地之封樹。姑備一說。

「通于懷土」

「通」，各本作「同」。按釋名：「通，同也。」兩字可通。懷土者，陸機有懷土賦，可參看。

三、登樓賦寫作年代

賦云：「遭紛濁而遷逝兮，漫踰紀以迄今。」李善注引（書畢命）孔傳云：「十二年曰紀。」按此文當作于建安十年以後。三國志二一王粲傳：「年十七，司徒辟，詔除黃門侍郎，以西京騷亂，皆不就。乃之荆，依劉表。表以粲貌寢，而體弱，通侻，不甚重也。」盧弼集解云：「粲年十七歲，爲漢獻帝初平四年（西元一九三）。」又云：「建安十三年（西元二〇八）八月表卒，時粲年三十二歲，在荆州已十六年矣。」案粲于興平四年之荆州，至建安九年（西二〇四）恰爲十二年。是年七月，曹操破鄴，自領冀州牧。賦云「踰一紀」，即由建安九年之後，至十三年八月劉表卒，九月劉琮降操，此四年之間所作。粲傳又云：

表卒，粲勸表子琮令歸太祖，太祖辟為丞相掾，賜爵關內侯。太祖置酒漢濱，粲奉觴賀曰：「袁紹志兼天下，然好賢而不能用。劉表雍容荆楚，坐觀時變，自以為西伯可規，士之避亂荆州者，皆海內儁傑也。表不知任，故國危而無輔。明公定冀州之日，下車卽繕其甲卒，收其豪傑而用之，以横行天下。及平江漢，引其賢儁，而置之列位，使海內回心，望風而願治，文武幷用，英雄畢力，此三王之擧也。」

賦中「冀王道之一平，假高衢而騁力」，似發端于曹操收用冀州豪傑之時。建安九年，操領冀州，士已有歸心者。粲是時依劉恰一紀，年二十九矣。其作此賦，操尚未下荆州。又足見敦本不用「兮」字爲語助，與魏武究無何關係之可言也。

四、餘論

粲長于詞賦，魏文謂其「初征、登樓、槐賦，雖張蔡不過也」（典論論文）。而陸雲評云：「登樓名高，恐不可越。」又云：「仲宣登樓，前即甚佳，其餘平平，不得言情處。」（與兄平原書）傳誦既久，擬作亦夥。如晉孫楚有登樓賦，其句云「聊暇日以娛心」。又棗據亦有登樓賦，有云：「……登茲樓而逍遙，聊因高以遐望……桑麻被野，黍稷盈畝。……懷桑梓之舊愛，信古今之同情，鍾儀慘而南音，莊舄感而越聲。」不特倣其體，且襲其句。此文衣被詞人，已非一代，吟誦所至，且及邊陲。拙文前論，愧未周浹。聊因陳君之佳作，重爲軫發，仍乞有以教我也。

法京國家圖書館此卷，乃雜錄詩賦，王仲宣此賦之後，下接落花篇。其詞云：

仲春欲半風始暄，澹蕩先來吹菓薗。薗裏☐花開不歇，桃花未盡梨花發。蛾眉無數春園裏，共愛春風滿園起。欲攀紅樹弄芳芲（花），更起因風乘洛芲（落花）。花洛因風不因折，飛滿空中下如雪。散衡玉面點凝粧，亂着羅衣碎成纈。紛紛林裏滿林芳，一迴風起一迴香，半着羅裙人掩得，半飛紅沼水漂將。晚來零落花漸稀，見在收將且送歸，彼中擎得口兼口，袖裏捻看畏却飛。歸去明朝須早來，且廢新莊事鏡臺，忽愁一夜風吹盡，一般吹盡一般開。

文采綺艷，未譎出何人之手。因曾錄存，附載于此，以供欣賞，且俟知者。

（原載民國五十一年大陸雜誌特刊第二輯）

論文賦與音樂

一

陸士衡文章，如玄圃積玉，古今同賞。而詞義深博，沾溉無盡者，莫如文賦一篇。六朝論文家若劉勰、鍾嶸，於文賦皆無好評❶，臧榮緒晉書則稱其「妙解情理，心識文體，故作文賦」❷。此指出文賦之精要，在于辨析文體。蓋自魏文典論，區別奏議、書論、銘誄、詩賦四科，草創尚簡；至於桓範，益加恢廓，其四要論中，有關文體者，存「序作」、「讚象」、「銘誄」三篇❸。蓋侈論文體，在當日成爲風尚。詩品序所舉，陸機文賦外，又有李充翰林、王微鴻寶、顏延論文（即顏延之著庭誥）、摯虞文志（即文章志）。且言「觀斯數家，皆就談文體，而不顯優劣」。他若任昉之文章始❹，亦著意於此。迄劉勰之文心雕龍，極爲詳贍，遂集文體論之大成❺。昭明太子文選，亦區文章爲三十八類。陸機文賦，對於文體之區分及說明，「往往以數字括論一體，皆墻不可易」❻，有承先啓後之功，且能進而窺作者之用心，以明作文通塞之由。故臧氏特推許其「妙解情理，心識文體」，可謂知言。

中國文學批評史上「文體論」實佔極重要之一面，綴文之士，咸以辨體爲先❼。文體有二義：

從形式言，指文章之「體製」；兼其內蘊與作者之性格言，則指文章之「體性」。體製與體性，本釐然為二事，而自魏以降，每混稱曰「文體」。體製已見上論，至於論文章體性，劉楨云：「文之體指實強弱，使其辭已盡而勢有餘。」❽陸厥、劉勰又稱曰「體勢」。文心定勢篇云：「情致異區，文變殊術，莫不因情立體，即體成勢也。」此皆其例。

他書有言文體之形成者，為文心雕龍體性篇。

有言文體之演變者，為沈約宋書謝靈運傳論，稱：「自漢至魏，四百餘年……文體三變。」江淹雜體詩序，稱：「魏製晉造，固亦二體。」

有言文體之運用者，為張融門律自序：「吾文章之體，多為世人所驚。……夫文豈有常體，但以有體為常，政當使常有其體。……吾之文章，體亦何異。……汝若復別得體者，吾不拘也。」

（金王若虛滹南遺老集論文：「定體則無，大體須有。」義略同此。）

此所謂「體」，特指風格，非論體製。今觀文賦，除論體製「詩緣情而綺靡」等句以外，有但言文之「體」者，則指體性、體勢而言。如：

體有萬殊，物無一量；紛紜揮霍，形難為狀。

其為物也多姿，其為體也屢遷，其會意也尚巧，其遣言也貴妍。……苟達變而識次，猶開流以納泉。

即言文無常體，要以通變為方，與劉勰、張融所論，其奚以異？可知文賦中文體論之重要。故研讀文賦，須從臧氏「心識文體」一語入手。

二

文賦爲中古文學理論之名篇，近世言文學批評者，皆知珍視。影響所及，遍于域外。試舉文賦研究之業績，約有數端：

（一）專釋文章體製十句，如王闓運答陳復心問，純本士衡之說，多有發明。見「王志」。

（二）究明文例文義。有黃侃（見文選黃氏學）及其門人程會昌之文論要詮❾、駱鴻凱之文選學。

（三）辨證寫作年代及其生平，有逯欽立、陳世驤、姜亮夫、Achilles Fang ❿、高橋和巳⓫。

（四）翻譯成外文，有 G. Margouliès B.M. Alexéiev 、陳世驤、E.R. Hughes'、方志彤（ Achilles Fang ）等⓬。

三

文賦寫作年代，王鳴盛十七史商榷云：

杜子美醉歌行別從侄勤落第歸詩云：「陸機二十作文賦。」今觀晉書本傳無二十作文賦語，子美殆別有據也。（卷四十九「陸機入洛年」條）

此疑杜甫說別有所本。近人逯欽立，陳世驤均力證文賦乃士衡晚歲所作，可爲定論。惟姜亮夫撰陸平原年譜又持異議，繫其事於晉太康元年（即吳天紀四年，公元二八〇年），時機年二十歲。其說云：

（陸）雲與機第八書有「文賦甚有辭，綺語頗多，文適多體，便欲不清」云云，與感逝賦、扇賦等同稱，似文賦應作於趙王倫誅後，即機年四十一前後。然此處「文賦」二字恐當作「文」與「賦」解；不然，則與「文適多體，便欲不清」二語，不甚可通。故仍從工部「二十作文賦」之說。

今案「文賦」二字作爲文章泛稱，本亦習見。如三國志王粲傳言「劉楨咸著『文賦』數十篇」，即其一例。然細讀陸雲與兄此札：

雲再拜。省諸賦，皆有高言絕典，不可復言。……次第省述思賦，流深情至言，實為清妙。……文賦甚有辭，綺語頗多，文適多體便欲不清，不審兄呼爾不？詠德頌⑬甚復盡美，省之惻然。扇賦腹中愈首尾，發頭一而不快，言烏云龍見，如有不體。感逝賦愈前。……漏賦⑭可謂清工。兄頓作爾多文，而新奇乃爾，真令人怖。……

札中先言「省諸賦」，次第提及述思賦、文賦、詠德頌、扇賦、感逝賦、漏賦，可見此處「文賦」二字，當是專篇之名，絕不得視爲「文」與「賦」之通稱。至「文適多」二句，方志彤氏謂與典論論文之「文非一體，鮮能備善」語相髣髴。其所譯文，亦依此意。惟不敢確定其說之當否⑮。

尋陸雲與兄諸札，論文之「體」及文不宜「多」之由，其言如次：

（一）……有作文唯尚多，而家多豬羊之徒，作蟬賦二千餘言，隱士賦三千餘言。既無藻偉，體都[16]自不似事。文章實自不當多。古今之能為新聲絕曲者，無又過兄。兄往日文雖多瑰鑠，至於文體，實不如今日……

（二）兄文方當日多，但文實無貴于多。多而如兄文者，人不饜其多也……

（三）……兄丞相箴小多，不如女史清約耳……

此論文不貴多，貴在文體能高絕。故云：「流深情至言，實爲清妙。」「文適多」二句以上引數札觀之，似可讀爲「文適多，體便欲不清」。體清自能高妙，多則不易工。此士龍爲文戒多之說。「體」字正連下文讀。如是則與子桓「文非一體」之說不可幷論，亦不必疑其語之不甚可通也。

士龍之文學觀點以「清」爲重。其與兄書又云：

往日論文，先辭而後情，尚絜（應作「勢」）而不取悅澤[17]。嘗憶兄道張公父子論文，實自欲得，今日便欲宗其言。兄文章之高遠絕異，不可復稱言。然猶皆欲微多，但清新相接，不以此為病耳。……雲今意視文，乃好清省，欲無以尚，意之至此，乃出自然。……張公文無他異，正是情省無煩長。作文正爾，自復佳。

足見士龍主「清省」。其讚許士衡之文曰：「清新相接。」評述思賦曰：「清妙。」評漏賦曰：「清工。」于此可明「體便欲不清」一語，「清」即「清省」「清新」。士衡文繁，故士龍謂其「猶皆欲微多」。此「多」字與「文適多」[18]句之「多」，用法正相同。故士龍對于文賦，本其向來論文原則，仍病其辭多而體不清也[19]。

逯欽立考證，謂士龍與兄書共三十五札，其中十札涉及愁霖、喜霽、登臺三賦及歲暮賦，皆永寧二年以後之書簡。札中提及文賦與感逝賦，足見士衡以文賦寄士龍，必在永寧二年，故文賦至早爲永寧元年歲暮之製。永寧元年士衡四十一歲，與歎逝賦年方四十正合。案此說至確不可易。

考文賦首段內暗嵌陸士衡所作諸賦之名。茲列舉如次：

遵四時以歎逝

士衡有感時、歎逝二賦。感時賦云：「歷四時以迭感，悲此歲之已寒。」嘆逝賦序云：「余年方四十，而懿親戚屬，亡多存寡。」卽士龍與兄書所謂「感逝賦愈前」者也。

瞻萬物而思紛，悲落葉于勁秋，喜柔條于芳春

士衡有述思賦云：「情易感于已攬，思難戢于未忘。」又云：「寒鳥悲而饒音，衰林愁而寡色。」又行思賦、思歸賦、愍思賦均以「思」名篇。又幽人賦云：「勁秋不能凋其葉，芳春不能發其華。」與悲落葉兩句略同。

心懍懍以懷霜，志渺渺而臨雲

士衡有浮雲賦與白雲賦。又祖德賦有句云：「形鮮烈于懷霜。」

詠世德之駿烈，誦先人之清芬 ⑳

集中有祖德、述先二賦。庚子山哀江南賦序云：「陸機之辭賦，先陳世德。」

文賦自是其晚歲所作，故開首總述平生各賦，隱括爲言。由此一端，足證文賦決非年二十所作。

四

文賦理論，撰中國文學批評史者，已多所分析。其中最有趣者，有一段討論爲文最高法則，提出行文須具備「應」「和」「悲」「雅」「艷」五個要素，蓋全借樂理以發揮文理。曹丕典論言文氣清濁之異，曾謂：「譬諸音樂，曲度雖均，節奏同檢，至于引氣不齊，巧拙有素，雖在父兄，不能以移子弟。」假音樂爲喻，說明文氣即文人心中自然之律呂，與音樂之節奏無殊，各有其天才，上智下愚，不能移易。士衡運用音樂原理以論文病，子桓實開其先。玆錄文賦要語如下：

（一）「譬偏絃之獨張，含清唱而靡應。」

黃侃云：「以上言清而無應，此文『小』之故。」

（二）「象下管之偏疾，故雖應而不和。」

黃云：「以上言應而不和，此辭『窳』之故。」

（三）「猶絃么而徽急，故雖和而不悲。」

黃云：「以上言和而不悲，此理『虛』之故。」

（四）「寤防露與桑間，又雖悲而不雅。」

黃云：「以上言悲而不雅，此聲『俗』之故。」

（五）「雖一唱而三歎，固旣雅而不艷。」

黃云：「以上言雅而不艷，此辭『多』之故。」（按「多」字未妥，應作「質」。李善注云：

> 「言作文之體，必須文質相半，雅艷相資。今文少而質多，故既雅而不艷。比之大羹，而闕其餘味；方之古樂，而同清汜。言質之甚也。」）

由是言之，無「應」則病於「小」，不「和」則病於「窳」，不「悲」則病於「虛」，不「雅」則病於「俗」，不「艷」則病於「質」。此數病端，方氏陳氏譯文如下：

	方　譯	陳　譯
靡應——	no "music"	without "resonance"
不和——	no "harmony"	(throw the hymn into) "discord"
不悲——	no "sad"	(fails to move with) "Pathos"
不雅——	not "decorous"	(an offence to) "grace"
不艷——	lack "beauty"	(innocent of) "glamour"

以上諸語，曰譬曰象曰猶，皆以音樂取譬，可喻於琴道，宜先以音樂釋之。

應

應乃調絃法，即使琴上兩絃散聲與按音相應，或異位泛音之相應，以求兩音之和協。由於取調之不同，所用絃次及相應之徽位亦異。有時轉絃而換調，得緊或慢一律以求音之應和。例如奏黃鐘調時，要使第七絃之散聲與第五絃之第十一徽按音相應，以及第四絃之散聲與第一絃第八徽按音相應。琴曲之大胡笳、昭君怨即屬此調。總之「應」即使異絃之樂音高下相宜，成同度或八度之和諧，此為構成旋律之基礎，凡能彈七絃琴者，無不通曉。Hughes 氏譯「應」為 Answer，極為不妥。文心聲律篇云：「今操琴不調必知改張，（摛）文乖張，而不識所調。響在彼絃，乃得克諧；聲萌我心，更失和律。其故何哉？良由內聽難為聰也。故外聽之易，絃以手定；內聽之難，聲與心紛。可以數求，難以辭逐。」「應」即調琴之方，彥和亦取以喻文。其說視士衡，又進一步。

和

國語周語伶州鳩云：「聲以和樂，律以平聲……聲應相保曰龢（和），細大不踰曰平。」凡使高低長短不平之音連續結合，而能保持在和諧狀態下之優美節奏即是「和」。故「瘁音」則失之過弱，「偏疾」則失之過急，皆有失于和諧。為文而有此種現象，劉勰謂之「文家口吃」[21]。其言曰：「異音相從謂之和，同聲相應謂之韻。」「應」與「和」，本所以論音樂之旋律，文章亦有同然。彥和之說，實本之士衡也。惟彥和所論之「和」與「應」，進而指句中平仄之和調暨句末用韻之應協，已受永明以來聲律說之影響[22]。

悲

鼓琴要能使人悲，不悲則其感人也不深。為文亦然，不悲即缺乏情感。如何然後能悲，必也由情而造文，而非為文而造情。先有悲心于內，乃可形之於外。說苑善說篇記：「雍門周說孟嘗君，鼓琴必先憂戚盈胸，然後移動宮徵，微揮羽角，則流涕沾襟矣。」關尹子三極篇亦言：「善琴者應有悲思之心，自能手物相符。」是故由情以生音，則其音感人[23]。為文之道，何曾不爾。故不可「遺理」，不能「尋虛」。遺理則乏內容，尋虛則失眞意。無眞性情眞血肉之聲音與語言，烏足以感人耶！

雅

樂有雅、鄭之分。雅為正聲，以別於淫曲，俗曲。士衡所指之「防露」「桑間」，防露即房露㉔，桑間，禮記謂之亡國之音。北堂書鈔一百六引說苑佚文：「孫息學悲歌，引琴作鄭、衞之音。靈公大感，故作衞公之曲，歌而和之。」此乃琴曲能悲而不雅之例。然琴曰「雅琴」，西漢人以爲「德樂」。劉向有雅琴賦，謂「游予心以廣觀，且德樂之愔愔」是也㉕。漢時雅琴有趙氏、師氏、龍氏各家（見漢書藝文志）。別錄稱「（趙）定善鼓琴。時閒燕，爲散操，多爲之涕泣者」。此則雅而能悲之例。又謂：「君子因雅琴之適，故從容以致思焉。其道閉塞悲愁而作者，名其曲曰『操』。言遇災害，不失其操也。」㉖若夫「道行和樂而作者，則名其曲曰『暢』」㉗。「操」與「暢」者，因人之窮達，而其琴心亦遂以異。窮則獨善其身，要不失於正，故謂之「操」。達則兼善天下，其道無不通暢，故謂之「暢」。無論窮與達，其曲皆折衷于正，故謂之「雅琴」。七略云：「雅琴，琴之言禁也。雅之言正也。君子守正以自禁也。」㉘即「暢」亦有「雅暢」之目（文選琴賦「雅昶唐堯」句李善注引七略「雅暢」第十七）。此琴曲重「雅」之說。士衡論文，亦取乎此。然自晉宋以來，趨重情文，雖間得「流連哀思」之妙㉙，而每失之不雅。故北齊書文苑傳論謂江左梁末之文，雖悲而不雅㉚，即借用文賦語，可爲定評。此點關係文運升降，須別爲說，下再詳之。

艷

雅而不美，則傷于質直，故士衡主張雅必有艷。此則大異於漢人之論。艷字從豐，豐，大也，本有豐滿之意，引申訓爲「美色」㉛。左傳言「美而艷」，范寧嘗用「艷而富」三字稱讚左氏之文。艷本爲形容詞，繼亦作名詞用。樂府中之大曲，曲前有艷，後有趨（略如吳歌前之和聲及歌後之送聲）。如「艷歌羅敷引」、「艷歌何嘗行」，是歌辭之有艷，乃爲一種補足辭句，所以增加歌辭音調上之美感。（魏明帝詩「步出夏門行」舊注「朝遊清泠，日暮嗟歸」二句為艷。）

至若描寫聲音之美妙時，亦得用「艷」字形容之。如繁欽稱道薛訪唱歌入神之處，謂爲「哀感頑艷」。倘借文賦語說之，即謂其所唱歌辭能「悲」（即哀感）又能「艷」，故盡善妙之能事。士衡他文有鼓吹賦，云：「飾聲成文，彫音作蔚。響以形分，曲以和緩。」描繪音聲，亦假形以摹狀之。可知「艷」字實具有「形文」「聲文」兩重意義。如過於清虛，便失之質實與單調，于形文聲文均有不足之感，是又病於「不艷」矣。

以上五項，實際皆爲音樂上之原則。向來解釋文賦者，未能先從音樂方面探究，故難以闡明。括而言之，「應」與「和」係講音樂文章之聲律，「雅」是講音樂與文章之品格，衆所習知，惟「悲」與「艷」二者之提出[32]，即後劉勰所謂「情」與「采」，此對晉宋以來文學觀念之影響，尤有極重大之意義。

五

以悲哀爲音樂內美之所在，其說甚早。論衡書虛篇稱樂正夔能「調聲悲者」。又自紀篇云：「師曠調音，曲無不悲。」枚乘七發言：

……使琴摯斫斬以為琴，野繭之絲以為絃……使師堂操暢，伯牙為之歌。……飛鳥聞之翕翼而不能去，野獸聞之垂耳而不能行，蚑蟜螻蟻聞之拄喙而不能前，此亦天下之至悲也。

揚雄琴清英：

晉王謂孫息曰：子鼓琴能令寡人悲乎？息曰：今處高臺邃宇，連屋重戶，藿肉漿酒，倡樂在前，難可使悲者。乃謂少失父母，長無兄嫂，當道獨坐，暮無所止，于此者，乃可悲耳。乃檢琴而鼓之。晉王酸心哀涕曰：何子來遲也？（御覽五七七引）

西京雜記：「齊人劉道強善彈琴，能作『單鵠寡鳧之弄』，聽者皆悲不能自攝。」桓譚新論琴道篇、阮籍樂論記雍門周、季流子之鼓琴，無不令人悲而悽惻流涕。故王充云：

聞音者皆欲悲。（論衡超奇篇）

悲音不共聲，皆快于耳。（同上自紀篇）

鳥獸好悲聲，耳與人耳同也。（同上感應篇）

王褒洞簫賦云：

故知音者，樂而悲之，不知音者，怪而偉之。

嵇康琴賦序云：

……稱其材幹，則以危苦為上；賦其聲音，則以悲哀為主；美其感化，則以垂涕為貴。[33]

彈琴要以悲爲主，施之文學，亦有同然。建安時代文學作品，不少以「悲」爲美。曹公之作，鍾嶸稱其「甚有悲涼之句」。王粲、曹植之七哀詩，幷其著例。所謂「七哀」者，謂七情中以哀爲主。文選五臣呂向注云：

謂痛而哀，義而哀，感而哀，耳聞而哀，目見而哀，口歎而哀，鼻酸而哀，謂一事而七情具也。

王詩寫流連之痛苦，曹詩歎浮沈之異勢，與他篇九愁賦命意相似。蕭統于文選上之文體分類，賦與詩皆有「哀傷」一門（見卷十六、卷二十三）。樂府中相和歌辭之楚調曲，亦以哀傷爲主，其中有「怨詩行」「怨歌行」。七哀詩即厠于怨詩之中，晉代樂工所奏，分爲七解。相和歌辭又有吟歎曲，又雜曲古辭有傷歌行，悲歌行（陸機又有悲哉行）。其內容無不以悲哀爲主題，而與音樂相配合。

音樂以悲哀爲主者，取其易以感人，故富刺激性。音樂之爲物，原在使人精神得到愉悅，乃特欣賞悲哀之曲調，豈非求樂而反得哀乎？于是有持反對之說者。阮籍樂論云：

> 順帝上恭陵，過樊衢，聞鳥鳴而悲，泣下橫流。云：美哉鳥鳴！使左右吟之。曰：使絲聲若是，豈不快哉！……夫是謂以悲為樂者也。誠以悲為樂，則天下何樂之有！……樂者使人精神平和，衰氣不入……故謂之樂也。今則流涕感動，噓唏傷氣……雖出絲竹，宜謂之哀，奈何俯仰歎息，以稱樂乎？

此即其一例。以悲爲樂，尤爲一般變態心理者所偏嗜，以其易以感人㉞。故論樂者乃以「悲」爲美，影響所及，文學亦爲之。文賦公然主張爲文要「和」又要「悲」，不悲更成文病。稍後蕭繹（梁元帝）對于文筆之「文」所下定義，進一步謂：「吟詠風謠，流連哀思謂之文。」劉勰所謂「情文」，哀思是其唯一條件。以哀思作爲區別「文」「筆」之標準，哀思即能悲之謂。庾信哀江南賦序云：

> 不無危苦之辭，惟以悲哀為主。

此雖剽自琴賦之語，但以「悲」爲文章之美，與上述音樂要能使人悲之論，正一脈相承也。

六

建安時代文學，特別趨向抒情文方面發展，不再視文章爲載道工具。沈約（宋書謝靈運傳論）云：

> 至于建安，曹氏基命，三祖陳王，咸蓄盛藻，甫乃以情緯文，以文被質。

注重情感，固與時代有關，由于「世積亂離，風衰俗怨，故梗慨而多氣」（文心雕龍時序篇），但自另一方面觀之，文學理論之轉變，音樂似負有相當啓導作用。

當時文學倡導人物，爲曹操、曹丕，皆爲音樂之極端愛好者。操尤好漢舊曲之絲竹相和歌㉟。死後叮囑，要婢妾于月旦十五日，在其帷帳中作伎樂㊱。丕則鍾情于薛訪（車子）之喉轉及女瑣之清唱㊲。自言：「每至觴酌流行，絲竹幷奏，酒酣耳然，仰而賦詩。當此之時，忽然不自知樂也。」（與吳質書）是其賦詩多藉絲竹之助。曹植亦言：「夫爲君子而不知音樂，古之達論，謂之通而蔽。」㊳足見知樂之重要。不知樂，即不足以言文，音樂與文章關係之深于玆可見。子桓典論借音樂以喻文氣，即導文賦之先河也。

琴曲雖以「悲」爲美，然自漢以來，囿于儒家思想，貴乎雅正。法言吾子篇云：「中正則雅，多哇則鄭。」左傳昭元年稱：「先王之樂……遲速本末以相及，中聲以降之。」至于「煩手淫聲，慆堙心耳，乃忘平和」㊴。道家思想亦取中和。眞誥甄命篇：

……太上真人忽作凡人，徑往問之：「子嘗彈琴耶？」答曰：「在家時嘗彈之。」真人曰：「絃緩何如？」答曰：「不鳴不悲。」又問「絃急何如？」答曰：「聲絕而悲。」又問：「緩急得中何如？」答曰：「衆音和合，八音妙奏矣。」真人曰：「學道亦然。執心調適，亦如彈琴，道可得矣。」

以道言，貴得中和，然以藝言，則不「悲」不足以動人。此道與藝之所以異趣。士衡所舉「應」「和」「悲」「雅」「艷」五項及其相關性，缺一不可。若失其一，便成文病。其中「雅」一義，仍是儒家傳統觀念。推原其本，所以使「悲」而不過于哀傷，「艷」而不至於淫濫。故漢人之見。實以「雅」爲中正之道。若士衡，則以「悲」爲主，而以「雅」救「悲」之失於淫侈，以「艷」救「雅」之失於樸質，其所重蓋在悲而艷。悲則承建安以來之側重言情，艷則造成晉宋以後之趨于縟麗。迹士衡本人之所成就，亦在此「悲」與「艷」二端。其所爲賦，如感時、思親、述思、懷土、行思、思歸、歎逝等，皆陸雲所謂「情文」者[40]，無不哀感動人。彼自謂：「以是思哀，哀可知矣。」不啻爲其文心好悲之自我寫照[41]。士衡之文，士龍評其「多瑰鑠」「多綺語」，鍾嶸稱其「才高詞贍，舉體華美」，即能「艷」之明徵。故其所重仍在「悲」與「艷」。士衡文「多楚」[42]。劉勰（定勢篇）云：「效騷命篇者，必歸艷逸之華。」知其得力于楚辭者多也。建安以後，文章寖失雅正之道，至晉宋而彌甚，專向「悲」與「艷」方面發展，變本加厲。揆其所由，文賦所提出此五個觀念，影響殊鉅，實形成魏晉以後主要之文學思潮，至劉勰始加以矯正。茲將就此五項繪爲二圖如下，以資比較：

此漢以來以儒家思想爲主之說。以「雅」居正，主乎中和。縱有「悲」「艷」，亦須折衷于「雅」，務使哀而不傷，樂而不淫。循此途則仍是尚質。

（甲圖）

（乙圖）

此文賦之理論。要和而能悲，雅而能艷。嗣是文人，乃以藻飾相高，流連哀思，文勝而質衰矣。

上舉兩圖，可明質文遞變之故。至劉勰論情采，乃言立文之道有三：曰形文，曰聲文，曰情文。考「情文」二字始於陸雲。其與兄札云：

> 賦九愍如所救，此自未定，然雲意自謂故當。……至兄唯以此為快，不知雲論文，何以當與兄意，作如此異。此是情文，但本少情，而頗能作泛說耳。

二陸兄弟論文，意見頗有出入，此尤其確證。彥和論「爲情者要約而寫眞」，蓋演暢士龍貴清之說。又言：

> 情者，文之經；辭者，理之緯。經正而後緯成，理定而後辭暢。此立文之本源也。

則主文質相劑，「情」「采」相兼，以救「采」溢于「情」之病。視士衡之論，尤得其平。此所以挽當日之頹風，自是時代之不同，不可同日而語也。

七

典論假音樂之節奏以比況「文氣」，至陸機更多用音樂之原理，以說明文律。上擧應、和、悲、雅、艷五者而外，又云：

> 其會意也尚巧，其遣言也貴妍；暨音聲之迭代，若五色之相宣。

黃侃謂：「後宋范、沈聲律之論，皆濫觴于此，實已盡要妙也。」此所以使「聲文」「形文」二者，各極其勝，俾能「文徽徽以溢目，音泠泠以盈耳」。士衡討論爲文通變之道，如何在文意上「襲故而翻新」，如何在音律上「沿濁而入清」，要如「舞者赴節以投袂，歌者應絃而遣聲」，亦取音樂以譬喻文學，具見其對於音樂有相當之體會。

陸機以後，能從音樂中悟出爲文之道，無逾於范曄。其獄中與甥書有云：

> 吾於音樂，聽功不及自揮。但所精非雅聲，為可恨。然至于一絶處，亦復何異耶？其中體趣，言之不盡。弦外之意，虛響之音，不知何從而來。

自己彈奏與聽人彈奏，截然爲兩種不同工夫。一是鑑賞，一是練習。鑑賞須對樂理有相當培養與陶冶，方能辨別曲子之優劣。范氏自言及功力不及「自揮」。至於超音樂之境界，彈者無意，而聽者別有會心，所謂弦外之音，蔚宗乃獨有深契。此種論調，已開鍾嶸、嚴羽論詩之先河。但彼所體到者，非得之於禪理，乃得之於音樂。彼又云：

> 性別宮商，識清濁，斯自然也。觀古今文人，多不全了此處。縱有會此者，不必從根本中

來。

觀此足見其對音樂了解之深。子桓謂氣有清濁，彼則謂音有清濁。氣即音所由生，無氣便不成音。繁欽所謂「潛氣內轉，哀音外激，大不抗越，細不幽散」，歌唱如是，行文亦復如是㊸。「大細得宜」是「和」，「哀音外激」是「悲」。而駕馭操縱之，尤賴乎內在之力量，即「氣」是也。故歌唱（內轉）之氣，與行文之氣，其理正合。可見音樂與文章相通，子桓所由借以取譬，非無故也。

在永明聲律說未萌芽以前，文學批評之基本理論，無不與音樂息息相關。不少論文之要義，乃從音樂體會得到。士衡文賦正其一絕好例證。陸厥、沈約，受士衡之影響尤深。其著論多剽襲士衡文賦之語㊹。茲略為引申，願世之治文學批評史者共商榷之。

一九六一年一月于香港大學中文系

❶ 鍾嶸詩品序：「陸機文賦，通而無貶；李充翰林，疏而不切。」劉勰文心雕龍總術篇：「昔陸氏文賦，號為曲盡。然泛論纖悉，而實體未該。故知九變之貫匪窮，知言之選難備矣。」又序志篇評魏文以下各家謂：「陸機巧而碎亂。」然文心持論，多根據文賦。故章學誠文史通義文德篇云：「劉勰氏出，本陸機氏說，而昌論文心。」文賦序云：「余每觀才士之所作，竊有以得其用心。」劉勰云：「文心者，言為文之用心也。」即本此。

❷ 見文選十七文賦李善注引。

③ 見群書治要卷四十七。

④ 隋書經籍志：任昉文章始一卷。注云：亡。陳氏直齋書錄解題載文章緣起一卷，梁太常卿樂安任昉撰。

⑤ 劉勰書中自辨騷至書記各篇，當是承襲桓範以來討論文章體製之作。此爲關於Genre方面。至於體性、定勢篇，則專論Style方面。

⑥ 此黃侃語。見文選黃氏學。

⑦ 明吳訥文章辨體云：「文章以體製爲先。」陳洪謨云：「文章莫先于辨體。」此辨體製之事也。而劉勰於體性篇云：「宜摹體以定習，因性以練才。文之司南，用此道也。」又定勢篇：「循體而成勢，隨變而立功。」此則別體性之事也。

⑧ 劉楨語。見文心雕龍定勢篇引。南齊書陸厥傳，厥與沈約書：「自魏文屬論，深以清濁爲言；劉楨（應作楨）奏書，大明體勢之致。」

⑨ 文論要詮，p.84—98，開明書局出版，民三十七年印行。

⑩ 逯欽立文見學原第二卷第一期1948。陳世驤 1952 年重訂版Essay on Literature後記，復論文賦寫作年代。又Archilles Fang: "Review on E.R.Hughes, The Art of Letters, Lu Chi's Wen-fu", HJAS XIV, 1951, p.615.

⑪ 高橋和巳：陸機の傳記とその文學，中國文學報第十一、十二冊，1959，京都。

⑫ 文賦譯本，有下列各種：

1. G. Margouliès 法文譯本，刊於"Le Fou dans le Wensiuan", 1926, 再版 1948 巴黎印行。
2. B. M. Alexéiev 俄文譯本載 Bullutin de l' Academie des Sciences de L'URSS, 1944.
3. 陳世驤 Literature on Light against Darkness, 1948. Essay on Literature written by the Third-century Chinese Poet Lu Chi, 1952.

又一海知義譯陳著部份爲日文「陸機の生涯と『文賦』制作の正確な年代」，中國文學報第八冊，1958，京都。

4. Achilles Fang, "Rhyme prose on Literature: the Wenfu of Lu Chi", HJAS XIV, 1951.

⑬ 晉書張華傳：「華誅後，（陸機）作誄，又爲詠德賦以悼之。」機文無詠德賦，雲與兄札則作「詠德頌」。張華遇害，在晉惠帝永康元年（三〇〇）四月，時機年四十矣。詠德賦今不傳，藝文類聚卷二十引陸機祖德賦。姜亮夫謂「祖德」即「詠德」之誤（見所著陸平原年譜 p.78，及張華年譜 p.70），尚乏碻證。

⑭ 扇賦文見全晉文九十七，題作「羽扇賦」。漏賦據文選陸佐公新刻漏銘「積水違方」句下引陸機刻漏賦，藝文類聚六十八等類書引作「漏刻賦」。

⑮ 陸雲札「文賦甚有辭」至「文適多」二句，方氏譯文見其Hughes 書評p.632。其譯文云"The Wên-fu is very eloquent, and there are quite a number of beautiful passages in it. As literature is a thing that can take on diverse forms, it would be difficult to treat it completely." 按此段斷句尚有問題，如讀作「文適多，體便欲不淸，不知兄呼滙不」似應譯作"But if a text is lengthy（多），the style（體）then is apt not to attain Ching（淸）." I wonder if you agree on this point."（此英譯文與Dr. G. E. Sargent 斟酌，附此致謝）

⑯ 此句依丁福保刊全晉文斷句，讀作「體都自不似事」，此與「體便欲不淸」句法相同。其論扇賦云「如有不體」，此諸「體」字，俱指文體而言。

⑰ 文心雕龍定勢篇引此云：「陸雲自稱往日論文，先辭而後情，尙勢而不取悅澤。」黃季剛札記云：「今本陸士龍集作尙潔，蓋草書『勢』『絜』形近，初訛爲『絜』，又訛爲『潔』也。」

⑱ 文適多之「適」字，可解作「若」，假設之詞。後漢書逸民傳序「適使矯易去就」，即其例。

⑲ 張溥百三名家集陸淸河集題辭云：「士龍與兄書，稱論文章頗貴淸省。妙若文賦，尙嫌綺語不盡。」

⑳ 「誦先人之淸芬」，文鏡祕府論作「先民」。善注引毛詩「先民有作」，孫志祖文選考異謂：疑本文是「先民」，人字避唐諱改。文選旁證及胡紹煐文選箋證皆用是說。方氏英譯作"He croons the clean fragrance of past worthies"。按（機集）藝文類聚二十有述先賦句云「仰先后之顯烈」，「亮身沒而吳亡」，明指其先世，譯作 past worthies 似太泛。方氏英譯尚有若干小處可商榷者，附舉如次：

〔獸擾〕 善注：「擾，馴也。」乃用周官天官注。潛夫論志氏姓「擾馴鳥獸」，方氏譯爲 "to the consternation of other beasts"，解作驚擾，蓋用五臣劉良訓擾爲亂之說，不如李善之當。

〔粲風〕〔鬱雲〕 文賦、「粲風飛而猋豎，鬱雲起乎翰林。」五臣呂向曰：「粲然如風飛飈立，鬱然如雲起翰林。」此二句程會昌讀作：「粲，風飛而猋豎；鬱，雲起乎翰林。」粲有明麗之意。方氏譯粲風爲 laughing wind，鬱雲爲 dense clouds ，不甚可解。

〔受⿰虫欠〕 方氏云：I adopt the reading ⿰虫欠 in place of the usual 嗤or齝；Hu K'o-chia in his textual notes recommends this reading. 按胡克家文選考異原云：「……兩⿰蚩欠字皆當作『欪』……說文無嗤字，有欪字，云：『欪欪，戲笑貌。从欠㞢聲。……』彼誤『欪』爲嗤，當互訂正。」（原刊胡刻考異卷三 p.27 ）

方氏引胡說實當作『欪』，作『⿰虫欠』者乃誤刻。查字書無「⿰虫欠」字。許巽行文選筆記嘉德按語，及薛傳均文選古字通疏證亦謂「⿰蚩欠」爲「欪」之訛。

〔巧心〕 「雖濬發于巧心」句，方譯：Originality is a thing often looked at askance by the fixed eye. 陳譯：Although an art truly wrought from the depths of a master mind. 按方譯上句只以 Originality（新意，創作力）一字譯之，意未具足。查「巧心」李善失注，漢志儒家王孫子一篇注云：「一曰巧心。」文心雕龍序志：「昔涓子琴心，王孫巧心。心哉美矣，故用之焉。」巧心二字本漢志，與下句「拙目」相對成文。陳譯「巧心」作 Master mind 似亦未盡善。

㉑ 文心聲律篇「……迂其際會，則往蹇來連。其爲疾病，亦文家之吃也。」

㉒ 以用韻之相應而論，士衡多用楚音。陸雲與兄書云：「……音楚，願兄便定之。……張公語雲云：兄文故自楚，須作文爲思昔所識文。」文心聲律篇因謂：「詩人綜韻率多清切，楚辭辭楚，故訛韻實繁。及張華論韻謂士衡多楚，文賦亦稱『知楚不易』，可謂銜靈均之聲餘，失黃鐘之正響也。」彥和蓋嫌士衡用楚音

過多，有失雅正。此一問題極饒興趣，須將陸機韻文各體用韻，與楚辭用韻幷與晉宋辭人用韻作一比較，或可看出其間同異之原因，當俟另論。至文賦「亮功多而累寡，故取足而不易」二句，劉勰引作「知楚不易」。黃季剛謂：「彥和蓋引『取足不易』以明士衡多楚，不以張公之言而變。『知楚』二字，乃涉上文而訛。」王利器文心雕龍新書，逆據黃說改爲「文賦亦稱取足不易」。方氏英譯此二句作 "This clever trick will spare you the pain of deleting and excising." 既于校語未擧出文心雕龍異文，而所譯祗原意，似非盡愜。

㉓ 金樓子立言篇上：「擣衣清而徹，有悲人者，此是秋士悲于心，擣衣感于外。內外相感，愁情結悲，然後哀怨生焉。苟無感，何嗟何怨也？」即申明須先有悲心，由情生文之理。

㉔ 防露，李善注存二說。于文賦注云：「未詳。一曰謝靈運山居賦『楚客放而防露作』，注曰：楚人放逐，東方朔感江潭而作七諫，……遂以七諫爲防露也。」善又于謝莊月賦「徘徊房露」下注：「房露蓋古曲也。文賦曰：『寤房露與桑（四部叢刊景宋本作『霜』）間，又雖悲而不雅。』房與防古字通。」後說是。如孫志祖、薛傳均、胡紹瑛皆以月賦注爲正。

㉕ 見文選琴賦「愔愔琴德」句下，李善注引劉向雅琴賦。

㉖ 後漢書曹褒傳注引劉向別錄。

㉗ 語見風俗通。

㉘ 文選長門賦「援雅琴以變調兮」句下，李善注引七略。

㉙ 金樓子立言篇下：「……吟詠風謠，流連哀思者，謂之文。……至如文者，惟須綺縠紛披（指形文），宮徵靡曼，脣吻遒會（指聲文），性靈搖蕩（指情文）。而古之文筆，今之文筆，其源又異。」

㉚ 北齊書文苑傳論：「江左梁末，彌尚輕險，始自儲宮，刑乎流俗，雜沾懘以成音，故雖悲而不雅。」

㉛ 方言二：「美狀爲窕，美色爲豔，美心爲窈。」郭注艷云：「言光艷也。」

㉜ 文賦云：「或藻思綺合，清麗千眠，炳若縟繡，悽若繁絃。」炳若句是「艷」，悽若句是「懘」。南齊書陸厥傳沈約答厥書云：「士衡雖云『炳若縟錦』，寧有濯色江波，其中復有一片是衞文之服，此則陸生之

言卽復不盡者矣。」卽由此加以引申。

㉝ 琴賦序此數句，R. H. Van Gulik: Hsi K'ang and his Essay on the Lute，譯文如下：Praising the quality of the instruments, they held delicacy and elaborateness for the best. Describing their tones, they stressed melancholy and sadness. Lauding the influence exercised by their music, they held the power of causing the hearer to weep the most important. (p.52)

㉞ 一海知義文選挽歌詩考，論後漢至六朝，多于宴會時唱挽歌，而不盡在送葬時舉行。此亦以「悲」爲樂之一例。

㉟ 曹操嗜相和歌，事詳晉書樂志及宋書樂志。

㊱ 見文選陸機弔魏武文序。

㊲ 詳敍繁欽文，及文選中丕答繁欽書。

㊳ 曹植語見文選四十二子建「與吳季重書」末李善注引植集此書別題。又文選或本與季重書，間有此三句。袁褧本「知」上無「不」字。胡克家考異謂此三句乃後來所添。

㊴ 參中島千秋：雅琴の音樂思想について，支那學研究十三號。

㊵ 情文相生之說又見世說新語文學：「孫子荊（楚）除婦服，作詩以示王武子。王曰：『未知文生于情，情生于文。』覽之悽然，增伉儷之重。」

㊶ 陸機所作賦多以悲哀爲主。如大暮賦序之言死生云：「樂莫甚焉，哀莫深焉。」「故極言其哀，而終之以達。」又懷土賦序云：「方思之殷，何物不感？曲街委巷，罔不興詠。水泉草木，咸足悲焉。」故機賦以攄情之作爲多。

㊷ 機文多楚，不特音取楚音，而句法亦每取離騷。如文賦「怵他人之我先」，卽用「恐高辛之先我」，「良余膺之所服」，「識前修之所淑」，卽本「謇吾法夫前脩兮，非時俗之所服」，皆其例。機弟雲亦深于楚辭，作九愍以擬離騷。雲與兄諸札，於九歌、九辯、漁父、九懷等篇，均有所評隲，具見陸氏兄弟均深于

楚辭。

㊸ 孫德謙六朝麗指謂：「漢六朝人文須識得潛氣內轉妙訣，乃能於承轉處迎刃而解。」意謂無虛字而氣能轉。

㊹ 南齊書陸厥傳厥與沈約書云：「文有開塞，卽事不得無之。……士衡所以遺恨終篇，……岨峿妥帖之談，操末續顚之說，興玄黃於律呂，比五色之相宣。……」沈約答書「……故知天機啓則律呂自調，六情滯則音律頓舛也。……」如此數語皆本陸機文賦。

（原載一九六一年京都大學中國文學報第一四册）

後漢書論贊之價值

一

范蔚宗左遷宣城太守，乃刪衆家後漢書，以成一家之言，時年二十七耳。嗣以彭城王義康事牽連棄市，僅四十八歲，其後漢書仍未完編。蓋前後耗廿年工夫於此，體大思精，故自視甚高。於雜傳論則自詡爲「不減過秦」，於贊則自誇爲「文之傑思，殆無一字虛設」（見獄中與甥舅書）。可見其致力之深。蔚宗又云：

> 每於操筆，其所成篇，殆無全稱者。常恥作文士。文患其事於形，情急于藻，義牽其旨，韻移其意。

又言：

> 常謂情志所託，以意為主，以文傳意。以意為主，則其旨必先；以文傳意，則其詞不流；然後抽其芬芳，振其金石耳。

彼謂意以達旨，是爲文心；文以摛詞，是爲文藻。抽芬芳，猶言形文也；振金石，猶言聲文也。其言形、藻、義、韻四端，是文之外相；事、情、旨、意，則文之內蘊。而彼所重者仍是內在之精意傑思耳。故又自言「吾雜傳論，皆有精意深旨。既有裁味，故約其詞句」云云，足窺其用心所在。乃後世讀其文者，特賞其辭藻，徒以文士目之。甚矣，知音之難也！

范氏家學淵源殊遠。父泰（伯倫）撰古今善言二十四篇。其於高鳳既爲著論，又復有贊。蔚宗述之云：

先大夫宣侯（卽泰）嘗以講道餘隙，寓乎逸士之篇。至高文通傳，輟而有感，以為隱者也。因著其事而論之曰：古者隱逸，其風尚矣。潁陽洗耳，恥聞禪讓；孤竹長飢，羞食周粟。或高棲以違行，或疾物以矯情。雖軌迹異區，其去就一也。（范書逸民高鳳傳）

蔚宗後漢書逸民傳論，辭意大抵脫胎於此。如云：

是以堯稱則天，不屈潁陽之高；武盡美矣，終全孤竹之絜。……長往之軌未殊，而感致之數匪一。或隱居以求其志，或回避以全其道，或靜己以鎮其躁，或去危以圖其安，或詬俗以動其槩，或疵物以激其清。

筆勢奔放，疊用六個「或」字，跌宕有逸氣。句法雖變，而文意大概取自其父，至爲顯然。范泰別有高鳳贊，其警句如：

戢曜幽壑，採真重厓，沖情英亮。……肆志莫羈。（見藝文類聚三十六引）

此類筆致，亦蔚宗所師法者。傳之繫贊，嵇康已開其先。若聖賢高士傳贊，是其著者。孫綽亦有至人高士贊，俱在范泰之前。論後有贊之例，後人病其重牀疊屋，今觀范泰之于高鳳傳，已是如此作法。

二

蔚宗後漢書乃刪定前賢之作，即傳贊亦多取之前人。若黃憲傳論引其曾祖穆侯（范汪）之語，謂憲能隤然處順，皇甫嵩傳論之稱引華嶠，譽嵩之不伐，收名歛策，班彪傳贊之改用謝儼「裁成帝墳」之句（宋書云：「謝儼作此贊，裁成典墳，以示范曄，曄改為帝墳。」），俱其明徵。

范書似頗得力於袁宏。宏後漢紀序自述其作史之方，謂：「非徒記事而已，信足扶明義教，網羅治體。」又云：「因前代遺事，略舉義教所歸。」故其書力主左氏，稱：「丘明所以斟酌抑揚，寄其高懷，末吏區區，注疏而已。其所稱美，止於事義，疏外之意，歿而不傳。其遺風餘趣，蔑如也。」所以為之「悵怏躊躇，操筆悢然」。袁書精采處，在即事評論。袁宏曰以下，精義甚富。遺事之外，必陳義教。此即蔚宗之所謂「旨」也。袁氏步武荀悅，所詣在乎義旨，史事抑其次焉。蔚宗提出意與文兩端，較袁氏為兼重文藻，雖復抽芬芳而振金石，要毋使以文掩意，以意害文，雙軌竝進，庶乎文質彬彬。是說也，昭明太子纂集文選實本之。文選不錄經史之文，而獨闢「史論」「史述贊」二項，以采班（固）范（曄）干（寶）沈（約）之篇。其序云：

> 至於紀事之史，繫年之書，所以褒貶是非，紀別異同，方之篇翰，亦已不同。若其讚論之綜緝辭采，序述之錯比文華，事出於沈思，義歸於翰藻，故與夫篇什，雜而集之。

此一破例之舉，蓋以史書中之論贊，「事」與「義」皆有足取也。范氏獄中書稱「事盡于形」，「義牽其旨」，蕭序亦揭事與義二端。范自言其贊為文之「傑思」，蕭序則云出於「沈思」，其說濡染於蔚宗，較然可見。向來論蕭選者，恒以沈思翰藻二句，爲全書選文之標準，不悟句中「若其」之「其」字，實單指史書而言。偏稱、全稱，可不甄辨乎？

三

唯蔚宗恥作文士。觀其文苑傳贊云：

> 情志旣動，篇辭為貴。抽心呈貌，非雕非蔚。殊狀共體，同聲異氣。言觀麗則，永監淫費。

亦主詩人麗則之旨，以淫濫辭費爲戒。後漢書集解校補稱：「文苑傳甄錄所及，皆有關係文字。章華一賦，亦謂終之以正。僅乃存之，非是必不著。」頗能抉發范氏之旨。史通序例云：「若乃后妃、列女、文苑、儒林，凡此之流，范氏莫不列序。」是范書文苑傳原有序論，今本無之，殆缺佚耶？

由是觀之，范書文苑甄錄之文，以「旨義」爲依歸，其論贊亦有微意寓於其間。舉例論之：左雄周擧黃瓊琬傳論述貢士選擧制度，乃綜論東京之人才。蔡邕傳論謂：「意氣之感，士所不能忘也；流極之運，有生所共深悲也。」文章極美，筆端有情。孔融傳論稱其「高志直情，足以動義槩而忤雄心。故使移鼎之迹，事隔於人存；代終之規，啓機於身後」。令人讀之，聲淚俱下。儒林傳論陳當時學弊，「繁其章條，穿求崖穴，以合一家之說」，足爲今日之戒。諸夷傳論爲蔚宗最得意之作。獄書中云：「至於循吏以下及六夷諸序論，筆勢縱放，實天下奇作。其中合者，往往不減過秦篇。」夫子自道，諒非溢美！南匈奴傳論辭句錘鍊，倣燕然山銘。西域傳論言釋氏

「清心釋累，空有兼遺，然好大不經，奇譎無已」，頗中彼土夸誕之病。蔚宗之父泰有佛贊，言：「捨事就理，即朗祛蒙。惟此靈覺，因心則崇。」（弘明集十六）直能明心見性。蔚宗之於釋氏，亦家學也。

唐宋以降，於蔚宗之文輕肆譏彈。容齋謂其序論了無可取（隨筆十五），直齋則譏其贅；翟公巽謂其冗陋，至欲別作東漢通史；宋神宗惡范氏之名，欲改修其書。此皆未明范氏立言之要，但以文士目之。清代學者於范氏認識較深，若王西莊十七史商榷、陳蘭甫申范，皆辯明范氏行迹。李越縵讀書記評述范書序論，列舉其佳篇，說俱允當。

四

范書在南北朝時，流行已甚廣，北史帝紀五：魏孝靜帝將禪位于齊，下御座，步就東廊，口詠范蔚宗後漢書贊云：「獻生不辰，身播國屯。終我四百，永作虞賓。」按此出漢獻帝贊，時帝年僅二十八歲，而隨口背出，至可驚異。（魏收之書，孝靜紀亡，後人補以北史。）知范贊在當時之膾炙人口，即北方胡主，亦能暗誦（此事王先謙集解不載）。若昭明文選之選錄光武紀贊，更不待論矣。考魏書十五劉芳傳，芳撰有後漢書音一卷，隋書經籍志亦著錄之。芳以其父劉義宣之難，自南奔魏，事在宋孝武帝孝建元年。其後漢書音，據余嘉錫東觀漢記辨證，即考范書之音。北魏之流傳范書，與劉芳或不無關係也。章懷太子以前，爲范書撰音義者，梁有韋闡（後漢書音二卷。見隋志及章獻傳。姚振宗謂爲范書作），陳有宗道先生臧競（范漢音訓），隋有蕭該（范漢音），足見范書在南北朝時傳誦之廣。

隋志正史類著錄，范曄後漢書外，又有後漢書纘論四卷。兩唐志俱有後漢書論贊。據此隋唐時曾將論贊抽出，與本書別行。然蔚宗獄中書稱「作論後未果」，似「論」之一部分未曾完篇。今觀范書篇末或繫論或否，可驗吾說。而贊則各篇皆有之。彼固曾云：「贊是吾文之傑思。」是其精力所萃者也。因斯以言，贊爲完篇，而論則屬艸未竣。是以論與贊別出單行，恐是後人爲之，亦猶摯虞以漢書述別行之例（詳匡謬正俗）。宋賓儼（一作嚴）撰東漢文類三十卷，類次後漢書中文字，附以范曄序論（見玉海五十四），亦別爲選出者也。

五

劉子玄史通特立論贊一篇，以爲史家體貴簡要，譏范書之論，華多于實，而嗣論以贊，爲黷彌甚，深加詆毀。趙宋學者，多拾其唾餘。然劉說實未允，茲評量之如次。劉云：

> 馬遷自序傳後，歷寫諸篇，各敍其意。旣而班固變為詩體，號之曰「述」。范曄改彼述名，呼之以贊。尋述贊為例，篇有一章。……固之總述，合在一篇，使其條貫有序，歷然可閱。蔚宗後書，實同班氏，乃各附本事，書於卷末，篇目相離，斷絕失次。而後生作者，不悟其非。如蕭李南北齊史，大唐新修晉史，皆依范書誤本，篇終有贊。夫每卷立論，為煩已多，而嗣論以贊，為黷彌甚。亦猶文士製碑，序終而續以銘曰；釋氏演法，義盡而宣以偈言。

按文心雕龍頌讚云：「遷史、固書，託讚褒貶。約文以總錄，頌體以論辭。又紀傳後評，亦同其名。而仲洽流別，謬稱爲述，失之遠矣。」由是觀之，遷、固皆在書末，范氏散入各篇之後者，當是原未成書，不及爲自敍之故。然子玄之說，有誤解者數端：（一）班述與范贊，不宜視爲一體。何以言之？班述乃因己書綜其大意。述者，謙詞（顏師古已發之）。班述每篇之末，必書「述某篇第幾」，乃統籌全書而作。楊雄法言序亦言譔某篇，易其動詞曰「譔」。常據華陽國志序志，咸曰「述某篇第幾」，即祖班書之例。若范贊則因人月旦，或合數人，同條共貫，施以褒貶，而不列篇第，此與班述迥異其趣。考班書傳後，往往有「贊曰」，則略等蔚宗之論，何得云范氏改彼述，而呼之曰贊耶？此一事也。（二）范書論贊附于各篇，未必是誤本。唐世范贊別行。隋志著錄范書九十七卷，又有讚論四卷。衡之新唐志范書九十二卷，又論贊五卷（一作四卷），則九十七卷之數，仍賅有論贊在于其中，與今本無異，安得遽目之爲誤本乎？此二事也。（三）釋典偈言，非盡在篇終。所謂偈（Gā-tha）者，「音爲伽陀，此方當頌，亦或言攝。」梵書長行（散體）與重頌並行。慣例四句爲一伽陀，亦即一契。一段之中，每雜偈言，與贊之悉居篇末殊科。以之取譬，似有未當。此三事也。褚淵薦臧榮緒啓稱「其撰晉史十袠，贊論雖無逸才，亦足彌綸一代」（南齊書臧傳），則步武蔚宗者，大有其人，非蕭、李而已也。

顏師古云：「自『皇矣漢祖』以下諸敘，皆班固自論撰漢書意。……後之學者，不曉此爲漢書敘目，見有「述」字，因謂此文追述漢書之事，乃呼爲「漢書述」，失之遠矣。」顏監持此以駁摯虞，復著其說於匡謬正俗。按此說實本諸文心雕龍，顏氏引之而誤記劉勰爲劉軌思。考陶淵明集中有「讀史述」九章，亦贊之體。蓋自摯虞別出「漢書述」爲一類，晉人沿之，於文體中，立「述」一名。文選第四十九卷「史論」類，收班固漢書公孫弘傳贊。此即班書原有之贊，列之史論者——因班書之贊，實即論也。但文選第五十卷又特立「史述贊」一類，收班固漢書述贊三篇及范蔚宗光武紀贊。按班書敘傳統云「其敘曰」，並無「贊」字。摯虞稱之曰述，尚有根據。遽呼爲「贊」，恐屬無稽。其以范贊與班述，目爲同類，難怪招來劉子玄之譏。此乃後賢論次之誤解，與蔚宗本人實不相涉也。

六

知范書之論，即班書之贊矣。而又益以四字句之贊者，考荀悅漢紀於重要史事下輒加評論，題「荀悅曰」三字。（今所見明刊本如此。史通論贊篇言「荀悅曰論」，不云自顯姓名，豈舊本漢紀略同范書乎？）袁宏後漢紀因之。又荀於每帝紀之末，系以「讚曰」，作爲總結。袁書删去「讚曰」一項，此其異于荀者也。范書有論復有贊，近于荀氏，而易讚體爲韻語之贊，則沿劉向列女傳讚之例。其父范泰之於高鳳，有論有贊，早具此體。

魏晉以來，贊體盛行，其最特異者，無如常璩之書。其書卷第十題曰「先賢士女揔讚」，而於自序則稱曰「揔讚論」。其法先述「贊」二句或數句不等，下即叙其生平，並略加評論。此則先贊後論，而論又兼爲傳體者也。又常書卷十分上、中、下，其前有引，而末有「譔曰」以總論之，分記述某地人士及列士，則猶漢書之「述」。（按說文：「譔，專教也。」楚辭大招：「聽歌譔只。」注：「無不具也。」知譔有「具」之義。）蓋此一時期，贊體頗爲複雜。宋謝莊有「讚集」一書之輯，惜已無傳。（高似孫史略曾列舉書名有贊者，可參看。）荀悅之書，幾見論曰，又系以讚。常璩之書，贊論兼備。此乃一時之風氣，蔚宗不免受其濡染。子玄之譏訕，其亦可以已乎！

予因蔚宗書而重有感焉。近世史學發達，資料之出現，方法之講求，固已邁越前古，然僅著意於史迹。辨僞則釐析其史料之眞假先後，考證則務爲餖飣苛碎，於袁氏、范氏所謂義教與意旨者，概摒而不問。間或論之，而莫關名教，絕無情采，既乏「沈思」，又寡「翰藻」，是烏足以盡史之用乎？范氏論贊，議者多病其稠疊，不知論之爲務，關乎史識；贊之爲事，繫乎文才。不史不文，有何足觀？余論蔚宗論贊竟，不禁亦爲之悵怏躊躇也。

一九六五年三月於香港大學

（原載中國學誌第二本）

蕪城賦發微

鮑明遠蕪城賦，千古傳誦。以「驅邁蒼涼之氣，爲驚心動魄之詞，賦家絕境」（姚姬傳評語），未有逾此。顧此文果何爲而作耶？集云：「登廣陵故城作。」說者以爲「宋世祖孝建三年，竟陵王誕據廣陵反，沈慶之討平之。命悉誅城內男丁，以女口爲軍賞。照蓋感事而賦」（何義門說。亦見孫志祖父選李注補正）。近人吳丕績爲鮑照年譜，遂謂此賦作於孝建三年。予考南史孝武紀：「大明三年四月乙卯，司空南兗州刺史竟陵王誕有罪，貶爵。誕不受命，據廣陵反。秋八月己巳，尅廣陵城，斬誕。」其事實在大明三年。何氏誤記，而吳君不能校正，何其疏耶！再考劉宋時，廣陵爲南兗州治。宋書州郡志：「文帝元嘉八年，始割江、淮間爲境，治廣陵」（以前治京口）。照以文辭之美，歷事臨川王義慶、始興王濬。爲佐史國臣，皆於二王爲南兗州刺史時。義慶鎮南兗州，在元嘉十七年十月（宋書文帝紀）。及在廣陵有疾，始求解州（南史臨川烈武王附傳）。照時以貢詩見賞，奉筆相從（照集中有瓜步山揭文云：「鮑子辭吳客楚，指兗歸揚。」蓋還都赴兗時作。詳譜），必曾駐州治之廣陵也。濬鎮南兗徐二州，在元嘉二十六年冬十月（文帝紀），照被命從之（集中有蒜山被始興王命作一詩。黃節云：此當是濬鎮京口時命作也），亦必曾駐廣陵也。是時邊境乂安，民殷物阜，蓋爲廣陵全盛之日。迨元嘉二十七年冬，魏人南侵，至瓜步，廣陵遂陷北虜。南史文帝紀：「元嘉二十八年正月丁亥，魏太武自瓜步退歸，俘廣陵居人萬餘家。」此當日廣陵塗炭之情狀。

其後竟陵王誕敗，孝武命城中無大小悉斬，沈慶之執諫，自五尺以下全之，男丁殺爲京觀，死者數千人（南史誕傳）。廣陵經再度摧殘，於是閭閻撲地之名都，遂爲荒煙蔓草野鼠城狐之窟宅。照親臨其盛，復覩其衰，情發於中，遂爲賦之如此。軫竟陵之禍，同於王濞，故以「鹽田」「銅山」擬之；憤孝武剪落洪支，猜忍未已，故託「厲吻」「赫雛」以諷之。若乃「孤蓬」「驚砂」，指諸王之不相安；「塞草」「邊風」，喻拓跋氏之入寇。煮豆燃萁，寓意尤遠。讀者徒賞其鑄語偉麗，傾炫心魂，而未繹其神情。茲捃摭史傳，參合賦文，加以疏瀹。庶韜光沈響，得以抉發，倘亦治選學者所樂聞歟。

瀰迆平原，南馳蒼梧漲海，北走紫塞雁門。

說文：「迆，袲行也。」亦作迤。禹貢：「東迤北，入于滙。」釋文引馬融曰：「迤，靡也。」文選甘泉賦注：「施靡，相連貌。」按施、迆同音，迆瀰卽施靡之倒詞。（爾雅釋丘：『邐迤沙丘。』廣韵：「峛崺，沙丘狀。」甘泉賦：「登降峛崺」。注：「峛崺，邪道也。」按邐迆、峛崺，與瀰迆亦一語之轉。）李善注：「迆，相連漸平貌。」與施靡義同。劉宋立國江表，自魏南侵，青、冀、徐、兗及豫州、淮西皆不守。淮水以北，化成虜庭（宋書州郡志）。揚州為王畿所在，其地又皆平原曠野，無險可守，故云「瀰迆平原」也。

李善注引廣雅云：「馳，奔也。」按爾雅釋宮：「中庭謂之走，大路謂之奔。」釋名：「疾趨曰走。走，奏也；奔，變也，有急變奔赴也。」「南馳」「北走」蓋指南北疆理之所極。考宋之境域，南盡交、廣，北暨梁、秦，故舉蒼梧、雁門二郡以括其地也。

重江複關之隩。

復關舊無解，及讀南史竟陵王誕傳，記沈慶之進軍廣陵，尅其外城，乘勝又尅小城，方悟所謂復關，卽外城、小城也。

當昔全盛之時，車挂轊，人駕肩。

李善注云：「全盛，謂漢時也。」按此暗示元嘉中，慶陵之繁榮。宋書二凶始興王濬傳云：「出鎮京口，聽將揚州，文武二千人自隨。優遊外藩，甚為得意。」照時侍王左右，文宴從容。先是臨川王義慶鎮南兗州，照為國侍郎（虞炎鮑照集序）。時河、濟俱清，照獻頌有云：「閭閻有盈，歌吹無絕。朱輪疊轍，華冕重肩。」可與蕪城賦此段互相印證。蓋照身與其盛，故賦先從全盛時寫入，為後來蕪廢張本。

才力雄富，士馬精妍。劃崇墉，刳濬洫。

蕪城賦蓋有感於竟陵王誕事而作。此二句雖泛寫廣陵物力之富，亦隱寓誕事。宋書及南史誕傳云：「初討元凶，與上（孝武）同舉兵，有奔牛（指曲阿之奔牛塘）之捷，至是又有殊勳（謂平丞相南郡王義宣也）。上性多猜，頗相疑憚，而誕造立第舍，窮極工巧，園池之美，冠於一時，多聚才力之士，實之第內，精甲利器，莫非上品，上意愈不平。孝建二年，以司空太子太傅都督南徐州刺史。上以京口去都密邇，猶疑之。大明元年秋，又出為南兗州刺史。誕知見猜，亦潛為之備。至廣陵，因魏侵邊，修城隍，聚糧練甲。嫌隙既著，道路常云誕反。」按賦所言卽指誕聚才力之士，練精甲，修城隍也。又誕謀反事，與吳王濞相似，故文中舉「鹽田」「銅山」比況之。

板築雉堞之殷，井幹烽櫓之勤。

南史誕傳云：「元嘉二十年，年十一，封廣陵王。二十六年為雍州刺史。以廣陵凋弊，改封隨郡王。」按誕本封於廣陵，及魏南侵，廣陵被擾，乃徙封。至大明元年，出鎮南兗，因復修葺廣陵城。誕傳又云：「大明二年，發民築治廣陵城。誕循行，有人干輿，揚聲大罵曰：『大兵尋至，何以辛苦百姓！』」此卽當日板築之事實。又按誕修廣陵城，所以防魏，故有烽櫓之設。釋名：「樓無屋曰櫓。」南史文帝記載：「魏人至瓜步，聲欲渡江，帝登烽火樓極望。」照所謂「烽櫓」，殆卽烽火樓之類也。

出入三代，竟瓜剖而豆分。

李善注：「王逸廣陵郡圖經曰：『郡城，吳王濞所築。』然自漢迄於晉末，故云出入三代。」按此表面指漢、魏、晉，而實影射宋武帝、少帝、文帝三世，眷其盛而悲其衰。「瓜剖豆分」，隱示孝武時諸王之不睦，同室操戈，蓋深有慨夫南郡王義宣、太子劭、始興王濬及竟陵王誕之事也。

木魅山鬼，野鼠城狐，風嗥雨嘯，昏見晨趨。

此寫入廣陵之蕪廢。其地兩經兵燹，故荒涼如此。南史竟陵王誕傳載：「誕為南徐州刺史，在京口。夜大風，飛落屋瓦。及遷鎮廣陵，將入城，衝風暴起揚塵，晝晦。」又載：「沈慶之克廣陵，男丁殺為京觀，死者數千。每風晨雨夜，有號哭之聲。」所謂「風嗥雨嘯」者，殆謂此耶？

饑鷹厲吻，寒鴟嚇雛。

刺孝武之雄猜也。宋文帝十九男，長太子劭，次始興王濬，俱以巫蠱事謀反伏誅。其三為孝武帝駿。嗣位以後，於諸弟間極為猜忍。武昌王渾、竟陵王誕、海陵王休茂，先後有罪授首。渾、休茂年僅十七耳。「赫雝」一語，疑暗指二王事。茲略表其事如下：

王名	被害年月	年紀	事實
武昌王渾 文帝第十子，江修容出。	孝建二年八月庚申，以雍州刺史有罪自殺。	元嘉二十四年，年九歲，封汝陰王。魏寇汝陰，徙武昌王。死時年十七。	宋書本傳云：「渾遷雍州。至鎮，與左右人作文檄，自號楚王，號年為永光元年，備置百官，以為戲笑。長史王翼之得其手迹，封呈世祖。上使有司奏免為庶人，逼令自殺。」其詰渾詔有「我與汝親則同氣，義則君臣，云何一旦反欲見圖，文檄處分，事蹟炳然。不忠不義，乃可如此。如其凶圖獲逞，天下誰當相容」等語。
海陵王休茂 文帝第十四子，蔡美人出。	大明五年四月丙午，以雍州刺史反被誅，傳首建業。	孝建二年，年十一，封海陵王。大明二年，為雍州。死年十七。	因左右張伯超謀殺司馬庾深之，集兵建牙。馳檄。行營參軍沈暢之拒之，為所殺。其日，參軍尹玄慶（一作度）起兵攻休茂。禽之，將出中門，斬首。母妻皆自殺。

按二王均以孱幼無知，而蒙大戮，孝武之猜忍，於茲可見。溯其卽位之初，孝建元年二月，而有丞相荊州刺史南郡王義宣之難。明年，殺武昌王渾。越四年（大明三年），而有竟陵

王誕之變。又越二年，而有海陵王休茂之誅。而南平王鑠（文帝第三子，吳淑儀出），又以中毒死。元嘉之末，出討劭、濬，流血涼闕。八年之間，鬩牆疊見。照始事始興（王濬），覩此末運，閔悼舊王，能無扼腕？而竟陵之殲，殃及民庶，廣陵廬舍，廢為丘墟，受禍之酷，過於北魏。照傷曩日託乘之樂，痛宋室骨肉之變，故不覺其言之痛切也。虞炎序：「孝武初，照除海虞令。」一本有「時主多忌，以文自高。趨侍左右，深達風旨。以此賦述，不復盡其才思」等語，意必不容於朝。觀所作代放歌行，詩意頗及孝武之雄猜（吳汝綸說），足徵予說之不謬也。

伏虣藏虎，乳血飡膚。

譏孝武之信讒，於昆弟間不能相容，及宮闈之亂也。宋書竟陵王傳引誕拒命時投諸城外表云：「豈意陛下信用讒言，遂令無名小人來相掩襲。不任枉酷，卽加誅翦。雀鼠貪生，仰違詔勑。今親勒部曲，鎮扞徐、兗。先經何福，同生皇家？今有何愆，便成胡越？……右軍宣蘭，爰及武昌（指武昌王渾），皆以無罪，幷遇枉酷。臣有何過，復致於此？陛下宮帷之醜，豈可三緘？」可見當日實情。觀照之所諷，豈亦同感夫此耶？

白楊早落。

慨宋室之翦落洪支也。似指太子劭始興王濬事（本末詳宋書二凶傳）。

塞草前衰。

寄託魏人南侵。先是元嘉二十八年，魏兵自瓜步退歸，俘廣陵居民，故云「前衰」也。南兗州與魏接壤，故云「塞草」。其歌曰「邊風急兮城上寒」，「邊風急」者，指魏兵之壓境也。

孤蓬自振，驚砂坐飛。

喻朝廷之猜忌，宗室諸王之不相安。因竟陵、海陵被害諸事而感發也。

豈憶同轝之愉樂，離宮之苦辛哉。

「同轝」句，暗指孝武與誕輩。本是同根生，初在宮中之歡娛，誕表所謂「先經何福，同生皇家」也。「離宮」句，寄託誕討元凶，預同舉兵，及奔牛之役，盡瘁國事，以襯孝武之刻辣寡恩。「豈憶」二字，諷甚！（誕）表云：「往年元凶禍逆，陛下入討。臣背凶赴順，可謂常節。及丞相構難（按即荊州刺史南郡王義宣），臧、魯協從（案指豫州刺史魯爽及車騎將軍臧質），朝野恍惚，……臣前後固執，方賜允俞。社稷獲全，是誰之力？」此道勤王之功，即「離宮苦辛」之事也（表文可爲此二句注脚）。照益因始興之被禍，憫竟陵之慘酷，故借「蕪城」為題，紓其隱痛。其後臨海王子頊為荊州，照掌書記之任。上荊本非所願，故詩語多悲鬱（用黃節說）。而尋陽之變（時晉安王子勛僭號義嘉），臨海牽及，卒罹於禍；而照亦身殉之。智者慮患於未萌，而不能免禍於既成，悲夫！

又按或說：「臨海王子瑱（即子頊）為荊州，有逆謀。照為掌書記，隨至廣陵見漢吳王濞故城，因賦其事諷之。」（六朝文絜評語）今按南史子頊傳：「初封臨海，荊州刺史。明帝即位，進督雍州。長史孔道存不受命，應晉安王子勛。事敗，賜死。年十一。」是臨海之亂，乃應子勛，非素有蓄志；且屬童稚，文理未通，安用照之諷耶？惟此文必作於大明五年四月海陵王被誅之後。考宋書武孝紀「臨海王子頊以大明六年秋七月，為荊州」，照侍王上荊，必在是年。集中有發新渚及途經翻車峴詩。新渚在金陵（見韵府），翻車峴在句容縣北（嘉慶一統志）。時發自京口，必經廣陵。謂蕪城賦，作於是時，理或然也。

（原載東方雜誌第四十一卷第四號）

讀文選序

一、文選編成之年代及背景
二、文選選文之標準問題
三、昭明文學見解與文質綜合觀
四、文選與文體分類問題
五、吐魯番寫本文選序之校勘

一、文選編成之年代及背景

昭明自序云：「余監撫餘閑，居多暇日。歷觀文囿，泛覽詞林……自非略其蕪穢，集其清英，蓋欲兼功太半難矣。」自述其編書經過如此。昭明事蹟，詳周貞亮著昭明太子年譜附昭明太子世系表❶，惟不論文選成書年代。近人何融文選編撰時期及編者考略❷定「文選編撰，開始於普通中，而成於普通末年」。按普通元年，昭明年二十歲。普通只有七年，七年昭明恰廿六歲❸。文選所收作品，其限斷有二事可注意者：一為詳於近代❹，一為不錄生存❺。梁代作家如任昉、沈約、陸倕、劉峻皆入選。劉峻之辨命論實作於天監十五年以後，其人則歿於普通三年❻；陸倕卒於普通七年❼。今文選收其石闕銘及新刻漏銘二篇，知文選編成應不早於普通七年❽。劉孝綽為昭明太子集序，其中有「粵我大梁二十一載，盛德備乎東朝。……編次謹為一帙十卷」云云，時為武帝普通三年。梁書孝綽傳云：

> 遷太府卿、太子僕，復掌東宮管記。時昭明太子好士愛文，孝綽與陳郡殷芸、吳郡陸倕、琅邪王筠、彭城到洽等，同見賓禮。

梁于天監四年，置五經博士各一人，明山賓為道選。明山賓著吉禮儀注二二四卷、禮儀二十卷，蓋為禮學專家。陸倕與徐勉書荐沈峻，以周官立義。其時頗盛禮學，昭明諸學士均深于禮者❾。

普通四年，東宮新置學士明山賓、殷鈞為東宮學士❿。是時乃東宮全盛時期，文選之編纂，或始於此時。諸人之中，劉孝綽與昭明關係最深，一度任太子舍人，兩度為太子洗馬，兩掌東宮書記。昭明起樂賢堂，使畫工先圖孝綽，孝綽集其文章并為之序，故孝綽必為文選主持策劃之人。

大通元年，到洽、明山賓、張率皆於是年卒。今文選不收此數人作品，則其編成定稿必在普通七年之末陸倕卒後。

玉海引中興書目云：「文選，昭明太子與何遜、劉孝綽等選集，三十卷。」按何遜未任東宮職，此說似未可信。高閬仙已駁之。孫志祖文選理學權輿謂昭明聚文士劉孝威、庾肩吾等，謂之高齋十學士。按劉孝威乃事蕭綱，則殊張冠李戴也。

二、文選選文之標準問題

自序述其不錄經、史、子之文，而獨選取史述贊者，以其能「事出於沈思，義歸乎翰藻」。此二語最爲扼要。J. Hightower 譯作：

Their matter derives from deep thought, and their purport places them among belles letters.

按以事（matter）義（purport）對言，其說甚早。孟子云：「其事則齊桓晉文，其文則史，其義則丘竊取之矣。」已將事、義分開。班固東都賦：「美哉乎斯詩！義正乎揚雄，事實乎相如。」李注：「揚雄、相如辭賦之高者，故假以言焉。」此以「義」對「事」，似爲昭明所本。事者，或說爲事類。事類一名，起於東漢。越絕書越絕篇外傳記：「因事類以顯後世。」曹丕答卞蘭教云：「賦者，事類之所附也。」是「事類」二字不自文心開始。事類復特別施用於賦。摯虞文章流別云：「古詩之賦，以情義爲主，以事類爲輔。」此則以情義與事類對待爲言。可見事即事類。左思三都賦序：「於辭則易爲藻飾，于義則虛而無徵。」則以辭代事。辭者，載事之文也。范曄謂文患其「事盡于形，情急於藻，義牽其旨，韻移其意」，則其言事與義，取與情韻相配。

朱自清撰文選序事出於沈思義歸乎翰藻說云：「事，人事也；義，理也。引古事以證通理叫做事義。抱朴子喻蔽評王充云：『事義高遠。』」⓫此則「事義」合言。按文心雕龍言事義者更多。略舉如下：

1.「事義淺深。」（體性篇）
2.「學貧者迍邅於事義。」（事類篇）
3.「其五曰：觀事義。」（知音篇六觀之一）
4.「必以情志為神明，事義為骨髓，辭采為肌膚，宮商為聲氣。」（附會篇）

此則合事與義而爲一辭矣。顏氏家訓論文章：「以理致爲心腎，氣調爲筋骨，事義爲皮膚。」是時已習用「事義」爲一名。朱氏揭舉抱朴子、劉勰「事義」之語，以爲昭明所祖。按事義分言，莫先於班固兩都賦，朱說未爲諦也。

至於沈思翰藻之對言，則亦始於漢季。有以藻（辭）與義對舉者。曹植詩云：「流藻垂華芬，騁義逕寸翰。」若沈思與翰藻之對言者，始於魏卞蘭之贊述（魏）太子賦。文云：

竊見所作典論及諸賦頌，逸句爛然，沈思泉湧，華藻雲浮，聽之忘味，奉讀無倦。（初學記皇太子篇）

左思蜀都賦：「幽思絢道德，摛藻掞天庭。」幽思即沈思也。摛藻一詞，漢代常見。如延熹二年議郎元賓碑：「圖籍擒（摛）翰 著作，時人莫能預其思。……」則亦以「摛翰」與「預思」對舉，開後世思與翰相對之先河。詩賦欲麗，麗爲詩賦特徵。東漢杜篤書摳賦云：「加文藻之麗飾。」（類聚五五）文藻必須麗飾，然佐以幽思，則文而有其質矣。此辭賦所以有麗則、麗淫之分，以有事義故麗而能則也。由藻之出現，知純文學（belle lettres）應起於漢季。卞蘭之語正反映出此一實情。思與藻對舉，諸家之語，表之如下：

時代	思、藻對稱	出處
東漢	預思　摛藻	元賓碑
魏	沈思　華藻	贊述太子賦
晉	幽思　摛藻	蜀都賦
梁	沈思　翰藻	文選序

至於翰藻一詞，又有可得而言者。翰藻本借義于飛禽，亦倒稱曰「藻翰」。潘岳射雉賦：「敷藻翰之陪鰓。」李善注：「藻翰、翰有華藻也。」文心之論翰藻見於風骨篇者，謂「宜如翰飛戾天」。吳楊泉草書賦：「發翰攄藻，如春華之楊枝。」則以卉木爲喻。茲表之如次：

翰爲氣骨——力之表現
＋　　　＋
采爲辭采——美之表現

是知翰藻原爲兩事，朱氏單以辭藻當之，似亦未盡恰切。又文選序所言之篇翰，則指文章而言。復有異稱如下：

1. 翰墨　典論論文：「古文作者，寄身於翰墨，見意於篇籍。」
2. 文翰　如王儉文翰志。

3. 翰林　如李充翰林論。

義歸乎翰藻者，觀曹植詩云「流藻垂華芬，騁義徑寸翰」，以翰代筆，則如蔡邕筆賦「惟其翰之所生」是也。惟流藻又須騁義，此可取以解說「義歸翰藻」一句；即辭藻之中須有義，否則只為虛辭浮采而已。故文選一書中，非徒為美文，其中尚有「幽思掞道德」；即 morality 。此義為昭明論文之宏旨，阮元輩徒見其一端耳。

昭明選文標準，根據此二句，向來有若干異說：

1. 阮元書昭明太子文選序：

經也，子也，史也，皆不可專名之為文也。故昭明文選序後三段特明其不選之故。必沈思翰藻始名為文，始以入選也。

此說側重「翰藻」。

2. 翁方綱杜詩精熟文選理理字說：

蕭氏之為選也，是原夫孝敬之準式，人倫之師友。所謂事出於沈思者，惟杜詩之真實足以當之。而或僅以藻績目之，不亦誣乎！

此主肌理，以側重藻繢為非。

3. 朱自清文選序事出於沈思義歸乎翰藻說：

若說「義歸乎翰藻」一語專指比類，也許過分明晝；如說這一語偏重「比類」，而合上下兩句渾言之，不外「善於用事，義於用比」之意。

此說則主「事類」，恐亦太偏，誠不免翁方綱所譏。

三、昭明文學見解與文質綜合觀

文質問題在建安至魏已成爲討論之主題，阮瑀、應瑒皆有文質論。昭明之文學見解是主張綜合折衷論。其選文工作，文選以外，又有二書：

一為正序十卷，撰古今典誥文言。——此為經世文編。

一為英華集二十卷，「五言詩之善者」。隋志作古今詩苑英華十九卷。——此為詩選。

與文選可謂鼎足而三。文筆觀念在宋、齊已極發達，二者界限甚爲分明；文心總術已具論之。文鏡秘府論引文筆式，以韵者爲文，非韵爲筆。昭明文選文與筆兼收，擬綜合文、筆，泯其分界。任昉以「筆」名，文選收任文極多。若天監三年策秀才文，奏彈曹景宗、劉整，皆入選（文共十七首），爲衆家之冠，可見其兼重「筆」，非純以「翰藻」之文爲主。又蕭選已言不選經、子之文，但於經則取子夏詩序、孔安國尚書序、杜預左傳序、束皙之補亡詩，可見仍是「宗經」。

昭明之文學見解，在答湘東王求文集及詩苑英華書云：

夫文典則累野，麗亦傷浮。能麗而不浮，典而不野，文質彬彬，有君子之致。吾嘗欲為之，但恨未遠耳。

文選之編集工夫在於選擇作品，亦是實現此一理想。此一見解與劉孝綽正取得一致。劉氏昭明文集序云：

深乎文者，兼而善之。能使典而不野，遠而不放，麗而不淫，約而不儉，獨善衆善，斯文在斯！

此亦折衷綜合之說。故知：

事出于沈思　　義歸乎翰藻
↓　　　　　　↓
典而能不浮　　能正麗而有則

事出沈思則質而不浮；義歸翰藻則麗而有則，正合文質彬彬之旨。

范曄之文章以縟麗勝，而其論文則主不得純主盛藻，徒以工巧圖績，意無所得，故主藻繢之中必有義。晉氏以來，賦家持論，亦主義與理。左思三都賦序，譏於義則虛而無徵，則患在不實也。皇甫謐三都賦序明云：

因文以寄心，託理以全制，為賦之首。

摯虞論賦亦主「以情義爲主，事類爲輔」。是賦亦主乎事義，求能徵實，皇甫言「託理全制」，故知所謂文選理之理，實劉勰云：「擘肌分理，唯務折衷。」（序志）即此事義之所託，非可單純視作事類，或以譬喻解之。是朱自清之說仍是落於一邊也。

文心諧讔：「會義適時，頗益諷諫。」如是則會義幾乎同于諷諫矣。

又事類有二：即古典與今典⑫。

1. 直接的——在當前所見、所聞、所思。

2. 間接的——借古以言今。如西征賦之作法。辭賦上事、義互相爲用。

後人亦有以辭、義分開來看古典文學作品。如黃節詩學：「于三百篇求其義，於楚辭以降求其辭。」

不知楚辭以降，雖其文章有時辭勝於義，然無義之辭，又焉能流傳于後代。只是義勝，抑爲辭勝，視其如何偏差而已。

四、文選與文體分類問題

Prof. James R. Hightower 撰 The Wen Hsüan yeu re Theory（文選與文體論）嘗將文選文體分類，與文心作比較⑬。汪辟彊以爲「劉彥和爲昭明上賓，文選類目之區析，劉氏未嘗不與有力焉」。又云：「選樓諸子，近則本劉彥和所論列，遠則守摯仲洽之成規，斟酌損益，非由獨創可知也。」⑭按天監十六年，昭明時十七歲，到洽遷太子中庶子，劉勰兼東宮通事舍人。時同爲東宮通事舍人者，又有何思澄⑮。是昭明與劉勰有舊，甚有碻據。

文選分類法既遠承摯虞、劉勰舊規，此外似尚別有根據者：

1. 晉、宋以來，文章分體，總集之作，鋒起雲湧⑯。昭明在東宮時有書幾三萬卷，此類之書必曾寓目。

2. 文選收任昉文計十七篇，詩一篇⑰。昉他著有文章始一卷⑱。今傳文章緣起⑲，列八十四題，向疑其僞書⑳。然核其類目，有可與文選所列文體參證者：

(1) 於詩云：「四言五言，區以別矣。」「又少則三言，多則九言。」「又三言八字之文。」今任書開首為三言詩，晉夏侯湛作，以至九言詩，高貴鄉公作。

(2) 序云：「弔祭悲哀之作。」今文選所收，只有哀、弔文、祭文，而無悲。張銑注：

悲，蓋傷痛之文。」文章緣起有悲文[21]、祭文、哀詞、挽詞各體。序所謂悲哀之作，故悲字乃文體。Hightower 譯作 Threnody（Pei） Lament （ai）。注云：“Pei as a separate form is not mentioned in Wen Hsüan, or else where, so far as I can discover.”

按 Threnody 為挽歌、葬歌，與悲似不同，應如蔡邕製作，悲某君文之例。

由上兩項似可推知文選之分類，其中有斟取任昉之處。

3. 張率以天監十七年[22]除太子僕射[23] 普通三年[24]為太子家令，與中庶子陸倕、僕射劉孝綽對掌東宮管記。是張率與昭明關係至深，不在劉孝綽之下。張率著有文衡十五卷，殆亦論文之作，則張氏之文學見解，對蕭統或有影響，亦未可知。

〔附表〕

昭明以前及同時之文章總集與分體總集略表

甲：總集類

書目	編撰者
善文，五十卷。	晉杜預。見成瓘蒻園日札。宋裴駰史記集解李斯傳引之。選文兼記作者，後漢書馬皇后傳李賢注引，似唐時尚有其書。
翰林論（梁五十四卷，隋志三卷）。	晉李充。充成帝時丞相王導掾。
文章流別志、論（梁志二卷、論二卷）。	摯虞㉕。
集苑，六十卷。	謝混。
集林，一百八十一卷（梁二百卷）。	劉義慶。
集林鈔。	
文苑，一百卷。	會稽孔逭。
文苑鈔。	

乙：各體總集類

書目	編撰者
賦集，九十二卷。	謝靈運。

詩集，五十卷。	同上。
詩英，九卷。	同上。
古今詩苑英華，十九卷。	昭明太子。
古樂府，八卷。	
七集，十卷。	謝靈運。
子抄，三十卷。	庾仲容。
雜論，九十五卷。	殷仲堪。
頌集，二十卷。	王僧綽。
古今箴銘集，十四卷。	張湛。
弔文集，六卷。	
碑集，十卷。	謝莊。
誄集，十二卷。	同上。
雜祭文，六卷。	釋僧佑。
衆僧行狀，四十卷。	同上。
設論集，二卷。	劉楷。
客難集，二十卷。	
集論，七十三卷。	
雜露布，十二卷。	

雜擬文，十七卷。	
書集，八十八卷。	王履。
策集，一卷。	殷仲堪。
誹諧文，十卷。	袁淑。

五、吐魯番寫本文選序之校勘

文選序古寫本主要有二：一爲吐魯番三堡㉖所出之初唐寫本，一爲日本之上野鈔本。上野本有楊守敬跋尾，羅振玉文選集注十六卷本所稱楚中楊氏得一卷者也。高閬仙文選李注義疏曾據入校。三堡本見黃文弼之吐魯番考古記，係一九二八年發見，存十七行。起「（懷）沙之志，吟澤有顦顇之容」句，訖「自姬漢已來」句。余曾取與上野互校。如：

「譬陶匏異品」句，胡克家「品」作「器」，而三堡、上野兩本均作「品」。

「舒布為詩，既其如彼」句，此二本悉同。胡本作「既言如彼」，「又亦若此」。明成都周滿刋遼國重梓昭明太子集作「若斯」。

至於異體俗書兩本相同者，如：

「表奏牋記之列」，二寫本同，胡本遼集作「列」。又互作㸦，析作㭊，姬作姖（從巨），移晷作「晷」，遼集「晷」，誤。

黃氏校記有誤認者，如：

「弔祭悲哀之文」，黃誤弔為予。原自不誤。

其中文字異體可記者，如分「鑣」作「鏕」，缺火旁，箴作葴，從草，誄之作誺，「河梁」之作「何梁」等。

此序出張懷寂墓，有長壽三年（六九四）寂墓誌，為武周時物。日本龍谷大學藏有長壽二年張懷寂「河中散大夫行茂州都督司馬告身」㉗。懷寂蓋王孝傑部將也。

❶ 武漢大學文哲季刊，二卷1號，一九三一。

❷ 國文月刊，七十六期，民卅八年。

❸ 昭明卒於中大通三年，年卅一歲。

❹ 宋、齊、梁作品甚多。

❺ 此晁公武引竇常說，以何遜在世，不錄其文。

❻ 見南史本傳。

❼ 時昭明廿六歲。

❽ 繆鉞詩詞叢論 p.46，亦以陸倕卒歲證知文選編定在昭明二十六歲之後，即大通元年至中大通三年數載之中。

❾ 參四庫辨證經部案語。

❿ 見梁書明山賓傳。

⓫ 見文史論著。

⑫ 見陳寅恪說。

⑬ H.J.A.S. VOL. 20/3、4 1957 。

⑭ 與黃軒祖論文選分類書，制言十八期。

⑮ 見何融蕭統年表。

⑯ 見附表。

⑰ 昉卒於天監七年。

⑱ 隋志稱其有錄無書。唐書藝文志著錄文章始一卷。注曰：張績補。績，不詳何人。

⑲ 夷門廣牘本，明陳懋仁注。

⑳ 四庫提要卽有此說。

㉑ 蔡邕作悲温舒文。

㉒ 統年十八歲。

㉓ 見梁書本傳。

㉔ 統廿二歲。

㉕ 文心頌讚篇對贊虞流別大有評擊。如「仲始流別，謬稱爲述，失之遠矣」。詳拙作劉勰以前及其同時之文論佚書考。

㉖ 卽哈拉和卓。

㉗ 西域文化研究三， P.294 — P.L.35 。

附錄：文選解題

文選是中古詩文總集對後代影響最大的一部著作。現在所知最早的總集，似乎是杜預編的「善文」。自文選流行，已被淘汰而失傳了。隋唐時，考試以文選出題目，故文選成爲士子學習作文章的基本讀物；時人因之有「文選爛，秀才半」的諺語。及李善作註，詳注出典。歷宋至淸，文選成爲顯學，有「選學」之稱。五四以來，文學改革家排斥儷體，給一般駢文作家戴上「選學妖孽」的帽子，但文選在中國文學史上的地位仍是十分重要，不能抹殺。

文選編者爲梁昭明太子蕭統，好士愛文，所羅致的助手，當時號爲東宮十學士（見南史廿三王錫傳）。以劉孝綽、王筠、陸倕等爲首。蕭統卒於梁中大通三年（五三一）。他所禮接的文士，陸倕於普通七年卒（五二六）。查文選收有陸倕文篇，但沒有選劉、王作品，故知文選編成必在五二六以後，五三一之前這一段時間。

蕭氏在文選序上提出他選文的標準，是要合乎「綜緝辭采，錯比文華」的要求。他在說明著書體例，排除經、史、子三者，但對史書中的贊、論等，如果能夠具有「事出沈思，義歸翰藻」的條件，亦可破例入選。可見他如何重視辭采。另一方面，在章、表、奏、啓部分，却佔極大的篇幅。如任昉一人即收有十篇之多。從另一角度，可看出蕭氏對實用性的文篇，亦不漠視。他竝非完全以文藻爲主，同時兼顧文和筆的。

文選分體共三十八類。有人病其過於繁碎。如果拿它和文心雕龍論文章體式作一比較，便發覺有些地方，暗合於文心。文心成書在前，似乎嘗參考過劉書，但蕭選類目，割裂駢枝之處甚多，不及文心義例之嚴。

文選自宋後有刻板，本子繁多，主要有四個系統：

1.無注本。即蕭統原來三十卷本。敦煌有六朝寫卷殘帙，存於法京。

2.李善注本。六十卷。現存有唐永隆年寫西京賦殘卷。北宋大中祥符四年（一〇一一），國子監始刻李注本（北京圖書館藏殘本）。南宋淳熙八年（一一八一）尤袤刻本，最爲重要。

3.五臣注本。三十卷。唐開元中，呂延祚集呂延濟、劉良、張銑、呂向、李周翰五人注本，世謂爲五臣注。日本有唐寫本（天理大學藏，已印入該校善本叢書），台灣中央圖書館有宋紹興十四年建陽陳八郎刊本。

4.六臣注本。即李善注與五臣註合刊。宋本通行有三種：

贛州本。前李善注，後五臣注。

明州本。紹興二十八年刊。先五臣，後李善。日本足利學校秘籍叢刊複印（汲古書院印）。

廣都裴宅本。崇寧五年刊。台灣翻印。

日本另有文選集注，爲百二十卷本。集註撰者未詳，所引李善注，較宋本爲詳。京都大學影印本。

翻譯

Erwin Van Zach: Die Chinesische Anthologie, Introduction by James R. Hightower Haward-yenching Institute Studies XVIII 1958.

Stadies: James R. Hightower: the Wen Hsüan genre Theory, H.J.A.S. 20 1957,

David R.Kneehtges: Wen xuan, 2vol. Princeton University, 1982, 1987.

Gerhard Schmitt: Aufschlüsse über das Wenxuan in seiner frühesten Fassung durch ein Manuskript aus der Tang-zeit, Deutsche Akademie der Wissen schafter Zu Berlin, Band XIV, Heft 3. 1968.

高步瀛：文選李注義疏，收入「選學叢書」中。

黃　侃：文選平點，一九八四，上海古籍出版社。

駱鴻凱：文選學。

林聰明：昭明文選考略，台北：文史哲出版社，民六十三年。

文選論文

饒宗頤：敦煌本文選斠證一、二，新亞學報第三卷第一期（一九五七），又第二期（一九五八）。

何融：文選編撰時期及編者考略。

古田敬一：文選編纂の人之時，小尾郊一退官論文集，廣島。

斯波六郎：文選諸本の研究，在文選索引卷を前，一九五七，京都大學人文科學研究所印。

程毅中、白化文：略談李善注文選的尤刻本，文物，一九七六・一一。

岡村繁：文選集注之宋明板印の李善注，加賀博士退官紀念論集。

齊益壽：文心雕龍與文選在選文定篇及評文標準上的比較，古典文學第三集，台灣學生書局，一九八一。

讀頭陀寺碑

梁武帝嗜內典，爲淨業賦，不食魚肉。其斷酒肉文云：「夫匡正佛法是黑衣人事，乃非弟子白衣所急。」諸兒皆禮事佛。昭明且以維摩爲小字。復於二諦法身，剖析曲盡，雖弘宣內業未逮厥考，而清淨實出於胸懷（張溥昭明集題辭）。所撰文選一書，收錄有關釋氏者二篇。孫綽天台山賦之外，嘗數王巾是碑，蓋六朝人公認之佳構所喜誦讀者也。近賢或罕涉獵，且有誤爲王儉所作者。余在上庠爲諸生授文選，講習之餘，頗有軫發。因綴錄爲是篇。

一、作者

此碑作者，向來有王巾、王屮、王𡳾三說。依余所考，作屮與𡳾者實俱誤。

（一）徐鍇說文繫傳屮部下云：「齊有輔國錄事參軍王屮，字簡棲，作武昌頭陁寺碑。」王應麟困學紀聞從之，文選理學權輿采是說。

（二）何義門首謂當作王屮（左），姚範援鶉堂筆記采是說。梁玉繩瞥紀引吳白華說：「詩簡兮『左手執籥』，其名與字或取此。」是說程瑤田駁之。見胡紹瑛文選箋證（卷卅二）。

（三）鍾嶸詩品：齊記室王巾。陳衍注云：「音戛。」無據。車柱環詩品校證從何義門說，非是。

按藝文類聚七十六寺碑類「齊王巾頭陀寺碑」，只摘開首數句，亦作王巾。李善注引姓氏英賢錄云：

> 王巾字簡栖，琅邪臨沂人也。有學業。為頭陀寺碑，文詞巧麗，為世所重。起家郢州從事，征南記室。天監四年卒。碑在郢州。題云：「齊國錄事參軍琅邪王巾制。」

其碑分明作王巾。英賢錄即隋志著錄之賈執姓氏英賢譜一百卷。賈氏世傳譜學，見南齊書賈淵傳。唐書世系表稱（賈）希鏡孫執，但柳沖傳則作希鏡子執。劉孝儀集有彈賈執文。執蓋與王巾同時，所記必無誤。

又胡紹瑛引神仙寺碑序亦作王巾。吟窗雜錄引詩品：「王巾二卞詩竝愛清新。」（全梁文引作屮，山堂考索引作王申，均訛。）隋書經籍志王巾著述有二：一在史部，爲法師傳十卷；一在集部，云：「梁有王巾集十一卷，亡。」册府元龜國史部采摭門：王巾撰法師傳十卷，同。慧皎高僧傳，王曼碩與皎法師書云：「唯釋法進所造，王巾有著，竟存該綜，可擅一家。然進、巾名博而未廣，體立而未就。」慧皎僧傳序稱：「瑯琊王巾所撰僧史，意似該綜。」均作王巾。故知屮、申皆是巾之誤。

二、古寫本及碑刻

日本正倉院藏東大寺獻物帳，天平勝寶八歲納物，內有頭陁寺碑并杜家立成一卷、樂毅論一卷。右二卷中太上天皇之皇太后御書。此碑唐代已傳入扶桑，且爲皇太后所御書。

是碑屢有翻刻。江陵寺餘云：「頭陀寺在東九十里，地名赤岸。宋大明五年置。有王屮古碑，剝落無字。龜趺僅存半面，半爲斧鎌摩礪痕也。」元和郡縣志：「頭陀寺在鄂州江夏縣東南二里。唐開元六年重刻頭陀寺碑。五代韓熙載又重立頭陀寺碑，書其碑陰云。」

趙松雪於元大德四年六月九日書頭陁寺碑，末記「書與密印寺力法師」，署名「子昂」。董其昌題稱：「生平見趙書皆不及此卷，有右軍之靈和，迥出懷仁聖教序遠矣。」又有張鳳翼、陳繼儒、王穉登、李日華、楊文驄諸題記。見辛丑銷夏記。具見此篇爲人所雒誦，屢爲大書家傳寫不替，非偶然也。

文心雕龍探原

一、緒　言

劉子玄云：「詞人屬文，其體非一。譬甘辛殊味，丹素異彩。後來祖述，識昧圓通。家有詆訶，人相倚摭。故劉勰文心生焉。」（史通自敍）是文心之作，所以彌綸群言，定其大體。因窮源之鑑，得馭萬之術。「厚集肇慮，朗成圓種」❶。夫其融洽瑩練，頗異曩篇之泛議。微密精邃，實同佛家之造論。故能衣被詞人，綿歷千祀，迄于今茲，猶未沫也。

往讀梁書文學傳，謂「彥和早孤，篤志好學。家貧、不婚娶，依沙門僧祐居處，積十餘年」。其撰文心，據時序篇有「皇齊馭寶」語，蓋成書于齊和帝中興二年三月以前。時仍寄跡桑門，身名未顯❷。竊怪彥和于定林寺校理內典經藏，乃以餘晷，成此偉構，其果何所憑藉耶？其序志篇云：

> 詳觀近代之論文者多矣。至于魏文述典，陳思序書，應瑒文論（文質論），陸機文賦，仲洽（摯虞）流別，宏範（按應作宏度，李充字）翰林，各照隅隙，鮮觀衢路。……又君山（桓譚）、公幹（劉楨）之徒，吉甫（應貞）、士龍（陸雲）之輩，汎議文意，往往間出，幷未能振葉以尋根，觀瀾而索源。

于魏晉以降諸家文論，鮮所許可。所舉之書，流別、翰林，僅存碎璧；公幹、吉甫，幷歸澌滅。自餘諸作，大都銓序一文，而非籠圈條貫，初成專著，如此五十篇者。其得子玄之服膺，非無故矣。

序志又云：

> 及其品列成文，有同乎舊談者，非雷同也，勢自不可異也。有異乎前論者，非苟異也，理自不可同也。同之于異，不屑古今；擘肌分理，唯務折衷。

此自道其損益同異之故。黃氏札記因謂「文心多襲前人之論，而不嫌其因襲，未若世之君子必以己言爲貴也」。或曰：子之言良然！更爲吾子證之。不觀夫宗經篇乎？自「易惟談天」至「表裏之異體者也」二百字，幷本王仲宣荊州文學志，不以爲嫌。此非彥和鈔襲舊文之明證乎？

余應之曰：是不然。此范注引象山陳漢章之說也。彼且引章實齋說林所云，著作之體，援引古義，襲用成文，不標所出，非爲掠美，不病重見。今按仲宣荊州文學紀官志，宋紹興本藝文類聚三十八，及宋本御覽六〇七幷引之，俱無此段，惟嚴鐵橋全後漢文所錄有之，實爲誤鈔。考御覽卷六〇八（學部二敍經典）末段引文心雕龍曰「自夫子刪述，而大寶啟耀」訖「此聖文殊致，表裏之異體者也」，明係彥和之語。文章風格，與仲宣亦不相類。陳氏誤據嚴輯，未檢類書，此應爲之刋正，庶免輾轉傳訛，以厚誣古人也❸。

二、文心雕龍文體分類之依據

文心之爲書，原分上下篇。序志言「上篇以上，綱領明矣」，「下篇以下，毛目顯矣」。蓋自書記而上爲上篇，所以「論文敍筆」，區別文體，銓釋名義，辨章源流。彥和以前論文體者，若曹丕、陸機、摯虞、李充，已極賅洽；此學者之所習知者也❹。然有一事爲歷來所忽略者，即分體之總集，至于宋、齊，各體皆備，彥和席其成規，但加品騭而已，無庸搴擇而歸納之也。蓋自漢、魏以來，製作日繁，有就某一文體爲之彙集者。以予所知，似以應璩之「書林」爲最早。隋志：書林十卷。又曰：梁有應璩書林八卷，夏赤松撰。魏志高堂隆附傳裴注云：「潛字彥皇。見應璩書林。」姚振宗據此著錄于三國藝文志，謂「書林爲應璩所集」。審矣。文心書記篇稱「休璉（據字）好事，留意詞翰」，蓋其編集書翰之文，觀摩既夥，自製亦佳❺，宜其多見采于蕭選也。

下逮晉、宋，文體既多，衆制鋒起。于是各從其類，因體以爲集。其事極盛于劉宋之世。茲就隋書經籍志所錄，略依文心論次各體，條記其總集如次：

詩

隋志：謝靈運撰詩集五十卷。梁五十一卷。又有宋侍中張敷、袁淑補謝靈運詩集一百卷。又詩集百卷，幷例錄二卷，顏峻（延年子）撰，亡。

按：明詩篇論及詩體之內容，若古詩，晉世篇製，應璩百一，景純仙篇，五言流調，與夫雜言、廻文之體，在當日幷有專集。

隋志：梁有（古詩集九卷），古今九代歌詩七卷，張湛撰，亡。梁有二晉雜詩二十卷，亡。又有古今五言詩美文五卷，荀綽撰，亡。梁有雜言詩鈔五卷，謝朏撰，亡。梁又有古游仙詩一卷，亡。又有應貞註應璩百一詩八卷，亡。

梁又有迴文（詩）集十集，謝靈運撰，亡。梁又有迴文詩八卷，（不著撰人），亡。梁又有織錦迴文詩一卷，竇氏妻蘇氏作，亡。以上俱梁有而隋亡者，在彥和時應尙存，足供其漁獵之資。而顏竣詩集之「例錄」，尤堪供采摭之用。

樂府

樂府篇云：「凡樂辭曰詩，詩聲曰歌……子政品文，詩與歌別。故略具樂篇，以標區界。」卽說明將樂府與詩分開之緣由。今觀隋志，樂府自爲專集，與詩釐然有別。其所著錄者，有：古樂府八卷，樂府歌辭鈔一卷，歌餘十卷，古歌餘鈔二卷，晉歌章八卷，吳聲歌辭曲一卷，俱無撰人。

其梁有而隋亡之樂府歌辭又若干種，不備記。

賦

隋志：賦集九十二卷，謝靈運撰。梁又有賦集五十卷，宋新喻惠侯（劉義宗）撰。又

頌讚

有賦集四十卷，宋明帝撰，亡。其他賦集賦註尚有多種。

隋志：梁有頌集二十卷，王僧綽撰，亡。

讚集五卷，謝莊撰。

銘箴

隋志有古今箴銘集十四卷，張湛撰。錄一卷。梁有箴集十六卷，亡。梁有雜誡箴二十四卷，亡。梁又有銘集十一卷，不著撰人，亡。梁又有箴器雜銘五卷，釋僧祐撰，亡。案所謂「錄一卷」，當是序錄；即說明文體源流之導言也。

誄碑

隋志：梁又有詩集十五卷，謝莊撰，亡。

隋志：碑集二十九卷，雜碑集二十九卷。梁有碑集十卷。謝莊撰。梁有雜碑二十二卷，碑文十五卷，晉將作大匠陳勰撰，亡。諸寺碑文四十六卷，釋僧祐撰，亡。

哀弔

隋志：梁有弔文集六卷。錄一卷，弔文二卷，亡。梁又有雜祭文六卷，釋僧祐撰，亡。

雜文

隋志有梁代雜文三卷，不著撰人。

按：文心雜文篇區雜文爲三類，即對問、設論，與七及連珠三種。凡玆三者，梁時俱有專集。兩唐志有謝靈運設論集五卷。隋志有設論集二卷，劉楷撰。梁有設論集三卷，東晉人撰，亡。梁有客難集二十卷，亡。

隋志：七集十卷，謝靈運撰。梁又有七林三十卷，亡。

隋志梁有謝靈運連珠五卷，亡。梁有設論、連珠十卷，無撰人。可知此三種，梁時各有專集。或以設論與連珠，合爲一書。至梁代，雜文一書，內容雖不可知，然以文心推證之，當是包括此三體。

諧隱　漢書藝文志有隱書十六卷。至宋初，袁淑輯誹諧文十五卷。見兩唐志（隋志作十卷）。宋沈宗之又有誹諧文一卷（梁有隋亡）。此文體遂成一格。

（以上文）

諸子　庾仲容有子抄三十卷。

論說　隋志有論集七十三卷，雜論十卷，不著撰人。兩唐志有殷仲堪雜論九十五卷（子部雜家有殷仲堪論集八十六卷）。則纂集論說之文爲專集者，似始于殷氏。

詔策　隋志：梁有雜詔多種，及後魏詔集等。殷仲堪有集策一卷。唐志有謝靈運策集六卷。

檄移　隋志：梁有雜檄文十七卷。

封禪　隋志梁有雜封禪文八卷，亡。

書　隋志有晉散騎常侍王履書集八十八卷，及書林十卷，不著撰人。

（以上筆）

此類分體之總集，以宋初爲最盛。謝靈運謝莊致力尤勤。蓋一時之風氣使然。至各體纂集之興，各有所始：頌肇于王僧綽，箴銘始于張湛，論說則起于殷仲堪焉。僧祐對于碑文雜祭文，幷爲專集。彥和寄食于僧祐，薰染所自，于文體辨析，易奏膚功。其時各體文旣均有專集行世，疑有序引，可供采擷。如顏竣之書，且有例錄，則論列亦非難事。是彥和此書上半部之侈陳文體，自非空所依傍，自出杼軸。其分類之法，乃依循前規，排比成編。加之仲治流別，李充翰林，幷有成書，矩矱具在，自易措手。昭明文選成書更在彥和之後，其分析文體，姚姬傳深病其碎雜，不知乃遠承往轍，與彥和取徑正有同然。倘病其列體繁碎，而謂分體爲彼輩草創之業，則迴非事實。此讀文心與文選者，應先明辨之一事也❻。

三、劉勰文學見解之淵源

裴子野雕蟲論云：

> 宋明帝博好文章……天下向風，人自藻飾。雕蟲之藝，盛于時矣。（以上序）……宋初迄于元嘉，多為經史，實好斯文。……自是閭閻少年，貴遊總角，罔不擯落六藝，吟詠性情。學者以博依為急務，謂章句為專魯。淫文破典，裴爾為功。無被于管絃，無止乎禮義。深心主卉木，遠致極風雲。其興浮，其志弱。巧而不要，隱而不深。討其宗途，亦有宋之風也。（全梁文五十三）

宋書明帝（劉彧）紀云：

> （帝）好讀書，愛文義。在藩時，撰江左以來文章志。……舊臣才學之士，多蒙引進，參侍文籍。

宋世文章之盛，良由在上鼓吹之功。流風所被，棄經學而尚文藻。益以文、筆觀念之區別日嚴，遂有蕭統「事出沈思，義歸翰藻」之說，以重定文學之義界。若裴子野持論，無非欲其可被于絃歌，而止乎禮義。質言之，在阻止文學，使勿脫于經學之藩籬，俾文質相倚為用。此乃自漢以來傳統之文學觀，非子野一人之私言也❼。彥和文心，力主宗經，與子野持論宗旨相符。不特說明各種文體皆導源于五經，且極于經書中探索「文」之意義，以立其建言之根據。考經傳所見「文」

之主要觀念，大抵如下：

一曰文與質：

禮云：「子曰：虞、夏之質，殷、周之文，至矣。虞、夏之文不勝其質。」

論語：「文質彬彬，然後君子。」

應瑒著「文質論」（其文多有用韻），以爲「二政代序，有文有質」，而歸結于「言辨國典，辭定皇居，然後知質者不足，而文者有餘」。雖爲論典制而非專言文事，然其說可與魏文「文章經國之大業」相表裏，而所重則在「文」也。若彥和之論，則云「古來文章，以雕縟成體」（序志篇），而「篇章雜沓，質文交加」（知音篇）。「然懇惻者，辭爲心使；浮侈者，情爲文使。繁約得正，華實相勝。脣吻不滯，則中律矣。」（章表篇）是則舒文載實之說，所重乃在乎「質」矣。故彥和責應氏之論爲「華而疏略」（序志），職是故也。又謂「文附質」而「質待文」，「心定而後結言，理正而後摛藻，便文不滅質，博不溺心」，「乃可謂雕琢其章，彬彬君子矣」（情采篇），文質相倚之義，至是已無遺蘊矣。

二曰文與武：

詩云：「允文允武。」

禮云：「故可以為文，可以為武。」

左傳：「有文事者，必有武備。」

文武本自異途，彥和則合一之。既主華實相勝，且力倡文武兼資。故譏「揚馬之徒，有文無質，所以終乎下位」，而言「文武之術，左右唯宜」。郤縠、孫武，可爲楷式。是以「摛文必在緯軍國」（具見「程器」）。此雖本周書梓材之說，貴器用而兼文采，實亦取乎詩「允文允武」之意，與晉宋文人見解迥殊。要亦依經以立論者也。

最廣義之「文」，兼指天文與人文。易稱天文、地文及鳥獸之文，又曰「文明」。

易：「觀乎天文，以察時變；觀乎人文，以化成天下。」

又：「觀鳥獸之文，與地之宜。」

又：「其德剛健而文明，應乎天而時行。」

又：「文明以止，人文也。」

左傳昭二十八年：「經緯天地曰文。」

應瑒論文，溯源于剖判，造分天地，化成萬物。故曰：「日月運其光，列宿曜于文，百穀麗于土，芳華茂于春。是以聖人合德天地，稟氣淳靈；仰觀象于玄表，俯察式于群形；窮神知化，萬物是經。」文心首原道篇，論「文之爲德，與天地幷生」。日月山川，皆道之文；旁及萬品，動植草木，無非文者。要以觀天文以極變，察人文以成化，然後能經緯區宇，彪炳辭義。鼓天下者，存乎辭。人文與天文，經緯爲一。故曰：「文明以健，珪璋乃騁。」（風骨篇）此義也，近參應氏，而遠追義文。究其原，實出于易也。若夫人文之盛，莫切于禮樂，故經每稱「禮樂之文」。

禮　識禮樂之文者能述。

忠信，禮之本也；義理，禮之文也。

禮自外作，故文。

樂者，異文合愛者也。

屈伸俯仰，綴兆舒疾，樂之文也。

論語　文之以禮樂。

古以禮法爲文章（見左傳「考文章」杜註：「禮、法也。」），彥和因謂：「文章之用，實經典枝條。五禮資之以成，六典因之致用；君臣所以炳煥，軍國所以昭明。詳其本源，莫非經典。」則以文章之大用，卽經典之辭訓。而文之精義，尤在乎社會作用。故於徵聖篇列擧「政化貴文，事迹貴文，修身貴文」三義。修、齊、治、平之務，無非「文章」。孔子贊堯曰「煥乎其有文章」，褒周則曰「郁郁乎文」，此皆「文」之廣義。故曰：「精理爲文，秀氣成采。」非「言辭」始謂之「文」，凡「述作威儀禮法有文彩」者（論語邢疏），皆文章也。蕩之什詩序云：「厲王無道，天下蕩蕩，無綱紀文章，故作是詩。」亦以「文章」指法度也。（謚法以文爲號者尤多，玆不具論。）

經書中以容貌爲形文：

禮：「信以結之，容貌以文之。」

節奏爲聲文：

禮：「故形于聲，聲成文，謂之音。」

稱情制禮，亦謂之「文」：

禮：「稱情而立文，因以飾群。」

彥和情采篇，因區形文，聲文，情文三者；亦取資于禮，而加以變通者。由此知彥和之所謂文，乃繼承孔子廣義之「文」之觀念，加以發揚；尤重視文學在社會生活中之地位與作用。此與齊、梁以沈思翰藻始得爲「文」之狹義文學觀念，大異其趣。故其立論，不得不溯源于經典，而大倡

「徵聖」與「宗經」也。

惟此一說，乃漢以來之傳統文學觀。劉向說苑有修文篇，又有反質篇，蓋主文質合一。

修文篇：「禮樂者，行化之大者也……故聖王修體文，設庠序。……」

又：「文王始接民以仁，而天下莫不仁焉。文，德之至也。」

詩曰：「雕琢其章，金玉其相，言文質美也。」

反質篇：「質有餘者，不受飾也。」

又：「是以聖人見人之文，必考其質。」

此先乎應瑒彥和而倡合文質之論者也。

漢人對「文學」二字之解釋，多折衷於禮樂、禮法。崔瑗南陽文學頌云：

……故觀禮則體敬，聽樂則心和，然後知反其性而正其身焉。取律於天以和聲，采言於聖以成謀。以和邦國，以諧萬民。

王粲荆州文學記官志：

于先王之為世也，則象天地，軌儀憲極，設教導化，敍經志業。……夫文學也者，人倫之守，大教之本也。

徐幹中論藝紀篇，則主德藝合一。

藝者，所以事成德者也，德者，以道率身者也。藝者，德之枝葉也，德者。人之根幹也。

又：「既修其質，且加其文。文質善，然後體全。」

又：「禮樂之本也者，其德者乎。詩云：我有嘉賓，德音孔昭。視民不佻，君子是則是效……」此禮樂之所貴也。

又：「藝者，心之所使也；仁之聲也，義之象也。……」

此與應瑒同時，而主合文質，兼德藝之說者也。

降及晉世，摯虞之總論文章云：

文章者，所以宣上下之象，明人倫之敍，窮理盡性，以究萬物之宜者也。

李充翰林論：

……諸葛亮之表劉主，裴公之辭侍中，羊公之讓開府，可謂德音矣。

又：「盟檄發于聖旅。相如諭蜀父老，可謂德音矣。」

摯虞之釋文章，何異于仲宣？李充之主德者，正同符于偉長。今觀彥和之論文，蓋承此一傳統之文學觀念而來。不獨主「合文質」「同德藝」，且「兼文武」，可謂爲綜合之廣義文學觀。徐幹、摯虞但主德文同一，而彥和且欲統一文武。如是之綜合文學論，直以「文學」爲「文化」。在當日文、筆嚴分畛域之狹義文學家觀之，則不免離題過遠。其說之不爲時流所重，固矣。

四、劉勰思想與宗炳、顏延之之關係

彥和論文，主神理說。原道篇云：「言之文也，天地之心哉。……誰其尸之，亦神理而已。」又云：「玄聖創典，素王述訓，莫不原道心以敷章，研神理而設教。」故特著神思一篇，以爲「文之思也，其神遠矣」。而神妙無方，惟「至精而能闡其妙，至變而後通其數」。淵微所至，則輪扁亦不能言者矣。按神理之論，自與佛氏之說有關，惟自晉宋以來，論藝術者，恒本神思之旨，發為玄遠之論。宗炳之序山水，謂「樂趣融其神思」；王微之敍畫，亦以明神之降，即畫之情。此固莊生之玄言，移以論畫評文，于理原無二致也。

宗炳畫山水序云：

聖人含道應物，賢者澄懷昧象。……夫聖人以神發道，而賢者通山水，以形媚道。……夫理絕于中古之上者，可意求于千載之下；旨微于言象之外者，可心取于書策之內。況乎身所盤桓，目所綢繆，以形寫形，以色貌色也。……夫以應目會心為理者，類之成巧，則目亦同應，心亦俱會。應會感神，神超理得。雖復虛求幽岩，何以加焉？又神本亡端，栖形成類，理入影迹，誠如妙寫，亦誠盡矣。于是閒居理氣，拂觴鳴琴，披圖幽對，坐究四荒。不違天勵之叢，獨應無人之野。峰岫嶢嶷，雲林森渺。聖賢映于絕代，萬趣融其神思，余復何為哉？暢神而已。神之所暢，孰有先焉。（全宋文二十）

此篇高妙絕倫，實晉、宋間之名篇，豈彥和神思篇所可望其項背？

王微有敍畫一篇：

……望秋雲，神飛揚；臨春風，思浩蕩……綠林揚風，白水激澗。嗚呼！豈獨運諸指掌，亦以明神降之。此畫之情也。（歷代名畫記六）

頗疑彥和「神思」之說，與宗炳輩不無相關之處。彥和之書，世多誦習，而宗炳罕有問津，故表出之。至宗炳明佛論，亦彥和滅惑論之先河也。明佛論言練神處尤夥。如云：

書稱知遠，不出唐、虞；春秋屬辭，盡于王業。禮樂之良敬，詩書之溫潔，今于無窮之中。

煥三千日月以列照，麗萬二千天下以貞觀。乃知周、孔所述，蓋于蠻觸之域，應求治之麤感，且寧乏于一生之內耳。逸乎生表者，存而未論也。若不然也，何其篤于為始形，而略于為神哉？……而學者惟守救麤之闕文，以書禮為限斷。聞窮神積刼之遠化，炫目前而永忽。不亦悲夫！嗚呼！有似行于層雲之下，而不信日月者也。今稱一陰一陽之謂道，陰陽不測之謂神者，蓋謂「至無」為道，陰陽兩渾，故曰一陰一陽也。自道而降，便入精神，常有于陰陽之表，非二儀所究，故曰陰陽不測耳。君平之説一生二謂神明，是也。

夫至治則天，大亂滔天，其要心神之為也。堯無理不照，無欲不盡，其神精也；桀無惡不肆，其神悖也。……

夫聖神玄照，而無思營之識者，由心與物絕，唯神而已。故虛明之本，終始常住，不可凋矣。今心與物交，不一于神，雖以顏子之微，而必乾乾鑽仰，好仁樂山，庶乎屢空。皆心用乃識，必用用妙接，識識妙續，如火之炎炎，相卽而成爛耳。今以悟息心，心用止而情識歇，則神明全矣。……

所論極精。今不殫繁引，要以明神之妙用，卽治亂之本，亦心神之爲。推之，爲文作畫，何莫不然？故非練神，無以臻其極摯。此宗炳言畫，以暢神爲先，彥和言文，亦以神思爲結慮之司契，職是故耳。宗炳頗非儒學，病其僅得麤迹，未究玄極；惟抱守闕文，莫聞窮神致化。因謂：「中國君子，明于禮義，而闇于知人心，寧知佛心乎？今世業近事，謀之不臧，猶興喪及之，況精神我也。得焉則清升無窮，失矣則永墜無極。可不臨深而求，履薄而慮乎？」其所追求者，不止暢其神明而已，乃在乎「精神我」之不滅❽。此已非文學藝術之範疇，而爲宗敎之境域。顧其文學藝術之「神理」，亦由此出。若干文藝思想，必循宗教思想以抉發之，否則探驪得珠，殊非易事。斯亦其一例也。

宋初以來，神不滅之說，方興未艾。若（丹陽尹）鄭鮮之，亦有神不滅論。主神爲生本，其源至妙。與宗炳所論，殊途同歸，皆導彥和滅惑論之先路。其文皆載于弘明集，亦彥和所誦習者。其時文豪若顏延之，亦信奉佛法。考其文藝理論，與彥和實亦沆瀣一氣。間嘗論之，彥和之文藝思想，頗受顏延之之影響。延之理論，見于庭誥。惜今存者，非其全帙。然嘗鼎一臠，猶可覩其梗概。玆擧要如次：

（一）「言道」「論心」爲論事之本

庭誥云：「達見同善，通辯異科。一曰言道，二曰論心，三曰校理。言道者，本之于天；論心者，議之于人；校理者，取之于物。從而別之，繇塗參陳；要而會之，終致可一。」（弘明集十三）此造論之一般法則。文之道，何能異是？故彥和文心，首揭原道。乃曰：「文之爲德也，大矣；可與天地幷生。」又曰：「心生而言立，言立而文明，自然之道也。」又曰：「言之文也，天地之心哉。」此卽言道者本之于天之義。其書名曰「文心」亦所以論心，而議之于人，此豈非循延之之軌轍乎？

（二）「形」「神」之辨及治心爲先

庭誥云：「爲道者蓋流出于仙法，故以臻形爲上；崇佛者，本在于神教，故以治心爲先。……

況神道不形，固衆之所假，未能體神而不疑。神無者以爲靈性密微，可以積理知；洪變欻怳，可以大順待。照若鏡天，肅若窺淵，能以理順爲人者，可與言有神矣。」（弘明集十三）此以形、神區別道與釋，與彥和滅惑論正有同符。滅惑論云：「佛法練神，道教練形。形器必終，礙于一垣之裏；神識無窮，再撫六合之外。」即因顏說而引申者也。循是而衍繹之，故彥和論文，首重「神理」。又專立「神思」一篇，冠于筆術之首，謂：「思理爲妙，神與物遊。神居胸臆，而志氣統其關鍵。……關鍵將塞，則神有遯心。」以爲心思出于神，神即作文之基本動力。此與治心爲先，亦同一原理。

（三）文筆之辨以「史傳」入筆

顏氏「精于論文」（詩品），其論文、筆之語，不見于現存之庭誥，惟文心總術篇云：夫「文」以足言，理兼詩書。別目兩名，自近代耳。顏延之以爲，「筆之爲體，言之文也。經典則言而非筆，傳記則筆而非言」。

略窺梗概。測其意，似顏氏區爲言、筆、文三等，而以史傳歸入「筆」之範圍。筆亦「言」之有文者也。彥和以史、傳、諸子，納于筆中，未始非基于顏氏之說。總術篇對顏氏多加非難，論者以爲未當❾。考其重視諸子，乃受葛洪之影響；其采及史傳，則又根據延之傳記屬于筆之說，彰彰明甚。

（四）觀書貴體要

庭誥云：「觀書貴要，觀要貴博。博而知要，萬流可一。……褒貶之書，取其正言晦義，轉制衰王，微辭宣旨。」文心徵聖篇：「易稱辨物正言，書云辭尚體要。……雖精義曲隱，無傷其正言；微辭婉晦，不害其體要。體要與微辭偕通，正言共精義并用，聖人之文章，亦可見也。」對于觀要與正言、微辭相關之義，顯受庭誥之啟發，而加以推闡者。

（五）彥和詩說多同顏延之

庭誥引荀爽云：「詩者古之歌章。……逮李陵衆作，總雜不類。元是假託，非盡陵制。至其善寫，有足悲者。」按明詩篇：「成帝品錄……詞人遺翰，莫見五言，所以李陵、班婕妤見疑予後代也。」即緣本是說。

又庭誥：「至于五言流靡，則劉楨、張華；四言側密，則張衡、王粲。若夫陳思王，可謂兼之矣。」（御覽586）而明詩篇云：「四言……則雅潤爲本，五言……則清麗居宗……兼善則子建、仲宣，偏美則太沖、公幹」等語，亦略本此而加變通。

他若「隱秀」二字出顏延之「顏府君家傳銘」「青州隱秀，爰如貞居」句。凡此均足證彥和文論與顏延之關係之深。此非臆測之說，故舉出之以質諸高明[10]。

五、文心各論之取材述略

文心各篇之取材非一，玆略證如左。其中多爲前已言之者，不復舉出，以省繁冗。

原道　法淮南子首原道訓。

徵聖　體要、微辭、正言諸義，俱本顏延之庭誥。說見前。

宗經　桓譚新論有「正經」篇（第九）。如言「古袟禮記古論語古孝經，乃嘉論之林藪，文義之淵海也」，即以經爲文辭之源。

明詩　庭誥「五言流靡，四言側密，陳思兼之」，即彥和所本。

詮賦　桓譚新論有「道賦」篇（第十二），全漢文輯存四條。如云「子雲言能讀千賦則善賦」，彥和引用之。皇甫謐三都賦序舉相如、揚、班、張、馬、王六家爲賦之魁傑，彥和則益前此之荀、宋、枚、賈四家，進王褒而退季長，蓋又合皇甫摯虞之說折衷之。文章流別論賦極詳。「四過」之說，較文心爲精。

頌讚　大致采摯虞。

銘箴　蔡邕有銘論（全後漢文七四），崔瑗有敘箴（全後漢文四五）。

哀弔　間亦取摯虞說。

雜文　取傅玄七謨序、連珠序。

諧讔　漢書藝文志有讔書十六篇。

諸子　用葛洪尚博篇說。

詔策　參蔡邕獨斷。

神思　「神思」二字及其義，取自宗炳。

通變　論變以陸機文賦爲精，此參其說。

定勢　論「勢」肇于劉楨。陸厥傳：「劉楨奏書，大明體勢之致。」

情采　「情文」二字，出陸雲與兄札「此是情文」語。

隱秀　二字見顏延之「顏府君家傳銘」。

麗辭　梁世朱澹遠有語對十卷，語麗十卷。見隋志（又見金樓子聚書篇）。

附會　劉逵三都賦序：「傳辭會義。」（晉書文苑左思傳）附會即傳會。

指瑕　顏氏家訓文章篇：「江南文制，欲人彈射。知有病累，隨即改之。」是指瑕之作，亦江南之習尚也。

知音　貴遠賤近一段，本抱朴子廣譬篇。又六觀之術，按劉劭人物志有「八觀」篇，此參其說。

程器　因魏文（典論）韋誕（魏志王粲傳引魚豢魏略）之說，及宋袁淑弔古文（見全宋文四三）論古今文士之疵病。

玆略揭所知如上，其他未遑一一細考，容諸異日，再詳論之。

六、劉勰與沈約

梁書文學傳云：

> 初，勰撰文心雕龍五十篇，論古今文體，引而次之。……既成，未為時流所稱。勰自重其文，欲取定于約。約時盛貴，無由自達，乃負其書候約出，干之于車前。狀若貨鬻者。約便命取讀，大重之，謂為深得文理，常陳諸几案。

知音之難，千古共嘆。而酸鹹異嗜，貴遠賤近，文人相輕，自昔而然。故彥和于書末，特著知音篇，論次其事。沈約之于彥和，自是知音，然彥和此書，有意求合于沈約，實非一處。嘗試論之。約于永明中，盛倡四聲，陸厥、鍾嶸，皆加非難，彥和獨闢聲律專篇以論之。所云「聲有飛沈，響有雙疊」，豈非休文「前有浮聲，後須切響」乎？協以宗旨相同，故獲沈約之賞識⓫。此一事也。顏之推家訓引沈隱侯云：「文章當以三易：易見事，一也；易識字，二也；易誦讀，三也。」而文心練字篇云：「自晉來用字，率從簡易。時并習易，人誰取難？今一字詭異，則群句震驚；三人弗識，則將成字妖矣。」用字尚易之說，與休文正合。此二事也。連珠之興，傅玄以為「興于漢章之世」（敍連珠），沈約則云：「竊聞連珠之作，始于子雲。」（注制旨連珠表）而文心雜文篇，乃曰：「揚雄覃思文淵，……肇為連珠。」即取休文之說。此三事也。是其持論與沈約頗多符契，見重于彼，良非偶然。黃山谷與王觀復書云：

> 南陽⓬劉勰嘗論文章之難云：意飛空而易奇，文徵實而難工，此語亦是沈、謝輩為儒林宗

主時，好作奇語，故後生立論如此。好作奇語，自是文章病，但當以理為主。理得而辭順，文章自然出群拔萃。（豫章黃先生文集十九）

所舉二句，見神思篇。山谷以為出于沈謝輩，而彥和本之立論。謝不知何人，沈自指休文。然未聞休文有此說，未審山谷何所本耳。

文心鎔裁篇論，草創鴻筆，宜先標三準，即：一、設情以位體，二、酌事以取類，三、撮辭以舉要⓭。按沈約宋書謝靈運傳論言建安之文云：「甫乃以情緯文，以文被質。」以彥和此論相較，「情」即「設情」，「緯文」即「撮辭」，而「質」則「酌事」也。情、事、辭三者之分目，自是進一步。此彥和演衍之說，故各立專篇。其論設情則著情采，論酌事則撰事類，論撮辭則有總術等篇。其說似不無得自休文之啟發，宜乎彥和書成，必欲取定于休文也。

七、文心一書對南北朝文學界之影響

葉廷珪海錄碎事謂「勰撰文心雕龍……沈約大賞之，陳于几案，于是競相傳焉」。末句雖出自意加，亦近情理。故文心一書，在當日朝野頗有影響。茲舉三事論之。

（一）梁元帝蕭繹

元帝在藩邸時，自號金樓子。其書「立言篇」下「管仲有言：無翼而飛者，聲也；無根而固者，情也」一段，論陳思王武帝誄明帝頌用事之訛，即襲取文心指瑕之文⓮。又元帝之內典碑銘集林序，及立言篇下主爲文須華實兼資，似取文心之說。

（二）顏之推

顏氏家訓文章篇云：

> 凡代人為文，皆作彼語，理宜然矣。至于哀傷凶禍之辭，不可輒代。……陳思王武帝誄，遂深永蟄之思；潘岳悼亡賦，乃愴手澤之遺。是方父于蟲，匹婦于考也。

顏黃門所學陳思潘岳用事不倫二端，乃本文心指瑕篇。稱引之，以誡後昆。足見指瑕篇在當日之膾炙人口。尋家訓文章篇，取諸彥和者，爲說非一。如：一、論文章各體原出五經之同于宗經篇。二、論文人無行之同于程器篇。三、論文章當以理致爲心腎，氣調爲筋骨，事義爲皮膚之同于體性附會[15]。四、論詩文之逸氣之同于定勢篇[16]。并見之推得力于文心者多。之推始服官于梁，爲員外郎，元帝承聖初，與王褒等同校祕閣史部之書[17]。未奔齊以前，彥和之書，固曾經眼，自無疑者。

（三）蕭子顯

子顯南齊書文學傳論言：「屬文之道，事出于神思。感召無象，變化無窮。」又言：「若無新變，不能代雄。」蓋因襲彥和神思篇「神用象通，情變所孕」，及通變篇「通變無方，數必酌于新聲」等。子顯爲子範第八弟。永元末，爲給事中。其南齊書蓋成于梁世，于文心一書，諒已寓目，故暗用其說而不自覺也。

以上皆梁時學人援用文心之明證。至于陸德明之襲用體性篇語，孔穎達尙書正義、李善文選註、劉知幾史通襲取尤多⑱，更在其後，玆不具論。

八、結論

自劉師培以中古文學史執敎北大，提倡儷文，多綴錄文心語，以資評騭。其後黃季剛撰文心札記，其門人秉其餘緒，撰爲講疏。至于近世，文心遂爲顯學，影響及于域外。其書且有英譯⑲。西方學者以爲治中國文學，非問途此書，無以獲從入之門。惟文心一書，梁時已不甚爲時流所稱；卽唐宋之世，亦復如是。迹其原因，蓋南北文論之作，非復一家。若張士簡文衡，視彥和書雖未知孰爲優劣，然正可相頡頏。而杜正藏之文軌，號曰新書，久沾漑于場屋⑳。且沖治流別，宏度翰林，其書具存，足供玩索。而彥和于齊、梁之際，混迹緇流，亦非眞能文章負時譽者也。日僧空海撰文鏡秘府論，卽效彥和之所爲。然于彥和之文，猶病「其連章結句，時多澀阻」，而嘆：「所謂能言之者，未必能行者也。」（四聲論篇）彥和文心，唐宋名家，實罕推重。文宗如韓柳，詩祖如李杜，未聞致力于文心，而後下筆。東坡于蕭選，固多詬病，其于文心，自所未暇。黃山谷、晁公武對彥和猶多貶辭㉑。蓋彥和之文，未臻于高妙。清史念祖謂其「文亦稱贍雅，而徵引旣繁，或支或劄，辭排氣壅，如肥人艱步。極力騰踔，終不越江左蹊徑」。極中其病。彥和於詩尤疏，汪師韓至謂其「以綺麗說詩，後之君子所斥爲不知理義之歸也」。史稱彥和爲文，長于佛理，今讀其剡山石城寺石像碑，亦復平滯鮮氣，風力都乏，誠不免肥人艱步之誚；以視王巾頭陀寺碑，如矮人觀場，望塵莫及矣。于玆可見彥和文章，實居第二流以下，在當時祇見重于寺僧而已。其於文學，乃欲敷衽論心，品藻勝流，其不易爲劉孝綽、張率、陸倕輩之重視可知。蓋「非知之難，而能之難」，彥和所以未獲時流所稱，倘以是歟？雖然，流別翰林之書，今已散亡，惟此五十篇，巍然靈光，揚榷六代之文，舍此罔由津逮。于是人矜爲瓌寶，家奉作準繩。此書遂與蕭選同爲文苑之鄧林，如泰華之並峙矣。

❶ 此借崔光十地經論序語。

❷ 參劉毓盤通誼堂集書文心雕龍後，楊明照梁書劉勰傳箋註。

❸ 范氏文心註卷十序篇註「二二」亦云：「宗經篇取王仲宣成文。」觀此，可知其不然矣。此嚴可均之誤，王利器亦曾加辨明。見文心雕龍新書頁6宗經篇註⑬。

❹ 汪辟疆與黃軒祖論文選分類書。見制言第十八期。

❺ 全三國文所收應璩文，皆是書翰，凡三十餘篇。

❻ Prof. J. R. Hightower 於 The Wen Hsuan and Genre theory（文選與文體論）謂：“Its contents are diversified enough to suggest that Hsiao Tung was trying to provide specimens of all the forms of literature and perhaps even to arrange them in some kind of significant order.”（HJ AS V 20.1957）案文心區分文體，係因仍當日分體總集之成例，昭明又在其後，更不待論矣。

❼ 揚雄云：「好書而不要諸仲尼，書肆也；好說而不見諸仲尼，說鈴也。」此徵聖宗經之旨。譚獻復堂文錄甲敍亦論「摛文之士，必本經術」。

⑧ 宗炳云「精神我也」，弘明集「我也」作「作哉」。「精神我」之義已近婆羅門之 Atman。在古 Satapntha Brahmana 中言，The Soul as atman 能行正道（dhārma）者可得 Ksatrasya Ksatram（thestrength of Strengths），如是可入極樂世界（參 S. Vidyabhusana History of Indian Logic P.3）。此即宗炳所蘄求者。此「精神我」乃靈魂不滅 It is eternal and everlasting and is not killed though the body is killed. The wise man who knows the soul as bodiless within the body as unchanging among changing things，故得則清升；失則永墜。

⑨ 見逯欽立：說文筆，史語所集刊十六本，P.203－204。

⑩ 高橋和已有：沘顏延之之文學，見「橋本古稀紀念東洋學論叢」，P.108。然于顏氏文學思想涉論至略。

⑪ 此點紀昀沈氏四聲考已論之。

⑫ 因劉勰籍貫南陽實誤。曾造類說又誤稱「東平劉勰」。詳王利器文心雕龍新書序。

⑬ 參劉永濟：釋劉勰的三準論，文學研究，1957 第二期。

⑭ 龍溪精舍本金樓子，卷四，九、十七。此楊明照文心雕龍校註附錄四已舉出。

⑮ 文心附會篇：「夫才量學，宜正體制。必以情志為神明，事實為骨髓，辭采為肌膚，宮商為聲氣。」又體性篇：「辭為膚根，志實骨髓。」顏門黃語，蓋倣此。郭紹虞中國文學批評史上卷，第四篇第三章已舉出。

⑯ 顏氏文章篇云：「凡為文章，猶人乘騏驥。雖有逸一衆，當以銜勒制之。」蓋本定勢篇「不必壯言慷慨，乃稱曰勢」，必須「執正以馭奇」之說。

⑰ 參顏之推：觀我生賦自注，及周法高：顏之推年譜。

⑱ 俱見楊明照：文心雕龍校註，附錄四。

⑲ Vincent Yu-chung Sirh The Literany Mind and The Carving of Dragona by Lin Hsieh, Columbia University press。

⑳ 詳拙作：劉勰以前及其同時之文論佚書考。

㉑ 山谷書牘與王立之，謂文心所論未極高。晁公武郡齋讀書志譏彥和之「疏略」。

（原載文心雕龍研究論文選粹）

文心與阿毗曇心

陸機「文賦」開端云：「余每觀才士之所作，竊有以得其用心。」文心雕龍序志篇亦云：「夫文心者，言為文之用心也。」顯然是取自士衡之語以命名。劉氏此書，隋、唐人或省稱曰「文心」（盧照鄰），或稱「雕龍」（劉善經），下文簡稱作「文心」。范文瀾在序志篇註〔二〕引慧遠阿毗曇心序，而加以說明云：

> 彥和精湛佛理，文心之作，科條分明，往古所無。自書記篇以上，即所謂界品也；神思篇以下，即所謂問論也。蓋採取釋書法式而為之，故能鰓理明晰若此。

是說不斷為人所引證，至今尚然。「阿毗曇心」一書，漢譯計有多種：

1. 題尊者法勝造，晉太元元年，僧伽提婆（Samghadeva）共慧遠於廬山譯者，共四卷。（「大正藏」列一五五〇號，冊二八。）
2. 題曰「阿毗曇心論經」，又題「法勝論」，大德優波扇多（Upaśānta）釋，高齊天竺三藏那連提耶舍（Narendreyaśas）譯，增一「經」字。（「大正藏」一五五一號。）
3. 題「雜阿毗曇心論」，尊者法救（Dharmatrāta）造，宋天竺三藏僧伽跋摩（Samghavarman）等譯。（「大正藏」一五五二號。）

以上第1.3.兩種之譯出，皆在僧祐、劉勰之前。「出三藏記集」序類卷十所收關於阿毗曇心之序文多篇，慧遠法師雜阿毗曇心序亦在其中，彥和必讀過是文，自無疑問。

慧遠與提婆合譯之「阿毗曇心論」共有十品。表列如次：

Hrdya-śāstra

（心　論）

1. 界品（Dhātu Varga）
2. 行品（Samskāra）
3. 業品（Karma）
4. 使品（Amisaya）
5. 賢聖品（Cārya）
6. 智品（Jnāna）
7. 定品（Samādhi）
8. 契經品（Sūtra）
9. 雜品（Samyukta）
10. 問論（Kathā）

（據印度 L.Armelin 女士法文譯本阿毗曇心論序言所附表）

阿毗曇心論首品爲 dhātu，義爲要素；終品爲 Kathā，義爲問答。全書十品之結構，具見上表，與文心布局方式全不相干。問論在最末，安得謂「神思篇以下卽所謂問論」？可謂擬不於倫。

又慧遠序云：「始自界品，訖於問論，凡二百五十偈。以爲要解，號之曰心。」有人認爲「文心每篇之後又復有贊，和內典之偈性質相同」。按慧遠所謂二百五十偈，乃指全書自界品第一至問論第十所作偈之總數（如界品十七偈、行品二十偈、業品三十三偈是）。其偈有二句、四句、三句，句式不等。此類偈語與散行之文相厠。史通論贊篇云：「釋氏演法，義盡而宣以偈言。」

其實佛經之偈言，並不繫於完篇之後。郭珨（瑜）在「修多羅法門」中論偈云：

> 夫偈有二種：一者通偈；一者別偈。胡人數字之法，無以八字為句。四句為一偈，則一偈卅二字也。……（敦煌卷斯坦因一三四四號(2)）

偈之性質，於此略可明瞭。文心每篇之末，復有贊曰。說者謂可能受到內典之啟發，實則全無關涉。以佛典偈言非列於篇末，與贊之必在篇終，絕不相同。

上舉兩事，皆與內典實際情況不相符合，可以不論，只有「文心」一名與「阿毗曇心」之用心字作爲書名，用意相同，值得作比較研究。

阿毗曇，秦言無比法，於其下加一心字。此書梵名應爲：

Abhi - dharma - hṛdya - śāstra

（無比）（法）（心）（論）

心有「要解」之意。彥和論文之書，亦以「心」命名。序志篇列舉涓子琴心、王孫巧心二書作爲例證，而云：「心哉美矣，故用之焉。」其贊曰：「文以載心，余心有寄。」於原道篇云：「心生而言立，言立而文明，自然之道也。」是「文以載心」，猶之「文以載道」矣。故心卽道要。文心之爲書，首原道第一，次徵聖第二，又次宗經第三。表面觀之，自屬儒家思想，然佛家立場亦有同然。釋氏於現量、比量之外，極重「聖言量」，故主「徵聖」。在阿毗曇心論中，其第五爲賢聖品，第八爲契經品，義與徵聖、宗經原自不殊。劉書擧涓子琴心一書，環淵其人，七略：蜎子名淵，亦作涓子。御覽卷九三六引列仙傳：「涓子，齊人也。……著天地人經四十八篇。後釣於河澤。」又六七〇引集仙錄：「涓子，齊人也。餌朮。著三才經。……又著琴書二篇，甚有條理。」涓子之琴書，卽「琴心」也。惜其書不傳。彥和僅提到仙家著書之「琴心」，而不及釋典。然阿毗曇心論爲彼所夙習，則無疑者（說見下）。

彥和全書中正面使用佛家術語，只有「半字」及「般若」二詞。論說篇云：「滯有者，全繫於形用；貴無者，專守於寂寥。徒銳偏解，莫詣正理。動極神源，其般若之絕境乎。」此指出造論不可偏解，宜詣乎正理。偏卽釋氏所云「落於一邊」。惟求諸般若絕境，斯能統攝有無。龍樹「中論」「觀望槃品」云：「分別非有無，如是名涅槃。若有無成者，非有非無故。」不銳於偏解，則非有非無，斯得乎中道而詣於正理矣。正理之「正」與「偏」對立。佛家最重正覺，主八正道。道者，梵言 mārga。八正道之細目爲正見（samyag-drstih，只舉一名爲例）、正思惟、正語、正業、正命、正精進、正念、正定。彥和之文學主張，處處以「正」爲依歸。其言曰「正義以繩理」（哀弔篇），曰「析理居正」（史傳篇），曰「終之以居正」（雜文篇），曰「意歸義正」（諧讔篇），曰「君子宜正其文」（樂府篇），又言「執正以馭奇」（定勢篇），「理正而後摛藻」（情采篇），「以審正得序」（史傳篇），「故似開學養正」（宗經篇）。他如「正采」、「正音」、「正聲」、「正辭」等等。正之觀念在文心書中實居領導地位。此與梁時「文章且須放蕩」之風氣，大相逕庭。以正道運用之於文學，與其謂有合於儒家，不如說是亦得到佛家「正道」之啟示。

彥和論文之基本態度，是以「兼」爲主。故事必兼文武，辭必合文、質，貴器用而兼文采（程器篇）。「兼解以俱通」（定勢篇），則不滯於偏解。觀其情、采並重，故其書名於文心之下再益「雕龍」二字。自東漢以來，「雕龍」一詞已成爲文藻之代語。彥和爲文，雕縟成體，故不采散文，而以儷語爲造述表達之方，亦蕭選「義歸乎翰藻」之宗旨，正符合其一貫主張，質、文兼重之緣故。劉知幾爲之揚扢，稱：「詞人屬文，其體非一。後來祖述，識昧圓通……故劉勰文心生焉。」特稱許其深具圓通之識。蓋能參大圓鏡智，以之論文，故無所偏倚。卽以詩而論，詩家大都以振奇爲勝，而劉氏乃以「通圓」爲貴。詩而通圓，則不易有驚人之語矣。此一圓照之態度，與其看作儒家，無寧說是於釋氏爲近，更合情實。

彥和思想方法，和釋氏似結有不解緣。自范文瀾以來，幾乎衆口一聲，謂其嚴密之方法，是受到佛經之影響；我則謂其書體例實與釋氏無關，惟居正之態度，完全符合釋氏正道之宗旨。持以論文，固與當日「文章且須放蕩」之風尚乖違，在在見其堅定之立場，足爲一時之針砭。

彥和長於佛理，在永明十年，已能得到僧祐之尊重，爲超辯撰碑。繼之，在延興元年，僧柔殂化，彼又爲製文。具見此時內學之修養已相當深厚。有人欲從其撰寫滅惑論年代之先後，作爲其思想前後分期之劃分，事實上不能否認在文心寫成之前，彼早已是一位精通佛家學術之作者。

彥和所依止之僧祐，爲律宗巨匠。僧祐師法獻。獻爲南齊僧統。宋元徽三年西遊至于闐，獲佛牙，常置在定林上寺。蕭子良爲撰佛牙讚。見「出三藏記集」十二著錄。

阿毗曇心一書原爲法勝（Dharmaśri）所著。其人實出印度「薩婆多部」（Sarvāstivādin）。僧祐於「出三藏記」十二「薩婆多部記目錄」列舉傳燈人物，達磨尸梨帝羅漢居第三十三。自注：「譯曰法勝。」達磨尸梨，梵言卽 Dharmaśri 也。同書卷四「薩婆多部十誦律」條云：「薩婆多部者，梁言一切有也，而說諸法一切有相。」又「薩婆多部記目錄」序云「法僧不墜，其唯律乎！……舊記所載五十三人。……仰前覺之弘慈，奉先師之遺德」云云。書中所列歷代律師，獻律師傳在第十九，稱律師傳在第二十。稱卽智稱，亦上定林寺僧；獻卽祐之師法獻也。

法勝……法獻─┬─僧祐──慧地（劉勰）
　　　　　　└─智稱

十九代　二十代　（皆上定林寺僧）

阿毗曇訓無比法，猶言最上法，佛家三寶之外最重要之另一寶。北朝所譯本於阿毗曇心論亦稱爲經。北魏昌黎王馮熙爲孝文帝及其女文明太后寫一切經，今存者有「雜阿毗曇心經」卷第六殘卷，敦煌石室所出（見斯坦因目九九。參拙作：「選堂集林」「史林」上册）。馮熙題記稱：「雜阿毗曇心者，法盛大士之所說。……瞻四有之苦見，通三界之差別，以識同至味，名曰毗曇。」又讚曰：「麗麗毗曇，厥名無比。……盛尊延剖，聲類斯視。理無不彰，根無不利。卷云斯苞，見云亦諦。帝修后玩，是聰是備。」所稱盛尊、法盛，卽是法勝。六朝初期，阿毗曇心之學盛行，地無論南北，人皆重視誦習，影響至大。馮熙且書之爲帝與后啟發之資。彥和從律宗大師僧祐學，寄居上定林寺，又參加整理「出三藏記」工作，對於此薩婆多部巨匠法勝名著「阿毗曇心論」一書，當甚熟悉。其撰「文心」此書，亦以「心」作爲書名。雖與「阿毗曇心」之名偶合，未必無「竊比」之意。爲最上法之要解，號之曰心；爲文之要解，自亦可號之曰心。此文心與阿毗曇心，有其可相通之處。試爲抉發，倘能稍得彥和當日著書之用心，則吾文之作，爲不虛矣。

附錄：文心雕龍與佛教

一

劉勰的文心雕龍是六朝文學批評的權威論著。在該書裏面沒有許多提到佛教的字眼，只在論說篇云：「動極神源，其般若之妙境乎。」言及「般若」二字。現在拿它來和佛教並論，豈不是來得太奇特嗎？也許有人要向我提出這些疑問。但是，我們要知道談論某些問題，切不可單從外表去觀察，而應該從內在關係上着眼。因爲文心雕龍的作者是個佛教徒，他有十年以上的佛學修養，所以當他寫這部專門討論文章的煌煌大著時，很可能運用他那經過佛學洗禮過的頭腦——即佛學邏輯，來支配及組織他的文學材料；換句話說，是通過佛學的方法來表達他的文學見解。譬諸讀自然科學的人，轉變另一研究對象去談文學寫作時，他的頭腦自會與一般純粹由文學出身的人有些不同。如果從這些點去看劉勰的論著，那麼，我們便可看出他那嚴密的組織和精細的分析，是取資於佛氏的科條，來建立他的文章軌則，在思想方法的運用上是受過佛教影響的。

六朝時候，正是中國和印度思想文化交流的一大際會。他這部名著正是在這兩種文化交流下關於修辭學及文學批評方面的偉大成就。日本學者中村元在他的「中國人的思想方法」一書中却說：「古代印度，曾樹立極精緻的文法組織並發達了語言學。但在中國，關於文法學及文章學（Syntax），幾乎沒有留下任何典籍。在與印度文化交涉時代，中國學僧，雖知道印度文法學，但終沒有受其影響，以樹立中國語文法學。」（見徐佛觀譯本　，八六頁）關於這點，我們可以提出若干理由來解釋：一、中國語文與梵語的構造完全不同。梵語文法的精神是將語尾的變化來表現詞性，但漢語是把聲調高低來表現詞性的差異。這習慣的運用，並沒有感到什麼不便，因此無取材於梵語文法之必要。二、中國文字構造，半形半聲，多爲合體字，具有它那特有的美。用在文章上的造句法時，卽是儷詞。到了六朝，便發展成爲駢文，文學技巧已達到了頂點，更非梵語所可比擬。（文心儷詞辭篇云：「造化賦形，肢體必雙。」他認為偶詞儷句是出於自然的。）在講解佛經時，有些更把梵文用駢四儷六的文字表達出來。在這種情形下，只有將梵語遷就華言，可說是梵文華化；幷不像現代的翻譯，是中文西化。這是一個很有趣的對照。關於華、梵文字在本質上的差異，僧祐出三藏記中有一篇（胡漢譯經音義同異記）說得極詳細，可以參考。華、梵語文接觸，因兩方文字本質過於懸殊，故在文法上無甚影響，但聲音方面，由於梵音轉讀方法的輸入，使漢詩對聲律講求方面，起了很大的變化。但聲律爲音樂性，文字爲圖畫性，各自發展，不必同符。劉氏在練字篇上說：「諷誦則績在宮商，臨文則能歸字形。」頗能道出二者的界限。

音律以外，文章論修辭學亦與印度思想不無關係。劉氏此書，卽可代表這一方面的成就。這點似爲中村氏所見不到的。

二

欲論文心雕龍一書與佛家的關係，應先明瞭劉氏本人與佛教因緣的歷史和他對於佛教的著述。

劉勰事跡見梁書文學傳。他是東莞莒人，世居京口。生於宋明帝泰始初。傳云：「勰早孤，篤志。家貧，不婚娶。依沙門僧祐，與之居處十餘年，遂博通經論。因區別部類，餘而序之。今定林寺經藏勰所定也。」（高僧傳云：「祐於齊武帝永明中奉勅入吳宣講，治定林、建初諸寺。」）定林寺經藏（寺在南京鍾山，經藏為臨川王所造）目錄，現尚存。書名曰「出三藏記集」，凡分十五卷。題僧祐名，可能出勰之手。其中不少論文，可視爲劉氏所作；或至少可代表他的意見。不妨取與文心雕龍比較研究。在出三藏記卷十二雜錄收有題劉勰撰的文章共三篇：鍾山定林上寺碑銘一卷，建初寺初創碑銘一卷，僧柔法師碑銘一卷。別有剡石城山佛像銘。僧祐死於梁天監十七年，他的弟子正度，立碑頌德，亦由勰所撰製。梁書稱劉氏「長於佛理，京師寺塔及石僧碑誌，必請勰製文」。出三藏記是現存最古的佛教目錄。其書集錄上說：「發源有日，迄於大梁。運歷六代，歲漸五百。梵文證經四百有十九部，華戎傳譯八十有五人。」我們從三藏記的目錄，可以看出他對於內典有極廣博的涉覽和湛深的研討。尚有僧祐的高僧傳，有人還說是勰的手筆（見曹學佺作：文心雕龍序，載拙藏明本鍾惺評文心雕龍卷首。此序亦見吳興閔氏刻梅慶生音註雕龍本）。

至於他在佛學理論上的著本，只見於收在僧祐篇的弘明集卷八中「滅惑論」一篇，是反對「三破論」而作，目的在比較釋道二家的優劣，對於道教的神仙家五斗米道等深加攻擊。他對佛教的見解，此文可窺見一斑。有些地方可與雕龍中論學的原理互相參照。

三

曹學佺云：「雕龍，上廿五篇銓次文體，下廿五篇騙引筆術。而古今短長，時錯綜焉。其原道以心，即運思于神也；其徵聖以情，即體性于習也。」（上引曹序）劉氏文學批評的基本理論，可稱爲「神理說」。第一篇原道云：「言之文也，天地之心哉……誰其尸之，亦神理而已。」又專立「神思」一題，冠於筆術二十五篇之首。其要語如云：「文之思也，其神遠矣。」「思理爲妙，神與物遊。神居胸臆，而志氣統其關鍵；物沿耳目，而辭令管其樞機。樞機方通，則物無隱貌；關鍵將塞，則神有遯心。」以爲心思出於神，强調「神」是作文的基本動力。這和他主張佛法練神之義正可互相發明。他在滅惑論說：「佛法練神，道教練形。形器必終，礙於一垣之理；神識無窮，再撫六合之外。明者資於無窮，教以勝慧，……慧業始於觀禪，禪練眞識。」標神與形二事來分別佛、道兩家的優劣，是當日佛教徒所常言的。世說新語文學：「佛經以袪練神明，則聖人可致。」其說正和劉說相同。支道林大小品對比要鈔序云：「神王之所由，如來之照功。」「質明則神朗。」「建同德以接化，設賢教以悟神。」（序文見祐錄）。支序通篇論「神」處甚多。間參道家言（論神爲一切之本，遠源於道家。如莊子、司馬談六家，淮南子精神訓，嵇康養生論）。東漢桓譚新論中始著形神之篇。他的設喩，以燭爲形，火爲神，尤具妙理（不具引）。劉說遠源實出於此。關於神的本體，在佛學輸入以後，這是一極重要的玄學論題，參加討論的人很多（詳明弘集及梁書范縝傳）。那些站在佛教立場來討論「神」的問題，東晉以來，如庾闡有「神不更受形論」，竺僧敷有「神無形論」。并揭出「神」的重要性，認爲形託神以爲用，神是形的主宰。慧遠作形盡神不滅論，有云：「知化以情感，神以化傳。情為化之母，神為情之根。情有會物之道，神有冥移之功。但悟徹者返本，惑理者逐物耳。」（見僧祐弘明集）又作佛影銘云：「體神入化，落影離形。」至陶淵明因作形影神詩三首，則歸之於自然。（其序云：「言神辨自然以釋之。」）廣弘明集道安二教論詰驗形神云：「易曰：幾者，動之微也。能照其微，非神而何？此言神矣，而未辨練神。練神者，閉情開照，期神曠劫。幽靈不亡，積習成聖。」具見「神」的重要性。劉宋時學者文人，無不喜歡討論神的問題。像顏延之的庭誥，宗炳的明佛論，都是很好的例子。沈約亦有「形神論」之作。

劉氏生於齊梁之世，頗受諸家論神說的影響。他的文學上神理說有兩要點：一、神為文本。易辭上屢屢說及神字。如：「陰陽不測之謂神。」「神也者，妙萬物而為言者也。」「精義入神。」此固玄言，可與佛理相通。雕龍在徵聖篇贊云：「妙極生智，睿哲惟宰；精理為文，秀氣成采。」「妙極」即「妙萬物為言」，「精理」即「精義入神」，都是指「神」而言。為文應該存神，和佛法應該練神同一道理。有神才能盡文章之妙。二、神與形別。神和形原有內外之分。根據這原理來論文章，亦有神形內外之異。精理無狀可見，是神；秀氣有態可觀，是形。文心雕龍書中如比興篇謂「興取於義而比取於象」。隱秀篇分隱為複意而秀為美辭，亦一內一外，很有條貫。這可說是以「形」「神」二元論為出發點，而運用這原則來討論文學。

世說文學：「阮籍勸進，時人以為神筆。」用「神」字來形容作文，其由來已久。至劉氏乃立「神思」專論。此後，如杜甫云：「下筆如有神。」「文章有神交有道。」司空圖亦云：「詩千變萬狀，不知所以神而自神也。」（與李生書）嚴羽云：「詩之極致有一，曰入神。」（滄浪詩話）無非皆受劉氏神思說之影響。神理說是他論文主要的哲學根據，究其本源，正和佛氏之說息息相通的。

四

還有若干地方可以看出它和釋氏思想有連帶關係：

一、徵聖的態度。文心第二篇是徵聖，認爲「徵聖立言，則文其庶」。接着是宗經，以聖人的話必有絕對權威。印度邏輯上的正量，本義是 Proof，梵文 Pramana（the means of right knowledge），認 veda 聖典爲不可侵犯（參看 Satis Chandia Vidyabhusana: A History of Indian Logic P.107），亦是這個道理。印度正理派經典（Nyaya-Sutra）所立四量，其一爲 aptopadesa，漢譯爲聖言量，指可信的證典（reliable assertion）。劉氏徵聖的態度，和佛家思想似乎不無關係。

二、文心的命名。序志篇云：「文心者，言爲文之用心也。昔涓子琴心，王孫巧心。心哉美矣，故用之焉。」文學上取「心」爲名，本有「賦心」一詞（西京雜記：司馬相如云：「賦家之心，包括宇宙，總覽人物。」）。張芝論書法，著「筆心論」五篇，亦是以「心」命名。但用心來作書名，卽是佛門的慣例。像慧遠請譯阿毗曇心（阿比曇，卽無比法，梵文 abhidharma，指論部。晉太元間僧伽提婆在盧山徇遠公所請，譯成四卷。慧遠有阿比曇心序云：「其管統衆經，領其會宗，故作者以『心』爲名焉。」），吉迦夜譯方便心論（三藏記收二卷。延興二年，釋曇曜譯，劉孝標筆受。大正大藏經中第三十二冊中止有吉譯方便心論一卷），卽其例證。（又有尊法勝的阿比曇心。本二百五十偈，尊者達摩多羅增三百五十偈為十一品，號曰雜心。見三藏記後出雜心序。）吳康僧會法鏡經序云：「夫心者，衆法之原，滅否之根……稱斯道曰大明，故曰法鏡。」心可照見一切（佛家言心，分「心」cita「心所」citasika 二者。心即心之主體，心所即心之種種作用），取名「文心」殆用此義。他說：「物以貌求，心以理應。刻鏤聲律，萌芽比興。」（神思篇贊）他在滅惑論一文中亦主張「棄跡求心」，因爲心是一切的主宰，文章何獨不然？故在原道篇又云：「心生而言立，言立而文明，自然之道也。」漢代揚雄雖有「言，心聲也」之論，但沒有他說得這樣透澈。可見他是取佛教唯心論以立說。這即是本書命名「文心」的理由。

三、全書的體例。雕龍一書，編製嚴密，條理嚴析。有人說他是採取釋書的法式爲之，自書記篇以上（論文體），即所謂界品（界品「明諸法體，以界標名」，見俱舍論，即今言門類）；神思篇以下（論文術），即所謂問論（像阿毗曇心序云「始自界品，迄於問論」，凡若干偈，正是佛書綸製的佳例）。至於每篇文章末尾有贊，此種格式，佛教文章多見之（即序讚、論讚之類），如王僧孺的「慧印三昧及濟方等學三經序讚」即其一例（文收入三藏記），和佛經論末附偈語相似。劉知幾史通論贊篇云「篇終有贊，如釋氏演法，義盡而宣以偈言」是也。

四、帶數法的運用。以數統攝各種事理，在梵語合成語的「六合釋」中，名叫「帶數釋」（Dvigu）。這亦是佛家習慣（好像「三界」是由 tri + lokam 二字合成）。劉氏在文心中，如知音篇，標揭六觀：「一觀位體，二觀置辭，三觀通變，四觀奇正，五觀事義，六觀宮商。」這是歸納爲若干事類後，用數來統理它，很像佛家術語的「三觀」「三量」等等。他如宗經篇體有六義，鎔裁篇論作文三準。這些界分，都用繫數法來統攝它（如尚書大傳孔子言「六誓可觀義，五誥可觀仁，甫刑可觀誡，洪範可觀度，禹貢可觀事，臯陶可觀治，堯典可觀美」，他便以數統之，說道「書標七觀」）。中國古代學者，亦常用這種方法，但沒有佛門那樣用得區分明細。晉、宋以來，處理佛經界品，便是常用這種「繫數法」的。

五

雕龍下半多論修辭術。按修辭術在古印度三十二年明中占一重要的地位（梵語為ralankaa，亦名莊嚴論）。劉氏未必懂梵文，然當時與諸大德往來，耳濡目染，或曾從筆授（如劉孝標之從曇曜受方便心論）亦未可知。觀出三藏記中梵漢譯經同異記（此文疑出劉氏手），比較兩國文字同異甚精，謂梵音單複無恒，或一字以攝衆理，或數言而成一義，梵音則製文有半字、滿字之分，及滅惑論之數提梵言，知劉氏於梵文必略識其大概。

雕龍練字篇云：「字形單複，妍媸異體。」並舉出「避詭異」、「省聯邊」、「權重出」、「調單複」四事。聯邊指「半文同文」，自是指賦之堆砌而言；調單複指字形肥瘠而言。所謂「半字」「單複」諸命名，正可與梵漢譯記一文相參。不過梵以音而漢以形，處理的對象雖殊，方法正可相通的。

雕龍中比興篇論「興」與「比」之異，殊有特見；而對於比的類別，分析尤詳。謂比有「喻聲」、「方貌」、「擬心」、「譬事」各種。按佛經書最善於譬喻（Avadana）。如雜譬經、法句譬喻經、百句譬喻經等等，例不勝擧。康法邃撰譬喻經序：「譬喻經者，皆是如來隨時方便四說之辭，敷演弘教訓誘之要，牽物引類，轉相證據。」即此之意。涅槃經說喻，有順喻、逆喻、現喻、非喻、先喻、後喻、先後喻、偏喻，分析精密。料劉氏必有參酌於是。

又章句篇：「宅情曰章，信言曰句。」「裁文匠筆，篇有小大；離章合句，調有緩急。」漢代治經已用此法。而印度尤重章句（Pada），所謂「衆字和合成語，衆語和合成句」。失名法句經序：「曇鉢偈者，衆經之要義。曇之言法，鉢者，句也。……偈者，結語，猶詩頌也。……此雖辭朴而旨深，文約而義博。事鉤衆經，章有本故，句有義說。其在天竺，始進業者不學法句，謂之越敍。此乃始進足者之鴻漸，深入者之奧藏也。」支敏度合維摩詰經序：「分章斷句，便事類相從。」蓋此法梵、漢並用，足見其間會通之處。

六

文心聲律篇專論文章音樂性。言音的性質，則云：「凡聲有飛沈，響有雙疊。」黃侃言飛謂平清，沈謂仄濁（文心雕龍札記）。至於雙疊，殆謂取四聲字以配雙聲、疊韻（詳文鏡秘府論天卷所載四聲譜）。又言「雙聲隔字而每舛」，似近於八病中的傍紐病（秘府論五引元氏云：「傍紐者，一字之內有隔字雙聲也。」）。又言「疊韻雜（文鏡論引作「離」者是）句而必睽」，似近於八病中的小韻病。這些即是齊梁以來流行的四聲說。此說起於周顒的體語。切字有紐，乃模倣梵音爲之（體文卽梵音字母「迦」等輔音）。其後沈約因創紐字之圖（見玉篇卷末附神珙四聲五音九弄反紐圖序）。這種以一字紐四聲方法的發明，與梵語有關，世所共悉，茲不詳論（參見 R.H. Van Gulik Siddham）。

劉氏聲律篇又云：「是以聲畫姸媸，寄在吟詠；吟詠滋味，流於字句。氣力窮於和韻。異音相從謂之和，同聲相應謂之韻。韻氣一定，故餘聲易遣；和體抑揚，故遺響難契。屬筆易巧，選和至難。綴文難精，而作韻甚易。」這裏是講究音律的運用。他提出「和」與「韻」二者的差別：韻是押韻，只是每句收聲的相同，故有一定；和是調聲，在使音節的合諧，故多變化。因此說「同聲相應」是「韻」，「異聲相從」是「和」；「選和至難」，而「作韻甚易」。考慧皎高僧傳中經師論一文比較漢、梵歌讚的不同，有云：「東國之歌也，則結韻以成詠；西方之讚也，則作偈以和聲。」如把這段話與劉氏相印證，可見所謂「和體抑揚」，似是運用梵讚轉聲的方法來論漢土詩歌的音律。我們看「出三藏記」中所收的佛典，有「梵唄序」一卷及「轉讀法並釋滯」一卷，可見劉氏於轉讀的注意。梵人長于音（鄭樵六書略語），自昔卽有考究音聲的專門學術（卽所謂聲明 ahabdavidya）。如誦梨俱吠陀經典，便有五種誦法與十一種誦法。後魏吉迦夜譯的方便心論記音聲外道有六十三學四句之義（大正藏三二册，P二三）非常繁雜。誦法，梵語 Patha，漢語譯成唄匿。唱時聲音悠揚曲折以取態。高僧傳經師一門所記擅長轉讀的名德。如晉之帛法橋，宋之道慧等，皆當時名手。經師篇總論言：「逮宋、齊之間，有曇遷、僧辯、太傅、文宣等，殷懃嗟詠，曲意音律。撰集異同，斟酌科例。存於舊法，正可三百餘聲。」可謂極一時之盛（梵唄源流，參看 S,Levi 及 P.Demieille 之法寶義林頁九三）。

至於轉讀之法，我們看慧皎所描寫，有的「聲徹里評，遠近驚嗟」，有的「升座一轉，梵響干雲」，有的「四飛却轉，返折還弄」，似乎是用高音調還帶着多少流連纏繞的繁腔。這是「唱經」，尚有一種是「吟調」。敦煌所出維摩詰經講唱文卷，於長偈短偈並標注曰「吟」。吟是諷詠（一切經音義七十三），或者是用低音調而泛聲較小的諷誦。文心所稱：「吟詠滋味，流於字句。」似卽「吟」之類。印度古代音樂吠陀有三聲（avara，卽accent）：一爲高聲調（udalta）；一爲非高聲調（anudatta），卽發聲高銳的揚音與低調的抑音；一爲混合聲調（avarita），乃調和上列二者的混合音。此三聲乃就聲樂高低而言，陳寅恪四聲三問以比附平上去三種聲調，實在極有問題。余曾與印度友人V.V.Paranipe 先生討論。據稱：這三聲原爲朗誦吠陀聖典時所用，吠陀時代以後，不復施行，漸已失傳。至南齊之世，去吠陀時代，懸隔遙遠，其時僧徒，當不能懂這三聲。他認爲陳先生之說，時代上不相銜接，不易成立。今按佛所用的語言是方言，不可能用婆羅門誦經時的唱唄，故梵僧來華不傳授梵唄是當然的事。漢土的轉讀佛經，乃自己創製的新聲（詳黃錫凌梵唄P十七）。所以這三種吠陀的svara，和平、上、去三個聲調，根本上談不到有什麼關係。劉氏所謂「聲有飛沈」，或指諷誦音聲的上下。故云：「沈則響發而斷，飛則聲颺不還。並轆轤交往，逆鱗相比。」轆轤喻聲韻的圓轉時，鱗比喻聲律的靡密。可見不僅指聲調的平仄而言，還兼指歌唱的抑揚而言。他這種理論，可能是由唸佛經體會出來的——因爲漢詩當日在受轉讀佛經影響之後，曾經產生一種新的諷誦法。（相傳曹植登魚山，於岩谷間，聞誦經聲，因效之而製聲。其事見劉敬叔異苑、高僧傳經師篇、法華文句經引宣驗記。又法苑珠林四十九唄讚篇更演其說，謂：曹植讀佛經，遂製轉七聲升降曲折之響。及感魚山之唱，撰文製音，傳為後式。梵聲顯世始此焉。以梵唄託始於陳思，所言雖不可信，但佛經誦讀影響漢詩誦法，此正一旁證。）（參看 K.P.K. Whitaker:Tsaur Jyl〔曹植〕and the Introduction of Fannbay〔梵唄〕into China〔BSOAS,1957〕）

沈約宋書謝靈運傳論云：「欲使宮羽相變，低昂舛節，若前有浮聲，則後須切響。一簡之內，音韻盡殊；兩句之中，輕重悉易。」劉氏聲律之說，似卽本此發揮，而歸納成「異聲相從謂之和」一個總法則。因爲不同字音，連結一起，讀起來不能調和，便是「往蹇來連，亦文家之吃也」。闡揚沈約聲病之旨，但「振其大綱」而已。至云「纖意曲變，非可縷言」，則似於八病苛碎之說，有不甚同意者。由慧皎之說，東土重在結韻，而印度長於和聲。劉氏將「韻」與「和」提出並論，可說是得其會通而能識大體。這却是沈約等所不能及的。

七

考劉氏自從僧祐研討內典，至編成三藏記，費時十年。至齊明帝建武間，諸功已畢，乃作文心雕龍（時約三十餘歲），而成書于齊和帝之時（說本劉毓崧通誼堂集）。那時已經還俗，並將出仕。故書中極少引佛家語。但他的文學理論之安排，却建築於佛學根基之上，這是不容否認的事實。他雖皈依於佛，但他却處處會通華、梵。他以爲「至道宗極，理歸乎一；妙法眞境，本固無二」（滅惑論）。因此主張中國的「道」和印度的菩提，是一而非二。如說：「萬象既生，假名遂立。梵言菩提，漢語曰道。」又云：「一音演法，殊譯共解；一乘敷敎，異經同歸。經典由權，故孔、釋敎殊而道契；解同由妙，故梵、漢語隔而化通。」（同上）這是他的儒釋會通論。所以文心雕龍一書，卽以原道發端。雖然遠法淮南，旁參許愼（以「一」爲首），可是直探心源，折衷於一，正是他爲學的根本態度。

我們用高瞻遠矚的眼光去看學術史，凡二種不同文化經過接觸交流浸灌之後，便可收融會貫通之效。劉氏的文心雕龍，正是一絕好例子。他所以能寫出這一空前的鉅著，造成他那中國歷史上最偉大的文學理論家的地位，並不是單靠着他的文學修養，而受過佛教思想的浸潤啟發，倒是一個頂重要的內在因素。故特爲揭出，或者可作爲當前中西學術交流際會的一種參考。

（原載文心雕龍研究論文選粹）

文心雕龍原道篇疏❶

文之為德也，大矣❷！與天地並生者，何哉❸？夫玄黃色雜❹，方圓體分❺。日月疊璧❻，以垂麗天之象❼；山川煥綺❽，以鋪理地之形❾；此蓋道之文也❿。仰觀吐曜⓫，俯察含章⓬，高卑定位，故兩儀既生矣⓭；惟人參之，性靈所鍾⓮，是謂三才⓯。為五行之秀，實天地之心⓰。心生而言立⓱，言立而文明⓲，自然之道也⓳。傍及萬品⓴，動植皆文㉑。龍鳳以藻繪呈瑞㉒，虎豹以炳蔚凝姿㉓。雲霞雕色，有踰畫工之妙；草木賁華㉔，無待錦匠之奇。夫豈外飾，蓋自然耳㉕。至於林籟結響，調如竽瑟㉖；泉石激韻，和若球鍠㉗。故形立則章成矣，聲發則文生矣㉘。夫以無識之物，鬱然有彩，有心之器，其無文歟㉙！

人文之元㉚，肇自太極㉛；幽讚神明㉜，易象惟先㉝。庖犧畫其始㉞，仲尼翼其終㉟。而乾坤兩位，獨制文言㊱。言之文也㊲，天地之心哉！若廼河圖孕乎八卦㊳，洛書韞乎九疇㊴，玉版金鏤之實，丹文綠牒之華㊵，誰其尸之？亦神理而已㊶。自鳥跡代繩㊷，文字始炳，炎、皥遺事，紀在三墳㊸，而年世渺邈，聲采靡追㊹。唐、虞文章，則煥乎始盛㊺。元首載歌，既發吟詠之志㊻；益稷陳謨，亦垂敷奏之風㊼。夏后氏興，業峻鴻績㊽，九序惟歌㊾，勳德彌縟㊿。逮及商、周，文勝其質(51)。雅、頌所被，英華日新(52)。文王患憂(53)，繇辭炳曜(54)。符采複隱(55)，精義堅深(56)。重以公旦多材(57)，振其徽烈(58)，制詩緝頌(59)，斧藻(60)群言(61)。至夫子繼聖，獨秀前哲(62)。鎔鈞六經[63]，必金聲而玉振[64]。雕琢情性[65]，組織辭令[66]。木鐸起而千里應[67]，席珍流而萬世響[68]。寫天地之輝光[69]，曉生民[70]之耳目矣[71]。

爰自風姓[72]，暨於孔氏，玄聖創典，素王述訓[73]，莫不原道心以敷章[74]，研神理而設教[75]，取象乎河洛[76]，問數乎蓍龜[77]，觀天文以極變，察人文以成化[78]；然後能經緯區宇[79]，彌綸彝憲[80]，發揮事業[81]，彪炳辭義。故知道沿聖以垂文，聖因文而明道[82]，旁通而無滯，日用而不匱[83]。易曰：「鼓天下之動者存乎辭。」[84]辭之所以能鼓天下者，迺道之文也。

贊曰[85]：道心惟微[86]，神理設教。光采玄聖，炳燿仁孝[87]。龍圖獻禮，龜書呈貌[88]。天文斯觀[89]，民胥以傚[90]。

[1] 以「原道」發端者，紀昀評云：「文以載道，明其當然；文原於道，明其本然。」晉宋以來，治學宗旨，在於體道通玄。如孫綽著喻道之篇，謝客作辨宗之論，追探本源，蔚爲時尚。此種議論，蓋遠出道家，而近參釋氏。彥和薰沐玄風，自莫能外；又精釋典，務達心源。故其論曰：「至道宗極，理歸于一；妙法眞境，本固無二。」（滅惑論）此猶許氏說文以一部爲首，所謂：「惟初太始，道立于一。」其何以異？夫道者，「弘乎至化，通乎至理，萬物由之以通（法言李軌注）」，包裹天地，綱紀萬物，學者貴能執道之要柄，以遊於無窮之地，故准南鴻烈，首原道之訓，揚雄法言，揭問道之旨。彥和論文，探源于道，即有取乎此也。范注云：「彥和所稱之道，指聖賢之大道而言。」引周禮「儒以道得民」爲說，昧其本根，義未周浹。治學貴有宗要，因明立量，首重宗體。劉氏運佛老之知量，接堯舜之心傳，推原道樞，以立文學之本體，自爲當時「窮宗極」「探心源」之學術風氣下之產物也。治本書者，應先明此第一諦。

❷ 此首揭文之德性。中庸：「鬼神之爲德，其盛矣乎！視之而弗見，聽之而弗聞。」句法略同。正義曰：「此一節明鬼神之道，無形而能顯著誠信。」以「道」訓「德」。德，說文云：「升也。」字在彳部。亦借爲「悳」。說文心部：「悳，外得于人內得于己也。」賈子道德說：「所得以生謂之德，內得于己之謂也；又道術曰施行得理謂之德，外得于人之謂也。」訓詁書若釋名、廣雅均以「得」訓「德」。禮記樂記：「德者，性之端者也。」論語：「道以之德。」皇疏引郭象說：「德者，得其性者也。」是「德」猶「性」矣。說文粹言疏證：「德兼內外，即宋儒體用之謂。」彥和所謂文之爲德，蓋兼文之體用言之。

文德一詞，始見易小畜䷈，大象：「君子以懿文德。」詩江漢云：「矢其文德，洽此四國。」左襄二十七年傳：「兵之設久矣，所以威不軌而昭文德也。」論語季氏：「故遠人不服，則修文德以來之。」僞大禹謨：「帝乃誕敷文德。」孔傳即引論語爲說。文德蓋即易大有象辭所謂「其德剛健而文明者也」。舜典洛誥言「文祖」，孔傳訓爲「文德之祖」。詩江漢：「告于文人。」毛傳稱：「文人，文德之人。」此經傳所見「文德」二字之義，「蓋指文教德化而言也」。漢人于文德，或析言之，法言君子篇：「或問君子，言則成文，動則成德，何以也？曰：以其弸中而彪外也。」李注：「弸，滿也；彪，文也。積行內滿，文辭外發。」此分文與德爲內外，王充本是說，加以敷陳，其書解篇云：「易曰：聖人之情見乎辭。出口爲言，集禮爲文，文辭施設，實情敷烈。夫文德，世服也；空書爲文，實行爲德，著之于衣爲服。」又佚文篇亦言：「文德之操爲文。」「人無文德，不爲聖賢。」以爲有充實之德，然後有光輝之文，否則空書而已。斯又論語憲問「有德者必有言，有言者不必有德」一義之引申也。北齊楊遵彥本之著文德論（章學誠文史通義亦有「文德篇」，主臨文必敬，論古必恕，爲文德之要，此又別一義也），今佚不傳。凡此之言文德，謂著爲麗辭者，須有德操，使外形與內誠，兩相符會，合道德文章而一之。若彥和所論之文德，則兼貫天人，蓋以道術言，而非以德藝言，更爲弘通也已。

❸ 莊子齊物論：「天地與我並生，萬物與我爲一。」彥和于此，推其說以論「文」。陸機文賦：「彼瓊敷與玉藻，若中原之有菽。同橐籥之罔窮，與天地乎並育。」（老子云：「天地之間，其猶橐籥乎。」）謂文章與天地幷生而同流，蓋自天地剖判以來，宇宙間事事物物，秩然粲然，無非文章也。

④ 易坤卦上六：「龍戰于野，其血玄黃。」坤文言：「夫玄黃者，天地之雜也，天玄而地黃。」周禮考工記：「畫繢之事，雜五色。……天謂之玄，地謂之黃。……玄與黃相次也。」繫辭傳：「爻有等，故曰物，物相雜，故曰文。」正義：「言萬物遞相錯雜，若玄黃相間，故謂之文也。」按物本亦指文采。周語云：「服物采章。」左隱五年傳：「取材以章物采謂之物。」其下文言「昭文章」。服虔注謂爲「辨旗物之用」。左桓二年傳：「火龍黼黻，昭其文也；五色比象，昭其物也。」以文、物與度、數，聲、明相次，故云：「文物以紀之。」章氏文始：「文者，錯畫雜文，對轉隊，與『勿』相轉，『物』本毛物，『物』亦文之對轉孳乳也。」按說文：「文，錯畫也，象交文。」又：「勿，州里所建旗，象其柄，有三游，雜帛，幅半異。」而物者，詩小雅：「三十維物。」傳云：「異毛色者三十也。」物亦訓色。周禮犬人：「用牷物。」鄭司農注：「色也。」又雞人：「辨其物。」鄭注：「毛色也。」物本指雜色牛（參徐灝段注箋，王國維釋物），引申爲毛色物色。是故雜文曰文，雜帛曰勿，雜色曰物，三義相承，所謂「物相雜曰文」者，可瞭然矣。言玄黃色雜，色雜，即指文章物采也。

⑤ 大戴禮天圓篇：「天道四圓，地道四方。」周禮考工記輈人：「軫之方也，以象地也；蓋之圜也，以象天也。」

⑥ 漢書律曆志：「宦者淳于陵渠，復覆太初曆，晦朔弦望皆最密，日月如合璧，五星如連珠。」孟康曰：「謂太初上元甲子夜半朔旦冬至時，七曜皆會聚斗牽牛分度，夜盡如合璧連珠也。」經典釋文書顧命「重光」下引馬融云：「日月星也。太極上元十一月朔旦冬至，日月如疊璧，五星如連珠，故曰重光。」疊璧與合璧義同。馬云「太極上元」者，律曆志云「三統二千三百六十三萬九千四十而復于太極上元」是矣。李銑三統術注：「上元之首，夜半冬至合朔，日月如合璧，歷千五百三十九年，而又夜半冬至合朔，日月如合璧謂之統。」按三統爲一元，一統爲一五三九歲，一元則四六一七歲也。

⑦ 易離卦彖曰：「離，麗也。日月麗乎天，百穀草木麗乎土，重明以麗乎正，乃化成天下。」王弼注：「麗猶著也。各得所著之宜。」

易繫辭上：「在天成象，在地成形。」又：「懸象著明莫大乎日月。」又：「天垂象，見吉凶。」韓康伯

注：「『象』況日月辰星。」

⑧ 說文：「綺，文繒也。」華嚴經音義上引作「帛有邪文曰綺也」（沈濤古本考以為庾（儼）演說文注語）。釋名釋采帛：「綺，敧也。其文敧邪不順，經緯之縱橫也。……」任大椿云：「西都賦：『提封五萬，疆埸綺分。溝塍刻鏤，原隰龍鱗。』又云：『繳道綺錯。』然則古之綺文，多為交錯之狀矣。」煥者，論語泰伯：「煥乎其有文章。」集解：「煥，明也。」釋名：「紈，煥也；細澤有光，煥煥然也。」

⑨ 鋪字古與「敷」通。小爾雅廣詁：「鋪、敷，布也。」詩常武：「鋪敦淮濆。」釋文引韓詩作「敷敦」。左襄十二年傳引詩「敷時繹思」作「鋪時繹思。」此云鋪地之文，猶禹貢之言敷土，山海經作「布土」也。文選西都賦：「桑麻鋪棻。」李善注引爾雅曰：「鋪，布也。」按爾雅無此訓，應是出小爾雅。（鋪，普胡切。俗作舖，非。）

易繫辭：「在地成形。」王弼注：「『形』況山川草木也。」又易繫：「仰以觀于天文，俯以察于地理。」正義曰：「天有懸象而成文章，故稱文也；地有山川原隰，各有條理，故稱理也。」詩信南山：「我疆我理。」毛傳：「理，分地理也。」正義曰：「分別地所宜之理。」大戴禮少閒：「庶人仰視天文，俯視地理。」文子上德篇：「天道為文，地道為理。」論衡佚文云：「天有日月星辰謂之文，地有山川陵谷謂之理。」（意林引，又御覽三六引）又書解篇云：「上天多文，而后土多理。二氣協和，聖賢稟受，法象本類，故多文彩。瑞應符命，莫非文者。」吳都賦：「夫上圖景宿，辨于天文者也；下料物土，析于地理者也。」

⑩ 序志篇云：「文心之作也，本乎道。」韓非子解老云：「道者，萬物之所然也，萬理之所稽也。理者，成物之文也。道者，萬物之所以成也。……天得之以高，地得之以藏，維斗得以成其威，日月得以恆其光，五常得之以常其位，列星得之以端其行，四時得之以御其變氣，軒轅得之以擅四方，赤松得之與天地統，聖人得之以成文章。」莊子大宗師及淮南子原道訓均有相同之語，蓋道無乎不在，「天之所覆，地之所載，六合所包，雨露所濡」。道無所不被，故「文」亦無所不有。道與天地準，文亦如之。老子云：「人法地，地法天，天法道，道法自然。」依是而言，所謂「道之文」，即天地之文，亦即自然之文也。

⑪ 釋名釋天：「曜，燿也，光明照燿也。」畢沅曰：「說文無『曜』字，玉篇始有之。」魏明帝山陽公贈冊文：「乾精承祚，坤靈吐曜。」案詩「日出有曜」，曜指日而言。

⑫ 易坤卦六三：「含章可貞，或從王事。」小象傳：「含章可貞，以時發也；或從王事，知光大也。」坤文言：「含萬物而化光。」詩小雅：「維其有章矣，是以有慶矣。」章字義同。

⑬ 易繫上：「天尊地卑，乾坤定矣。卑高以陳，貴賤位矣。」正義：「天以剛陽而尊，地以柔陰而卑。」又：「易有太極，是生兩儀，兩儀生四象。」正義：「混元旣分，即有天地，故曰：『太極生兩儀』。即老子云『一生二』也。不言天地，而言兩儀者，指其物體下與四象相對，故曰兩儀，謂兩體容儀也。」

⑭ 荀子王制：「故天地生君子，君子理天地。君子者，天地之參也。」楊注：「參、與之相參，共成化育也。」禮記禮運：「故聖人參於天地，並於鬼神。」疏：「聖人參擬于天地，則法于天地也。」又孔子閒居：「三王之德，參于天地。」鄭注：「參天地者，其德與天地爲三也。」中庸：「可以贊天地之化育，則可與天地參矣。」法言五百：「聖人有以擬天地而參諸身乎。」李軌注：「稟天地精靈，合德齊明，是以首擬天，腹擬地，四支合四時，五藏合五行，動如風雷，言成文章也。」按「參」有參擬之義，謂對法天地而身與之爲三也。

⑮ 易繫辭下：「有天道焉，有人道焉，有地道焉，兼三材而兩之。」石經初刻本作「才」。三才，天地人也。

⑯ 禮記禮運：「故人者，其天地之德，陰陽之交，鬼神之會，五行之秀氣也。」又：「故人者，天地之心也，五行之端也。」正義：「『人者天地之心』也者，天地高遠，在上臨下，四方人居其中央，動靜應天地，天地有人，如人腹內有心，動靜應人也。故云『天地之心』也。王肅云：『人於天地之間，如五臟之有心矣，人乃生之最靈，其心五臟之最聖者也』。『五行之端』也者，端猶首也。萬物悉由五行而生，而人最得其妙氣，明仁義禮智信爲五行之首也。』按易復卦彖辭：「復，其見天地之心乎！」正義：「天地養萬物，以靜爲心，不爲而物自爲，不生而物自生，寂然不動，此天地之心也。……觀此復象，乃見天地之心。天地非有主宰，何得有心？以人事之心，託天地以示法爾。」此據王注參以老氏之訓說之。其言「天地之心本靜寂」，與禮運言「人爲天地之心」，二義不同，至張橫渠會通之，而謂爲「天地立心」，則更

進一步矣。

⑰ 立言與立德立功爲三不朽之一。王充以「立言」爲重。論衡書解篇云：「物以文爲表，人以文爲基，棘子成欲彌（止也，讀爲弭）文，子貢譏之。」又：「或曰：『文王日昃不暇食，周公一沐三握髮，何暇優遊爲麗美之文于筆札？』答曰：『文王日昃不暇食，此謂演易而益卦；周公一沐三握髮，爲周改法而制。……夫稟天地之文，發于胸臆，豈爲間作不（于）暇日哉！』」又云：「出口爲言，著文爲篇，古以言爲功者多，以文爲敗者希。」依是以言，則視立言如立德立功矣。爲天地立心，而後發而爲文，故心爲立言之樞管。淮南子原道訓：「夫內不開於中而強學問者，不入於耳而不著於心，此何以異於聾者之歌也，效人爲之而無以自樂也，聲出於口則越而散矣。夫『心』者，五臟之主也，所以制使四支流行血氣，馳騁于是非之境，而出入于百事之門戶者也，是故不得于心而有經天下之氣。是猶無耳而欲調鐘鼓，無目而欲喜文章也，必不勝其任矣。」觀此，心之重要可知矣。

⑱ 易乾文言：「天下文明」。正義：「故天下有文章而光明也。」舜典：「濬哲文明。」「文明」二字經典習見，此句「文明」與「言立」對舉，則明爲動詞，應作「著明」「昭明」解。

⑲ 心主于內，言發于外，此純出乎自然。淮南子原道訓：「體道者逸而不窮……循道理之數，因天地之自然，則六合不足均也。」又云：「執玄德于心，而化馳若神。」「窮無窮，極無極，照物而不眩，響應而不乏，此之謂『天解』。故得道者志弱而事強，心虛而應當。」是故「陶鈞文思，貴在虛靜」（神思篇）。所謂「獨照之匠」，要能循于自然，無務苦慮不假外飾。此自然之道，實道家之精義。劉永濟云：「初段明文心原道，蓋出自然。首標文德侔天地之義，是文之原夫道也。次論人心參兩儀之理，是心之原夫道也。末推闡無心之物，聲采并茂，莫非自然，以見文心原道，亦自然之符也。」

⑳ 楊云：「傍，張松孫本作『旁』。按旁字是。說文『旁，溥也。』又：『傍，近也。』近誼于此不愜，當原是旁字。史記五帝本紀：『旁羅日月星辰。』漢書郊祀志上：『旁及四夷』。張衡東京賦：『旁震八鄙。』足爲推證。旁及萬品者，猶言溥及萬品耳。」按史記「旁羅」，正義云：「猶星遍布也。」

㉑ 論衡書解篇：「龍麟有文，于蛇爲神；鳳羽五色，於鳥爲君；虎猛，毛蚡蜦；龜知，背負文：四者體不質，

於物爲聖賢。且夫山無林，則爲土山；地無毛，則爲潟土；人無文，則爲僕（樸）人，土山無麋鹿，潟土無五穀，人無文德，不爲聖賢。」

㉒書益稷：「藻火粉米。」淮南子俶眞訓：「鏤之以剞劂，雜之以青黃，華藻鎛鮮，龍蛇虎豹，曲成文章。」高注：「華藻，華文也。」「刻尊彝爲蟠龍伏虎之狀，故曰『曲成文章』。」此倣龍鳳而爲藻繪，然龍鳳本身自有其藻繪也。楊云：「管子水地篇：『龍生于水，被五色而遊，故神。』韓詩外傳八：『夫鳳，五彩備明。』」

㉓易革卦象辭：「大人虎變，其文炳也。」「君子豹變，其文蔚也。」法言吾子兩「變」字作「別」，京氏易作「辬」，辬即辨也。說文：「辬，駁文也。」蒼頡篇：「斑，文貌也。」字亦作「斑」。上林賦：「被斑文。」善注：「斑文，虎豹之皮也。」而「炳」者，說文云：「明也。」「蔚」者，虞氏云：「蔚，蔇也。」說文蔇訓草多貌。毛西河仲氏易引王湘卿云：「虎文疏而著曰炳，豹文密而理曰蔚。」

㉔楊云：「書僞湯誥：『賁若草木。』僞孔傳：『賁，飾也。……煥然咸飾，若草木同華。』此蓋舍人語意所本。」

㉕三國志蜀志秦宓傳：「宓答書有云：『夫虎生而文炳，鳳生而五色，豈以五采自飾畫哉？天性自然也。蓋河洛由文興，六經由文起。君子懿文德，采藻其何傷！以僕之愚，猶恥革子成之誤，況賢于己者乎！』」孫蜀丞謂彥和語意本此。按秦宓此書，蓋襲取論衡書解篇語句。論語顏淵：「棘子城曰：『君子質而已矣，何以文爲？』」終爲子貢所屈。仲任擧此以議徒質不文人誤，（秦）子勑亦仍其說。

紀評云：「劉氏標自然爲宗，所以針砭齊梁之文藻，日競雕華。」按自然之義，實魏晉以來談玄者之恒言。考鍾記室詩品亦揭「自然」之說，如云：「感物吟志，莫非自然。」「自然英旨，罕値其人。」即其顯例。玄學旣以自然爲根本義，一以貫之，于詩文之指歸，當亦復爾也。

㉖李詳云：「宋玉高唐賦：『纖條悲鳴，聲似竽籟。』」楊氏云：「宋本御覽卷五八一引作『諷如竽琴』，日本喜多村直寬仿宋本御覽作『調如竽琴』，鮑崇城刻本御覽作『調如竹琴』。按諸本御覽皆誤，當以作『調如竽瑟』爲是。古籍中無『竽』『琴』連文者。禮記樂記：『然後鐘磬竽瑟以和之。』管子霸形篇：

『陳歌舞竽瑟之樂。』墨子三辯篇：『息于竽瑟之樂。』莊子胠篋篇：『鑠絕竽瑟。』並其證也。宋本御覽『調』作『諷』，乃形近之誤。」

㉗ 宋本說文玉部：「球，玉聲也。璆，球或作璆。」集韻十八尤引亦作「玉聲也，一曰美玉」。大徐本作「玉磬也」。繫傳無「磬」字。史記孔子世家：「瑤佩玉聲璆然。」錢坫說文斠詮引史記此文，云作「聲」爲是。書益稷：「戛擊鳴球。」鄭注：「鳴球，即玉磬也。」又鍠，說文金部云：「鐘聲也。詩曰：『鐘鼓鍠』。」從皇字多主聲，玉部：「鍠，玉聲也。」說文引詩見周頌執競，今詩字作「喤喤」。毛傳云：「和也。」漢書禮樂志顏注：「鍠鍠，和也。」按球爲玉聲，鍠爲鐘聲，鍠鍠訓和，故曰：「和若球鍠。」

㉘ 此兩句一指形文，一指聲文。易繫辭：「見乃謂之象，形乃謂之器。」韓康伯注：「成形曰器。」「章」字本指樂章（說文：樂竟爲一章，從音十，十、數之終也），借以爲彰。詩棫樸：「追琢其章。」鄭箋：「追琢玉使成文章。」重言則曰「章章」。廣雅釋訓：「章章，采也。」荀子法行：「雖有珉之雕雕，不若玉之章章。」論語公冶長：「夫子之文章，可得而聞也。」集解：「章，明也，文彩形質著見，可以耳目循。」故以形言，文彩形質著見即謂之「章」。再以色言。荀子富國：「爲之雕琢刻鏤，黼黻文章。」（楊倞注：「青與赤謂之文，赤與白謂之章。」）

㉙ 言無知覺之物，猶且聲采並茂，何況有血氣之倫，焉可無文耶？

㉚ 易賁卦彖辭：「觀乎天文，以察時變，觀乎人文，以化成天下。」「人文」二字見此。李翱雜說云：「日月星辰經乎天，天之文也；山川草木羅乎地，地之文也；志氣言語發乎人，人之文也。志氣不能塞天地，言語不能根教化，是人之文紕謬也；山崩川涸，草木枯死，是地之文裂絕也；日月暈蝕，星辰錯行，是天之文乖盭，無久覆乎上；天文裂絕，無久載乎下；人文紕繆，無久立乎天地之間。故文不可以不慎也。」此通論天文地文人文之條秩，有不能錯繆逾越者。爾雅釋詁云：「元，始也。」九家易注：「元，氣之始也。」

㉛ 易繫辭：「易有太極，是生兩儀。」韓康伯注：「太極者，无稱之稱，不可得而名，取有之所極況之太極者也。」晉書紀瞻傳：「顧榮言太極者，蓋謂混沌時曚昧未分。」周易正義：「太極謂天地未分之前，元氣混而爲一，

即是太初太一也。故老子曰：『道生一』，即此太極是也。」莊子大宗師言道之爲物：「在『太極』之先而不爲高，在六極之下而不爲深。……豨韋得之，以挈天地，伏戲得之，以襲氣母。……」天地剖判，固原乎太極，即人文之始，亦復有同然也。

㉜ 易說卦：「昔者聖人之作易也，幽贊于神明而生蓍。」韓康伯注：「幽，深也。贊，明也。蓍受命如響，不知所以然而然也。」顧廣圻曰：「舊本作讚是也。易釋文云：幽贊本或作讚。孔龢碑：『幽讚神明。』白石神君碑：『幽讚天地。』漢人正用『讚』字。」孫詒讓札迻：「彥和用經語，多從別本，如幽讚神明，本易釋文或本。」

㉝ 易繫辭：「是故易者，象也；象也者，像也。」左傳：「韓宣子聘魯，見易象與魯春秋。」

㉞ 易繫辭傳：「古者，庖犧氏之王天下也，仰則觀象於天，俯則觀法於地，觀鳥獸之文，與地之宜，近取諸身，遠取諸物，於是始作八卦，以通神明之德，以類萬之情。」正義「論周易之三名」條云：「故易者，所以斷天地、理人倫，而明王道。是以畫八卦，建五氣，以立五常之行。象法乾坤，順陰陽，以正君臣父子夫婦之義。」

㉟ 史記孔子世家：「孔子晚而喜易，序彖繫象說卦文言。」易乾鑿度：「孔子占易，得旅，息志停讀，五十究作十翼。」漢書藝文志：「孔子爲之彖、象、繫辭、文言、序卦之屬十篇。故曰：易道深矣，人更三聖，世歷三古。」又揚雄傳：「宓犧氏之作易也，綿絡天地，經以八卦。文王附六爻，孔子錯其象而彖其辭，然後發天地之藏，定萬物之基。」論衡謝短篇：「伏羲作八卦，文王演爲六十四，孔子作彖、象、繫辭，三聖重業，易乃具足。」

㊱ 易正義：「文言者，是夫子第七翼也。以乾坤其易之門戶邪。其餘諸卦及爻，皆從乾坤而出，義理深奧，故特作文言以開釋之。莊氏云：文謂文飾，以乾坤德大，故特文飾以爲文言。」左昭廿八年傳：「經緯天地曰文。」逸周書諡法解：「經緯天地曰文。」孔晁注：「成其道也。」書堯典：「欽明文思。」釋文引馬融云：「經緯天地謂之文。」他卦無文言，止乾坤有之，故曰：「獨制文言。」乾坤即天地，則文言者，乃經緯天地之言也。

㊲ 阮元文言說云：「孔子於乾坤之言，自名曰文，此千古文章之祖也。為文章者，不務協音以成韻，修辭以達遠，使人易誦易記，而惟以單行之語，縱橫恣肆，動輒千言萬字，不知此乃古人所謂直言之言，論難之語，非言之有文也，非孔子之所謂文也。文言數百字，幾於句句用韻。孔子於此，發明乾坤之蘊，詮釋四德之名，幾費修詞之意。……不但多用韻，抑且多用偶。……凡偶皆文也。於物兩色相偶而交錯之，乃得名為文，文即象其形也。」按左傳論子產「言之不文，行之不遠」。言之文也，烏可忽哉！

㊳ 說見正緯篇注。

㊴ 楊氏校云：「疇，龍溪精舍叢書本作『章』，按洪範九疇，漢書五行志作『九章』，是『疇』『章』二字，古固通用。」范注引漢書五行志為說。按陳槃云：「洛書與河圖，並為八卦所本，易繫辭之言甚明，即易乾鑿度、禮含文嘉等，亦至今尚保存此說；但對於洛書，西京末年復有相反之一說法。漢書五行志序曰：『初一曰五行；次二曰羞用五事；次三曰農用八政；次四曰協用五紀；次五曰建用皇極；次六曰艾用三德；次七曰明用稽疑；次八曰念用庶徵；次九曰嚮用五福、畏用六極。……凡此六十五字，皆雒書本文。』據志序，此劉歆說也。按洛書如已有此六十五字，是之謂章明較著矣，桓譚（新論啓寤）何致云：『讖出河圖、洛書，但有兆而不可知。』此說與桓譚之言已相距甚遠，與易繫辭暨乾鑿度等讖緯義亦不合，非舊也。」（史語所集刊第二十本上冊）

㊵ 楊校云：「實，御覽五八五引作『寶』。按實、寶二字形近易譌。（本書諸子篇「懷寶挺秀」，活字本、汪本等誤作「懷實」。）此當作實，始能與華字相儷。華實對擧，本書恒見。」黃注：「王子年拾遺記：帝堯在位，聖德光洽，河洛之濱得玉版，方尺，圖天地之形。」宋書符瑞志序：「握河（紀）括地（象）綠文赤字之書，言之詳矣。」紀評云：「玉版丹文綠字，散見緯書，黃注所云拾遺記宋書皆非根柢。」按大戴禮記保傅：「書之玉版，藏之金櫃。」漢書鼂錯傳：「刻于玉版，藏于金匱。」孫穀古微書及緯攟諸輯本有河圖玉版，經義考毖緯有孔子玉版，此緯書以玉版為名者，謂其文字書于玉版之上也。山海經中山經玄扈之水郭注引河圖云：「（蒼頡）臨于玄扈洛汭，靈龜負書，丹甲青文。」淮南子俶眞訓：「洛出丹書，河出綠圖。」御覽八一引中候考河命：「黃龍負卷舒圖，赤文綠錯。」注：「錯，分也；文而以綠色

分其間。」即所謂丹文綠牒也。此類紀載，不殫縷擧。古時文字每書于玉，近歲地下發現，若鄴中片羽三集有朱書「⿱束龜于丁」殘玉，殷墟出土有「小臤出」玉牌符等，即所謂玉版。至于金鏤，當指銅器鏤文，淮南俶眞訓言犧尊「鏤之以剞劂」、「華藻鎛鮮」者（古以金飾物謂之鎛）是也。范曄後漢書方術傳序：「神經怪牒，玉策金繩。」神仙家書亦有此類玉版綠牒之稱，特昭其貴重耳。

㊶ 詩召南采蘋：「誰其尸之，有齊季女。」毛傳：「尸，主。」彥和借用之。神理說爲劉氏基本理論。神思篇云：「文之思也，其神遠矣。」又云：「思理爲妙，神與物遊，神思胸臆，而志氣統其關鍵。」揭櫫「神」爲作文之原動力，嚴滄浪論詩云：「詩之極致有一，曰入神。」亦即此義。

㊷ 按練字篇：「夫文象列而結繩移，鳥跡明而書契作。」易繫辭：「上古結繩而治，後世聖人易之以書契。」許愼說文序：「黃帝之史蒼頡，見鳥獸蹄迒之迹，知分理之可相別異也，初作書契。」論衡感類篇：「見鳥跡而知爲書，見蜚蓬而知爲車。」呂氏春秋君守篇高誘注：「蒼頡生而知書寫，仿鳥迹以造文章。」按「分理」，段玉裁注：「猶文理。」唐韋續纂五十六種書，黃帝時史倉頡寫鳥迹爲文作篆書，即由高說推演者。

㊸ 左傳昭十二年，楚靈王謂左史倚相「是良史也」，「是能讀三墳五典八索九丘」。左傳疏引賈逵注：「三墳、三王之書。」又引馬融注：「三墳，三氣，陰陽始生天地人之氣也。」周禮春官：「（外史）掌三皇五帝之書。」鄭注謂即楚靈王所謂三墳五典，乃用賈說。而僞孔安國尚書序因云：「伏羲神農黃帝之書謂之三墳，言大道也。」三墳內容，向不能悉。後世有僞「古三墳書」，分爲山墳、氣墳、形墳三部：山墳爲天皇伏羲氏之連山易，氣墳爲人皇神農氏之歸藏易，形墳爲地皇軒轅氏之乾坤易。山墳中雜有河圖代姓紀記有巢氏及其子燧人氏，又言伏羲氏，燧人子也，因風而生，故姓風。氣墳中有人皇神農氏政典。所謂炎皞，炎指炎帝神農氏，皞指太皞宓犧氏。按司馬貞補三皇本紀，即據鄭玄說以伏羲女媧神農爲三皇，而緯書言三皇則有異說，禮緯含文嘉以爲虙戲燧人神農，春秋緯運斗樞、元命苞則以爲伏羲女媧神農，白虎通號篇則以三皇爲伏羲神農燧人。按古又有二皇之號，淮南子原道訓：「泰古二皇，得道之柄，立于中央。」高誘注：「二皇，伏羲神農也。」潛夫論五德志：「世傳三皇五帝，多以伏羲神農爲二皇，其一者或曰燧

人，或曰祝融，或曰女媧，其是與非，未可知也。」三皇之說最爲紛糾，彥和所擧之炎皞，乃指神農伏羲二皇耳。其言「炎皞遺事，紀在三墳」，似曾見三墳書，惟今存僞古三墳書乃宋元豐間毛漸得于唐州比陽民家，始爲表彰，葉夢得、晁公武（郡齋讀書志）陳振孫皆辨其僞，鄭樵獨謂其辭質而野，恐非後人之能爲，至元馬端臨（文獻通考）吳萊（三墳辨）明胡應麟四部正譌均斥之，其謬妄自不待論，惟揆彥和所言，齊梁間容有其書，殆與毛漸所謂唐（昭宗）天復中自青城山石匣所得者不同。

㊹ 梁庾肩吾書品論：「柑恭聲彩逾越。」「聲采」二字同此。

㊺ 黃校始盛，馮本作爲。楊云：「御覽五八五引亦作爲。徵聖篇：『遠稱唐世，則煥乎爲盛。』辭義與此同。」論語泰伯：「子曰，巍巍乎舜禹之有天下也而不與焉。」「大哉堯之爲君也，巍巍乎唯天爲大，唯堯則之，蕩蕩乎民無能名焉，巍巍乎其有成功也，煥乎其有文章。」何晏集解：「煥，明也。其立文垂制義著名。」按論語「煥乎」一章但歎美堯，彥和兼以指舜。

㊻ 書益稷：「帝庸作歌曰：勅天之命，惟時惟幾。乃歌曰，股肱喜哉，元首起哉，百工熙哉。」孔傳：「元首，君也。股肱之臣喜樂盡忠，君之治功乃起，百官之業乃廣。」

㊼ 尚書有益稷篇。孔疏：「禹言曁益曁稷，是禹稱其二人。二人佐禹有功，因以此二人名篇，既美大禹，亦所以彰此二人之功也。」

敷奏，書舜典：「敷奏以言。」孔傳，「敷陳，奏進也。」正義曰：「敷者布散之言，與陳設義同，故爲陳也。奏是進上之語，故爲進也。」詩長發：「敷奏其勇。」漢書宣帝紀作「傳奏其言」，師古曰：「傳讀曰敷」。

㊽ 尚書大傳虞夏傳：「歌大化大訓六府九原而夏道興。」鄭注：「四章皆歌禹之功。」（困學紀聞二）黃侃云：「業績同訓功，峻鴻皆訓大，此句位字殊違常軌。」按此殆「吉日辰良」（楚辭九歌）之句法。

㊾ 御覽五八五引「惟」作「詠」。楊云：「舍人是語本書僞大禹謨，當以作『惟』爲是。其作『詠』者，蓋涉上『吟詠』句而誤。明詩篇：『大禹成功，九序惟歌。』是其證。」按書大禹謨：「德惟善政，政在養民。水、火、金、木、土、穀惟修。正德、利用、厚生惟和。九功惟叙，九叙惟歡。……勸以九歌，俾勿

懷。」又左文七年傳：「晉郤缺言于趙子曰：……無德何以主盟？子爲正卿，以主諸侯，而不務德，將若之何。夏書曰：戒之用休，董之用威，勸之以九歌，勿使壞。——九功之德，皆可歌也，謂之九歌。六府三事，謂之九功。水、火、金、木、土、穀，謂之六府。正德、利用、厚生，謂之三事。義而行之，謂之德禮，無禮不樂，所由叛也。若吾子之德，莫可歌也，其誰來之。」周禮大司樂：「九德之歌，九磬之舞，于宗廟中奏之。」注鄭司農引春秋此傳說之。疏引賈服云：「正德、人德；利用，地德；厚生，天德也。」以三事爲天地人之德。左傳昭二十年及二十五年皆言「九歌」事。

50 九歌即歌九功之德。勳德即功德。大禹謨：「其克有勳。」說文力部：「勳，能成王功也。」爾雅釋詁：「勳，功也。」論衡書解篇：「德彌盛者文彌縟，德彌彰者人彌明。」彥和語略本此。

51 楊云：「禮記表記：『子曰：虞夏之質，殷周之文至矣；虞夏之文，不勝其質，殷周之質，不勝其文。』」舍人遣詞本此。

52 英華本指玉言。說文「瑛」下云：「玉英華相帶如瑟弦。」繫傳：「英，光中之實也；華，光之浮華也。」

53 宋本御覽五八五引作憂患。易繫辭：「作易者其有憂患乎。」又云：「易之興也，其當殷之末世，周之盛德耶？當文王與紂之事邪？」周易正義序：「卦辭爻辭幷是文王所作。……故史遷云：文王囚而演易。」

54 左傳閔二年：「成季之繇。」易釋文引服虔注：「繇，抽也。抽出吉凶也。」杜注：「繇，卦兆之占辭。」晉語韋注：「由也，吉凶所由而出也。」以由訓繇，說異。

55 李詳云：「左思蜀都賦：『符采彪炳。』劉逵注：『符采，玉之横文也。』」按原賦云：「符采彪炳，暉麗灼爍。」蓋言玉之光采。文選魏文帝與鍾大理書善注引王逸正部論曰：「或問玉符，曰：赤如鷄冠，黃如蒸栗，白如猪肪，黑如純漆，玉之符也。」郭璞引此作王子靈符應。符亦作「孚」。說文「璠」字下引孔子曰：「美哉璵璠，遠而望之，奐若也；近而視之，瑟若也。一則理勝，二則孚勝。」（王應麟謂此文見齊論語問玉篇。）繫傳云：「奐文也；瑟言瑟瑟然，文細也。理謂文理也。孚音符，謂玉之光采也，今亦言符采也。」禮記聘義孔子答子貢問玉曰：「孚尹旁達，信也。」馬注：「玉之爲物，孚尹于中，而旁達于外，所以爲信。」亦見家語第三十六問玉篇，注云：「孚尹，玉貌。」然禮鄭注謂孚尹讀爲浮筠，謂：

「玉采色也。采色旁達，不有隱翳，似信也。孚或作『付妥』。」孔疏：「孚，浮也，浮者在外之名。」「孚」「付妥」皆與「符」通，謂光彩現于外。衆經音義十三引纂文：「孚瑜，言美色也。」孚瑜亦猶符采也。易義精微，如玉之孚尹于中，故云「符采複隱」。

56 易繫辭：「精義入神，以致用也。」正義：「言聖人用精神微妙之義，入于神化，寂然不動，乃能致其所用。」

57 尚書金滕：「乃元孫不若旦多材多藝。」

58 李云：應璩與王將軍書：「雀鼠雖微，猶知徽烈。」按徽，美也。詩角弓：「君子有徽猷。」毛傳：「徽，美也。」

59 李詳云：「紀云：『剬即剸字。說文訓爲齊，言切割而使之齊（頤按：大徐本說文：剬，斷齊也，旨兗切。校錄云：韻會引作剸齊也，蓋因毛氏韻會增改。玉篇：齊也。則訓齊乃玉篇，非說文），與詩義無涉。古帖制字多書爲剬，此剬字疑爲制之訛。史記五帝本紀：依鬼神而剬義。注：剬有制義，是三字相亂已久，不必定用本訓也。』詳案張守節（史記正義）論字例云：制字作剬，緣古字少，通共用之。史漢本有此古字者，乃爲好本，據此，剬即制字，既不可依說文訓剸爲齊，亦不必辨剬相似之譌也。」

王利器云：「『制』原作『剬』，今據御覽改。『制』『剬』隸書形近而譌。宗經篇：『據事剬範。』唐寫本『剬』作『制』。史記五帝本紀：『依鬼神以制義。』正義：『「剬」古「制」字。』此『制』譌爲『剬』之證。錢大昕三史拾遺謂：『制，篆作𠛲，隸變作剬，字又譌作制；唐人不明小學，誤以剬爲制之古字。』梁玉繩志疑亦用此說。今按錢說未盡確，法言淵騫篇：『魯仲連傷而不制，藺相如制而不傷』兩制字，桂馥說文義證引俱作剬。字通以剬與制通。兩字向來每混用。說文制字云：裁也，从刀从未。𠛲，古文制。玉篇作制，婁機漢隸字原成湯靈臺碑已作制，而禮器碑作制，形與剬近。北魏寇憑墓誌以剬爲制，又魏唐耀墓誌以製爲製，則不自唐始也。制與製蓋古今字。制詩，言製作詩篇也。」

范注：據毛詩豳風七月序，七月周公所作；據尚書金滕、鴟鴞，周公所作，據國語周語上時邁周公所作；故彥和云「剬詩緝頌」也。楊（明照）云：「按國語周語中：『周文公之詩曰：兄弟鬩于牆，外禦其侮。』」

呂氏春秋古樂篇：『周公旦乃作詩曰：文王在上，於昭于天；周雖舊邦，其命維新。以繩文王之德。』文選王褒四子講德論：『昔周公詠文王之德，而作清廟。』是小雅常棣、大雅文王、周頌清廟，幷周公所作。故舍人云爾。又鄭玄詩譜序：『周公致太平，制禮作樂，而有頌聲興焉。』」

⑩ 黃注：「法言學行：『吾未見斧藻其德若斧藻其粢者也。』」按李注：「斧藻猶刻桷丹楹之飾。」爾雅釋器：『斧謂之黼』，孫炎云：「黼文如斧形，蓋半白半黑，似斧刃白而身黑。」書益稷：「藻火粉米。粢」

⑪ 禮記玉藻鄭注：「雜采曰藻。」則斧藻乃指文飾之事。

書秦誓：「予誓告汝群言之首。」後漢書蔡邕傳：「斟酌群言，韙其是而矯其非，作釋誨以戒厲云。」陸機文賦：「傾群言之瀝液，漱六藝之芳潤。」

⑫ 宋書符瑞志：「夫體睿窮幾，含靈獨秀，謂之聖人。」

⑬ 黃注：「（漢書）董仲舒傳：『（夫上之化下，下之從上。）猶泥之在鈞，唯甄者之所爲；猶金之在鎔，唯冶者之所鑄。』師古曰：『鈞，造瓦之法，其中旋轉者。鎔謂鑄器之模範也。』」按文選注引蒼頡云：「鎔，炭爐所以行消鐵也。」

⑭ 孟子萬章下：「孔子聖之時也。孔子之謂集大成。集大成也者，金聲而玉振之也。金聲也者，始條理也；玉振之也者，終條理也。始條理者，智之事也；終條理者，聖之事也。」趙注：「孔子集先聖之大道，以成己之聖德者也，故能金聲而玉振之。振，揚也。故如金者之有殺，振揚玉音，終始如一也。始條理者，金從革，可始之使條理。終條理者，玉終其聲而不細也。合三德而不撓也。」

⑮ 王云：傳校元本、兩京本、譚（獻）校本「情性」作「性情」，御覽引亦作「性情」。今按淮南子精神訓：「衰世湊學，不知原心反本，直雕琢其性，矯拂其情，以與世交。」高注：「雕琢其天性，拂戾其本情，以合流俗，與世人交接也。」彥和蓋借用淮南語，精神訓先「性」後「情」，則作「性情」者是。李詳引史公報任安書「雕琢曼辭」以說之，未當。周禮考工記梓人：「以爲雕琢。」荀子王制：「使雕琢文采。」詩棫樸：「追琢其章，金玉其相。」毛傳：「追，雕也。金曰雕，玉曰琢。」釋文：「追，鄭云：亦治玉也。」雕亦作琱。說文玉部：「琱，治玉也。」又：「琢，治玉也。」二字同訓。

66 禮記冠義：「順辭令」。大戴禮朝事：「喩言語，計辭令。」左傳襄三十一年：「又善爲辭令，裨諶能謀。」新書道術：「辭令就得謂之雅。」史記屈原傳：「嫻于辭令。」文選報任安書：「不辱辭令。」李善注：「辭謂言辭，令謂敎令。」

67 論語八佾：「天將以夫子爲木鐸。」集解：「孔曰：木鐸施政敎時所振也。言天將命孔子制作法度，以號令于天下。」按書胤征：「遒人以木鐸巡于路。」孔傳：「木鐸金鈴木舌，所以振文敎。」禮記明堂位：「振木鐸于朝，天子之政也。」禮有金鐸木鐸，武事振金鐸，文事則振木鐸。

起，御覽五八五引作啓，各本亦作啓。王云：「梅（慶生）改，黃本張松孫本俱從之。」楊云：「啓、起音近易譌。左僖二十五年傳：『晉于是始啓南陽。』注疏本亦誤『啓』作『起』。」

易繫辭上：「子曰：君子居其室，出其言善，則千里之外應之。」

68 禮記儒行：「哀公命席，孔子侍，曰：儒有席上之珍以待聘，夙夜強學以待問。」鄭注：「爲孔子布席于堂與之坐也。」孔疏：「席猶鋪陳也。珍謂美善之道，言儒能鋪陳上古堯舜美善之道，以待君上聘召也。」

69 孫云：「御覽輝光作光輝。」按易大畜象曰：「輝光日新其德。」字亦作煇。正義云：「能輝耀光榮。」漢書李尋傳：「夫日者，衆陽之長，輝光所燭。」魏志引管輅別傳：「輅曰，不同之名，朝旦爲輝，日中爲光。」王莽傳上有前煇光謝囂，莽分左馮翊曰前煇光。自來沿用易語者皆曰輝光，不曰光輝，則以作「輝光」爲是。

70 孟子公孫丑：「自生民以來，未有盛于孔子也。」詩大雅：「厥初生民。」鄭箋：「本后稷之初生，故謂之生民。」

71 書益稷：「臣作朕股肱耳目。」周語下：「夫耳目，心之樞機也。」管子心術：「耳目者，視聽之官也。」

72 王云：「御覽爰上有故字。」風姓指伏羲氏。左傳僖二十一年：「任、宿、須句、顓臾，風姓也，實司太皡與有濟之祀。」禮記月令：「其帝太皡。」釋文：「皡亦作昊。」杜注：「太皡，伏羲。」正義引帝王世紀：「太皡帝庖犧氏，風姓也。」鄭玄注通卦驗：「燧皇謂遂人，在伏羲前，風姓，始王天下。」此本緯書說。司馬貞補三皇本紀因謂：「太皡庖犧氏，風姓，代燧人氏繼天而王。」風姓參秦嘉謨輯世本氏姓篇。

73 王云：「玄聖，梅云：一作元聖。」案作玄聖是。莊子天道篇：「以此處下，玄聖素王之道也。」此彥和所本。文選班固典引：「故先命玄聖，使綴學立制。」李善注：「玄聖，孔子也。」後漢書班固傳載其文。李賢注云：「玄聖爲孔子也。」春秋演孔圖曰：「孔子母徵在，夢感黑帝而生，故曰玄聖。」按紀昀云：「玄聖當指伏羲諸聖，若指孔子，於下句爲複。」則與舊說不合。

以素王爲孔子，已見淮南子主術訓：「孔子……專行教道，以成素王，事亦鮮矣。」漢書董仲舒傳：「孔子作春秋，先正王而繫萬事，見素王之文焉。」杜預春秋左氏傳序：「說者以仲尼自衛反魯，脩春秋，立素王。」或謂自緯書出，始有孔子自號素王之說，非也。黃注引拾遺記，殊疏。素王一名，見于史記殷紀伊尹從湯言素王及九主之事，索隱云：「其道質素，故稱素王。」廣雅釋詁：「素，空也。」王先愼謂「素王、空王、指在下者言」。按以孔子不王天下，而能制作王者之道，故爲素王也。

74 王云：「各本作裁文章，黃本從御覽引改。」按敷，陳也，後漢書章帝紀：「敷奏以言，則文章可采。」敷章與敷奏，文例相同，下句「設教」正成對文。

75 易觀䷓辭：「聖人以神道設教，而天下服。」正義：「神道者，微妙无方，理不可知，目不可見，不知所以然而然謂之神道。」「聖人法則天之神道，本身自行善，垂化于人，不假言語教戒……，在下自然觀化服從。」神道，彥和變言曰「神理」者，因上文言「誰其尸之，亦神理而已」，使上下文意相貫。神理者，曹植武帝誄：「聰竟神理。」謝靈運應詔詩：「道以神理超。」又述祖德詩：「龕暴資神理。」

76 易繫：「河出圖，洛出書，聖人則之。」

77 左傳：「韓簡曰：龜，象也；筮，數也。」易繫辭：「探賾索隱，鉤深致遠，以定天下之吉凶，成天下之亹亹者，莫大乎蓍龜。」又云：「極數知來謂之占。」

78 易賁䷕象辭：「觀乎天文，以察時變；觀乎人文，以化成天下。」李鼎祚周易集解引虞翻云：「日月星辰爲天文也。」又引干寶曰：「四時之變，縣乎日月，聖人之化，成乎文章。觀日月而要其會會，觀文明而化成天下。」孔疏謂，聖人觀察人文，則詩書禮樂之謂「當法此教而化成天下也」。昭明太子文選序亦引賁卦此語以贊美[illegible]之時義。

⑲ 左傳昭二十五年：「禮，上下之紀，天地之經緯也。」正義曰：「言禮于天地，猶織之有經緯，得經緯相錯乃成文。」又二十八年：「經緯天地曰文。」史記始皇紀：「經緯天下。」班固西都賦：「經緯乎陰陽。」區宇，文選西都賦：「區宇若茲。」又東京賦：「區宇乂寧。」薛綜注：「天地之內稱寓。」又五臣劉良注：「區宇，天地也。」

⑳ 易繫辭：「易與天地準，故能彌綸天地之道。」孔疏：「彌謂彌縫補合，綸謂經綸牽引。」書冏命：「欽哉！永弼乃后于彝憲。」孔傳：「嘆而勑之，使敬用所言，當長輔汝君于常法。」彝憲即常法。

㉑ 黃校云：「輝疑作揮。」楊云：「黃校是也。御覽五八五引正作揮。程器篇：『待時而動，發揮事業。』尤爲明證。事類篇：『表裏發揮。』汪本、佘本等作發揮。是揮與輝易淆之證。」按易乾文言：「六爻發揮，旁通情也。」孔疏：「發謂發越也，揮謂揮散也。言六爻發越揮散，旁通萬物之情也。」易繫辭：「化而裁之謂之變，推而行之謂之通，擧而錯之天下之民，謂之事業。」又坤文言：「美在其中，而暢于四肢，發于事業，美之至也。」發揮事業，由內美表現爲外美，「至美」之形成，亦人文之義也。

㉒ 劉永濟釋義：「(此)明道與文相關之理，中涵二義：一、道沿聖以垂文，二、聖因文以明道。蓋自然妙道，非聖不彰；聖哲鴻文，非道不立，此舍人以原道冠冕全書之故也。」按文以載道，彥和已暢其說，此段特引申易義，以道與天地準，文亦有同然。易有聖人之道者四，以言者莫尚于辭，辭義彪炳，則道自明耳。

㉓ 易繫辭：「百姓日用，而不知。」左傳襄二十九年：「用而不匱。」文選袁宏三國名臣贊：「仁義在躬，用之不匱。」詩旣醉：「孝子不匱。」毛傳：「匱，竭也。」

㉔ 此繫辭下語。王注：「辭，爻辭也。爻以鼓動效天下之動也。」正義：「鼓謂發揚天下之動，動有得失，存乎爻卦之辭，謂觀辭以知得失也。」按此句所謂辭，乃所謂「繫辭焉以盡其言」之辭。本專指易卦爻辭，彥和謂辭能鼓天下者，乃道之文，則推擴其義而言之耳。

㊦85 范注：「本書頌贊篇云：『贊者，明也，助也。……』易說卦傳云：『幽贊于神明而生蓍。』韓康伯注：『贊，明也。』此彥和說所本。說文無『讚』字，自以作贊爲是。」按史通論贊篇：「夫每卷立論，其煩已多，而解論以贊，爲黷彌甚，亦猶文士製碑，序終而續以銘曰，釋氏演法，義盡而宣以偈言。」王利器雕龍新書序錄略謂：「贊語與偈言相似，彥和既事佛，文心又復有贊，可謂受佛敎之影響，所以『總歷本意』也。」

86 范注：「荀子解蔽篇引道經曰：『人心之危，道心之微。』枚賾采入僞大禹謨，改兩『之』字爲『惟』字，彥和蓋用其語。」

87 上文云：「緜辭炳曜。」詔策篇：「符命炳燿。」說文：「燿，照也。」

88 宋書符瑞志：「龍圖出河，龜書出洛，赤文篆字，以授軒轅。」

89 按用賁卦象辭。

90 各本皆作傚，一本作「効」。詩小雅角弓：「爾之敎矣，民胥傚矣。」彥和用其語。鄭箋：「天下之人皆學之，言上之化下，不可不愼。」

附　錄．．敦煌唐寫文心雕龍景本跋及後記

跋

唐末人草書文心雕龍殘本，現藏大英博物院。原列斯坦因目五四七八，Giles新編列號七二八三。王重民敦煌古籍敍錄著錄（P.283）。

原本蝴蝶裝小册。中外人士，據以撰校記者，頗不乏人。有：

鈴木虎雄校記　見內藤博士還曆論叢　一九二六

趙萬里校記　見清華學報第三卷第一期　一九二六

向來謂此册起徵聖篇，訖雜文篇。原道篇存讚文末十三字，諸讔篇止有篇題，餘皆亡佚（參楊明照文心雕龍校注附錄六）。今勘以此顯微影本，徵聖篇僅至「或隱義以藏用」句之「義」字，下闕；宗經篇則自「歲曆綿曖」起，以上幷缺。然審各家校語，徵聖篇下半每引唐寫本，豈此顯微影本，由第一頁至第二頁中間攝影時有奪漏耶？

唐寫本之可貴，以原道至辨騷諸篇而論，頗多勝義。如徵聖之「先王聲敎」（同于練字篇）、「辯立有斷辭之美」，宗經之「采掇片言」（「片」字本誤作「生」），正緯之「戲其浮假」（本作「深瑕」），辨騷之「體憲于三代，風雜于戰國」（原誤「憲」為「慢」，誤「雜」為「雅」）、「苑其鴻裁」（原作「菀」），皆較舊本為優。

文心宋本，今不可見。故宮週刊第五十六期有宋版文心雕龍景片（第一版），不悉何本。明刊入校者，楊明照「校注」與王利器「新書」序錄，僅引嘉靖庚子（一五四〇）新安汪一元刊本而止。然前乎此者有弘治甲子（一五〇四）馮允中吳中刊本，友人神田喜一郎博士藏有其書，其鬯盦藏書絕句謂「至珍馮本同球璧，除却唐鈔孰等科」者也（此本卷末有「吳人楊鳳繕寫」一行，天祿琳琅書目著錄誤以為元版），允為唐鈔以後最重要之本子。因論唐鈔，故併記之。饒宗頤識。

後記

一九六二年，余以敦煌唐寫本殘卷付諸影刊，蓋取自東洋文庫所攝之顯微膠卷。文中曾指出徵聖篇由第一頁至第二頁中間攝影時有奪漏。越二載，余以訪敦煌資料蒞英倫，親檢原物核對。未遑著筆，而日本戶田浩曉先生關心於此，特著文討論❶，證實為一九五三年文庫人員在英攝影時漏影之疏失。一九七九年潘重規先生從英倫取得原册照片，重印於所著「唐寫文心雕龍殘本合校」之中。由是唐寫此册乃有完整之印本。惟潘君稱有人「致疑別有敦煌异本」，則殊易引起誤會——因文心敦煌草書寫本僅有Stein五四七八此册而已，實別無它卷也。頃見林其琰、陳鳳金二君所撰，關於敦煌遺書「文心雕龍殘卷」一文❷，復提及此事。林君據潘書為說，未覩拙文。然拙作實為唐本首次景印公諸於世之本，於文心唐本流傳研究雖不敢居為首功，然亦不容抹殺，滋生誤解。聞王元化教授復取英倫是本加以滙校重印，嘉惠來學，後來居上，謹拭目以俟之。

❶ 見戶田氏著：校勘資料上としての文心雕龍燉煌本，立正大學教養部紀要，第二號。

❷ 見古籍整理出版情況簡報，第一九三期。

六朝文論摭佚

彥和以前，有關文學批評之專著，實繁有徒。惜乎多已淪佚，內容末由考覈。其膾炙人口，至今尚有零璣碎璧，可供翫味者，若摯虞文章流別論、李充翰林論，既見引于文心序志篇，世已耳熟能詳；然論述者猶多挂漏。他若公幹、吉甫之輩，已無可徵。劉楨論勢，祇風骨、定勢兩篇，各引一條。吉甫爲應貞字，璩之子也。晉書本傳稱其文集行于世。隋志，梁有應貞注應璩百一詩八卷，亡。彥和所稱吉甫文評，疑指百一詩注也。此外見于各史傳志，文論之佚籍，尚有多種。玆爲專文考證，藉見六朝詩文評之概況，且爲讀文心與詩品者之一助焉。

文檢六卷

此書見宋書九八氏胡傳。（宋文帝）元嘉十四年（四三七），沮渠茂虔上表，獻河西人所著書一十九種一百五十四卷，中有「文檢」六卷（羅根澤以爲茂虔撰，大誤），在闞駰十三州志之下，敦煌實錄之上，撰人未詳。隋志子部儒家類，魏朗著「魏子」下小註云：「梁有文檢六卷，似後漢末人作，亡。」姚振宗後漢藝文志、侯康補後漢書藝文志均入子部儒家類，秦榮光補晉書藝文志則入集部總集類。此書內容未詳，從書名推測，可能卽論文專著。梁有此書，乃宋元嘉間由河西傳入者。

傅祗文章駁論

見晉書本傳，云：著文章駁論十餘萬言（斠註卷四七）。祗卽魏太常傅嘏之子，晉懷帝時司徒。此疑晉人之論文著作，未見流傳。祗文見全晉文卷五十二，輯存三則。

荀勗雜錄文章家集敍十卷

見隋志史部。唐志作「新撰文章家集五卷」。此書有敍，疑亦辨章文學源流之作。

郭象碑論十二篇

晉書本傳云：「常閑居以文論自娛。」「永嘉末卒，著碑論十二篇。」此書文廷式、丁國鈞四家補晉書藝文志，入總集類，未知是否論「碑」之作，如桓範之論銘誄者然。殊難確定，姑著以待考。

摯虞文章流別志論二卷

晉書本傳云：「虞撰文章志四卷。」「又撰古文章，類聚區分爲三十卷，名曰流別集，各爲之論。辭理愜當，爲世所重。」虞爲皇甫士安門人。士安序左思三都賦，謂賦「所以因物造端，敷宏體理」，「故文必極美」，「辭必盡麗」。摯虞論賦則謂「假象過大，則與類相遠；逸辭過壯，則與事相違；辯言過理，則與義相失；麗靡過美，則與情相悖」。大抵以太甚爲病，主折衷之見，實開彥和之先路。黃侃文心札記云：「文心多襲前人之論，而不嫌其鈔襲。即若頌贊篇大意本之文章流別，哀弔篇亦有取乎摯君。」誠然。

顏延之庭誥云：「摯虞文論，足稱優洽。」蕭子顯稱「仲洽之區判文體」（南齊書文學傳論），鍾嶸謂：「摯虞文志，詳而博贍，頗曰知言。」而文心序志篇則云：「流別精而少功。」（此據梁書，本書則字作「巧」。）鍾、劉猶許其爲「精」「詳」之製，則此書之價值可知。

又文心頌讚篇云：「摯虞品藻，頗爲精覈。至云雜以風雅，而不變（辨）旨趣，徒張虛論，有似黃白之僞說矣。」復言：「紀傳後評，亦同其名。而仲治流別，謬稱爲述，失之遠矣。」此皆對摯虞提出商榷之點。關于漢書贊稱「述」一事，顏師古匡謬正俗云：

摯虞撰流別集，全取孟堅書序為一卷，謂「漢述」，已失其意。而范蔚宗、沈休文之徒，撰史著評論之外，別為一首，華文麗句，標舉得失，謂之為「贊」，自以取則班馬，不其惑歟！劉軌思（按此顏監誤記）文心雕龍雖略曉其志，而言之未盡。（秦選之匡謬正俗校註卷五）

案漢書敘傳師古註亦揭櫫此說，略謂：

自「皇矣漢祖」以下諸敘，皆班固自論撰漢書意。此亦依放史記之敘目耳。……但後之學者，不曉此為漢書敘目，見有「述」字，因謂此文追述漢書之事，乃呼為『漢書述』，失之遠矣。摯虞尚有此惑，其餘曷足怪乎？

亦以摯虞之說爲非。王先謙曰：「文選目錄于此書紀傳贊稱『史述贊』，李善註引皆作『漢書述』。」蓋幷沿文章流別之說。

流別者，說文：「𠂢，水之衺流別也。」摯虞以「流別」名其書，凡六十卷，分體編錄，着眼于文體流變之義。又著有論二卷及文章志四卷，見隋志史部。則其書蓋包括文選、文評、文史三大綱，歷代選家未有如此詳備者，故隋志總集序亟稱道之。以其「採摘孔翠，蔓剪繁蕪。……屬辭之士，以爲覃奧，而取則焉」。不特昭明文選取材于茲，而文心上半部，何嘗不資爲挹注也？後之繼躅者，若謝混文章流別本十二卷，孔寧續文章流別三卷，俱見隋志，惜已亡佚。而顏之推「觀我生賦」自註，亦言北齊武平中，署文林館待詔者三十餘人。之推且掌續「文章流別」之製。是北朝且步武仲洽，纂輯續編，則此書影響之巨可知矣。

李充翰林論三卷

隋志：「翰林論二卷，李充撰，梁五十四卷。」其卷帙如是之多，疑本亦選錄文章，如仲洽之體。充事迹見晉書文苑傳。充博通群書，東晉初爲著作郎，撰元帝書目（見七略序及隋志）。史稱其「刪除煩重」，「甚有條貫」。（駱鴻凱文選學次李充在摯虞之前，非也。按虞于永嘉五年洛中大飢五月餓死。事詳御覽三十五引王隱晉書。）文心序志篇云：「仲洽流別，宏範翰林，各照隅隙，鮮觀衢路。」案本傳充字弘度，宏範乃李軌字，當作「弘度」爲是。充此書宋時尚存，玉海六二引中興書目云：「翰林論三卷，凡二十八篇，論爲文體要。」（參新印宋史藝文志附編中興館閣書目頁五三四文史類）原書雖不可覩，按其篇數，已逾文心之半，諒爲彥和所取材無疑。

然文心云：「翰林淺而寡要。」鍾嶸詩品亦云：「李充翰林，疏而不切。」又卷中論郭璞詩云：「翰林以爲詩首。」晉室南渡，景純蓋與弘度同時，故推爲詩壇之首，度其書中必多評詩，故史通論贊篇評沈隱侯宋書謝靈運傳論，以爲「此文正可爲翰林之補亡」也。日僧文鏡秘府論稱此書「褒貶古今，斟酌利病」。據本傳充作「詩賦表頌雜文二百四十首」，惟學箴一篇附傳中，得以流傳。翰林論嚴可均從他書輯得八條（全晉文五三），駱鴻凱又增一二。據其師說，謂「充所選之文以沈思翰藻爲主，故極推潘陸而立名曰『翰林』，可爲文選之先河」（文選學）。而細讀原文，如云「表宜以遠大爲本，不以華藻爲先」，云「駁不以華藻爲先」，則明不以辭采爲重。其言「潘安仁之爲文也，猶翔禽之羽毛，衣被之綃縠」，則似有微辭。又于表及盟檄兩言「德音」，則其持論，亦以文德爲先矣。其學箴所言欲「引道家之弘旨，會世教之適當，義不違本，言不流放」，故曰：「名之攸彰，道之攸廢。」「刑作由于德衰，三辟興乎叔世。既敦既誘，乃矯乃厲。敦亦既備，矯亦既深。彫琢生文，抑揚成音。群能騁技，罪巧竭心。野無陸馬，山無散林。風罔不動，化罕不移。人之失德，反正作奇。」而歸之「室有善言」，「復禮克己」。可見充之用心在乎返文爲質，去華就實，矯奇爲正。駱氏之論，翩其反矣。其書竟已不傳，末由與文心勘校，是可惜也。（文心定勢篇責「新學之銳，則逐奇失正」，與李充見解正相同。）

顧愷之晉文章記

補晉書藝文志幷著錄。此書體裁未詳。顧虎頭雖以畫名，然博學有才氣。事在晉書文苑傳。世說言語篇：「愷之還至荆州，人問以會稽山川之美。愷之云：千岩競秀，萬壑爭流，草木蒙籠，若雲興霞蔚。」寥寥數言，可以入畫。此書記晉世文章，庸或雜以評騭之語，惜不可見。

隋志有張隱文士傳五十卷，即鍾嶸詩品所謂「張騭文士，逢文即書」者也（參補晉書藝文志）。

此類乃文人記傳之書。自摯虞爲文章志以後，繼之者又有傅亮續文章志二卷，宋明帝晉江左文章志二卷，沈約宋世文章志二卷，俱見隋志史部。南齊書文學傳，丘靈鞠著江左文章錄，序起太興（晉元帝），訖恭帝。此類與顧愷之所著，性質應相同，文心時序才略等篇之所取材也。

張防四代文章記一卷

隋志總集類梁有四代文章記一卷，吳郡功曹張防撰，亡。按防始末未詳。

張眎「摘句」

南齊書文學傳論：「張眎摘句褒貶。」張眎未詳，疑似後世之摘句圖（唐張爲有詩人主客圖。四庫提要詩文評類「文選句圖」下云：「摘句爲圖，始于張爲。」按觀張眎摘句，則此事南朝已盛行矣。）

顏延之庭誥

鍾嶸詩品序：「顏延論文，精而難曉。」南齊書文學傳論：「顏延圖寫情興。」當并指庭誥一書。原帙已亡，嚴可均輯存之。庭誥之文學見解，頗與劉勰有關。說見拙作：文心雕龍探原。

王微鴻寶

詩品序：「王微鴻寶，密而無裁。」隋志子部有鴻寶十卷，不著撰人。梁書張纘傳稱其著鴻寶百卷。此殆類書之屬，當是偶與王微所著同名。王微鴻寶，向來鮮見徵引，惟文鏡秘府論引北齊李槩音均決疑序有云：「呂靜之撰韻集，分取無方；王微之製鴻寶，詠歌少驗。平上去入，出行閭里，沈約取以和聲，律呂相合。」似其書頗涉音聲，故李槩及之。有關鴻寶之記載，祇此而已。微字景玄，有集十卷，見隋志。梁又有錄一卷。其文論今不可考，然其與從弟僧綽書有云：

且文詞不怨思抑揚，則流澹無味，文好古貴能連類可悲，一往視之，如似多意當見，居非求志，清論所排，便是通辭訴屈邪爾者，真可謂「真素」寡矣。

按史記鄒陽傳贊云：「其比物連類，有足悲者，亦可謂抗直不撓矣。」王微之說蓋本此。宋書本傳稱「微既爲始興王濬府吏，濬數相存慰。微奉答牋書，輒飾以辭采。微爲文古，甚頗抑揚，袁淑見之謂爲訴屈。微因此又與從弟僧綽書」。此書略見藝文類聚四十八，久已爲人傳誦。微爲文主抑揚多悲，似與陸機「言寡情而鮮愛，辭漂浮而不歸；猶絃么而徽急，故雖和而不悲」一說，亦有相關之處。其文詞之悲思抑揚，若「書告弟僧謙靈」一篇，讀之尤令人扼腕。微體羸，多病服藥，以是不得永年（微元嘉二十年卒，年二十九）。富于感傷，自促其壽。史稱「微爲文古」，今觀所存各篇皆散行，與「宋初訛」之文體，迥不相類，蓋循晉氏上追西漢，故難怪當時目爲「古」也。微負重名。元嘉二十七年魏攻彭城，遣尚書李孝伯與鎭軍長史張暢語孝伯，訪問微及謝莊。其名聲遠布如此（南史謝莊傳）。微善書畫，人品極高，又有敍畫一篇，見張彥遠歷代名畫記六（嚴氏全宋文卷十九失載），清曠絕塵，豈鍾仲偉所能望其項背？景玄之文學，世無表彰之者，而其鴻寶鍾氏譏爲密而無裁，惜已無傳。惟其報何偃書略云：「每見世人文賦書論，無所是非。不解處，即日借問。此其本心也。」足見其率眞，不稍苟且。斯即指瑕之務。然後知顏之推云「江南文制，欲人彈射知有病累，隨卽改之」，亦風氣使然。景玄之言，亦一證矣。

陸厥文緯

詩品卷下評陸厥云：「觀厥文緯，具識文夫之情狀。自製未優，非言之失也。」羅根澤云：「似陸厥作有文緯一書。」厥與沈約討論音理，援引「魏文屬論，深以清濁爲言；劉楨奏書，大明體勢之致」，及陸士衡文賦五色相宣之語，以難隱侯，謂其不得自詡爲「靈均以來，此秘未覩」。說具南齊書五十二本傳。厥與沈約書，論一人之思，遲速天懸（袁守定佔畢叢談，曾舉之），卽文心神思篇「人之稟才，遲速異分」一說所出也。

張率文衡十五卷

率字士簡，張充從弟。齊、梁間，天才洋溢之文士也。南史三一本傳云：「（年）十二能屬文。日限爲詩一篇。稍進，作賦頌。至年十六，向作二千餘首。……時陸少玄家有父澄書萬餘卷，率與少玄善，盡讀其書。建武三年，除太子舍人。同郡陸倕、陸厥幼相友狎，嘗同載詣左衞將軍沈約，遇任昉在焉。約謂昉曰：此二子後進才秀，皆南金也，卿可識之。由是與昉友。梁天監中爲司徒謝朏掾。……又侍宴賦詩，武帝別賜率詩曰：『東南有才子，故能服官政。余雖暫古昔，得人今爲盛。』率奏詩往反六首。……自少屬文，七略及藝文志所載詩賦今亡其文者，并補作之。所著文衡十五卷，文集四十卷，行于世。」此書隋志未收。考率當日以「賦」聞名于世，今所存者，僅繡賦及河南國獻舞馬賦二篇（見全梁文五四）。彼與劉苞陸倕并以文藻見知于梁

（詳梁書文學傳劉苞傳）。所作文衡十五卷在文集以外，當是論文之作。以其文學聲譽之隆，劉彥和自非其抗手，無怪梁書稱其作文心「既成，未爲時流所稱」。張亦時流之一，且有「文衡」之作。文心出自緇流之手，陸倕、張率之輩，必不重視，可不待言。故彥和不得不負書以干沈約于車前也。

明克讓文類四卷

北史八十三文苑傳：克謙字弘道，鬲人。……祖僧紹。年十四，爲湘東王法曹參軍。仕梁，位中書侍郎。梁滅，歸長安，爲麟趾殿學士。隋受禪，位率更令。所著有「文類」四卷。按此書不知作于何時，內容爲文選抑文評，亦不可知，姑繫于此。

徐紇文筆駁論十卷

北史九二恩幸傳：「紇字武伯，樂安博昌人，頗以文詞見稱。……曾說靈太后以鐵劵間尔朱榮。後與太山太守羊侃共奔梁。有文筆駮論十卷，多有遺落，或存于世焉。」此書隋志未收，作于何時不可考。其內容係討論文筆問題，抑爲一總集，亦不可知。

文章義府三十卷

隋志子部，梁有文章義府三十卷，不著撰人，疑是類書。日本見在書目又有文府雜體八卷、文府啟法二卷、文府四聲五卷，俱無撰人。

杜正藏文軌二十卷

北史卷二六杜銓傳云：

（杜）正藏為文迅速，有如宿構。曾令數人幷執紙，各題一文。正藏口授俱成，皆有文理，為當時所異。又為文軌二十卷，論為文體則，甚有條貫。後生寶而行之，多資以解褐，大行于世，謂之「杜家新書」云。

正藏此書，蓋亦論文之作。隋志未收。然在當日風行一時，至有「杜家新書」之目。隋書卷七十六杜正玄傳：「正藏……又著文章體式，大爲後進所寶，時人號爲文軌，乃至海外高麗百濟亦共傳習，稱爲杜家新書。」按日本正倉院御物存有「杜家玄成」，說者謂卽「杜家玄成雜書要略」之簡稱，乃杜氏兄弟正玄正藏正倫一家文集之略抄，書簡之模範文集。（參考福井康順：論百行章についての諸問題，東方宗教13、14合期；又：正倉院御物杜家立成について，東洋思想史研究頁二七二—二八三。）「正藏字爲善，開皇十六年擧秀才。大業中，與劉炫同以學業該通，應詔被擧。正藏弟正儀貢充進士，正倫爲秀才，兄弟三人同時應命，當世嗟美之」（本傳）。唐書藝文志正倫有百行章一卷，敦煌所出有殘帙（伯目3306卽其一），唐末五代邊陲尙流行之。而正藏之文軌，則湮沒莫傳，末由取與文心比觀，至爲憾事。人且不能擧其名。書之顯晦，各有其時，豈非命耶？

五月十日于香港

後記

明鈔本太平廣記卷十三郭璞條引神仙傳：「李弘範翰林明道論：『景純，善于遙寄，綴文之士皆同宗之。』」卽引翰林論中論郭璞語。此條爲諸輯本所未及。所謂明道，似翰林論中之篇名（說見近刊文史第一期補白，程弘：翰林論作者質疑）。若然，則文心開宗明義爲原道篇，翰林論中又有明道篇，亦復相似。

（原載民國五十一年大陸雜誌第二五卷第三期）

與友論阮嗣宗詩書

棪齋吾兄足下：疊接手書，累數紙，稽答爲罪。今晨綜讀之，至再至三，深覺 足下抉發入微，用心至細，休文以來，此秘未覩，足使蔚宗却步，彥和變色，敬佩無量。 尊論阮公用韻之嚴，「之」「支」獨用，不與「脂」混等說，自是不刊之論。弟和阮詩，每首悉遵原韻，未敢差池。有重韻者，亦沿其韻（如第二十八首重「洲」字）。故與 兄說無乖。惟句中平仄， 兄指出有一句五平之法，似非阮公有意如此，恐一時偶爾用之。試檢同時他人之製，每首中不少雜入一句五平者。如劉楨公讌「流波爲魚防」，何晏失題「流飄從風移」，嵇康述志「盤桓朝陽陂」，皆全平（全仄者，如應氏雜詩「少壯面目澤」），可例推也。阮詩異本復不同。如第二首「逍遙從風翔」，明范欽本「從」作「順」，則非五平矣。此一事也。 兄過重視雙聲、疊韻。阮詩中雙、疊者大抵聯綿字居多。如所舉旖䕒、計較、惻愴、悅懌。遽數之不能終其物。詩、騷本已如此，八音克諧，脣吻適會，而變化隨心，原無定法，何必一一墨守，作繭自縛。雙、疊之名，始見宋書謝莊傳。鄙見江左人士，喜言雙聲，另有外緣，容細論列。阮公詩雖有雙、疊之用，未必能窮雙、疊之理。黃初正始之間，雙、疊之說，固未興也。故和阮詩，恐不宜措意于此。 尊舉亦無通例可循。如第五十二首第五句之末字與第六句之首字， 兄以爲皆幽部字，亦是偶然者。試以 兄法再尋繹之，第四句末之「記」與第五句首字之「誰」，第六句末字之「俟」（兄次韻詩作「河涘」，誤也。「行俟」二字用小雅「行則俟俟」，作「俟」為是）與第七句首字之「遊」，末數句之「已」與「是」、「間」與「焉」、「理」與「計」，似亦可謂以同部字輾轉為用也。雙、疊濫用，大謝詩中最多。南朝之效康樂者，未届其精，先得其失，故有「闡緩」之誚。巧不可階，蕭綱與湘東書，已痛論之。聲病說之起，卽其針砭。今更踵事增華，變本加厲。文章之美，何曾在此？弟所以不敢苟同。此又一事也。嗣宗曠放，必不滯于聲律，觀其樂論似對劉劭而發（樂論中劉子卽指劭。魏志劭傳：主制禮作樂，以移風俗，著樂論十四篇）。當日夏侯玄亦與論難（玄存辨樂論二則，御覽引之）。阮公論樂之旨，要使其聲平，其容和；重元氣，屏淫聲。故曰：先王制樂，必通天地之氣，靜萬物之神，固上下之位，定性命之眞（阮文中多有用韻）。又諸「達道之化者，可與審樂；好音之聲者，不足以論律」。此其所尙，非繁聲縟節，而在通大體，以臻太和之境地。依是以言，其于詩律有不遑細求也明矣。古之人之論阮，厥有三端：曰「藻」（魏志：「籍才藻艷逸。」），曰「旨」（詩品：「厥旨淵放。」文心雕龍：「阮旨遙深。」），曰「氣」（文心才略：「阮籍使氣以命詩。」）。　足下更進之以「律」，誠發人所未發。惟阮公語多隱避，歸趣難求。和阮之篇，近人有段凌晨者，摹情擬貌，摭阮之豔采，而重塑之；是僅有得于辭藻而無裨于辭心。弟於阮詩寢饋未深，而竊慕其氣，以為居千載之下，於阮公之詩，難以情測，但知阮公深于易。「作易者其有憂患乎！」「又明於憂患與故。」此阮公詩心之所繫者也。今之憂患，更有甚于阮公者，使阮公復生，豈能無詩？余何敢知阮公，顧獨不無類阮公憂患之心，故敢有和阮之作。然和阮而非阮，卽于阮公之辭藻亦偶用其一二，僅效其使氣之術，依其韻而已。步古人之韻，而為今人之詩，非敢貌襲魏、晉，如明人之為也。余旅長洲，發興步阮韻，五日而成詩八十二首。

既成，棄置篋衍，自以不似阮公詩，易名曰「長洲集」。所以遲遲未敢獻曝者，以阮詩舊刻非一，字句序次，輒多歧異，而未敢遽定。今重以　兄意，姑再攄陳之。阮集直齋書錄詩集類稱：「四卷。其題皆曰『詠懷』。首卷四言，十三篇，餘皆五言，八十篇，通爲九十三篇。」是宋刻五言，原止八十篇耳。明嘉靖（二十二年）范欽（即天一閣主人）陳德文刻阮嗣宗集二卷，卷下爲「詠懷詩八十一首」（有注云：「述懷八十一篇者，豈數極陽九而作邪？意微旨遠，見於命題，志士發憤之所為也。讀籍詩者，其知憂患乎。」而陳德文序亦云：「今覽其詠懷八十一篇，語莊義密，曲高和寡。」），是爲八十一首者。北京圖書館舊藏明刊阮嗣宗詩（此為八行十六字本），則題詠懷八十二首（此本前有失名刻阮嗣宗詩序，末有嵇叔良撰阮公碑），是爲八十二首本。馮惟訥詩紀云：「京師曹氏家藏阮步兵詩一卷，唐人所書，與世所傳多異。」不知視上列諸本如何？黃晦聞箋阮詩，則以蔣師爚注爲據，惟各序次復不同。如范本「夜中不能寐」爲第一首，以「誰言萬事難」爲第二首（黃注在第三十六），「嘉時在今辰」爲第三首（黃注在第三十七），「二妃遊江濱」爲第四首。明刊八行本阮詩則第一首爲「於心懷寸陰」（黃注在二十一首），第二首爲「鸒鳩飛桑榆」（黃注在第四十六），第三首爲「登高臨四野」（黃注第十三首），第四首爲「夜中不能寐」，排列完全不同。又范本之作八十一首，則以「生命辰安在」至「定可相追尋」，及「鳴鳩嬉庭樹」至「消散何繽紛」（今作二首），合而爲一（漢魏詩集亦合為一首）。若乎文字之差異，更難指數。然後恍然於從事阮集，校文之事，實爲先務。　兄辨聲審律之工作，更須以文字爲基；否則何從下手耶？苦乏暇晷，阮集校勘，未遑爲之。聊因北風，敢布區區。伏惟　裁正不備。

頤白　一九六二年十一月

（原載選堂詩詞集）

洛陽伽藍記書後

隋書經籍志地理類，後魏楊衒之洛陽伽藍記五卷，又劉璆撰京師寺塔記十卷，錄一卷，又釋曇宗京師寺塔記二卷。唐釋道世法苑珠林卷一百十九，收梁尚書兵部郎中劉璆奉敕撰京師寺塔記，及元魏鄴都期城郡守楊衒之洛陽地伽藍記五卷。南北朝間，鋪揚佛宇者，惟此二書。劉璆書久佚，遂使南朝四百八十寺無從稽考。洛地則自孝文遷都，刹廟甲天下，迄永熙之亂，城郭丘墟，事佛彌虔，而傾覆彌亟。

珠林感應緣部每引楊書。如崇眞寺僧慧嶷見閻羅，注云事出洛陽伽藍寺記（卷一百十一利害篇），虎賁洛子淵事，云出洛陽寺記錄（卷百一三酒肉篇），崔涵復活事，云見洛陽寺記（卷百一六送終篇）。亦有原出楊書，如尔朱兆殺寇祖仁事，而云出寃魂志，則顏之推所著也。衒之雖不佞佛，然於感應事迹喜爲著記，以示懲戒世人，蓋有微意存焉。其作史也，義例甚嚴，假爲隱士趙逸（按魏另有趙逸，天水人，能文。見魏書卷五十二。龍華寺土臺引趙逸云：「此臺是中朝旗亭。」衒之確見過趙逸其人）之言，以譏史官之失。「生愚死智」，諛碑者寧毋慙德乎！「生爲盜跖，死等夷、齊。秉筆妄言，華辭損實。」觀尔朱文略遺魏收金，請爲其父作佳傳，故收論尔朱榮，以比韋彭伊霍（北齊書四十八尔朱文暢傳），可知衒之針砭之由，非無故而然也。

楊書多所采摭。如宋雲惠生，西行求法，自云：「惠生行紀，事多盡錄。今依道榮傳，宋雲家紀並載之，以備缺文。」此則逐錄自它書，非出自撰。其中宋雲對烏場國主，具說周孔莊武之德。其王曰：「若如卿言，卽是佛國。我當命終，願生彼國。」則昭然春秋內諸夏之旨也。

楊書不無微言大義，敘事之外，屢有「衒之曰」，以示勸戒，卽猶左傳之「君子曰」也。魏澹撰史，于此竊有慕焉（北史澹傳）。衒之亦倣依之，自爲論斷（如于尒朱兆事云：「易稱天道禍淫，鬼神福謙。以此驗之，信爲虛說。」）。書中頗譏豪侈。如正始寺下敬義里責「惟（張）倫最爲豪侈，逾于邦君」（又引天水姜質亭山賦爲證）。故釋道宣稱其「見寺宇壯麗，損費金碧，王公相競，侵漁百姓，乃撰迦藍記，言不恤衆庶（廣弘明集六）」，比於夏桀之失德。其旨可深長思矣。其後上書論釋敎之虛誕，徒爲逃役僕隸避苦就樂之淵藪。道宣謂所奏同于劉書，厠于謗佛之次，儕諸滯惑之間。在護法立場，不得不爾。然寺院之濫，貽害滋深，衒之閎識孤懷，百代之下，仍博得讀者之同情也。

又書法獨貶閹官，凡巨室出身爲閹人者，必書曰閹官某某。如云「閹官司空劉騰宅」（建中寺）、「閹官瀛州刺史李仁壽」（名尼寺條）、「閹官王桃湯」（宣忠寺）。其時尼寺亦閹官所立，穢亂尤甚。蕭忻之言，可爲累欷。其辭曰：「高軒升斗，盡是閹官之嫠婦；胡子鳴珂，莫不黃門之養息。」嗚呼，可以風矣！

楊氏以中州爲正統，北方詞筆，如邢、溫文采，多所稱述。于齊必曰僞齊，而于南人投奔者記載特詳。王肅好茗，故有水厄之譏。其右北而貶南，于此三致意焉。陽嘉橋柱，論劉澄之輩之穿鑿，以其「生于江表，征役暫過，多非親覽，誤我後學，日月已甚」。言下於南士不無藐視之心云。

此書衒之實有自注。自顧廣圻發其例（思適齋集卷十四），近賢頗留心析出注文，致力于此者多家。余嘉錫列出書中敍事，謂其廣聚異聞，用資談助（四庫辨證八）。續高僧傳一魏菩提流支傳附記期城郡守楊衒之，并節錄其伽藍記序，末有云：「名僧異端，紛綸間起。今採摘祥異者，具以注之。」今本自序無此數句。從「具以注之」語觀之，書中子注之多，可概見矣。

論庾信哀江南賦

一

辭賦之學，近時西方已頗措意。文學史上以「致位通顯而表其鄉關之思」聞名之哀江南賦，亦有人願花十年之力，加以譯注。鞮騎之功，固不可沒❶；然於該賦精義所在，尚有待于抉發焉。令狐氏於周書卷四十一爲王褒、庾信兩人立傳，以二人者在當日聯鑣齊名。觀天和中齊王憲語姚最曰：「爾博學高才，何如王褒、庾信？王、庾名重兩國，吾視之蔑如！」（周書，藝術姚僧垣附傳）可以見之。其時文士「唯褒與信相埒，自餘莫有逮者」。南北遘兵多年，及陳始與北周通好，流寓之士各許還其舊國。陳乃請王褒及庾信，周竝留而不遣（周書，三十九杜杲傳）。信南歸絕望，始寄情於是賦。自王通論次文人得失，謂「徐、庾爲古之夸人也，其文誕」（中說，事君篇），影響所及，魏徵於隋書文學傳序譏徐、庾「分路揚鑣，其意淺而繁，其文匿而彩，詞安輕險，情多哀思，格以延陵之聽，蓋亦亡國之音」。李延壽北史文苑傳序襲用其說。令狐德棻於周書本傳評子山之文「發源於宋末，盛行于梁季。體以淫放爲本，詞以輕險爲宗，故能誇目蕩心」。至責之爲詞賦罪人。蓋唐初隆開國氣象，主文德而薄辭采，衡以季札觀樂之方，子山此賦自是亡國哀音。此乃時代觀點使然。若以純文學言之，斯非平情之論。

天寶以後，亂雜日積，文學觀大變。杜公漂泊西南天地之間，不免有「詞客哀時且未還」之嘆。哀江南賦序言「壯士不還，寒風蕭瑟」，杜因有「庾信平生最蕭瑟」之語，無異以庾信自喻，嗟東歸之無日。李義山於情文尤其所耽。觀樊南甲集序稱「往往咽噱于任、范、徐、庾之間，有請作文，或時得好對切事，聲勢物景，哀上浮狀，能感動人。」此則纏綿吞吐於聲情，故所作能廻腸盪氣。有得於子山者獨多。以視唐初之貶抑庾氏，相去何啻千里！此時代風氣之轉移，知人論世，甚軒輊初固無定準也。

南宋樓鑰有「題哀江南賦後示韓陳二生」一跋云：

> 史稱信有文集二十卷行於世，今祇見此數篇。……予得之于沙麓蕭茂先家，迨今……蓋三十四年矣，……二生來問，適新是帙，令句句詳讀，且究其用事，非徒然也。蓋辭之為體甚多，學者不無利鈍於其問。……故今觀覽，欲彼摩其朴鈍，發其清新，此老夫之意也。嗚呼！理者，性所自出；才者，氣之所由形。中人以上，苟得其養，性使可復；才也者，不可強而致也。或曰：理重才輕，取其重而舍其輕可也。曰：勢有不可偏廢者焉。理則體，才則用也。體與用具，然後可以持躬而應物。二生其志之。（秋澗文集卷七二）

樓氏教人讀庾賦，要究其用事，即劉勰事類篇所云「據事以類義，援古以證今」之術，亦即陳寅恪所稱古事今典之運用。庾氏精熟左傳，用其事以比方爲最多。又言「發其清新」，猶有取於杜句「清新庾開府」，借詩以論賦。至於較量理與才之重輕，如體與用之相需，理以盡性分，而才則氣所由以表現。才不可學而得。庾文之勝處，即其氣之不可及。周書庾傳總論「文章之作，本乎情性……舉其大抵，莫若以氣爲主，以文傳意」。哀江南賦以氣爲主。雖長逾萬言，所以超出同時若干長篇巨製，若南朝張纘之南征賦，北魏陽固之演賾賦，贍富有餘，而語乏鏗鏘，所遜卽在氣之不逮。李延壽北史文苑傳序：「河朔重乎氣質。」實則北人之作，質有餘，而氣苦憾于不足。魏氏李騫之釋情賦，李諧之述身賦諸篇，讀之味同嚼蠟，卽乏氣以支撐之也。李善上文選注表云：「氣質馳建安之體。」建安之作，由於「雅好慷慨，世積亂離，志深而筆長，故梗概而多氣」（文心時序）。庾賦之「不無危苦之辭，惟以悲哀爲主」，卽以建安爲師，故情餘于文，氣足以控摶全局。文中自「水毒秦涇，山高趙陘」句，至於篇終，如大曲之入破，一氣到底，而句法變化，議論鋒起。貌雖儷體，直是散行。而連續驅遣「之」、「而」、「於」、「曰」、「焉」、「不有」、「其何」等虛字，純任自然，不假斧鑿，與刻鏤堆砌殊科❷。其氣之宏，由於其才之大。樓氏所云「不可强致者」，此其不可學處，全在以氣爲主。讀此賦者，幸於玆三致意焉。

又樓云：「信文集二十卷，祇見此數篇。」南宋所傳，如姜夔云：「庾郎先自吟愁賦。」倪璠編庾集中無愁賦，吳兆宜本庾集尙有此賦斷句。王若虛謂「庾氏詩賦類不足觀，而愁賦尤狂易奇怪」（滹南遺老集三十四），是宋金人所見庾文，尙有此賦也。

庾賦以氣勝，而情文兼茂。危苦悲哀之意，賦中波瀾雲涌，層出不窮。令人讀之，廻腸盪氣，一唱三歎。同時人憂憤之作，如蕭詧與江陵構隙，反而稱藩於周，導致梁之覆滅。史稱其「旣而闔城長幼，被虜入關。又見邑居殘毀，常懷憂憤。乃著『愍時賦』以見志」。其文具載周書四十八詧本傳。雖憤懣悔恨之意，形諸楮墨，若「豈妖沴之無已，何國步之長淪」，「忽縈憂而北屈，豈天靈之我欺」等句，不免怨天尤人，惟其賦有質而無文，雖傳而不爲人所重者，以辭藻匱乏，麗旨都無，實同犬羊之鞹，何能動人之心？同是著文以哀時，彼固自哀，而人不能哀之。乃知

「信言不美」，此「情采」所以重要。庾信不特以氣勝，而情采尤不可及也。

二

向來注哀江南賦者，多詳於出典。自徐樹穀以訖高步瀛之箋注，無不皆然。至子山作賦之動機，罕有能道出者。陳寅恪作讀哀江南賦，始發其端倪。既考定其作賦之年代，爲周武帝宣政元年戊戌十二月，又謂賦末云「不獨思歸王子」，乃因杜杲使陳，與宣帝對答，涉及王褒、庾信羈於關中，不免有南枝之思，而終不獲遣回南朝；復以沈炯東歸有歸魂賦，故作哀江南賦以見意。說近是矣。

按沈炯以梁敬帝紹泰二年（五五六），獲遣東歸建康，僅四載以疾卒于吳中。哀江南賦之作，去歸魂賦已二十年。謂爲促成子山作哀江南之直接動力，似尚難言，疑必別有近因。考宣政前一載爲建德六年丁酉（五七七）。是年正月，北周滅齊（見周書武帝紀），時信在洛陽（為洛州刺史），遣主簿曹敏奉致平鄴都賀表（庾集卷七）。是歲七月以後，徵爲司宗中大夫，遂還長安。北齊之亡，顏之推自憫其遭遇，撰觀我生賦。篇末句云：「予一生而三化，備荼苦而蓼辛。鳥焚林而鎩翮，魚奪水而暴鱗。……既銜石以塡海，終荷戟以入秦。」其自注言：

在揚都值侯景殺簡文而篡位，于江陵逢孝元覆滅，至此而三為亡國之人。

所謂「至此」，自指齊亡事。當周兵陷晉陽，之推頗進奔陳之策，爲丞相高阿那肱所阻，出爲平原太守，守河津。齊亡之後，遂入周。可見觀我生賦實成于齊亡之歲。文中忌諱之句，尚留方圈（如「非社稷之能衛」，及「實未改于弦望」等句）。所稱「吾王東運，我祖南翔」，自注：「晉中宗以琅邪王南度。之推琅邪人，故稱吾王。」於典午舊主，尤存睠睠不忘之意。之推與陽休之、盧思道、薛道衡等十八人同徵，隨駕赴長安（北齊書陽休之傳）。此卽「終荷戟以入秦」。故其賦云「亡壽陵之故步，臨太行以逡巡」，而終以「此窮何由而至，玆辱安所自臻！而今而後，不敢怨天而泣麟」等句，心中未嘗不自訟也。家訓勉學篇：「鄴平之後，見徙入關。」情非得已。故觀我生賦當作于其入關之時，可無疑義❸。

庾信適於是年秋後，自洛徵還長安，必與之推相值。兩人者，舊皆梁臣。江陵之頃，同典校書。觀我生賦「或校石渠之文」句，自注云：

> 王司徒（指王僧辯）表送秘書閣舊事八萬卷，乃詔比校部，分為正御、副御、重雜三本。周弘正等校經部，王褒及正員外郎顏之推等校史部，廷尉卿殷不害校子部，右衞將軍庾信等校集部。

是顏介與子山同事元帝，同校書于秘府，哀江南賦所謂「謬掌衞于中年」者也。江陵之陷，梁臣自王褒以下并俘至長安；之推亦痾疻而就路（觀我生賦自注：「時患脚氣。」）。旋奔北齊，冒砥柱之險，水程七百里。（之推從周入齊，夜度砥柱詩，有「馬色迷關吏，鷄鳴起戍人」句。）此後遂與子山相左。及至齊亡，復入長安，與子山重晤敍舊。子山見其觀我生賦，棖觸舊感，軫念歸魂，或因此而引起作哀江南賦之動機。我故謂哀江南之作，沈炯歸魂賦爲遠因，而之推觀我生賦則爲近因也。

讀觀我生賦記臺城之陷云：「就狄俘于舊壤。」「唯翁主之悲絃。」（自注云：「公主子女，見辱見讐。」漢遣宗室女江都翁主往妻烏孫，見史記大宛傳。）又記江陵之敗云：「驚北風之復起。」

「恨流梗之無還。」（其歷史背景詳王利器顏氏家訓集解附錄二顏之推傳注）羈旅之臣，能不落淚！與子山正異曲同工。至于二賦字句，間有類似之處，時賢已道之，茲不具論。然當是庾倣顏，而非顏襲庾。顏作在前（詳見附表）。顏文以一己之涉履爲經，時代背景爲緯，用易觀卦九五爻辭「觀我生」句爲題目。顏論文章，原出於經，即以宗經爲先之實踐。又主文「以理致爲心腎」。故其文以事義爲重，情文次之。庾信則取楚辭招魂「魂兮歸來哀江南」句以名篇，既招悵以述情，亦沈吟而鋪采。既以時代爲經，復以身世爲緯。信本家江陵，鄉關思切。歸來無日，惟賴招魂。羈旅懷鄉，豈獨王子？其文以情爲首，辭義次之，故感人也深。夫以悲哀爲主，其事原出音聲。嵇康琴賦序云：「稱其材幹，則以危苦爲工；賦其聲音，則以悲哀爲主；美其感化，則以垂涕爲貴。」此叔夜之所譏議者，而子山反有取焉，且襲用其句，足見其所重者在情，而不在理致。故特揭櫫「哀」字。淮南齊俗訓云：「徒弦則不能悲。故弦，悲之具也，而非所以爲悲也。」琴能使人悲，必彈奏者將情感全部投入，不徒於弦音之美；文之感人亦復如此。子山知「情者文之經，辭者理之緯」，製題既佳，攄文獨偉，雖因顏作所引起，而結音聯辭，寫時代之悲哀，迥非顏文所能比擬。此其所以爲千古之絕作也。

【附　表】

五四八　梁太清二年戊辰（東魏武定六年，西魏大統十四年）。

庾信三十六歲。

八月，侯景反。

十月，侯景至建業。

五五二　梁元帝承聖元年壬申（北齊天保三年，西魏廢帝欽）。

十一月，元帝卽位于江陵。

信轉右將軍，奉命校書。時左僕射王褒與正員外郎顏之推校史部，信與周確等校集部（觀我生賦自注）。

五五四　梁承聖三年甲戌。

九月，魏于謹攻江陵，至襄陽，蕭詧會之。賦云：「雖借人之外力，實蕭牆之內起。」謂詧也。

五五六　西魏恭帝三年丙子，梁敬帝紹泰二年，北齊天保七年。

沈炯與王克獲遣歸至建康。

炯作歸魂賦，序云：「余自長安反，乃作歸魂賦。」

五五七　周閔帝元年丁丑，陳武帝永定元年。

十月，梁敬帝遜位于陳霸先。賦中「有嬀之後」及「無賴子弟」等句，指霸先也。

五六二　周武帝保定二年，陳天嘉三年。

周、陳通好。

五七五　周武帝建德四年乙未，陳太建七年。

殷不害自周還陳（陳書不害傳）。

五七七　周建德六年丁酉。

正月，周滅齊。

顏之推入周，作觀我生賦。自注：「至此三為亡國之人。」按「至此」二字可譒是賦必作於齊亡之歲。

五七八　周武帝宣政元年戊戌，陳太建十年。

十二月，作哀江南賦。

三

哀江南賦舊注及模擬者考：

隋　魏澹注。

北史魏澹傳：「隋初，陳太子舍人，廢太子勇深禮之，令注庾信集。復撰笑苑詞林集。世稱博物。」庾集有注自此始。通志藝文略：哀江南賦，魏彥淵注。

余嘉錫云：「通志藝文略益以魏彥淵一家，卽魏澹也。此蓋所注庾信集中之一卷，經唐人析出，偶存于宋秘閣者。」按隋書魏澹字彥深，通志作彥淵。作深乃避唐諱。隋書經籍志集部有著作郎魏彥深集三卷。

唐

張庭芳注哀江南賦一卷。

見唐書藝文志、崇文總目、及宋志別集類。焦竑國史經籍作唐張芳注，奪一「庭」字。李嶠「雜詠」亦張庭芳注。巴黎伯希和三七三八號敦煌卷有其殘簡❹。

崔令欽注哀江南賦一卷。

新唐志藝文總集類：哀江南賦，崔令欽注，一卷。唐書宰相世系表：「令欽，國子司業。」全唐文三九六云：「肅宗朝，遷倉都郎中。」❺

王道珪注哀江南賦一卷。

見崇文總目、宋史藝文志別集類。

按高步瀛舉出白帖卷三「館驛」第十及「舟」第卅一，幷引哀江南賦注。又晏同叔類要卷九及卷卅三，幷引哀江南賦注，已不能辨出為張為崔也。

清

胡渭注哀江南賦。

四庫提要：「唐志載張庭芳等三家嘗注哀江南賦，宋志已不著錄。近代胡渭始為之注，而未及成帙。（吳）兆宜採輯其說。」

徐樹穀、徐炯同撰哀江南賦注一卷。

康熙間精刊本、昭代叢書別編（丁集）本。烔為樹穀弟，崑山人。

吳兆宜注哀江南賦

在吳注庾開府集箋注內。吳郡寶翰樓刊本。詳四庫提要。

倪璠注哀江南賦。

在庾開府全集注內。康熙三十六年崇岫堂刊本、光緒甲午儒雅堂本。

民國

李詳哀江南賦序箋。

在國粹學報第七卷四號。

高步瀛哀江南賦箋。

載北平師大月刊第十四、十八、二十六期。

附：失名庾子山年譜一卷。

歷代名人年譜大成稾本（中央圖書館藏）。

（以上注本）

盧獻卿愍征賦

「范陽盧獻卿大中中進士，……作愍征賦數千言，時人以為庾子山哀江南之亞也。今諫議大夫司空圖為注之。」（本事詩、全唐文紀事頁六九七）

毛奇齡哀江南賦

西河合集。

王曇哀江南文

見烟霞萬古樓文集。紀明福王事。

後哀江南賦

汪士鐸作。見悔翁日記。

王闓運哀江南賦

見湘綺樓文集。紀太平天國事。

黃孝紓哀時命

見匑厂文稾。次庾子山韻。

（以上摹擬）

❶ William T. Graham：'The Lament of the south' Yü Hsin's 'Ai Chiang-nan fu', Cambridge Uniuersity Press, 1980.

❷ 康達維教授曾論此賦使用虛字之奇特。其所舉二例：一爲「荒谷縊于莫敖，冶父囚於群帥」。按此應是「莫敖縊于荒谷，群帥囚于冶父」之作倒裝法。又「崩于鉅鹿之沙，碎于長平之瓦」，于字當訓「甚」。

❸ 繆鉞「讀史存稿」有顏之推年譜，不言觀我生賦作於何時，只引「三爲亡國之人」句注語，謂爲齊幼主承光元年丁酉，即周武建德六年（五七七），時之推四十七歲。

❹ 張庭芳事蹟，參看拙編：敦煌書法叢刊，十六冊（詩詞類）。東京二玄社印。

❺ 崔令欽仕履事蹟，詳任半塘：教坊記箋訂。

陳子昂感遇詩答客問

或問：子昂感遇詩是否譏刺武后而作？草此答之。唐人喜爲感遇詩，子昂、九齡而外，尚有其人。天寶中，李泌自嵩山上書論當世事。玄宗召見。楊國忠忌之，奏泌嘗爲感遇詩，諷刺時政。詔於蘄春郡安置，乃潛遁名山（舊唐書一三〇泌本傳）。是李泌未達時亦爲感遇詩也。

伯玉詩題曰感遇。感遇者，江淹句云：「感遇踰琴瑟。」詩云：「琴瑟友之。」必兩方有所合，斯謂之遇。古有小才而逢大遇者，孔北海之稱郭隗是也（答盛孝章書云「隗雖小才而逢大遇」）。有不遇時之嘆者，覇王之傷逝騅（「時不利兮騅不逝」句）、昌黎之賦二鳥是也（感二鳥賦序云「有不遇時之嘆」）。卽隱淪如神仙，遇合亦有時，杜光庭因之有神仙感遇傳之作。伯玉之爲感遇詩，舊書本傳指爲少作，非寫於武后時可知。

伯玉早歲與於道流，舊書陸元方傳云：「元方從叔餘慶，少與陳子昂、宋之問、盧藏用、道士司馬承禎、道人法成等交。雖才華不逮子昂，而風流强辯過之。」（舊書八十八）藏用傳云：「少與陳子昂、趙貞固友善。二人幷早卒，藏用厚撫其子 爲時所稱。」藏用於長安中徵拜左拾遺，而伯玉於長安二年絕於獄，年四十二。盧騰達之歲，正伯玉絕命之年，其交好已自其少時也。

或問：伯玉詩中之嵩公指何人？答曰：此謂北周衞元嵩也。去去桃李花句出自元嵩於天和五年閏十月所作之千字詩。大唐創業起居注引其一段，句云：「桃李花（缺二字），李樹起堂堂。

只看寅卯歲，深水沒黃楊。」此元嵩妖妄之言，而裴寂引用以爲唐室受命之符驗。元嵩著書曰「元包」，蓋擬易之歸藏。緯書有春秋元命苞，伯玉言：「元命，聖人所秘。」秘者，緯書古稱爲秘書也。元嵩有前知，妄作謠讖，實爲階亂。元嵩事唐人之所樂道。伯玉譏其恢詭，謂其詩讖但言死人如麻耳。揆其意似責當時言符命者之非，故援元嵩爲戒。其事與漢之宮崇無涉。

伯玉湛於天官之學。觀其上書論調元氣，謂天地平則元氣正，故勸武后興明堂太學。此西漢諸儒燮理陰陽順時氣之說。感遇詩仍是從此義落墨。如云「三元更廢興」，「幽居觀大運」，「終古代興沒」，「大運自盈縮」諸句，皆從運會大處落想。大運見於史記天官書。原文云：「太上修德，其次修政，其次修救。……其發見亦有大運，然其與政事俯仰最近、大人之符，……爲天數者，必通三五終始古今。」索隱釋「三謂三辰，五謂五星」。此處三五非指月圓，淺而易見。伯玉句云：「三五誰能徵？」必指三辰五星，可爲證驗。「三元」一義，雖見新平郡牒版之辭，然所指陳，當如漢人所云四千六百一十七歲爲一元（漢書律曆志），子雲言「陰陽數度律曆之紀，九九大運，與天終始」。伯玉詩言大化氣運，取資天官書以論政，陳義甚高，一如鄒子之主運。治伯玉詩者宜循此角度求之；否則何以知伯玉耶？其縱論大唐氣數，自非沾沾於武周，陳其譏刺。況伯玉自始卽武后拔擢之人也。后德固有虧，其敗亦非伯玉所及見。后於伯玉有知遇之隆，使彼爲詩而句句存心譏后，則伯玉安得爲伯玉也哉！

敦煌本謾語話跋

一

說話的興起❶，隋時已有記載。侯白啟顏錄言：「秀才能說一箇好話。」❷唐高力士能「講經論議，較變說話」（郭湜高力士外傳）。元稹集自注言及「說一枝花話」（酬白學士詩）。此等資料，人所習如。

宋以來小說類之書名曰「話」者，略如下列：

新話　如陳善之捫虱新話

佳話　宋史藝文志有劉餗隋唐佳話一卷

閒話　宋史藝文志有耿煥野人閒話，又續野人閒話二卷、王仁裕玉堂閒話。

野話　宋志有陳正敏劍溪野話三卷

古話　見東坡志林「塗巷小兒聽三國話」條

小話　見桯史

清話　如佚名之道山清話、僧文瑩之玉壺清話

夜話　惠洪冷齋夜話

客話　黃休復茅亭客話

（以上俱見宋史藝文志小說家類）

把這一類名稱放在一起，可以看到「話」之一名，在宋代使用之廣泛。陳藏一的「話腴」，更有去蕪存菁的意思了。

二

倫敦史坦因取去之敦煌卷，列四三二七號內，云：「更有師師謾語一段。」末又言：

此下說陰陽人楊語話

更說師婆慢語話

可惜殘缺不全。此文當是唐人作品，而題曰「謾話」，在新話、閒話等書之前，知唐人已開此風氣。茲將原文鈔錄，並加標點如下：

過得今朝便美（差）。更有「師師謾語」一段，脫空下缸，燒香呵來出頃去逡巡，呼亂說詞。第一且道上頭（神）座，第二更道東頭座，第三更道西頭座。華岳、太（泰）山、天帝釋、北君神、白華樹神、可邏迴、鎮靈公、何（河）泊將軍、獵射王子，利市將軍、水草道路、金頭龍王、可汗大王，如此配當，終不道著。老師闍梨，傾尅（頃刻）中間，燒錢斷送。若是浮灾橫疾，漸次減除，儻或大限到來，如何免脫？死王強扗（壯），奪人命根。一息不來，便歸後，假使千人防援，直饒你百種醫術。自從渾沌已來，到而□（今）留得幾個，摠（總）為灰燼。何處堅牢？大地山何（河），尚猶朽壞，況乎泡電之質，那得久停！故老子曰：「吾有大患，為吾有身；及其無身，患將何（物）有？」身是病本，生是死源，若乃無病死何有！若要不生、不老、不病、不死，除仏世尊，自餘小聖，寧得兊（免）矣！此下說陰陽人㑥語話，更說師婆慢語話：

瓊枝奇樹早含芳，開折□春錦繡粧，
清旦每多鸎巧語，晚時甚有蠂（蝶）飛忙，
輝華囑對如生豔，灼樂連行似有光，
拾到葉彫身朽故，便同厄病即旡（无）常。

全文共十五行，另詩四行。此文第一行太殘，有數字存一邊。第四行「神」字旁注卜號，點去。下面爲「㡳」字，下文兩見，疑是「底」字。第七行以「傾尅」爲「頃刻」。第十一行借「山何」爲「山河」，又以「兊」爲「兎」。第十行「到而」之下，應有「今」字，奪去。第十三行「患將何有」句，「有」上原爲「物」字，塗去。詩第二句「春」之上奪去一字。

陰陽人是巫師。通齋詩話云：「男巫一種曰陰陽，唐世已有。南楚新聞杜悰條云：遂厚賂陰陽者，紿杜氏諸子。」南楚新聞爲尉遲樞撰，可見陰陽人應指巫無疑。

三

細讀這殘卷，末繫七律一首，有話兼有詩，與後來的平話體例頗相近。這段稱曰「謾話」，同卷一作「楊語話」，又寫作「慢」。謾與慢唐人是通用的❸。嵇康絕交書有「懶與謾相成」一語，宋陳簡齋句也有「智與謾相補」❹。「謾」與「懶」對待而言，都是佻皮語❺。「謾語」一名，又見邵溫聞見後錄：

　　曰：小兒何得謾語！光自是不敢謾語。

但後錄「謾」字應訓欺❻，與敦煌卷此段，名相同而含義應是不類。「謾語」取義，當如「謾吟」（元結詩）、漫志（宋志有費袞梁谿漫志，王灼碧雞漫志）之例，表示隨便說說罷了。本段前言「呼亂說詞」，可作為「謾語話」三字的解釋❼。

與謾語話相類似的有俳語、調話等詞。五代史記五十四，馮道為俳語對耶律德光說：

　　此時佛救不得，惟皇帝救得。

「調話」者，見夏庭芝青樓集記元末時小童伎藝云：

　　善調話，即世所謂小說者，如丸走坂，如水過瓴。（葉德輝刻本）

孫楷第、葉德均謂「調話」是「詞話」之形訛❽。竊謂不然。宋武林「官本雜劇段數」所記二百八十本，其中有「說月爨」、「調燕爨」，曰「說」，曰「調」，乃用白話調謔出之。「俳語」、「調話」和本篇的「謾語」，性質是相似的（世說新語有排調一類）。

四

此文以師師和師婆對言。「師師」二字，有許多不同意義。淮南子主術訓：「師師論導。」高誘注：「師者，所從取法則者也。」文中言：「老師闍梨，頃刻中間，燒錢斷送。」師師可以指多數的老師。此處或指諸 Acarya（闍黎）而言。師婆在輟耕錄謂爲六婆之一。按比丘尼或稱阿姨曰「師姨」。翻譯名義集：「梵云阿梨夷，此云尊者或翻聖者。今言阿姨，略也。」此處師婆，可以說作師姨。

文中所請諸神，上頭、東頭、西頭之下，皆有袛字。袛，從衣，疑是底字；未敢確定。「天帝釋」應卽 Deva-Indra。利市將軍，未詳。夏文彥圖繪寶鑑謂宋嘉禾「好作利市仙官和尚，骨格態度，俗工莫及」。虞裕談撰亦言「江湖間，多祀一姥，曰：利市婆官」。可汗大王，可汗卽 Khan。謾語將華、梵神祇雜糅在一起。可汗大王四字，又可看出是西北邊隅地區說話人的口氣。

此篇似爲病者祝福，故有「過得今朝便差（瘥）」句。謂若過得今日，病便可痊癒了。下文所說，先延請衆神，其次燒錢（紙），然後提到死王（卽 Yama，閻王）要奪人命，是不可避免的。最後道出「生是死源」。欲免生、老、病、死四苦，惟佛能之。主旨似在宣揚佛教。中間又引老子，以明有身是人之大患。末繫律詩，借花枝爲喻，指興盛之極，定必衰朽，以明無常（anitya）之理。

楊升庵十段錦詞話稱：「一段詞，一段話，聯珠間玉。」此謾語話一段之後，正繼以一段詩。

大唐三藏取經詩話有說白，又有詞偈。此段末之律詩卽詞偈之流。故此謾語話可謂是「詞話」之所由昉。又按「禪家謂一段話爲一轉話」❾，「謾語話」一段可謂是「一轉話」。高力士的轉變說話，今不可見。唐人說話實例，僅見魯迅所舉段成式一條❿。本篇雖殘缺，吉光片羽，足爲唐代說書史補一新葉，故爲表而出之⓫。

港大中文學會編印「小說戲曲研究專號」，徵文及余。媿非當行，以此聊作芹獻。這只是初步研究，尚須專家再行深入探討。近年學人談及此謾話者有張鴻勛（敦煌學輯刊，第3期）及劉銘恕（杭州大學刊，敦煌語言文學論集，頁四八），皆未覩余文，所見有不同處，讀者請參閱之。

❶ 參孫楷第說話考。

❷ 隋侯白啓顏錄，原書十卷，已佚。詳趙景深「中國笑話提要」。所餘除太平廣記徵引之外，又有敦煌殘本。見S六一〇。王利器收入歷代笑話集中。

❸ 漢書翟方進傳：「輕謾宰相。」顏注：「謾讀與慢同。」又見董仲舒傳、二龔傳注。

❹ 次韻謝文驥主簿。

❺ 謾又訓慧。見方言及廣雅。又訓慢易，猶今言怠慢。

❻ 說文：「謾，欺也。」

❼ 「謾」字有隨便意思。像西山一窟鬼：「墓堆子裏謾應道：『阿公小四主來了。』」（京本通俗小說）亦是一個好例。

❽ 詞話考，宋元講唱文學，頁四十三。

⑨ 佩文韻府拾遺十卦引蘇軾詩「可憐一轉話」句下按語。禪家慣語云「一轉話」者，例如傳燈錄百丈章：「黃檗曰：古人錯祇對一轉語。」碧巖錄第九十一則：「請禪客各下一轉語。」又第九十六則：「趙州示衆三轉話。」筠州洞山悟本禪師語錄：「有一上座，下語九十六轉，不愜師意。末後一轉語，始得師意。」（大正四十七，葉五一〇）又醒世恆言卷二十一「呂洪賓飛劍斬黃龍」，亦有「一轉語」例。

⑩ 見中國小說史略。

⑪ 此文劉銘恕「斯坦因刧經錄」題作「師師謾語話」，謂：「師師與師婆爲對稱之詞。其命意雖不甚明，但『話』字，與廬山遠公話、一枝花話，在小說流變史上，應並爲有益的資料。」

虬髯客傳考

一、引言

舊小說虬髯客傳，家絃戶誦。自宋元以降，說部之書，采錄頗繁。舉其要者：

（一）前蜀杜光庭纂「神仙感遇傳」（正統道藏第三二八冊洞玄部記傳類）。在卷四，題「虬鬚客」，稱「虬鬚」曰「道兄」。香港大學馮平山圖書館善本有天一閣鈔本此書，皮紙藍絲欄二册。

（二）宋李昉著「太平廣記」（在卷百九十三中）。題作「虬髯客」。末註：「出虬髯傳。」無撰人姓名。

（三）元陶宗儀輯說郛（卷第一一二）。題唐張說撰「虬髯客傳」。

（四）明正德間顧元慶輯「顧氏文房小說」。題前蜀杜光庭撰「虬髯客傳」。民國十四年涵芬樓景印嘉靖夷白齋本。

（五）明闕名輯「五朝小說」（在「唐人百家小說」傳奇家中）。題張說撰。

（六）清馬俊良輯「龍威秘書」（在第四集第三册）。題張說撰。

他如唐人說薈、說海，以至近人所編之「唐宋傳奇集」「唐人小說」等，無不收載。

簿錄家著錄者，宋史藝文志（卷五小說類）有杜光庭「虬鬚客傳」一卷。正統文淵閣書目（卷八荒字號第一廚書）內有「虬鬚客傳」一部一册，闕。錢曾讀書敏求記有虬鬚客傳一卷，引述古堂書目注「宋本」。是此書宋時有單刊者。清顧櫰三「補五代史藝文志」小說類有「虬須客傳」一卷，題杜光庭撰，蓋據宋史。按此傳因載入杜氏纂之「神仙感遇傳」中，後人以此題杜氏名，而說郛則題張說撰，明人說部因之，故其作者名氏，向來有張、杜兩說。又宋人所見則題作「虬鬚客傳」，與明人之作「虬髯」者異。自明以來，此事演爲戲曲，故特膾炙人口。魯迅稗邊小綴於此傳曾作考證，而所論至略。因勾稽史傳及說部書，撰爲此篇，並以就正於世之治小說史者。

二、虬髯客傳與黃鬚傳

最早言及此傳者爲晚唐蘇鶚蘇氏演義（卷下），云：

近代學者著「張虬鬚傳」，頗行於世。乃云隋末喪亂，李靖與張虬鬚同詣太原尋天子氣。及謁見太宗，知是真主。

宋人說部曾言黃鬚傳，與虬髯傳所記頗相類。高平范公偁過庭錄云：

舊家多藏異書，兵火之後，無復片紙。尚記有一黃鬚傳云：李靖微時甚窮，寓于北郡一富家。一日，靖竊其家女而遁，行至暮，投一旅舍，飯罷，濯足于門，見一黃鬚老翁坐于側，且熟視，神色非常。靖恐富家捕己者，欲避之。頃于身皮篋中，取一人頭切食，甚閒暇，靖異之。乃親就問焉。翁曰：今天下大亂，汝當平天下，然有一人在汝上，若其人亡，則汝當為王，汝可從我尋之。靖隨翁數程，至汴州，見一大第中數人奕，翁驚曰：蓋此人當之，汝善佐其事，遂別餞，留連久之，語靖云：此去四十五年，東夷中有一黃鬚翁殺其君而自立者，即我也。靖既佐唐平亂，貞觀中，東夷果奏有黃鬚翁殺其君而自立。異哉異哉！

公偁爲仲淹之元孫，純仁之曾孫，此書多述祖德，乃紹興丁卯戊辰間聞之其父，故名曰「過庭」。書今有說郛卷十四本、稗海本。四庫提要（卷一四一子部小說家類二）著錄謂：「黃鬚傳即李靖虬髯客事，而稱爲已佚之異書，則偶誤記耳。」按二書所言，雖爲一事，而傳聞異辭，情節小異。

虬傳觀奕事在太原，黃鬚傳則云在汴州。（傳言自北郡至汴州僅數程，「汴州」二字恐有誤。）虬傳多誌年月，與史籍牴牾殊多，而所述視黃鬚傳為詳，似虬傳即據黃鬚傳加以增飾者。俞樾茶香室叢鈔曾引黃須傳，謂：「今世人皆知有虬髯公，莫知有黃鬚翁矣。」不知提要已先言之也。（蔣瑞藻小說考證卷三引俞說，誤作「過庭詩」。「詩」字當為「錄」之誤。）

杜氏神仙感遇傳起句作：「虬鬚客道兄者，不知名氏。」其文較唐人百家小說本為簡健，末無「衞公兵法半乃虬髯所傳」句。

三、虬髯客傳證史

宋程大昌考古編卷九有「虬髯傳」一則云：

李靖在隋，嘗言高祖終不為人臣。故高祖入京師，收靖，欲殺之，太宗救解，得不死。高祖收靖，史不言所以，蓋諱之也。虬髯傳言：靖得虬髯資助，遂以家力佐太宗起事，此文士滑稽，而人不察耳。又杜詩言：「虬髯似太宗。」小說亦辨人言太宗虬鬚，鬚可以掛角弓，是虬鬚乃太宗矣。而謂虬鬚授靖以資，使佐太宗。可見其為戲語也！

程氏所見，當即今所傳之虬髯傳。「髯」字作「鬚」，與宋史藝文志合，而力辨其為戲語。

考唐人傳說，謂能識秦王為眞王，其事亦見杜甫詩。其送重表侄王砅評事使南海有句云：

隋朝大業末。房杜俱交友。長者來在門，荒年自餬口。家貧無供給，客位但箕帚，俄頃羞頗珍，寂寥人散後。……上云天下亂，宜與英俊厚，向竊觀數公，經綸亦俱有。次問最少年，虬髯十八九，子等成大名，皆因此人手。下云風雲合，龍虎一吟吼，願展丈夫雄，得辭兒女醜。秦王時在坐，真氣驚戶牖。及乎貞觀初，尚書踐台斗。

所述故事與虬髯傳頗相似。惟杜公此詩乃指王珪。按之史傳，珪與太宗非素交，且太宗時宰相別無姓王者。洪邁容齋隨筆（卷十二「王珪李靖」條）已辨杜公之誤。又言：

有杜光庭虬鬚客傳云：隋煬帝幸江都，命楊素留守西京，李靖以布衣往謁，竊其一妓。道遇異人，與俱至太原，因劉文靜以見州將之子，言其真英主，傾家資與靖，使助創業之舉，即太宗也。按史載唐公擊突厥，靖察有非常志，自囚上急變。後高祖定京師，將斬之而止，必無先識太子之事。且煬帝在江都時，楊素死已十餘年矣。此一傳大抵皆妄云。（四部叢刊續編影宋刊本）。

洪氏所見，當是杜氏神仙感遇傳中之文，亦言其不足據。小說考證引花朝生筆記云：

此傳與唐史不合。史稱大業十四年，文皇年十八起義兵，而煬帝以元年幸江都，是時文皇甫六齡，安得謂二十，而有天子相乎？若以此幸為十二年事，則楊素之亡已久。且衞公嘗上高祖急變，豈能識太宗塵埃中耶？其為子虛烏有，無可疑者，傳奇之舛繆，又不待論矣。

亦證其與史書乖違。按隋書卷四十八楊素傳：「大業元年，由尚書左僕射遷尚書令，尋拜太子太師。明年，拜司徒，改封楚公，其年卒官。」素蓋於是年六月拜司徒，七月而卒。考大業元年，隋司空為觀王雄，自開皇九年七月拜，至于大業（詳萬斯同隋將相大臣年表）。知素始終未官「司空」，此虬髯傳之傳誤也。

虬傳言：「貞觀十年，公（指靖）以左僕射平章事。」（杜氏神仙感遇傳無此語。）考新唐書太宗紀，貞觀四年八月甲寅，李靖爲尚書右僕射。唐書卷九十三靖本傳，亦作「右僕射」。此作「左」誤。靖傳云：

> 仕隋為殿內直長。吏部尚書牛弘見之曰：「王佐才也。」左僕射楊素拊其床，謂曰：「卿終當坐此。」

靖與楊素之關係，有此段事實。惟時已入仕，而虬傳謂以布衣上謁，事亦未合。而靖之軍事天才，自少時已露頭角，其舅韓擒虎每與論兵，輒深嘆服，是靖亦非貧士者也。靖傳云：

> 大業末，累除馬邑丞。會高祖擊突厥于塞外，靖察高祖知有四方之志，因自鎖上變，將詣江都，至長安，道塞不通止。高祖剋京城，執靖將斬之。靖大呼曰：公起義兵，本為天下除暴亂，不欲就大事，而以私怨殺壯士乎！高祖壯其言，太宗又固請，遂捨之。（舊唐書十七，本傳；新唐書十八，略）

柳芳唐曆亦有相同紀載。通鑑考異（八）引靖行狀（僞託魏徵撰）云：

> 昔日在隋朝，曾經忤旨。及茲城陷，高祖追責舊言。公忼慨直論，特蒙宥釋。

則靖在隋時，與高祖有隙，賴秦王（卽太宗）爲之緩頰。虬傳謂其與劉文靜助李氏匡天下，了不足信。溫大雅大唐創業起居注，於靖此事，絕未之及。程大昌謂爲文人滑稽，其出於附會甚明。淸王曇題安吉金鐘山李王廟詩幷書夫人寢碑，亦辨小說虬髯客傳之誣。

四、「虬髯」應作「虬鬚」

「虬鬚」二字見三國志魏志崔琰傳：「對賓客，虬鬚直視，若有所瞋。」南部新書癸集：「太宗文皇帝虬鬚，上可掛一弓。」（亦見酉陽雜俎。）杜甫八哀詩汝陽郡王璡：「虬鬚似太宗，色映塞外春。」（據古逸叢書草堂詩箋卷二十四）王應奎柳南隨筆云：「虬鬚客傳，『鬚』字今本誤刻爲『髯』。楊彥淵筆錄：口上曰髭，頤下曰鬚，上連髮曰鬢，在耳頰旁曰髯。髯之不能混鬚也明矣。」今按杜氏神仙感遇傳宋史藝文志及容齋隨筆幷作「虬鬚客傳」，考古編作「虬鬚傳」，而過庭錄之「黃鬚傳」亦不作髯，則作「鬚」爲是。

五、扶餘國事之無稽

神仙感遇傳云：「貞觀中，東南夷奏有海賊，以艛船千艘，兵十餘萬入于扶餘國。」虬傳則云：「貞觀十年，適南蠻人入奏曰：有海船千艘，甲兵十萬，入扶餘國，殺其主自立。」按新舊唐書無扶餘國，有扶餘城，失名朝鮮志上云：

> 扶餘縣本百濟，聖王自熊川來都，號南扶餘。義慈王時，新羅金□信與唐蘇定方攻滅之。唐師既去，新羅盡得其地。（藝海珠塵本）

按扶餘本指百濟。唐書東夷傳：「武德四年，（百濟）王扶餘璋，始遣使獻果下馬，自是數朝貢。

後五年，獻明光鎧，且訟高麗梗貢道。太宗貞觀初，詔使者平其怨，又與新羅世仇，數相侵。十五年，璋死，其子義慈爲柱國紹王。」至蘇定方伐義慈，乃在高宗顯慶五年（參唐書卷一一一蘇定方傳）。是貞觀十年間，扶餘璋爲王，未聞有殺其主自立事。又考高麗亦爲扶餘別種，貞觀十六年營州都督張儉奏：高麗東部大人泉蓋蘇文，弒其王建武（通鑑卷一九六唐紀一二）。唐書東夷高麗傳：「（蓋蘇文）殺建武，殘其尸，投諸溝，更立建武弟之子藏爲王，自爲莫離支。」（「莫支離」亦作「莫何邏繡支」。詳日本末松保和著「新羅建國考」。）虬傳所云殺主事，或蓋蘇文事之訛傳，惟年次既不合，亦非自立，可見其事之無稽。小說考證三引小浮梅閒話言：「薛仁貴乾封初，進攻扶餘城，拔之。使誠有虬髯事，亦不久殘破。」錢靜方小說叢考云：「故問虬髯公事之有無，初以唐扶餘國之有無爲斷。」按此自小說家言，不足信也。

六、李衛公兵法

虬傳末言：「或曰衞公之兵法，半乃虬髯所傳。」神仙感遇傳無此句。晁公武郡齋讀書志：「唐李靖對太宗問兵事，史臣謂李靖兵法，世無完書，略見于通典。今（李衛公）問對出于阮逸家，或云逸因杜氏附益之。」按李靖與其舅韓擒虎論兵，事見本傳。又文王嘗命靖教侯君集兵法。後世兵書多託于李靖。唐書藝文志兵書類有「李靖六軍鏡」三卷。宋史藝文志兵家有李靖「韜鈐秘術」一卷，又「總要」三卷。（崇文總目「韜鈐秘錄」，作莊廷範模。）又李靖「兵鈐新書」一卷（不知作者），又「衞國公手記」一卷。（宋志崇文目均有。）唐武安軍左押衙易靜拱之「兵要望江南」一卷，或題李靖撰，乃出僞託（參四庫提要）。舊傳李衞公問對，詞旨淺陋，宋人以列七經，亦假託者（見陳振孫書錄解題、胡應麟四部正僞）。傳謂兵法爲虬髯所傳，更出於傅會耳。

虬傳言：「起陸之漸，際會如期。」此段文，神仙感遇傳原無之。「起陸」句，本陰符經「天發殺機，龍蛇起陸」語。知今傳小說虬髯傳文，後人已多所增益，遠非原本。考崇文總目有「陰符機」一卷，題唐李靖撰，以爲陰符者，應機制度之書，破演其說爲陰符機，宋時有此書。清歙縣汪宗沂曾合唐杜佑通典、杜牧孫子注、太平御覽、武經總要、明唐順之武編諸書，所引衞公兵法逸文，輯爲三卷。又爲「舊唐書李靖傳考證」，附考其求兵事實，有漸西村舍叢刊本（叢書集成本）。

七、戲曲中之虬髯與紅拂

明人戲曲，多演虬髯爲本事，最有名者，有張鳳翼之紅拂記、凌濛初之虬髯翁劇，繼之者有張太和及馮夢龍之作。茲分述于下：

（甲）紅拂記：明江蘇長洲張鳳翼伯起撰。所作戲文七種，合刻爲陽春六集。有明朱墨刊本，又有毛晉汲古閣六十種曲本、劉世珩編暖紅室彙刻傳奇本，最爲流行。

紅拂記略依虬髯客傳，又牽合唐孟棨本事詩所記，樂昌公主徐德言破鏡故事而成。爲鳳翼在新婚伴房中所作（尤侗說），劇中以李靖爲主人公。

（乙）「北紅拂」及「虬髯翁」：明烏程淩濛初玄房撰。濛初號卽空觀主人。所著有二種：一爲遠山堂劇品著錄之「識英雄紅拂莽擇配」一劇。現有上海影印明末精刻本。首有「卽空觀主人淩波戲題」，「紅拂雜劇小引」。版心標稱「北紅拂」。另一種題「虬髯翁」，「正本扶餘國」。今樂考證著錄，有沈泰（林宗）編刊「盛明雜劇」本（第二十二卷）。劇分四齣，以虬髯翁爲主體，不合入樂昌公主事，亦無紅拂私奔事，與張記取材結構不同。濛初之作，尤侗稱「爲北劇。筆墨排奡，頗欲睥睨前人。但一事分爲三記，有疊床架屋之病」。

（丙）紅拂記：明錢塘張太和屛山撰。見曲名、曲海目及王國維曲錄。

梁廷枏曲話：「古今曲譜有命名相同者，張鳳翼傳奇有拂紅記，而張太和亦有紅拂記。」湯海若序云：「紅拂記已經三演，在近齋外翰者，鄙俚而不典，在冷然居士者，短簡而不舒；今屛山不襲二家之格，能兼諸劇之長。」祁彪佳「遠山堂曲名」云：「呂鬱藍（天成）謂其通篇不脫俗氣，當亦不能爲屛山諱。」

（丁）女丈夫：明吳縣馮夢龍子猶撰。合張鳳翼紅拂記及淩濛初虬髯翁與劉晉充某曲加以改作。有明墨憨齋定本、乾隆重刊新曲十種本。

（戊）風雲樂：淸許善長撰。

李靖與紅拂本無其事，自傳盛行民間，後人竟於醴陵僞造紅拂墓。嘉慶一統志長沙府有：「李衞公祠，在醴陵縣西二里西山靖興寺內。唐李靖駐兵西山，後人卽其地爲祠以祀。」則墓當由此而訛傳，自不足信。

八、虬髯傳之用意及作者

神仙感遇傳末云：「乃知眞人之興乃天受也；豈庸庸之徒，可以造次思亂者哉。」今本虬髯傳則作：「非英雄所冀，況非英雄乎！人臣之謬思亂者，乃螳臂之拒走輪耳。」按眞人卽傳中常言之眞主，猶光武之「白水眞人」也。此篇論天子受命，絕非人力，故以窺覦神器爲大戒。東漢初，班彪因光武之興，曾著「王命論」卽發此義，其言曰：

苟昧權利，越次妄據；外不量力，內不知命，則必喪保家之主，失天年之壽，遇折足之凶，伏斧鉞之誅。英雄誠知覺悟，畏若禍戒，超然遠覽，淵然深識，收陵嬰之明分，絕信布之覬覦，距逐鹿之瞽說，審神器之有授。

可與此傳互相證發。老子道德經云：「天下神器不可爲也。爲者敗之，執者失之。」此傳主旨，卽本斯義。容齋隨筆、宋史藝文志題此傳杜光庭撰。魯迅謂殆光庭尙仕唐時所爲（唐宋傳奇集稗邊小綴）。劉開榮以爲光庭當僖宗避黃巢入蜀，召充麟德殿文章應制時作（唐代小說研究）。考神仙感遇傳，此「虬鬚客事」繫于「明皇十仙」下「東明油客」上。感遇傳出于纂集，其傳中文字多怪力亂神之語，當爲唐末流傳小說。光庭采入其書，意者有人觀唐末天下紛擾，群雄割據，藩鎭跋扈，故本黃鬚傳故事發爲是篇，言神器不可覬覦之意。特文中與隋唐史事乖違至多，光庭文學之士，通達古今，諒不謬悠至此也。唐代擧子，每以小說之文投獻于主司，謂之溫卷。如幽怪錄傳奇，卽其著例（見宋趙彥衛雲麓漫鈔）。故所作大抵駁雜無實，不足爲病。此虬須傳，可能出於唐世舉子所擬撰，其後光庭采入其所纂神仙感遇傳中，宋人因題爲光庭作耳。其題此篇爲張說撰，更不足信。此類小說爲古文體，殆起于貞元元和之間（參看陳寅恪韓愈與唐代小說一文及元白詩箋證）。此稍具文體演進之常識者，自能明之，無庸喋喋也。

又按虬鬚客傳除道藏一系外，尚有豪異秘纂以爲張說作。明抄說郛卷二十二「豪異秘纂」（又名博記雜編）內收「扶餘國主事，唐張說著」是也。宋史藝文志收「豪異秘錄」一卷，卽此書。

（原載大陸雜誌第十八卷第一期）

饒宗頤著

文轍

選堂

（下）

臺灣學生書局印行

文輟（下）目錄

穆護歌考

——兼論火祆教、摩尼教入華之早期史料及其對文學、音樂、繪畫之影響

一、引　言

隋、唐、宋歌詞之曲調，有取自外國異教者，穆護歌其一也。唐崔令欽《教坊記》曲名表已有穆護子。郭茂倩《樂府詩集》八十近代曲辭內，有穆護砂，乃四句五言，引歷代歌辭云：「穆

護砂曲，犯角。」「砂」亦作「煞」，謂大曲之尾聲也。元宋褧有穆護砂燭淚長調，前後闋幾達一百六十九字（《彊村叢書》本《燕石近體樂府》），則爲後來踵事增華之製❶。穆護亦作牧護，其曲後期演變至繁。宋人所記此歌來歷，每不同其說，而體制或云六言，或云數十句。自黃山谷、洪邁、張邦基諸家各執一解，至姚寬始謂：「穆護原爲祆廟賽神之曲。」明楊愼《詞品》云：「樂府有穆護砂，隋朝曲也，與水調、河傳同時，皆隋開汴河時辭人所製勞歌也。其聲犯角，其後至今訛砂爲煞云。予嘗有詩云：『桃根桃葉最夭斜，水調河傳穆護砂；無限江南新樂府，陳朝獨賞後庭花。』」任半塘《教坊記箋訂》謂：「穆護子應與穆護砂同出於大曲穆護。北曲仙呂宮之祆神急應亦有關❷。穆護爲唐時祆教僧侶之稱，民間必已甚習用。」近日唐圭璋《論詞之起源》，確信楊升庵之說必有所本，以爲穆護卽隋朝之曲，推論隋已有詞。惟於「穆護」一名之來歷，猶語焉未詳。升庵謂爲開汴河之勞歌，殊無根據。玆重爲考索，由此歌而推究祆教入華原委，牽涉頗廣，所得間有出諸家之外者，略著於篇，以求教於世之治宗教史者。

二、穆護歌來歷之異說

（一）　黃山谷《題牧護歌後》云：

曏嘗問南方衲子云：「牧護歌是何等語？」皆不能說。後見劉夢得作夔州刺史時樂府，有牧護歌，似是賽神曲，亦不可解。及在黔中，聞賽神者夜歌，乃云：「聽說儂家牧護。」末云：「奠酒燒錢歸去。」雖長短不同，要皆自敘，致五七十語，乃知蘇傒嘉州人，故作

此歌，學巴人曲，猶石頭學魏伯陽作參同契也。（《豫章黃先生文集》卷二五）

山谷所言劉夢得之牧護歌，及嘉州人蘇傒所作歌，待考。按《劉集》卷九《竹枝詞》有一首云：「楚水巴山江雨多，巴人能唱本鄉歌。今朝北客思歸去，迴入紇那披綠羅。」又有紇那曲詞二首，皆五言。其一云：「楊柳鬱青青，竹枝無限情。同郎一迴顧，聽唱紇那聲。」另一首云：「踏曲興無窮，調回詞不同。願郎千萬壽，長作主人翁。」紇那曲亦收入《樂府詩集》八二近代曲辭四，惟未說明「紇那」為何義。此調亦見《尊前集》。楊慎《詞品》稱：「阿那、紇那皆當時曲名。李郢詩言變梵唄為豔歌。劉禹錫詩言翻南調為北曲也。」詞品稱阿那曲又名雞叫子，未知何據。林大椿《唐五代詞》收贈舞者張雲容之阿那曲，題楊貴妃作，出《全唐詩》，實為七言四句用仄韻。按「阿那」與「紇那」似為一外來語，倘如楊慎謂變梵唄為豔歌，則紇那可能與西北流行之火教有關，漢音轉為紇那、阿那，流入民間，後人仿作，故樂府遂有紇那曲一類。山谷以為劉夢得在夔州所作樂府，其中有牧護歌，未知與紇那歌有關係否？

（二）洪邁《容齋四筆》：

昔在巴棘人間六年，問諸道人，亦莫能說。他日船宿雲安野次，會其人祭神罷而飲福，坐客更起舞而歌木瓠。其詞有云：「聽說商人木瓠，四海五湖曾去。」中有數十句，皆敘賈人之樂。末云：「一言為報諸人，倒盡百瓶歸去。」繼有數人起舞，皆陳述己事，始末略同。問其所以為木瓠，蓋瓠曲木狀如瓠，擊之以為歌舞之節耳。乃悟穆護，蓋木瓠也。據此說為茂倩所序，為不知本原云為。且四句律詩如何便差排為犯角曲，殊無意義。（卷八）

（三）張邦基《墨莊漫錄》四云：

蘇陰和尚作穆護歌，又地里風水家亦有穆護歌，皆以六言為句，而用側韻。黃魯直云：「黔南巴僰人閒賽神者，皆歌穆護。其略云：『聽唱商人穆護，四海五湖曾去。』因問穆護之名，父老云蓋木瓠耳。曲木狀如瓠，擊之以節歌耳。」予見淮西村人多作炙手歌。以大長竹數尺，刳去中節，獨留其底，築地逢逢若鼓聲。男女把臂成圍，撫髀而歌，亦以竹筒築地為節。四方風俗不同，吳人多作山歌，聲怨咽如悲。（卷四，稗海本。）

此以穆護為「木瓠」二字之音變。又謂其以六言爲句，唱時以竹筒築地爲節，是則有類於擊筑詞。《五代會要》三〇記南詔蠻：「俘能轉韻詩，有類擊筑詞。」徐嘉瑞論：「雲南之山花碑詩體，有類彈詞，故云類擊筑詞。」則擊筑正如彈詞之體。又張氏舉其歌曰：「聽唱商人穆護。」則必由胡商傳入。蜀與西域通商甚早，六朝尤盛。穆護歌爲胡商所傳唱，亦如西曲盛行於荆州上游，皆與估客有關。

北宋《崇文總目》五行類有牧護詞，乃李燕撰。姚寬謂爲六言文字，記五行災福之說。胡震亨《唐音癸籤》一，謂唐人六字詩有牧護歌，應卽指李燕之作。然無他證。考《宋史》藝文志五行類有李燕《穆護詞》，自注一作「馬融消息機口訣」。按同書李燕有《三命》一卷、《三命詩》一卷、《三命九中歌》一卷，其人蓋術數家者流。張邦基謂地里風水家亦有穆護歌，以六言爲句。按地里風水家如題唐楊益筠松著之《龍經》內，用七言句，長篇有韻，如「枝中有幹幹有枝」之類句式（《正覺樓叢書》本）。由是觀之，宋時之穆護詞，亦多施於五行堪輿之歌訣。

（四） 南宋姚寬《西溪叢語》，此書卷上謂其長兄伯聲（卽姚宏）嘗考：

火祆字，其畫從天，胡神也。……至唐貞觀五年，有傳法穆護何祿，將祆教詣闕聞奏。……

祆教流行外域，延入中國。教坊記曲名有牧護字（子），已播在唐樂府。崇文書有牧護詞……則後人因有作語為牧護者，不近巴人之曲也。

姚氏引《山谷題牧護歌》而論之曰：

> 祆之法蓋遠，而穆護所傳則自唐也。蘇溪作歌之意，正謂旁門山道，似是而非者，因以為戲，非效參同契之比，山谷蓋未深考耳。且神有祠廟，因作此歌以賽神，因未知劉作歌詩，止效巴人之語，亦自知其源委也。

姚寬博學，所見《教坊記》之穆護，又作牧護，以爲牧護即出於祆教之穆護。祆有祠廟，故作歌以賽神，是以穆護歌即祆廟賽神之曲。方以智《通雅》卷二九謂：「穆護煞，西曲也。樂府有穆護沙。（彭德之）木斛沙，即穆護沙。」討論穆護歌之原委。其結論云：「始或以賽火祆之神起名，後入教坊樂府，文人取其名作歌，野人歌以賽神，樂人奏以爲水調。」則支持姚寬之說。

三、穆護與莫護、摸胡及其他

牧護、穆護即火祆教僧人❸。古波斯文火教經（Avesta）作Mogu，在Persepolis之Elamite碑刻稱爲Magi。穆護猶華言火師，指波斯蘇魯支（Zoroaster）之信徒❹。姚寬《西溪叢語》：「唐貞觀五年，有傳法穆護何祿，將祆教指闕奏聞。勅令長安崇化坊立祆寺。」何祿殆是何國（Koschanyah）人，以何爲氏，如北齊之寵胡何猥薩也（《北齊書南陽王綽傳》）。

志磐《佛祖統紀》卷三九《釋門紀》：「（武后）延載元年（六九四），波斯國人拂多誕持二宗僞經來朝。述曰：太宗時，波斯穆護進火祆教。武后時，波斯拂多誕進二宗經。……」是穆護正式入華，乃在唐初貞觀時。至唐中葉，其教寖盛。顏魯公因與康國人往來，其子碩小名曰「穆護」❺。姚寬之說蓋本諸北宋初贊寧《僧史略》。統紀卷五四「末尼火祆」，所述亦同。惟唐宋人每將火祆與摩尼混亂爲一，陳援庵已詳辨之❻。

《波斯教殘經》：「慕闍、拂多誕等，於其身心常生慈善柔濡，別識安泰和同。」拂多誕之上品級爲慕闍。李肇國史補，慕闍爲大摩尼，拂多誕爲小摩尼。（案摩尼教佛分五品級：第一級是慕闍，譯云承法教道者；第二級為薩波塞，譯云傳法者號。見敦煌本《摩尼光佛教法儀略》。）拂多誕者，拂多加語尾誕（dan）；拂多 Pahlavi 語爲 Furasta，義爲「法」（Doctrine）。伯希和目三五五九號天寶十載文書，米氏下亦有名曰拂躭延。昭武諸姓所受波斯教影響至深，每取以爲名。

李淳風貞觀中太史令，其《乙巳占》天象第一云：「論天體象有八家，八曰四天祆胡寓言。」（香港大學藏明鈔本）此祆胡之天文學說，淳風已加以論列，著入其書。此條向未爲人注意。韋述《西京新記》：東北隅右金吾街；西南隅胡祆祠，武德四年所立。又十字街南之東波斯胡寺，儀鳳二年，波斯王畢路斯奏於此置波斯寺。西北隅祆祠、東南隅大雲經寺，（隋）開皇四年，文帝爲沙門法經所立。《舊唐書》一九八波斯傳：「咸亨中，卑路斯自來入朝。儀鳳三年，令吏部侍郎裴行儉將兵册送卑路斯爲波斯王。……」近年新疆出土送波斯王人名册其中有西域人姓名：

白歡進　　年四十一　　送波斯王　　樣人康父義

趙力相　年三十六　送波斯王　樣人康雲住
解養生　年三十五　安西鎮　樣人白祐海（現藏烏魯木齊博物館）

送者康、白皆昭武著姓。諸康當爲康國人，必奉波斯教者❼。是時波斯爲大食所敗，擊走其王伊嗣俟（Yezdegeri Ⅲ），薩珊王朝遂亡。其子卑路斯（Piruz）且入居長安。故有建祆廟之舉。是自隋至唐初，長安祆廟已林立矣。

余考《周書》《異域傳》下波斯國（《魏書》《西域傳》同）傳稱：其「大官有摸胡壇，掌國內獄訟」。《北史》九七《波斯傳》同。摸胡當即穆護。知者，《隋書》《康國傳》云：「有胡律，置於祆祠，將決罰，則取而斷之。」（《魏書》一〇二、《北史》九七文同）《舊唐書》《波斯傳》：「西域諸胡事火祆者，皆詣波斯受法焉。……其叛逆之罪，就火祆燒鐵灼其舌。」康國習俗，斷獄在祆祠，是掌國獄訟者必爲穆護，故摸胡即穆護，爲祆祠官甚明。檢 Laufer 之《Sino-Iranica》P五三一，知 K. Hori 已先我言之。Laufer 補充，認爲摸胡「壇」之壇爲語尾，有如拂多誕（Fur-śta-dān）之誕（dān）。摸胡乃依中古波斯文之 magu，而穆護（muk-gu）則據新波斯文之 mug，miog。

《晉書》卷一百八載記：「慕容廆先世，秦漢之際爲西匈奴所敗。……曾祖莫護跋，魏初率其部落入居遼西，從（司馬）宣帝討公孫（淵）氏有功，始建國於（昌黎）棘城之北。」莫護跋亦即吐谷渾之祖（詳萬曼《吐谷渾書》，學原第三卷第三、四期）。跋＝Van，義爲 follower，owner ❽。《隋書》《吐谷渾傳》：「吐谷渾嘗得波斯草馬，放入海，因生驄駒，能日行千里，故時稱青海驄馬。」青海驄來自波斯馬種，足見吐谷渾與波斯關係之深。此「莫護」應即波斯之穆護，則慕容氏之先，可能來自波斯。其稱曰莫護跋者，猶言穆護跋也。此說果信，則穆護一名之入中國，可追溯更前矣。（波斯薩珊王朝興於西元二二六年，始定火祆為國教，正當魏文帝黃初七年。）

羅振玉謂細審唐劉秀所撰《涼州衞大雲寺碑》云：「大雲寺者，晉涼州牧張天錫所置。……因則天大聖皇妃臨朝之日，諸州各置大雲寺，隨後改號爲天錫庵。知涼州先有之，以爲摩尼教起於晉。」（《雪堂校刊群書叙錄》下）其說未爲人所信服。今考晉書卷八六張軌之子寔傳云：

> 初，寔寢室梁間有人像，無頭，久而乃滅；寔甚惡之。京兆人劉弘者，挾左道，客居天梯第五山，然燈懸鏡於山穴中為光明，以惑百姓，受道者千人，寔左右皆事之。帳下閻沙、牙門趙仰皆弘鄉人。弘謂之曰：「天與我神璽，應王涼州。」沙、仰信之。密與寔左右十餘人謀殺寔，奉弘為主。寔潛知其謀，收弘殺之。沙等不之知，以其夜害寔。

按敦煌卷S二二四一記祆寺燃燈事甚悉。此處然燈、懸鏡以爲光明，即《化胡經》云：「我乘自然光明道氣。」從劉弘受道者千餘人，此道非光明道而何？又云：「天與我神璽。」天即天神是也。劉弘乃於涼州先倡行崇拜光明道者，事雖失敗，然在張天錫之前；可見晉時民間信仰已頗有火祆教、摩尼教成分之摻入。

《魏書》十三宣武靈皇后胡氏傳稱其「廢諸淫祀，而胡天神不在其列」。事在肅宗神龜二年（五一九）。此胡天神之即祆教，向無異論。近年吐魯番晉、唐墓新出文書，高昌章和五年（五三五）取羊供記帳，有記「丁谷天」字樣，說者謂即在丁谷之祆教祠。又有一件爲麴氏時期田畝册。記云：「胡天一半。」又一九六五年吐魯番城郊安伽勒克古城，發現陶瓷，內有寫本佛經十三種。其一爲金光明經卷二。題記云：

庚午歲八月十三日，於高昌城東，胡天南太后祠下，為索將軍佛子妻息合家寫此金光明一部。斷手記竟，筆墨大好。書者手拙，具字而已。（下略。圖見《新中國之出土文物》，一二一，一九七二。）

庚午當爲魏世祖神䴥三年（四三〇）。同出土者有吳書孫權傳殘卷，字體相近，爲東晉末書風。庚午先於神䴥二年可八十九載，已有胡天之祀。是時沮渠蒙遜尙據涼州也。兩處之胡天均指胡天神，殆即祆教祠。此爲最新有關祆教之資料。《說文新附》：「祆、胡神也。」鄭知同云：「似其神本稱胡天神，六朝來爲之立祠，加以題署，始增示旁作祆以神之。」吐魯蕃文書之「胡天」即祆神，似不成問題。《魏書》一〇二《波斯傳》，神䴥中上書貢物云：「波斯國王居和多千萬敬拜。」其時入貢之居和多，卽薩珊朝第十九代王 Kavadh 一世（四八八——五三一）。梁書卷五十四：滑國，普通元年，遣使獻波斯錦。近年中國各地出土波斯薩珊朝銀幣甚夥，以沙卜爾二世（Shapur II ，三一〇—三七九）爲最早❾。足見波斯與華之交往，由來已久。

《魏書・靈皇后傳》云：「有蜜多道人，能胡語，肅宗置於左右。」蜜多可能爲 Mithra 之對音。按 Mithra，古波斯語稱爲 Vouru gaoyaoitim，意義爲草原之主。友人柳存仁敎授有此說。《樂府詩集》七八雜曲有《摩多樓子》。句云：「借問陰山候，還知塞上人。」亦塞上曲之類。又後魏溫子昇之《敦煌樂》，與《阿那瓌》並列。阿那瓌卽蠕蠕主，投降於魏，故當日爲製曲以歌頌其事❿。阿那瓌投魏，在肅宗正光元年九月（《魏書》《肅宗紀》）。二年二月，婆羅門率十部落詣涼州歸降。群臣議：「懷朔鎭北，土名無結山吐若奚泉；敦煌北西海郡，卽漢、晉舊障。

二處寬平，原野彌沃。阿那瓌宜置西吐若奚泉，婆羅門宜置西海郡。」溫子昇之撰《敦煌樂》，疑與《阿那瓌》曲同時。其句云：「客從遠方來，相隨歌且笑。」或因阿那瓌降魏，其黨婆羅門亦來歸，因爲之賦，當亦在肅宗時。鄭樵《通志》以《阿那瓌》列入梵竺四曲。任半塘《唐戲弄》謂：「阿那瓌爲匈奴王，時代不詳。」均昧於史事。

魏自太安元年（四六六）波斯遣使朝貢（《高宗紀》五）。肅宗之世，波斯入貢尤爲頻數。計熙平二年四月、神龜元年七月、正光二年閏四月、三年秋七月（俱見《肅宗紀》）。火教之傳入，自屬當然之事。（觀北齊時，南陽王綽之愛飼波斯狗，見《北齊書》十二，波斯寵物之受人歡迎，可以見之。）西魏時祆教既已入華，樂曲名稱之取資異教者，不一而足，亦非偶然者矣。

張邦基云蘇陰和尚作穆護歌。黃山谷跋稱蘇傒嘉州人作歌，姚寬作蘇溪。山谷謂此和尚是嘉州人，則爲四川籍。道原景德傳燈錄三十載蘇溪和尚（注即五洩小師也）牧護歌，六言詩，三十四句。蘇溪在湖南桃源縣北十里，則作蘇溪是也。

《唐會要》三三有蘇禪師胡歌，屬太簇商，改名懷思引。《唐戲弄》疑其必有本事，如弄婆羅門之類。《舊唐書》一八九《郭山惲傳》記杜元琰誦婆羅門咒。竊以爲此蘇禪師胡歌，或即蘇傒（蘇溪）之穆護歌。以其本爲胡天賽神之曲，故又有胡歌之目。

四、牧護歌爲祆教賽神曲

黃山谷《題牧護歌後》云：「在黔中聞賽神者夜歌。」姚寬引其兄姚宏之說：「祆有祠廟，因作此歌以賽神。」是穆護歌明爲祆教賽神之曲。

祆教賽神之事，敦煌於唐季尚流行之。予於法京，見伯希和四六四〇號紙背云：

> 己未年四月起，……五月十五日賽駞馬神，用畫紙拾張。……十七日支與押衙康伯達，路上賽神畫紙拾張。同日賽祆，支畫紙叁拾張。

敦煌寫本《沙州圖經》雜神條祆神下云：「右在州東一里立舍，畫神主總有十二龕，其院周迴一百步。」此爲祆教賽神作畫之事。賽神除繪畫神像外，必兼作樂以事神。敦煌資料伯希和二五六九，又二六二九，俱記賽祆神用酒，用紙。S三六六記城東祆祠賽神用油燈麪之紀錄⓫。《劉夢得文集外集》八別夔州官吏云：「唯有九歌詞數首，里中留與賽蠻神。」已言作歌爲賽蠻神之用。此牧護歌山谷在黔已聽到之，當係事實。廣川畫跋記「涼州祆主以利刀從額釘之，……至西祆神前舞一曲，却至舊祆所，乃爲拔釘，一無所損。」則記祆廟舞曲兼表演雜技也。

宋時四川有祆廟。清吳省蘭《十國宮詞》詠前蜀王衍云：「珠冠金甲賽祆神。」自注引蜀檮杌：「衍北巡，戎裝金甲冠，……百姓望之謂如灌口祆神。」（《藝海珠塵》本。灌口有二郎廟，此謂為祆神。）神田喜一郎據《山堂肆考》卷三九公主條引《蜀志》云：「公主托幸祆廟爲名，期與子會。」因論及夔州樂府之牧護歌（《祆教雜考》）⓬。

《隋書》《禮儀志》：「（齊）後主末年，祭非其鬼，至於躬自鼓儛，以事胡天。鄴中遂多淫祀，玆風至今不絕。後周欲招來西域，又有拜胡天制，皇帝親焉。其儀並從夷俗，淫僻不可紀也。」是齊末與北周盛行祭祀胡天，至尊且領導舉行之。

《隋書》《百官志》中：「後齊制官……鴻臚寺掌蕃客朝會，又有京邑薩甫二人，諸州薩甫一人。」又百官下：「雍州薩保，爲視從七品。」「諸州胡二百戶已上薩保，爲視正九品。」《通典》四十：「薩寶府祆正。」注云：「祆者，西域國天神。武德四年置祆祠及官，常有群胡奉事，取火呪詛。」又通典職官二十二：視流外薩寶三品，勳品爲薩寶府祓祝 ，四品爲薩寶率府，五品爲薩寶府史。唐時薩寶府組織如此。宋敏求《長安志》：「布政坊胡祆祠。」注云：「祠內有薩寶府官，主祠祆神。」薩甫亦作薩寶。

宇文護字曰「薩保」。護母閻姬沒在齊。護居宰相後，齊主令人爲閻姬作書與護。護報書自稱薩保。（書云：「當鄉里破敗之日，薩保年已十餘歲。」見《周書》十一《晉蕩公傳》。）薩保蓋其本來之胡名。護之命名，當在魏世。薩保與薩甫、薩寶並音同。宇文護母閻氏或信火祆教，此事陳寅恪已詳論之⓭。《唐書宰相世系表下》李氏條稱：安難陀孫婆羅，「周隋間居武威爲薩寶」。《元和姓纂》四云：「後魏安難陀至孫盤娑羅，代居涼州爲薩寶。」上列資料，前人屢見徵引及討論。他若《隋太原翟突娑墓誌》記其父爲娑摩訶大薩寶（趙萬里《南北朝墓誌集釋》四八四）。又《唐故米國大首領米公墓誌》云：「公諱薩寶，米國人也。」自齊以來，京邑及各州管理祆教之官謂之薩甫（寶、保）。北朝至唐喜以薩寶爲名字，此習慣甚流行於西北。薩寶一詞，日人以爲卽回鶻文之Sartpau（「商隊」首領）。西方學者如Deveria謂出自敍利亞文之Saba（old man）⓮。

《隋書》《西域諸國傳》：「高昌俗事天神，兼信佛法。」康國：「都於薩寶水上阿祿廸城，有胡律，置於祆祠。」「俗奉佛，爲胡書。」安國：「妻，康國王女也，都在那密水南，風俗同於康國。」諸國皆爲祆教國。康居之水，且號曰薩寶水。《隋書地理志》且末郡下有且末水薩毗澤，薩毗與薩寶音近。

《隋書》《音樂志》所載：

高昌　獻聖明樂曲，其歌曲有善善摩尼，解曲有婆伽兒，舞曲有小天、疏勒鹽。

康國　歌曲有戢殿農和正，舞曲有賀蘭鉢鼻始、末奚波地、農惠鉢鼻始，前拔地惠地等四曲。

安國　歌曲有附（菩）薩單時，舞曲有末奚、解曲有居和祗。

康國之末奚波地與安國之末奚必有關。《回鶻毘伽可汗碑》中有默（原□）傒悉德，與摩尼教五級儀之第三譯爲法堂主原名「默奚悉德」正同。婆羅鉢文語爲Mahi-Stag。語尾之Stag與（光明）使者之Frestag相同。婆文Xrostag，即呼嚧瑟德（北京本殘經）。安國舞曲之末奚，當即Mahi。默傒即Mahi之漢譯，義即法堂。高昌婆伽兒，疑即毗伽——Bilga，義爲意智。宋《白玉蟾語錄》稱明教有外道之毗婆伽是也。小天即小明王（宋時有《大小明王出世經》）。摩尼聖詩讚神，突厥語皆作Tang（a）ngri ⑮。Tangri即「天」也。波地疑即Vaiti（Avestagatha）。高昌之善善摩尼，可能爲摩尼教徒之禮讚。諸曲之胡名漢譯，惜不易復原耳。

此三國音樂之來源，據《隋志》所載，「康國起自周武帝娉北狄爲后，得其所獲西戎伎，因其聲。高昌獻聖明樂曲，則在隋煬帝時。帝令知音者於館所聽之，歸而肄習。及客方獻，先於前奏之，胡夷皆驚」。然以近年出土文物而論，北齊安陽范粹墓出土，有鮮卑侍吏俑，及黃釉瓷扁壺。其上刻劃五人一組之舞樂隊，有抱五弦琵琶，高鼻深目，穿窄袖之胡人。說者謂即龜茲樂隊（《文物》一九七二年一期）。隋書音樂志龜茲樂起自呂光滅龜茲，因得其聲。後魏平中原，復獲之。至隋，有西國龜玆、齊朝龜玆、土龜玆三部，高昌樂亦屬之。高昌有「聖明樂曲」。由「聖明」一名推測之，摩尼教之意味甚濃。其曲曰善善摩尼，可能卽頌讚教主摩尼（Mani）。

又「善善摩尼」一名，沙畹法譯作「bien! bien! mani」（一七四頁）。余疑善善卽鄯鄯。洛陽出土《鄯乾墓誌》稱乾爲鄯鄯王寵之孫。鄯鄯王臨澤，懷侯視之長子（趙釋二一二頁）。鄯善並作鄯鄯。疑善善卽鄯鄯，亦卽鄯善，以地爲名。鄯善亦作善鄯。敦煌所出晉天福十年寫本《壽昌縣地境》有善鄯城。善善摩尼，猶言鄯善（鄯鄯）摩尼，以其曲初出鄯善也。《北史·西域傳》，鄯善降魏，則在太平眞君六年（又見《世祖紀》）。

五、白衣與明法王

英倫S三九六九爲《摩尼光佛教法儀略》。此卷黃紙絲欄，書法甚佳。該卷有《五級儀》一章，述摩尼教士分五級：第一爲慕闍，第二爲薩波塞，第三爲默奚悉德，第四爲阿羅緩，第五爲耨沙喭。「自阿羅緩以上，並素冠服。」其出家僧侶咸著白衣。向來有「白衣師」、「白衣道」之目（見宋會要刑法門）。南史張暢傳記：「元嘉二十七年（四五〇）魏主拓拔燾南征，於戲馬台立氈屋。暢與魏尚書李孝伯對話。孝伯曰：『亦知有水路，似爲白賊所斷。』暢曰：『君著白衣，故號白賊也。』孝伯大笑曰：『今之白賊，亦不異黃巾、赤眉，暢曰：『黃巾赤眉，似但不在江南耳。』」（《通鑑》一百二十五記此事，删去白衣白賊數句。）孝伯所言北方白賊，必如後來自稱「淨居國」劉紹之輩。

自北齊至隋，似習慣以白色爲祥徵。《魏書》《靈徵志》侈記白狐白鹿等白色動物，不可勝數。故齊後主「好令宮人以白越布折額，又爲白蓋」。史家列於服妖，謂「此二者喪禍之服也，後主果爲周武所滅」（《隋書》《五行志》上）。隋文帝子楊秀之鎮西蜀，及敗，詔書數其罪狀，稱其妄造蜀地徵祥，以符己身之籙。「輒造白玉之珽，又爲白羽之箭。」（《隋書》《文四子傳》）亦以白色爲預兆，此必深受天神淨居國思想之影響，有僭越之徵，故爲當道所深惡痛絕。由「蜀地徵祥」一事觀之，四川諸州之有薩寶及火教徒穆護之往來，更可推想而知。又楊秀行壓勝之術，對其父兄乃「請西岳華山慈父聖母，神兵九億萬騎，收其魂神」。「九億萬」之神秘數字，據柳存仁教授研究，出於火教經典 Avesta 中（Fargard 22, Bandahis 8; 12），爲拜火教所習用之數目。在南齊嚴東作注之度人經（卷二第三十四頁），亦出見此數字，爲神仙官寮之總數。此爲道教徒吸收拜火教之痕迹。余考火教經中 Videv-dat XXII 言 Ahura Mazda（上帝）爲九九九九九疾病而祈禱，以求無量數家畜之復原，爲其祝福。是此一數字初出於畜牧，其後演爲神秘數字⑯。楊秀神騎以九億萬衆，而出之西岳華山之神。北周達奚武在同州，（周）高祖命其祀華岳。武云：必須登峰展誠，尋其靈奧。既攀藤援枝而上於西岳，上藉草而宿，果夢見一白衣人來。華岳有白衣人，與華岳神以「九億萬」爲神兵數字，凡此種種，均可說明火祆教、摩尼教在周隋之際，已深入民間，與地方宗教信仰結合之現象（參柳君文）。

《魏書》《釋老志》：「往在北代有法秀之謀，近日冀州遭大乘之變，皆初假神教以惑衆心。」此本神龜元年（五一八）司空任城王澄奏中語（《通鑑》一四八）。然胡天神來華，皆謂始於北魏靈太后時。民間僧徒假託爲政治活動者，向來習知明帝「延昌四年（五一五）五月冀州沙門法慶自號大乘云『新佛出世』」一事，因見於《資治通鑑》卷一百四十八，故爲人所稱述（吳晗引此）。然在此前一歲，佛教已有同樣之事件發生：

魏宣武帝延昌三年（五一四）十月丁巳，幽州沙門劉僧紹聚衆反，自號「淨居國」，明法王（州郡捕斬之）。（《魏書》卷八，二一五頁。此條《通鑑》失載。）

然更爲重要者，「淨居國」當取義於淨土。窺基《西方要決科注》：「慈恩寺在晉昌坊，本名淨景寺。」碑云「三一淨風」，所有「淨居」、「淨景」與「淨風」，皆屬一系。至於「明法王」之號，在此之前魏高祖孝文帝延興二十三年十一月，已有幽州民王惠定聚衆反，自稱明法皇帝之事（《魏書》一九一頁）。隋時胡僧告王誼謀反，罪狀爲「說西天王神道，誼應受命」。又自「說其身是明王聖主」（《隋書》卷四〇《誼傳》及《北史》六一《王誼傳》無「聖主」二字）。明法王卽明王。摩尼教經典中十二佛名，第一是「無上光明王」（見敦煌本《收食單偈》大明使釋）。此類之事，爲後來明教之濫觴。至宋時有大小明王出世經（見《佛祖統紀》三九引《釋門正統》）。最有趣者爲「明法王」一名。敦煌本《摩尼光佛教法儀略》云：「託化國主名號。」漢語譯名佛夷瑟德烏盧詵者，譯云光明使者，又號具智法王，亦謂「摩尼光佛」。「明法王」之號，卽由此而生。婆羅鉢文原作Frestag（使者）Rosan（光明）。敦煌第〇九八窟（新編）東壁五代畫題「大朝大寶于闐國大聖大明天子」一行⑰。于闐國事摩尼教，故其統治者得稱曰「大明天子」。以「大明」爲國號，其事在朱元璋之前。（此條言摩尼教諸家均未引用。）

六、摩醯首羅與胡祆之混淆

唐韋述《兩京新記》云：「胡祆祠，武德四年所立。西域胡天神，佛經所謂摩醯首羅也。」宋董逌《廣川畫跋》卷四書常彥輔祆神象，謂：「其相希異，卽經所謂摩醯首羅。有大神威，善救一切苦。」姚寬引其兄宏說云：「火祆字，從天，胡神也。經所謂摩醯首羅，本起大波斯國，號蘇魯支。有弟子名玄眞，習師之法，居波斯國。大總長爲火正（按錢謙益《景教考》引，誤作「火山」）。後化行於中國。」蓋取自贊寧《僧史略》下。

右說均以波斯之火教，與印度婆羅門教混合而爲一。文廷式《純常子枝語》引姚伯聲說，而譏其以婆羅門之事火，與波斯之火教合爲一途，似少分晰（卷二十四）。按印度《吠陀》梵經，源於《火教經》，故諸天名稱，多輾轉稗販。婆羅門亦祀火，唐人與火教每牽合爲一。摩醯首羅卽梵書之自在天。《翻譯名義集》云：「摩醯首羅，諸經論多稱大自在。」《翻譯名義大集》三一一八：「梵文：maha - civarah；漢：大自在（天）；和：濕婆神之異名。」按摩醯首羅之名，漢譯經典，北涼時已見之：

北涼沙門法衆譯《大方等陀羅尼經》卷一：「婆籔仙人在閻浮提，與六百二十萬估客作商主，將諸人入海。……如是六百二十萬人，卽時各許摩醯首羅天人各一生。爾時諸人便離四難，遠到本國。」

提婆《百論》卷上，摩醯首羅天，原注：「秦言大自在天。」

又提婆《小乘涅槃論》卷十五記摩醯首羅論師說。是摩醯首羅一名，乃隨佛教東傳，恐在火祆教之前矣。唐人誤以胡天大神與佛教之大自在天混合爲一。摩醯首羅，旣見之於圖畫，而音樂、占卜亦借用其名，可見其影響之普遍。盛唐時，摩醯首羅爲樂曲名。唐會要三十三天寶樂曲太簇宮有《摩醯首羅》，改名《歸眞火難》。摩醯首羅亦被用於占卜。英倫敦煌卷子S五六一四爲《摩醯首羅卜》，其開頭「一一一」云：「此是梵王局，汝所有求事，但知存心，無不稱意。財寶自來，家宅大小，並得安樂，遠行通達，大吉。」前有序文云：「此名『摩醯首羅卜』，釋梵四天王神，諸共集政。看之時，面西坐，稱名爾子某甲，志心發願，具說上事由了，擲頭投子三遍，然後補局。若得好，一卦便休。卜得『？』局，許看三局。信者看之，不信者尤不須看。如人審判，萬不失一。此是隨求，千金莫傳。」以上資料，出於敦煌，即摩醯首羅占法之文獻。

摩醯首羅（Mahesuara）天，二臂、四臂、六臂、八臂、十八臂及一面、三面均有之。和闐出土有摩醯首羅天畫像（Stein: Ancient Khotan Pl.Lx Pandan Uiliq 出土）。《迦樓羅王及諸天密言經》（般若力譯，《大正藏》二一，三三四頁）記惹野之王，即大自在天王也，通身青色，三面四臂。雲岡石窟第八洞爲摩醯首羅像。《大智度論》：「摩醯首羅天（秦言大自在）八臂三眼，騎白牛。」（《大正藏》二五，七三頁。）巴黎國家圖書館藏伯希和目四一五八之（三六）爲白描六首六手之大自在天畫像（參拙作：敦煌白畫）。

七、結　語

自北齊以來，諸州均置祆正，知胡天信仰在各地已分佈甚廣。山谷謂：「黔南、巴、僰人間，賽神皆歌穆護。」亦以胡人商旅到處有之。試以宋時摩尼教在四川之普遍（《宋會要》刑法門：「利州路之興州、劍州、利州及益梓利夔路，均有禁摩尼之令。」）觀之，唐代穆護歌之在夔州流行，爲劉夢得所摹倣而爲牧護歌，自屬理之當然。且宋人相傳作《莫護歌》之蘇傒，爲嘉州人，亦籍於蜀者。

牧護、穆護原爲祆教僧之稱。由於祆教之普及，唐宋以降，穆護已成爲一通名。故以其所唱之歌，通稱爲「穆護歌」。

穆護歌之演化甚爲複雜：

（1）變爲「口訣」，用於術數。《宋史藝文志》五行類之李燕《穆護詞》，乃講術數。張邦基記地理風水家，亦有《穆護歌》。

（2）與民歌結合。如黔中賽神之儂家歌，及擊節之木瓠歌。

（3）採入爲教坊曲。如隋、唐之《穆護子》。

（4）爲禪師胡歌。

（5）文人採取摹仿。如劉夢得之《牧護歌》。

（6）演爲詞曲。北曲有《穆護砂》、《祆神急》。元人宋褧有《穆護砂》詞，增益爲雙調一百六十九字，乃因舊曲名別倚新聲。又朱庭玉有《祆神急》套。火祆教入華資料，散見於史書筆記，董理不易。詞曲中有《穆護子》，向來認爲取名於火教僧官之「穆護」，自南宋姚寬至明季方以智皆然，近人若許地山⑲、徐嘉瑞⑳、任半塘均無異詞，足以訂正楊升庵穆護子爲隋開汴河詞人所製勞歌之瞽說。

火祆傳入，列於祠祀，一般皆以爲始於北魏靈皇后，實則更應在其前。驗以近年吐魯番出土之高昌取羊記帳、麴氏田畝册與佛經題記均有「胡天」字樣，加以波斯薩珊王朝銀幣在華發現數量之夥，在在足證元魏與波斯往來之頻繁，良爲不可否認之事實。吾人再向上追溯，有若干史事亦可提供佐證。如慕容廆曾祖名莫護跋。事在魏初。莫護跋一名，當爲 Mogu-van 之對音。又晉時涼州張寔統治下有劉弘燃燈授人以光明道，富有濃厚之祆教色彩。唐貞觀初，李淳風《乙巳占》論天象，已涉及「天祆胡」之寓言。凡玆數事，前此言火祆教者均所未詳，附帶論述之，以供研究。至於《隋書・音樂志》所記高昌、康國、安國諸樂曲，其譯名一時不易復原，妄爲疏說，聊備一解。

附錄一：摩尼教偈（GATHA）與曲調之二疊、三疊

S二六五九敦煌本《下部讚》有云（此卷外題「往西天求法沙門智嚴西傳記寫，下卷乃後人所添舉」）：「此偈讚日光訖。」其偈蓋有日光偈、月光偈、七星偈等。下部讚又有：

收食單偈，大明使釋。

收食單偈第二疊。
嘆五明文，諸慕闍作，有二疊。
又覽讚夷數文第二疊。
歎諸護法明使文。於黑哆、忙儞（Morni）電達（Dintar）作。有三疊。又有云「此偈凡『莫』日用為結願」，「此偈凡莫日與諸聽者懺悔願文」……等名目。（《大正藏》五四，一二七〇—一二七九頁）

按偈即Gatha也。《火教經》大偈（Gatha）爲Ahunavaiti，Ustavaiti。康國舞曲有末奚波地。「波地」疑即「Vaiti」。漢語以Gatha爲偈，亦取音譯。

慕闍（Mu-za）、粟特文（Sogdien）之Muck，中期波斯語爲Mozo，摩尼法儀五級中之承法教道者。據後記云：「但道明所翻，譯者一依梵本。」譯者爲摩尼僧道明。「莫日」即太陰日之Maq，亦譯作蜜日。是《摩尼教經》用七曜日爲周期，忙儞即摩尼，夷數即Jesus（耶穌）㉑。道明所譯之《下部讚》，實糅合大秦、摩尼爲一爐。摩尼教經典每借用佛語，亦使用景教術語，詳吹矢慶輝《鳴沙餘韻解說》三〇六—三一六頁。電達爲波斯語Dintar＝僧（羽田亨說，見八、ユック氏著《摩尼教遺文》、《羽田史學論文集》下三一五頁）。

從《下部讚》漢譯本觀之，其偈有第二疊與三疊之區別，疑指音樂之重複回詠，故有是稱，如陽關三疊之例。東坡嘗論三疊歌法。南宋時又有《渭城三疊》。據毛开樵隱筆錄載：「紹興初，西樓南瓦，歌周清眞蘭陵王慢，謂之渭城三疊，以周詞凡三換頭。」是以三段或三遍爲三疊，則一疊乃一遍。摩尼教偈之唱詠，譯者既稱其遍數曰疊，豈指每段重唱二遍，謂之二疊，三遍則謂之三疊耶？

宋韓淲詞有「只唱驪歌一疊休」句，指《鷓鴣天》，故又名《驪歌一疊》。大曲《六么令》，《碧雞漫志》云：「六么曲爲一疊，名花十八，前後十八拍。」此一疊之說也。《水調歌》，唐曲凡十一疊，前五疊爲歌，後六疊爲入破。其歌第五疊五言調，最爲怨切，故白傳詩云「五言一遍最慇懃」。此五疊、六疊之說也。

山谷《題古樂府後》：「『巴東三峽巫峽長』二句，古樂府但以抑怨之音和爲數疊，惜其聲不傳。及自荊州上峽入黔中，因作前二疊，傳與巴娘，令以竹枝歌之。或各用四句，入陽關小秦王，亦復可歌。」（《文集》卷二十六）蓋取古調，和其二疊。是疊數如二疊、三疊，後來擬作，可無定數。明田藝蘅又著《陽關三疊譜》（馮可賓《廣百川學海》壬集），則爲後來踵事增華之學。

黔中既有受外教影響之牧護歌，又竹枝二疊，均見山谷所述。及明清之際，山坡羊且有黔調。郝蓮《國朝詩滙》第二册方以智詩，有聽黔山坡羊，云：「調自邊關到石城，此宮絃管更多情；遊人得得東風力，吹入江南後日聲。」自注云：「山坡羊本起自燕、秦邊關，後傳江南。法家譜之，曰沈水調。流至黔陽，別成一調。湖北多彈之。」足見黔中民間歌曲吸收外來成分，復能別成一調，不止牧護歌爲然也。

附錄二．．敦煌卷之祀祆驅儺文

法京國家圖書館藏伯希和目二五六九，現編爲西藏文書之一一三。正面爲《春秋後語》，題孔衍撰；背爲兒郎偉除夜駈儺之作。其一云：

駈儺聖法，自古有之。今夜掃除，蕩盡不吉，可慶新年。長使千秋萬歲，百姓富足錢。長作大唐節制，無心戀慕猩獐。……正是南揚號國，封邑並在新年。自是神人咒願，非干下娌（俚）之言。今夜駈儺隊仗，部領安城火祆。以次三危聖者，搜羅內外戈鋋。趂却舊年精魅，迎取蓬萊七賢。屛及南山四皓，金秋五色紅蓮。從此敦煌無事，城煌（隍）千秋萬年。

又一云：

兒郎偉：駈儺之法，自昔軒轅。中道（鍾馗）白澤，統領居仙。怪禽異獸，九尾通天。□向我皇，境內呈祥，並在新年。長使壽同滄海，官崇八坐貂蟬。四方晏然清怙（恬），獫狁不能犯邊。甘州雄身中節，嗢末道款旌旟。西州上拱（貢）寶馬，馬祁送汭（納）金錢。從此不聞梟鴟，敦煌太平萬年。

文中焉祁卽焉耆。其辭多作六言句式。觀其句云「今夜驅儺隊仗，部領安城火祆，以次三危聖者，搜羅內外戈鋋」，則爲祆教徒辟邪消災之祝詞。由用韻之年、言、祆、鋋、賢、蓮、年看來，唐時沙州正讀祆爲平聲。《廣韻》祆字在一先，呼烟切。《說文繫傳》：「火千切。」是也。

此兒郎偉文爲安城祀火祆神，頗爲罕見，祆教文學作品之瓌篇也。沙州敦煌二十詠中第十二卽爲安城祆詠。詞云：

板築安城日，神祠與此興。一州祈景祝，萬類仰休徵。蘋藻來無乏，精靈若有憑。更看雩祭處，朝夕酒如繩（澠）㉒。

驅儺文言「新領安城火祆」，得此詩更可明瞭其歷史背景。

附錄三：火祆祠見於史籍之地理分佈記略

西域㉓

俱德建國，烏滸河（Oxus = Yaxartes 葉殺水）

「有火祆祠，相傳自波斯乘神通來此。近有大食王不信，入祆祠將壞之，忽有火燒其兵。」

（段成式：《酉陽雜俎》卷一〇）

突厥

「事祆神，無祠廟。」（《酉陽雜俎》卷四）

康國

「俗事天神，崇敬甚重。」（《通典》卷一百九十三引韋節《西蕃記》）

「有胡律，置於祆祠，將決罰則取而斷之。」（《魏書》卷一〇二，《北史》卷九十七；《隋書》

卷八十三。）

「祠祆神，出機巧技。」（《新唐書》卷二二一）

「有神祠名祆。」（杜環：《經行記》）

畢國（Bikand）

「有大（火）祆祠。」（宋王瓘：《北道刊誤志》引《西夷朝貢錄》；又《西溪叢語》上引《四夷朝貢圖》。）

焉耆國

「俗事天神，並崇信佛法。」（《魏書》卷一〇二；北史卷九十七。）

滑國

「事天神、火神。每日則出戶祀神而後食。」（見《梁書》卷五十四）

疏勒國

「俗事祆神，有胡書文字。」（《舊唐書》卷一九八）

于闐國

「好事祆神，崇佛教。」（《舊唐書》卷一四八）

「喜事祆神、浮屠法。」（《新唐書》卷二二一）

孝億國

「擧俗事祆，不識佛事，祆祠三百餘所。」（《酉陽雜俎》卷四。那波云：「應作祆祠。」）

高昌

「俗事天神，兼信佛法。」（《魏書》卷一〇二；北史卷九十七；《隋書》卷八十三。）

吐魯番出土庚午歲金光明經卷二，寫于高昌城東胡天南太后祠下。

按西域各國事祆神者，已詳《大唐西域記》，茲不復著。

華夏

長安

「西京布政坊，西南隅胡祆祠。」注：「武德四年立，西域胡天神。」又：「醴泉坊，西北隅祆祠。」又：「普寧坊，西北隅祆祠。」（韋述：《兩京新記》卷三）

「靖恭坊，街南之西祆祠。」又：「布政坊，胡祆祠。」注：「祠內有薩寶府官，主祠祆神，亦以胡祝充其職。」（宋敏求：《長安志》卷九、十）

洛陽

「東都會節坊，祆祠。」又：「立德坊，胡祆祠。」（徐松：《唐兩京城坊考》卷五）

瀛州樂壽縣（河北省獻縣）

「有祆神廟，唐長慶三年置，本號天神。」（宋王瓘：《北道刊誤志》）

河南府

「立德坊及南市西坊，皆有僧妖（祆）神廟，每歲商胡祈福。」（《朝野僉載》卷三）

汴京

「大內西去，右掖門祆廟。」（孟元老：《東京夢華錄》卷三）

「東京城北有祆廟。」（張邦基：《墨莊漫錄》卷四）

「范質至祆廟後門，見土偶短鬼。」（《邵氏聞見前錄》卷七）

鎮江府

「朱方門裏崗之山，有火祆廟，宋嘉定中遷於山下。」（《墨莊漫錄》卷四）

沙　州

「祆神在州東一里立舍，畫神主，惣有廿龕，其院周迴一百步。」（《沙州都督府圖經》）

「板築安城日，神祠與此興。」（《沙州敦煌廿詠》之安城祆詠）

「今夜駈儺隊仗，部領安城火祆。」（《駈儺文》）

伊州柔遠縣

「火祆廟中有素書，形像無數，有祆主翟槃陁，高昌未破前入朝。……制授遊擊將軍。」

（光啓元年《伊州都督府圖經》殘卷）

瀚海軍憑洛城

「所破六陣，其一為東胡祆陣。」（開元四年李慈藝告身，《沙州文錄補》——《新唐書地理志》有憑洛州都督府，隸北庭都護府。）

附錄四：宋白玉蟾與彭耜等論明教

道藏一〇一六册（弁上），海瓊白眞人語錄，紫壺道士謝顯道編，記白玉蟾與鶴林彭相（按即彭耜）、紫元留元長（元長即紫元子。留元長，字子美。玉蟾有飛仙吟贈留紫元）之談論：

……相問曰：今之瑜珈之為教何如？

答曰：……今之邪師，雜諸道法之辭，而又步罡捻訣，高聲大叫，胡跳漢舞，搖鈴撼鐸……於古教甚失其眞，似非釋迦之所為矣。然瑜珈亦是佛家伏魔之一法。

相問：鄉間多有喫菜持齋以事明教，謂之滅魔。彼之徒且曰太上老君之遺教。然耶？否耶？

答曰：昔蘇鄰國有一居士號曰慕闍，始者學仙不成，終乎學佛不就，隱於大那伽山。始遇西天外道有曰毗婆伽明使者，教以一法，使之修持，遂留此一教，其實非理。彼之教有一禁戒，且云盡大地山河草木水火，皆是毗羅遮那法身，所以不敢踐履，不敢舉動。然雖如是，却是在毗盧遮那佛身外面立地。且如持八齋，禮五方，不過教戒使之然爾。其教中一曰天王，二曰明使，三曰靈相土地。以主其教，大要在乎清淨、光明、大力、智慧八字而已。然此八字，無出乎心。今人著相修行，而欲盡此八字，可乎？況曰明教，而且自昧！

按此段文字，大體取自老子化胡妙經。佛祖統紀云，見洪邁夷堅志引，而不見於今本夷堅志。統紀四十八志磐述云：「大中祥符興道藏，富人林世長賂主者，使編入藏，安於亳州明道宮。復假稱白樂天詩云：『靜覽蘇鄰傳，摩尼道可驚。』」志磐自注云：「嘗檢樂天長慶集，即無蘇鄰之詩。樂天知佛，豈應爲此不典之詞！」考蘇鄰國卽大唐西域記卷十一波剌斯國（卽波斯）都城之蘇剌薩儻那（Suristan ），亦稱蘇藺，或宿利。已詳沙畹及伯希和合著之Un Traite Manicheen Retrouve En Chine 之第二部分一四六頁（J. A. 1913）。所言之毗婆伽（明使）卽 Bilga 。毗羅遮那卽 Vairocana，《翻梵語》作毘婁遮那。靈相土地則爲地藏王。摩尼教殘經卷中有地藏明使是也。至謂明教之要旨在「清淨光明、大力智慧」八字，頗爲扼要。葛長庚（卽白玉蟾）生當宋季，所認識之明教，大致如此。

明教入閩，肇於唐末。徐鉉《稽神錄》記：「清源（泉州）有善作魔法者，名曰明教。」《雲笈七籤》張君房序稱：「眞宗時於蘇州、越州、台州取舊道藏外及朝庭續降到福建等州道書明使摩尼經等。」是君房所見明教經典來自福州。陸游《老學庵筆記》卷十稱：「閩中有習左道者，謂之明教。亦有明教經甚多，刻板摹印，妄取道藏中校定官銜贅其後。」此爲明教經混入道藏之事實。明何喬遠《閩書》卷七《方域志》云：「會昌中汰僧，明教在汰中。有呼祿法師者，來入福唐，授侶三山，游方泉郡，卒葬郡北山下。」福唐卽三山，《夷堅志》謂「吃菜事魔，三山尤熾，稱爲明教會」是也。葛長庚爲閩之福清人（見書錄解題羣仙珠玉集條），故得備聞明教之掌故。閩書所謂呼祿法師，呼祿一名殆卽(A) hura 之漢譯。明教出於祆教，以Ahura Mazda 爲最高上神，故取以爲號。閩書原文，陳垣摩尼教入中國考第十五章已備錄之，並辨其說與他書之異。惟未知閩書之前尚有白玉蟾語錄談及明教，故附記於此。

一九七八年三月於香港中文大學中文系，八〇年改訂

近時福建莆田涵江鎭發現摩尼教殘碑作不規則形，最長處七十四釐米，上刻有「清淨光明、

大力智慧、無上至尊摩尼光佛」字様，移貯陳文龍紀念館內。

〔補記〕

一、北魏事祆非始胡后時

《北史》卷一三孝文幽皇后傳：「取三牲宮中祅祠，假言祈福，專爲左道。」今以祅字習作祆字例之，此祅祠可能卽爲祆祠。宣武靈皇后胡氏傳稱其「幸嵩高山，夫人九嬪公主以下從者數百人，升於頂中，廢諸淫祀，而胡天神不在其列」。孝文在宣武之前，向來以胡后事一條爲祆教入華最早文獻。倘祅祠爲祆祠之誤，則宜更推前。據金光明經題記，高昌城東有胡天祠，實遠在神龜之前。晉書載記七：「（石鑒卽位），孫伏都劉銖等帥羯士三千人伏於胡天。」通鑑繫於晉永和五年（三四九）。胡注：「胡天蓋石氏禁中署舍之名。」既名曰胡天，必與火教有關，此又早於神龜矣。

二、高昌樂曲

馮承鈞《高昌事輯》第三三條註引《册府元龜》卷五七〇，謂高昌之獻聖明樂曲在隋開皇六年，卽麴乾固之延昌二十六年（五八六），與隋志異。又其《鄯善事輯》補錄，解釋摩尼爲梵文之玄珠（俱見馮著：《西域南海彙輯》）。近年酒泉出土北涼石塔銘，稱釋迦爲文尼（《文物資料叢刊》，一七九頁），不作牟尼。然在樂曲之《善善摩尼》，似可作人名看待。

三、藏文資料中之末摩尼

R. A. Stein 教授鄭示其未刊稿，西藏文中提及「末摩尼」一名。藏文云：Par-sig g-yon-čhen Mar Ma-ne（下略），乃取自漢文開元二十年敕。通典引勑云：「末摩尼法本是邪見，妄稱佛教，誑惑黎元。」佛祖統紀五十四引敕作「末尼本是邪見」。楊景風論七曜言：「尼乾子、末摩尼以蜜日持齋。」至元辨僞錄、閩書皆作末摩尼。高昌歌曲稱善善摩尼。疑敕文加一「末」字，乃爲貶詞，斥其爲末教，故稱曰末摩尼（mar ma-ne）。

❶《穆護砂》有齊言及長短句二體，原辭錄下：

《樂府詩集》卷八十收唐人《穆護砂》一首云：「玉管朝朝弄，清歌日日新。折花當驛路，寄與隴頭人。」

按《樂府詩集》此曲前一首爲《上巳樂》，題張祜作。

元宋褧《穆護砂》燭淚云：「底事蘭心苦。便淒然泣下如雨。倚金臺獨立，揾香無主。腸斷封家相妒。亂撲蔌、驪珠愁有許。向午夜銅盤傾注。便不似、紅冰綴頰，也濕透、仙人煙樹。羅綺筵前，海棠花下，淫淫常怕鳳脂枯。比洛陽年少，江州司馬，多少定誰知。不照破別離心緒。學人生有情酸楚。想洞房佳會，而今寥落，誰能暗收玉筯。算只有金釵曾巧補。輕濕了粉痕如故。愁思減、舞腰纖細，清血盡、媚臉膚腴。又恐嬌羞，降紗籠却，綠窗伴我檢詩書。更休教鄰壁偷窺，幽蘭啼曉露。」（燕石近體樂府）

❷北曲《祆神急》，朱庭玉撰。曲分「道情」、「貧樂」、「雪景」、「閨思」四段。每段有六么遍、元和令、後庭花煞；「雪景」一段兼有隨煞。見《朝野新聲太平樂府》卷六。按元刊本作祆神急，向來皆定祆

神應作祆神。元曲中屢屢言及「火燒祆廟」，見於《太平樂府》七有趙明道之《鬥鵪鶉》。說者亦認爲祆廟應作祆廟。（日本石田幹之助論之甚詳，見《讀神田學士「祆教雜考」》。）元本《玉篇》示部：「祆・阿憐切・胡神也。」其字從夭不從天。方以智《通雅》十一謂：「字從天，誤作祆從夭，故張有、戴侗輩皆以祅祆……合爲一字。」今觀元曲，皆以祆爲祆。陳援庵引司馬光《類篇》：「祆，他年切。又馨烟切。唐官有祆正。」考宋巾箱本《廣韻》一先：「祆，胡神。官品令有祆正，呼煙切。」音同《類篇》之馨烟切，而字亦從夭作祆。知祆之作祆，習非成是者已久矣。

❸ 穆護爲火祆教僧，爲古波斯文 mogu 之音譯。Berthold Laufer 在 Sino-Iranica P.531 討論甚詳，可參看。

❹ 蘇魯支中古波斯學者所傳《火教經》（Zend Avesta）即保存其（Zarathushtra, Zardusht）遺說。此一「蘇魯支」譯名，首見南宋姚寬《西溪叢語》上。《吐魯蕃殘經》作 Zrusc，音最相近。關於火教研究，可看法人 Marijan Mole 著 Culte, Mythe Et Cosmologie Dans L'Iran Ancien（《古代伊蘭之祭禮、神話及宇宙論》），最爲詳盡。清季文廷式引楊榮鋕《火祆考原》云：波斯夏扃王時有聖人姓士必達馬，名祚樂阿士（注云：按卽瑣羅斯），著書曰《仁丫雅士》（《純常子枝語》二十四）。楊榮鋕乃耶穌會士，爲最早在華介紹火祆教之人物。

❺ 見《禹貢半月刊》（二卷四期九頁），愚公谷《賈耽與摩尼教》一文。

❻ 陳文《火祆教入中國考》（北大國學季刊卷一）澄淸祆教、摩尼教、景教三者之混淆，最爲力作。

❼ 見岡崎敬：增補東西交涉——の考古學，頁五〇六。

❽ 慕容跋之「跋」應爲 Van 。如《火教經》中稱 Ahura mazdah 之崇拜者爲 asa-van（"Owner of Truth"），《梨俱吠陀》中稱爲 rtavan 是。參看 Ilya Gersheritch : The Avestan Hymn to Mithra 注，一五六頁。

❾ 詳《吐魯蕃晉唐墓葬出土文書概述》（《文物》一九七七年三期）。參看夏鼐：《河北定縣塔墓舍利函中波斯薩珊銀幣》（《考古》一九六六年五期）。又同氏：《綜述中國出土的波斯薩珊銀幣》（《考古學報》，

一九七四年一期)。又:《近年中國出土的薩珊朝文物》(《考古》一九七八年二期),論織錦。

⑩ 見《柔然史料輯錄》第一部《柔然傳》。

⑪ 關於敦煌卷子中有關祆教祭祀資料,可參看日人那波利貞:《祆廟祭祀小考》(《史窗》十)及小川陽一:《敦煌における祆教廟の祭祀》(《東方宗教》二十七)。

⑫ 神田文見東洋學說林。又石田幹之助:讀祆教雜考(史學雜誌三十九)。石田氏論祆教,有論文四篇,收入東亞文化史叢考。

⑬ 隋唐制度淵源略論稿八一頁。

⑭ 薩寶一名,向來討論至繁,可參 Laufer Sino-Iranica ,五二九頁。

⑮ 一九一九年 La Coq 在高昌遺址發見摩尼教頌神歌九行,爲突厥語。石田氏轉錄並加解說,見所著《東亞文化史叢考》,三〇二頁。茲錄數行如下,以供參考:

1. Tang T(a) ngri Kalti, Tang T(a) ngri Ozi Kalti
2. Tang T(a) ngri Kalti, Tang T(a) ngri Ozi Kalti
3. Turunglar Gamur Baglar Gadaslar Tang Tangrig
4. Ogalim Korugma Kun T(a) ngri, Siz Bizni

…………

8. T(a)ngri Bis Tang T(a)ngri, Yidlir Yiparlir
9. Y(a)Ruglur Yasug Luq Tang T(a)ngri Tang T(a)ngri

⑯ 柳存仁有《摩尼教和火祆教在唐以前入中國的新考證》(素蘭記錄,明報月刊九十六)。火教經九九九九疾病之說,參 Jeam Filliozat:《La Doctrine Classique de la medecine indienne》,三四頁。柳君又有英文《Traces of Zoroastrian and Manichean Activities in Pre-T'ang China》。

⑰ 于闐國大明天子題記圖片，見新印嘉福、鄧健吾編：《敦煌—の道》，圖版一五四、一五五。吳晗《明教與大明帝國》（讀史劄記）未引及此一資料。
⑱ 參松本榮一：《敦煌畫の研究》，七〇二頁；密教圖像，七三二—七三六頁。
⑲ 許地山：梵劇體例及其在漢劇上底點點滴滴。
⑳ 見徐嘉瑞《近古文學概論》波斯樂一節，且力證上雲樂爲波斯曲。
㉑ 摩尼教殘經陳垣校錄本，見《國學季刊》第一卷第三期。法國沙畹與伯希和譯注及考證刊於 Journal Asiatique，最爲詳覈。其考證部分，有馮承鈞譯本。王國維摘出漢籍資料，略有增訂。撰《摩尼教流行中國考》，載《觀堂別集》。陳垣別撰《摩尼教入中國考》（國學季刊一卷之二）。
㉒ 敦煌二十詠，法京伯希和目有五卷，計二六九〇、二七四八、二九八三、三八七〇、三九二九諸號。有一卷爲唐懿宗咸通十二年學生劉之端寫。
㉓ 水野清一：《阿富汗尼斯坦之古代美術》。Fig 二五即祆教遺址神殿。

（原載選堂集林）

論杜甫夔州詩

一

葉水心集（十二）徐斯遠文集序云：

> 慶曆嘉祐以來，天下以杜甫為師，始黜唐人之學，而江西宗派章焉。然而格有高下，技有工拙，趣有淺深，材有大小，以夫汗漫廣莫，徒枵然從之，而不足充其所求，曾不脰鳴吻決，出豪芒之奇，可以運轉而無極也，故近歲學者，已復稍趨于唐而有獲焉。

江西詩派之形成，以規摹老杜爲能事。然末流所至，過于粗獷杈枒，浸失山谷之旨。永嘉學派葉水心大肆攻訐，而對脫離江西末派而專學晚唐之四靈，則深加推獎（見水心集十二周會卿詩序）。當日詩壇耆宿，皆有相同之論調。楊萬里（誠齋）、尤遂初（袤）亦有舍江西而趨晚唐之說（見萬里荆溪集自序及姜夔白石道人詩集自敍）。蓋一時之風會，物窮則變。所謂：「亶有可觀，奚必以江西爲？」豪傑之士，欲自出機軸，不復以江西詩法自囿，則不以規摹老杜爲滿足。于是不得不求之于晚唐，以謀出路矣。

山谷教人規摹老杜，尤其要規摹夔州以後之作。既盡刻老杜東西川及夔州詩，并著其說于大雅堂記（見集卷十六刻杜子美巴蜀詩序，及集卷十七）。又與王觀復書云：

好作奇語，自是文章病，但當以理為主，理安而辭順，文章自然出群拔萃，觀杜子美到夔州後詩，韓退之自潮州還朝後文章，皆不煩繩削而自合矣。（第一首）

又云：

所寄詩多佳句，猶恨雕琢功多耳。但熟觀杜子美到夔州後古律詩，便得句法，簡易而大巧出焉。平淡而山高水深，似欲不可企及，文章成就，更無斧鑿痕，乃為佳作耳。（第二首。俱見集十九。）

山谷此說，至南宋間，朱熹乃呈異議，其言曰：

李太白始終學選詩，所以好；杜子美詩好者亦多是效選詩，漸放手，夔州諸詩則不然也。（朱子語類卷一四〇）

又云：

杜詩初年甚精，晚年橫逆不可當，只意到處便押一箇韻。如自秦州入蜀諸詩，分明如畫，乃其少作也。李太白詩非無法度，乃從容于法度之中，蓋聖于詩者也。（同上）

又云：

夔州以後，自出規模，不可學。（同上）

人多說杜子美夔州詩好，此不可曉；夔州詩却說得鄭重煩絮，不如他中前此有一節詩好。今人只見魯直說好，便都說好，矮人看場耳。（同上）

朱子持論之異，由于爲詩之路數不同。朱子不尙新奇，而主蕭閒淡遠。其跋張巨山帖云：

近世之為詞章字畫者，爭出新奇，以役世俗之耳目。求其蕭散澹然絕塵，如張公者，殆絕無而僅有也。（朱文公文集卷八十一）

又跋南上人詩云：

……南詩清麗有餘，格力閒暇，絕無蔬筍氣，如云沾衣欲濕杏花雨，吹面不寒楊柳風，余深愛之，不知世人以為如何也。（同上）

又跋陸務觀詩（漢漢炊烟村遠近）云：

季札聞歌小雅，而識其思而不貳，怨而不傷者。近世東坡公讀柳子厚南澗中題，乃得其憂中有樂，樂中有憂者而深悲之。放翁之詩如此，後之君子，必有以處之矣。（慶元己未。文集續集卷八。）

晦翁于同時人詩，品騭如此，亦可知其祈向之所在矣。今觀晦翁詩，五古多學韋、柳（卷一多學柳子厚之作。如：久雨齋居誦經、新竹，極似柳），又學選體（如擬古八首），其齋居感興二十首，則學陳子昂者。其言曰：

余讀陳子昂感遇詩，愛其詞旨幽邃，音節豪宕，非當世詞人所及。如丹砂空青，金膏水碧，雖近乏世用，而實物外難得，自然之奇寶。（文集卷四）

故其論詩，似頗抑杜揚李。稱「李爲聖于詩者」，以其能師陳子昂有古風之製（見語類一四〇）；而已之作詩，取途亦同。其題李太白詩（世道日交喪一首）云：

今人捨命作詩，開口便說李杜，以此觀之，何曾夢見他脚板耶？（文集卷八十四跋類。）

又其論詩主閑淡，以爲韋蘇州幾在陶杜之上。其說云：

> 杜子美，暗飛螢自照語只是巧。……韋蘇州詩……無一字做作，直是自在氣象，近適意。……陶却是有力，但語健而意閑，隱者多是帶氣負性之人為之，陶欲有為而不能者也，又好名。韋則自在，其詩直有假不著處，便倒塌了底。晉宋間詩多閑淡，杜工部等詩常忙了。
>
> （語類一四〇）

其評陶公不免于「好名」，杜則「忙」箇不了。此段最代表其對詩之看法。其病杜之夔州詩，過于冗絮者，似頗受葉夢得之影響。石林詩話云：

> 長篇最難，晉魏以前詩，無過十韻者，蓋常使人以意逆志，初不以敘事傾倒為工。至述懷北征諸篇，窮極筆力，如太史公紀傳，此古今絕唱。然八哀八篇本非集中高作，而世多尊稱之不敢議，此乃揣骨聽聲耳，其病蓋傷于多也。（又見苕溪漁隱叢話前集卷十一）

今觀晦翁集中并無長古，大多爲不過十韻之作，彼主張學選體，自作亦佳。方虛谷桐江集稱朱子選體卓絕，（卷五劉元暉詩評）論者以爲此卽指其摹擬之體。唐權文公（德輿）五古已導朱子先路。朱子在理學家中，自爲能詩，晚作尤粗率，早作雖修潔，而模擬之迹太著（參錢鍾書談藝錄 P.102「朱子詩學」條）。余謂詩之爲物，各有偏嗜，而學焉亦各得其性之所近。晦翁喜閒暇自在之作，故譏老杜爲太「忙」。白香山曾分出閒適詩爲一路，與諷諭及感傷殊途。作閑適詩者，未必意眞能閒，此關鍵是在有意與無意，有意則雖貌閒而實忙，無意則雖忙而實閒。杜公極多無意之作，毫無機心（如泛溪，田舍）或極淺易者（如江畔獨步尋花七絕句）何曾不閑淡，晦翁只未細心讀之。且晦翁所看重者是詩之清處淡處，但詩尚有其深處，厚處，重處，大處，故其說實不免有所偏。彼尤憎杜公晚年之作，其言云：

> 杜子美晚年詩，都不可曉。呂居仁嘗言詩字字要響，其晚年詩都啞了，不知是如何以為好否。

按苕溪漁隱叢話前集卷十三引「呂氏童蒙訓云：潘邠老（潘卽『滿城風雨近重陽』警句之作者，與東坡同時）言七言詩，第五字要響，如返照入江翻石壁，歸雲擁樹失山村。翻字失字，是響字也。……所謂響者，致力處也。予竊以爲字字當活，活則字字自響。」晦翁引呂氏說出此。而譏老杜晚年詩患在「啞」而不響，然杜公自言晚節漸於詩律細，晦翁却置不理，呂氏所舉「翻」字「失」字之活用，正爲老杜居夔州時之作，晦翁說他都啞了，似乎忘記此句是其晚年之作品。杜詩音節亦不一格，并不是一定要響，有時故意用沈重之筆，是其「拙」處；卽山谷所謂「大巧」者也。晦翁似忽略了詩有「重」「拙」「大」一面。

朱子于杜公夔州詩雖頗詆諆，然曾爲王之才書「古柏行」（文集別集八「題所書古柏行」）。又其跋章國華所集注杜詩云：

> 況杜詩佳處，有在用事造語之外者，唯其虛心諷詠乃能見之。國華更以予言求之，雖以讀三百篇可也。（文集卷八十四）

此謂杜公詩之妙，有在文字之表者，則晦翁似亦未曾不偶著眼于杜詩之「深」「廣」處也。

惟其取徑于選體，杜公早期之作，多由選詩揣摹得來，故朱子特喜之。至杜公晚歲自出規模之製，則以爲不可學，乃對學作詩者而言，與山谷意見相反。兩家之說，看來大相逕庭。朱子意在遵守舊格，側重倣古，故反對自出規模；山谷意在求得大巧，有自家面目，但要歸于平淡，不可有斧鑿痕迹。朱子之方法是適用于未成熟者，從學詩之過程而言，使其不行錯路，山谷是指點如何做到成熟之工夫和開拓境界，已是進一步說。文章之事，有所法而後能，有所變而後大，朱子之意，是說如何師法，山谷之意，則說如何變化，分明是兩個階段，相反而不相妨。初學當不可立刻求得「大巧」，恐怕弄巧反拙，故朱子以爲宜從選詩入手。然學到相當造詣，仍是有意作詩，求巧求工，沒有自家面目，則未算能邁進一境。山谷以老杜夔州以後詩教人，正在使由格律漸至自然，由有法而臻于無法，由無規模而自立規模，由有意爲詩而達到無意爲詩，以至無不可爲詩。天地與「詩」并生，萬物與「詩」爲一。山谷在大雅堂記中指出：「子美詩妙處乃在無意于文。夫無意而意已至，非廣之以國風雅頌，深之以離騷九歌，安能咀嚼其意味，闖然入其門耶？故使後生輩自求之，則得之深矣。使後之登大雅堂者，能以余說而求之，則思過半矣。」此卽杜公深造自得之詩境，非居之安而資之深，孰能致之，此層朱子似未見到，彼嫌夔州詩「自出規模」，又病其「說得鄭重煩絮」，認爲有毛病，然夔州詩高妙之處何在？朱子所言是否合理，本文之作，希望對此問題有所抉發。

二

山谷云：「（杜）詩曰：九鑽巴巽火，三蟄楚祠雷。則往來兩川九年，在夔府三年，可知也。」（與王觀復書）考杜甫于代宗大曆元年（西元七六六，時年五十五歲）夏初，從雲安遷居夔州，當時夔州州治，在魚復浦與西陵峽中瞿唐峽附近，與白帝城相接，在今四川奉節縣城東十餘里之地。先是杜公于上年（七六五）九月至雲安暫住養病，居半年，至是年春晚乃移夔州。仇兆鰲杜集詳注卷十五開始爲「移居夔州作」五律，句云「伏枕雲安縣，遷居白帝城，春知催柳別，江與放船清」是也。居夔二年。迄大曆三年春，始出峽適江陵，集中卷二十一有「大曆三年春白帝城放船出瞿唐峽久居夔州將適江陵漂泊有詩凡四十韵」排律，卽初離夔州之作。計自卷十五至卷二十一之一半，皆居夔時作，正當所謂「飄泊西南天地間」之際，數量之多，幾占全集四分之一。此二年間爲平生作詩最多之時期。杜公多年病肺，當自忠州買舟東下，至雲安而疾加劇，益以風痺，遂寓于雲安縣嚴明府之水閣，其地「兩邊山木合，終日子規啼」，冥冥春雨，蕭蕭夜色，客愁衰病，易起棖觸，在雲安本爲養病，及來夔州，病已漸減，靜中觀物多自得之趣，故作詩特多。大凡詩思之源泉有二，非生于至動，卽生于至靜。至動者，流離轉徙之際，如秦州之作，此得于外界動盪之助力者也，至靜者，獨居深念之中，如夔州之作，此得于內在自我之體會者也。杜公對詩之見解，五十一歲已臻成熟，自信力既增加，于詩益視爲一生之事業，造次既于是，顛沛亦于是。其句云：

詩是吾家事，人傳世上情。（宗武生日詩）

詩名惟我共，世事與誰論。（寄高適）

尚憐詩警策，猶記酒顚狂。（漢中王瑀）

其在射洪弔陳子昂詩句云：「有才繼騷雅」，「終古立忠義」，不啻夫子自道。而戲爲六絕句，亦是時所作，所云「或看翡翠蘭苕上，未掣鯨魚碧海中」，此新境之開拓，惟自己足以當之。故有「凡今誰是出群雄」之語。自出機杼，以成一家之風骨。居夔以後，於詩爲之益勤且專，自云：

登臨多物色，陶冶賴詩篇。（夔府詠懷）

他鄉閱遲暮，不敢廢詩篇。（歸）

「廢滅餘篇翰」，「賦詩分氣象」。（寄題鄭監湖上亭）

病減詩仍拙，吟多意有餘。（復愁）

「不廢江河萬古流」，乾坤可毀，而詩則永不可毀。宇宙一切氣象，應由詩擔當之，視詩爲己分內事。詩，充塞于宇宙之間，舍詩之外別無趨向，別無行業，別無商量。此時此際萬物森然于方寸之間，充心而發，充塞宇宙者，無非詩材。故老杜在夔州，幾乎無物不可入詩，無題不可爲詩，此其所以開拓千古未有之詩境也。其極蕭閒之句，往往深契至道，如：

山風猶滿把，野露及新嘗。（豎子至）

此人稱其帶仙靈氣者也。

林中才有地，峽外絕無天。（歸）

山林臯壤，心遠自適，何妨地之偏耶？

老去聞悲角，人扶報夕陽。（上白帝城）

則低徊不盡，令人興世短意多之感。

天意存傾覆，神功接混茫。（灧澦堆）

是能窺見廣大，以元氣行之。上句意存鑒戒，下句汪洋自得。意雖描繪天工之巧，不啻自道其詩功之臻于化境也。

四更山吐月，殘夜水明樓。（月）

比興之深，未經人道，東坡亦爲之拜倒，其稱才力富健，非司空表聖所能望其項背矣。

秉心識本源，于事少凝滯。……行諸直如筆，用意崎嶇外。（信行遠修水筒）

不昧風雨晨，亂離減憂慼，其流則凡鳥，其氣心匪石。（催宗文樹雞柵）

修水筒樹雞柵乃家常瑣事，老杜則別有會心，用意崎嶇之外，則萬事須自苦中體會到，學脈正在于是。（參陸象山語）。不昧風雨，其氣匪石，則雞鳴柏舟之意存焉。雞柵詩：「明明領處分，一一當剖析。」盧元昌謂此詩「有義中之仁，仁中之義，直抉至理」。大謝詩間涉理窟，乃玄學耳。若杜公所體察者，往往直湊心術之微，則詩中之理學也。園官送菜一首，其序云：

傷小人妬害君子，菜不足道也，比而作詩。

直是詩經比興之遺，序之鑄詞亦如小序。課伐木之序言：「鏝牆實竹，以示式遏」，與虎爲鄰，宜去害馬，謀國之臧，要不外是。亦以家常之瑣事，寓廟謨之深算，非細心讀之，不能見其眞懇之意，倘如晦翁以鄭重繁絮目之則疏矣。晦翁跋同谷七謌稱其「豪宕奇崛」，而惜其卒章嘆老嗟卑，爲未聞道。（文集卷八十四）然杜公入湘之作，有句云：

斯文憂患餘，聖哲垂象繫。

隱然以聖自況。作易者其有憂患乎？詩三百篇大抵賢聖發奮之所爲作也；老杜畢生爲詩，亦其憂患發憤之作。晦翁譏其太忙，則夫子之栖栖一代，毋亦太忙乎？晦翁又云：「有人樂作詩，若移以講學，多少有益。」（語類一百四）以詩垂訓，曷嘗在講學之下哉？晦翁似未窺杜之用心。其書「尹和靖任講官，諫高宗曰：黃山谷詩有何好處？看他作甚麼？」（語類卷一百一）蓋斥山谷昌父之以詩人自了，此以譏趙昌父則可，然未可以論杜也。

三

杜公居夔，先後夔居五處。初至，居于山腰，前臨大江，白帝城在其東，引水尋源。催宗文樹雞柵詩云「喧呼山腰宅」，即記初至時之屋。是時純過山村生活，簡樸艱窶。觀「種萵苣」與「驅豎子摘蒼耳」二詩，可見一斑。是秋，移居夔州之西閣，有宿江邊閣詩句云：「薄雲岩際宿，孤月浪中翻。」又：「飛星過水白，落月動沙虛。」（中宵）即寫西閣所見。江空雲長，樓高月白，目之所覩，情爲之移，此際所作詩，特多壯濶之句。大曆二年暮春，由西閣遷居赤甲，有入宅三首，句云：「水生魚復浦，雲暖麝香山。」赤甲詩云：「卜居赤甲遷居新，兩見巫山楚水春。」時夔州都督柏茂琳於甫禮遇殊渥，頻分月俸，琳以瀼西四十畝柑林贈甫，以爲耕種之資。瀼者，山溪之水通江，蜀人謂之瀼也。時甫復賃得漕廨所屬草屋，遂復遷于瀼西。其卜居詩云：「雲嶂寬江北，春耕破瀼西。」又晚會瀼上堂詩云：「開襟野堂豁，繫馬林花動。」「春氣晚更生，江流靜猶湧。」是時多詠園林詩（如園官送菜、園人送瓜、課伐木、上後園山脚、柴門等作）。其秋自瀼西移居東屯。東屯者，東瀼溪兩岸有田百頃，傳公孫述曾屯田于此，故名。時復由東屯歸瀼西小住，及忠州司法參軍吳郎來夔覓居，乃以瀼西草堂借吳居之，己則定居于東屯，直至大曆三年春離夔爲止。（公在夔生活，參看四川文史館刊行之杜甫年譜。）居夔先後地凡數易，所接觸之風景人物時復不同，故題材亦屢變。因生活安閒而單調，惟日以詩遣意。或追憶曩日朋舊及旅遊，撰爲詩篇。卷十六之八哀、書懷、往在、昔遊、壯遊諸作皆長篇巨製。人或病其繁絮者，卽此。

是時之環境甚安靜，然詩心則極活潑，所作極盡變化之能事，而律句尤甚。修辭鑑衡引山谷語云：「以少陵淵蓄雲萃，變態百出。雖數十百韻，格律益嚴。蓋操制詩家法度如此。」公詩大都紀實，卽依所見所聞，加以鑪錘，故警策之句，層見疊出。蓋峽中景物，固多新奇瓌麗，予詩人以嶄新之感覺。此則所謂得江山之助者。略爲舉例，以見其凡。如：

盤渦　盤渦鷺浴底心性，獨樹花發自分明。

瞿塘　入天猶石色，穿水忽雲根。

地與山根裂，江從月窟來。

灩澦　沈牛答雲雨，如馬戒舟航。

江天漠漠鳥雙去，風雨時時龍一吟。

白鹽山　白牓千家邑，清秋萬估船。

白帝城　高江急峽雷霆鬪，翠木蒼藤日月昏。

夔府　煮井為鹽速，燒畬度地偏。有時驚疊嶂，何處覓平川。

皆寫眼前實景。故詩眼云：「老杜所題詩，往往親到其處，益知其工。……余遊武侯廟，然後知古柏詩所謂柯如青銅根如石，信然決不可改。」（苕溪漁隱叢話前集八）非得到印證，不能體驗杜詩之親切處。山谷自黔南歸，詩盡變前體，益趨于寫實，蓋亦得于杜者深也。

夔州之製，尤擅以方物入詩，烏鬼黃魚之句，世人論之已詳。其他如：

獠奴阿段　「怪爾常穿虎豹群」句，寫獠奴之勇敢。

負薪行　「至老雙鬟只垂頸，野花山葉銀釵並。」「面粧首飾雜啼痕，地褊衣寒困石根。」寫夔州婦女之窮苦麤醜。

最能行　「峽中丈夫絕輕死，少在公門多在水。」「瞿塘漫天虎鬚怒，歸州長年行最能。」寫夔峽男子之生活。

火　楚俗大旱，則焚山擊鼓以請雨。此記其事，并責燃火之無救于旱，徒增炎熱。

夔州歌十絕句，即竹枝一類之作，與劉禹錫機杼相同。故山谷跋竹枝歌云：「竹枝九章，詞意高妙，元和間，誠可以獨步。道風俗而不俚，追古昔而不愧，比之杜子美夔州歌，可謂同工而異曲也。」（文集卷二十六）誠爲知言。

四

以詩體論，此時尤多創格。

（一）最長之排律：秋日夔府詠懷寄鄭監李賓客一百韻。此爲集中第一長詩，起伏轉折，能盡其妙，向來已有定評，此即開元白之先河，微之所驚嘆爲「鋪陳終始，排比聲韻」「屬對律切，而脫棄凡近」者，即此類。

（二）吳體：如吳體、俳體，皆此時所作。

吳體　卷十八「愁」一首原注云：「強戲爲吳體。」乃拗律之一格。皮陸集中亦見之。

俳諧體　卷二十「戲作俳諧體遣悶」二首五律，其中頗用俗語。如「家家養烏鬼，頓頓食黃魚」，「於菟侵客恨，粔籹作人情」之句。「頓頓」、「作人情」皆俚俗之言，杜不之薄而驅遣自如。此體後人亦多仿傚之。如李義山之「異俗」是也。（義山漫成五章，卽仿杜之戲為六絕。）蔡寬夫詩話以爲「文章變態，固亡窮盡，高下工拙，各繫其人」。信然。

（三）聯章

聯章有組織者，律詩如諸將五首，秋興八首，詠懷古跡五首；古詩如八哀詩，皆卓絕千古，八哀詩特雄富，譽之者，稱其以史爲詩，可以表裏雅頌，毀之者，則病其太多。然此自是杜公新創之格，不能以古詩之法繩之。

聯章之組織嚴密，以諸將、秋興、詠懷古跡爲最足研究。

聯章有以一首爲總結者，其法或以第一首冒起，如詠懷古跡第一首爲詠懷，實則統括全部。或以末首總結者，如諸將末首，雖論巴蜀，而歸到自身，點出安危須仗人才之至意。分中有合，而各首分寫，亦有層次。諸將以吐蕃、回紇、河北、南詔、西川分敍，論其要旨：念蠻夷猾夏，自古而然，故云「胡虜千秋尚入關」，一也；借兵戡亂，而異族逞功，懲前毖後，殊爲隱憂，故云「獨使至尊憂社稷」，二也；自安史之亂，宮殿燒焚，禍起蕭牆，有險莫守，故云「休道秦關百二重」，三也；府兵制壞，兵農既分，天下軍需，皆仰餽餉，故云「天下軍儲不自供」，四也；感外患之日深，傷藩鎮之召亂，唐室覆亡之因，此詩已先言之。浦起龍稱其訏謨壯彩，與日月爭光，未爲過言。

詠懷古跡第二三首寫宋玉宅與昭君村，江山空文藻，怨恨曲中論，亦自比自傷之詞；第四五首寫先主廟、武侯祠，君臣祭祀，原爲一體，隱寓君明臣良之意。漢祚運移，而鞠躬盡瘁，志決身殲；然環顧當世，誰有如諸葛之具王佐志量者乎？蓋暗傷匡翊之無人也。

秋興八首，「秋」爲家夔州之候，「興」因望帝京而生，故以「望」字爲全詩之眼。曰「每依北斗望京華」，而終之以「白頭吟望苦低垂」。吟望，吳摯父以爲當作「今望」，與上句「昔曾」爲對文，有俯仰今古之慨，身在江湖，則心存魏闕。此詩作法有自遠而近者，蓬萊宮闕，昆明池水二首是也；有自近而遠者，夔府孤城，瞿塘峽口二首是也。瞿峽京華，相去萬里，而風烟相接，「接」字下得妙。又除起結外，每首必有一句點出「秋」字，如「蘆荻花」、「清秋燕子」、「秋江冷」、「驚歲晚」、「接素秋」、「動秋風」，皆其例。每首多有一句歸到自己。如「故國平居有所思」，「一臥滄江驚歲晚」，「江湖滿地一漁翁」之類。不爾，則一部份變爲早朝詩矣。詩以秋興爲題，說者每援引潘岳秋興賦爲說，然杜公平生所得力者，似爲宋玉九辯。「悲哉秋之爲氣也」，故詠懷詩云「搖落深知宋玉悲」。惟能「深知」宋玉之悲，故能寫出「秋興」八首。蓋公亦以宋玉自況矣。

夔州之詩，亦有同題而數作者。如卷十五「雨」詩若干首。然遣意造句不同。旱後得雨，則云：「雨灑石壁來，白谷變氣候。」感頌雨德，則云：「行雲遞崇高，飛雨藹而至。」「郊扉及我私，我圃日蒼翠。」峽中見雨，則云：「落落出岫雲，渾渾倚天石。日假何道行，雨含長江白。」雨不絕，則云：「堦前短草泥不亂，院裡長條風乍稀。舞石旋應收乳子，行雲莫自濕仙衣。」寫風雨并至，則云：「風扉掩不定，水鳥逐仍迫。」久雨初晴，則云：「碧知湖外草，紅見海東雲。」「雨聲衝盡塞，日氣射江深。」又有雨詩，則借雨霧發端，以喻久居峽中之拘悶。

千變萬化，推陳出新（如「白谷變氣候」卽用大謝「昏旦變氣候」句，「行雲遞崇高」亦用大謝「黃屋示崇高」句。「遞」字尤妙），令人百讀不厭。

又如詠愁詩，既有吳體「江草日日喚愁生」七律一首，又有「復愁」五絕十二首。前愁未已，後愁復生。庾信愁賦所謂「深藏欲避愁，愁已知人處」。山谷用庾賦亦云「攻許愁城終不開」（行次巫山詩），眞是無愁可解。杜公以庾郎自比，故云「庾信平生最蕭瑟」。公之居夔，處于「絕塞烏蠻北，孤城白帝邊」，菁菁驚歲月之屢遷，筋力惟妻孥之曾問，與哀江南賦「迫逼危慮，端憂暮齒」，曾無以異。此「復愁」十二絕，由「野鶻翻露草，邨船逆上溪」起興，寫峽中求食之難，行舟之險。繼而寫種種之愁：思鄉而愁，無家而愁，經亂而愁，爲借兵回紇而愁，爲諸鎭跋扈而愁，爲冗兵糜餉而愁；而終之以平居寂寞而愁，白頭吟望而愁，其詩心實與諸將秋興相表裡，而以五絕出之。益嘆公于各體無所不能，其第二首寫薄暮愁景「月生初學扇，雲細不成衣」，極細膩妥帖。舊注謂「月初生不能普照，雲猶細不能及物」，則又寄託遙深之作矣。

五

杜公曾自言「老去詩篇渾漫與」，此上元二年在成都草堂作（見卷十「江上值水如海勢聊短述」）。篇中多自謙之語，偶爾機澁，或率意爲之，然非火候純熟，何易出手。

在夔所作漫與一類，如：

江月去人只數尺，風燈照夜欲三更。沙頭宿鷺聯拳靜，船尾跳魚撥剌鳴。

只是寫當前所見，毫不經意。呂氏童蒙訓引「謝無逸語汪信民云：老杜有自然不做底語到極至者，有雕琢語到極至者，其自然不做底語，如丹青不知老將至，富貴于我如浮雲」。此卽出于不着不染，自然高妙，可謂漫與者也。

杜公在夔之作，論詩多深造自得之語。如「病減詩仍拙，吟多意有餘」（復愁），「丘壑曾忘返，文章敢自誣」（出瞿塘峽），「陶冶性靈存底物，新詩改罷自長吟」（解悶十二首之七），「晚節漸于詩律細」（遣悶戲呈路十九），驅使故實，跌宕平側，往往不主故常，而臻極致。西清詩話舉閣夜「五更鼓角聲悲壯，三峽星河影動搖」句，謂其「悲壯」用禰衡傳「撾漁陽摻聲悲壯」，「星河」用漢武故事，「星辰動搖」，東方朔謂民勞之應，具見用事之切。又聲律方面，偶用變格。如苕溪漁隱舉其詠懷古跡：「搖落深知宋玉悲，風流儒雅亦吾師，悵望千秋一灑淚，蕭條異代不同時。」第三句故意失粘落平側。又「暮春三月巫峽長一首」亦是律之變體。凡此悉在夔州所作。

杜公用力之深，晚年彌多悟入。在夔觀公孫大娘弟子舞劍爲詩。其序云：

> 見臨潁李十二娘舞劍器，壯其蔚跂，問其所師，曰：余公孫大娘弟子也。……記于郾城觀公孫氏舞劍器渾脫，瀏灕頓挫，獨出冠時，……旣辯其波瀾莫二，撫事慷慨，聊為劍器行。

方東樹昭昧詹言云：

> 杜公詩境盡于自序公孫劍器數語，學者于此求之，思過半矣。

此說良是。序中所揭要訣，狀劍舞曰「蔚跂」，又贊其「波瀾莫二。」斯二語最堪研味。蔚跂者，「蔚」謂風姿之茂密，「跂」謂骨力之高騫（莊子馬蹄：「踶跂，強用力貌。」）。教坊記：劍器乃健舞也。若以詩論，公詩亦「健」詩也，與劍舞如出一轍。杜詩七古雄渾雅健，以蔚跂二字評之亦甚的當。

波瀾者，杜詩每言之。如：

毫髮無遺憾，波瀾獨老成。

文章曹植波瀾濶。

波瀾即杜所謂「掣鯨魚于碧海中」者。張旭于舞法悟出草書之理，杜公亦于舞法悟出作詩之理。其狀舞之動作曰「瀏灕頓挫」。劍器行中言舞之狀有四：曰「㸌如」「矯如」「來如」「罷如」。開闔疾遲，純用大氣脈變化驅使。有時戛然而止，即頓挫之妙。孫過庭論書云：「動速者超逸之機，遲留者賞會之致。」動疾必出于淹留，非動疾則神不能行，無淹留則筆不能到。此法于劍舞草書及長古作法，俱出一理。杜公七古能開今古未有之局，不可謂非得力于此。

波瀾二字杜公提出後，宋世詩人亦屢言之。山谷與王庠周彥書，評其詩文「波瀾枝葉，不若古人」。曾幾東萊先生詩集跋引呂氏云：

詩卷熟讀，治擇工夫已勝，而波瀾尚未濶。欲波瀾之濶，須令規模宏放，以涵養吾氣而後可。規模既大，波瀾自濶，少加治擇，功已倍于古矣。

則主波瀾欲濶，在使規模能大。姜白石詩說云：

波瀾開闔，如在江湖中，一波未平，一波已作，如兵家之陣，方以為正，又復是奇，忽復是正，出入變化，不可紀極，而法度不可亂。

則以縱橫變化，波瀾開闔，較之法度，更邁進一步。其說顯自杜公出，宋人詩學之得力于杜者，此正其一證。

六

日本廣瀨淡窗于漢詩工力甚深，其弟子所記論詩要語曰「淡窗詩話」，頗爲人傳誦。其中論及老杜夔州之作，持論甚允。試譯出如次：

今詩有二弊，淫風與理屈是也。詩人之詩，易流于淫風，文人之詩，易陷于理屈。（按疑當作『理窟』，始可云陷。易繫辭云『失其守者其辭屈』，于此處義不甚合。）二者雖殊，其害則一。」「李杜昭昭乎日月之明，篇篇有巧拙，而偏倚于道。李之樂府詩題，豔麗柔婉，而不流于淫風；杜之諸將，議論崢嶸，而不陷于理屈。善學之者，可免二弊。

又言：

少陵律句，前後半截每不相關，若以兩絕句相續而成篇，但極覺其高雅。……白帝城中雲出門一詩，前半敍暴雨，後半寫亂世之感，總不相關。他作類此者多，今人強欲求前後之照應，非知古法也。

淡窗所謂「理屈」，其意以爲「凡專務讜言，或主于敍事，或偏于議論，是以文爲詩，皆理屈也」。雖昌黎東坡其猶病諸，而杜則不然。杜夔州諸作，多含理趣，余于上文已論之，稱爲詩中之理學。然此與「理學詩」又復不同，有須再行申明者：詩不宜通首說理，邵堯夫擊壤集所以墜入理障者，正緣通篇言天地性命之理，故爲「理學詩」，令人讀之生厭，不如寒山拾得之爲愈也。杜則篇中偶有數句涉及理趣，謂其詩中含有理學則可，謂其詩爲理學詩則不可。杜公于大謝浸淫至深，此法實自大謝詩得來。「大謝之詩合詩易聃周騷辯仙釋而成之，其所寄懷，每寓本事，說山水則苞名理。」（黃節謝康樂詩注序）杜不特說山水苞名理，卽敍節候記生活亦時時有理焉寓乎其中。惟所苞之理非玄理而爲義理，余謂其爲詩之理學，職是故耳。山谷之有得于杜者，亦在于理，故云「但當以理爲主，理得則辭順，文章自然出群拔萃，可謂深得其竅妙。姜白石於詩曾三薰三沐，師法山谷。其詩說論詩，有四高妙，曰：「理高妙，意高妙，想高妙，自然高妙。」亦以「理」爲先。凡此四妙，老杜夔州之詩，無不有之。唐人之詩，以興象、秀句爲主，其失則有句者無篇，有篇者無理與意，有理與意者或落想不高，落想高又或非出于自然，杜則不煩繩削而自合，而理趣往往非人所能想到，此其所以度越衆流也。古今治杜者，多從杜之外觀着眼，以律句論，慕其雄濶高深，實大聲宏一路，世謂之「杜樣」。然杜體實繁，非一格所能盡（參錢鍾書談藝錄P.202）。其高絕者，不在句法，而在于文字以外之「深際」。善乎方東樹之言，曰：「杜、韓之眞氣脈，在讀聖賢古人詩，義理志氣胸襟源頭本領上，……徒向紙上求之，……奚足辨其塗轍，窺其『深際』？」此「深際」正宜涵泳其裏，不能于外觀求之。此諦義山能知，故其學杜佳句，如「人生有通塞，公等繫安危」（酬別令狐補闕），「天意憐幽章，人間重晚晴」（晚晴），除壯闊氣象外，亦以理意高妙見勝。于老杜之詩，非三折肱不能致此也。

七

山谷于杜所得至深，尤能握其玄珠。其跋高子勉詩云：

高子勉作詩，以杜子美爲標準。用一事如軍中之令，置一字如關門之鍵。而充之以博學，行之以溫恭，天下士也。（集卷二十六）

又答王子飛書論陳無己云：

其作詩，淵源得老杜句法，今之詩人不能當也。至于作文，深知古人之關鍵，其論事救首救尾，如常山之蛇，時輩未見其比。（集卷十九）

又與王庠周彥書云：

所寄詩文，又反覆讀之，如對談笑也。意所主張，甚近古人，但波瀾枝葉，不若古人爾。意亦是讀建安作者之詩與淵明子美所作未入神爾。（同上）

其指示學者以杜詩爲標準，又必諷誦入神，以此教人，可謂叮嚀周至。蓋山谷于杜詩體會既深，又躬歷杜公所歷之境。巫山則和題壁之詩，夔峽則有百八盤之詠。于杜所詠歌嗟歎者，俱得到親證，故了解獨深。杜公聞杜鵑句云「淚下如迸泉」，山谷則云「杜鵑無血可續淚」（杜云「兩邊山木合，終日子規啼」，山谷則云「北人墮淚南人笑，青壁無梯聞杜鵑」，竹枝三疊），感喟不異，落想尤新。山谷于杜公夔州之作，所以深加推許，非無故而然。晦翁未履其境，此則夢想所不及者也。

抑山谷于詩人所期許者，乃一極高明之境地。觀其答洪駒父書云：

> 老杜作詩退之作文，無字無來處，蓋後人讀書少，故謂韓杜自作此語耳。古之能為文章者，真能陶冶萬物，雖取古人之陳言，入于翰墨，如靈丹一粒，點鐵成金也。文章最為儒者末事，然索學之，又不可不知其曲折，幸熟思之。至于推之使高如泰山之崇，崛如垂天之雲，作之使雄壯如滄江八月之濤，海運呑舟之魚，又不可守繩墨令儉陋也。（集卷十九）

此卽欲人最後擺脫繩墨，自立規模，由有意爲詩，至于無意爲詩，由依傍門戶以至含茹古今，包涵元氣。詩至此已進另一嶄新敻絕之境。詩人者，孰肯寄人籬下而終以某家數自限乎？又孰肯弊弊焉不能縱吾意之所如以戛戛獨造以證契自然高妙之境乎？此山谷表揭夔州詩之深意也。

南宋以來，雖漸薄江西，不以規摹老杜爲滿足，究其歸趣，毋亦欲去所依傍，冀于老杜之外，別立規模耳。故學夔州之詩，非徒循其迹，而貴窮其理，非僅步其體，而貴通其變。學者欲叩向上一關，舍此奚由，是理也，放之四海百世而皆準。京大文學報將刊杜詩專號，徵文及于下走，爰略攄所見，于山谷晦翁兩說，試爲平停之論，稍事發揮，覬世之詩家共論定之。

（原載一九六二年京都大學中國文學報第十七册）

後記

宋初杜詩尚不甚爲人所喜，楊億詆杜爲村夫子（詩話總龜）。中葉以降，風尚丕變。蔡寛夫詩話云：「三十年來學詩者，非子美不道，風靡一時。」中山詩話：「眞宗問近臣酒價幾何，丁晉公（謂）舉杜甫詩「速須相就飲一斗，恰有三百青銅錢」句以對。」可見杜句時人誦之已爛熟。王禹偁云：「子美集開詩世界。」（贈朱嚴詩）山谷父黃庶嗜杜特深。後山詩話云：「唐人不學杜詩，惟黃庶、謝師厚學之。」山谷之嗜杜，實沐其家教者深。詩人玉屑：「呂丞相云：東坡自南遷以後，詩全類子美夔州後詩，正所謂老而嚴者也。」故山谷尤表彰杜之夔州詩，見其大雅堂記，則似所見得之東坡。蓋是坡老荆公無不主「學詩當以子美爲師」，夔州之作，更爲人所尊崇者。

杜之夔州詩，北宋時曾勒諸石。蜀中名勝記二十一引王象之蜀碑記卷五奉節縣下云：

少陵遊蜀凡八稔，在夔獨三年；平生所賦詩凡千四百六篇，而在夔者三百六十有一。治平中，知州賈昌言刻十二石於北園，歲久字漫滅。建中靖國元年，運判王蘧新為十碑。今碑在漕司。

又張珖刻「白鹽赤甲」四字在巫山城東白鹽山（蜀碑記補正）。全蜀藝文志三十九上載于卣「夔州草堂少陵故居記」，稱其「所居距白帝城五里而近，稻田水畦，延袤百頃，樹林葱倩，氣象深秀。……夔州之詩多至四百餘篇，一草一木，盡入詩句中矣」。記作于慶元三年，時于氏權通判夔州軍州云。

余於一九八〇年冬遊白帝城，求杜老白谷東屯故居，渺不可得。遙睇白鹽赤甲，兩山對峙，猶是昔年光景。拏舟過夔門，見其峭壁上有懸棺葬。朝野僉載二稱「五溪蠻　懸棺，越高越爲至孝」。杜老詩未及此俗。然盤渦鷺浴，至今猶呼白鹽山脚之急流曰銀渦子，因山爲石灰岩，故呈灰白色。惜灧澦堆已炸去，灘流無險，誦「高江急峽雷霆鬥」之句，爲之黯然。一九八〇年十二月

日本古鈔文選五臣注殘卷校記

文選之學，興于隋唐❶。曹憲開其朔，而李善集其成。善爲注六十卷，敷析淵洽，爲世所稱。厥後呂延祚以善止引經史，不釋述作意義，乃集呂延濟、劉良、張銑、呂向、李周翰五人注，復昭明之舊，爲三十卷。開元六年，延祚上之，名曰「五臣注」❷。趙宋以降，五臣盛行。其時鋟版，有以李注合于五臣，號曰「六臣注」❸。今所傳宋槧，或先五臣，次李注。如明州本廣都裴宅本❹是也。或先李注，後五臣。如贛州本❺是也。然六臣本于善注及五臣多有增芟，時復羼雜，非盡本來面目❻。五臣後出，立說荒陋，且多剽自李注，久爲學林所詬病。清代選學昌明，從事校讐者，若何義門、陳景雲、余古農、許巽行輩，勤于辨析，竭盡心力，思復崇賢之舊觀。胡克家既據宋淳熙辛丑尤袤于貴池鏤版之李善單注本，加以重雕。彭甘亭、顧千里實預其役，爰有考異之作。惜尤刻仍非未經合併之本，故其正文，或與五臣相雜。蓋南宋時除尤刻外，已無完善李注單刊之本。即尤本亦非盡舊觀也❼。李注原書，既不易覯（敦煌所出李注，惟西京賦及答客難解嘲兩殘卷），倘五臣原本具在，持以勘校，其異亦可以立見。乃胡氏刊書時，除尤本外，所見僅爲明袁褧本及茶陵陳仁子本。所據既止于此，讐校所得，自不免於事倍功半。是故循六臣本以求善注之原貌，不若求之五臣單注本，爬梳剔抉之爲便也。顧千里故謂：「使有五臣而不與善注合併，即合併矣，而未經合併者具在，即任其異而勿考，當無不可。」其言是矣。惜五臣單注本，清世治選學者均未之見，而人間傳帙甚稀。錢遵王讀書敏求記有五臣注文選三十卷。見于著錄，僅此而已❽。

以余所知，五臣單注古本之存于今者，蓋有二種：一爲宋槧本。紹興（三十一年）辛巳（西元一一六一）建陽崇化書坊陳八郎宅刊，共三十卷，十六册。首三卷，半葉十二行，行廿四字；第四卷以後爲十三行，行廿五字。現藏台灣中央圖書館❾。一爲日本所存舊鈔殘頁。三條公爵家藏。昭和十二年影印一軸，列東方文化叢書第九。宋槧本余未獲見。日鈔本，扶桑學人知其可寶，既爲印行，然尚未有人專作研究者。玆試爲校覈，幷與胡刻六臣本參證。惜五臣宋槧未能合校，惟有期諸異日耳。

日鈔殘五臣注，僅存卷第二十。影刊卷子高八寸七分，全長四十一尺。紙背寫日本正曆四年（西元九九三，宋太宗淳化四年）具平親王撰弘決外典鈔卷第一❿。起鄒陽獄中上書，自「玉人李斯之意」句至篇終。接司馬長卿上書諫獵、枚叔上書諫吳王及重諫吳王、江文通詣建平王上書，「女有不易之行信而」句下缺。中間又缺去任彥昇奉答勑示七夕詩啟、爲卞彬謝修卞忠貞墓啟、啟蕭太傅固辭奪禮三篇，與奏彈曹景宗文前半，即接「軍事左將軍郢州刺史湘西縣開國侯臣景宗」句迄篇終。又接奏彈劉整，迄「范及息逡道是采」句，下又缺脫。接奏彈王源，文缺篇首，僅存「丞王源忝籍世資」句起，訖終篇。下接楊德祖答臨淄侯箋、繁休伯與魏文帝牋、陳孔璋答東阿王箋、吳季重答魏太子牋、在元城與魏太子牋，俱完篇，至阮嗣宗爲鄭冲勸晉王牋「褒德賞功有自來矣」句。據此卷日人所附解說云：「原紙數共二十二枚。」似其初非卷子本，重印時爲裱成長軸耳。原本每行字數，十四、十五、十六字不等；注雙行，每行二十三、三字。書法頗工。

此鈔本有濟、良、銑、向、翰等注，無李善注，自是五臣注本。按五臣注復昭明之舊，爲三十卷。自奏彈曹景宗以下，在李善注爲卷四十，上書吳王以下數篇，在善注爲卷三十九，則此本于五臣注應爲卷第二十。鈔本唐諱民、基等字，幷缺筆。其字體及紙質，據鑒定爲日本平安朝中期所書寫，則其依據本子，可能爲唐本，亦可據以覘五臣注唐本之原狀。

本文校記先列日鈔正文幷注，次以四部叢刊影宋慶元間建陽坊刻六臣本讐校，其與李善單注有歧異者，又以胡刻入校。又日本所傳唐鈔文選集注卷七十九可與此殘葉參校者，有奏彈曹景宗以下至答東阿王牋共六篇⓫。其他復以古刊史書合校。鄒陽、枚乘書、相如諫獵、江淹上書共五篇，分以北宋景祐本史記、南宋重刊淳化本漢書、紹興重刊北宋監本梁書校；答臨淄侯牋，以紹熙本三國志校。謹揭所據古本于此。

案此殘卷起鄒陽於獄上書「玉人李斯之意」句，其上缺。

願大王察玉人李斯之意

案此與景南宋重刊淳化本漢書同，景北宋景祐本史記「玉人」作「卞和」。

子肙鴟夷

案「胥」作「肙」，漢韓勑碑如此。

比干強諫

案四部叢刊六臣本「強」作「彊」（以下簡稱「叢刊本」）。

紂割其心

案「割」字，叢刊本作「剖」。

賜之死，取之死其尸

案日鈔「取」下「之死」二字衍，叢刊本無，是也。

沉之於江

案「沉」字，日鈔連筆致譌。叢刊本作「沉」是。

（以上濟注）

有白頭如新

案「有」字，史記、漢書、鄒陽傳及明翻宋本新序皆有；叢刊本、胡刻本並無。

文不相得

案「文」字誤，叢刊本作「言人」二字。

情若相傾匡蓋之間

案「匡」字誤衍，六臣本「相」下有「得」字，「傾」下接「蓋」字，是。

（以上銑注）

籍荊軻首

案叢刊本作「藉」。「藉」「籍」通用。

以奉丹之事

案叢刊本「之」下校云：「善本無『之』字」。漢書亦無；史記、新序並有，與五臣同。

荊軻見於斯日

案「斯」乃「斯」之譌。

秦購將軍之首

案叢刊本此句下有「金千斤」以次三十八字，其末爲「願得將軍之首」。日鈔因其文之末四字相同而誤脫。

以獻於秦王，王必喜

案叢刊本不複「王」字，而複「秦」字，蓋分句不同。

臣左手持其袖

案叢刊本「左」上有「因」字。

遂自剄藉也

案叢刊本「剄」作「刎」。又「藉」下有「借」字，是。

丹卽燕太子之也

案叢刊本無「之也」二字。

（以上向注）

案此節善單注本出史記曰而刪節其文。日鈔與六臣本所錄向注，則不標史記之文，而就善所引者略爲加減，如「今有一言」句刪去「今」字，「遂自剄」上加「從之」二字。行文減色，沿襲之迹全露。

臨城自剄（古郢反）

案六臣本無「反」字，下同此者從略。

以却齊而存魏

王奢自齊亡之魏

案叢刊本「奢」下有「齊臣也」三字，乃李善引孟康說。惟孟康原作「亡至魏」，五臣删其齊臣二字，故作「自齊亡之魏」。

今君來

案叢刊本「君」下有「之」字，乃李善引孟康原文，五臣删去。

遂自殺，齊兵遂却之也

案叢刊本「殺」作「剄」，無「之也」二字，五臣改孟康之剄爲殺，而加「齊兵遂却」一句，兩句重用「遂」字，亦五臣臨文失檢敗露處。

（以上翰注）

案叢刊本此段先錄善注，後云翰注同。再檢善單注本起漢書音義曰，止「遂自剄」句，無「齊兵遂却」句，盖孟康說。日鈔五臣單注本無「齊臣也」及「之」字，而有「齊兵遂却」句。三者比勘，則五臣略改善注之迹甚明，而日鈔爲五臣眞貌亦灼然可見。

蘇秦不信於天下，無為燕尾生

案叢刊本無「於」「無」二字。史記有「於」字，「無」作「而」。漢書有「於」字而無「無」字，新序及善本同。此節注語，日鈔作「濟曰」，叢刊本作「翰注」。

為魏取中山

白圭為中山将六城

案日鈔「六」上脫「亡」字，叢刊本有之。

中山之君，將誅之，亡魏

案「中山之君」四字，叢刊本但作「殆」字，又「亡」下有「入」字。

（**以上良注**）

案叢刊本此節，先錄善注，後云良注同。惟善注乃引張晏說，見史記漢書注，幷作「君欲殺之」；今作「殆」者，乃倂注時之誤，故文義不順。日鈔作「中山之君」，當是良注原貌。而叢刊本謂良同作「殆」，是五臣注已間接爲人所亂。

食以駃騠

案新序「食」下有「之」字。

更厚一駿馬

案叢刊本「厚」作「烹」

（**銑注**）

白圭顯於中山，人惡之於魏文侯，文侯投以夜光之璧

案叢刊本複「中山」字。校云：「善本少一『中山』字。」是日鈔與六臣之善本同。考史記新序複中山字漢書不複。又叢刊本校云：「五臣本少一文侯字」。今案日鈔用重點，明非少一文侯字。六臣本所見之五臣注，往往不同于日鈔。或倂六臣注時，校勘誤混。史漢並複「文侯」二字　新序則不複。

而贈圭寶玉也

案「圭」叢刊本作「以」。

豈移於浮辞哉（向注）

案「辞」叢刊本作「詞」。

為宋所刖

案宋乃「宋」之別體，他處同此。

而三以為相也

案「三」字，叢刊本作「王」，戰國策原文作「三」。且中山君亦不稱王，疑併注時誤改。今日鈔五臣本無訛，故此類錯誤，不應概目爲五臣之陋。

臏刖足也

案叢刊本無「足」字。

（以上翰注）

卒為應侯

為魏齊所笞擊

案叢刊本「爲」下有「魏相」二字，「齊」下有「之」字。此句下「折齒摺脇」四字，亦五臣故倒善注原文「折脇摺齒」之顯見者。

亡入秦

案「亡」字日鈔用別體字似「止」，全卷皆同。

（濟注）

徐衍負石入海

諫殷王不聽

案「殷」下叢刊本無「王」字。

水自河出爲

案日鈔「爲」下脫「雍」字，叢刊本有之。

衍惡周末之亂，負石於海也

案叢刊本「衍」上有「徐」字，「石」下有「投」字，「也」作「中」。

（此段日鈔作良注，叢刊本作向注。）

以移主上之心

案「主上」二字與史記、漢書、新序合。叢刊本作「人主」，校云：「善本作『主上。』」此又六臣所據之五臣本，與日鈔不同者。

百里奚乞食于道路

案叢刊本同，校云：「善本無道字。」考漢書有，史記無。

甯戚飯牛車下

案叢刊本「牛」下有「於」字。校云：「善本無於字。」日鈔亦無於字，與史記、漢書、新序合，此又六臣所據五臣本不同日鈔者。

合於行

案日鈔「行」字與史記、漢書合，叢刋本作「意」，與善本同而無校語，是亦六臣據本，異于日鈔。

昔者魯聽季孫之説

案日鈔有「者」字，與史記合。叢刋本無「者」字，與善本新序、漢書合。然叢刋本不云「五臣無者字」，是亦據本異于日鈔。

季桓子受三日不不朝

案日鈔「受」下脱「之」字，又衍一「不」字，叢刋本不誤。

魯用季孫

案「孫」字六臣本作「氏」。

（以上向注）

孔墨之辨

案「墨」字同史記、新序、漢書，叢刋本作「翟」。校云：「善本作墨字。」是六臣所據之五臣本作「翟」，異於日鈔之五臣本作「墨」。又「辨」字各本並从言，下「伊管之辨」同。

魯宋竟以弱

案叢刋本倒作「宋魯」，又無「以」字。

（濟注）

積毀銷骨

案此句下五臣無注，日鈔叢刋本並同。胡刻此句下善注各本互有倒誤，與五臣注無涉。

秦用戒人由余

案「戒」乃「戎」之譌。

穆公為霸主也

案叢刋本無「也」字。

宣王所以強威

案「強威」，叢刋本作「彊盛」。

（以上良注）

垂明當世

案「明」字與漢書同，史記、新序作「名」，叢刋本作「名」，校云：「善本作明。」此亦六臣據本異于日鈔。

由余子臧是矣

案「子臧」二字，史記作「越人蒙」。

朱象管蔡是矣

案連上條二「矣」字，與史記、漢書同，叢刋本作「也」。校云：「五臣作矣。」考新序亦作「也」。

欲殺舜

案叢刋本「欲」上有「常」字。

言朱象管蔡

案叢刊本作「計此四人」，與日鈔意同而文異，疑併注時曾加潤飾。

為僻敵之矣

案「之矣」，叢刊本作「也」。

（以上向注）

捐子之心

案「之」下應複一「之」字，日鈔誤脫。宜作「捐子之之心」。子之，人名。

田常之賢

案叢刊本「賢」下有「良」字。史、漢、新序、善本並無之。

齊桓秦穆

案叢刊本「齊」上有「五伯」二字。

（翰注）〔日鈔此注在「而三王易爲比也」句下，六臣本併在「不說田常之賢」句下。〕

於子南面

案「子」下脫「之子之」三字，叢刊本有。

噲死之亡

案「之」上脫「子」字，叢刊本有。

殺簡公

案「殺」叢刊本作「弑」。

常為相

案叢刋本「常」上有「以」字。

何足說之也

案叢刋本作「何足悅也」。

（以上濟注）

案此節五臣注易舊說「燕王噲」爲「燕國君噲」。其上竟謂屬國于子之者爲燕昭王，古人譏五臣爲「荒陋」者，並見于此。

欲善無厭也

脩其墓

案叢刋本「脩」上有「而」。

（良注）

強霸諸侯

案叢刋本「强」上有「而」字，同善本。日鈔無「而」字，與史記、漢書並同。但叢刋本不云「五臣無而字」，則其校勘是否有漏，抑或據本不同，疑不能明。

獻公逐文公

案「逐」上叢刋本有「之」字。

免呂郄之難

案「都」乃「郄」之譌。

遂強霸

案叢刊本「遂」下有「以」字。（六臣本分此注在「強霸諸侯」句下，日鈔則併下段在「一匡天下」句下。）

仇為管仲，公子糾射桓公中鉤，而桓公以為相，而一匡天下也。

案叢刊本作「仇，謂管仲爲公子糾射桓公中鉤」。無「而桓公」以下十二字。

（以上銑注）

案日鈔此節與六臣本詳略差十餘字，細察日鈔「仇」下之「爲」字，應是「謂」字；「管仲」下應有「爲」字。改正誤筆，則上半節兩本相合。至下半節日鈔所有之「桓公以爲相」二句，疑併六臣注時，因避與善注引論語重複而從省。

誠加於心

案叢刊本「加」下校云：「善本作嘉字。」而史記、新序、漢書幷作「加」與五臣同。

而遂誅其身

案叢刊本、善本、漢書俱無「而」字。史記「而遂」作「而卒」。

而為人灌園

案「而」字乃日鈔所獨有，又日鈔闌外有舊校筆云：「或本無園字。」

知其才得也

案叢刊本「也」作「之」。

使使迎之

案叢刊本作「使使往迎子仲」。

為人灌園之也

案叢刊本無「之」字。

（以上向注）

披心腹

案叢刊本「腹」下校云：「五臣作腸。」然日鈔五臣並不作腸，此種紛歧，或由于据本不同，或由于校勘誤混，亦六臣本使人致疑處。

隳肝膽

案各本文選並作隳，註同。新序亦同。史記、漢書並作「墮」。

無愛於士

案叢刊本「愛」下校云：「五臣本作變。」或所見異本。新序亦作「變」。

桀之狗

案叢刊本「狗」作「犬」。史記作「狗」，漢書作「犬」。宋祁曰：「犬字當從浙本作狗，則近古而語直。」是日鈔又可爲宋祁校勘漢書佐證。

隳，開也。跖，盜跖也。由，許由。

案叢刊本無下七字，殆併注時因善注已明，故於翰注從省。依六臣例，「開也」下應有「餘注同」三字。

（翰注）

沉七族

案叢刊本「沉」下校云：「善本作湛字。」史漢並作「湛」，同善本。

今吳王

案叢刊本「今」作「令」，是。

以劍刺之也

案叢刊本「以」上有「因」字，句末無「也」字。

（以上濟注）

投人於道路

案日鈔闌外校記云：「本無路字。」「本」上殘缺似尚有一二字。叢刊本校云：「善本無路字。」案漢書無，史記、新序有。

萬乘天子之也

案叢刊本無「之」字。

（銑注）

猶結怨

案日鈔「猶」旁有舊校筆「秖」字，叢刊本作「秖足結怨」，善本同。蓋日鈔與史記同，漢書則作「秖怨結」。新序作「秖足以結怨」。

德重也

案叢刊本作「德重者，人不以爲德故也」。

（向注）

故有人先談

案叢刊本引「善曰談或爲游」，考史記作「談」，新序、漢書作「游」。

輔人主之治

案叢刊本「治」下校云：「善本作政字。」胡刻善本則作「治」。與日鈔五臣同。

枯木朽珠之資也

案「珠」乃「株」之譌。叢刊本校云：「善本無也字」，然胡刻善本及史漢並有「也」字。

龍因也

案「龍」乃「襲」之譌。又日鈔此注脫去題名，叢刊本作「翰曰」。

獨化陶鈞之上

案「化」下脫「於」字，叢刊本有。

造瓦器者也

案叢刊本無「也」字。

故比之天

案「天」叢刊本誤作「矣」。此段良注，日鈔在「衆多之口」句下，叢刊本在「陶鈞之上」句下。

任中庶子蒙之言以信荊軻之說

案「蒙」下，史記、叢刊本、善本並有「嘉」字，獨漢書無之。顏監曰：「蒙者，庶子名。

今流俗書本蒙下輒加恬字，非也。」顧炎武曰：「傳文脫嘉字。」王先謙曰：「蒙嘉事幷見燕策、新序，此文史記、文選皆作蒙嘉。」是日鈔所据本乃同漢書脫本。又叢刋本無「以」字。校云：「五臣有以字。」所見本與日鈔同。

周文王獵涇渭

案日鈔闌外校云：「本無王字。」然史、漢、叢刋本並有，獨胡刻善本無。此節銑注刺秦王事，前段刪錄善注，其下如叢刋本。六臣本併注時，刪去銑複善者，故銑注起「爲先言于秦王」句。

今人主沉於諂諛之辭

案句與史記、新序同，叢刋本校云：「善本無沉於字。」而胡刻善本僅無「於」字，與漢書同，所謂無「沉於」者不知何本。

此鮑焦所以忿於世也

案句同漢書、新序。王先謙曰：「史記、文選世下有『而不留富貴之樂』七字。」又漢書「忿」作「憤」。此節濟注鮑焦事，略刪善注而成。六臣本先錄善注，故刪銑複善者，止留不𧥄以下十九字，後云：「餘文同。」

墨子迴車

故配也

案日鈔誤，叢刋本作「故醜之」。

堀穴巖藪之中

案新序漢書善本並同，叢刊本校云：「五臣本作巖穴。」此亦六臣所見之五臣本不同日鈔。又史記「巖藪」作「巖巖」。

而趨闕下者哉

案叢刊本校云：「五臣本無『者』字。」此亦所見五臣本不同日鈔。

上書諫獵一首

案叢刊本無「一首」二字。

方自擊熊馳逐野獸

案叢刊本無「馳」「野」二字。

回上流諫也

案「回」乃「因」之譌，「流」乃「疏」之譌，「也」字叢刊本作「之」。

（以上為題名下向注）

遇軼才之之地

案二「之」間脫「獸駭不存」四字。

力不得施用

案叢刊本校云：「善本無施字。」史記亦無「施」字，漢書「力」「施」二字並無。

盡為難矣

案句下濟注三十二字，叢刊本錄于「屬車之清塵」下。

中路而後馳

案叢刊本無「後」字。漢書亦無後字，宋祁曰：「浙本馳上有後字。」王先謙曰：「史記有後字。」均同日鈔五臣本。

而況乎涉豐草騁丘墟

案胡刻善本同。漢書無「而」字。史記作「而況涉乎蓬蒿馳乎丘墳」。

不以為樂出萬有一危之塗

案日鈔「爲樂」之旁，有舊校「安」字，與漢書合。叢刊本作「爲安而樂」，與史記合。

萬乘天子謂也

案「謂」應在「天」上，日鈔誤倒，叢刊本無「謂」字。

（翰注）

禍故多藏

案叢刊本「故」下校云：「善本作固字。」史記、漢書並作「固」。

坐不垂堂

而傷之矣

案叢刊本無「矣」字。

（銑注）

上書諫吳王

為吳王濞郎

案叢刊本「郎」下有「中」字。

乘秦書諫王

案「秦」乃「奏」之譌。

（題名下濟注，但節錄善注而已，故叢刊本錄善注，後云：「濟注同。」）

得全者全昌，失全者全亡

案「昌」上「亡」上俱有「全」字，與漢書同。叢刊本善本則並無二「全」字。

湯武之士

案「士」字，六臣及他本並作「士」。唐人寫卷，士土二字，以兩横旁有點者爲土字，無點者爲士字，不以上横長短作分別。

下不傷百里之心

案「里」叢刊及他本並作「姓」。

三光日月星不絶其明者（連下共二十七字）

案善引淮南子高注：「三光日月星也。」濟注不標出處但取其義，故其文如上錄日鈔本。叢刊本先錄善注已有此語，故後錄之濟注刪去「三光」五字，止錄其「不絶」以下二十二字。

忠臣不避重誅以直諫

（濟注）

案漢書善本並同日鈔。叢刊本「以」下有「置」字，校云：「五臣本無置字。」此六臣所見五臣本與日鈔相同，而所據有置字，不知出何本（說苑亦無置字）。

披腹心

案日鈔與漢書同。叢刊本作「心腹」，校云：「善本作腹心。」此六臣所据之「心腹」，乃另一五臣本與日鈔異。

下垂不測之淵

廿斤曰鈞

案叢刊本「廿」作「三十」。

不可測也

案叢刊本作「不可得知也」。

（以上向注）

百擧必脫

是以盡脫於禍

案叢刊本無「以」字。

（良注）

變所欲為

案日鈔與漢書同，叢刊本「所」下有「以」字，校云：「善本無以字。」是六臣所据五臣本有「以」字也，與日鈔異。

謀逆之計變也

案叢刊本「變」下有「改」字。

弊無窮之極樂

案日鈔此句與胡刻善本同。叢刋本「弊」作「敝」，無「極」字，與漢書同。

宄萬乘之重勢

案「宄」乃「究」之譌。「重」字叢刋及他本並無之。

以居泰山之安

案「以」字同漢書，叢刋及他本並無。

不知就陰而止

案「知」字與漢書同，叢刋本作「如」（說苑作如）。

楚之善射者也

案「也」字與漢書同，叢刋本無「也」字。

乃百步之內耳

案「乃」字與漢書同，叢刋本「乃」下校云：「善本無乃字。」

言養由所得百中者

案叢刋本「由」下有「基」字。

與之相北

案「北」乃「比」之譌。叢刋本「之」作「人」。

言操持之也

案叢刋本無「言」「之」二字。

（以上銑注）

禍何自來哉

案叢刋本「哉」下校云：「善本無哉字。」漢書亦無「哉」字。

殫極之綆斷幹

案「殫」漢書作「單」，王先謙曰文選加歹爲殫，不可從。「綆」字，叢刋本作「絖」，校云：「五臣本作綆。」與此日鈔同。

殫盡也綆索也

案叢刋本無上三字，殆以已見善注，故併注時刪去。

（翰注）

漸靡使之然也

靡磨也

案叢刋本「磨也」作「無也」，似非淺人所改。荀子性惡「靡使然也」，楊注：「或曰靡，磨切也。」枚叔用荀子語。靡蓋通作劘。

（濟注）

至丈必過

寸寸度

案「度」下脫「之」字，叢刋本有。

必有盈縮矣

案叢刊本無「矣」字。

皆不中

案叢刊本「中」下有「也」字。

（以上銑注）

徑而寡失

若稱丈量

按「若」下脫「石」字，叢刊本有。

（良注）

手可擢而拔

按以「扳」爲「拔」見北周趙智侃墓誌。漢書作「拔」，叢刊本拔下校云：「善本作抓字。」

先其未形也

按「也」字漢書同，叢刊本校云：「善本無也字。」

不見益也

按叢刊本「見」下有「其」字，句末無「也」字，與漢書同。

有時而亡

按日鈔「亡」字形與「止」混，此「亡」字旁有校筆作「亡」，又同見吳季重答魏太子牋。

恐一朝見困矣

按叢刊本譌「困」爲「用」。

磨礱砥皆磨石

按叢刋本「皆」上有「礪」字。

臣願大王熟計

案叢刋本無「大」字，又校云：「五臣本無臣字。」所見與日鈔異。

此百世不易之道也

按日鈔脫「也」字。

上書重諫吳王一首

案叢刋本無「一首」二字。

旣擧兵及

「及」乃「反」之譌。

（題下濟注）

昔秦兩擧胡戒之難

案「戒」乃「戎」之譌。又漢書「昔」下有「者」字。

南距羌莋之塞

案「莋」同漢書。叢刋本作「筰」，校云：「善本作莋字。」下文同。

而又反能東向

案叢刋本無「反」字。

（良注）

厲荊軻之威

嘗率五國逐秦

案叢刊本「國」下有「兵」字。

燕後復使荊軻

案叢刊本無「後」字。

并力一心悉以備秦

（以上銑注）

案叢刊本及他本並無「悉」字。

而并天下者是何也

案叢刊本無「是」字，又「者」下校云：「善本作是字。」善本無「者」有「是」，與漢書同。

願責先帝之遺約

案此句下叢刊本有「今漢親誅其三公以謝前過」十一字，他本並同，日鈔良注有三公字，乃正文誤脫。

是大王之威

案「之」字與漢書同，叢刊本校云：「善本無之字。」

不如朝夕之池

路言臺下臨路

案叢刊本句首有「上臨」二字，「下臨」下有「苑」字。

朝夕池海水也

案叢刊本無「水」字。

（以上銑注）

絶吳之饟道

魯東海二郡也

案叢刊本譌「郡」爲「都」。

（良注）

亦不得已

滎陽縣也

案叢刊本「也」作「名」。

（銑注）

四國不得出兵以安其郡

案叢刊本及他本並無「以安」二字。

亦以明矣

案「以」叢刊本及他本並作「已」。

趙王遂發兵應吳將鄺寄圍邯鄲故云囚也

案「將」上應有「漢」字，「園」字應是「圍」字之譌。叢刊本至「發兵應吳」句止，無漢將酈寄以次十一字。此十餘字乃善注引應劭之說，日鈔濟注此十一字應是五臣刪襲原貌，叢刊本無之，殆後人彙併六臣注時，以善注已明此事，故于濟注內刪去複善者耳。

（濟注）

詣建平王上書一首

案日鈔此題不提行，直接上篇重諫吳王末句「願大王熟察焉」之下。又叢刊本題下無「一首」二字。

江文通

景素好事

案「事」乃「士」之譌，叢刊本及紹興重刊北宋監本梁書淹傳並作「士」。

得罪連淹繫州獄

案叢刊本「罪」下有「辭」字，「獄」下有「中」字。

淹既上書

案叢刊本無「淹既」二字。

（向注）

案叢刊本江文通題名下，先錄善注，次錄「向曰詣謁也餘注同」。所謂同者，向述江淹事略與善注引梁書同也，實則仍有異文。校記此上三則，乃向注與善注之異，當是五臣眞貌。

飛霜繫於燕地

案「繫」字誤，叢刊本及紹興本梁書並作「擊」。

賤臣，鄒衍也。「事燕惠王，左右譖之，被繫于獄。鄉天而哭。盛下，天為之霜降」。叩心言恨也。

案叢刊本無「事燕」以次二十三字，殆因已具善注，故刪併六臣注時，節去翰注。「下」乃「夏」之譌。

（翰注）

振風襲於齊堂

案「堂」字與梁書同。叢刊本作「臺」，校云：「五臣本作堂。」又句下注作「濟曰：襲及也，餘文同」。案日鈔濟述齊庶女事同善注，但字句微異，殆濟襲善注而微易其文字也。

女有不易之行

案日鈔本文止此句，以下佚。

奏彈曹景宗

軍事左將軍郢州刺史湘西縣開國侯

案日鈔起此，以上佚。

遘茲多幸

非分而得之多幸

案叢刊本「之」上有「謂」字，唐鈔本文選集注所引銑注同。日鈔誤脫。

獲獸何勤

言景宗

案日鈔「言」上有漢高論功人功狗事，與叢刊本所錄善引漢書一段相同，其刪節漢書處亦同。而胡刻善單注本及集注所錄善注皆多數字（卽考異指出袁本茶陵本所無之九字）。知胡刻及集注爲李善眞貌，日鈔爲向注眞貌，六臣本則割向注爲善注，遂兩失之。

（向注）

鍾鼑遽列

案「鼑」爲「鼎」之別體，集注作斨，字見龍龕手鑑斤部者，乃作鼎下从「斨」。

二八已陳

而已當此賜也

案「已」字與集注所錄良注同，叢刊本作「亦」字。

（良注）

案以從事

皆以親書從事

案「親」字誤，叢刊本及集注本並作「新」。

（良注）

略不世出

挺拔也不略謀也世出言非世人所能出也

案叢刊本「不」在「世出」上，日鈔誤倒，集注本則脫「不」字。

（向注）

聖朝乃顧

聖胡謂梁也

案「胡」乃「朝」之譌。叢刊本無「也」字。集注本于銑注前有「鈔曰聖朝謂梁武帝」，故删銑注此句。

（銑注）

致辱非所

案叢刊本「致」下校云：「五臣本作累。」此六臣本所見與日鈔異。

臣謹以劾（胡伐反）

案日鈔「伐」字闌外有校筆作「代」。

濟曰劾發其罪

案叢刊本脫「濟曰」二字。

（濟注）

削爵士

案日鈔「士」字，不論兩橫筆之長短，右旁加點者爲土字。

收付廷尉法獄治罪

案集注本「治」作「罰」，注云：「今案鈔五家陸善經本罰爲治。」

白簡以聞

按善本止此。日鈔及叢刊本並有「臣昉誠惶」以下二十字，即考異所說「似善五臣之異」者也。集注則「闡」下止「臣君誠惶誠恐」六字。「君」字乃集注用爲作者主名之代字，詳見下繁欽條。又集注正文已刪「稽首」句，仍留李周翰「稽首」注。

奏彈劉整

家無常子

究號其家

案叢刊本此句下錄善注作「青土號其家」，下云：「五臣作究土。」後又云：「良注同。」是良注作「究土」也。疑日鈔脫「土」字。案胡刻善注作「青土」，集注錄善注則作「究土」。

是士以義士節夫

案日鈔「是」下衍「士」字，餘與各本同。叢刊本校云：「五臣本義上無『是以』二字。」是六臣所見異于日鈔。

廿許年

案此與集注本同，各本並作「二十」兩字。

叔郎整恒欲傷害

案「恒」字與集注本同，叢刊本校云：「善本作常字。」

前奴教子當伯

案「伯」字日鈔叢刊本並同。叢刊本校云：「五臣本作百，後『當伯』字同。」是六臣與日鈔所見異本，惟集注引「鈔曰：教子、當百，二奴名也」。則「百」字與六臣所見本同。又日鈔自「並已入衆」至「不分逡」止，凡三十二字，旁有校筆作」號，似表示此三十二字乃他本所無。又案集注本此句下引陸善經曰：「本狀云奴教子當伯已下並昭明所略。」又善單注本「整卽主」句下注云：「昭明刪此文太略，故詳引之，令與彈相應也。」由此知「前奴教子當伯」句下「並已入衆」起，至「整卽主」止，約八百一十字，乃昭明所刪而善本補回者。現行胡刻及叢刋本于此八百餘字大體從同，日鈔則有二百九十餘字連彈文佚去，然以集注所引鈔五家本推之，當與叢刋本無大異。此外集注本只有「寅第二庶息」至「整便打息逡」八十餘字，卽上文刪去三十餘字，下文刪去七百餘字。又集注引陸善經本，則刪去集注本所有之八十餘字。再觀日鈔校筆，又有刪去「狀首」三十二字本子。則此八百餘字之刪存多寡，極不一致。細審善注云「因詳引之，令與彈相應」一語，知所謂「詳」者，未必全，所謂「引」者，乃引作注文，並非與正文連讀。故以本狀竄入正文，乃後人各以己意爲之，而五臣則以全狀竄入者也。

以錢婢姊妹

案叢刋本及善本「以」上有「又」字，日鈔及集注引並無。

仍留奴自使

案叢刋本「使」下校云：「善本有伯字。」日鈔及集注引並無。

整便責范米六斗

案「斗」字各本皆同，日鈔旁有校筆作「廾」。集注作「廾」，所引鈔曰作「廾」，五家本兩作「斗」。「升」「斗」二字形近易混。

隔篿•攘拳

案「薄」叢刊本作「箔」。校云：「善本無隔箔字。」案胡刻善本有。考異云：「此尤添之，以五臣亂善。」案集注删節此段大異五臣，仍有「隔篿」二字，知非五臣獨有，胡刻善本有此，殆据本不同。又集注本作「篿」，後引五家則作「薄」。

突進•屋中

案「屋」與集注本同，六臣從善本作「房」。

取車帷•米去

案日鈔「帷」下旁有校筆作「準」，集注本同作「準」，叢刊本作「准」。

車闌•來杖

案日鈔「來」旁校筆作「夾」，集注本「闌夾」字同，叢刊本作「欄夾」。

問失物•之意

案叢刊本「物」下校云：「五臣本無物字。」而日鈔有之，知所見異本，集注本亦同有「物」字。

整及整•母

案集注引五家本同。叢刊本「及」下無「整」字。校云：「五臣作無及字。」是此校語有訛脫。

六人來共•至范屋中

案各本並同，叢刊本「共」下校云：「善本無共字。」

輒攝甃父舊使奴

案日鈔集注引並同。叢刊本「父」上校云：「善本有亡字。」

興道先為零陵

案日鈔及集注引同，叢刊本「陵」下有「郡」字。

得奴婢四分賦

案「賦」字日鈔與集注引五家本同。叢刊本「賦」作「財」，校云：「善本作賦。」詳六臣意，是用五臣之「財」字，故校云善作賦，但胡刻尤本善反作財，而日鈔五家又反作賦，知六臣本校語殆不足信。考異所謂尤改之者，似未審此。又六臣本「四」下有「人」字。

乞大息寅，寅亡後

案日鈔與集注引同，叢刊本「亡」下校云：「善本作『亡寅』。」

各錢五千文

案日鈔與集注引同，叢刊本「各」下有「准」字。

先是衆奴兄弟未分財之前

案日鈔與集注引同，叢刊本「奴」下校云：「善本有整字。」「未」下校云：「善本無未字。」

寅未分贖當

案日鈔「當」下脫「伯」字，集注引及叢刊本並有。

整規當伯行還

案日鈔與集注引同。叢刊本「行」下校云：「善本無行字。」

疑已死亡迴

案日鈔與集注引同，叢刊本善本「亡」下並有「不」字。

劉整兄弟二息

案集注引作「第」，餘同日鈔，叢刊本「整」下校云：「五臣本無整字。」是所見異本。「弟」上有「寅」字，校云：「五臣本無寅字。」

停任十二日

案叢刊本「任」作「住」，集注引同，日鈔誤。

整卽納受

案「卽」字，日鈔與集注引同，善本亦同；獨叢刊本作「則」。

二月九日夜去失車蘭子

案「去」字，集注引作「亡」字，叢刊本作「云」字，校云：「善本無云字。」又「蘭」字日鈔與集注引同，叢刊本作「欄」字。

范及息逡道是采

案日鈔止此，以下佚。

奏彈王源

丞王源忝藉世資

案原文「臣謹案南郡丞王源」句，日鈔起「丞」字，以上佚。集注本「丞」下有「臣」字。

同之抱布

同抱有之事

案「有」乃「布」字之譌，集注本叢刊本並作「布」。

薰蕕不雜

案日鈔與集注同。叢刊本作「薰不蕕雜」。「蕕」下校云：「善本作『薰蕕不』。」是六臣不從善本，而所据五臣與日鈔異。

濟曰：「季文子曰：『非我族類，其心必異。』哲，智也。」

案日鈔季文子下十二字，六臣本無之，殆前錄善注已有此文，故濟注中刪去復見者，與集注所錄濟注相同。又集注所錄善注有家語顏回十四字，故日鈔叢刊兩本同有之濟注中家語十四字，集注中濟注亦從省。

（濟注）

宋子河魴

銑曰：「詩云：『豈其食魚，必河之魴？豈其娶妻，必齊之姜？豈其食魚，必河之鯉？河之鯉，豈其娶妻，必宋之子？』姜子，齊宋姓也。」

案日鈔復出「河之鯉」三字。叢刊本無引詩八句，殆因已具善注內，故從略，又脫「齊宋」二字。集注本銑注引詩止取下半章四句，亦因前錄善注已具全文也，「齊宋」及餘文並同日鈔。

（銑注）

蔑子辱親

蔑輕也

案叢刊本「輕」作「無」。集注本向注末無此三字，殆因已見前錄善注。

以明科黜之流伍

案「以」上日鈔誤脫「宜」「寘」二字，各本並有。

方媾謂將復媾如此婚姻者也

案日鈔與集注引呂延濟曰同，叢刊本無「將」「媾」「者也」四字。

答臨淄侯牋一首

案日鈔與集注本同。叢刊本，善單注本並無「一首」二字。

楊德祖

案題名下注，李善張銑及集注本引陸善經注，並引典略，但三家詳略微異。

丞相主簿

案叢刊「相」下有「府」字。

曹公以脩前後漏泄

案「泄」下各本並有「言教」二字。

為收殺之

案「爲」字叢刊本作「乃」。紹熙本三國志陳思王傳裴注引典略亦作「乃」。疑改「乃」爲「爲」，殆銑注眞貌。

脩死罪（以上銑注）

案日鈔與集注本叢刊本同，集注引「鈔曰：今上此書有犯死之罪，再言之者，怖懼之深也」。又注云：「今案鈔陸善經本死罪下又有死罪兩字。」知集注所据本同日鈔，而所見兩本則並複死罪字。又善單注本亦複死罪二字。考異謂爲尤氏所添，似武斷。三國志注引典略刪此句。

彌終也

案叢刊本向注無此三字，以已見善注，故從略。集注引善注與單注本同有此三字。日鈔乃作向注，是五臣用善注而沒其名之證。

（向注）

損辱嘉命，蔚矣其文

翰曰：「嘉命，謂植書也。蔚，盛。」

案此節注，日鈔全文如上。集注因植書已見鈔曰而錄在五臣之前，故翰注止節取「蔚盛」二字。叢刊本「蔚，盛也」。在「嘉命」之上。于李周翰順文作注之例不合。又有「辱汚也」三字，應在注首而反在注末，且据日鈔則五臣無此文，据尤本則善注亦無此文，殆六臣又有混他注爲五臣注者。

斯皆然矣（翰注）

應璩時居于汝潁太祖食邑故云魏

案叢刊本無「于」字，無「太祖」下七字，殆因已見善注，故删。

（良注）

宣照懿德

案「照」各本及三國志注並作「昭」，善注引毛詩同。惟集注引「鈔曰：昭，明也」，昭下有四小點，似校筆作「照」。

無得踰焉

案紹熙本三國志與此同作「得」，但誤本作「所」字。

斯須，須臾也。子貢曰：仲尼日月，無得而踰焉；以比植文章。

案「子貢」以下日鈔與集注同，集注避複他家注故删「斯須」五字。叢刊本「須臾」下接「比植文章」，因避複善注故删子貢十二字。但「比」誤作「北」。

（良注）

彌日而不獻

今脩作

案「今」字誤，叢刊本作「命」是。此段銑注，日鈔與六臣本同。然自「竟日不敢獻」以上，乃采自善注而稍易其字面。集注所引善注與胡刻同，乃善注眞貌。六臣本删善注而出銑注，正可與胡刻比對。許巽行文選筆記謂五臣混入，蓋未細勘六臣本與善單注有微異也。

（銑注）

教使刊定

云後誰復相知

案「云」上日鈔脫「向曰植書」四字，叢刊本有。

脩又辭以無能

案叢刊本脫「又辭」二字。

（以上向注）

殊絶凡庸也

翰曰：「孔子在位……不能贊一辭。秦呂不韋聚智略之士作呂氏春秋……而莫能有變易者，此皆聖賢用心高大……。」

案日鈔此段翰注，孔子一節乃善引史記文；呂不韋一節乃善引桓子新論文；又據集注，聚智略之士句，亦鈔曰引呂氏春秋文；故知刪去書名，變換字面，集衆說以爲己說，乃五臣注之眞貌。集注本六臣本所錄翰注皆節取「此皆」以下二十四字，因上文皆複善注也。

（翰注）

悔其少作

良曰：「植書云：……壯夫不爲是悔其少壯也。子雲，雄字。……即法言也。」

案日鈔「少壯」二字叢刊本作「少作」。日鈔良注具如上文，六臣本則全作善注。云「良同善注」，以善單注本及集注所錄善注勘之，善乃止于「壯夫不爲」句，而良用善說之後，加「悔其少作」句作停頓，然後再以己意注子雲數句，日鈔全爲良注，具見良沒善注之實，六臣全作善注，則以五臣亂善矣。集注本錄良注，起「子雲雄字」句，盖善與良旣已分錄，自無須「悔其少作」句耳。許巽行文選筆記知善注無「雄與脩同姓」之句，尙未知爲良注也。

（良注）

若此仲山周旦為皆有僁邪

案日鈔集注本全同。叢刊本「此」作「比」，「旦」下有「之疇」二字，「僁」作「諐」。三國志注引「此」字同，「旦」下作「之徒」二字，「為」作「則」，「僁」作「愆」。

云如雄言

案叢刊本「云」作「言」。

（銑注）

竊以未之思也

案「以」下無「為」字。集注本、三國志注、善單注本、叢刊本並有。

向曰：「鄙宗謙詞過言謂壯夫不為者。」

案叢刊本脫「謙詞」二字，「者」字作「也」字。

（向注）

經國之大美

案日鈔「美」旁有校筆作「義」字，集注本、三國志注、善單注本、六臣本並作「美」，惟集注云：「今案陸善經本美爲義也。」知日鈔曾以陸善經本校過。

豈爲文章相妨害

案「爲」各本並作「與」。

吾雖薄位爲藩侯

案「薄」下脫「德」字，叢刊本、集注本翰注，及曹植原書，並有。又日鈔以此節爲「濟注」誤，應是翰注。

誦詠而已

案各文選本並作「誦詠」，紹熙本三國志作「誦歌」，易培基補注本作「歌誦」。

矇瞍昏耄

案日鈔叢刊本同，集注本濟注「昏」上有「猶」字。

（濟注）

惠惠子之知我

案上「惠」乃「恃」之譌，集注六臣並作「恃」。此節注，集注本前錄善注止引植書二句，後錄良注凡五十二字，良注起二句同善注，但改善之「曰」爲「云」，又減善一「也」字。觀此則善與良之別甚明。乃善單注本幷下半之良注共五十一字全作善注，六臣本亦全以五十一字爲善注，下云：「良同善注。」此亦五臣亂善之例也。考異謂：「袁本無後半三十七字，是。有者，乃幷五臣入善。」不爲無見。

（良注）

季緒璅璅

案集注譌「季」爲「香」。

脩云何足以云

案集注本「脩」上有「故」字，下「云」作「言」，是。

（銑注）

與魏文帝牋一首

案「一首」二字，日鈔集注善單注本並同，叢刊本無。

繁休伯

案日鈔題名與文題隔一空格不另行。題名向注，襲用善說略有刪潤。叢刊本作「向曰：繁步何反，餘文同」。謂同善注也。然集注引「音決：繁，步和反」。知呂向此注全襲舊文。日鈔夾注下直接本文「正月八日」云云。

領主簿繁欽

案「欽」字各本同，惟集注本作「君」。案集注本屢以「君」字代作者名，如任昉奏彈曹景宗結末作「臣君誠惶誠恐」，任昉奏彈劉整起句作「御史中丞臣任君稽首言」，但結仍作「臣昉誠惶」。又六臣本無「繁」字，亦無校語，與日鈔及胡刻並異，殆据本不同。

薛訪車子

案此四字，巳鈔、叢刊本、善單注本幷同；集注本「車」譌「申」，而注仍作「車」，是亦從同。魏文帝集敍繁欽云：「余守譙，繁欽從，時薛訪車子能喉囀，與笳同音。」（見善注引。篇題從全三國文卷七。）又有答繁欽書云：「固非車子喉轉長吟所能逮也。」（藝文類聚四十三引）是車子應爲一職名。故善注引左傳「叔孫氏之車子鉏商獲麟」釋之。孔疏釋杜注云：「杜以車子連文，爲將車之子，鉏商是其名也。」然孔疏又云：「家語說此事云：叔孫氏之車士曰子鉏商。王肅曰：車士，將車者；子，姓；鉏商，名。今傳無士字。服虔云：車，車士。子，姓。鉏商，名。」今姑不論左傳異詁，斷以車子爲將車之士，於魏文原書，可無窒礙。然繁欽牋云：「年始十四。」又恐年幼不勝將車之任。此可疑之一說也。集注云：「今案鈔，車上有弟字。」又云：「鈔曰：姓薛，名訪，兄弟之子也。」是謂薛訪之弟名車者，有子能喉轉也。集注又云：「陸善經本車爲弟。」即陸本作「薛訪弟子」，可解爲薛訪之弟之子，義與鈔曰相同，此又一異說也。李周翰注，曰鈔及集注別云：「薛訪車姓名。」未免望文生義。叢刊本引五臣作「薛訪車子姓名」。可讀爲薛訪是車子之姓名，此雖無據，亦一說也。上所引本，流傳多歧，時代荒遠，竟難究詰矣。

鼓吹樂署也

案集注同，叢刊本誤「樂署」爲「音樂」。

薛訪車姓名

案集注句末有「也」字，叢刊本「車」下有「子」字。

（以上翰注）

能喉囀引聲

案日鈔叢刊本善單注同作「囀」。集注作「轉」，注云：「音決：轉，丁戀反。」又云：

「今案五家本轉爲囀。」與此日鈔正同。

哀音外激

案集注同此。叢刋本「音」作「聲」，校云：「善本作音字。」此又六臣本所見五臣本異日鈔者。

幽闇散絕也

案集注同，叢刋本脫「闇」字。

（銑注）

巧竭意遺

案「匱」作「遺」，日鈔與集注幷同，字又見唐潤州魏法師碑。

匱之也

案「之」乃「乏」之譌，叢刋本不誤。

（翰注）

而此⿰子焉子

案「孺」作「⿰子焉」，日鈔與漢書同，集注則作「⿰子焉」。

優遊轉化

案「轉」字與集注同，叢刋本作「變」，校云：「善本作轉。」是所據異本。

餘弄未盡

案「弄」字各本並同，集注引音決作「哢」。

悲懷慷慨

袵襟流白八

案「袵襟」與集注同。叢刊本作「袵，衣衿」。日鈔「流」上脫「泫」字，集注叢刊本並有。

慷慨歎息·

案日鈔與集注同。叢刊本「息」下有「皃」字。以上日鈔及叢刊本皆併作一節，集注于「流泉東逝」下多分一節。

（以上銑注）

蹇姐名倡·

案「倡」字日鈔與叢刊本同，集注本作「唱」，注云：「今案鈔音決唱爲倡。」

僉曰詭異

翰·曰詭奇也

案日鈔與叢刊本同，集注作「呂向曰」。

案日鈔五家本，與唐寫集注本多別體字，兩本或全同，或微異，茲不備錄，其最易混目者，爲「喉」與「唯」，因末筆斜拖，橫礫難分也，魏張始孫造象直以隹爲侯。又如「宋」字，兩本同于木上加橫，其形爲「宗」，易與「宗」混。

答東阿王牋

案日鈔與叢刊本同，集注與善單注本題下並有「一首」二字。

陳孔璋

案題名下向注「遠紹辟之」，日鈔「遠」字乃「袁」之譌。案此節注，止東阿六字是向注，餘皆善注。許巽行以爲全是五臣注，亦誤。

披覽粲然

案「粲」作「燦」，日鈔與集注同（又見周聖母寺四面象碑）。

高俗之材

案日鈔「俗」旁有校筆「世」字，叢刋本作「俗」，校云：「善本作『世』。」集注本作「世」，其濟注則作「君侯高俗」，明是五臣避改。

粲明皃

案叢刋本作「粲然明白貌也」。

（翰注）

拂鍾無聲

案「拂」字各本並同，集注引「音決：刜、芳勿反，或爲拂非」。考說苑原作「拂」。或疑此音決未必卽公孫羅所著音決，不爲無因。

過曰欲說東諸侯

案日鈔此句，良注也。叢刋本作善注，而于良曰下云餘文同；善單注本與叢刋本同。集注本所錄善注此句作「欲東說諸侯王」，與說苑原文合，當爲善注眞貌。知叢刋本及單注本之善注反與日鈔合者，實以五臣注爲善注。

音義既遠

案「音」字各本並同，集注云：「今案鈔『音』爲『指』。」

焱絕煥炳

向曰焱絕煥炳言文詞光明也焱火光煥炳皆明也

案此爲五臣注原貌，叢刊本無下八字。

（向注）

夫之白雪之音

案上「之」字誤，旁有校筆作「聞」。集注本叢刊本並作「聽」。

然後東野巴人

案日鈔叢刊本同，集注本無「後」字，注云：「今案鈔五家陸善經本『然』下有後字。」

欲罷不能

案日鈔與叢刊、胡刻並同，集注本「罷」作「疲」，注云：「音決：罷音皮，又如字。」是音決與日鈔等本同，而集注獨異。

謹韞櫝玩耽

案日鈔叢刊同作「耽」，集注作「躭」，引音決云：「媅、多含反，或爲躭，同。」知音決又作「媅」。耽、躭、媅諸字，另詳見拙稿敦煌寫本文選考異張平子西京賦「躭樂是從」句下校記。

以爲吟誦

案日鈔、叢刊本、集注本並同。集注云：「今案鈔吟爲琴。」是集注所謂鈔又一別作「琴」，恐誤。

韞藏櫝匱玩珍耽好也

案日鈔與叢刊本同。集注引良注自「玩珍」字起，因上文已有馬融論語注「韞藏也櫝匱也」，故良注從省。以此知五臣襲用舊說多不標名。

（良注）

答魏太子牋一首

案叢刊本無「一首」二字。

吳季重

案題名下注，銑用善注，故叢刊本云：「銑同善注。」

以文帝所善

案「文」下脫「才爲文」三字。

官至振威將軍

案「盛」字譌，叢刊本作「威」。

（以上銑注）

質臣言

案日鈔「質臣」二字誤倒。

奉讀手令

案「令」旁有校筆「命」字，叢刋本作「命」，向注亦作「手命」。

追正•慮存

案「正」旁有校筆「亡」字，日鈔用別體，凡「亡」字似「止」，又似「正」，枚叔上書諫吳王，亦有此校。是校者尚未悟其爲別體字，殆校者與鈔者之時代相距已遠。

恩哀之降•

案「降」字叢刋本作「隆」，校云：「五臣本作降。」與此同。

歲不我•與

案叢刋本倒作「與我」。翰曰不與我，言不留也，知五臣正文原作「與我」，殆日鈔所據正文本又不同于注本耶？

冉冉疾行自•

案「自」字乃「皃」之譌。

（翰注）

可終始相保•

案叢刋本同，「保」下校云：「五臣本作報。」此六臣所見五臣本與日鈔不同。

衆賢陳•謂徐•

案日鈔有脫誤，叢刋本作「衆賢謂陳徐之流也」，是。日鈔此注在「相保」句下，六臣本錄在「相保」句前。

（良注）

誠如來命

案叢刊本同，「誠」下校云：「五臣本作試。」此又六臣本所見與日鈔異。

凡此几此數子

案「几此」二字衍，叢刊本作「凡此數子」。

謂冠至也

案「冠」乃「寇」之譌。

言衆來如車輻之湊

案叢刊本無「來」字。

（以上向注）

臣竊聽之

案「聽」字誤，旁有校筆作「恥」。叢刊本正作「恥」。

後來君子

謂後後者也

案下一「後」字乃「俊」之譌。

（銑注）

伏惟所天優逝典籍之場

案「逝」字譌，旁有校筆作「遊」。又叢刊本有校云：「善本無伏惟所天字。」然胡刻善本有此四字，且有善引左傳及何休說以釋天字，而叢刊云：善本無此，當是所據異本。

休息篇章之圃•

案叢刊本「圃」下校云：「善本作囿。」

此衆議所•以歸高

案叢刊本「所」下校云：「五臣作可。」此又六臣所見五臣本異日鈔者。

遠近所以同聲

案叢刊本「聲」下有「也」字，而無校語，是所據五臣及善本並有「也」字。今日鈔五臣與胡刻善本並無「也」字，明是所據異本。而考異云：「袁茶本有也字，何校添，陳同，是也。」覈以日鈔，知義門少章諸氏之所是，亦「有異而不知考」耳。

吾世•時在軍中

案「世」乃「三十」之譌。

太子書云吾德不及蕭王年與之齊矣故質以此答之

案叢刊本無太子以次十五字，因善注引此十六字已錄于前也。依六臣本例，向曰之末應有『餘注同』三字。又向注「所天」「抗高」「蕭王」「同聲」四節，六臣本分錄四處，日鈔則併在同聲句下。

（以上向注）

已•卌•二矣

案「卌」叢刊本作「四十」二字，又有校云：「五臣本無已字。」此亦所見異本。

平且•之時也

案「且」疑「日」之譌，叢刊本作「生」，有校云：「善本作日字。」

遊宴之歎•

案「宴」字原筆如上，「歎」字譌，旁有校筆作「歡」。

下遇•之才

案「遇」乃「愚」之譌。

略陳至惜•

案「惜」字譌，旁有校筆作「情」。

在元城與魏太子牋

案題下向注，乃向用善注。

燿•靈慝•景

案「燿」同善本，叢刊本作「曜」，又「慝」字，叢刊本善本並作「匿」是。

平原入秦

案此節濟注虞卿平原二事，並襲善注。

初至承前

銑曰承•前謂前人之教化也•

案叢刊本無「承前」「也」三字。

（銑注）

北鄰栢人

案叢刊本此節作「翰曰：栢人縣名，餘文同」。所謂同者，以日鈔比勘，乃翰襲善注而略節其字也。

唱然歎息

案「唱」乃「喟」之譌。

想李齊之流

案「想」旁有校筆作「存」。叢刊本作「存」，有校云：「五臣本作想。」是六臣所見五臣本，與此日鈔同。

逸豫於壃畔

案以「壃」爲「疆」，見魏恒州刺史韓震墓誌。

因非質之能也

案此鈔校筆「因」旁有「固」字，「能」上有「所」字。「固」字，各本同。「所」字，叢刋本無，善本有。

賦事行資於故實

案「行」下校筆補「刑」字，是。

壽王去侍從之娛

虞兵壽王

案「虞」，各本及漢書皆作「吾」，班固兩都賦序作「虞」，善注引漢書同，王先謙漢書補注謂說苑新序「吾丘」「虞丘」並見，虞、吾、古同音，通用。又「兵」乃「丘」之誤筆。銑注此節，兩引漢書，皆用善注。

張敞在外

案此節向注張敞陳咸事，全同善注。叢刊本曰：「向同善注。」

願左右之勤也

案叢刊本同作「願」，校云：「善本作顯字。」翰注：「願在左右，亦質之心。」知五臣原據本作「願」，與善異。

為鄭冲勸晉王牋一首

案六臣本無「一首」二字。

題名注

案「公卿將校」之「校」，誤筆作「授」。

褒德賞功有自來矣

案日鈔止此，以下佚。

日鈔此卷，為現存最古之文選五臣注本，可以窺見未與善注合併時之原貌。其有裨于選學者，舉其例，約有下列諸事：

一、可證五臣襲改善注。如鄒陽書「王奢却齊」注條。

二、可證五臣注有為人誤亂處。如鄒陽書「為魏取中山」，「卒相中山」及答臨淄侯牋「蔚矣其文」各注。

三、可證六臣本割併五臣及李善注有兩誤處。如奏彈曹景宗「獲獸何勤」注條。

四、可證六臣本之誤字。如鄒陽書「陶鈞之上」良注之誤「天」爲「矣」。

五、可證六臣本校語之歧異。如鄒陽書「披心腹」句，校謂五臣作「腸」，然日鈔實作腹。答魏太子牋「誠如來命」句，校謂五臣作「試」，然日鈔實作誠。又「始終相保」句，校云「五臣作報」，然日鈔實作「保」。

六、可與史記漢書參校。如諫獵書「中路而後馳」句，同史記而異于漢書。「而況乎涉豐草騁丘墟」句，同漢書而異于史記。又鄒陽獄中上書「有白頭如新」句，善本六臣本 幷無句首之「有」字，惟日鈔此卷有之，與史記、漢書、新序同，足正善本之奪誤。

七、可與日本舊鈔文選集注參校知其異于各本。如答臨淄侯牋「若此仲山周旦」句，各本「旦」下有「之儔」二字，惟日鈔與集注本無之，異于衆本。

八、有舊校筆可資參證。如吳季重在元城牋「想李齊之流」句，日鈔「想」旁校筆作「存」，乃用李善本。又答臨淄侯牋「經國之大美」句，日鈔「美」旁有校筆「義」字，乃用陸善經本。惟日鈔校筆有不悟鈔手用別體字者，如吳季重答太子牋「追亡慮存」句，日鈔「亡」字用別體，而旁有校筆作「亡」，是校者未悟其爲別體也，殆鈔與校之時代，相距已遠。

九、鈔本正文有特異者。如鄒陽上書重諫吳王「幷力一心，悉以備秦」句，善本、六臣本、漢書幷無「悉」字，獨日鈔有之。

十、奏彈劉整文。五臣以昭明所刪本狀補入正文者八百餘字。他本補引，則詳略不一。

右擧各點，皆足資研究，故特爲指出，餘詳各句下校記。惟日鈔習用別體字，如「亡」字作

「止」，「宋」作「宗」，「土」作「士」之類。又脫字（如鄒陽書「則人主必襲按劍相眄之跡」句，注首脫「翰曰」二字是）、衍字（如鄒陽書濟注「賜之死取之死其尸」句，衍「之死」二字是）、誤字（如鄒陽書「秦用戎人」之「戎」誤作「戒」，「枯木朽株」之「株」，誤作「珠」，注中如「斃於斯」誤作「於斯」之類），觸目皆是，幷隨文舉似，具見前校記中，不復縷述。

（日鈔此卷，承京都大學吉川幸次郎教授遠道郵假，厚誼可感，謹此誌謝。）

❶「文選學」一名見舊唐書儒林曹憲傳，及新唐書文藝李邕傳。

❷見晁公武郡齋讀書志。

❸直齋書錄解題云：「五臣注三十卷，後人幷李善原注合爲一書，名六臣注。」

❹明州本，紹興三十八年修正，六十卷，題梁昭明太子撰，五臣幷李注。有右廸功郎明州司法參軍兼監盧欽跋語。

廣都裴宅本，原爲徽宗崇寧五年刊，南宋開慶咸淳間河東裴氏重刻。題梁昭明太子撰，唐五臣注，崇賢館直學士李善注，共列三行。明嘉靖六年袁褧覆宋刻，自此出。

❺贛州本，題梁昭明太子撰，唐李善注，唐五臣呂延濟、劉良、張銑、呂向、李周翰注，分列四行。無刊版年月，爲贛州州學教授張之綱覆校（詳皕宋樓藏書志）。茶陵陳仁子本從此出。

❻淳熙尤袤跋云：「雖四明贛上，各嘗刊勒，往往裁節語句，可恨。」

❼見胡刻文選考異序。序出顧廣圻手，亦載思適齋集卷十。

❽敏求記卷四云：「宋刻五臣注文選，鏤板精緻，覽之殊可悅目。唐人貶斥呂向，謂比之善注，猶如虎狗鳳

雜。由今觀之，良不盡誣。昭明序云都爲三十卷，此猶是舊帙，殊足善耳。」

❾見屈萬里台灣公藏宋元本聯合書目。查長洲王頌蔚古籍經眼錄記重校新雕文選三十卷，爲紹興三十一年建陽書肆刊者，即此。顧廷龍有讀宋槧五臣注文選記，見中山大學史語所週刊一〇二期。

❿紙背弘決外典，爲具平親王所撰四卷本中之卷第一零本。有卷首親王序文，引外典目錄年代略記。此書別有弘安七年金澤稱名寺圓種手鈔本冊子，紙面有「花王藏」「日純」墨書，據推斷爲鎌倉時代書寫，與此卷可相表裏。

⓫京都大學影印本在第四集。羅振玉影寫本，亦有奏彈劉整至答東阿王牋一冊，其目錄題爲「彈事牋」，并謂：「無前後題，以李本卷四十三推知爲卷八十五。」然善注彈劉整在卷四十。又集注原書于東阿王牋末實題「文選卷第七十九」。羅說殊誤。

（原載一九五六年東方文化第三卷第二期）

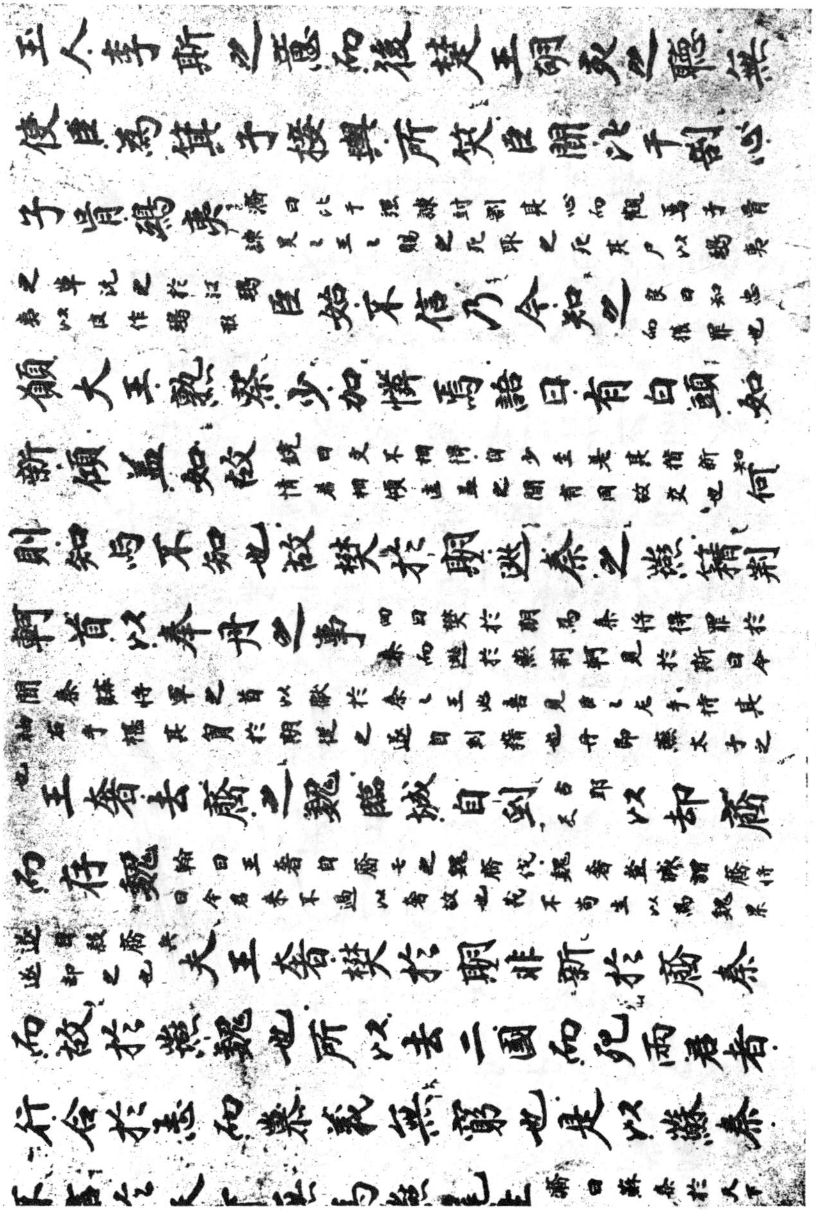

Plate I　日本古鈔文選五臣注，獄中上書。（殘本始此）

The beginning of the *Wên-hsüan* MS fragment: A portion of the *Yü-chung shang-shu*

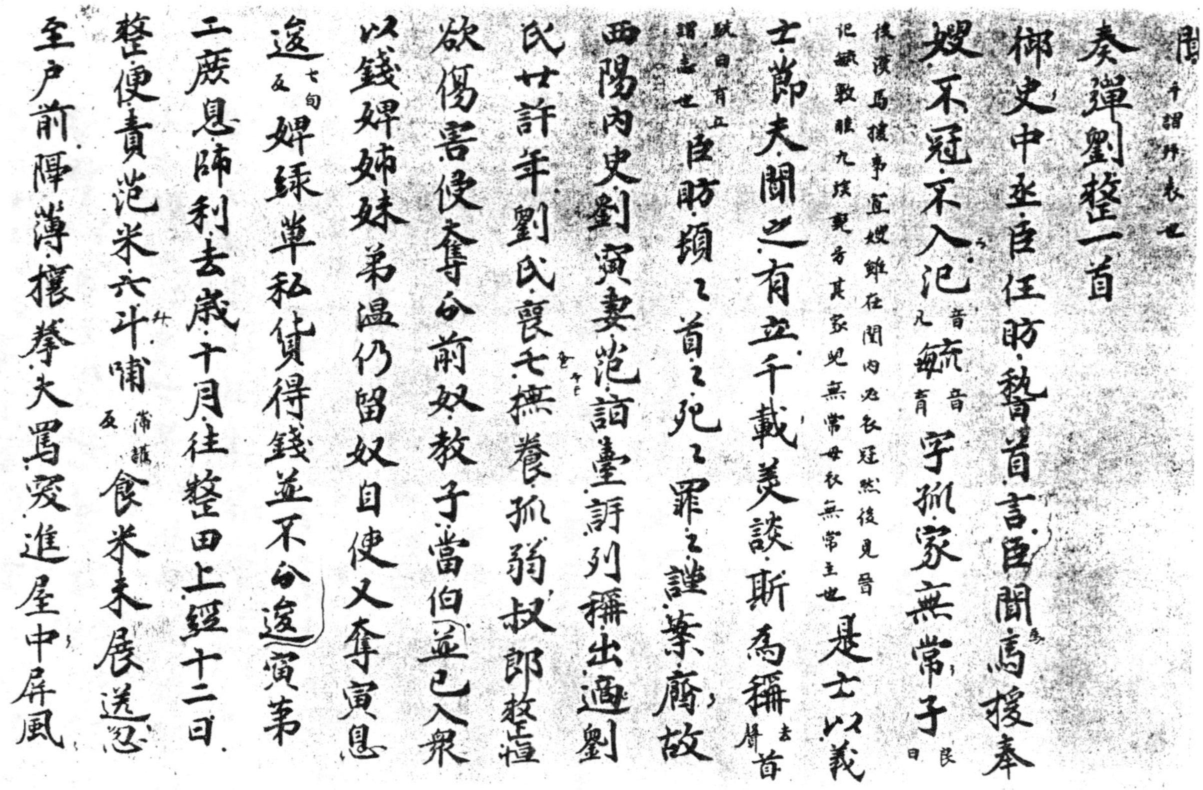

奏彈劉整一首
御史中丞臣任昉稽首言臣聞馬援奉
嫂不冠不入氾毓字孤家無常子
是士以義
士節夫聞之有立千載美談斯為稱首
臣昉頓頓首首死死罪罪謹案齊故
西陽內史劉寅妻范詣臺訴列稱出適劉
氏廿許年劉氏喪亡撫養孤弱叔郎整恒
欲傷害侵奪分前奴教子當伯並已入衆
以錢婢姊妹弟溫仍留奴自使又奪寅息
逡婢緑草私貸得錢並不分逡寅第
二庶息師利去歲十月往整田上經十二日
整便責范米六斗哺食米未展送忽
至戶前障薄攘拳大罵突進屋中屏風

奏彈劉整首段。

Plate II　　The first part of the *Tsou-t'an Liu Chêng*

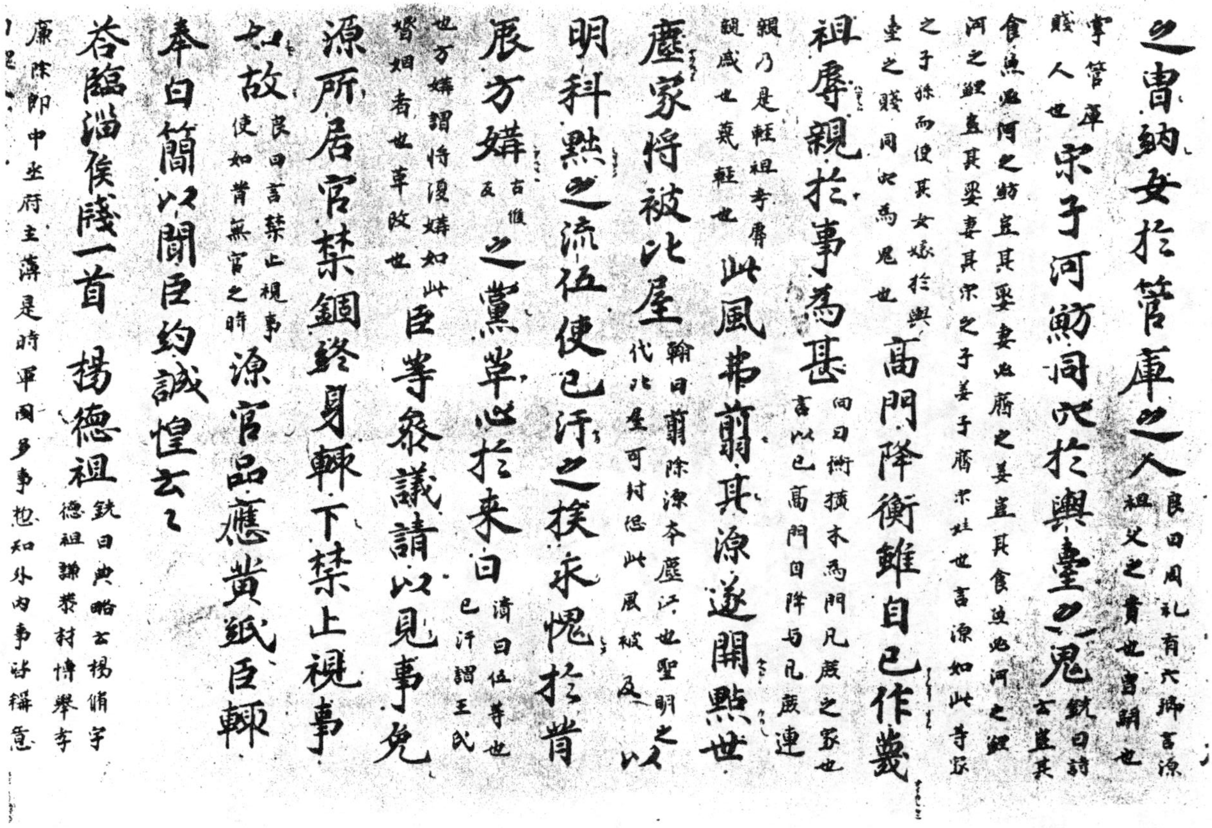

奏彈王源末段，答臨淄侯牋首段。

Plate III Portions of the *Ts'ou-t'an Wang Yüan* and the *Ta Lin-chih hou chien*

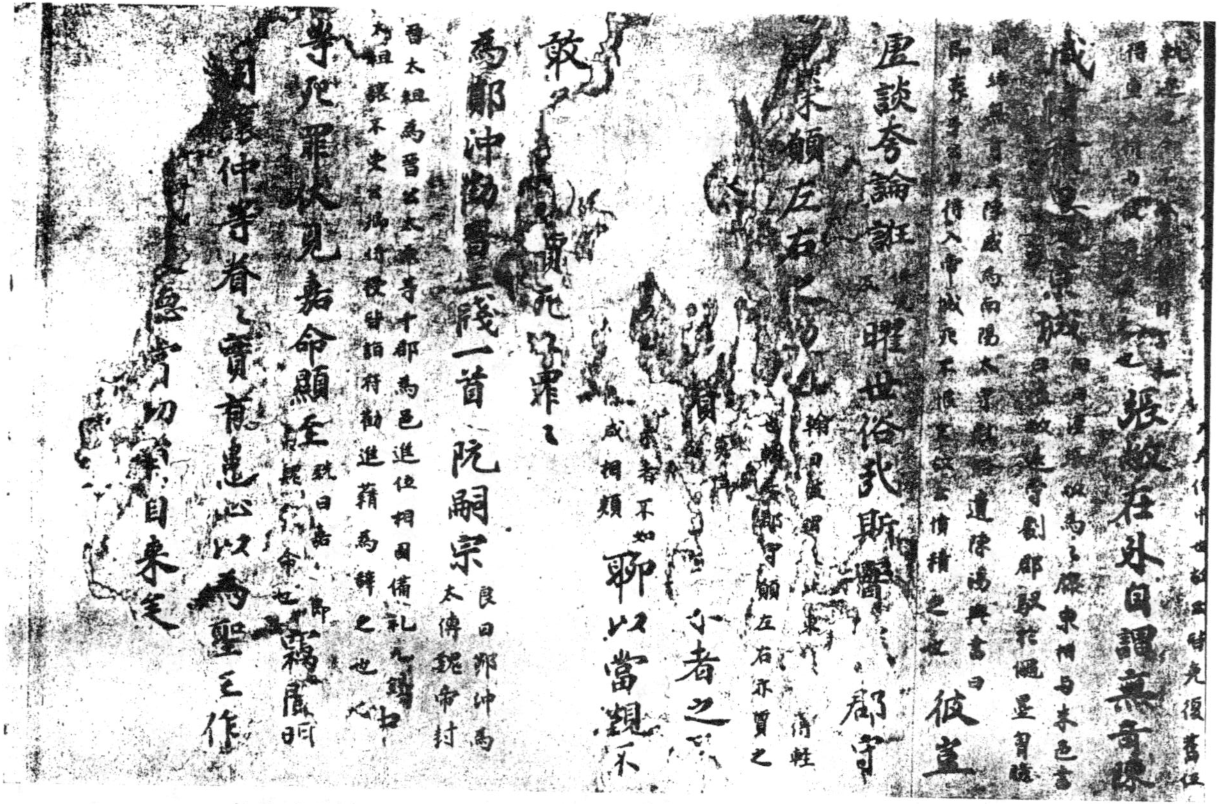

在元城與魏太子牋末段，爲鄭冲勸晉王牋首段。（殘本終此）

Plate IV　The end of the *Wên-hsüan* MS fragment: Portions of the *Tsai Yüan-ch'êng yü Wei T'ai-tzŭ chien* and the *Wei Chêng Ch'ung ch'üan Tsin Wang chien*

南山詩與馬鳴佛所行讚

詩至唐代，益極其變。或以文爲詩，或以議論入詩。宋人多有非之者。葉夢得石林詩話云：「晉、魏以前詩，無過十韻。常使人以意逆志，初不以敍事傾倒爲工。」於杜公之詩，猶病其過于煩絮也。陳師道後山居士詩話：「退之以文爲詩，子瞻以詩爲詞，如教坊雷大使之舞，雖極天下之工，要非本色。」亦不以韓詩之浩瀚奧衍爲然。昌黎五言詩，以南山一首爲最長最奇，論者每取與老杜北征相提並論。亦有病其冗蔓者。明蔣之翹云：

（南山）連用「或」字五十餘，既恐為賦若文者，亦無此法。極其鋪張山形峻險，疊疊數百言，豈不能一兩語道盡？試問北征有此曼冗否？

實則退之乃以賦之法爲詩。朱彝尊云：「以賦爲詩，鋪張宏麗，然是才作。」言極中肯。惟此詩中間連用五十「或」字，光怪陸離，雄奇縱恣，爲詩家獨闢蠶叢。此法，詩小雅北山已開其端。「或燕燕居息」，「或盡瘁事國」，凡疊用十二「或」字。而陸機文賦，于前後不同諸段之間，共用二十六個或字。（此點 E. Von. Zach 譯韓詩全集 Han Yü's Poetische Werke Haard, 1952, 頁十三注中已指出。）然南山詩「或」字乃于若干句連續使用，此種過度之夸飾鋪張手法，似與佛書不無關係。佛經中連用或字之例頗夥。武周時實叉難陀譯之華嚴經，其卷十四賢首品及卷六十一入法界品并疊用或字，次數極多（大正一〇／頁七四；又同書頁三三〇）昌黎是否諷誦華嚴，未可得知。然考佛傳于釋尊行迹，多事鋪張。若馬鳴（Aśvaghosa）之佛讚（Buddha-Carita），尤爲文學名著。唐世文士，疑多曾讀其書。昌黎亦其中之一人也。

佛傳譯本頗多，舉其要者，有：1.北涼曇無讖所譯，稱「佛所行讚」（大正四／頁一）。2.劉宋時法雲所譯者，稱「佛本行經」（大正四／頁五四）。3.隋闍那崛多譯者，稱「佛本行集經」（大正三／頁六五五）。以後者卷帙最繁，且以大事經（Mahāvastu Avadāna）爲主，多有增益。

凡此三種，漢文譯本，體制各異：

1.分二八品。自首至終，皆爲五言句式，最爲齊整。

2.分三一品。數品之中，五言、四言、七言句式每雜用之。如第四、五、八諸品，全用四言，與前後體裁不一。

3.分六十品。用散文體，間滲以五言七言偈語，與一般佛經體制相同。

上列以曇無讖譯本，特具文學意味，可謂一極長篇之五言敍事詩。其中連用「或」字之例，不止一見。離欲品（大正四／頁六）與破魔品（大正四／頁二五）尤爲特出。茲舉破魔品與南山詩比較如次：

佛所行讚破魔品	南山詩
或一身多頭	或連若相從
或面各一目	或蹙若相鬬
或復衆多眼	或妥若弭伏

或大腹長身
或羸瘦無腹
或長脚大膝
或大脚肥蹲
或長牙利爪
或無頭目面
或兩足多身
或大面傍面
或作灰土色
或似明星光
或身放烟火
或象耳負山
或被髮裸身
或被服皮革
面色半赤白
或著虎皮衣
或復著蛇皮
或腰帶大鈴

或竦若驚雛
或散若瓦解
或赴若輻湊
或翩若船遊
或決若馬驟
或背若相惡
或向若相佑
或亂若抽筍
或嵲若注灸
或錯若繪畫
或繚若篆籀
或羅若星離
或蓊若雲逗
或浮若波濤
或碎若鋤耨
或如賁育倫
……
或如帝王尊

或縈髮螺髻
或散髮被身
或吸人精氣
或奪人生命
或超擲大呼
或奔走相逐
迭自相打害
或空中旋轉
或飛騰樹間
或呼叫吼喚
惡聲震天地
如是諸惡類
圍繞菩提樹
或欲擘裂身
或復欲呑噉
…………

（大正四／頁二五）

…………
或如臨食案
肴核紛飣餖
又如遊九原
墳墓包槨柩
或纍若盆甖
或揭若甑梪
或覆若曝鼈
或頹若寢獸
或蜿若藏龍
或翼若搏鷲
或齊若友朋
或隨若先後
或迸若流落
或顧若宿留
或戾若仇讎
或密若婚媾

（以下尚有十八句用「或」字）

是品描寫魔軍之異形，以疊句方法，連用「或」字至三十餘次，乃恍然于昌黎南山詩用「或」字一段，殆由此脫胎而得。原本「或」字梵語爲kācit, kaścit，可以覆勘。至Zach 德文本于「或」字則兼用Bald及Oder二字譯出，尚未能一致。昌黎固不諳梵文，然彼因闢佛，對曇無讖所譯之「馬鳴佛所行讚」，必曾經眼。一方面于思想上反對佛教，另一方面乃從佛書中吸收其修辭之技巧，用于詩篇，可謂間接受到馬鳴之影響。印度大詩人Kālidāsa 其詩句多因襲馬鳴，所作Raghuvamśa 中亦有疊用kācit 之例，與昌黎不謀而合。昌黎用「或」字竟至五十一次之多，比馬鳴原作，變本加厲。才氣之大，精釆旁魄，足以辟易萬夫。陳寅恪「論韓愈」文中曾謂佛經文體乃混合「長行」（散文）與偈頌（詩體）而成。長行可謂以詩爲文，而偈頌可謂以文爲詩。取此以解釋昌黎之以文爲詩，頗受釋典之啟發。近日學者頗有非難之者。觀于南山詩用「或」字之與佛所行讚不無因襲之迹，亦可爲陳先生之說提供新證。我人又試觀闍那崛多之「佛本行集經」，于茲數句改用散文寫出（大正三／頁七八六），文字之美，不逮曇無讖遠甚，然正是改詩爲文之顯例。南山詩之冗長，在五言詩中罕見疇匹。此種作法，似與曇無讖譯馬鳴佛所行讚之爲五言長篇，在文體上不無關涉之處。疑昌黎作南山詩時，曾受此讚之暗示。

唐代中印文學之相互關係，自敦煌變文出見以後，引起多方面之討論。然在古典詩中如長恨歌之與目連變爲人所習知外，若盧仝之月蝕詩，其鋪張之處，似參用佛經中之描寫地獄，以描寫天上之魔鬼，爲其夸飾之手法，此與南山詩之用「或」字乃倣自曇無讖之譯文，同一塗轍。文學作品之取資釋氏，亦文人技巧之一端。爰爲指出，爲治文學史者進一解。友人清水茂教授湛深昌黎文學，以此奉質，乞有以敎之。

一九六三年，本文作者由港大中文系接受哈佛燕京社資助，至印度考察。本篇卽研究成果之一。特此誌謝。作者附識。

（原載一九六三年京都大學中國文學報第十九册）

趙德及其「昌黎文錄」

——韓文編錄溯源

昌黎文章，編集於李漢，表彰於柳開❶、歐陽❷，夫人而知之。當唐中葉，承四傑、燕、許風流，駢儷之習未剪。韓文公出，裁之以古雅樸質，欲一反乎周、秦、兩漢，號曰「古文」。顧獨行無和，猶未能轉移一時之風尚也。淮西既平，公奉詔撰碑，點竄清廟生民之筆，爲灝灝渾渾之文，濡案淋漓；然終不合時尚，百尺長繩曳碑而倒，而替之以段文昌之儷體。可見當日能知韓公之文者蓋寡，信乎曲高而和之難也。

韓公爲文，初規模古製，未泯斧鑿痕迹。及南遷潮州，始乃肆焉，語必己出，卓爾成一家言。論者遂以謫潮爲公文章變化之分野❸，誠無間然矣。若公文章之編集，實始於潮人趙德。方公之至潮也，病州學久廢，因置鄉校，命德爲之師。其請置鄉校牒云：

> 此州學廢日久，進士明經，百十年間，不聞有業成貢於王庭試於有司者。人吏目不識鄉飲酒之禮，耳不嘗聞鹿鳴之歌，忠孝之行不勸，亦縣之恥也。夫十室之邑，必有忠信，今此州戶萬有餘，豈無庶幾者耶？刺史縣令不躬為之師，里閭後生，無從學爾。趙德秀才，沈雅專靜，頗通經，有文章，能知先王之道，論說且排異端，宗孔氏，可以為師矣。請攝海陽縣尉，為衙推官，專勾當州學，以督生徒，興愷悌之風。刺史出己俸百千，以為舉本，收其贏餘，以給學生廚饌。❹

潮自貞元間，常袞以故相出爲福建觀察使，時尚未有學。至公置鄉校，文教遂日蒸蒸矣。

趙德之學行，既爲韓公所推重，而德亦深服公之文章，以爲可上接周、孔、孟、揚之傳，私錄公文，以教於鄉。其書今已不存，惟全唐文收德所作自序一首云：

> 昌黎公，聖人之徒歟！其文高出，與古之遺文，不相上下。所履之道，則堯、舜、禹、湯、文、武、周公、孔子、孟軻、揚雄所授受服行之實也，固已不雜其傳，而由佛及聃、莊、揚之言，不得干其思，入其文也。以是光於今，大於後，金石燋爍，斯文燦然。德行道學文，庶幾乎古。蓬茨中，手持目覽，飢食渴飲，沛然滿飽。顧非適諸聖賢之域，而謬志於斯，將所以盜其影響？僻處無備，得以所遇，次之為卷，私曰文錄，實以師氏為請益依歸之所云。❺

永樂大典五三四一五「潮」字號引元時圖經志錄此篇，頗存異文。有二事較爲重要：

一、「德行道學，又庶幾乎古」。其句讀如此，而「文」字作「又」，似誤（說見下）。

二、「私曰文錄寶」。「實」字作寶，於寶字斷句。朱子韓文考異注，實或作寶，正指此本。若然，則趙德此書應名「文錄寶」矣。然與宋人所稱述者不合。

圖經志又云：

> 海陽縣尉廳在開元寺之後。……蕪廢不治幾二十年僅存故址，更數政僦屋浮寓。淳祐丙午，陳侯圭撥木植，（因）故址鼎創一新。

趙德所攝海陽縣尉，其官署或卽在此。

德所撰此序，得力韓文法度者至深。或云：德嘗從韓公問學❻。觀此文云爲請益依歸之所，則以德隸諸韓門，豈以是歟？德爲此編，遠在李漢之前。（漢編集在長慶四年冬，愈歿之後，總篇七百。見南安軍刋本韓集漢序。）以生幷世之人，而知寶貴其文，至爲選錄成編，趙德不能謂非韓公知己之第一人。洪興祖云：

趙德秀才，卽敍退之文章七十二篇為文錄者。公有別趙子詩。德自謂「行道學文，庶幾乎古」，不肯從公于袁。（韓子年譜）

知趙氏所選韓文，僅有七十二篇之數。南宋杜莘老❼爲文讜之詳注韓文撰引云：

韓愈，唐大儒也。……綿祀數百，焄蒿悽愴，有神開之。俾受姓于歐陽氏，至和嘉祐間復以文鳴。固嘗摭韓作于蠹簡中，正其訛舛，張而大之。至是天下始知斯文有師。……今文讜者，尊崇山斗，力於趙德、李漢，盡搜經史百家之書，詳為之註❽。（文讜此書，舊藏海源閣，現歸北京圖書館。）

以趙德列在李漢以前，持論甚允。去唐未遠，文錄宋時尚存，故諸家多據以入校。如方崧卿之韓集舉正，所據十一種，其第七卽爲趙德文錄。自劉昫舊唐書爲愈立傳，述愈文章門人李漢爲之序，後之校理韓集，率以李漢序巍然列於編首，而趙德序則厠之集末。朱子之韓集考異，卽其一例。朱校元時大行，趙德書只爲選本，故晦而不彰，寖至失傳。

德與韓公交契至篤。公移袁州，賦詩留別，所云「心平而行高，兩通詩與書；婆娑海水南，簸弄明月珠」者也。詩中特書德之言曰：「及我遷宜春，意欲攜以俱。擺頭笑且言：我豈不足歟？」「今子（指韓公）南且北，宣非亦有圖。人心未嘗同，不可一理區。宜各從所願，未用相賢愚。」敍其不肯相從之意。落落不倚，立品之高，信乎獨立特行之士。觀其自述：「德（卽其自稱）行道學文，庶幾乎古。」誠可無愧。後儒於玆事深加讚歎。王十朋云：「韓公學孔子，不陋九夷居。蓬茨得趙子，如獲滄海珠，臨別贈以言，恨不與之俱。德云昌黎公，聖人之徒歟！比周孔孟軻，不道遷相如。韓公不可見，趙子今亦無。」❾德不與公俱，卒老死岩穴之下，名字因亦不彰。

德爲廣東海陽縣人❿。全唐文載其曾官殿中丞。海陽縣志謂其大曆十三年進士，距元和十四年，昌黎謫潮，凡四十三年。時德年當逾六十，反長于昌黎矣。置鄉校牒但稱彼爲秀才，蘇軾爲韓廟碑則稱公命進士趙德爲之師，則以爲進士。潮人於郡建八賢堂，以德爲之首。明清時潮州學昌黎廟皆以德從祀，號「天水先生」云。

文錄一書，宋史藝文志，晁、陳書目均不著錄。方崧卿韓集舉正序稱：「校訂韓集，旁取趙德昌黎文錄、文苑英華、唐文粹，參互證徵。」又云：「今之監本，已非舊集。然較之潮、袁諸本，猶爲道古。」依是知昌黎文錄，淳熙間猶有傳帙。而所稱潮本者，蓋韓集之潮州刻本。考潘祖蔭滂喜齋藏書記卷三，載宋槧小字本昌黎先生集後，有影寫紹興己未劉昉序一葉。略云：「大觀初，先大夫曾集京、浙、閩、蜀刊本，及趙德舊本，參以石刻訂正之，以郡昌黎廟香火錢刊行。中經兵火，遂無孑遺。」劉昉，海陽東津鄉人。宣和六年進士，官至龍圖閣學士。其父允，紹聖四年進士，官至循州知州。據昉序，大觀初，潮本韓集卽其父允所刊，時曾參用趙德文錄舊本。又據藏書記，昉於紹興己未依舊集本加以重刊，是宋時潮本韓集有大觀及紹興二種刻本。朱子校韓集凡例第一條所擧參校諸本，其中有潮本，不知係何本。擧正云：「蜀本、潮本目錄上只作孟生詩。」是潮本原有目錄也。三陽志書籍云：

大字韓文公集幷考異一千二百板。

中字韓文公集九百二十五板。（永樂大典潮字號引）

宋元之際，潮州學新刊之韓集，乃有大字及中字本，且有鐫板存于鄉校，而朱子考異亦有潮本。陳知柔有讀潮本韓集詩云：

大雅寥寥不復還，如公幾得古人全。格高枯淡復志賦，意到渾淪原道篇。趙子遺編今復亂，歐公校本孰能傳？古音秘笈尤難識，聊與磨鉛一究研。（元圖經志）

陳氏所見者已非趙德舊本，故云：「趙子遺編今復亂。」此又談韓集板本者不可不知也。

清孫奇逢理學宗傳十四云：「唐自中葉老、佛顯行，文公銳意以六經爲諸儒倡。嘗恨當時無羽翼之者。讀函史學校志，是趙秀才一人，能排異端，宗孔氏，便可爲同心之人矣。……乃設鄉校興學者，未幾翕然化之。潮海閩越之人擧進士仕上國者，自韓昌黎興學始。」按孫說可商。據昌黎牒云「此州學廢日久」，可見昌黎之前已有學也。潮開化雖晚，然潮人之仕上國者，漢末有吳碭其人，擧孝廉爲安成長。事在建安二十年。見三國志呂岱傳。（吳志十五：「安成長吳碭及中郎將袁龍等首尾關羽，碭據攸縣。權遣橫江將軍魯肅攻攸，碭得突走。」其人附關羽以抗吳。）明黃佐廣東通志稱碭爲揭陽人。故潮、揭舊志均刋碭爲鄉賢之首，漢時揭陽奄有潮梅及粤贛交界地。故吳碭之活動及于湖南（攸縣），其仕至安成長，足見嶺表早沾中原文化，非自韓公始也。昔王深寧嘗以韓公歐陽詹哀辭言「閩人擧進士由詹始」一語爲失實，引閩川名士傳、登科記以駁之，著其事於困學紀聞。今之糾正孫氏，亦猶此意也。

❶ 張景撰柳開行狀：「開少遇老儒趙生，授以韓文。好之，自名肩愈。」宋人言古文始自柳氏。詳郡齋讀書志。

❷ 見歐公書韓文後。

❸ 錢基博：韓愈文讀。

❹ 載韓文外集五。

❺ 見全唐文，卷六百二十二。

❻ 詳五百家韓集文錄序注。

❼ 莘老，字起莘，四川眉州人，紹興八年進士。宋史有傳（卷三八七）。

❽ 文見傳增湘輯：宋代蜀文輯存，卷五十。

❾ 梅溪集，卷二十七，寄曾潮州詩。

❿ 凌廸知萬姓統譜有趙德傳。

附論一：宋時潮中韓文公遺跡

清順治間吳穎修潮志，有韓山小記。略云：

> 其峙於城之東者為韓山，從昌黎而名之也。舊名雙旌，其頂有三峯，形類筆架。韓愈刺潮時，嘗遊覽於此。後建祠其上。祠傍有木，為文公手植。郡人恒以花之繁稀，卜科名盛衰云，因名曰「韓木」。

潮人於韓公，去思至深，故名其山曰韓山，水爲韓水，木曰韓木。稽之舊三陽志，文公遺跡有可考者，略記如次：

（一）昌黎廟中之祭鱷魚圖。三陽志云：

> 越王走馬埒去潮州五里，平坦可容數百人（按此引元豐九域志）。昌黎遣秦濟以羊一、豕一祭鱷魚，故老所傳，（此）亦其地。今圖祭鱷魚事於昌黎廟者，乃金山後石龜頭之景物。其水心浮圖具寫之。其云：既祭，乃以浮圖鎮焉。及考金山後之壁記石龜頭，乃刊於太平興國之八年，自周侯明辨始。前此者因山傍之塹石，其奚地之可祭。

此段記載祭鱷魚地點應在走馬埒，非在金山後之石龜頭，其地皆不可考。惟謂金山有太平興國八年記，考吳穎志官師門，宋時爲潮州知事者，趙化、周明辨、趙瀆俱太平興國間任，即此人也。據三陽志，宋以來韓廟內即掛有祭鱷圖。宋咸平間，陳堯佐通判潮州，亦作驅鱷魚文。注韓文者每引陳氏此事。至於以祭鱷事入之畫圖，則所未載。

（二）天慶觀內木龜傳韓公所塑。三陽志云：

文公故迹，又有所謂天慶觀之木龜者。形則龜耳，以木為質，傳以泥摹之差重。下有刻字。其行二：一曰「唐刺史韓愈塑」，一曰「刺史職方陳鑄重修」。鑄之典州，實慶曆之三年。其去韓公幾三百載，而泥傳之質，至鑄猶在。今好事者加以采繪，立于北方鎮天神之足。

宋人相傳此龜卽自公所塑。

（三）韓亭內韓公像。章元振詩會諸官韓亭，有云：「我愛韓亭好，文公像逼眞。音容雖已往，英槩恍如新。」是韓亭原有文公像。

（四）韓木。舊圖經云：「邦人于此卜登第之詳。」楊萬里詩「莫爲先生一問天，身前身後兩般看。亭前樹子關何事，亦得先生賜姓韓。」南宋王大寶作韓木贊。三陽志云：「韓木卽橡木也。」後人名潮州八景，其一卽爲韓祠橡木，本此。

附論二：韓愈題名及其書法

韓公不以書名，韓祠內有白鸚鵡賦署名退之者，乃清初知府龍爲霖刻石。翁方綱有題記，加以證明。考愈書用退之題頴者，今可見有遼寧博物館藏小楷曹娥碑上端題字，云：

國子博士韓愈、趙玄遇、著作佐郎樊宗師、處士盧同觀。元和四年五月二十日退之題。

退字中間微損，字極古拙，必爲眞跡無疑。題名上有趙玄遇，蓋道士也。集古錄載愈嵩山題名云：

元和四年三月二十六日，與著作佐郎樊宗師處士盧仝，自洛中至少室謁李徵君渤。……明日上太室中峯，宿封禪壇下石室。……明日觀啓母石，入此觀與道士趙玄遇乃歸。閏月三日國子博士韓愈題。

新唐書愈本傳：「元和初，權知國子博士，分司東都，三歲爲眞。」元和四年己丑，愈年四十二歲。天封宮與曹娥碑卷上題名，蓋同年之事，時愈分司東都，同遊之人物，如樊、盧與趙，皆同。朱子校韓集，遺文之末收題名七篇，有天封宮記，應補入曹娥碑一款。

白鸚鵡賦亦署退之，惟字體近米襄陽，非唐人書。以曹娥題字證之，更形不類。故附辨之。

附論三：宋時潮州雅樂紀盛

自昌黎置鄉校，至宋而人才大盛。鄉校學額，舊圖經云：「元祐間王侯滌嘗少增其數。自曾侯登而後，所撥之田，具載于籍。養士舊額百有二十人。丁侯允元增五十人，今增至一百八十人，遂爲定額。」此宋末鄉校生員名數。王滌、丁允元俱爲韓公立廟，滌卽東坡爲撰碑之郡守，皆留心文教者也。

潮中文廟舊有樂，爲春秋二祭上丁釋奠之用。樂卽所謂大成樂，北宋政和間汴京所頒給者。南渡後，紹興二年，黎、盛、寇、潮、惠五州，州學被燬。三陽志載有劉昉撰秦唐輔修學記一文，云：

（紹興）十二年，敎官莆田林霆慨然興起，考古制、按音律，修舊補缺，與潮士肄習。……

今所存者：編鐘、編磬，其數十六；琴自一絃至九絃者十；星瑟、風簫、搏拊各二。潮學一新。士知古樂，教授林霆之力。

三陽志又記林霆以後繼修雅樂者云：

淳熙間，朱侯江易以樂工。紹定戊子，孫侯叔謹始命士人專充雅樂校正。樂工奏樂如故。寶祐戊午，刑部林侯光世以刪定嫡傳洞曉音律。丁祭前一月，出示家藏刪定平澤本樂章，……命郡傳趙崇郛與諸生讀習，時登歌奏樂者三十四人。音譜詳見祠堂石刻。

南宋以來，郡守如朱江、孫叔謹、林光世，皆於雅樂，提倡不遺餘力。潮一向有「海濱鄒魯」之稱，未始非諸公教澤所被，磨礱浸灌之功，有以致之？志乘只紀林霆事（郭春震嘉靖潮州志云：「林霆，蒲田人，紹興十年任（教授）。力建學舍，修補雅樂，有功於學校。」），自餘概未之及。賴永樂大典鈔存之三陽志，得以考見元以前州學中樂器樂章之概略。劉昉殘文，鄉乘無徵，吉光片羽，尤爲可貴。

余旅行國內各地，惟見嘉定縣文廟，泮池古檜，巍然無恙。宋代州學規模，依稀可覩。宋制釋奠奏雅樂，州學均行之。方志記載，間有可徵。茲因趙德而論及州學，故附記其雅樂盛況，以明「海濱鄒魯」之號所由來云。

一九八〇年六月於香港

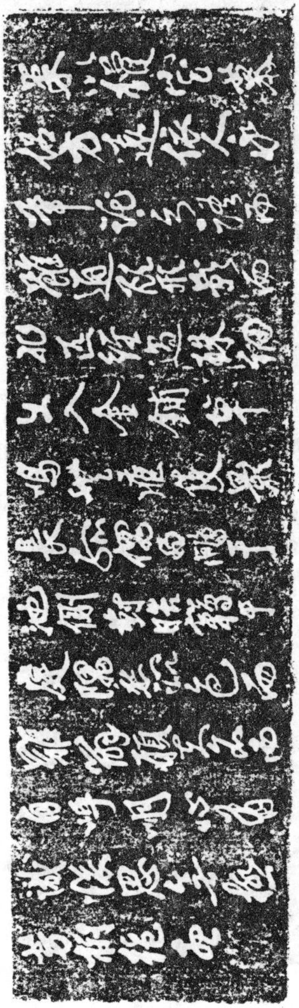

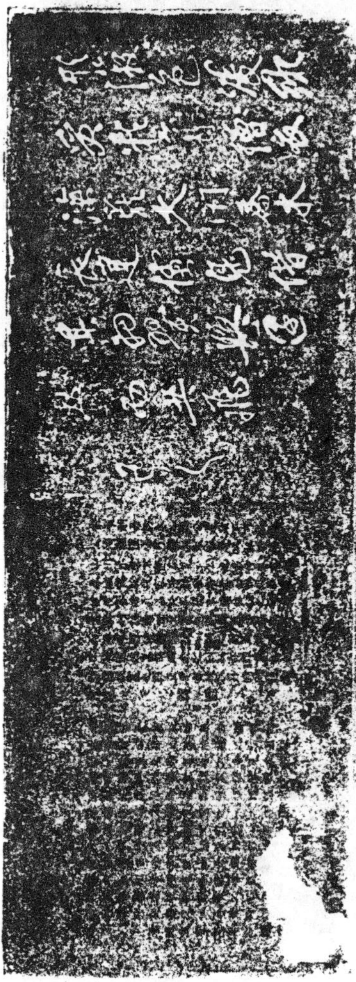

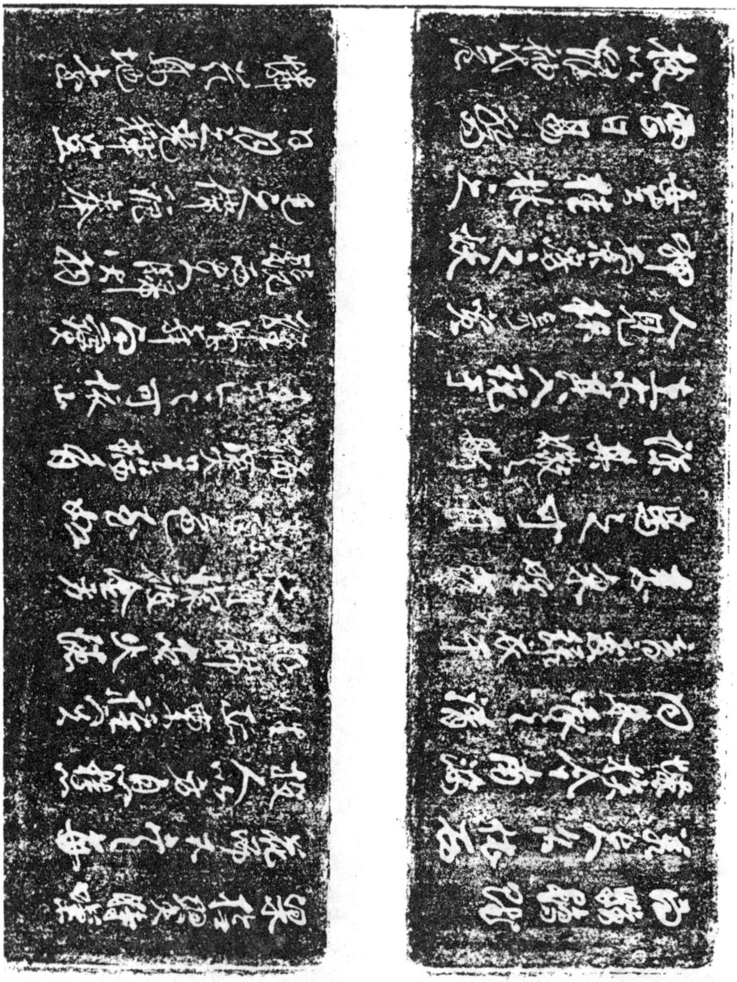

歐陽文忠集考異跋

歐陽文忠文集考異五十卷，二十四册。宋歐陽修原著，明曾魯考異。港大馮平山圖書館所藏者爲明洪武丙寅刻本，清呂葆中舊藏。此書每卷次行題：「臨江後學曾魯得之考異。」宋濂撰中順大夫禮部侍郎曾公神道碑稱：「其自著書有六一居士集正訛。」（宋學士全集十八。又，千頃堂目三十二箋注類）明文衡鄒緝書居士外集後云：「（李維武）者嘗得故禮部侍郎曾魯得之所校歐陽公居士內外集，知以爲奇寶而藏之。余嘗借得其外集，蓋板本大字，上下邊幅最高闊。曾公皆手自校讐，中間頗多缺板，又手自補完。曾氏家多古書，所校諸本，有吉本、家本刋諸集，辨其同異。及其改易增損，皆朱書小字於其上下旁邊，字極謹細。……是時曾公沒已久，其子坐事見籍，官散鬻其書，故維武購得之。……又以外集之文，罕有傳者，其所考異，尤爲難得，因取而備錄之。惟所校居士集五十卷，洪武初永豐縣令蔡玘已爲之鏤板，而建寧書坊又爲之傳刻，則此外集亦當與之並行也。」是所謂居士集正訛應包括外集，鄒緝見其稿本，言之鑿鑿，故備錄之。

卷二十四、三十五、五十卷末、俱有「時柔兆攝提格，縣人陳斐允章重校」一行。此丙寅乃洪武十九年也。東莞莫氏五十卷樓書目（卷十六）有歐集殘本三十四卷，前題「臨川後學曾魯得之考異，後學李均度校正」兩行。前均度序備述刻書原委，謂「洪武辛亥秋（一三七一）忝承永豐，首謁學官，得蔡侯行素新刊（歐陽）先生文集」。末題「洪武六年龍集癸丑」，則又在陳斐此本之前矣。清學部圖書館善本目亦藏是集，則題「臨川曾魯得之考異，古舒後學蔡玘行素訂定，番陽後學李均度校理，古溧後學俞允中校正」四行，可知鄒緝所稱蔡玘鏤板居士集，應先於洪武六年癸丑李均度校刊本，約在洪武四年辛亥略前。

此洪武十九年歐集考異，向來著錄者有三誤：其一誤爲宋、元刊。錢竹汀據其對「有宋諸帝」不跳行，故以爲元刻。乾隆間無錫鄒炳泰（曉屏）藏有是書，其午風堂叢談謂「居士集五十卷，卽歐公自定本。考異亦精核。此本尙是元刻」。鄒氏此書後歸海源閣，楊氏紹和楹書隅錄著錄，重定爲明洪武本是也。嘉業堂善本書影亦誤題作元刻。若江標宋元本行格表下，據留眞譜收曾魯此書，款式相同，行廿一字，而題作宋本，更謬。其一誤與蔡玘本相混。島田翰古文舊書考（卷四），已知此本刊於柔兆攝提格，卽洪武十九年刻本。惟因鄒緝語遂懵然謂居士集五十卷，洪武丙寅永豐縣令蔡玘依吉學所藏曾氏手定本，始爲之鏤板，遂稱此本蓋刻之者蔡玘，覆校之者陳斐。因題此本爲「洪武丙寅蔡玘刻本」。不知蔡玘知永豐在洪武辛亥以前，不能下至丙寅也。又一誤爲明正統刊。王重民北平圖書館善本題識稿九一二，題此書爲正統間刻本。所據理由爲永豐縣志選舉表。陳斐北坊人，永樂間諸貢，名次在永樂二十一年擧人周寧之後。以爲陳斐當洪武丙寅，年應尙幼，故移遲六十年，而定斐此本爲正統間重刻。按楊紹和、張菊生、趙萬里皆定此本爲洪武刊。今覈之諸刻工人名，皆當元末明初。張菊生謂與元刊遼、金二史刻工相同，恐其年壽不能下至正統丙寅，故以洪武刻爲合。方志貢生例厠于擧人之後，尤不宜據周寧之名以定陳斐之年次也。王氏又據永豐縣志名宦傳，蔡玘安慶人，吳二年乙巳知永豐。乙巳爲元至正二十五年，因謂此書初刻猶在元季。今按乙巳下至洪武辛亥，不過十年，鄒緝謂「洪武初永豐縣令蔡玘鏤板」，則玘宰永豐尚及洪武初年，李均度序謂洪武（四年）辛亥得蔡侯行素新刊歐陽先生文集，可爲證明。是謂此書初刻猶在元季，亦非，當以鄒緝說爲是。總之，是集洪武間刊刻不止一次。最初爲蔡玘刊，在四年辛亥略前；次爲六年癸丑李均度序刊；又次爲十九年丙寅陳斐刊，即此本也。

（原載香港大學馮平山圖書館藏善本書錄）

宋乾道癸巳高郵軍學刊淮海居士長短句跋與校記

跋

曩朱古微翁刻彊村叢書，苦秦淮海詞無善本，曹元忠因錄松江韓綠卿藏淮海集鈔本貽之。韓本黃蕘圃曾據宋本手校，其宋本原帙，未得見也，蕘翁目覩之宋刻，爲社壇吳氏舊藏淮海長短句，有目錄及上卷，中卷僅存第二第四，具詳其嘉慶庚午跋語。又道光元年重檢題記，此本內錯入淮海閒居文集序，其缺葉則爲明朱臥庵鈔補者。是册曾經潘氏滂喜齋藏，後歸吳縣吳湖帆。故宮又有淮海長短句殘本，向爲無錫秦對巖家藏，黃蕘圃曾從秦氏借校。是本民國十九年影印問世。厥後番禺葉丈遐庵取故宮及吳氏兩殘宋本，合併付刊，題曰「宋本兩種合印淮海長短句」，由是海內咸推爲善本。惜兩原本皆有殘缺，以舊校鈔補葉，仍非完璧。一九五七年，龍榆生點校蘇門四學士詞，其中淮海居士長短句，卽以葉本爲據。

葉本所據原爲南宋刊淮海集附刻。刋於何時何地，因有缺葉，未諳其詳。葉丈定爲乾道間杭郡刊本，蓋從集中宋諱缺筆推定，非別有碻據也。

去歲余在東京，讀書內閣文庫，見有宋槧高郵軍學本淮海集，內長短句三卷，友人清水茂敎授以影本見貽。其前有淮海閑居文集序四葉，又淮海居士長短句目錄二葉。目錄中「桃源憶故人」，「源」字從木，作桃榞，與吳湖帆本相同，知原出於一本。卷下吳本、故宮本多爲鈔補。其末頁，葉丈云：故宮係出自原板。今細勘之，與故宮本多符，惟「微波澄不動」句故宮本誤作「徵波」，此則不誤；乃知故宮本末頁，殆出補刋，不及此本之善也。

此宋本又有一字可正補鈔之訛者，卷下品令「又也何須肐織」，「肐」字葉本補頁作「吃」。按肐訓日氣，文意不貫。玉篇：「肐，身振也。」字在物韻，音迄。當以作肐爲是。此本「雨中花」，白玉二字仍誤合爲皇，說已見蕘翁校語。其與張綖本、胡民表本、鄧章漢本及葉本歧異處，另詳校記。

最足珍異者，卷末有乾道癸巳正月望日三山林機景度撰淮海居士文集後序十九行，稱：「里人王公定國牧是邦，校集成編，總七百二十篇，釐爲四十九卷，板置郡庠。」序後題記：「高郵軍學淮海文集計四百四十九板。」是此本明爲乾道癸巳高郵軍學刻本，吳本、故宮本與此既相同，則向所疑爲杭郡刋本，應據訂正云。乙巳正月饒宗頤。

校記

校記中稱二宋本，卽指葉遐庵丈合印之吳湖帆及故宮所藏之兩宋本。張本，指嘉靖己亥張綖刋本（四部叢刊景印）；胡本，指嘉靖乙巳胡民表本；鄧本，指本書附錄一之鄧章漢本。三本同出一原，只有微異耳。

淮海閒居文集序　四葉，板心標題亦同。黃蕘圃跋稱係錯入。同治王敬之本，淮海後集卷六末載淮海閒居集序，四行。

目錄卷中

迎春樂　張、胡、鄧本此題在卷上之末。

桃榡憶故人　榡字从木，二宋本同。

望海潮四首　張、胡、鄧本下題「廣陵懷古」。

珠簾　東風　張、胡、鄧本「珠」作「朱」，「東」作「春」。

其二　張、胡、鄧本作「又」，下題「越州懷古」。

臺荒　依俙　二宋本同。張、胡、鄧本作「荒臺」「依稀」。

其三　張、胡、鄧本作「又」，題「洛陽懷古」。

水澌　二宋本同。張、胡、鄧本作「冰澌」，是。

其四　張、胡、鄧本作「又」，題曰「別意」。

沁園春　張、胡、鄧本題作「春思」。

水龍吟　張、胡、鄧本題作「贈妓婁東玉」。

朱簾　張、胡、鄧本，「朱」作「疎」。

八六子

凄凄　張、胡、鄧本作「萋萋」。

夢揚州

長記　二字誤連上闋之末。二宋本同。

雨中花

正天風　張、胡、鄧本「正」作「見」。

寒皇　二宋本，張、胡、鄧本並同誤。黃蕘圃校：「皇」應分作二字，「白」連上叶韻，「玉」連下女字爲文。按彊村本已據改。

促拍滿路花

在天碧海　張、胡、鄧本同。詞律補注作「任青天碧海」。

咫尺　葉印宋本咫字右旁殘脫。

長相思

不應同是悲秋　張、胡、鄧本「不」下五字皆脫。

滿庭芳

萬點　張、胡、鄧本「萬」作「數」。

黃昏　張、胡、鄧本多注晁云二十字。

其二　其三　張、胡、鄧本並作「又」。

滿園花

也不能得勾　闋末五字刻板時縮爲四字位置。二宋本同。

（以上七葉為長短句上）

迎春樂　張、胡、鄧本悉移作上卷之末。故宮補葉同張本，非。

香香　張、胡、鄧本作「花香」。注云：「花香原作香香，恐是當時語。」二宋本補葉同張本。

鵲橋仙

傳恨　張、胡、鄧本「傳」作「傅」，非。故宮補葉同張本。

菩薩蠻

翠幌　張、胡、鄧本「幌」作「幔」。故宮補葉同張本。朱臥庵鈔補作「幙」。

減字木蘭花

黛娥　張、胡、鄧本及二鈔補葉俱作「蛾」。

不展　張、胡、鄧本二宋鈔補葉並「展」作「轉」。

畫堂春

手撚　二宋本並同从木，張、胡、鄧本改從扌。

踏莎行　張、胡、鄧本詞後有坡翁語王直方詩話共二百十餘字。故宮補葉同有。

蝶戀花

閑風雨　各本同。故宮補葉「閑」作「閒」。

一落索

空飛　各本同。故宮補葉作「飛空」。

醜奴兒

十二間　各本同。故宮補葉作「閒」。

醉桃源　調名下注：「以阮郎歸歌之亦可。」張、胡、鄧本作「即阮郎歸」。

河傳二首

　底死　張、胡、鄧本「底」作「抵」。

其二　張、胡、鄧本作「又」。

浣溪沙

其二　張、胡、鄧本作「又」。

　牽繫　張、胡、鄧本及兩鈔補葉「繫」幷作「恨」。

其三

　一段　兩鈔補葉「叚」作「段」，是。

其五

　詞末　張、胡、鄧本有附注廿餘字，故宮補葉同有。

　後段　本作後段。

如夢令

其二　其五　張、胡、鄧本並作「又」。

　沉沉　二宋補葉作「沈沈」。

阮郎歸

　退花　張、胡、鄧本退幷作「褪」。

其二　其四　張、胡、鄧本幷作「又」。

身有恨　張、胡、鄧本「身」作「更」。

其三

春雨　二宋本原板「春字」已裂。

已無　張、胡、鄧本「巳」作「也」。

滿庭芳

題目　張、胡、鄧本題作「咏茶」。

圓壁　二宋本同作壁。張、胡、鄧本作「璧」，是。

搜攪　二宋本張、鄧本幷作「攪」。彊村校從毛刻作攪，胡本作欖，誤。

其二

古臺　張、胡、鄧本「古」作「高」。

其三

揮座　張、胡、鄧本「座」作「塵」。

開缾　張、胡、鄧本「缾」作「尊」。

玉塵　張、胡、鄧本「塵」作「乳」。

香泉　張本同。胡本鄧本作「奔泉」。

（以上八葉為長短句中）

右二……右十　故宮補鈔幷無之。

樂昌曲子

嗚簫　張、胡、鄧本簫俱作笳。

菱花半壁　張、胡本「璧」作「壁」。

是　張、胡、鄧本作爲主。

崔徽曲子

衣中夜　張、胡、鄧本「中夜」作「深夜」。故宮鈔補同。

無雙詩

姊家　張、胡、鄧本「姊」作「伊」。

明俊　故宮鈔補「俊」作「彥」。

襄王　張、胡、鄧本鈔補葉幷作「襄江」。

灼灼詩

那復　張、胡、鄧本二宋鈔補「復」作「得」。

沉沉　二宋鈔補作「沈沈」。

眄眄　張、胡、鄧本鈔補葉幷作「眄眄」。

唯望　張、胡、鄧本「唯」作「回」。

鶯鶯詩

花樹　張、胡、鄧本鈔補葉「樹」作「影」。

虞美人

其二　張、胡、鄧本其二作「又」。

縈回　張、胡、鄧本鈔補葉「回」作「洄」。

點絳唇二首　張、胡、鄧本有「桃源」題。鈔補葉同有之。

其二　張、胡、鄧本作「又」。

鳥啼　張、胡、鄧本，鈔補葉「鳥」幷作「烏」，是。

班班　各本作「斑斑」。

品令

何須肐　張、胡、鄧本皆同宋本。鈔補葉作「吃」。

其二　鈔補無此兩字。張、胡、鄧本作「又」。

掉又惧　「惧」，張、胡本作「懼」，鄧本作「臞」。故宮鈔補葉作「臞」，誤。

無限憐惜　張、胡、鄧本同。宋本作「無門」，非。

臨江仙　張、胡、鄧本及鈔補葉有「二首」二字。

挼藍浦　張本作「挼」，胡本作「桵」，鄧本作「接」。

微波　葉氏二宋本稱此葉爲故宮原版，但「微」誤作「徵」。又此葉版心有「八」字。又刻工「劉某」，故宮本所無。

（以上八葉為長短句下）

修正淮海詞版本系統本

- 宋乾道癸巳高郵軍學本
  - 吳湖帆藏本
  - 故宮藏本
    - 民十九年影印本
    - 朱古微彊村叢書校刊本
    - 番禺葉氏兩宋本合影本
  - 明嘉靖張綖鄂州本（己亥）（四部叢刊影）——明嘉靖高郵守胡民表本（乙巳）（有綖弟繪跋港大馮平山圖書館藏）
    - 清乾隆四庫本
    - 明萬曆李之藻高郵刊本——清道光王敬之高郵刊本（四部備要本）
    - 明末錢塘鄧章漢編刊本附詩餘一卷
    - （內閣文庫藏）與段本同
    - 明段君斐武林本有徐渭評——清同治秦元慶家塾本
    - 明汲古閣六十名家詞本……清康熙黃子鴻校毛本
    - 汲古閣詞苑英華秦張詩餘內少游詩餘本

（原載景宋本淮海居士長短句）

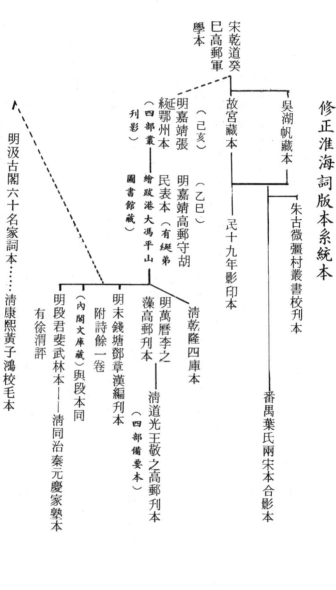

宋詞書錄解題

總集類

詞評類

比歲歐陸學人，有宋史研究之計劃（Sung Projects），以法京巴黎大學及高等研究院（Ecole Pratique Des Hautes Etudes）為中心，廣徵宇內治趙宋史事者，共勷盛舉，而史籍提要，遂為著手之先務。作者被邀，參與其列，任詞籍工作，以余舊有詞籍考稿，撰寫綴緝，較易為力也。右列總集及詞評提要共十七種，卽其中一部分。每篇區分項目兼註明參考資料，卽依同人所定體例為之。本文有數篇，曾由Donald Holzman君迻譯，雅意可感。玆將原文刊布，藉供同好之瀏覽。至於別集部分，數逾二百，一時難以殺青，整理付印，請俟異日。饒宗頤并識。

樂府雅詞

作者姓名　宋曾慥編。

作者始末　慥字端伯。晉江人。紹興間官至尙書郎，直寶文閣，奉祠家居。著述甚富，有皇宋詩選、類說及高齋漫錄。本書自序為紹興丙寅（十六年，卽公元一一四六年）。

本書內容　自序謂裒合所藏名公三十四家長短句而成。首為九重傳出之「轉踏」，次為諸公「轉踏」及「大曲」，又次為諸家「雅詞」，末為拾遺，卽不知名之雅詞百餘闋；計轉踏三家，大曲一家，雅詞三十一家，內晁无咎一家兩見。其中鄭僅、董穎兩家較為少見。案鄭僅字彥能，彭城人，徽宗朝官至侍郎，事蹟具宋史三五三。董穎字仲達，饒州德興人，與韓子蒼徐師川遊，著有霜傑集，見直齋書錄解題。又如李蕭遠等詞集已佚，姓名不顯，亦賴此編以傳。

是書所錄詞，凡涉諧謔者，托豔曲以誣歐陽修者，悉皆删除，故名「雅詞」。蓋熙豐以後，滑稽之詞漸盛，政和間曹元寵作紅窗迥及雜曲數百解，聞者絕倒，尤爲無賴之魁。又万俟雅言自分其集爲雅詞與側豔兩體。汴京末造之風如此，皆曾慥所欲挽之狂瀾也。觀其所收曹元寵三十一闋，並無側豔諧謔之詞，悉與序旨相合。朱彝尊跋云：「作長短句必曰雅詞，蓋詞以雅爲尙。得是編，草堂詩餘可廢矣。」又云：「九張機詞僅見此，而高麗史樂志則節度猶具，所謂禮失而求諸野也。」

版本

直齋書錄解題載「樂府雅詞三卷，拾遺二卷」，文獻通考作「樂府雅詞十二卷，拾遺二卷」，陳第世善堂書目作十四卷。朱竹垞鈔自上元焦氏者詞三卷，拾遺二卷，跋稱三十四家與自序合，因信爲足本。案各本卷數不同，而人名篇次悉同。但卷首等曲或各自爲卷，或以原三十一家之三卷析爲六卷，要以朱跋所云三十四家爲可據。拾遺中佚名之詞，各本間有補名，亦頗參差，並不能盡信。又趙萬里云：四庫全書本於空缺處輒臆爲塡補，不足據。

孫星衍平津館藏影寫本（五卷）。

趙輯寧星鳳閣校鈔本（趙萬里云：與詞學叢書本無甚出入）。

讀有用書齋藏朱竹垞傳鈔本四册（四庫全書本同出竹垞傳鈔），士禮居藏明鈔本八册。

（以上鈔本）

江都秦恩復詞學叢書本三卷，拾遺二卷（此本又有光緒六年重修本）。

粵雅堂叢書本（從秦本出，卷一轉踏大曲，卷二至卷六各家雅詞，拾遺分上、下二卷，所補主名五十餘人。各卷有校語，各家名下有小傳）。四部叢刊影鮑淥飲校鈔本（分上、中、下三卷，拾遺上、下二卷，補名只數人，各人無小傳）。

參考資料　直齋書錄解題十七劉狀元東歸集及卷十八霜傑集條。朱彝尊曝書亭集四三。曹元忠箋經室集秦刻樂府雅詞跋。王灼碧雞漫志二。楊愼詞品四天仙子條誤作曹西士。四庫提要一九九。厲鶚宋詩紀事四八。洪邁夷堅乙志一六。趙令畤侯鯖錄一東坡送鄭彥能詞。

梅苑

作　　者　宋黃大輿編。

作者始末　大輿（倪燦宋史藝文志補作大隅）字載萬，又號岷山耦耕。蜀人。自序此書成于己酉，蓋宋高宗建炎三年（公元一一二九）。王灼云：「吾友黃載萬歌詞，號樂府廣變風。有賦梅花數曲，亦自奇特。」又記載萬虞美人一詞，謂壓倒前輩。分見碧雞漫志各卷中。載萬蓋卒於碧雞漫志成書之前。昭德先生讀書後志二有黃大輿韓柳文章譜三卷。

本書內容　書十卷。自序云：「己酉之多，予抱疾山陽，三徑掃迹。所居齋前，更植梅一株。晦朔未逾，略已粲然。於是錄唐以來詞人才士之作，以爲齋居之翫，目之曰『梅苑』。」千頃堂目稱其集北宋之詠梅詞，全宋詞轉載凡二百五十六首。

版　本　毛氏汲古閣影宋寫本。

康熙丙戌揚州使院重刻本（棟亭十二種本），古書流通處影印。

武進李氏聖譯樓新刻本（據吳縣曹氏校何小山戈順卿本移錄）。

群賢梅苑佚文（李本所佚共十八首。卷五補十一首，卷十補七首。趙萬里校輯宋金元人詞。標名多「羣賢」二字。舊本或題朱鶴齡編，取黃大輿本顛倒割裂之，乃書賈售僞者所為）。

參考資料　王灼碧雞漫志二、四各卷。厲鶚宋詩記事四三。四庫提要一九九。

草堂詩餘

作　者　書坊編集（據直齋書錄解題卷二一）。

作者時代　王楙野客叢書卷二四「蝶粉蠭黃」條云：草堂詩餘載張仲宗滿江紅詞「蝶粉蠭黃」注：「唐人宮妝。」王楙書自序於慶元元年（公元一一九五），知草堂詩餘出於慶元以前，且其書已有注。

本書內容　陳直齋記草堂詩餘二卷，據元刋本推知其分春、夏、秋、冬各類，以便酒樓應歌之用。其後繼續有所增添。尤以采錄花菴詞選之說為多。但書名既題作「增修箋注妙選群英草堂詩餘」，卷數則分前集、後集，每集又各分上、下二卷，與陳直齋見本不同矣。此種可名曰「分類本」。由現存元刋及明洪武刋、明嘉靖荊聚刋，可比勘其大體從同。若删去其每首標有「新增」或「新添」之詞，當距宋人原貌不遠。大抵舊編詞話，以引用苕溪漁隱爲主；其引及花菴者，則後人所增也。此外又有所謂「分調本」，出自明嘉靖間顧從敬，以長調、中調、小令分列。因字數順次，吟誦較便，故明代後半期盛行其書。萬樹詞律力斥其妄。案宋人詞集，不以宮調彙列者，如白石歌曲、日湖漁唱，皆以令、慢分編，不聞長調、中調之名也。然草堂諸本，如陳繼儒之箋釋，沈際飛之批點，最流通於明末清初之所謂兔園册，率不越顧氏窠臼。

版　本　元至正辛卯雙璧陳氏刋本（收詞三六八首，北平圖書館善本書目有此元刋元印本）。
元至正癸未廬陵泰宇書堂刋本（日本狩野直喜有前集，以洪武刋本後集配足之）。
明洪武壬申遵正書堂刋本（據至正陳氏本重雕，收詞三六七首，新添八一首，新增二三首）。
有吳氏雙照樓景印本。
四部叢刋景明安肅荆聚本。

參考資料　江藩半氈齋題跋上。日本中田勇次郎草堂詩餘版本研究。朱彝尊詞綜發凡。四庫提要一九九。

絶妙詞選（四庫提要題作「花菴詞選」。前十卷曰唐宋諸賢絶妙詞選，後十卷曰中興以來絶妙詞選。）

作　者　宋黃昇編。

作者始末　黃昇，字叔暘，號玉林，又號花菴詞客。閩人。游受齋頗稱其詩，閩帥樓秋防目爲泉石清士。自作有散花菴詞一卷。此書自序成於淳祐己酉（公元一二四九）。

本書內容　書凡二十卷。前十卷曰唐宋諸賢絕妙詞選，共一百三十四家。第一卷起唐李白終五代馮延巳，第二卷至第八卷起宋歐陽修至宋王昴，第九卷僧侶，第十卷閨秀。後十卷曰中興以來絕妙詞選，共八十九家。第一卷起南宋康與之，至第十卷末爲自作詞三十八首。詞人排列先後不甚嚴。自序云：「長短句始於唐，盛於宋。唐詞具載花間集，宋詞多見於曾端伯所編，而復雅一集（指銅陽居士復雅歌詞），又兼采唐宋，迄於宣和之季，凡四千三百餘首。」其意蓋欲繼三書之後而有所去取。四庫總目提要云：「昇本工詞，故精於持擇，非草堂詩餘之類，參雜俗格者可比。每人名之下各註字號里貫，每篇題下間附評語，俱足以資考核。在宋人詞選，要不失爲善本。」然詞題不免坊刻應歌之陋，蓋非全自各家專集采錄也。

版　本　明萬曆二年舒氏翻刻宋本（四部叢刊本從萬曆本出，分唐宋諸賢及中興以來二部）。

汲古閣刊詞苑英華本（從萬曆本出，又有上海書坊石印本）。

民國十三年武進陶氏涉園影宋本中興以來絕妙詞選十卷（此從石渠寶笈舊藏本影刊，每半葉十三行，行二十三字，惜僅得花菴原選之後半）。

參考資料　四庫總目提要一九九。厲鶚宋詩紀事六九。

陽春白雪

作　者　宋趙聞禮編。

作者始末　趙聞禮，字立之，一字粹夫，號釣月。臨濮人。自著有釣月集。此書所選知名詞人如王聖與（沂孫）輩，皆入元後尚生存者。其第八卷丁無隱齊天樂題云：「庚戌元夕，都下遇趙立之。」此庚戌歲，應是宋理宗淳祐十年（公元一二五〇）。

本書內容　書八卷，外集一卷。阮元研經室外集卷三云：「此從舊鈔依様倣寫，所選凡二百餘家。宋代不傳之作，多萃於是，去取亦復謹嚴，絕無猥濫之習。自錄詞如玉漏遲、法曲獻仙音、瑞鶴仙等闋，字鍊句琢，非專以柔媚爲工者可比也。」張炎詞源下云：「近代詞人用功者多，如陽春白雪集，如絕妙詞選，亦自可觀。」至直齋書錄解題卷廿一云：「陽春白雪五卷，取草堂詩餘所遺，以及近人之詞。」則所謂五卷本今已不見。然所述內容，與九卷本無大差異。秦恩復謂非完書，以傳本證之，無編時序跋，且體例不純，甚至有誤以他人詞爲己作者，疑結集非出趙氏之手也。

版　本　道光己丑江都秦恩復詞學叢書本（似與阮元寫本同出。秦恩復跋云：「世鮮傳本，雖有鈔借，得失互見。句讀押韻不同者，條註句下，不能強通者，空格以俟考補。」）

道光間錢塘瞿氏刻本。

咸豐癸丑粵雅堂叢書本（從秦本出）。

參考資料　商務印書館景印委宛別藏本（九卷）。周密浩然齋雅談下。趙萬里校輯宋金元人詞釣月詞。厲鶚宋詩紀事七七。

絕妙好詞

作　　者　宋周密編。

作者始末　密（一二三二——一二九八）字公謹，號草窗，又有蘋洲、四水潛夫、弁陽老人諸號。浙江吳興人。幼年隨父游宦，後仕臨安府幕屬。及爲義烏令，即遭宋亡。不仕，兵火破家，依妻黨楊和王後人居杭。積三世藏書，凡四萬二千餘卷，又三代以來吉金石刻一千五百餘種。善畫能詩，尤工歌詞，出楊纘之門，與王沂孫、張炎齊名。詞集名蘋洲漁笛譜，詩集名草窗韻語。入元後，以故國文獻自任，撰有齊東野語、癸辛雜識、武林舊事、浩然齋雅談、志雅堂雜鈔諸書。（近人夏承燾著草窗年譜，頗詳審。）

本書內容　書七卷，編選南宋人歌詞，始張孝祥終仇遠，凡百三十二家，詞不滿四百首。張炎詞源云：「如陽春白雪集，如絕妙詞選，亦自可觀，但所取不精一，豈若周草窗所選絕妙好詞之爲精粹！」錢遵王云：「卷中詞人，大半余所未曉，此本經前輩勘閱，姓氏下各標出處里第。」其後天津查爲仁，錢塘厲鶚合爲之箋，或因詞而考其事，或因人而附其佚聞以及諸家評語，與其人之名篇秀句，咸附錄之，其疏通證明之功，有不可泯者。箋成於乾隆己巳（公元一七四九），其後余秋室及徐楙先後從草窗他著所錄詞，輯爲續鈔二卷。迄今盛行者，並是此本。

版本

汲古閣精鈔本二冊。

康熙廿四年小幔亭刋絕妙好詞七卷。（柯煜爲錢遵王姪婿，因借得錢氏藏本，與從父柯崇樸等共校序刋之，第一卷爲錢遵王、柯崇樸同校。）

康熙卅年錢塘高士奇覆刋柯本。

乾隆十五年天津查氏刋查厲合箋本七卷。

道光戊子錢塘徐楙重刻箋本七卷，附續鈔二卷。錄存柯序高序及竹垞年譜，可證世傳竹垞詭得此書之誣。

會稽章氏刻本（附續鈔）。

四部備要排印本（從徐本出）。

上海掃葉山房石印本（從徐本出）。

世界書局排印小字本（從徐本出）。

近年各書局標點小字本。

清姚燮有絕妙好詞校稿，未見。

參考資料

四庫提要一九九。夏承燾唐宋詞人年譜。

樂府補題

作　者　書無編者名。或以爲陳恕可，或以爲仇遠，或謂陳、仇二人合編。（劉毓盤詞史作周密撰，誤。）

作者始末　書中同時分賦者十四人，皆宋遺民，卽王沂孫、周密、王易簡、馮應瑞、唐藝孫、呂同老、李彭老、陳恕可、唐珏、趙汝鈉、李居仁、張炎、仇遠等，及佚名一人。因唐珏曾改殯宋陵遺骸，義聲著聞，此書始爲人注意。佚名一人疑爲王英孫。號修竹，宋故名族，收骸貲用，悉其所出，故深自匿諱而佚其名。所云宛委山房，則陳恕可之居也。

本書內容　書載天香賦龍涎香八首，水龍吟賦白蓮十首，摸魚兒賦蓴五首，齊天樂賦蟬十首，桂枝香賦蟹四首。先是，元江淮諸路釋敎都總統楊璉眞伽發掘越州宋帝后六陵，骸骨棄草莽中，理宗顱骨且爲北軍投入湖水，人皆痛憤。唐珏（字玉潛）、林景熙（字德陽）遂相率爲采藥者，至陵上，以草囊收拾之，盛以二函，託言佛經，葬於越山，種冬青樹爲識，林景熙詩所謂「年年杜宇泣冬青」者也。其歲應爲戊寅（宋景炎三年，元至元十五年，公元一二七八）。近人夏承燾推論本書賦題，大抵龍涎香、蓴、蟹，乃指宋帝，蟬與白蓮則託喻后妃。

淸初黃梨洲萬季野全謝山諸氏議紹興冬靑義士祠祭，尙未見此書。朱彝尊序刋時，亦僅知唐玉潛拾骸而已。厲樊榭論詞絕句，始以補題之蟬、蓴與冬青並說。至周止菴詞選直謂玉潛詞為元僧發宋陵而作。夏承燾作樂府補題考，分考事、考人、考年三章，頗詳審。

版　本　此書舊刊本未見。朱彝尊序稱常熟吳氏鈔本，休寧汪森携至京師，宜興蔣景祁激賞之，遂鏤版以傳。四庫本據之，謂康熙中始傳於世。

知不足齋叢書本（略有校語而無朱序）。

叢書集成初編本（從知不足齋出）。

彊村叢書本（跋稱出知不足齋，但中有校語二條微異）。

道光庚子仁和王氏刻漱六編本。

杭州顧氏刻本（見張德瀛詞徵四）。

徐珂校本（在天蘇閣叢刊第一集）。

參考資料　四庫總目提要一九九。周慶雲兩浙詞人小傳。夏承燾唐宋詞人年譜（周草窗年譜附錄之二樂府補題考）。

宋舊宮人詩詞

作　者　宋宮人王清惠、陳眞淑、黃慧眞、何鳳儀、周靜眞、葉靜慧、孔清眞、鄭惠眞、方妙靜、翁懿淑、章妙懿、蔣懿順、林順德、袁正淑、章麗眞、袁正眞、金德淑等十七人所作詩詞，彙編成册。但書內未題編輯者姓名，知不足齋本編作汪元量湖山彙稿附錄。

作者始末　王淸惠字冲華。位昭儀，能屬文。雖鶴骨癯貌，但度宗卽位後批答畫聞，皆出其手。赴北時，有題驛壁滿江紅詞。後爲女道士。汪元量有女道士王昭儀仙游詞，蓋卒於汪氏南歸之前。其他並宋舊宮人。

本書內容　本書據知不足齋本，卷首有不記名氏小序云：「水雲留金臺一紀，琴書相與無虛日。秋風天際，束書告行，此懷愴然，定知夜夢先過黃河也。一時同人，以『勸君更盡一杯酒，西出陽關無故人』分韻賦詩爲贈。」書載分韻詩十四首，及章麗貞三人詞三首，又附王淸惠和呈水雲詩三首。案水雲爲汪元量別號，字大有，錢塘人，布衣，以善琴事謝太后。宋亡，隨三宮留燕，後爲黃冠師，于元世祖至元廿五年（公元一二八八年）南歸。著有湖山類稾水雲集。謝翶晞髮集有續琴操哀江南四章，序謂：「汪（水雲）南歸，舊宮人會者十八人，釃酒城隅，與之別。」此書作者十七人，並汪計之，則謝序所謂「會者十八人」數亦相合。而王國維指此書爲僞作，謂：「王昭儀卒于水雲南歸之前。」又謂「宋少帝在至元廿五年學佛於吐番。瞿佑歸田詩話載少帝送水雲南歸詩，一若少帝此時尚在大都者，可謂拙于作僞」云云。檢此書鄭惠貞詩云：「歸見林逋煩說似，唐僧三藏入天西。」則明指少帝學佛于吐番。汪元量有瀛國公入西域爲僧號木波講師詩，王說未確（參王堯：趙㬎遺事考辨，見「西藏研究」一九八一年創刊號）。

版　本　知不足齋叢書本（廿四集）。

參考資料　王國維觀堂集林十七。陳世崇隨隱漫錄。孔凡禮輯校增訂湖山類稿附錄三所集宋宮人詩詞甚備。

全芳備祖

作　者　陳景沂編輯、祝穆訂正。

作者始末　景沂，浙江天台人。號「江淮肥遯」，「愚一子」，並見書中題署。祝穆，字和甫，福建建陽人，受業於朱熹。理宗時錄進所撰方輿勝覽七十卷，除廸功郎，爲興化軍涵江書院山長。景沂自序本書爲寶祐丙辰（宋理宗寶祐四年，公元一二五六）。

本書內容　本書題作「天台陳先生類編花果卉木全芳備祖」。前集廿七卷，後集卅一卷。趙萬里校輯宋金元人詞引用書目云：「前集爲花部，後集一至八卷爲果部，十至十二卷爲卉部，十三卷爲草部，十四至十九卷爲木部，二十至二十二卷爲農桑部，二十三至二十七卷爲蔬部，二十八至三十一卷爲藥部。每一物分『事實祖』『賦詠祖』二類。『賦詠祖』收宋人詠物詞凡千餘首，多他處所未見者。」案後集第九卷不知究爲何部，趙氏此文，仍沿提要之誤。

版　本　此書未見刻本，舊抄本以臨清徐氏舊藏有「祁國郡圖書」一印者爲佳，他本頗有刪節，此本獨全。日本宮內省圖書寮所藏題作宋刋，董授經（康）見之，謂爲元槧。見于著錄各本如下：

臨清徐氏舊藏舊鈔本（見趙萬里校輯宋金元人詞引用書目）。

西浦樓敬思舊藏影寫本（見孫星衍平津館鑒藏記三）。勞氏校鈔本，今藏太倉圖書館（見董授經書舶庸譚二）。日本圖書寮藏宋刋本——前集缺一至十二卷，後集缺十四至十七卷（亦詳書舶庸譚）。

參考資料　趙萬里校輯宋金元人詞。孫星衍平津館鑒藏記。董康書舶庸譚。日本宮內省圖書寮漢籍善本書目。四庫提要一三五。

群書會元截江網

作　　者　不著撰人名氏，首題太學增修，中有淳祐、端平年號，蓋理宗時程試策論之本。（元時麻沙刻本有至正七年胡助序，故千頃書目誤為助撰。）

本書內容　全書三十五卷，凡分六十五門，羅輯舊文以應科場考試之用，此種類書，出自士大夫者，如永嘉八面鋒之類是，出自坊本者，則爲是書之類；在當日爲俗書，在後世則爲古籍矣。截江網所收詩詞甚富，全宋詞于有主名之作，已分載各人卷內；其失去主名之慶壽詞，則彙爲一卷。

版　　本　全宋詞二九六截江網一卷，九十九首。采自原書第四、第五、第六各卷，意主搜羅，不必盡爲佳作也。

參考資料　四庫提要一三五。

翰墨大全

作　　者　宋劉應李撰。

作者始末　應李字希沁，號省軒。自題爲鄉貢進士，里籍未詳。序其書者爲熊禾，字去非，建陽人，咸淳十年進士，宋亡不仕，有勿軒集。應李當亦宋末元初人。

本書內容　凡一百二十五卷。元刻本作新編事文類聚翰墨大全一百二十七卷。書仿祝穆事文類聚之例，分二十五門。中錄宋元人詩餘凡千餘首，以慶壽門排日詩詞數卷爲最富，大半皆建安人作。全宋詞于有主名之作分載各人卷內，其失去主名者彙爲一卷。

版　　本　全宋詞二九七翰墨全書一卷。凡詞八十一首，采原書後甲集卷八、乙集卷九、丙集卷二、丁集卷二、辛集卷十、庚集卷廿四等佚名之作。然如賀新郎寄陳同甫「把酒長亭說」一首，稼軒詞乙集及十二卷本卷一，並載此詞，蓋未細檢也。

參考資料　四庫提要一三七及一六五勿軒集條。趙萬里校輯宋金元人詞引用書目。

（以上總集類）

時賢本事曲子集

作　　者　宋楊繪撰。

作者始末　繪字元素。綿竹人。登進士第，仁宗朝，知興元府。神宗朝，官御史中丞，陳新法之害，罷知亳州，哲宗初再知杭州，卒年六十二。有集八十卷。張子野、蘇東坡並有和元素自撰腔泛金船詞，所謂霅溪六客之一也。事蹟具宋史三二二。

本書內容　全書久佚，就輯本觀之，蓋先敍本事，次錄其詞，猶孟棨之本事詩也，是爲最古之詞話。宋元人詞籍中引及此書者，或名「京本時賢本事曲子後集」，或名「本事曲集」，或名「本事集」，或名「本事曲」。就「京本」說，可推知刻本非一；就「後集」說，可推知尚有前集。

版　本　梁啟超輯有佚文數則，撰記時賢本事曲子集一文，蓋羅泌編歐陽公近體樂府，及吳訥宋賢詞本之東坡詞，凡引楊繪此書有五則也。趙萬里從漁隱叢話、敬齋古今黈，續有所輯，通計不過敍事九則，錄詞二十首，未知視原編卷帙如何。

趙萬里校輯宋金元人詞第五冊時賢本事曲子集一卷。

參考資料　東坡樂府編年本卷一。張子野詞補遺上。飲冰室全集書籍跋（文集第十六冊）。

復雅歌詞

作　者　宋鮦陽居士輯。

作者始末　直齋書錄載此書云：「鮦陽居士序，不著姓名。」草堂詩餘引詞話，則直作「鮦陽居士云」。案漢書地理志、汝南郡有鮦陽縣，鮦字應從廣韻集韻與紂同音。又黃花奄自序其詞選云：「宋詞多見于曾端伯所編，而復雅一集，又兼采唐宋，迄于宣和之季。」疑南渡之士，不忘祖貫，因稱鮦陽居士，猶周草窗自號爲華不注山人也。

本書內容　直齋書錄載其書五十卷，謂末卷言宮詞（疑調字）音律頗詳；黃花菴自序其詞選云「復雅一集，兼采唐宋迄於宣和之季，凡四千三百餘首」，知其原爲總集巨帙，兼著詞話。書名復雅，當與曾慥編名雅詞同義，觀張皋文詞選引其「缺月剌明微」之說，雖並被穿鑿之譏，而其欲尊詞體之意則灼然矣。趙萬里云：「明刻重校北西廂記引李邴調笑令，云出復雅歌詞後集，知其書又分前、後集。」

版　　本　卷佚已久，故他書引其說者不多。趙萬里所輯十則，載校輯宋金元人詞第五冊。

參考資料　直齋書錄解題二一。漢書補注地理志八鮦陽下引王引之說。

碧雞漫志

作　　者　宋王灼撰。

作者始末　王灼字晦叔，號頤堂，自署籍貫爲小溪，蓋四川遂寧府小溪縣人。紹興中嘗爲幕官。乙丑冬（紹興十五年）客居成都碧雞坊，日有歌酒之會。自序此次舊稿增成五卷之時，爲己巳三月（高宗紹興十九年。卽公元一一四九年）。所著書尚有糖霜譜一卷，頤堂文先生集五卷附頤堂詞一卷。

本書內容　自序云：「予每飲歸，卽錄是日歌曲，出所聞見，仍考歷世習俗，追思平時論說，信筆以記。」故所述曲調源流，就其傳授分明，核其名義宮調，以著倚聲所始，皆出自親歷之境，迥異嚮壁虛造之談。故四庫提要稱爲考古者所必資。案灼稱東坡詞爲向上一路；又指出万俟詠自分其集爲雅詞、側豔兩體，與同時曾慥輯樂府雅詞持論相同，可證專目詞爲側豔之科者，乃異宋人旨趣。所述文漵子條並見唐趙璘因話錄、段成式酉陽雜俎所記俗講僧文漵事。灼又謂：「俗講不可曉。」案敦煌發見今列伯希和目三八四九號卷子背面，有俗講儀式一段，可供參考。

版本

乾隆己亥陸紹曾據鍾人傑叢書本校讀，知鍾本刪節過半。後開五卷乃足本。其一卷者皆刪節本也。

說郛本一卷。

明鍾人傑唐宋叢書本一卷（用說郛本）。

清曹溶學海類編本一卷。

清四庫全書本一卷。

知不足齋叢書本五卷，據錢曾假毛斧季本校過（第四七册）。

古今說部叢書本（扶輪社刊）。

詞話叢編本（據知不足齋校本）。

文史小叢書本（近刊）。

參考資料

四庫提要卷一九九。頤堂先生文集（續古逸叢書中）。

古今詞話

作　者　宋楊偍撰。

作者始末　偍（或作湜）字景倩。里貫無考。案胡仔苕溪漁隱叢話前集成於紹興十八年（公元一一四八），後集成于乾道三年（公元一一六七）。前集並不涉及楊氏，後集則屢絀楊說，而嗤其鋟板行世，知古今詞話成于乾道前二十年中也。

本書內容　此書採輯五代以下詞林逸事，乃唐宋說部體裁，且側重治豔故實，然大都得之傳聞，所記多不可信。胡仔屢引他證，駁其說無根蒂。書久佚，卷數不可知。歷代詩餘詞話中所引古今詞話多涉宋南渡後及元明人事，當是別爲一書。又清康熙間吳江沈雄亦著古今詞話八卷，三者名同實異，不能混爲一談。

版　本　近人趙萬里從歲時廣記、草堂詩餘、花草粹編、綠窗新話等書中，輯得六十七則，載於校輯宋金元人詞第五冊。（案蔡夢弼草堂詩話卷一引古今詞話：「蜀人將進酒，嘗以少陵詩作瑞鷓鴣唱之。」末謂：「不知楊曼倩何所據。」此「曼倩」字據丁氏校本，是楊湜與東方朔同字也，似較說郛本作「景倩」爲可信。趙氏輯本遺此。）

參考資料　胡仔苕溪漁隱叢話。趙萬里校輯宋金元人詞。蔡夢弼草堂詩話一。

樂府指迷

作　者　沈義父撰。

作者始末　義父，字伯時，一字時齋。平江府吳江縣人。理宗嘉熙元年（公元一二七六）領鄉薦，爲白鹿書院山長。致仕歸，立明教堂講學，以程朱爲歸，學者稱時齋先生。遭宋亡，（公元一二七六）隱居以終。著有時齋集、及樂府指迷。

本書內容　自述壬寅癸卯間（公元一二四二——一二四三）識吳夢窗兄弟，講論作詞法，其後條列以示子弟。現傳二十八條，所擧「律欲協」「字欲雅」「用字不可太露」「發意不可太高」四標準，及論造句、押韻、去聲字等，俱獨標新義。宋詞雖盛，而論詞專著不過三數家，本書實與張炎詞源同其重要。張炎尊白石，闢清空一派；沈氏主清眞，吳梅證其詞法得自夢窗，以夢窗爲淸眞接武，是又一派也；又沈氏論去聲最精審，厲樊榭謂萬樹詞律嚴上去之辨，說本沈氏；蔡嵩雲謂後此聲文幷茂之作，人多歸功萬樹，其實乃發端於沈氏此書也。

版　本　本書向無單行本。明季陳繼儒寶顏堂續秘笈有此書，題作張玉田撰，與陸輔之詞旨混合爲詞源下卷。其他陶珽續說郛本，馮可賓廣百川學海本，明人欣賞編本，曹溶學海類編本，並同誤混。清開四庫館，陸錫熊以家藏明萬曆癸未（公元一五二三）刊陳耀文花草粹編進呈，卷首附刻沈氏樂府指迷二十八條，於是始知他本之誤混。此書當元明間，別傳之本如何？此二十八條是否足本？均未可知，下列諸本，則皆從此附刻出。
道光間烏程范氏彙刻本。
咸豐間金氏評花仙館翻印瞿氏藏本。
咸豐四年吳江翁大年晚翠軒叢書校梓本（母本出杭州文瀾閣）。
光緒八年翁棨重刊其父大年校本。
光緒十五年王半塘四印齋校刻本。
詩觸本（卷五）。
民國陳去病百尺樓叢書中笠澤詞徵附刻本。
民國唐圭璋詞話叢編本（唐有校記）。
一瓻筆存手鈔本。
番禺葉氏藏明祝枝山手寫大草卷子（名作「沈乂」）。
民國三十七年蔡嵩雲樂府指迷箋釋本（中華書局版）。

參考資料　四庫全書總目提要卷一九九沈伯時樂府指迷條及卷二〇〇張炎樂府指迷條。胡元儀詞旨暢。朱東潤文學批評史大綱。蔡嵩雲樂府指迷箋釋。

詞　源

作　者　宋張炎撰。

作者始末

張炎字叔夏，號玉田生，又號樂笑翁。居臨安，南宋勳臣張循王裔孫，故署籍爲祖貫西秦。宋亡時，炎年廿九歲。故國王孫落漠以終。有詞集八卷，名山中白雲。與姜白石齊名，卽清代浙派尊奉之姜張也。炎父樞，與楊守齋諸人遊，曉暢音律，有寄閒集，旁綴音譜，刋行於世；每作一詞，必使歌者按之，稍有不協，隨卽改正。炎著詞源所論，蓋得之家傳。書後有友人錢良祐丁巳年跋，稱「乙卯歲（元仁宗延祐二年，公元一三一五），玉田來寓錢塘縣學舍」云。末篇作詞五要，乃楊纘著，纘字繼翁，號守齋，又號紫霞翁，嚴陵人，居臨安。度宗朝，女爲淑妃，官列卿，善琴，有紫霞洞琴譜傳世。

本書內容

阮元研經室外集三，詞源二卷提要云：「是編依元人舊鈔影寫。上卷：詳論五音十二律律呂相生以及宮調管色諸事，釐析精允，間系以圖，與姜白石歌詞九歌、琴曲所記用字、紀聲之法、大略相同。下卷：歷論制曲、句法、字面、虛字、清空、意趣、用事、詠物、節序、賦情、離情、令曲、雜論、五要十四篇，並足以考見宋代樂府之制。」案沈氏樂府指迷與張氏詞源，爲宋季論詞專著。凡論協律、雅正、及字面須從溫李詩中來，是其所同。然沈氏謂作詞當以清眞爲主，張氏則謂多效清眞體製，失之軟媚；沈謂發意不可太高，張則主不蹈襲，舉東坡半山白石之清空有意趣者爲例；沈與夢窗講作詞法，而不滿白石生硬處，張則不滿夢窗質實，而稱白石之清空騷雅。清初浙派，皈依清空，至于家玉田而戶白石；及其流弊，不免浮滑。於是常州派起，主歷夢窗以還清眞；流風餘韻，直逮今玆。三百年來詞學轉變，大體乃輾轉于樂府指迷與詞源二說間耳。

版本

是書四庫全書失收，但錢遵王讀書敏求記卷四已有著錄。淸嘉慶庚午（公元一八一〇）秦恩復刋本跋云：「元明收藏家均未著錄，陳眉公寶顏堂秘笈只載半卷，誤以爲樂府指迷，又以陸輔之詞旨爲樂府指迷之下卷。至本朝雲間姚氏又易名爲沈伯時，承訛襲謬，愈傳而愈失其眞。此帙從元人舊鈔謄寫，誤者塗乙之，錯者刋正之。」道光戊子（公元一八二八）秦恩復再刋本跋云：「是書刻於庚午，閱十餘年而得戈子順卿所校本，勘訂僞謬，精嚴不苟，自哂前刻鹵莽，爰取戈本重付梓人。」此重刻本已改正矣，茲列各版本如次：

影寫元鈔本（故宮藏，見宛委別藏書目）。

陳繼儒寶顏堂秘笈本第二二冊（謬誤見上）。

蔡松筠校本。

嘉慶庚午秦恩復刋詞學叢書本。

道光戊子，秦恩復重刋戈順卿（載）校本。

守山閣叢書本。

道光烏程范鍇彙刻書本。（又附記一卷，鍇所撰。）

咸豐三年刋粤雅堂叢書本。

光緒十年榆園叢刻本。

詞話叢編本附序跋七首。

近人上猶蔡楨詞源疏證（金陵大學印本）。
宛鄰詞選七種本。

參考資料　阮元研經室外集（卽四庫未收書提要）卷三。江藩半氈齋題跋上。葉德輝郋園讀書志十六。

（以上詞評類）

姜白石詞管窺

姜白石名夔，字堯章，江西鄱陽人，白石其號也。他一生未登仕籍，品行清高。清初的浙西詞家奉白石爲宗匠，有家白石而戶玉田的說法。但清人擬作的白石小傳，很多疏誤。清代詞人喜稱他爲「石帚」，乃誤會夢窗詞中之姜石帚，應是另爲一人。祠堂本白石道人歌曲附有年譜，但很簡略。近人陳思重撰，資料尚未充實。至夏瞿禪先生撰姜白石詞編年箋校，考辨精諦，突過前人。比方用韓澗泉詩自注「潘（德久）姜（堯章）已下世三年矣」的證據，知白石之卒，在韓澗泉卒于嘉定十七年之前，便是很好的例子。

白石道人歌曲六卷，共詞八十三首，內十七首旁列音譜，這是唯一現存具有旁譜的詞集，乃陶宗儀鈔校。至清初爲分纂康熙欽定詞譜的樓敬思（儼）所得，傳鈔于張弈樞、陸鍾輝等。乾隆年間分別雕刊，遂有各種版本（姜詞版本，陳柱、丘瓊蓀及夏君論述已詳）。

白石的生平和詞學，友人夏瞿翁所作論考已極詳盡，可說是「蔑以加矣」。現在再作探究，很難越其雷池一步。惟文藝之爲物，各人的會心不同，玆不揣固陋，略舉數端爲夏氏所未及者，引申如次。

白石的藝事，方面甚多，詩詞而外，書法及琴律，致力尤精。書法蓋深有得于沅陵單煒（炳文）。單氏的字法本楊少師凝式，而微加婉麗。單論書嘗言：「堯章得吾骨。」（見東南紀聞）

白石書法脫去脂粉，一洗塵俗，主要在「骨」。他撰續書譜，提出「風神」二字，主張要有風神「須人品高」，「須險勁」，「須高明」，「須時出新意」。又論：「書以疎爲風神，密爲老氣。」「必須下筆勁淨，疎密停勻爲佳。」（俱續書譜語）這是他的書法理論，其實他的詩詞亦同樣本着這一原則去創作的。他對書法浸淫最久，自言：「學書三十年，晚得筆法于單炳文，世無知者。」（嘉泰癸亥跋保母志）他和單氏相識很早，他有別單詩稱其「揮灑照八極」，「猶帶龍虎筆」。這是淳熙十三年丙午去沔鄂時所作，時年三十二歲。他和單炳文論交，當在此之前。元陸友硯北雜志記：海昌人家有古琴，相傳是單炳文遺姜堯章。背有銘曰：「深山長谷，雲入我屋。單伯解衣，作葛天氏之曲。懷我白石，東望黃鵠。」是白石琴律之事，很可能亦和單氏有關。可見單炳文對白石影響之深了。

白石的詞風，宋季以來，權威的詞評家，有的稱他「清勁知音」（沈義父樂府指迷）；有的說他「清空」，「古雅峭拔」（張炎詞源）；有的說他「騷雅」（陸輔之詞旨。按此本玉田說。其後朱彝尊詞綜亦云：『填詞最雅，無過石帚（應作白石）。』）。「雅」是從他的人品和書品詞品來作總評。白石自述范成大稱贊他「翰墨人品皆似晉宋之『雅士』」。這是評他的書法，別人亦以「雅」字來論他的詞，看法是一致的。我以爲白石詞的勝處，正在于骨力和風神。劉勰說：「練于骨者，析辭必精。」白石的書法要下筆勁淨，正在練骨上着力，于詞亦有同然。他論書主風神，以疎爲貴，又要時出新意；他作詞亦循着這條路徑。由前之說卽玉田所謂「要清空，不宜質實」；由後之說，卽玉田所謂「以意趣爲主，不蹈襲前人語意」。白石于書道，悟入者深，以其法治詞，自易契合。他的詞所以能夠在美成之後，稼軒之外，獨創一面目，正由于他另覓途徑，向「風力遒」與「骨髓峻」方面發展，所以我欲拈出「風骨」二字，來評白石的詞，較之「清空」似更接近。這個固然出於他的高超絕俗的性格，而書法的陶寫，此中甘苦，似乎不無會通的地方。

沈寐叟謂：「白石詞略如詩之有江西派，詩與詞幾乎合同而化。」（海日樓札叢）其實白石不特以詩爲詞，亦復以詞爲詩。溫飛卿楊柳枝八首，白石絕句，卽力追此境。他的除夜自石湖歸苕溪十首，誠齊稱爲「有裁雲縫霧之妙思，敲金戛玉之奇聲」，無他謬巧，只是以劉夢得溫庭筠的作詞法，運用入于七絕，便成爲振奇之製。至其以詩爲詞，白石學詩的過程，是從山谷轉入晚唐，運用高騫的骨氣，來調遣溫麗的文藻，故能戛戛獨造。

揚州慢作于孝宗淳熙三年丙申。白石詞之明著甲子者，始見于此。據夏氏考證，時白石二十餘歲。此詞用杜牧詩句凡五處，不厭其多。北宋詞人裁紅剪翠，喜歡驅使二李（賀、義山）的辭彙。白石到後來，多自鑄新辭。而這一首是少作，同一首中，用小杜語句的，擧出如下：

竹西佳處——小杜題禪智寺詩：「誰知竹西路。」

過春風十里——小杜贈別：「春風十里揚州路。」

豆蔻辭工——同上：「豆蔻梢頭二月初。」

青樓夢好——遣懷：「十年一覺揚州夢，贏得青樓薄倖名。」

二十四橋仍在——寄揚州韓綽判官：「二十四橋明月夜。」可見他早年對杜牧詩的傾倒。小杜有雄姿英發的氣概（藝概卷二），俊爽的風格，能以峭健之筆，寫風華流美之致，和白石的情趣很相近。從這揚州慢一詞，可見出他對晚唐的致力。另有一半可爲佐證的，他曾批點姚合選的極玄集。毛晉跋汲古閣刊本極玄集云：「向傳姜白石點本最善，竟不行于世。」愛日精廬藏書續志四：「唐詩極元二卷，姚合纂，白石先生姜夔點。版心有『又玄齋』三字。今藏常熟瞿良士家。」夏瞿禪君曾指出，白石詩詞裡時常提出陸天隨，說他的行徑好像有意學陸龜蒙。不過陸天隨學問的根柢在經學（見甫里集十八「復友生論文書」），畢生在黃巢震撼的亂世中，故苦語特多；白石專于藝事，所處時代較爲安定，只是低徊于金人摧殘後的廢池喬木，間流露出晉、宋間人的雅韻逸致（參上引范石湖稱讚白石語）。這又是兩家不同之處。

白石早歲學詩，由江西入手。他的詩集自序云：「三薰三沐師黃太史（山谷）。居數年，一語噤不敢吐。始悟『學』卽是病。」這說明他對山谷詩法曾下過功夫。白石詩說自言：「意格欲高，句法欲響。」但如何才能做到呢？山谷曾提出奪胎換骨法，以爲「不易其意，而造其語，謂之換骨；規模其意，形容之，謂之奪胎」（詳冷齋夜話）。卽是取資前人的名篇，點化其句語，加以活用。這個法子，白石在寫詞時常運用它。最顯著的如白石側犯（詠芍藥）：

> 恨春易去。甚春却向揚州住。微雨。正繭栗梢頭，弄詩句。紅橋二十四，總是行雲處。無語。漸半脫宮衣，笑相顧。金壺細葉，千朶圍歌舞。誰念我，鬢成絲，來此共尊俎。後日西園，綠陰無數。寂寞劉郎，自修花譜。（句韻依康熙詞譜，「我」字用古韻。）

山谷詩云：

> 往歲過廣陵，值早春，嘗作詩云：「春風十里珠簾卷，髣髴三生杜牧之。紅藥梢頭初繭栗，揚州風物鬢成絲。」今春有來自淮南者，道揚州事，戲以前韻寄王定國二首：「淮南十二四橋月，馬上時時夢見之。想得揚州醉年少，正圍紅袖寫烏絲。」（二首錄一，見山谷內集卷七）

白石上詞中許多句，像「薌栗梢頭」、「紅橋二十四」、「鬢成絲」等，都是襲自山谷此詩及序，琵琶仙的「十里揚州，三生杜牧」，亦用山谷此詩，正是奪胎法之一證。揚州慢結句「念橋邊紅藥」，可能與此側犯爲同時之作。夏氏以爲詞中有「鬢成絲」三字，定爲四十餘歲後之作。按此但摭山谷成句，未必貼合事實。又如探春慢作于淳熙丙午，時白石止三十二歲，乃有「老去不堪遊冶」之句。詞人嘆老，乃成慣例，似不必拘執。

又白石惜紅衣：

簟枕邀涼，琴書換日，睡餘無力。細灑冰泉，并刀破甘碧。牆頭喚酒，誰問訊城南詩客。岑寂。高柳晚蟬，說西風消息。（上闋）

此爲自度曲，記其丁未夏在吳興，數往來紅香中因作是歌。審其情趣，乃取自杜甫「夏日李公見訪」一詩「水花晚色靜」之意境，間并酌用杜句。如杜云：「僻近城南樓。」「隔屋喚西家，借問有酒不？牆頭過濁醪。」白石融鑄作：「牆頭喚酒，誰問訊城南詩客。」杜云「葉密鳴蟬稠」，白石則改作「高柳晚蟬」。這何嘗不是「不易其意而造其語」的換骨法呢？

他如暗香疏影漢宮春之活用杜句「何遜而今漸老」，取自「東閣官梅動詩興，還如何遜在揚州」；「自倚修竹」，用「佳人」之「日暮倚修竹」；「想佩環月夜歸來」，用詠懷古跡之「環珮空歸月夜魂」；漢宮春次稼軒韻換頭「知公愛山入剡，若南尋李白，問訊何如」，則襲自李，杜成句。長亭怨慢之剪裁庾賦，用枯樹賦末段入序。詞中歇拍數句，樹若有情時，不會得青青如此，反用其意，尤翻騰得妙。都是活潑潑地運用陳言，變成己意。而轉折層深，好像自出機杼。

他在詩說云：「僻事實用，熟事虛用。」又說：「乍敍事而間以理言，得『活法』者也。」把熟事虛用得妙，是爲活法。兪成在螢雪叢說（卷上）「文章活法」條有很詳細的說明（見稗海本）。他說紙上之活法，得自吳處厚、呂居仁、楊萬里，這正是江西詩派的拿手把戲。

白石少年爲詩，深受黃山谷的薰沐。他的詩巉削無閒字，可爲證明。他以山谷詩法移用于塡詞，開出冷澀的詞境。沈伯時說白石淸勁，未免有生硬處。所謂生硬，正是山谷詩筆的特色。白石詩自序記其學詩，初見重于蕭千巖。後識楊誠齋、范石湖、尤延之，與之上下其論。這些詩壇老輩都有捨江西而趨晚唐的議論。同時永嘉學派葉水心亦極力反對江西派，而甚推崇潘德久（見水心集十二周會卿詩序），謂永嘉言詩皆本德久（據元韋居安梅礀詩話卷中）。德久名檉，常和白石唱酬，即號堯章爲白石道人的詩友（見白石詩集七古）。這裡可見白石交友中，也捨江西而致力于晚唐。他在這氣氛下，自然亦轉入晚唐。這樣一來，對于詞的寫作，就有莫大的幫助了。

北宋宴安已久，側豔詞風，盛極當衰。北宋末年的詞家，如万俟詠，已經把詞集分爲「側豔」與「雅詞」二體，將側豔分出，認爲不是詞的正體。到了白石時代，詞非另創風格不可了。據年紀較大曾與白石唱和的王炎（年八十餘歲）在他的雙溪詩餘的自序中說道：

> 今之為長短句者，字字言閨閫事，故語懦意卑；或者欲為豪壯語以矯之。夫古律詩且不以豪壯語為貴，長短句命名曰曲，取其曲盡人情，惟婉轉嫵媚為善，豪壯語何貴焉！不溺于情慾，不蕩而無法，可以言曲矣。

這說明白石的朋友中，也有想於周、柳、蘇、辛之外，別創一格的意見。王炎謂長短句命名曰曲，取其曲盡人情，和白石詩說中之「委曲盡情曰曲」，正可參證。可見時代的要求，詩和詞到了南宋，都要轉變。在白石交游中，都有共同意見的。因爲白石用力精專，於樂律上又有深入的素養，能自度曲，故成就能高人一等。從此以後，宋詞風格，大約如鼎三足：一爲柳、周的側媚穠豔；一爲蘇、辛的馳騁古今；而白石却以格高韻響，別樹一幟。他在詩說中論詩「一篇全在尾句」，要「辭意俱不盡」，故塡詞亦特注重結響。略舉數例：

數峯清苦，商略黃昏雨。——（點絳脣）

正凝想、明璫素襪。如今安在？唯有闌干，伴人一霎。——（慶宮春）

算空有幷刀，難剪離愁千縷。——（長亭怨慢）

送客重尋西去路，問水面琵琶誰撥。最可惜一片江山，總付與啼鴂。——（八　歸）

嫣然搖動，冷香飛上詩句。——（念奴嬌）

淮南皓月冷千山，冥冥歸去無人管。——（踏莎行）

高樹晚蟬，說西風消息。——（惜紅衣）

以上都是大家所稱道的白石韻高意新的名句。沈祥龍論詞隨筆云：「白石詩之自製新詞韻最嬌。嬌者，如出水芙蓉，亭亭可愛也。徒以嫣媚爲嬌，則其韻近俗。試觀白石詞，何曾有一語涉于嫣媚？」故劉融齋藝概擬白石老仙爲藐姑冰雪。

海綃翁論詞，謂：「白石別開家法，白石立而詞之國土蹙矣。」蓋本周濟玉田過尊白石，但主清空，未審夢窗綿密曲折之論。一般以爲玉田主疎而夢窗主密。尋白石論書，以疏爲風神，密爲老氣，則疏密兼用。余謂以疏密論，姜意密而筆疎，吳則意疎而筆密。姜之筆疏，興會標擧，故往往說得遠；吳之筆密，極鉤轉順逆之致，故靠得緊。譬諸作畫，白石如大癡，夢窗則如黃鶴山樵。此其異也。各擅其勝，不用軒輊。周介存謂白石以詩法入詞，門徑淺狹，似非篤論。海綃云：「朱竹垞至謂夢窗亦宗白石，尤言之無理者。」按夢窗學白石有痕迹可尋者，如滿江紅平韵之澱山湖，旣用其體，起結又皆効之。姜詞「正一望千頃翠瀾」，吳則云：「分一派滄浪翠蓬開。」姜詞：「又怎知，人在小紅樓，簾影間。」吳則云：「又一聲，欸乃過前岩，移釣篷。」姜詞：「向夜深，風定悄無人，聞佩環。」吳則云：「明月佩，響丁東。」則朱之說，亦非無據。

其次談到白石詞的影響。直接傳受白石衣鉢的，是及門弟子張輯。輯字東澤，著有白石小傳，已佚。其詞名「東澤綺語債」，凡四十餘首。詞皆以篇末三數字別立新名，與賀方回「東山寓聲樂府」同例。周草窗絕妙好詞錄存五首，其字面似白石的，如：

繫船高柳，晚蟬嘶破愁寂。——（念奴嬌）

其取境似白石的，如：

最苦子規啼處，一片月，當窗白。——（霜天曉角）

其變馳驟爲疏宕似白石的，如：

塞草連天，何處是神州？——（烏夜啼）

其音節似白石的，如：

飛鴻又作秋空字，凄凄舊遊湘浦。涼思帶愁深，渺蒼茫何許。歲華知幾度，奈雙鬢、不禁吟苦。獨倚危樓，葉聲搖暮。玉闌無語。——（徵招）

其「疏簾淡月」（卽桂枝香）上半云：

梧桐細雨。漸滴作秋聲，被風驚碎。潤逼衣篝，線裊蕙爐沈水。悠悠歲月天涯醉。一分秋一分憔悴。紫簫吹斷，素牋恨切，夜寒鴻起。（下半從略）

這是極膾炙人口的作品。

宋季有柴望，著涼州鼓吹（今傳本作秋堂詞，只十三首），其自序云：

夫詞起于唐而盛于宋，宋作尤美盛于宣（和）靖（康）間。美成（周邦彥）、伯可（康與之），各自堂奧，俱號稱作者。近世姜白石一洗而更之，暗香、疏影等作，當別家數也。大抵詞以雋永委婉為尚，組織塗澤次之，呼嘷叫嘯，抑末也。惟白石詞，登高眺遠，慨然感今悼往之趣，悠然託物寄興之思，殆與古西河桂枝香同風致，勝青樓歌紅窗曲萬萬矣。故余不望靖康家數（指康伯可），白石衣鉢，或彷彿焉（西河指周邦彥賦石頭城，桂枝香指王介甫金陵懷古）。

這篇文裡「組織塗澤」，是指夢窗一派；「呼嘷叫嘯」，是指宋末大多數詞風（如陳經國龜峯詞之類）；所標舉的「雋永委婉」，即指白石風格。他更指出「感今悼往」「託物寄興」爲白石言中有物的詞心。這無疑地自認爲可以繼承白石的衣鉢。（柴望十二世孫刊秋堂集，有跋云：「詩餘諸稿，可與美成伯可比肩；顧自謂彷彿白石衣鉢者，謙語耳。」是以為康伯可詞高于白石。大概白石詞集尚不甚流通，所見者少，故有此門外漢之語。）自玉田以後，元人若仇山村、張翥皆宗姜張，成爲詞派一主要力量。

樂府指迷與詞源二書：前者主夢窗之麗密，故以白石爲生硬；後者頗厭夢窗之過密，故標揭清空，譽白石詞爲「野雲孤飛，去留無迹」，這正針對夢窗一路而發。清初朱彝尊及其友生輩論詞，以姜張爲宗主，以淸空之筆，寫雅正之思（玉田詞源云：「詞要雅正。」），成立了浙西詞派之中堅主張，把明季馬瀾浩之類的淫詞，一掃而空，在有淸中葉以前，是塡詞家的一股洪流。但其末造，只把握「淸空」二字，忘記了白石的高雅，更忘記了「言有物」的詞心，因之流于浮滑，或爲飣餖，引出常州派的改進。到淸末民初，又盛行沈伯時主張的夢窗一路。這是白石開創新路後六七百年間詞壇受他影響的梗概。

賀蘭山與滿江紅

一

夏瞿翁近製《論詞絕句》云：

「黃龍月隔賀蘭雲，西北當年靖戰氛；
《玉海》輿圖曾照眼，笑他耳食萬詞人。」
「王髯欒韃唱刀環，朔漠歡聲宏治間；
八卷《鄂王家集》在，何曾說取賀蘭山？」

其題解云：「岳飛北伐，目的在吉林黃龍府；而今傳岳飛《滿江紅》詞，却有『踏破賀蘭山缺』句。賀蘭在河套西邊，時屬西夏。王應麟《玉海》載有《西夏賀蘭山圖》，岳飛決不至無此輿地常識，分不清賀蘭山和黃龍府之地點。」又云：「明弘治間，大將王越曾破韃靼入侵軍於賀蘭山。明人刋岳飛《滿江紅》詞於西湖岳墳，碑陰記年，是弘治間。作者疑《滿江紅》詞或是王越幕府文士所作，託名岳飛以鼓舞士氣。」（大公報，藝林，新五十八期）

戴震《水地記》謂賀蘭山宋景祐以後西夏據其地。按賀蘭山在甘肅寧夏西，土人名阿拉善山。《唐書・回鶻傳》上：「貞觀三年，突厥已亡。（回紇）攻薛延陀，殘之，並有其地，遂南踰賀蘭山境諸河。」（六一一二頁）又《回鶻傳》下《契苾》：「永徽四年，以其部爲賀蘭都督府，隸燕然都護。」《新唐書》四十三下《地理志》：「回紇州三；其一爲賀蘭州，初隸燕然都護府，總章元年，隸涼州都督府。」《元和郡縣志》：「山樹木青白，望如駮馬，北人呼駮爲賀蘭，故名。東北抵河，其抵河之處亦名乞伏山。」通典突厥條：「突厥謂馬爲賀蘭。」《寧夏府志》三引《北邊備對》亦謂：「北人謂馬之駁者曰賀蘭，故名賀蘭。」（《北邊備對》，宋程大昌著，有陸楫《古今說海》本。）按《晉書》一百二十五《載記》：「乞伏國仁，隴西鮮卑人，出乞伏部。」又《新唐書・回鶻傳》下有「駮馬者，或曰弊剌，曰遏羅支」（六一四六頁）。Turk語「駮」爲ala。白鳥庫吉《大月氏考》稱：《元史》酪酒之曷剌齊，卽蒙古語之Aradja。北人呼駮馬爲賀蘭，卽突厥語之ala。清高士奇清吟集八望賀蘭詩：「草色類駮馬，青白難辨別。……夏多未解冰，多有隔年雪。……黃峽與麥垛，中原相斗絕。」有注語，考證尤精。彼嘗親履其地，故記之特詳。

《明史》百七十一《王越傳》：「弘治十年冬，寇犯甘肅……明年，越以寇巢賀蘭山後，數擾邊，乃分兵三路進剿。……」王越所著《黎陽王襄敏公集》中，有《平賀蘭山後報捷疏》，敍述賀蘭山後地勢甚詳。又《賀蘭山後平胡》七律句云：「殺氣並吞湖海水，威聲高壓賀蘭山。」（卷三）又有《謁岳王祠辭》《弔岳武穆廟賦》（卷二），均未見與《滿江紅》一詞有關之字眼。

二

「怒髮衝冠」《滿江紅》詞，自明以來，膾炙人口，婦人孺子，咸能諷誦。其激烈慷慨之音，千載下讀之，猶凜凜有生氣。曩之評詞者，或比之荊卿《易水之歌》；

劉體仁《七頌堂詞繹》：「詞有與古詩同義者，『瀟瀟雨歇』，《易水之歌》也。」

或擬之秦風《無衣》之篇；

張德瀛《詞徵》一：「詞有與風詩意義相近者，自唐迄宋，前人鉅製，多寓微旨。……晁無咎『陂塘楊柳』，《伐檀》力稼穡也；岳忠武『收拾山河』，《無衣》修矛戟也；張仲宗『夢繞神州』，《雨雪思》攜手也。……」

或稱其膽量；

沈際飛《草堂詩餘正集》評云：「膽量、意見、文章，悉無今古。」

或賞其勁節。

田同之《西圃詞》說：魏塘曹學士云：「詞之為體，如美人，而詩則壯士也；如春華，而詩則秋實也；如夭桃繁杏，而詩則勁松貞柏也。罕譬最為明快。然詞中亦有壯士，蘇辛也；亦有秋實，黃陸也；亦有勁松貞柏，岳鵬擧、文文山也。」

取譬皆具體而微，而各有得其用心。若以詞體論之，則稍嫌其粗，《白雨齋詞話》（卷六）云：

岳少保、韓蘄王、文信國俱能為詞，而少保為稍勝。然此皆詞以人傳，並非有獨到處也。

淺見者遽歎為工絕，殊可不必。

所言誠未爲過。

考武穆詞見於其孫岳珂《金佗粹編》者，僅有《小重山》一首。詞云：

昨夜寒蛩不住鳴，驚回千里夢，已三更。起來獨自遶階行。人悄悄，簾外月朧明。白首為功名，舊山松竹老，阻歸程。欲將心事付瑤琴。知音少，絃斷有誰聽？

此詞溫婉幽閑，醰醰有味，與《滿江紅》之有叫囂氣者，迴不相侔。倦翁既錄於《岳王家集》，自爲王所作無疑。《古今詞話》評云：

岳侯，忠孝人也。其《小重山詞》，夢想舊山，悲涼悱惻之至。（《歷代詩餘》一百一七，《詞苑萃編》五引）

《花艸粹編》（卷二）錄此，題曰「七夕病中」，疑詞題是後人所加。

初印本《全宋詞》（卷一一五）岳飛詞共三首。上兩首外，又據武穆墨蹟，收《滿江紅》「登黃鶴樓有感」。詞云：

遙望中原，荒烟外、許多城郭。想當年，花遮柳護，鳳樓龍閣。萬歲山前珠翠繞，蓬壺殿裏笙歌作。到而今，鐵騎滿郊畿，風塵惡。　兵安在？膏鋒鍔。民安在？填溝壑。歎江山如故，千村寥落。何日請纓提銳旅？一鞭直渡清河洛。却歸來、再續漢陽遊，騎黃鶴。

此詞不獨岳珂、徐階諸家所刻《岳王集》皆不載，卽同治（乙丑）半畝園刋《宋岳忠武王集》亦復不錄。所謂墨蹟，乃出杭州九曲叢祠忠顯廟。廟建於咸豐間。

《杭州府志》（十一）祠祀三云：「九曲叢祠，岳忠武王忠顯廟，在錢塘門內衆安橋西隅。

咸豐間，縣丞吳廷康郡紳沈祖懋募建，顏其廟曰忠顯。」❶

吳廷康營是祠，歷時十年。蒐羅石刻，刊泐尤富。

李漢魂《岳武穆遺跡考》云：「廟內石刻頗多……因創廟人吳廷康係金石家，故四壁琳琅，尤為繁富。茲僅就岳王手蹟錄之，則墓亭左廡前壁，有《登黃鶴樓滿江紅》詞，連題跋共二石。此為王平襄漢後，初屯武昌時所作。係真蹟摹勒上石。後壁有《謝講和赦表》，共三石。此係嘉興王裔家藏真蹟上石。啓忠祠左右兩廡，有墨劄九通，連題跋共二十石。據跋謂係王真蹟，賴部曲忠義保社梁興珍藏，得以留存於世，故每幅有梁興印信。然筆勢僵澀，且岳珂所稱王焚稿而後奏，造膝子弟入幕賓朋猶不可見之『建炎上皇帝書』，赫然見其首頁，其為贋鼎，蓋無疑也。」

此《黃鶴樓題詞》墨蹟，據稱：「向藏金佗後裔，並摹勒廟中。後有李兆洛跋，謂詳詞意當在復唐、鄧、信陽後，始屯鄂州時作。」❷故李氏撰《岳譜》，繫於紹興四年（一一三四）八月，時武穆三十二歲。惟此詞出現既晚，來歷不明，且詞意平淺，謂出岳王手，恐不可信。

若怒髮衝冠一首，或益題目曰「寫懷」（《全宋詞》據《岳鄂王集》）或題曰「本意」（半畝園刊本《岳集》）疑皆後人所加。此詞不見於《金佗粹編》。明弘治十五年趙寬（栗夫）❸始手書上石。其石刻碑陰記云：

鎮守（太監）麥公❹重修岳武穆王墳廟既成，得考功主事楊子器名父❺為崑山令時所刻王送張紫巖北伐之作。歎曰：偉乎壯哉！王之手書也，殆天所護持以鎮茲邱哉！遂刻而置之東廡。既又讀王所製《滿江紅》詞，嘆曰：思深哉！王之忠憤激烈，流出肺腑而不可遏者也。盍表出之？以昭示於人人哉！因議刻石，置之西廡。巡按御史夏公、邢公、高公、方公聞之，翕然欣贊，以為有功於世教，三司諸公咸樂觀厥成，俾寬書之。

記僅言「讀王所製《滿江紅》詞」，「因議刻石」，此詞何所自來，寬既不明言，而石刻之字，則寬所親書，此詞鐫石，蓋肇於是時。《杭州府志・祠祀》謂：「棲霞嶺岳廟，宏治十五重建寢廟，有王華記。」卽趙寬書詞之年也。田汝成《西湖遊覽志餘》記岳廟云：「廟中有石刻飛詩詞二首，弘治間太監麥秀重建殿寢。」《西湖》志二八碑碣云：「岳飛詩詞二首舊在岳廟。」卽指送張紫巖《北伐詩》及《滿江紅》也。岳廟又有石刻「盡忠報國」四大字，乃嘉靖間蒲人洪珠所書，提學僉事徐階有記，泐於陰碑，略云：

宋鄂國岳武穆王故有祠在其墓所，嘉靖己未春，巡按浙江侍御張公，慕王之烈，率諸吏士造而謁焉。觀王遺像，讀所作《滿江紅》詞、送張紫巖《北伐詩》，慨然想見王之為人。

……

知徐階所見之《滿江紅》，卽趙寬手書者也。

據寬所述，其書《滿江紅》蓋因楊子器先刻《岳王送張先生北伐詩》，故書而刋於石，以相媲美。《北伐詩》碑陰有桑悅弘治庚申夏四月跋，略言：「此武穆王詩，詞意雄偉激烈，可轟震千古，蓋不必飲酒黃龍關，踏破賀蘭山缺而已。」觀悅已有「賀蘭山缺」之語，則此詞行世，必在悅之前。悅於北伐詩，極爲擊節。北伐詩云：

號令風霆迅，天聲動北陬。長驅渡河洛，直擣向燕幽。馬蹀閼氏血，旗梟克汗頭。歸來報明主，恢復舊神州。

詩題曰：「送紫巖張先生北伐」，而末署「紹興五年秋日岳飛拜」。此詩，清王昶曾疑其僞。

《金石萃編》一百四十八云：「岳飛《送張紫巖碑》，行書，在湯陰。按此詩刻者三處：一在湯陰，一在錢塘墓祠，一在濟南府署。此所搨者，湯陰本也。紫巖卽張浚號。《宋史·高宗紀》及《張浚、岳飛傳》，紹興五年秋，皆無張浚北伐之事，是時浚方與趙鼎同官左右僕射。……至其著款，尤非宋人體製。宋人贈詩標題及自署姓名，皆系銜於上，從未有稱其號，而謂之紫巖張先生者。又姓名之下，亦未有書『拜』字者，似是明人偽託。然碑已傳久，忠武詩蹟，又為人所重，故特辨之。」

北伐詩刻，除右所舉者外，尚有朱仙鎮岳武廟一處，亦與《滿江紅》詞同上石（見李氏《岳武穆遺蹟考》）。其湯陰之《北伐詩》亦然。

《岳武穆遺蹟考》云：「湯陰岳廟，殿宇弘偉，……廟內四壁……石碑極多……若王手書真蹟，則殿庭東側，豎有《送紫巖張先生北伐詩》寫碑一方，此係棲霞石刻轉摹。在棲霞者，碑陰尚有桑悅題跋，此則無之；西側有趙寬錄書王所作《滿江紅詞》石碑一方，此亦由棲霞轉摹。在棲霞者，碑陰有趙寬跋，此亦無之。而《河朔訪古錄》作者，竟誤認為王真蹟。」

凡右所陳，卽《滿江紅》與《北伐詩》二首合刻之經過。兩篇俱爲岳珂《鄂王家集》所不載。《北伐詩》乃傳自楊子器，又有桑悅跋。子器鄉舉出桑悅之門，子器爲輯其遺文行於世❻。是《送紫巖北伐詩》，卽子器得之於悅者也。《滿江紅》亦由其品題，至趙寬遂泐諸貞珉矣。

《北伐詩》與當日史事不符，王昶已證其僞。而「怒髮衝冠」一首，向來無有懷疑者，近年余嘉錫《四庫提要辨證》乃揚言其爲贋品。其說云：

岳珂之編《家集》也，其自序曰：「先父臣霖，蓋嘗搜訪舊聞，參稽同異，或得於故吏之所錄，或傳於遺稿之所存，或備於堂劄之文移，或紀於稗官之直筆，掇拾未備，嘗於命臣，俾終其志。臣謹彙次，凡三萬六千一百七十四言，釐為十卷。闕其首尾俟附益。」又云：「散佚不考者，不能究知其幾也。異時苟未溘先犬馬，誓將搜訪以補其缺而備其遺，庶幾先臣之志，有考於萬世云耳。」珂之言如此，則其搜訪遺稿，自不遺餘力矣。況其生平富收藏，精鑒賞，苟得名人法書，必著錄於寶真齋而為之贊。使當其時飛之手澤猶有存者，安肯不亟亟尋訪，而聽其放失者哉！乃自嘉定三年十一月作序之後，直至端平元年十二月重刊《粹編》時，凡經三十一年，而其所刊《鄂王家集》，仍只此三萬餘言，未嘗增益一篇，然則飛之筆墨散落者，蓋亦無幾矣。如其有之，而為珂所不及見，亦當先見於宋元人之紀載，或題詠跋尾，惡有沈薶數百年，突出於明中葉以後者乎？（《辨證》卷二十三集部四）

自徐階收此等詩詞入《岳集》，李楨從之。嘉靖間錢如京刻《程史》，又取而附之卷末，後之重編武穆文者，若單恂、黃邦寧、梁玉繩等，復從《程史》轉錄入集，而李楨、單恂更增以偽作，於是傳播遍天下，而《滿江紅》尤膾炙人口，雖婦人孺子，無不能歌之者，不知其為贋本也。然以偽為真，實自徐階始。（同上）

元宋无《啽囈集》有《詠岳王詩》，注云：「其詞激烈，讀者感焉，載《金佗編》。」（北京圖書館有元至正二十三年朱元佑刻本金陀粹編，汲古閣《元人十種詩》本，又有嘉靖五年趙章刻本。）按岳珂所編《鄂王家集》，在《金佗粹編》卷十至卷十九。珂序自採集之類目凡八，有曰律詩，有曰詞者。律詩只二篇（卽《題翠巖寺》、《寄浮圖慧海》），詞僅一首（《小重山》）。趙與時賓退錄記岳飛出新淦題詩青泥市寺壁。則飛之作品，不入于鄂王集者多矣。

元刋本《桯史》（《四部叢刊續編》本）亦無《滿江紅詞》。自明弘治間此詞刻石後，一時傳誦，徐階錢如京均採摭之。玆列清以前岳集刻本如次：

（一）徐階編《岳王集》五卷。

《皕宋樓藏書志八二著錄》，有徐階序（嘉靖十五年丙申）。又眉山張庭、宛陵焦煜序。

文僅二十八篇，詩四篇，詞二篇（《小重山》、《滿江紅》）。時徐階督學兩浙。

（二）李禎刻《岳武穆集》六卷。

禎爲左僉都御史時刻，在萬曆二十年以後。詩七篇，文凡二十八篇，詞二篇，與徐本同。

（三）單恂編《岳（少保）忠武王集》。

《善本書室藏書志》二九著錄，題華亭陳繼儒輯，門人單恂訂，崇禎戊寅（十一年）刋。詩較徐刻多四篇；詞二首，同。《藝海珠塵》本自此出。版心梓「淨名齋」三字。

自徐階增錄《滿江紅》一詞於集中，其後各本因之。據徐階撰碑記，彼蓋從趙寬所錄者補入也。夏承燾翁前曾舉出元人雜劇中闕名「《宋大將軍岳飛精忠》」四折，皆岳飛自唱。其《牧羊關》引用文天祥「留取丹心照汗青」一語，而「怒髮衝冠」反不引用。至明武康姚茂良之《精忠記傳奇》，其第二出《女冠子》始有「駕長車踏破賀蘭山缺」之句，足見元時此詞尚未通行。夏氏因斷此詞爲弘治間人擬託之作❼，實不可從。今湯陰岳王廟內肅瞻亭院壁上有天順二年春二月庠生王熙書滿江紅，末句作「朝金闕」。余於一九八七年九月，從安陽至湯陰，曾摩挲此石刻，流連久之。考元人雜劇，如岳飛破虜東窗記、精忠記、精忠旗，末句皆作「朝金闕」，與王熙所書相合。

三

余氏等以其不見宋元人書，故疑此詞出自明人之手。惟考《歷代詩餘》一十七引陳郁《話腴》云：

> 武穆《賀講和赦表》云：莫守金石之約，難充谿壑之求。故作詞云：「欲將心事付瑤箏，知音少，絃斷有誰聽？」蓋指和議之非也。又作《滿江紅》，忠憤可見。其不欲「等閒白了少年頭」，足以明其心事。

沈雄古今詞話卷上、馮金伯《詞苑萃編》十三引《話腴》文同。張宗橚《詞林紀事》九《小重山》條下引《話腴》云：

> 武穆《賀講和赦表》云：莫守金石之約，難充谿壑之求，故作詩云：欲將心事付瑤琴，知音少，絃斷有誰聽？蓋指和議之非也。

《紀事》僅舉《小重山》而不及《滿江紅》。此段文字，評詞者每徵引之，世所習知。是陳郁已言及《滿江紅》，余氏書未提及《話腴》，用再爲補充論列。考陳藏一《話腴》一書，傳世版本，如《古今說海》、《學海類編》，止刋一卷，非其全帙。張氏《適園叢書》所刋者，凡甲、乙集，共四卷。張鈞衡跋云：「此本分甲乙、上下卷，又經常熟王振聲以汲古閣藏本勘定，訛字較少。惟汲古本甲集爲卷上，乙集爲卷下。他本又分內、外編，爲上、下四卷。所編雖不同，書則無異也。」然《適園叢書》本《話腴》記岳王事一則，原文如左：

岳鄂王飛《謝收復河南赦》及《罷兵表》略曰：夷狄不情，犬羊無信，莫守金石之約，難充谿壑之求，暫圖安而解倒垂，猶云（《學海》本作「之」）可也；欲長慮而尊中國，豈其然乎？又曰：身居將閫，功無補於涓埃；口誦詔書，面有慚於軍旅。又曰：尚作聰明而過慮，徒懷猶豫以致疑，與（《學海》本作蓋）無事而請和者謀，恐卑辭而厚幣者進。願定規於全（《學海》本作制）勝，期收地於兩河。唾手幽燕，終欲復仇而報國；誓心天地，當令稽首以稱藩。未幾，虜渝盟，河南復陷（《學海》本作「復陷河南」）。後六十年，得虜之南遷錄，見當時諸酋議論，銳意為取（《學海》本無「防」字）江南之計，歸三京以誘吾歸兵於平地。吾保河南，則江防必虛；若吾不守河南，則是彼嘗見歸，吾自委棄（《學海》本作「棄置」，且無「在」字），在遺民當自歸曲於吾矣。虜謀若此，鄂武穆之料敵，信不妄云。

《學海》本、《適園》本，文句悉同。並無記《小重山》及《滿江紅》事。《豫章叢書》本藏一《話腴》乃據王氏八千卷樓鈔本付刋（參胡思敬跋）記岳鄂王《謝收復河南赦表》，亦不及《滿江紅》。考《岳鄂王家集序》有云：「（王）自束髮從戎，未嘗一敗者。其中心之蘊，謀略之所施，往往見於表奏題跋吟詠之間❽，隨手敷露。如出師一奏，謝赦一表，天下之士，至今傳誦，以未見全文爲恨。」（此序作於嘉泰三年）今觀珂所編家集，《謝講和赦表》即刊於卷一首篇。其言天下之士，以未見全文爲恨，似因《話腴》摘錄之故。藏一此書，岳珂爲之序，稱其出入經史，研究本末，具有❾法度。而《話腴》嘗言及《滿江紅》詞，岳倦翁焉有不知之理！豈岳氏所見非足本，而《歷代詩餘》等所引《話腴》之語，乃爲足本乎？

明末有人言見過《滿江紅》岳飛手跡者。井研胡世安（崇禎元年進士，入清官武英殿大學士）有《題岳朋海所藏武穆隸像卷詩序》，云：「余昔得觀武穆所題《曾南豐家譜》並《滿江紅》手蹟，蓋行草也。」（《清詩紀事》八引《秀巖集》十六）更不可信。明中葉張綖《草堂詩餘》別集云：

> 《精忠錄》載岳武穆詞二首，皆佳作。浙本《草堂詞》附錄於後。然今人但盛傳《滿江紅》，而遺《小重山》。「怒髮衝冠」之詞，固足以見忠憤激烈之氣，律以依永之道，微似非體。不若《小重山》托物寓懷，悠然有餘味，得風人諷詠之義焉。（據學初文引）❿

張綖此書，錄於嘉靖十七年五月，在徐階編集之後。據其所言，此詞確曾見錄於浙本《草堂詩餘附錄》，又見於《精忠錄》。《精忠錄》乃景泰六年湯陰典教袁純所編，弘治間太監麥秀重刻之⓫麥秀既修岳廟，又重刊《精忠錄》，可知當日趙寬手書此詞上石之時，此詞爲人傳誦已久，非如夏翁之說，爲弘治間人所擬託。詞中用賀蘭山字眼，乃借用回紇地名，不得謂其昧於地理也。其後王越平賀蘭山，實在弘治十年冬。此詞在景泰以前，早已流行，惟元刊草堂詩餘未收此闋，浙本果何所據，惜尚未明。嘉靖十七年十二月陳鍾秀校刊之《精選名賢詞話草堂詩餘》，其附錄亦收之，則更在徐階編集之後矣。總而言之，此詞不收於岳珂所編家集，而見載於清初《歷代詩餘》所引之《話腴》，見於天順時刻石，其非如余嘉錫之說，出於桑悅之手，則昭然若揭矣。

此詞浩氣勁節，溢於言表，誠如趙果夫所言：「可以激厲忠良節義之氣，可以消阻憸邪反覆之情。」「奮乎百世之上，而警動乎百世之下。」江河萬古，固不可廢。故自明以來，賡和者衆，顧應祥之作，見於《湖州詞徵》。其詞題云：「李半溪大尹用岳武穆《滿江紅》詞為劉坦翁司空壽，戲次其韻一闋，用呈坦翁。」應祥弘治十八年進士，其所壽之坦翁，應是劉麟。若夏言和章，已鏤之貞石。（《西湖志》卷二八碑碣二：「夏言《滿江紅》詞，在岳廟，行書，大字」。趙寬滿江紅碑題記稱巡按御史夏公，即指夏言。弘治十五年，言正任巡按駐杭州。）明季張忠烈煌言所作，軒昂激楚，有聲皆血。清人對此詞，向無置疑者[12]。晚近朱孝臧以清末遺老，題杭州岳忠武廟精忠柏，詞亦鬱勁，如貞松古柏。茲併錄出於後，以供參考。他若姚靖、吳農祥、趙式輩均有和韻，茲不備載。《宋詞三百首箋》引《詞統》謂文徵明和武穆此詞，按實是題宋高宗賜岳武穆手詔，亦非步韻也。

附錄一：（怒髮衝冠）滿江紅詞明代著錄略表

一四五五　景泰六年　袁純編《精忠錄》，已收此詞。

一四五八　天順二年　王熙書滿江紅詞，泐石，在湯陰岳王廟，今尚存。

一五〇〇　弘治十三年夏　桑悅跋《北伐詩》，對此詞大加擊節。

一五〇二　弘治十五年　趙寬手書此詞上石。太監麥秀重刻《精忠錄》，疑當此時。

一五三六　嘉靖十五年　焦竑編《岳王集》，由徐階刪定，集中收入此詞。

一五三八　嘉靖十七年五月　張綖編《草堂詩餘別錄》，依浙本《草堂詞》收此。

同年十二月　陳鍾秀校刊《精選名賢詞話草堂詩餘》，收此篇入附錄。

附錄二：滿江紅和詞選錄

（一）顧應祥

《滿江紅》

李半溪大尹用岳武穆《滿江紅》詞為劉坦翁司空壽，戲次其韻一闋，用呈坦翁。

擾擾浮生，逐名利、無休無歇。能幾箇、達觀知道，霜清日烈。濯足清苕溪上水，振衣蒼弁峰頭月。更隨緣、說法混漁樵，情親切。　身逾健，頭未雪。六根淨，三尸滅。守本來面目，原無欠缺。烹鍊常成戊己土，補修不用壺盧血。看他時、一鶴破秋空，登天闕。（《湖州詞徵》二十八）

（二）夏言

《滿江紅》

南渡偏安，瞻王氣，中原消歇。歎諸公、經綸顛倒，可憐忠烈。曾見淒涼亡國事，而今唯有西湖月。覩祠宮、宰木尚南枝，傷心切。　人生易，頭如雪。竹簡汗，青難覓。拄乾坤、要使全甌無缺。後土漫藏遺臭骨，龍泉恥飲奸臣血。恨當時、無奈小人朋，盈朝闕。（《夏桂洲文集》，亦載梁詩正《西湖志纂》卷十五）

（三）范守己

《滿江紅》用武穆韻

佳氣蘢葱，盤鬱處、幾曾休歇。笑六代、區區爭強，成何功烈。鐵索空煩江內火，石頭虛照淮西月。聽商歌，一曲後庭花，空激切。　百王恥，今方雪。萬古忿，一朝滅。憑赤手補完，西北天缺。龍下鼎湖難共挽，弓遺烏號堪泣血。繞神都、百萬舊山河，環幽闕。（《御龍子集》四十四《吹劍草》二十一）

（四）徐士俊

《滿江紅》拜鄂王祠追王韻

劉岳張韓，問誰個、英風不歇。收拾去、忠魂秋草，於今為烈。骨肉回頭驚露電，嬌娃彈指沉星月。葬空山，長聽浙江潮，悲心切。　翻舊案，花如雪。憶舊夢，煙如滅。借莫須有事，輕分圓缺。送罷殘紅多少恨，歸來望帝猶啼血。再修成，青史滅疆邊，文還闕。（《雁樓集》

三十五）

（五）卓人月

《滿江紅》拜鄂王祠追和原韻

臣罪當誅，對明聖、恩波未歇。稽謚法，南陽同志、汾陽同烈。恨極冰天啼凍雨，憂來潭水吟寒月。向宵燈、長夢戰中原，抽刀切。牌上字，冤難雪。背上字，痕難滅。歎未成一簣，為山功缺。七日紅枯荊客淚，三年碧盡周人血。請千秋責國巨奸來，瞻宮闕。（《蕊淵集詩傳》十七）

（六）張煌言

屈指興亡，恨南北、皇圖銷歇。更幾個孤忠大義，冰清玉烈。趙信城邊羌笛雨，李陵臺畔胡笳月。慘模糊吹出玉關情，聲淒切。漢苑露，梁園雪。雙龍逝，一鴻滅。賸逋臣怒擊，唾壺皆缺。豪氣欲吞白鳳髓，高樓肯飲黃羊血。試撥雲，待把捧日心，訴金闕。（謝章鋌《賭棋山莊詞話》卷七）

（七）陳至言

謁岳王墳奉和

半壁山河，千秋後，痛心未歇。（下略，見《苑青集》清初芝泉堂刊本。至言，字山堂，蕭山人。）

（八）文徵明

《題宋高宗賜岳武穆手詔》石刻

拂拭殘碑，勅飛字，依稀堪讀。慨當初，倚飛何重，後來何酷。果是功成身合死，可憐事去言難贖，最無辜、堪恨更堪悲，風波獄。　豈不念，中原蹙。豈不恤，徽欽辱。但徽欽既反，此身何屬。千古休談南渡錯，當時自怕中原復。笑區區，一檜亦何能，逢其欲。（據原寫本。徵明書此，時年九十。）

（九）朱孝臧

大木無陰，渾不似，衆芳彫歇。相望處，靈旗風雨，於今為烈。終古心堅如鐵石，何人手植無年月。向南枝應有舊啼鵑，傷情切。　奸檜鑄，沈冤雪。幽蘭瘞，仇讎滅。問喬柯幾見，金甌圓缺。朱鳥定飄枋得淚，碧苔疑漬萇宏血。更空山、玉骨冷冬青，悲陵闕。（《彊村集外詞》）

一九五九年屬稿，一九六四年春改定，一九七六年、一九八八年再訂。

近見唐圭璋先生讀詞札記，謂陳霆《渚山堂詞話》載宋邵公序贈岳飛滿庭芳，中有

「笑談頃、匈奴授首」句，顯然是檃括岳詞「笑談渴飲匈奴血」之句（《南京師院學報》，一九八〇・一）。宋時，此詞已爲人傳誦。然則宋无《咏岳王詩》注稱「其詞激烈」，當亦指滿江紅也。滿江紅一詞之眞僞問題，近人討論至繁，具詳林玫儀「辨疑」一文，見其《詞學考詮》，不復論列。

❶ 許吳廷庸宋岳忠武王初瘞九曲叢祠螺獅山購建顯廟節略，及光緒元年楊昌濬杭城《九曲叢祠岳忠武王忠顯廟碑記》。

❷ 李兆洛《養一齋文集》卷十一有跋云：「王以紹興四年七月屯鄂州。十二月，援廬州，遂入覲，赴潭州平楊么。九月還鄂州。六年二月，移屯京西。前後在鄂不及一年。《金陀粹編》不載此詞。詳詞意，當作於復唐、鄧、信陽後，始屯鄂州時。謝跋云：後尙附二柬，惜失之矣。」

❸ 趙寬，吳江人，成化辛丑進士第一人。歷官刑部郎中，出爲浙江提學副使、廣東按察史。著有《半江集》。見《列朝詩集小傳》丙集。寬出吳文定寬之門。《匏翁家藏集》中，投贈之什頗夥。

❹ 麥公卽太監麥秀。名見《明史》三百四宦官《何鼎傳》。

❺ 子器字名父，慈谿人。弘治丁未進士。知崑山、高平、常熟三縣，皆有聲績。出爲湖廣參議、河南左布政，改江西。見《列朝詩集小傳》丙集。

❻ 事見《列朝詩傳》丙集。今桑之思玄集卷末有子器作《桑先生文賦後跋》。

❼ 夏承燾：《岳飛滿江紅詞考辨》，見京都大學《中國文學報》第十六冊。

❽ 《直齋書錄解題》卷十八：「《岳武穆集》十卷，樞密副使鄴郡岳飛鵬擧撰。飛功業偉矣！不必以集著也。世所傳誦其《賀和議成》一表，當亦是幕客所爲，而意則出於岳也。」錢士升《南宋書》謂《謝講和赦表》乃張節夫筆。莫天一《五十萬卷樓羣書跋文》云：「《家集序》云：『先臣出師奏、謝赦表。天下傳誦。』《天定別錄序》云：『謝赦之表，斯文炳如。』則爲王自作無疑。

❾ 《適園叢書》本「具有」二字作「則可」。茲從《四庫提要》二十三所引文。

❿ 參看中華書局出版《文史》第一期，學初著：《岳飛滿江紅詞眞僞問題》（二一八頁）。

⓫ 朱爲弼題馮給諫培編岳鄂王廟志冊後：「宰樹依然吼朔風，殘碑初剔滿江紅。」（蕉聲館詩集卷三）

⓬ 宋高宗賜岳飛手敕卷紙本及文徵明題此手敕《滿江紅詞》。現藏士林故宮博物院。詳《故宮書畫錄》卷一。清人陳文述跋高宗賜岳飛御札書後謂此殆孝宗以還岳氏者（頤道堂文鈔）。

（原載選堂集林）

楊守齋在詞學及音樂上之貢獻

一

宋季學者，楊守齋纘最洞曉音律。周密稱其「當廣樂合奏，一字之誤，必顧之。國工樂師無不嘆服，以爲近世知音，無出其右者」（浩然齋雅談）。守齋宋史無傳，事跡又見圖繪寶鑑。守齋爲楊石養子，其女于咸淳二年爲度宗淑妃，生帝昰。歷官司農卿，浙東帥。卒贈少師❶。

張炎詞源云：

> 近代楊守齋神于琴，故深知音律，有「圈法周美成詞」。與之游者：周草窗（密）、施梅川（岳）、徐雪江❷、奚秋崖（淢）、李商隱（彭老）。每一聚首，必分題賦曲。但守齋持律甚嚴，一字不苟作，遂有作詞五要。

其圈法美成詞，今不可見；作詞五要則附于詞源之後，賴以流傳。惟詞源一書向與沈義父樂府指迷混誤爲一。明末清初學人每誤楊守齋爲楊誠齋，即四庫提要猶不免此失。（提要四十詞曲類存目「樂府指迷」條下云：「附以楊萬里作詞五要五則。」是其例。）自阮元爲詞源作提要（揅經室外集三），秦恩復重刊撰跋，此誤解得以澄淸，而守齋之名亦由晦而顯❸。

守齋審律之精，宋、元人筆記播爲美談。周密癸辛雜識後集云：

余向登紫霞翁門（守齋樓曰「紫霞樓」，見齊東野語）。翁妙于琴律。時有畫魚周大夫者，善歌，每令實譜參訂。雖一字之誤，翁必隨證其非。余嘗叩之云：「五、凡、工、尺，有何義理，而能暗通默記如此？」翁云：「其間義理之妙，有甚于文章。」

卽此一事，可見其概。可惜守齋所作詞，今可見者，僅有絕妙好詞所載八六子（牡丹）、一枝春（除夕）、被花惱（自度曲）寥寥三首（亦見全宋詞二百五十一），末由作校律之資。

二

守齋作詞五要，卽要擇腔、要擇律、要塡詞按譜、要隨律押韻、要立新意。玆分別疏說如下：

（一）「第一要擇腔。腔不韻，則勿作。如塞翁吟之衰颯，帝臺春之不順，隔浦蓮之寄煞，鬥百花之無味是也。」

何謂腔？樂府指迷云：「詞腔謂之均。均卽韻也。」說者謂詞腔所在，卽均拍所在。李調元雨村詞話二：「趙長卿眼兒媚句：『笑偎人道新詞覓個美底腔兒。』腔兒謂調名也。」如是擇腔卽是選調。江順詒詞學集成三「音」條，解釋「擇腔」云：「係指自度曲者。若塡前人已傳之詞，則腔自韻矣。」則以指自度曲而言。以上三說看似出入，究同指一事。其所謂「韻」，應如白石淒涼犯序「以啞觱栗角吹之，其韻極美」之「韻」，乃韻味之韻，而非押韻之韻。至于腔應如何擇？輟耕錄云：「仙呂宮宜清新綿邈，南呂宮宜感歎惋傷，……正宮宜惆悵雄壯，道宮宜飄逸清秀，……小石宜旖旎柔媚，……」方成培香研居詞麈云：「宋人稱秦少游詩可入小石調，譏其旖旎柔媚也。」可見擇腔主要是如何選取宮調和聲情配合。

至守齋所舉諸詞調：

塞翁吟——據片玉詞注爲大石調，即黃鐘商，住マ（四）。觀美成所作，換頭「忡忡」及「嗟顦顇」以下等句，略帶衰颯意。

帝臺春——本唐教坊曲名。宋史樂志琵琶有帝臺春。花庵詞選三有李景元（即李甲）帝臺春「春感」詞，其下片有「拚則而今已拚了，忘則怎生便忘得」兩名句❹。守齋謂此詞腔不順，未明其故。

隔浦蓮——見片玉集，爲大石調。所言「寄煞」者，碧雞漫志云：「林鍾商今夷則商也。管色譜以凡字殺，若側商則借尺字殺。借殺即寄殺也。」此謂宋人有借字寄殺者，故守齋以爲不美。

鬥百花——見柳永樂章集，爲正宮調，住ㄙ（合）。雨村詩話云：「晁補之有鬥百花詞。楊誠齋云：『詞須擇腔。如鬥百花之無味，因此後作此腔者寥寥。』今按詞後段……句法本古樂府，更工于言情，乃知誠齋非深于此道者。」按李氏既誤守齋爲誠齋，又誤解擇腔之本意，故爲指正。

（二）「第二要擇律。律不應月，則不美。如十一月調須用正宮，元宵詞必用仙呂宮為宜也。」

所謂依月用律，乃政和間大晟府所倡行。時新廣八十四調，万俟雅言請制詞以實譜。有旨：依月用律，月進一曲。自此新聲稍傳（見碧鷄漫志）。詞源有「五音宮調配屬圖」，以八十四調分屬十二月。如：十一月，律爲黃鐘，調爲正宮、大石、般涉；十二月律爲大呂，調爲高宮、高大石、高般涉；正月律爲太簇，調爲中管高宮、中管高大石、中管高般涉。餘見該圖❺。夏承燾曾取片玉集中四時編次各詞，與宮調核對，符合者僅有七首；又取玉田集校其宮調時令，亦十九不合；故斷言宋人并不依月用律。又謂宋人不用中管調，因中管較頭管短一半，聲高一倍，難于吹奏，故宋詞不用。美成片玉集百餘首，無一首用中管調。然玉田五音宮調配屬圖，正月太簇，三月姑洗，五月蕤賓，八月南呂，十月應鍾，皆中管調。万俟雅言所作春草碧一詞，九十八字❻。詞譜稱雅言大聲集此首注「中管高宮」，卽正月太簇宮，今笛用「四」字。雅言此詞賦春草，正與月律相應。此當是任大晟府「製撰」職時，應功令之作。是宋人非不用中管，特用之者少耳。（又守齋言元宵詞必用仙呂宮。然仙呂宮乃夷則宮之俗名，爲七月之律，何得用于元宵？蔡嵩雲謂仙呂爲南呂之訛。南呂爲徵，徵爲火，象元宵燈火。張孟劬謂仙呂宮卽中管仙呂宮，亦爲南呂宮，則爲八月正律，但宜用于中秋，又何以用之元宵？皆疑莫能明。）

（三）「第三要填詞按譜。自古作詞能依句者已少，依譜用字者，百無一二。詞若歌韻不協，奚取焉？或謂善歌者融化其字則無疵，殊不知詳製轉、折，用或不當，卽失律；正、旁、偏、側，凌犯他宮，非復本調矣。」

宋時樂工唱詞，有融字法。或融平爲仄，或融仄爲平。夢溪筆談論善歌者，當使「聲中無字」，或「字中有聲」。

（1）所謂「聲中無字」者，沈云：「字則脣、喉、齒、舌等音不同，當使字字舉本皆輕圓，悉融入聲中，令轉換處無磊塊，此謂聲中無字。古人謂之『如貫珠』，今謂之『善過度』是也。」

（2）所謂「字中有聲」者，沈云：「如宮聲字而曲合用商聲，則能轉宮爲商歌之，此字中有聲也。善歌者謂之內裏聲。」

至「轉」之法——方成培云：「轉宮爲商，人不易解。凡一字雖屬一音，然輕重抑揚之間，每一字實含五音，故可移宮換徵。」

若「折」之法——補筆談云：「折聲唯合字無。折一分、折二分至于折七、八分者，皆是舉指有淺深，用氣有輕重。如笙、簫則全在用氣，絃聲有只抑按。如中呂宮『一』字，仙呂宮『五』字，皆比他調高中格，方應本調。」

又所謂正、旁、偏、側調「犯」者，說具姜白石淒涼犯小序引唐人樂書。張端義貴耳集上云：「自宣政間，周美成柳耆卿輩出，自製樂章，有曰側犯、尾犯、花犯、玲瓏四犯。……明皇幸蜀宣之曲，皆曰犯。犯者，侵犯之義。」犯曲已盛于北宋。犯曲如西樂所謂「轉調」，使樂調變化，增其美觀。犯有規則。據白石云：要住字相同，始可犯。如黃鍾宮住「合」，大呂宮住「下四」，無射宮住「下凡」，應鍾宮住「凡」字，無一相同者。住字不同，則不能相犯。又云：十二宮特可犯商、角、羽。如黃鍾宮可犯無射商、夷則角、夾鍾羽，四者同住「合」字。又如林鍾宮可犯仲呂商、夾鍾角、無射羽，四者同住「尺」字。餘可類推。

守齋此條，旨在說明唱詞時轉折犯宮等事，均宜留心；即指出對于「融字法」之運用，不能隨意爲之。

（四）「第四要隨律押韻。如越調水龍吟，商調二郎神，皆合用平入聲韻。古詞俱押去聲，所以轉摺怪異，成不祥之音。昧律者，反稱賞之，是真可解頤而啓齒也。」

所謂隨律者，段安節樂府雜錄有五音二十八調圖，卽平聲羽七調，上聲角七調，去聲宮七調，入聲商七調。上平聲屬徵聲，商角同用，宮逐羽音❼。方成培云：「觀楊誠齋（按應作守齋）擇腔用韻之說，忽有所悟。所謂運者，用也。分四聲各用一韻，以塡七調。如平聲韻則用以塡中宮、正平等七調，上聲則用以塡越角、大石角等調。」又云：「（隨律）一作「催律」。當作「推律」。惟求此調，屬某律某音，然後叶其韻塡之，方始合律；卽段安節五音二十八調是也。水龍吟越調，卽黃鍾商；二郎神商調，卽無射商；卽圖所云：入聲運商七調，上平聲商角同用者也。若去聲韻，當叶宮聲之調，非商聲所宜矣。」

（五）「第五要立新意。若用前人詩詞意為之，則蹈襲無是奇者，須自作不經人道語，或翻前人意，便覺出奇。……」

此條易明，不必多作申說。文心雕龍神思篇：「意翻空而易奇，言徵實而難巧。」亦卽此意。

總上論之，守齋所定塡詞之條例，如「應月擇律」，目的仍在重振大晟府之舊規。守齋憲章美成，故所論亦多契合。

三

其次論及守齋在音樂上之成就。主要是對于琴學之貢獻。可分四項述之：

（一）宗嵇。袁桷清容居士集云：「楊司農譜，首于嵇康四弄。韓忠獻家有之。」（示羅道士）北宋沈氏所集琴書，即載嵇中散四弄（見崇文總目）。嵇氏四弄者，宋僧居月琴曲譜錄：「長青、短青、登高引、望長側。」此四曲謂之嵇氏四弄（陳暘樂書以為「長清、短清、長側、短側」）。宋濂謂：「（守齋）每恨嵇康遺意久廢，與其客毛敏仲、徐天民力求索之。」（跋鄭生琴譜後）又謂：「士大夫以琴鳴者，恒法宋楊守齋纘。所以法纘者，以其合于晉嵇康氏故也。」（跋太古遺音，見宋學士集十四）

（二）定律。宋濂云：「古者協管以定正宮，以正宮爲聲律之元也。今纘以中呂爲宮。……」是守齋定律，以仲呂爲宮，即以琴之第三絃爲宮。此在琴律上爲重要之變革。後世琴家以正調屬之仲呂，實本是說。張端義貴耳集中云：「朱晦翁王伯照琴說，琴大絃散聲，中黃鍾，二太簇，三仲呂，四林鍾，五南呂，六黃鍾，七太簇。……如是專以鍾爲宮，不復可遺想矣。今世所傳琴曲五調，余嘗以音律考之，皆仲呂一均也。『宮』調乃仲呂，餘調倣此。」按貴耳集二集成于理宗淳祐四年，正與守齋同時，可見當時確以仲呂爲宮。惟入元以後，反對者大有其人。如趙子昂琴原一篇（松雪齋文集六），即爲守齋而發。清代論琴律者甚繁。律呂正義力主第三絃爲宮，四庫提要評王坦琴旨，歷舉自來言琴律者之誤有五，其一事即在不知第三絃爲宮，而以一絃十徽爲仲呂，此無異申明守齋之說。

（三）訂譜。宋濂云：「宋季言琴者，多宗大理少卿楊公纘。纘，淳祐中人。最知琴。一聞琴聲，卽能別其古今。每恨嵇康遺音久廢，……歷十餘年，始得于吳中何仲章家。纘因共定調、意、操，凡四百六十有八。爲紫霞洞譜一十三卷。」袁桷琴述：「往六十年中，錢塘楊司農以雅琴名于時。有客三衢毛敏仲，嚴陵徐天民在門下，朝夕損益琴理，刪潤別爲一譜，以其所居曰『紫霞』名焉。」紫霞洞譜今已佚，網羅之富，後世琴譜，無出其右者，可謂集宋以前琴曲之大成。其譜分別五音，有調、意、操三類。後來琴書，如太音大全集等，其編次體例，皆本于守齋之紫霞譜。

（四）正聲。紹興以來，鼓琴者皆習閣譜，媚熟整雅。又有江西譜者，亦流行于時；音尤繁殺。張巖嘗謂閣譜非雅聲，守齋之重訂舊譜，蓋承其志，而力去繁聲，以還古淡。齊東野語十八記其自製琴曲數百解，皆平淡清越，灝然太古之遺音。故守齋之去繁取緩，大有復古之功。

守齋當日被稱爲「神于琴」。因居外戚之尊，其學盛行。元、明以來，頗有置疑者。如戴剡源譏其「造曲但取狀聲，而不按律」（題趙子昂琴原律略後）；宋濂謂以中呂爲宮，頗違古法。然其影響極大。元時，吳中所習琴，稱爲浙譜，琴家無不托浙操以自重，皆由守齋倡導之功。詳見拙作宋季金元琴史考述，載清華學報，玆不贅。

❶參拙作：九龍與宋季史料，頁八十四，「楊太后家世考」。

❷參拙作：楚辭與詞曲音樂，「澤畔吟」條，考證徐雪江事蹟。

❸參拙作：宋詞書錄解題，「詞源」條。

❹花庵詞選三李景元帝臺春（春感）。見詞源十五。即李甲詞（劉毓盤輯其詞得十四首）。李詞云：芳草碧色。萋萋遍南陌。暖絮亂紅，也似知人，春愁無力。憶得盈盈拾翠侶，共攜賞，鳳城寒食。到今來，海角逢春，天涯爲客。　愁旋釋。還似織。淚暗拭。又偸滴。漫倚遍危欄，儘黃昏也，只是暮雲凝碧。拚則而今拚了，忘則怎生便忘得。又還問鱗鴻，試重尋消息。

❺詞源有「五音宮調配屬圖」，以八十四調分屬十二月，如下：

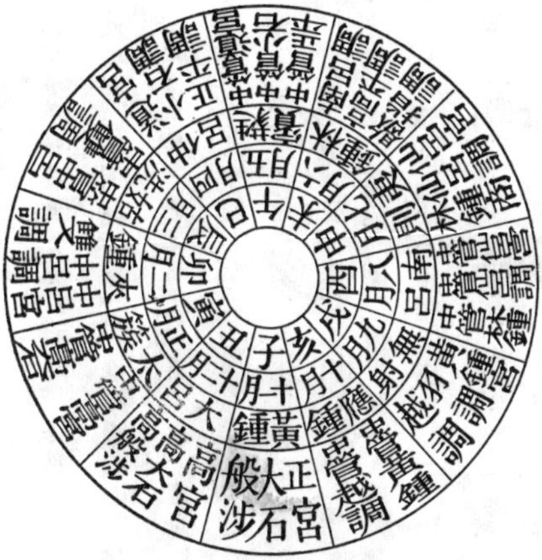

⑯ 万俟雅言所作「春草碧」一詞云：

又隨芳渚。坐青翠連霽空，愁遍征路。東風裏，誰望斷西塞，恨迷南浦。天涯地角意不（平）盡，消沈萬古。曾是送別（平）長亭下，細綠暗烟雨。何處亂紅鋪繡茵，有醉眠蕩子，拾翠遊女。王孫遠，柳外共淺照，斷雲無語。池塘夢生，謝公後，還能繼否。獨上畫樓，春山瞑，雁飛去。

⑰ 附樂府雜錄五音二十八調圖：

平聲羽七調	第一運中呂調	第二運正平調	第三運高平調	第四運仙呂調
	第五運黃鍾調	第六運般涉調	第七運高般涉調	
上聲角七調	第一運越角調	第二運大石角調	第三運高大石角調	第四運雙角調
	第五運小石角調（正角調）	第六運歇指調	第七運林鍾角調	
去聲宮七調	第一運正宮調	第二運高宮調	第三運中呂調	第四運道調宮
	第五運南呂宮	第六運仙呂宮	第七運黃鍾宮	
入聲商七調	第一運越調	第二運大石調	第三運高大石調	第四運雙調
	第五運小石調	第六運歇指調	第七運林鍾商調	

上平聲　　徵聲　　商角同用　　宮逐羽音

元典章與白話文

在歷代文物精華展覽中，提供稀有國寶的複製品，上起殷周，下迄明清，門類豐富。雖然去眞蹟一等，但使那些未嘗接觸到原物的人們，可以獲覩各珍品的本來面目。海外不乏好古敏求之士，當然感到極濃厚的興趣。有關銅器、瓷器、書、畫等部門，老早經過許多專家作了詳細的介紹，不必多談。古籍方面，似乎比較不易引起人們的注意。台北藏書的豐富，據說不下于一百萬册；善本書便占將近二十萬之數❶。這次展覽品中，有故宮博物院影印的元本「大元聖政國朝典章」十六册，四函。月前我爲着要探討原始白話文的問題，託人查詢本港兩大學及大會堂圖書館，都沒有這部影元本，十分感到失望。現在借這個機緣，從這部書談談一些白話文的淵源問題，也許對中國語文形成過程的了解上，有點滴的幫助。

元典章是一部元朝公文書的總結彙，分正集六十卷，新集不分卷。正集共二一五五條，包括詔令及吏、戶、禮、兵、刑、工六部的文書。施行的時間正集在元成宗大德七年（一三〇三），新集在順帝至正二年（一三四二）。以前這書傳本甚稀❷。其中保存許多蒙古的方言俗語，故四庫擯而不錄。光緒三十四年（一九〇八）間，沈家本爲之覆刻。可惜其中不少謬誤。史學家新會陳垣嘗取元本覆校沈刻，凡得謬誤一萬二千餘條❸。他的校勘工夫，大家公認爲盛業。日本學人對這部書亦很感興趣。在京都的人文科學研究所便成立有「元典章研究班」。差不多經過十四年的時間，不斷地作了五百次的會讀，泐成校定本。已有元典章刑部（第一冊）的出版❹，由岩村忍、田中謙二兩位校定。一九六五年我在日本卽蒙田中教授餽以一冊。元典章的本子，尙有英國劍橋大學 Thomas Wade 舊藏的抄本。此外要算故宮博物院所藏的元刻爲唯一孤本。它的價值可想而知。

元典章的公文，是吏牘文體❺，是研究公文程式演變史最好而可靠的資料❻。其中有許多文件，還是從蒙古語直接翻譯過來，可以看出初期白話文所受到蒙古語法影響的情形，和當日許多特別語詞使用的習慣，在語序上、語彙上和現行一般白話文有很大的距離，非常有趣。試舉例說明如次：

人每的驅每根底，百姓每根底女孩兒與了有。男兒死了呵，媳婦、孩兒做百姓的體例有。道有。（典章戶部「良不得嫁娶驅奴」）

哈兒弓箭每根底，交與探馬赤每呵，不中。漢兒、蠻子官每，休交管者。弓根底，恐怕壞了麼道呵，蒙古軍每根底與者。（典章兵部）

這樣的白話文，初次讀來，眞是不知所云。旣運用當時一些口語，再加上蒙古文特有的語法❼，如果沒有解說，很容易誤會爲不通的句子。驅是驅奴。「每」字有時用爲代表多數的「們」字。通俗編云：「北宋時先借懣字用之，南宋別借爲們，元時又借爲每。」元曲「錯之身戲文」開場時云：「賢每雅靜看敷演。」「賢每」卽是「賢們」。現在通用們字，在元代每字很普遍便用。上文所謂人每、驅每、弓箭每、蠻子官每、蒙古軍每，都宜讀爲們字。

「根底」一詞，有如現代語云「方面」，原有「邊」的意思。柳永的瓜茉莉詞云：「料我兒只在枕頭根底，等人來，睡來夢裏。」（全宋詞，頁五四）「枕頭根底」猶言「枕頭邊」。宋詞元曲中，「根底」二字常見。典章言某某每根底，以今語易之，猶言「在某某們方面」。

元典章中喜歡用「有」、「有來」二語置於句尾。「有」指現在式，「有來」指過去式。元代用白話翻譯經典文言，即用「有」字于句末，有如「也」的意思。元代孝經直解翻譯孝經「夫孝，德之本也」一句，白話文作「孝道的勾當，是德行的根本有」。這裡「有」及「有來」即蒙古語「aju`ue」的直譯❽。

「呵」即「啊」，用于假定、既定的語氣。有時連續疊用若干個「呵」字。元典章中如：

今後，但是田禾裏交頭口（指家畜）入去，交喫了呵，桑棗樹木斫伐了呵，咽咬了呵，斫折了呵。城子裏，達魯花赤，總督每，就便提調者，依在先聖旨體例，裏交陪了，要罪過者。（戶部「禁斫伐桑棗樹」）

這裡呵字都是用于「條件句」的。探馬赤軍在元史兵志上說：「若夫軍士則初有蒙古軍探馬赤軍。蒙古軍皆國人，探馬赤軍則諸部族也。」探馬赤軍是包括蒙古以外的部族，像色目人、漢人共同組成的部隊，而以蒙古人為主體。水滸傳裏探馬即騎乘的先鋒，故探馬赤即是打先鋒的軍隊。赤是蒙文「či」的譯音，意義是「者」❾。

還有「麼道」一詞，有時作「這麼道」，作為指示詞，和疑問口氣的「麼」意義不同。和尚語錄中「這麼道」又作「與麼道」。五燈會元十一潭州神鼎禪師：「古人與麼道，神鼎則不然。」麼道或作「折麼道」。「折」和「這」「者」音義一樣。在元典章裏，每每用于引句之後。元秘史有時直用蒙文「這」的原語「ge`en」的漢音直譯作「客延」。

元代的白話文，保存在碑刻上資料甚多，已有人彙集成書⑩。碑上的白話文雜用漢蒙語彙，亦是非常有趣的。像一二三五年重陽萬壽宮聖旨碑有一段說：

> 道人每內中不喫酒肉無妻男，不是那般底人。喫酒喫肉，有妻男呵。仙孔八合識，你不揀擇出來那甚麼，你底言語不信底人你識者。……

這處的「仙孔八合識」，仙孔卽仙人。仙是漢語借字，孔爲蒙語「人」的音譯。丘處機卽被呼爲騰吃利蒙古孔，漢語謂爲天人也。八合識是蒙語，從畏吾兒來的借字，「bag̃si」義爲師傅⑪。滿文之巴克什亦卽「baksi」。楊方興在天聰六年疏譯音作「榜什」。

元典章中的白話文是非常蹩扭的。由于從蒙古語直譯過來，和漢人的語法、語序十分違背，還添上了一些蒙語漢譯的語彙。這正是元代初期白話文的眞面目。如今保存在官方的文書裏面的，對于語言學、文法學和古白話文的研究極有價值。古代白話的俗語方言，見于元劇中甚夥。張相撰詩詞曲語辭滙釋，對于特殊語辭的考釋花了很大的工夫，可惜未及充分引用元典章的材料，作爲說明的幫助。

大凡語文流變的過程，都是非常複雜的，往往產生一種雜種的混成語。像印度佛教徒使用的白話，把梵文原有的語法完全走樣了，于是形成所謂 Buddhist Hybrid Sanskrit ，文法非常特殊。所以耶魯大學的 Franklin Edgerton 教授爲它寫成一部文法和辭典。元代的白話文情形正復相似。日本學人已作了一些片段的研究。這些問題猶有待于深入探討，然後對早期的白話文才有正確的認識。處處都是學問，因爲覆印元本「元典章」的陳列，使我聯想到這一個問題。拉雜寫來，以供留心白話文的形成和發展問題的人們，作爲參考。

❶ 劉家璧編：中國圖書史資料集，頁三八一，臺灣藏書的鳥瞰。

❷ 參倉田淳之助：元典章之流傳（東方學報，京都，NO.24 ，一九五五）。

❸ 見陳著：元典章校補，自序。

❹ 此書昭和三十九年十二月印行。

❺ 吉川幸次郎：元典章に見太漢文吏牘の文體（東方學報，NO.24 ），從文學觀點討論元典章的文章。

❻ 田中謙二：元典章文書的構成，討論典章中所見之公文習用術語。像咨、閱、呈、申等用法，欽此、敬此施于上對下，准此施于平行，得此用于下行。

❼ 參田中氏：元典章における蒙文直譯の文章。

❽ 蒙文語法參 Nicholas Poppe:Grammar of Written Mongolian.

❾ 楊志玖：元代的探馬赤軍（中華文史論叢六）。

❿ 參方履籛：金石萃編補正，卷四；馮承鈞：元代白話碑；蔡美彪：元代白話碑集錄，上書日本入矢義高書評。

⓫ 參札奇斯欽：蒙文黃金史譯註，頁二一一三。

陳白沙在明代詩史上之地位

一、詩家正脈

明代理學家多能詩，名高者前有陳白沙，後有王陽明，而白沙影響尤大。此一路乃承宋詩之餘緒，推尊杜甫、邵雍二家，取道統觀念，納之于詩。白沙有句云：「子美（杜甫）詩之聖，堯夫（邵雍）又別傳。後來操翰者，二妙少能兼。」此在詩論上可謂別闢蹊徑。杜爲詩中聖人，此宋代詩人之公論。邵之擊壤集，理趣至深，以詩論道，因其詩可以窺道學之妙❶。白沙取杜與邵相配，稱爲「二妙」。其後唐荊川之徒選二妙集，即以白沙及（莊）定山（唐）荊州三家詩，繼草堂、擊壤之後，以爲「詩家正脈，即在乎是」❷。然白沙此說頗引起後人之反對。錢謙益云：

> 子美、堯夫之詩，其可得而兼乎？東食西宿，眞英雄欺人之語。

又譏二妙集之編選謂：

> 豈惟令少陵攢眉，亦當笑破白沙之口。❸

按金時段克己、成己二家總集合曰二妙集❹。此用其名，而取義「二妙」，則出自白沙句：「二妙少能兼。」詩之與道，本如南轅北轍，今乃合而爲一，故牧齋譏其爲東食西宿。荊川之徒，提出「詩家正脈」四字，主張詩以載道，此則明代道學家之文學觀點，未始非出于白沙之啟廸也。牧齋曾將白沙陽明二家詩作一比較云：

> 以世眼觀之，公甫（白沙字）何敢望伯安；以法眼觀之，伯安瞠乎後矣。

從俗諦而論，陽明自有千秋；以道諦而言，則白沙當在陽明之上。以此定兩家之優劣，則白沙詩地位之高，可以見矣。

二、白沙詩學淵源——與吳康齋詩之比較

白沙師事吳康齋（與弼）。楊希閔撰吳康齋年譜云：「宣德三年戊申三十八歲居水陂，白沙來從學。」❺康齋間喜吟詠，有詩集七卷，不下千首。康齋集今存有萬曆刊本。前七卷皆爲詩集，其中有洪都、遊金陵、金臺、適閩、東遊、饒州等稿。其卽事一首起永樂庚寅，時年十九。

其詩題如「讀中庸」、「變化氣質消磨習俗」，學究氣甚重 。有論晦庵詩次韻，頗學朱子之風格。懶吟又近邵雍。劉蕺山言康齋之學，刻苦奮勵，多從五更枕上汗流淚下得來；及乎得之而有以樂，則又七十年如一日，憤樂相生。今觀其詩：

乙巳正月十九夜枕上作

樂以忘憂理渾然，後生豈易造斯言。欽然下學無他法，一味深功見性偏。

具見其發憤克己之精神。其佳製如：

山中見梅花

茅庵深處路縈斜，老樹遙看近臘花。何事幽人吟未到，遊蜂先已得春華。

輕靈閒暇，無半點烟火氣。康齋於詩，好之甚篤。如錄詩稿一首云：

晴日鳥相喚，輕風花亂飛；紅塵休入戶，次第正抄詩。

又絕句云：「新詩盡日忞冥搜。」雅興逸致，理學家而兼爲詩人者也。白沙從學康齋，於詩之有深契，藉吟詠以發越情性，似受康齋之薰陶；然白沙於詩成就，實在乃師之上。故牧齋列朝詩集丙，以康齋詩附白沙之後，自非無故。康齋與白沙精神上，根本大有逕庭。康齋從胼手胝足中充養得睟面盎背，由苦中得樂，一團渾樸氣象，可追太古（顧涇陽語），工夫處全在「憤」「樂」相生；白沙則任自然，與蒙莊相滲透，深得至樂篇山林皋壤之趣，不徒樂山樂水，作仁智之體會。康齋全是道德境界，白沙則爲藝術境界；此其異耳。

三、陳莊體——白沙與莊昶

白沙與莊昶❻齊名，時號陳莊體（朱彝尊靜志居詩話）。兩人互相推重。白沙有「百鍊不如莊定山」語，而定山贊白沙則云：「非謝非陶莫浪猜，了無一字出安排。」定山集有明嘉靖刻本（十行十八字）。北平圖書館舊藏者，殘存四卷，二册，陳常道所編，周子滿校正，劉子縉刻於定山書院。前有嘉靖十四年湛甘泉序，略謂：

> 周子、劉子告于甘泉子曰：子於白沙先生詩教、詩指，則旣有述矣，於定山先生之詩，其獨能無言乎？二公蓋同道者也。故定山題白沙詩有曰：「才力凡今我與翁，百年端許自知公。橫渠老筆須終勁，周子通書自不同。

陳、莊二人爲同道，所作詩可謂同調。定山集卷四有讀白沙先生詩集四首，其他唱和之作尤夥。定山對于白沙門人，亦時有贈答。（如送白沙門人客彥昭、陳秉常回南海和杜句云：「可久亦可大，自抱賢人業。」）交情之深，可以概見。

定山成化中與章懋、黃仲昭以諫元夕張燈而被杖（陔餘叢考十七「唐時簿尉受杖」條），以行人歸，不復出山。其將致仕，白沙寄以詩云：「欲歸不歸何遲遲？不是孤臣託疾時。此是定山最高處，江門漁父卻能知。」江門漁父即白沙自謂也。語中有諷。或云定山爲瓊山閣學所責，以祖訓有不仕之刑，定山不得已遂入京補官。白沙賦此詩，且謂人曰：「定山豈以久病昏其出處耶？」淸全祖望爲此而撰「莊定山論」（鮚埼亭集二十九）。白沙出處不苟，於平生大分，絕不爲利害所怵；此爲定山所不及。兩人性情之異，王船山於俟解記其佚事云：

陳白沙與莊定山同渡。舟中有惡少，知為兩先生而侮之，縱談淫媟，至不忍聞。定山怒形於色。回視白沙，神色甚和，若不見其人，不聞其語者，定山以此服白沙為不可及。（古籍出版社印本，第八頁）

白沙喫緊工夫全在涵養。涵養則「心常在內」。其書漫筆後云：「文章功業氣節，果皆自吾涵養中來。」其純爲經驗之談。卽此一端，已可見其日常之涵養功深矣。

定山遊茆山詩有句云：

山教太極圈中濶，天放先生帽子高。

而白沙寄定山詩云：

影響馳驅等是勞，風流今古幾人豪。但聞司馬衣裳古，更見伊川帽桶高。岩逕無風松子落，翠屏終古白雲交。定山樣子從來別，詩變堯夫酒變陶。

是詩頗爲人傳誦。「帽桶高」句與定山之「帽子高」，互相沿襲，亦不免爲人詬病。明人所謂陳莊體者，蓋多指此類也。

四、白沙詩與禪——明人之評論

白沙之學，人或譏其近禪；於詩亦然。弘治間安磐撰頤山詩話稱：「公甫自是禪字。如：『道人本自畏炎炎，一桷清風捲畫簾。無奈華胥留不得，起憑香几讀華嚴。』又：『天涯放逐渾開是，消得金剛一部經。』」（歷代詩話本）舉出白沙誦讀佛書之證據。

楊升庵丹鉛總錄十九謂：「（白沙詩）七言近體，効簡齋、康節之渣滓，如禪家呵佛罵祖之語，殆是傳燈錄偈子，非詩也。若其古詩之美，何可掩哉？然謬解者，皆篇篇附于心學性理，則是癡人說夢矣。」此特譏湛甘泉為白沙詩妄加箋釋，將白沙之詩「經義化」起來，而且為詩教。錢牧齋亦深予詆諆。此一責任不在白沙本人，而在其門人輩為之曲解。王世貞藝苑巵言云：

陳公甫如學禪家，偶得一自然語，謂為遊戲三昧……晚節始自會心。偶然讀之，或倦而躍然以醒，不飲而陶然以醉，不自知其所以然也。

蓋弇州至晚年始能了解白沙詩之妙處。周亮工書影記弇州臨歿手東坡集不釋，例亦同此。輕詞華而涉理趣，嗜好之變更，自與年事不無關係焉。

白沙之詩雖間援用佛書，不能以此遂謂其為禪。猶邵堯夫擊壤集有「學佛吟」七律句云：「怕死老年親釋迦。」（卷十四）吾人不能以此遂謂堯夫為禪家也。清陸世儀論陳（白沙）、王（陽明）之學，謂：

白沙曾點之流，其意一主於洒脫曠閑，以為受用，不屑苦思力索，故其平日亦多賦詩寫字以自遣，便與禪思相近。或強問其心傳，則答之曰：「有學無學，有覺無覺，言未嘗有得于禪也。（清全祖望撰陸桴亭先生傳）

其言良是。今讀白沙詩，如云：

託仙終被謗，託佛豈多修；弄艇江門月，聞歌碧玉樓。

能放乎自得之場，仙佛皆非安身託命之地。其隨筆詩云：

人不能外事，事不能外理，二障佛所名，吾儒寧有此。

宇宙卽己分內事，故云不能外事，事行而理生，故云不能外理。佛家戒事、理二障。滯于事則爲事障，滯于理則爲理障。白沙頗依儒術。儒家眞機活潑，隨事體認天理，根本無此二障可言。或云「蘇、黃事障，程、邵理障」（胡元瑞詩藪內編）。讀白沙詩者，實當破此二障。如强爲說敎，卽是橫添上理障，雖甘泉亦不免貽譏焉。其示湛雨：

天命流行，真機活潑，水到渠成，鳶飛魚躍。得山莫杖，臨濟莫喝，萬化自然，太虛何說。

潑潑地之眞機，絲毫不滯礙。連杖與喝可以不要，是超越禪家了。此眞機大有異於禪機，已非佛家之藩籬所能拘囿矣。

五、「不安排」之義

莊定山贊白沙詩「了無一字出安排」。安排是一種障礙。白沙句云：「從前欲洗安排障，萬古斯文看日星。」要每一字自然流露出來，須先洗滌心靈，澡雪五藏。易傳言：「聖人以此洗心，退藏於密。」故白沙有夢作洗心詩。又題心泉句云：「不將泉照面，白日多飛塵。」泉比本性，塵喻外物。去障則能不爲塵所染。又句云：

斷除嗜欲想，永撤天機障，身居萬物中，心在萬物上。

莊子云：「其嗜欲深者，其天機淺。」欲使天機免于障蔽，須斷却嗜欲。眞機旣出，一念超乎萬物之上。白沙所造爲極高明之境界，得力中庸之精髓。其言自然與忘我，精神尤接近莊子。

（一）自然：白沙云：「自然之樂，乃眞樂也。宇宙間復有何事？」此猶莊子之至樂。又云：「宇宙內更有何事，天自信天，地自信地，吾自信吾，自動自靜，自闔自闢，自舒自卷。」此與莊子大宗師「自本自根」義略同。

（二）忘我：白沙云：「忘我而我大，不求勝物，而物莫能撓。」猶莊子之「至人无己」及「物物而不物於物」之義。又云：「飛雲之高幾千仞……若履平地，四顧脫然，此其人內忘其心，外忘其形，其氣浩然，物莫能干，神遊八極。」此直是莊子坐忘之論。

白沙夢後作句云：「幻迹有去來，達觀無古今。」而莊子云：「見獨而後能無古今。」白沙言「從靜中養出端倪來」。「端倪」二字，即取自莊子大宗師。是知白沙得力于莊周者至深。養其眞機無往而不自適，自得之趣，發於詩文，亦自復爾。或問：著述。白沙答曰：伏羲敷畫耳。易簡而天下之理自得，又何待乎安排耶？示黃昊句云：

高明之至，無物不覆。反求諸身，欛柄在手。

故知不安排是其作人之欛柄，亦爲其作詩之欛柄。

六、白沙詩集之初刻本

白沙集板本，其嘉靖本曰「白沙子」者，影印于四部叢刋三編，張元濟爲跋，論述最詳。略謂其「全集，吉水羅僑始刋于弘治乙丑，詩文各十卷；越三年，至正德戊辰，莆田林齊重訂而補刻之；嘉靖癸巳，西蜀高簡又刻于維揚，有所增削，併爲八卷，即此本也。至嘉靖辛亥，內江蕭世延又刻之，增爲九卷。其後萬曆辛丑閩林裕陽，壬子同邑何熊祥先後覆刻，大率取材是本」（涉園序跋二四二頁）。弘治全集本，今不可見，惟北京圖書館有弘治刻本「白沙先生詩近稿」十卷，爲府同知吳獻臣（廷舉）所錄。自成化甲辰至弘治乙卯正月，得六百八篇（見弘治丙子嘉魚李承箕序）。起甲辰春中雜詩三首，與他本之起和龜山「此日不再得」韵，編次不同。此「詩近稿」九行，行十五字，二册，爲詩集初刻本，可謂瓌寶。至嘉靖刋本，白沙全集有三十一卷本者，門人張詡編。詩起于卷十一至卷二十一（有七言絕句補遺）。此二種均有足記，故略述之，用俟專究白沙集者之考覽焉。

七、白沙之嗣響

詩有性情與風韻兩條件。理學家之詩，有時亦風神獨絕。白沙見解謂：「論性情先論風韻，無風韻則無詩矣。」仍以風韻爲重。故牧齋直目之爲詩人，不敢斥其詩爲偈語，誠爲知言。白沙云：「學詩須先理會古人性情。」又謂：「黃涪翁（山谷）大雅堂記……正詩家大體所關處，不可不理會。大抵詩貴平易洞達，自然含蓄不露。」（批答張廷實詩箋）又示李孔修近詩云：「或疑子美聖，未若陶潛淡。習氣移性情，正坐聞道晚。」則又未嘗外性情而言詩。其詩遠慕陶公（集中有和陶十二首），而近與江西接武。故說者謂其間襲後山、半山佳句❼。尤見白沙吟詠，雖主循乎自然，仍不廢警策及鑪錘也。

白沙謂定山「詩變堯夫洒變陶」，其自作詩亦多由堯夫變來，塗轍未異。白沙門人新淦蕭子鵬，同時豐城楊廉皆好陳莊體。廉有月湖集，至被目爲月湖詩派❽。定山「溪邊鳥訝天機語，擔上梅挑太極行」句，楊廉以爲高出杜子美。安磐頤山詩話乃深加呰議。四庫提要（詩文評類二）以爲公論。錢牧齋云：「此等謬種流入後生八識田中，眞所謂下劣詩魔，斷送詩家多生慧命。」可謂極詆諆之能事矣。唐順之詩本學初唐，中年爲詩乃涉理路，至有「味爲補虛一試肉，事求如意屢生嗔」一類惡句。藝苑卮言譏其不減定山擔挑太極，爲詞林笑端。理學家詩之爲人訕笑，往往如此。

王船山於白沙詩最爲服膺。薑齋詩集卷四過半爲和白沙之作。摘句如次：

莫道我狷彼狂，共弄暮天空碧。（書陳羅二先生詩後之一）

天下古今幾許，梨花春雨黃昏。（見狂生詆康齋白沙者漫題）

又夕堂戲墨（卷六）倣體詩（仿明代諸家體），仿陳獻章晚酌，云：

芒鞵是處尋春好，不揀蒼苔與沁泥。

薑齋文集三讀李大崖墓誌銘書後，於江門風月，黃公臺披衿相對，扶疏葱蔚，挂青天而蔭滄海，境界之高超，深致景慕。船山最能體會白沙高夐之眞精神，曠世相感，尤值得抉發者也。

粵人之蒙白沙之教者，甘泉而下，實繁有徒。至淸而胡方大靈（學者稱金竹先生）和天然和尙梅花詩百二十首，假物明道，寓言講學，誠白沙之嗣響。何夢瑤有絕句詠之曰：「觀于海者難爲水，若問源頭天上來。識得江門爲正派，始知金竹是高才。」自注云：「詩至白沙，高出千古。胡金竹繼之，此非予阿好之言，後世自有定論耳。」乃作梅花四體詩箋。屈大均云：「粵人以道爲詩，自白沙始。」❾何氏之於金竹，亦猶湛氏之於白沙，正一脈相承也❿。

❶ 見成化乙未希古擊壤集引。

❷ 列朝詩集。

❸ 列朝詩集。

❹ 現存北京圖書館有元刊明修九行本二妙集。

❺ 見白沙集書玉枕詩後。

❻ 昶，江浦人。事蹟詳明史一七九，明儒學案四五。

❼ 錢氏談藝錄一百六十六頁，指出後山題宗室（趙士陳）明發高軒過「晚知書畫眞有益，却悔歲月來無多」句，而白沙寄林虛窗句「開眼已知眞有益，後來歲月悔無多」，即襲用之。

❽ 見竹垞詩話。一鵬嘗演天地自然圖，參皇明世說新語卷七。楊廉見明史二八二。陳田明詩紀事丙籤九只收楊廉題畫一首。

❾ 陳顒讀嶺南人詩絕句三百零一頁。

❿ 本文爲一九六六年十一月白沙先生紀念會演講稿，作者附誌。

論顧亭林詩

清初的詩可說是明詩的延續。明代的詩，到了晚期，已像一池死水，奄奄沒有生氣了。有的「便娟輕俊，只可裝點山林，附庸風雅」（錢牧齋列朝詩集丁集評陳繼儒詩）。卽牧齋尊爲一時宗匠，以討論風雅別裁僞體自任的松圓詩老（程嘉燧），亦不過在唐人秀句的窠臼裏兜圈子。這時的詩，已成爲翫物喪志的點綴品。（朱彝尊論明詩，至「竟陵凡八變，而枯槁幽冥，風雅掃地」。見靜志居詩話「曹學佺」條。于程孟陽詩，尤多貶詞。）要到甲申之變，百姓震愆，山崩海沸，才如驚蟄隱雷般打開錮閉在沉悶氣氛中的壇坫，把詩魂喚醒起來。從此，作詩的人，思想上起了極大的變化。「世積亂離，風衰俗怨，故梗概而多氣」，明亡後的慘酷環境，對於詩篇的孕育與刺激，和建安時代正相彷彿。

清初的詩，有兩條路子。括言之，是在野與在朝之分，亦卽山林與廊廟之分。在野的詩人羣中，有先朝的舊臣，有從事救亡運動的烈士，有倔強不肯出仕的遺老，有逃避現實託跡空門的藝人。像吳日生的從軍行、伍容庵的續正氣歌、方欒地的哀哉行、王船山的悲落葉、石濤的詠零碎山川顚倒樹。其他效白香山的，有趙千里的「惡風折海棠行」，書甲申三月十九日事。學杜的有高出之前後出塞與河東諸將。至如李長科、金起士的五歌、七哭、及哀國變七言長古等等，無不長歌當哭，怵目驚心，令人不忍卒讀。（各詩可參閱天啓、崇禎兩朝遺詩。）至于在朝的詩人，又有新貴和貳臣之別。貳臣之詩，不免心懷隱痛，說不出的怨憤，流露于字裏行間（如吳梅村）。這類的詩，嚴格說來，亦應部份附入明詩的領域。

清自順治入關，至十八年，桂王爲緬甸酋長所執，明年四月，被殺于雲南，是爲康熙元年，明祚才完全壽終正寢。但在遺老的心中，却不信眞爲亡國。顧亭林在這一年的三月，三謁天壽山，有「三月十九日有事于（懷宗）欑宮，時聞緬國之報」一詩。自注引莊子，楚言凡亡者三，而凡君謂「凡之亡不足以喪吾存，則楚之存不足以存存。由是觀之，則凡未始亡，而楚未始存也」。這可代表明正式滅亡後遺民的最後呼聲。自清初至康熙，明雖亡而猶未亡，大家剛嘗過宗社淪胥之痛，亡國之音哀以思，他們的詩心不期然地與文文山指南錄、鄭所南心史等異代互相呼應。文鄭之詩正寫于元世祖隆盛之世，後人把它列于亡宋之詩，是合理的。照這樣說來，清初遺民的詩是應列入晚明，方符合這些詩人的意志；所以我強調地說，清初的詩，是明詩的延續，其理由卽在此。（清錢塘鄒蓮編國朝詩選，起顧炎武迄姚燮（馮平山圖書館藏抄本），以亭林詩為首。至朱彝尊的明詩綜却收顧絳（卽亭林）詩。那是對的。）

清初詩人，好像生當天寶後的情況，那時的杜甫，能抓住現實題材來寫詩，故有「詩史」之目。清初的詩人，不肯無病呻吟，最能把握這一點效少陵詩史而作詩的，要算是顧亭林了。

亭林作文寫詩，有他一貫的主張，他不是空口說白話，而是澈頭澈尾實踐他的意見。他說：

> 文之不可絕于天地間者，曰明道也，紀政事也，察民隱也，樂道人之善也。若此者有益于天下，有益于將來，多一篇多一篇之益矣。（日知錄卷二十一「文須有益于天下」條）

他堅持着這個宗旨，雖以高節潔行的李中孚，「爲其先妣求傳再三，終已辭之，蓋止爲一人一家之事，而無關于經術政體之大，則不作也」（集中與人書十八）。他論「作詩之旨」說：

舜曰：詩言志，此詩之本也；王制命太師陳詩，以觀民風，此詩之用也；荀子論小雅曰：疾今之政，以思往者，其言有文焉，其聲有哀焉，此詩之情也。（日知錄卷二十二）

又極讚賞白香山諷諭詩，許爲深知立言之旨。照他的意思，詩的根本是言志，詩的功用是觀風，詩的情感是述哀的。「哀」是詩心的主要力量。依詩大序的說法：語其大者則「哀刑政之苛，吟詠情性，以風其上，達于事變，而懷其舊俗」；語其小者，則「哀窈窕，思賢才，而無傷善之心」。亭林詩集，編年始于大行哀詩，正當崇禎十七年亡國之歲（時年三十二歲），含有極深的意思。他的作品中，這一類撫時感事之作最多，可說是達事變而懷舊俗的。又朋友投贈之什亦夥，那些可說是思賢才而樂道人善的。除此以外是不肯隨便著筆。大行哀詩說：「小臣王室淚，無路哭橋陵。」表哀詩有序，自謂效晉孫綽之作，所以「冒諒闇之譏，申罔極之痛」。亭林一生受母敎最深，盡忠盡孝，皆得母氏的訓誡。崑山之陷，其母聞變絕粒，遺命亭林無爲異國臣子（見集中先妣行狀）。這件事種下亭林一生莫大的哀痛，確立了他做人立身出處的根本方向，家和國兩重的血淚，交織成他詩裏的哀思。集中京闕幾次謁陵、謁先帝御容、孝陵圖、有事于櫕宮、以及奉先妣葬、寄題貞孝墓等作，不下十餘首，無不原本于忠孝，發爲至情之作。王不庵說他：「身負沉痛，思大揭其親之志于天下。奔走流離，老而無子。其幽隱莫發，數十年靡訴之衷，曾不得快然一吐，而使後起少年，推以多聞博學，其辱已甚。」這頗能道出他的隱痛。他在答李子德（因篤）書中說「先妣當年大節，炤耀三吳。讀行狀之文，有爲之下泣者。老弟亦已見之矣。他人可出，而不孝必不可出，老弟其未之思耶。」（此數句以下一段，亭林文集刪去。日本大阪府立圖書館藏

「蔣山傭殘稿」卷二有之，故爲錄出。）詞嚴義正，眞可以起頑立懦，這是他的內心蘊結所在，在談他的作品之前，不能不先爲表彰的。

其次要談到他的性格。有人說他「孤僻負氣，譏訶古今」，「以是吳人訾之」（李文貞撰顧寧人小傳）。他的博雅淹洽，清史儒林傳列以爲首，但他實在要算是獨行傳游俠傳中的人物。他的老友歸莊（玄恭），對他了解最深，曾給他的信說道：「友人頗傳兄論音韻，必宗上古，謂孔子未免有誤。此語大駭人聽，因此度兄學益博，而僻益甚，將不獨音韻爲然，其它議論，倘或類此，不亦迂怪之甚者乎。却子語迂，單子知其不免，況又加之以怪乎？此平生故人所以切切憂之。願兄抑賢知之過，以就中庸也。」這信是寫于康熙七年。時亭林方脫濟南府詩案獄。事後亭林作赴東詩六首。中有句云：「稟性特剛方，臨難詎可改。」「所秉獨周禮，顚沛猶在斯。」「永言矢一心，不變同山河。」猶可看出他的貧賤不移、威武不屈的大丈夫氣概。

這六詩曾寄與歸莊，歸有和韻，并附來這信，他覺得亭林過于怪僻，欲折以中庸之道。歸莊和亭林同里巷，自少時卽有「歸奇顧怪」之稱。但歸的詩名，在當日似乎是駕于亭林之上。歸和錢謙益交往甚密，錢在八十一歲的時候，作有一首很長的五古共八十二韻，贈歸玄恭，并云戲效玄恭體。其中有云：「子有詩百篇，稿本庋吾匭，元氣含從衡，冥漲失津涘。」又說他「搖筆斷修蛇，垂芒射青兕」（詩見有學集卷十二）。篇終自傷己與玄恭兩人的廓落而無所底，且以昌黎嘆雙鳥以相比況。可見錢對玄恭推許的程度，以及歸在清初詩壇上地位之高。

濟南詩案的冤獄，是由陳濟生（皇士）的「天啓崇禎兩朝遺詩」一書引起的。（濟生是陳仁錫之子，亭林的姊夫。）此書共十卷，選輯目的，係補錢謙益的列朝詩集所未備，所選「以人爲重，人以節義爲主」（見濟所述凡例）。近年已有翻印本。其前有歸莊的序文。照理歸莊應有所牽連的，幸得黃元衡所首此書，無序無目無詩，止有傳一百餘葉。（詳亭林手札，見年譜卷二），故免於難。其實亭林亦是受人所累，歸莊信裏說他能「自詣獄，不惟舉動光明，揆之事理，亦自宜爾」。又言他在濟上所經營，爲人所賣，勸他作南歸之想。據亭林族子顧衍生的案語，謂是獄之興，係因謝長吉主唆。先是康熙四年，章丘人謝長吉，負欠亭林債務不償，乃以大桑家莊田產作抵押品，七年九月，亭林與長吉對簿，始獲開釋。是時友人朱彝尊客山東巡撫劉芳躅幕中，亭林之脫于患難，朱有很大的幫忙。（朱在靜志居詩話，謂亭林兵後盡鬻其產，寄居章邱，別治田舍，久而為士人攘奪，即指謝長吉此事。）

亭林始終不肯南歸，旅遊四方，有人說他「生性兀傲，不諧于世，身本南人，好居北土」（江藩漢學師承記），尚未能道出他的心坎。據章太炎撰「書顧亭林軼事」云：

亭林先生四十五歲往山東，七十歲歿于山西曲沃。中間遊歷北方諸部，歲無三月之淹，而所至未嘗匱乏。世多謂其墾田致富，近聞山西人言：亭林嘗得李自成窖金，因設票號，屬傳青主主之。……按先生五十一歲至太原，始與青主相識，章丘雁門營田之事，乃在其後二三歲，則或發金在前，後乃以餘貲興農耳。至其行跡所到，輿馬輜重，焜耀道上，而終無寇盜之害。世傳先生始創會黨規模，蓋亦實事。全紹衣謂先生徧觀四方，其心耿耿未下，是則先生外以儒名，內有朱家劇孟之行，非多財亦不能然也。（太炎文錄續編卷六上）

如果所述屬確實的話，則亭林在當日兼營秘密社會工作。他目的在圖謀恢復，但終告失望。到了後來，又怕清廷招致，受其籠絡，致有虧大節。他與潘次耕書說：「此時情事，不得不以逆旅爲家。」（此數語見蔣山傭殘稿卷三，刻本文集刪缺）正是實情。他在六十八歲庚申元旦自作一聯云：「六十年前，二聖升遐之日。三千里外，孤忠未死之人。」（按二聖指明神宗與光宗，俱崩於萬曆庚申。）這才是夫子自道。

關于山東詩獄，據亭林手蹟引姜元衡控告的南北通逆一稟有云：

> 據各刻本，山左有文石詩社，江南有吟社有遺清等社，皆係故明廢臣，與招群懷貳之輩，南北通信書中確載有隱叛與中興等情。……北人之書，削我廟號，仍存明號，且感憤乎鴟張，虎豹乎王侯。南人之書，以我朝為東國為虎穴……北人之書，有含章館詩集、友晉軒詩集、夕霏亭詩、郭汾陽王考傳，南人之書有啓禎集卽忠節錄、歲寒詩、東山詩史、倣文信國集子美句百八十章……。

這可見當日遺老們怎樣組織詩社，和怎樣寫詩去發洩他們的忠悃，與從事消極地對滿清的反抗活動。陳皇士編選的啓禎兩朝遺詩，卽所謂「忠節錄」。這書流傳的經過，陳乃乾已有詳細考證，于此不必多論。現所欲指出的，是亭林本人亦有同樣的選詩工作。亭林門人李雲霑（卽顧衍生之師，詩集卷五有寄李生雲霑詩）與人論亭林遺書牋稱：「先師當日著作甚富，卽以晚所見而言，尚有岱嶽記四卷、熹宗諒陰記一卷、昭夏遺聲二卷（自注：「昭夏者，中夏也。選明季殉節諸公詩，每人有小序一篇，係霑手錄。」）（此文載國粹學報第一年第七期）是亭林選輯的昭夏遺聲，他的用意豈不與陳皇士沆瀣一氣嗎？熹廟諒陰記事，附在蔣山傭殘稿，大阪尚有其書，可惜昭夏遺聲已失傳，莫由查考它的內容。張穆所撰亭林年譜，臚列他的著作有關于詩的，只有「詩律蒙告」一卷，沒有著錄這書；僅記他和陳皇士詩案的關聯。這一部「昭夏遺聲」，是值得敘述的。

由于清初文字獄的繁興，亭林詩中有很多的忌諱，後人刊刻，不免加以刪改。其弟子潘耒手鈔原本詩稿，有傳錄本，和康熙原刻本已有許多不同，古學彙刻（第九編）中有署名荀羕（即孫詒讓）作「亭林集外詩」，並附「亭林詩集校文」。跋語云：「亭林詩集六卷，傳校元鈔稿本（潘稼堂刻本並為五卷），以潘刻勘之，得佚詩十有八篇。潘刻所有而文字殊異者，又逾百事。」又注云：「潘刻亦有初印及重修之異，修版本缺字殊夥。初印本並與元鈔本同，今不備校。」是潘次耕初印本並未敢多所竄改，猶遵師訓，其後文網日深，乃重加刪併，成爲五卷本。別有鈔本題作蔣山傭詩集的只有四卷，孫毓修曾據以寫成「亭林詩集校補」，附于四部叢刊本亭林詩集之後。此外光緒年間，朱記榮曾據桐城蕭敬孚所得抄本，輯刻「亭林佚詩」一卷廿三首。諱忌處多仍作方圍。近年中華書局依據上列各本，重編爲五卷，並注明原鈔本不同的字句，並把徐嘉顧詩箋注的集外詩補錄附于末，成爲較完備的亭林詩集（一九五九年印行）。

原抄本之可貴，擧例言之。如羌胡引一首，刻本所無，集外詩列在卷四，註云：「贈黃職方詩後。」詩中直斥建州云：「亂之初生自夷孽。徵兵以建州，加餉以建州。」當日如不刪去，是可引起禍端的。又「剪髮」一首。所以誌剃髮的慘痛。起[illegible]「流轉吳會間，何地爲吾土？登高望九州，憑陵盡戎鹵」，刻本題目改作「流轉」，第四句改爲「極目皆榛莽」。不剃頭在當日是極嚴重的罪名。（像華吏部允誠于南京陷後，因不剃髮而為人所告，執去殺頭。見啓禎兩朝詩小傳。）故「剪髮」二字，在形勢之下，亦不能不加竄改。

「路舍人家見東武四先曆」，原鈔本題作「隆武二年八月上出狩，未知所之。其先桂王即位于肇慶府，改元永曆，時太子太師吏部尚書武英殿大學士臣路振飛，在廈門造隆武四年大統曆，用文淵閣印頒行之。九年正月，臣顧炎武從振飛子中書舍人臣路澤溥，見此有作」。原本逕作「隆武」，且用以紀年，稱監國爲上，用春秋筆法，謂其「出狩」。孫毓修所見蔣山傭詩集鈔本隆武作「東武」，「桂王卽位」作「霽陽卽位」，「改元永曆」作「改元梗錫」，「在廈門」作「在廈元」，「造隆武四年大統曆」作「東武四先大統錫」，「文淵閣」作「文光閣」，「臣顧炎武」作「臣蔣山傭」，於忌諱字多用韻目代替。友人潘重規教授曾寫「亭林詩發微」一篇（載新亞學報第四卷第一期），謂孫氏校補所用的「鈔本蔣山傭詩集，確是出于亭林先生的原稿。其中有許多隱語，叫人乍看，茫然不知所謂。原來亭林先生運用許多韻目，代替他要隱諱的字眼」。他連「顧炎武」三字都改稱「蔣山傭」，又如上舉的羌胡引，他改作「陽麌引」，「建州」則改作「顛州」，這顯然是出于淸代某一怕事的鈔書家的玩意，和亭林本人是沒有關係的。亭林在日知錄卷二十一上有「古文未正之隱」一條說：

文信國指南錄序中北字皆虜字也，後人不知其意，不能改之。謝臯羽西臺慟哭記，本當云文信公，而謬云顏魯公，本當云季宋，而云季漢，凡此皆有待于後人之改正者也。……鄭所南心史書文丞相事，言公自序本末，未有稱賊曰大國，曰丞相。又自稱天祥，皆非公本語。舊本皆直斥虜酋名，然則今之集本，或皆傳書者所改。

不意他自己的詩，後來亦被傳鈔者所改，我們現在再加改正，回復他本來的面目，眞是一樁快事。

談到亭林的詩，首先要明瞭他的家學，知道他詩學的淵源。陳濟生啓禎兩朝詩小傳顧太學（紹芾）下云：

其詩豪宕深穩，不入時人蹊徑。七言歌行，髣髴太白。……足跡半天下，故能通曉國家典章。……壽至七十九以終。未卒時，猶日錄邸報，每紙一幅，至二千餘字，草書精絕，凡二十餘帙，濟生從其嗣孫絳（按卽亭林）得而觀之。顧氏言詩者，自給事公（指顧濟，官刑科給事中）。當正嘉間，獨為雄博深厚之作。其後贊善公（指顧紹芳）萬曆初入翰林，為詩清逸雋永。先生神格獨出，古體長篇，復在二公之上云。給事集燬于倭，存詩十餘篇，刻石崑山。贊善有寶菴集行于時。

紹芾卽是亭林的祖父。自他的高祖以下，累代能詩。亭林的本生父名同應，生五子，長曰緗，字遐篆，次卽亭林。同應與緗，詩名尤著。紹芾及其弟紹芬與同應、緗諸人的詩，均可從啓禎兩朝遺詩（卷八）見到。紹芾的七古，取徑于太白長吉，同應有蘖房、秋嘯等集，明詩綜謂其詞澹意遠，有白雲自出山泉泠然之致。其古體尤近長爪郎一路（如十五歲作的夜坐一首與江上篇等）。亭林的長兄緗，天才雋邁，「為古樂府，下筆便成風骨，踔厲不減古人」。我們觀他的「擬古樂府」自序，便知道他對樂府造詣之深。世傳他的兩京賦比于張平子，時務策比于賈長沙。當崇禎時，天下多故，緗每自負他的才幹，談練兵籌餉農田水利，欲空其儕輩，他的才氣大過亭林，可惜未四十而歿。可見顧氏累代以樂府世其家，給與亭林的濡染至深。怪不得亭林在京師，王漁洋叩問樂府蝴蝶行，他便應口誦之，不失一字。亭林精熟樂府，而他的詩，亦以樂府詩成就為高。溯其由來，應是出于家學，非偶然的。（顧緗的樂府，另有古學叢刊本的「二顧先生遺詩」卷二「顧遐篆詩」。）

朱彝尊靜志居詩話，論亭林詩，謂其「詩無長語，事必精當，詞必古雅」。老實說，他的詩應該屬于學人的詩，他的哥哥方是才人的詩。他的詩長于隸事，爾雅典重，拿古人的文章來比擬，有如任昉的「載筆」。劉彥和論文之體性有八，一曰典雅，典雅是義歸正直，辭取雅馴，雅的反面是「奇」，奇是危側趣詭一路。歸莊有時是奇，亭林却無不雅。亭林詩每附注語，據錢唐袁氏說，是他的自注。注中泛濫經史百家，有時發爲微言大義。如感事「尙錄文侯命，深虞雒邑東」引春秋傳曰：「厲王之禍，諸侯釋位以間王政，宣王有志而後效官，讀文侯之命，知平王之無志也。」先妣忌日「一經猶得備人師」，注引顏氏家訓：「荒亂以來，雖寒畯之子，能讀孝經論語者，尙爲人師。」都是很好的例子。

日知錄卷二十八評論古書注語失當之處。對于文選阮籍詠懷詩的顏注、陶淵明、李太白、杜子美、韓文公諸家詩註，多所駁正。可見他對這幾家的詩，用力很深。他據晉書苻堅載記，說明李白「海動山傾古月摧」，古月是「胡」的析字法。他指出杜甫用典一時之誤，如「諸生老伏虔」，應是伏勝，都很有趣。這些地方，可以看出他用字遣辭，不敢有一字無來歷。他對于典據的注意，正是他的詩所以典雅的重要因素。

詩大序說：「國風發乎情，止乎禮義。」亭林寫詩是完全循着這一道路的。他說：

> 黍離之大夫，始而搖搖，中而如噎，旣而如醉，無可奈何，而付之蒼天者，真也。汨羅之忠言，言之重，辭之複，心煩意亂，而其詞不能以次者，真也。栗里之徵士，淡然若忘于世，而感憤之懷，有時不能自止，而微見其情者，真也。（日知錄卷二十一「文辭欺人」條）

不誠無物，誠卽是眞。亭林深得性情之眞，所以他的詩不是言之無物的詩。而且他博古多聞，故詩中沒有一句是空虛之語。他在日知錄中論「詩題」說：

> 古人之詩，有詩而後有題，今人之詩，有題而後有詩。有詩而後有題者，其詩本乎情，有題而後有詩者，其詩徇乎物。

我們看他的詩，很多是先成詩而後定題。因題而寫詩，是爲文而造情，其情便不眞；因詩而定題，是爲情而造文，這樣的情，自是眞情。以眞爲文爲詩，這樣的詩文，自然是天地間的至文，否則直是「文塚」而已。

亭林足跡遍天下，九州歷其七，五嶽登其四。詩中行役之作特多。他周覽山川，考古今治亂之迹，這一類的詩，正和他的名著天下郡國利病書、肇域志可以互相表裏。他的留心地形兵法民生疾苦等實際問題，是承受他的祖父和他的大哥的啓示，還是有家學作其淵源，這點應該注意的。他的詠懷古蹟的詩，都是用意甚深。像乾陵詩是懷慕狄仁傑，王官谷是讚美司空圖。后土祠，表面是說漢武，骨子裏却是思雄才與猛士。樓桑廟述昭烈重振漢室，卽惓惓于中興之事。「邢州」言盧象昇。「事往溯悲風，芒然吹塵沙」，尤有無窮的感喟。這樣的詩，集中觸處皆是，不遑備舉。

他的詩，踵美杜少陵，最特別處是沒有一首無益的詩。都是紀政事，哀民生，樂道人善之作，爲的是貫澈他的主張，這樣可以說是能立詩之本，明詩之用，而盡詩之情。我們讀他的詩，應該于詩外求詩，明其詩旨之所在。若徒以詩論詩，則不足以知亭林了。他的詩，論才氣似不及歸莊，論詩名在當時恐不如他的大哥顧遐篆；但後人越覺得他的學問和人格的偉大，對他的詩更加發生興趣，越覺得他的詩中有極了不起之處。所謂「蘭畹膴馥，桑海大哀，淒迷塡海之心，廖落王佐之學」（荀兼跋語），山陽徐嘉不惜耗了十年的精力，作成顧詩箋注，來替他發微闡幽。誠如馮魯川說：

> 牧齋梅村之沈厚，漁洋竹垞之博雅，宋元以來，亦所謂卓然大家者也，然皆詩人之詩也。

若繼體風騷，扶持名敎，言當時不容已之言，作後世不可少之作，當以顧亭林先生為第一。

（路坯顧亭林先生詩牋注序）

這種批評，自然是很中肯，但不是專從詩的本身來評論他的詩，而是從他的整個學問人格來估計他的詩，馮氏說他不是詩人之詩，那麽他當然是學人之詩了。其實亭林並不有意爲詩。他說：「吾行天下，見詩與語錄之刻，堆几積案，殆於瓦釜雷鳴。」他又說：「詩不必人人皆作。」「必欲人人以詩鳴，而蕪累之言，始多于世。」（日知錄二十二）滿街塞巷都自命詩人，實在令人生厭。亭林本不願以詩鳴，反給後人加以詩人的頭銜，最近竟被遴爲祖國十二詩人之一，他在九原下有知，寧不發笑。從風格上來論，因爲他性喜食麥跨鞍，馳驅塞上，故詩中多幽弃之氣。五古勝處，慨當以慷，有時可以方駕高達夫。七律沉鬱蒼涼，可追踪元遺山。而五言排律，尤是他的擅長。他完全走杜甫一路，有些簡直是杜詩的翻版。在清初的詩林中，他並沒有什麽突出的作風。平心而論，他的價值，不在于獨到的詩力，或創新的詩樣，而是在他的純正的「詩旨」。換句話說，他保持着傳統的詩的精神加以發揮和實踐。從他的正確理論，我們可以判別「徇乎物」的詩和「本乎情」的詩二者間嚴格的分野，得以認識詩的眞正意義，這一點是不能忽視的。

（原載文學世界）

張惠言詞選述評

一、詞選在詞史上的地位

張惠言及其弟琦共編撰的詞選，計唐詞三家，二十首；五代詞八家，二十六首；宋詞三十三家，七十首；共詞四十四家，一百一十六首。他們兄弟撰編此書，目的是在「塞其歧途，嚴其科律」，從極嚴格的標準，來選出歷代詞的代表作，使學詞的人，不致走錯了路，除去俗腔濫調，詞體因而益尊。他說：「無使風雅之士，懲於鄙俗之言，不敢與詩賦之流同類而風誦之也。」詞之爲物，向來被人目爲小道，張氏此選在提高詞的地位，使它和詩、騷駢列，故寧失於嚴而毋濫，寧失之少而不貪多。他和清初若干詞的選本，如裁紅剪翠的《詞壇妙品》（張淵懿編），博取旁求的《詞綜》，和採集繁富的《歷代詩餘》（康熙四十六年沈辰垣奉勅撰，共百卷，九十餘闋），取徑是截然不同的。因爲那些選本，多是沒有宗旨（有人說「竹垞詞綜意旨枯寂」），甚且傷於冗蔓，既不能別裁僞體，自然不能指出坦途，示人以正鵠。張氏此選，能把握着這一點，故特別有貢獻。譚復堂說：「倚聲之學，由二張而始尊。」陳廷焯說他「掃靡曼之浮音，接風騷之眞脈」，可謂知言。

二、張惠言論詞的觀點與宋代鮦陽居士評詞的方法

張氏在清代是最出色的經學家。他治易、治禮，都有崇高的功績。他又作古文，早歲治賦，工夫極深，有《七十家賦鈔》給賦學建立不朽的基礎。他以餘事爲詞，可以說是治賦的緒餘。所以他每每以讀賦的方法去讀詞。他在《賦鈔》序上說：

賦烏乎統？曰：統乎志。志烏乎歸？曰：歸乎正。

又云：

賦者，詩之體也。……其能者為之，愉暢輸寫，盡其物，和其志，變而不失其宗；其淫宕佚放者為之，則流遁忘反，壞亂而不可紀。

他對詞的看法，和賦沒有什麼不同。他說：詞「蓋詩之比興變風之義；騷人之歌，則近之矣」。因此他的說詞，儘量用「比興」「言志」的老套去揣度詞人之用心。他的方法，可說是經學（指詩經而言）的方法，也是賦學的方法。

例如：他說溫飛卿菩薩蠻「小山重疊金明滅」一首，云：「此感士不遇也，篇法彷彿長門賦。」又說：「照花前後鏡」四句是「離騷初服之意」。漢董仲舒有《士不遇賦》，司馬遷有《悲士不遇賦》，這首詞的用意很不易捉摸。溫飛卿的用心，是否如此，姑且不論，但這很顯然地是用賦去說詞的。又因「新貼」二字，而聯想到離騷初服，又說它的篇法，像長門賦。通篇都從賦的觀點去論詞，他對賦是深造有得的，用賦去看詞，用得太多了，就不免戴上一個有色眼鏡。

其他如說韋端己菩薩蠻「洛陽城裏春光好」一首云：「此章致思唐之意。」說馮正中蝶戀花三首云：「忠愛纏綿，宛然騷、辨之義。」說陳子高菩薩蠻云：「此刺時也。」簡直是用詩序說詩的方法。說辛稼軒祝英臺近云：「春帶愁來，其刺趙（鼎）張（浚）乎？」說碧山詠物諸篇，並有君國之憂；都是欲抉發詞人的用心。「詩言志」，他以爲賦亦言志，推之「詞亦言志」。所以他說詞是「緣情造端，興於微言，以相感動」。「興於微言」有如「興於詩」的興，「微言」是「隱微不顯之言」（漢書藝文志李奇注）。他的說詞，便着重這些微言的抉發，這是採用詩序說詩的方法來說詞的，所以我說他亦是經學的方法。

書中偶然用樂府來比擬。像對牛嶠菩薩蠻一首，說它章法似西洲曲。這在本書中是個例外，我疑心這或者是他的弟弟張琦的意見。琦輯有《古詩錄》，他深於樂府，《詞選》雖出惠言名，其實張琦亦參加工作的。（金應珪《詞選後序》云：「《詞選》二卷，吾師張皋文、翰風兩先生之所錄也。」《詞選》實惠言與弟琦所共撰，其書又名《宛鄰詞選》。宛鄰卽琦的別號。）

尚有進者，茗柯論詞的方法，似乎取自宋代的鮦陽居士。《詞選》於東坡卜算子：「缺月挂疏桐，漏斷人初定。時有幽人獨往來，縹緲孤鴻影。　驚起却回頭，有恨無人省。揀盡寒枝不肯棲，寂寞沙洲冷。」他的評語說：

此東坡在黃州作。鮦陽居士云：「缺月，刺明微；漏斷，暗時也；幽人，不得志也；獨往來，無助也；驚鴻，賢人不安也；回頭，愛君不忘也；無人省，君不察也；揀盡寒枝不肯棲，不偷安於高位也；寂寞沙洲冷，非所安也。此詞與《考槃》詩極相似。」

鮦陽居士此說，現在所知，最早是見於南宋淳祐間黃昇《花庵絕妙詞選》卷二。鮦陽居士，不知是什麼人，《直齋書錄解題》云：「復雅歌詞五十卷，題鮦陽居士序，不著姓名。」據此只知他是宋時人。（鮦字音紂，「鮦」字是由魚和同二字合成。《漢書•地理志》汝南郡有鮦陽縣。廣韻、集韻「鮦」與「紂」字同音。）張惠言恐怕沒有見過《花庵詞選》。（證據是他在《詞選》中對白石的小序，係鈔自《詞綜》，而不依據《花庵》。）他引鮦陽居士說，可能是根據《類編草堂詩餘》的（至正本荆聚本《草堂詩餘》誤作衡陽居士，類編本不誤）。鮦陽居士說詞的方法亦着重微言的抉發，和他的口味很相近，故引用其說。可知張氏的採用詩比興方法來說詞，是受到鮦陽居士的影響，而變本加厲的。

日人伊藤虎丸著「以雅俗觀念爲中心之張惠言詞論」（《內野博士還曆紀念東洋學論叢》，一九六四年）一專文，其他文學批評史一類之書對皋文詞說，討論甚多，今不贅述。

三、詞選編撰的時地

《詞選》自序，署嘉慶二年（丁巳）八月。是年，惠言居於歙縣。張氏無年譜，據《茗柯集》，可考出他三十四、五歲以後行事的大略。

乾隆五十九年（甲寅），他本來居於北京，是年十月十八日，母卒（見其「先妣事略」），因南歸，居喪讀禮。自此以後，他有三年離開京師。

乾隆六十年乙卯，他到富春，依他的朋友惲敬。年三十五。惲敬時任富陽知縣（見茗柯文二編，周維城傳）。

嘉慶元年丙辰，春，在富陽。旋至歙縣。年三十六。

二年丁巳，居歙。年三十七。八月，《詞選》編成。

三年戊午，遊杭州。詞集有江城子「塡張春溪西湖竹枝詞」。

四年己未，回京師。

在歙縣時，和他的弟弟琦及門人金應誠、金應珪講論詞學，因有詞選之作。在居喪數年中，作了很多詞。他有名的水調歌頭「春日賦示楊生子掞」，卽在富陽時作。他用功於詞學，大概是在這幾年中的事。

他另一首木蘭花慢詠楊花，極爲膾炙人口。譚復堂稱其「攝兩宋之菁英」。詞集列在水調歌頭之前，疑是嘉慶初年作。這詞其弟張琦亦有次韻和作。我藏有通州馮雲鵬的《紅雪詞甲集》，其卷二「奪錦標」題鄭字橋詞後，附錄字橋詞二首，其中楊花一首「儘飄零盡了，誰人解，當花看」，卽惠言此作，乃誤屬之鄭氏。考鄭字橋名掄元，字善長，歙諸生。張氏詞選在歙縣刋行時，鄭善長曾選黃仲則、張惠言及己作爲附錄一卷。楊花一詞，當日傳誦於歙，鄭善長傳鈔之，故馮雲鵬誤爲鄭氏之作。這一公案，人所未知，故附記於此。

四、張惠言茗柯詞的名作

惠言《茗柯詞》共四十六首，以木蘭花慢「楊花」及水調歌頭五首最爲有名。朱祖謀的《詞莂》選他的詞四首（木蘭花慢一首，水調歌頭二首，相見歡一首）。這些都是他作品中的精騎，玆錄出加以評解：

木蘭花慢 楊花

東坡水龍吟次韻章質夫楊花詞，從空處着想，愈出愈奇。結到「細看來不是楊花，點點是離人淚」，想像尤高人一等。全篇渾灝流轉，一氣呵成。張氏此詞，卽學東坡的。「青青池畔淚痕點點」句，卽襲東坡意。警句如「只斷紅相識夕陽間」，意甚新；「未忍無聲委地，將低重又飛還」，語極曲折。這在張氏爲壓卷之作。若較之東坡，則用筆氣力尙不能及。

水調歌頭

㈠「東風無一事」一首

粧出萬重花「粧」字妙。

江南鐵笛　《宋史・孫守榮傳》：「有異人授以鐵笛。」元楊維禎鐵崖亦以吹笛名。

玉城霞　《枕中書》：「扶桑大帝住碧海中，宅地四面，并方三萬里，上有太眞宮碧玉城。」（又見《雲笈七籤》）

花影、清影　上言「閱徧花影」，下言「清影渺難即」，花耶，人耶？迷離恍惚。上半片結以「飛絮滿天涯」，換頭言「飄然去」，語意接得緊。又言「芳意落誰家」，「落」字即從飛絮生出。復言「難道春花開落」，再就「落」字下一轉語。「難道花開花落」以下數語，意多鉤轉，而運筆空靈，意致高遠。

㈡「珠簾捲春曉」一首

起得突兀，神來之筆。「江南春思」「天涯殘夢」皆因飛絮所引出，「亂點」「黏著」並指絮言。

銀蒜，即簾鉤也。一本作「銀祘」。「祘」即「算」字。庾信「夢入堂內」詩：「幔繩金麥穗，簾鉤銀蒜條。」倪璠注：「言銀鉤若蒜條，象其形也。」歐陽修詩：「銀蒜鉤簾宛地垂。」深押銀蒜者，不欲捲簾放楊花入，致鉤起愁思也。首句「捲簾」末言「押銀蒜」，自成起訖。換頭「羅帷捲」又是一境。上片捲簾，有蝴蝶飛來；下片捲帷，則明月入抱。一尊屬月起舞，用李白句。下言「迎月到」，「送月去」，人與月迎送，如鶯燕之不相猜矣。結言「重露」，謂夜深也。

此詞由捲簾而下簾，而捲帷，由曉而昏，而夜，一步一境，脈絡貫串，極有層次，可悟作詞之法。

其他三首，正所謂「疏節濶調」，足見其襟抱爽朗。譚復堂稱其「醞釀噴薄而出，開倚聲家未有之境」。這種曠遠的筆調，力追東坡，特有高渾之致，而氣象壯濶，若吞雲夢八九于胸中，眞可睥睨一切。

五、張惠言嗜秦淮海

《詞選》取錄至嚴，在宋詞三十三家，惟秦觀選十首，居最多數。其次辛幼安六首。自餘東坡、美成，不過四首。可見他對淮海的推重。張氏甥董士錫（晉卿）云：

> 少游正以平易近人，故用力者終不能到。（《介存齋論詞雜著》引）
>
> 少游詞如花含苞，故不甚見其力量，其實後來作手，無不胚胎於此。（同上）

董毅《續詞選》，復于淮海加選八首，美成增七首。尊崇淮海是張氏家學。有人說張氏詞選「意在尊清眞，而薄姜、張，視蘇、辛猶爲小家」（徐珂語），事實尊清眞是周止庵。止庵本來不喜清眞，董晉卿謂清眞沈著拗怒，比之少陵，切磋甚久，止庵遂改好清眞。但張氏、董氏初未揭櫫清眞，他們所喜歡的乃是淮海。董氏續選補選白石七首，玉田二十三首，實亦不廢姜、張，可謂尚未盡脫浙派町畦。（沈寐叟說玉田所謂「清空騷雅」者，亦至晉卿而後盡其能事。足見他對姜、張實別有會心。）至力貶姜、張則是止庵。止庵主老辣。其言曰：「少游意在含蓄，如花初胎，最和婉醇正，稍遜清眞者，辣耳。」立論更進一步。淮海可說是導美成的先路，北宋詞至此又是一變（《白雨齋語》）。

張炎謂：「少遊詞，體製淡雅，氣骨不衰，清麗中不斷意脈，吐嚼無滓，久而知味。」張、董幷嗜淮海，對玉田之說似深有冥契。止庵喜「重筆」，薄「輕倩」之作，故特取美成，其實美成與淮海，正是一脈相承的。其後馮蒿庵（煦）亦推重少游，以爲「後主而後，一人而已」。

六、詞選的繼承者

清初詞家，多喜輕倩之作。務新艷的，則流于纖；求清空的，則失之薄。自朱彝尊開浙派之端，厲鶚、郭麐（麟）輩，暢其風聲，奉白石、玉田爲宗匠，自局限於南宋，不肯進一步踏入北宋園地。到清中葉，這種作風，已漸爲人所厭棄。張惠言的學生金應珪，便指出當日詞的作家有淫詞、鄙詞、游詞三大蔽。所謂三大蔽是：

㈠「揣摩牀笫，淫穢中冓，是謂淫詞。其蔽一也。」——此指穢褻之作。

㈡「詼嘲則俳優之末流，叫嘯則市儈之盛氣，是謂鄙詞，其蔽二也。」——指俗濫之作。

㈢「哀樂不衷其性，慮歎無與乎情，連章累篇，義不出乎花鳥，感物指事，理不外乎酬應，雖旣雅而不艷，斯有句而無章，是謂游詞，其蔽三也。」——此指徒有美句而乏眞情之作（見金氏《詞選後序》）。

自張茗柯、翰風兄弟，在安徽歙縣刋行《詞選》以後，蔚成常州一派，遂取浙派地位而代之。在歙縣問業於張氏的，有金應珪、應珹（字子彥，有《蘭簃詞》）、金式玉（字朗甫，有《竹鄰詞》）兄弟，惠言外甥董士錫（字晉卿，有《齊物論齋詞》），更傳他的詞學。而周濟復與士錫遊，商討著論愈富，下至譚獻，更爲發揚光大，從此學者皆知宗尚北宋，這是清詞轉變的一大關鍵。

《詞選》選得太嚴，故董毅後有《續詞選》之作，共增益五十二家，一百二十二首，仍照張氏所定的標準，惟對張玉田選錄特多。這本《續詞選》有道光十年張琦序云：

> 《詞選》之刻，多有病其太嚴者，擬續選而未果。今夏，外孫董毅子遠來署，攜有錄本，適愜我心，爰序而刊之，亦先兄之志也。

這一選本略可代表張氏兄弟的意見。惟玉田選得太多，似失稍濫。

常州派詞學理論的發揮者，是周濟（止庵）。本來他和董士錫友善，二人造詣日異，持論亦各有短長。士錫喜歡玉田，止庵則謂：「玉田意盡於言，不足好。」止庵原不喜美成，士錫說美成的沈著處可比老杜。二人意見本來很抵觸。過一年後，士錫更加厭玉田，而止庵乃篤好清眞了。止庵以爲秦少游「多庸格，爲淺鈍者所易記；白石疏放，醞釀不深」。士錫則憎蔣捷（竹山）粗鄙。二人意見相左者又一年。卒之，止庵亦憎惡竹山，但終是不高興秦少游。他們二人的切磋，終使止庵確定他的詞學主張，像「詞非寄託不入，專寄託不出」的寄託說，比張惠言的比興說，來得更深入。他指出「問途碧山（王沂孫），歷夢窗、稼軒以還清眞」的大路。他標舉碧山爲詞家四宗之一，其說實本於士錫（見《茵閣瑣談》）。他編《宋四家詞選》，其序論作於道光十二年，在張琦序《續詞選》之後二年。他獨到的見解，是輕視「淮海」，標出夢窗，「退蘇進辛，糾彈姜張」，特別標出夢窗這一主張，在清末期的詞學發生極大的影響。

張、周二家治詞，開「學人之詞」一派。（譚復堂曾謂王漁洋、錢芳標是才人之詞，性德、蔣春霖、項蓮生

是詞人之詞，宛鄰止庵一派為學人之詞。）常州派的經學大師，不少亦致力於詞。像劉逢祿編有《詞雅》五卷（**收八十家三百首**），宋翔鳳有《浮溪精舍詞》。宋自述其詞，是私淑張茗柯的。《浮溪精舍詞》自序云：

> **余弱冠後，始遊京師，就故編修張先生受古今文法。先生於學，皆有源流。至於填詞，自得宗旨，其於古人之詞，必縋幽鑿險，求義理之所安，若討河源於積石之上，若推經度於辰極之表。其自為詞也，必窮比興之體類，宅章句於性情，蓋聖於詞者也。**

他對臯文的詞學，可謂五體投地。

張琦之子仲遠，又敍錄嘉慶間詞人，為《同聲集》，以繼宛鄰《詞選》。他的序文說：「嘉慶以來，名家均從此出。」雖不無標榜之嫌，却是事實。但常州派詞，不善學的，不免流於「平鈍廓落」。若周止庵的作品，殊不稱其所持論，惟董晉卿造詣較高。沈曾植稱其《齊物論齋詞》，「為臯文正嫡，臯文疏節濶調，猶有曲子律縛不住者。在晉卿則應徽按柱，斂氣循聲，興象風神，悉舉騷雅古懷，納諸令慢」，推崇可謂備至。

董、周之後，有譚獻（**復堂**）。他最服膺張周之論，嘗取止庵《詞辨》加以評註。他說：「周氏所謂變，卽余所謂正也，而折衷柔厚則同。」（**《詞辨跋》**）他認為王昶所選的《詞綜》，去取標準，是根據朱竹垞的，以姜、張為極軌，若夢窗、碧山深處，全未窺見。因「撰篋中詞，以衍張茗柯周介存之學」（**《復堂日記．丙子》**）。《篋中詞》一書，斷製精嚴，世所傳誦。他可說是常州派的後勁了。

翁同龢有校《詞選》二冊，為其「童年時過錄，中年繙帙，附題一詞。題簽數字，是晚年手筆」。章鈺曾見其書，爲作題跋，文載《四當齋集》卷五。

七、詞選的反對者

山陽潘德輿有《養一齋詞》，他對張氏《詞選》，頗持異議。他《與葉生書》略云：

> 張氏《詞選》，抗志希古，標高揭己，宏音雅調多被排擯。五代北宋，有自昔傳誦，非徒隻句之警者，張氏亦恝然置之。竊謂詞濫觴于唐，暢于五代，而意格之閎深曲摯，則莫盛於北宋。詞之有北宋，猶詩之有盛唐，至南宋，則稍衰矣。（據《篋中詞》）

他對張氏首發難端。嫌其去取太嚴，刋落佳製過多。又標擧北宋以抑南宋，頗有見地，亦與浙派推南宋爲正宗，奉姜、張爲泰斗，大異其趣。可是他本人的作品「平鈍淺狹」，故譚復堂說他「理路言詮，終非直湊單微之手」（《復堂日記・乙卯》）。「然其鍼砭張氏，亦是諍友」（《篋中詞》）。

朱古微題清代諸家詞集望江南，亦推重張氏《詞選》。其詞云：

> 回瀾力，標擧選家能。自是詞中疏鑿手，橫流一別見淄澠，異議四農生。

望江南詞謂張氏《詞選》掃去淫靡鄙淺，一歸雅正，有迴狂瀾於既倒之功，而盡選家之能事。譚獻論周之琦《十六家詞選》云：「截斷衆流，金針度與。雖未及臯文、保緒（周濟）之陳義甚高，要亦倚聲家疏鑿手也。」朱老借用譚氏字眼，以稱臯文。（淄與澠水名，俱在山東。易牙嘗味，能辨二水之異，此指《詞選》一出，雅音與僞體灼然可以立判。）至潘德輿（四農即其字）遂呈異議。又譚氏云：（周止庵）「《四家詞選》爲後來定本，陳義甚高，勝於《宛鄰詞選》，卽潘四農亦無可詆議矣」。朱老對潘氏異議，亦不甚同意，乃受復堂影響。

此外，陳廷焯《白雨齋詞話》有極恰當的評語，玆錄如次：

張氏《詞選》，可稱精當。識見之超，有過於竹垞十倍者，古今選本以此為最。但唐五代兩宋詞，僅取百十六首，未免太隘。……卽朱希真漁父五章，亦多淺陋處，選擇旣苛，卽不當列入。又東坡洞仙歌，只就孟昶原詞，敷衍成章，所感雖不同，終嫌依傍別人，《詞綜》譏其有點金之憾，固未為知己，而《詞選》必推為傑構，亦不可解。至以吳夢窗為變調，擯之不錄，所見亦左。總之小疵不能盡免，於詞中大段，却有體會，溫、韋宗風，一燈不滅，賴有此耳。

這可看出清季學者對《詞選》的評價。關於洞仙歌問題，《苕溪漁隱叢話》則以爲後人取東坡詞改作，僞題孟氏之名。

八、詞選的錯誤

張氏編《詞選》時，宋人詞的別集，世尚少見，故所據多爲《詞綜》及其他坊本，輾轉鈔錄，發生許多毛病。試略舉之：

㈠誤混作者之名。如晏殊浣溪沙：「一曲新詞酒一杯，去年天氣舊亭臺，夕陽西下幾時回。無可奈何花落去，似曾相識燕歸來，小園香徑獨徘徊。」據《能改齋漫錄》（十一）及《復齋漫錄》均有殊此詞本事，極可信。「似曾相識燕歸來」原爲江都尉王琪句。張氏《詞選》稱南唐中主（李璟）作，乃誤據類編本《草堂詩餘》，應訂正。（又陳本《草堂詩餘》作晏幾道作，亦誤。《宋文鑑》二十四晏殊有假中示判官張寺丞王校勘七律一首，以「無可奈何」二句為五、六聯。）

(二)誤遺作者之名。如卷末無名氏的綠意荷葉一首，乃張炎詞，見《山中白雲詞》卷六。原有小序云：「疏影暗香，姜白石爲梅著語，因易之曰紅情、綠意，以荷花荷葉詠之。」而張氏解此首謂「此傷君子負枉而死，蓋似李綱、趙鼎之流」云云。不知作者，而冥猜暗測，殊無根據。（周濟《宋四家詞選》亦收此首，題作無名氏。有批語云：「《詞綜》列入無名氏，記見一本作夢窗詞，今忘其何本。」查《詞綜》卷二十四收無名氏此首云：「見《樂府雅詞》。」然遍查雅詞實無之，汪森亦誤也。又《詞綜》卷三十六「補詞」，收張炎紅情、荷花，同一人之作，分割為二，尤非。《山中白雲詞》，清初龔翔麟輩曾先後刊行。龔本由朱彝尊分卷，而汪森及張、周二氏何以均未之見？不悉何故。）

(三)坊本遺落題序，致使《詞選》編者妄作猜測。如王沂孫高陽臺，「殘雪庭陰」一首，張氏註謂「此題應是梅花」，但《花外集》，原題作「和周草窗寄越中諸友韻」，周密《蘋洲漁笛譜》原唱亦題作「寄越中諸友」，與梅花無關。

(四)誤依坊本刪節題序，失卻作者原貌，並減少欣賞興趣。如白石小序，對作詞本事本來大有補益，又兼有音樂與文學兩種價值。《詞綜》（卷十五）多大加刪節，張氏以及周止庵皆沿用之，如揚州慢小序，《詞選》僅作「淳熙丙申至日過揚州」卽採用《詞綜》刪後之句。

(五)誤字沿坊本之失。如李易安鳳凰臺上憶吹簫詞，兩押「休」字之類。（此詞上闋「多少事欲說還休」已有「休」字，而換頭第一句，《花庵詞選》作「休休，這回去也，千萬遍陽關，也則難留」，重用「休」字，《詞綜》用之。張氏《詞選》即取自《詞綜》，然考《樂府雅詞》下「休休」二字原作「明朝」，趙萬里校《漱玉詞》及《全宋詞》皆據改正是也。）

㈥未明史實解說的疏誤。像韋端己的菩薩蠻：「人人盡說江南好，遊人只合江南老。」張氏說「此述蜀人勸留之辭」，「江南即指蜀中」。然韋莊《浣花集》卷八詩「南省伴直」，小註：「甲寅年自江南到京後作。」他於黃巢入長安之後，在中和三年、四年間，曾遊江南，作鎮海軍節度使周寶的座上客。他的秦婦吟詩有云「見說江南風景異」，「願君擧棹東復東」，即其明證。他到昭宗天復元年春，爲西蜀掌書記，自此終身仕蜀，可知韋詞的「江南」自是實指，不必謂暗指蜀中。

九、《詞選序》的詮釋

《詞選序》中有多少句子，須加詮釋，略擧如下。

（一）傳曰意內言外謂之詞：

說文司部：「𧥛，意內而言外也。」徐灝段註箋云：「此謂意在語詞之內，而於言外得之。」所謂詞，是指語助詞而言。宋陸文圭《山中白雲詞序》（牆東類稿題作《詞源序》）亦引「意內言外」一語，來說詩詞的「詞」（原序誤說文作「釋文」），這說法已在惠言之前。況周 《惠風詞話》言：「韻會擧要引說文，作『音內言外』，……詞必先有調，而後以詞塡之。調節言也。」他主張宜作「音內言外」。徐鍇說文繫傳亦作「音內言外」，又引「聲成文謂之音」，加以申說。其實古書如玉篇、經典釋文等引，併作「意內言外」，不必改「意」字爲「音」。

（二）極命風謠，里巷男女哀樂：

極命二字，出枚乘七發：「是使博辯之士，原本山川，極命草木，此物屬事，離辭連類。」李周翰註：「言使博學辯辭之士，陳說山川之原本，盡名草（木）之所出。……」極命的「命」字作「命名」解。詞源於樂府，如相和歌辭，正出於街陌謳唱，所以說「里巷男女哀樂」。

（三）其文小：

詞的鑄詞練意，以幽精美爲能事，特取其言近旨遠，以小喻大。至若疏曠之作，不是詞的正宗。試舉一二例句：

雨後却斜陽，杏花零落香。（温庭筠菩薩蠻）

自在飛花輕似夢，無邊絲雨細如愁。（秦觀浣溪沙）

人如風後入江雲，情似雨餘黏地絮。（周美成玉樓春）

這些名句，皆取資於微物，來表達一種輕靈幽迴的境界。

（四）其聲哀：

詞貴筆端充滿情感，易於動人，故多作悲傷語。試舉《花間集》一二句爲例：

羅幃愁獨入，馬嘶殘雨春蕪濕。（牛嶠望江怨）

春山煙欲收，天澹稀星小。殘月臉邊明，別淚臨清曉。（牛希濟生查子）

（五）新調、雜流：

序云：「孟氏、李氏，君臣爲謔，競作新調，詞之雜流，由此起矣。」似乎是指《花間集》豔而近俚之作。如：

情未已，信曾通。滿衣猶自染檀紅。恨不如雙燕，飛舞簾櫳。（歐陽炯獻衷心）

換我心，為你心，始知相憶深。（顧敻訴衷情）

這些很近吳歌、西曲，是詞中的宮體，即張氏所謂新調。因其不雅正，故爲雜流。

茲就序中略舉數事，加以解釋，餘不具論。

附錄一：木蘭花慢的作者問題

《茗柯詞》以木蘭花慢楊花一首最爲膾炙人口。譚復堂謂其「撮兩宋之菁英」，直可與東坡伯仲。其弟翰風有次韻和作，茲錄如次：

正紅樓春寂，飛點點鏡中看。恰慵避風簾，困黏香幙，嬌惹雲幡。依稀似曾相識。記昨宵、曾到夢魂間。可為天涯芳草，隨風却又飛還。游絲千尺，任飄零、偏不與遮闌。便謝了，紅塵依將流水，一樣單寒。空留十分春色，倚危闌，愁對夕陽山。賸有蜂兒蝶子，依依覓盡苔斑。

辭意孱稚無力，未臻渾成，以視乃兄，瞠乎後矣。楊花此闋，爲皋文手筆，向無異辭。曩於坊間購得江蘇通州馮雲鵬《紅雪詞》甲集，卷二奪錦標題鄭字橋詞後，其序云：

> 字橋名掄元，歙諸生，來館於角斜場。汪氏友人吳綏之，自角斜寄子凌霄花詞，匿其名。予疑為宋人舊作，今九場中無是手也。後晤吳子云：係字橋作，並示遺稿數首。欣欲就之；已返里，旋逝矣。為之憮然。

幷附存字橋詞二首：一爲木蘭花慢（首句即「儘飄零盡了，誰人解當花看」），又一爲摸魚兒送春（首句即「又廉纖滿庭花雨，榆錢難買春住」），則以楊花此詞屬之鄭掄元。淸詞作者，互出者極少。此爲罕見之例。考鄭掄元字善長，歙人也。《茗柯詞選》在歙刋刻既成，善長曾選黃仲則、惲子居與茗柯及己作爲詞選附錄一卷，所收卽下列各家：

茗柯七友

陽湖黃景仁《竹眠詞》一首
陽湖左輔念《宛齋詞》二首
武進惲敬《蒹塘詞》六首
陽湖錢季重《黃山詞》七首
湖北李兆洛《蜩翼詞》五首
武進丁履恒《宛芳樓詞》三首
陽湖陸繼輅《淸鄰詞》五首

茗柯兄弟

《茗柯詞》七首
張琦《立山詞》七首

茗柯門人

歙金應誠（子彥）《蘭簃詞》六首

歙金式玉（朗甫）《竹鄰詞》七首

已作《字橋詞》七首

今觀掄元此選，木蘭花慢列於《茗柯詞》之首，其自作摸魚兒列於《字橋詞》之首，可見木蘭花慢原是皐文壓卷之作，當日傳誦於歙，故被誤爲掄元遺稿。馮雲鵬題《字橋詞》，竟云：「暗裏傷春，柔腸百折，替楊花垂淚，淚無踪曉烟難覓。便吟成，冠柳新詞，不過天涯羈客。」並引王通叟詞序，稱其高於柳七，名冠柳集，則當日已被混誤。《紅雪詞》爲乾隆己酉至嘉慶丁卯間掃紅亭精刋，與茗柯同時。雲鵬字晏海，一字豔澥（《清詞鈔》錄其詞一首，見七二五頁），集中有和趙味辛夫子韻，知爲趙懷玉弟子，不知何以疏忽至此。當日殆未見過《詞選》刋本也。董晉卿漢宮春茗柯先生輓詞末句云：

春歸未久，有殘紅飄墮人間。生怕是，臺荒遲老，空餘點點苔斑。

卽用楊花韻，兼襲「淚痕點點凝斑」句，此尤有足記者。

附錄二：茗柯詞繫年考略

《茗柯詞》共四十六首。審其排比先後，似依寫作年次。雖未明言，而大致約略可考，尤以庚申五月五日作高陽臺小序，爲考證線索，其文云：

吾鄉五月競渡，為江南勝事，不得見者十六年矣。丁巳端午，寓居歙縣，與舍弟翰風及金子彥兄弟，泛豐溪，至覆舟山，賦滿庭芳一闋。戊午則在武林遊觀西子湖；己未在京師看荷花於天香樓，亡生江安甫皆從焉。今年索居遼海，風雨如晦，懷人撫序，悵然感之。

茲據此序，參以茗柯文集與詞印證，舉可考者，繫年如次：

乾隆五十六年辛亥（一七九一）

張惠言作青門引（上巳）、南歌子（長河修褉）諸闋（《茗柯詞》）。時年三十。

乾隆五十九年甲寅（一七九四）

在京師，以景山宮官學教習期滿，得蒙引見（《大雲山房文稿初集》四《張皐文墓銘》）。十月十八日母卒（先妣事略），居喪。時年三十四。

乾隆六十年乙卯（一七九五）

是歲，惠言依惲敬富春。時年三十五。

楊雲珊《覽煇閣詩》序：「乾隆乙卯，余依惲子居富春。」（《茗柯文三編》）代作贈楊子掞序云：「某囊在京師，與子掞共學於張先生。先生數言子掞可與適道；先生既歸，而某與子掞交益親。……未一年，余別子掞而南。其多，子掞奉其太夫人命，就婚湖北，過訪某於富陽，先生在焉。……」（《茗柯文外編》上）按此殆代其門人所作，張先生卽皐文自謂也。

嘉慶元年丙辰（一七九六）

春在富陽，時年三十六，有水調歌頭五首。《周維城傳》云：「嘉慶元年，余遊富陽，知縣惲侯請余修縣志，未及屬稿，而惲侯奉調，余去富陽。」（文二編）按外編上有《代富陽縣修志書告》，即作於是時。

按水調歌頭五首題爲春日賦示楊生子掞，據贈序，掞冬至富陽，皋文在焉；應是乙卯之冬。此詞春日作，當是翌歲嘉慶丙辰之春。

又按《茗柯詞》木蘭花慢列於水調歌頭之上，殆爲嘉慶元年以前作。

旋至歙。《說江安甫所鈔易說》云：「余以嘉慶丙辰至歙，居江邨江氏。」（《三編》）文稿自序：「嘉慶之說，問鄭學於歙金先生。」（同上）甥董士錫，時年十六遊歙，從惠言及琦兩舅氏，始學爲詞。

二年丁巳（一七九七）

仍居歙。五月端午與弟琦及歙金應誠、應珪兄弟泛豐溪，至覆舟山，作滿庭芳（見高陽臺詞序）。

八月，《詞選》成。其自序及門人金應珪序俱署嘉慶二年八月。

是年夏，甥董士錫來從學；冬士錫返常州（見《說江安甫所鈔易說》）。

三年戊午（一七九八）

在杭州，遊西湖（見高陽臺序）。時年三十八。詞集江城子塡張春溪西湖竹枝詞，當爲是時作。

四年己未（一七九八）

在京師，端午看荷花於天香樓（高陽臺序）。時年三十九。詞集水龍吟荷花爲子掞賦及摸魚兒過天香樓並此時作。門人江安甫從來京師（《安甫葬銘》）。是年登進士，改庶吉士，充實錄館纂修官。

五年庚申（一七九九）

正月一日，安甫病死，年十八（《安甫葬銘》）。惠言離京，居遼海。時年四十。集中浣溪沙永平道中、風流子出關見桃花以下至高陽臺三首，皆是年作。又齊天樂六月聞蛩，當亦庚申歲作。

七年壬戌（一八〇二）

作水龍吟瓶中桃花、寒食、清明三首（《茗柯詞》）。六月卒。年四十二（惲敬撰墓誌銘）。

（原載詞學第三輯）

詞與禪

以禪說詩，人所習知；以禪論詞，世猶罕道。清江順詒詞學集成卷七引滿洲如冠九（山）爲心庵詞序云：

「明月幾時有」，詞而仙者也。「吹皺一池春水」，詞而禪者也。仙不易學，而禪可學矣。……是故詞之為境也，空潭印月，上下一澈，屛智識也。清磬出塵，妙香遠聞，參淨因也。鳥鳴珠箔，羣花自落，超圓覺也。

遂謂「以禪喻詞，又爲詞家闢一途」。江氏僅擧此一例。余涉獵前賢詞集，所見引禪理入詞者，不一而足。考碧鷄漫志論「東坡先生非心醉于音律者，偶爾作歌，指出『向上一路』，新天下耳目，弄筆者始知自振」。「向上」語原見傳燈錄：「寶積禪師上堂示衆曰：『向上一路，千聖不傳，學者勞形，如猿捉影』。」嚴滄浪詩辨亦點出「工夫有向上一路」。東坡有極高明之襟抱，抒寫爲詞，不同凡近，如宗門之極高明處，故以「向上」比況之。向來譏吳夢窗詞者，喜以七寶樓臺折下來不成片段爲喻。按新唐書（一〇二）姚璹傳，奏稱「彌勒成佛，七寶臺須臾散壞」，語正同此。

元陸行直之詞旨，內列「詞眼」二十六則。按宋人喜言「詩眼」。范溫記山谷語云：「學者先以識爲主，禪家所謂正法眼藏。」「直須具此眼目，方可入道。」又云：「句中有眼，學者不知此妙，韻終不勝。」溫據其說作潛溪詩眼一卷，稱「識文章者，當如禪家有悟門」。有「詩眼」而後有「詞眼」，溯其淵源，本與禪悟有關；惟詞旨之「詞眼」，乃謂警策字眼，所指少異矣。

董其昌以禪喻畫，名其居曰「畫禪室」。明代文人大都喜言禪。李開先稱謎語曰「詩禪」（內蒲團且題曰「覺後禪」，更為謬種），袁宏道校李贄枕中十書（大雅堂訂正）有「文字禪」。書畫家之張瑞圖，其白毫庵集內有禪膚篇。曹學佺爲閩中林崇孚瓻餘序云：

> 洪江社集論淵明以酒為禪，謝靈運以詩為禪，遠公皆隨機而接之。

此說極新穎，具見明人嗜以禪設喻。吳趙宧光之夫人陸卿子，有玄芝集，宧光爲之序云：

> 余志在禪，而意興詩；婦志在詩，而意興禪。故余墮鄙俚，婦墮組繪，二者皆非是。（以上三種皆日本內閣文庫藏）

禪用偈語，故近俚俗，詩尚文藻，故多麗句。其述夫婦旨趣之異，實則殊途同歸，假禪立論，別具妙諦。

詞自明末，彌尚艷冶，與禪義尤乖違。而詞家以禪取譬者，約有二義：一以求懺悔，一以求解脫。求懺悔者，消極之論，聊自慰釋；求解脫者，則其造論往往有新之體會，於詞境之開拓尤有功焉。

崇禎間，錢塘吳本泰名其詞集曰「綺語障」（明詞綜選錄其詞，吳集後為禁書）。案南宋鄱陽張輯詞名曰「東澤綺語債」，吳集之命名即本此。綺語者，大乘義章云：「邪言不正，其猶綺色，從喻立稱，故名綺語。」佛家引以爲戒。敦煌卷P 3887懺悔詞，綺語爲十目之一，爰園詞話引十戒有綺語，故宋人稱詞曰「語業」（如楊炎正之西樵語業）。龔鼎孳於其詞集有綺懺自題云：

> 湖上旅愁，呼春風柳七（永），憑欄欲語，時一吟花間（集）小令，……尋自厭悔。昔山谷以綺語被訶，針鎚甚痛，要其語妙天下，無妨為大雅罪人。吾不能綺，而詭之乎懺。然則吾不當懺綺語，當懺妄語矣。

以一時艷宗，而出此語，正抒其厭悔之心。黃山谷撰晏小山集序云：「余間作樂府，以使酒玩世。道人法秀獨罪余，以筆墨勸淫，於我法中當下犂舌之獄。」冷齋夜話卷十「魯直悟法秀語，罷作小詞」，即記此事（又苕溪漁隱叢話前集卷五十七「秀老」條）。尤侗序王西樵（士祿）炊聞詞云：

> 或謂西樵方長齋繡佛，盥寫名經，不當懺此綺語耶？不也。天上無懵懂仙人，西方豈有鈍根佛子？假以炊聞卮語供養如來，如來必且微笑，以教迦陵諸鳥，鶖子大弟，和以微妙之音。

語尤佻巧。乾隆間郭麐亦名其詞集曰「懺餘綺語」。自序云：「學道未深，幻情妄想……。」蓋詞人固一面自言懺悔，一面仍寫其綺語也。清初詞人喜借禪喻詞，曹秋岳有「參活句」之說。其序沈雄古今詞話云：

> 換羽移宮，不留妙理于言外。雖極天分之殊優，加人工之雅縟，究非當行種草，本色真乘也。……用寫曲衷，亟參活句，生機欲躍，……意致相詭。無理入妙者，代不數人，人不數句。

詩有活法，宋人恒言之。如四明史彌寧友林乙稿云：

> 詩家活法類禪機，悟處工夫誰得知？尋著這些關捩子，國風雅頌不難追。（宋刊蝴蝶裝，香港某氏藏，有蒼茫齋影本。）

詩家有活法，詞家亦有活法，理固無二致也。以禪譬喻詞境，惟聶先之說最有可觀。其清百名家詞云序：

詞序云：

余不知詞而知禪，請以禪喻。五祖擧示佛果云：「頻呼小玉元無事，祇要檀郎認得聲。」果入室云：「少年一段風流事，祇許佳人獨自知。」此絕妙好詞也，近于麗纖。政黃牛云：「解空不解離聲色，似聽孤猿月下啼。」此絕妙好詞也，近于清寒。端師子云：「我本瀟湘一釣客，自東自西自南北。」此絕妙好詞也，近于豪宕。洪覺範云：「秋陰未破雪滿山，笑指千峯欲歸去。」此絕妙好詞也，近于淡冶。首楞嚴曰：「佛謂阿難，辟如琴瑟箜篌琵琶，雖有妙音，若非妙手，亦不能發。」今諸公之詞，各以妙指而發妙音。……欲使天下之人，有目共睹，有耳共聞。盡使摸象之盲人，扣鐘之聾者，忽如天眼頓開，疾雷破柱，直得香象渡河，華鯨夜吼，豈不快哉！

直是一篇佳絕之小品文。能以誇張法（atiśayokti）構想，妙用直喻（upamā）、暗喻（rūpaka），機鋒四起，亦活法之善用者矣。

譚復堂于厲樊榭齊天樂秋聲館賦秋聲，評曰：「詞禪。」此詞中「獨自開門，滿庭都是月」，如指月錄中語，的是名句。海鹽董潮東風齋着力詞，有句云：「石壇風靜，旛影晝沈。闌角嫣然一笑，凝眸處，黛淺紅深。君知否，桃花燕子，都是禪心。」淒馨秀逸，論者謂爲眞詞禪也（見兩浙詞人小傳八）。此亦參活句之佳例。俞樾采桑子有雋句云：「死是禪心，活是仙心。一樣工夫兩樣心。」不死不能活，亦能道破妙處也。

有以禪分南、北，以喻詞之有南、北二派。張其錦道光六年梅邊吹笛譜序云：

南宋詞有兩派：一為白石，以清空為主。高、史輔之。前則有夢窗、竹山、西麓、虛齋、蒲江，後則有玉田、聖與、公謹、商隱。掃除野狐，獨標正諦，猶禪之南宗也。一派為稼軒，以豪邁為主。繼之者龍洲、放翁、後村。猶禪之北宗也。

董玄宰論畫分南、北宗，此師其意。而以白石之淸空屬南宗，稼軒之豪邁爲北宗，所見極新，而未必盡確。又有主融情于聲色，而通乎至道者。項名達爲趙秋舲香消酒醒詞序云：

辭藻，色也；宮調，聲也；選聲配色，而以我詠歎其間者，情也。情與聲色，去道遠，而一變卽可以至道。……故聲色者，道之材；而情者，道之蒂也。……香與酒猶之聲色，苟融情于香酒，自有不待消而消，不待醒而醒者。故知聲卽無聲，得微妙聲；色卽無色，得善常色；情卽無情，得普遍情。……由文字入，總持門出，生功德無量。則是詞也，小乘戒之曰綺語，大乘寶之則曰道種。

其說至精，化綺語而歸于至道，依大乘義，現身說法，較龔尤輩又進一步矣。論詞者又每喜以法華、華嚴、楞嚴取譬。田同之西圃詞話云：

詞之一道，縱橫入妙，能轉法華，則本來寂滅，不礙曇花。文字性靈，無非般若。頻呼小玉，亦可證入圓通矣。

此以轉法華爲喩，乃襲取自高珩之珂雪詞序也。施愚山蠖齋詩話譬漁洋詩如華嚴樓閣，彈指卽現。漁洋詩話亦載之，用以自炫。顧貞觀名其詞曰「彈指」，諸洛爲序，備述其說，謂：

先生嘗曰：吾詞獨不落宋人圈禬。昔彌勒彈指，樓閣門開，善才卽見百千萬億彌勒化身。先生以斯名集，殆自示其苦心孤詣，超神入化處。

按梁書處士傳劉歊獨坐空室，一老父至門，彈指而出。歊與寶誌善，作革終論，乃虔誠之佛徒，詞人但借用其語。厲鶚詞中，遊西溪名句「憑高一聲彈指，天地入斜暉」，後人爲建「彈指樓」。此掌故誠有足記者。彌勒彈指頃卽現千萬化身，詞有無數法門，惟智者乃獲悟入處，其道亦猶是也。蔣劍人敦復渡江後爲僧，法名妙喜（見聽秋聲詞話十七）。其論周保緒六醜賦楊花云「聲律謹嚴處，可謂字字從華嚴法界中來。」（芬陀利室詞話一）此并以華嚴爲喻也。項名達序香消酒醒詞亦言趙秋舲（慶熺）嘗云：「詞學宜少不宜老，以時變者也。卽變而入不變，舍楞嚴其誰與歸？」則又比之楞嚴矣。

王半山和俞秀老禪思詞，楊升庵著之詞品。又擧衲子塡詞二者。釋氏詞著名者，無如淸釋正嵒點絳唇「自家拍掌，唱得千山響」二句（雨村詞話、銅鼓書堂詞話俱載之。正嵒有夻蔵堂詞，夻蔵音谿，見集韻）。

宋人詞集，始取名于禪。陳與義曰「無住詞」，楊旡咎曰「逃禪詞」。淸人以禪名詞集者更夥。如嘉慶時大興邵壽民（保祺）有情禪詞，道光間潘鍾瑞有香禪詞，龔定庵有紅禪詞。然此輩皆非方外之徒也。納蘭性德名其詞曰飲水，自謂：「如人飲水，冷暖自知。」語本之道明禪師（答盧行者語，見五燈會元。性德淥水亭雜識四稱：「鍾伯敬妙解楞嚴，知有根性，在錢蒙叟上。」知其早契禪機，非偶然矣。納蘭拯吳漢槎于塞外，及其覆再而没，漢槎爲容若刻大悲陀羅尼幟，王祀論詩絕句紀其事）。陳維崧名其詞曰「迦陵」。梵語妙音鳥曰：「迦陵頻迦」（Kalavinkā），彌陀經之極樂鳥。（漢人于梵譯喜作省詞。郭麐 字頻伽，卽截取下半之Vinkā。伽陵則取上半之Kala 。）先是黎遂球名其集曰迦陵，自序云：「淨域之鳥，鷇而能鳴，聊以懺悔云爾。」而將景祁序湖海樓詞云：「夫迦陵者，西王母所使之鳥名也。其羽毛世不可得而見，其文彩世不可得而知。劃然嘯空，聲若鸞鳳。神仙之與偕，而縹緲之與宅。」維崧以名其集，豈取義乎此耶？曹貞吉名詞集曰「珂雪」，亦取釋典。王僧孺佛事文謂天尊「煥發青蓮，容與珂雪」。敦煌卷S 5645 呪生偈句：「目淨修廣若青蓮，齒白齊密由珂雪。」是其例也。

閨秀吳蘋香（藻）詞名曰「香南雪北」，蓋本潞府妙勝臻禪師答僧問：「金粟如來爲甚麼卻降釋迦會裏？」云：「香山南雪山北。」（參蕙風詞話二）蔣敦復名其詞曰「芬陀利室」。芬陀利，梵語 Pundarkia，白蓮花也。沈寐叟名其詞曰「曼陀羅室」。梵語 Mandara，天妙華，香而色清者也。凡此皆取自釋氏，以名其詞集，而各立勝解。王芑孫瑤想詞有句云：「不守辛蘇杜撰禪，不從周柳覓蹄荃。」詞家之禪，其杜撰禪之流亞乎？

雖然，詞人多具慧根，吐屬超脫，自非凡響。黃仲則竹眠詞中金縷曲，勞濂叔手書大悲咒爲贈，云可卻魔障，報以此解。雋句如：「論慧力，圖澄堪證。」「更鑿險，降魔杵奮。只恐夜深驚屈宋，月明中，難把騷魂認。」工作鬼語，妙想環生。沈寐叟金縷曲「健骨金剛鎖」一首，貫穿內典，別開生面，如其詩之爲同光體，具開埠頭本領也。同時能以梵典入詞而以淒婉嗟歎出之者，若陳仁先舊月簃詞之八聲甘州，寫雷峰塔傾圮，悲涼激越。其小詞如浣溪沙焚香云：「微滓虛空是淚痕，聊憑香篆定心魂，重幃深下易黃昏。學道不成仍不悔，此心難冷更難溫，一絲還嫋博山雲。」低徊悱惻，語語眞摯，不涉理路，故爲高絕。是能參透唐人一關，異乎翻著襪之作，徒以戲論取悅者可同日而語也。其句又如：「殘年心事，寂寞禮空王。」詞人老去無聊，往往託情於是。朱彊村句「禪悅新耽如有會」（浣溪沙），正同此意。昔唐栖蟾有云：「詩爲儒者禪。」（弘秀集卷十）蓋有得于禪者，具外向、內向兩種：外向者，類放蕩而流於狂禪；內向者，則視禪爲安心立命之地，以理性情之正，尤近于儒。詞亦可爲儒者禪，與詩相儗，特欲繾綣蘊藉，不肯道破。難冷難溫，此詞心所以不同于詩心者歟！

友人陳世驤教授曩曾撰 Chinese Poetic anb Zenism 一文，載 Oriens Vol. X, Nr.1, 1957。近年 R. H. Blyth 有 Zen in English Literature and Oriental Classics 一書（The Hokuseido Press），多援引詩句以入禪。至於倚聲之道，詞人每取與釋典及禪語比附。陳眉公偃曝談餘（卷下）曾譏嚴滄浪爲「杜撰禪」。詞人言禪，大率類此。雖無關宏恉，然於文學批評，或可供抵掌談助之資。頃值清華學報文學專號徵文，爰類次平日讀書劄記，強湊成篇，不遑博考，覽者以詞話目之可耳。饒宗頤附記。

（原載民國五十七年清華學報第七卷第一期）

人間詞話平議

王觀堂人間詞話，膾炙人口；世無老幼，咸能諷誦。予獨謂其取境界論詞，雖有得易簡之趣，而不免傷於質直，與意內言外之旨，輒復相乖。間與朋儕談藝，評騭及之，揚搉有待，撰次未遑。長夏無俚，爰就管見，筆之於篇，得如干則。非敢唐突近賢，亦聊識一時之興會。掴掌見痕，鞭皮出血，仍冀通人之有以匡我也。癸巳夏饒宗頤識。

境界本佛家語（翻譯名義集：「爾燄，又云境界。由此能知之智，照開所知之境，是則名爲過爾燄海。」）高人雅士，借以談藝。司空圖詩品已有「實境」一目，餘若苦瓜和尚用之論畫（畫語錄有境界章），鹿乾岳王漁洋袁隨園持以說詩（鹿氏儉持堂詩序云：「神智才情，詩所探之內境也；山川草木，詩所借之外境也。」分別詩境有內、外。王漁洋香祖筆記舉詩品「采采流水，蓬蓬遠春」二語，謂其形容詩境亦絕妙。「詩境」二字由其拈出。隨園詩話八：「嚴滄浪借禪喻詩，所謂羚羊掛角，香象渡河，詩不必首首如是，亦不可不知此境界。」），皆其著例。至於詞中提出境界者，似以劉公勇爲最先。七頌堂詞繹云：「詞中境界，有非詩之所能至者，體限之也。」又云：「文長論詩，如冷水澆背，陡然一驚，便是興觀羣怨，應是爲傭言借貌一流人說法。溫柔敦厚，詩教也。陡然一驚，正是詞中妙境。」

（徐渭見青藤書屋文集十七答許北口書）夫以文學度人，何異棒喝？離合悲歡，均可使人精神進另一境地，恍若有所警悟也。冷水澆背，自是妙喻。觀堂標境界之說以論詞，闡發精至；惟自道「境界」二字由其拈出，恐未然耳。（清江順詒詞學集成卷七，卽專論詞境。如引蔡小石拜石詞序：「意以曲而善託，調以杳而彌深。」并列詞中三境而加以分析，謂「始境，情勝也；又境，氣勝也；終境，格勝也。」又陳廷焯白雨齋詞話，亦屢論及詞境，俱在觀堂之前。）

庾子山云：「不無危苦之詞，惟以悲哀爲主。」窮愁之語易工，古今詞人皆莫能外。王氏亦謂其平生最愛如尼采所言以血書者，擧後主之詞爲例。余意以血書者，結沉痛于中腸，哀極而至於傷矣。詞則貴輕婉，哀而不傷，其表現哀感頑艷，以「淚」而不以「血」；故「淚」一字，最爲詞人所慣用（且常用于結句警策之處）。間嘗試論：「人遠淚闌干，燕飛春又殘。」「舊時衣袂，猶有東風淚。」此傷春之淚也。「殘月出門時，美人和淚辭。」「爲問世間離別淚，何日是滴休時？」此傷別之淚也。「故國夢重歸，覺來雙淚垂。」此亡國之淚也。「酒入愁腸，化作相思淚。」「愁腸已斷無由醉，酒未到，先成淚。」此懷舊思鄉之淚也。「淚眼問花花不語，亂紅飛過秋千去。」此無可告語之淚也。「紅燭自憐無好計，夜寒空替人垂淚。」此徒喚奈何之淚也。「細看來不是楊花，點點是，離人淚。」「倩何人喚取紅巾翠袖，搵英雄淚。」此淚之可以廻腸盪氣者也。「男兒西北有神州，莫滴水西橋畔淚！」「白髮書生神州淚，儘淒涼，不向牛山滴。」此淚之可以起頑立懦者也（用楊升庵說）。故淚雖一緒，事乃萬族。詞中佳句，蓋無不以淚書者，已足感人心脾，一唱三歎，特不至於「淚盡而繼之以血」耳。

王氏論詞，標隔與不隔，以定詞之優劣，屢譏白石之詞有「隔霧看花」之恨。又云：「梅溪夢窗諸家寫景之病，皆在一隔字。」予謂「美人如花隔雲端」，不特未損其美，反益彰其美，故「隔」不足爲詞之病。宋玉神女賦：「時容與以微動兮，志未可乎得原；意似近而既遠兮，若將來而復旋。」詞之言近旨遠，纏綿跌宕，感人之深，正復類此。文心雕龍隱秀篇：「文之英蕤，有秀有隱。隱者，文外之重旨；秀者，篇中之獨拔。隱以複志爲工，秀以卓絕爲巧。」移以論詞，最爲切當。詞者意內而言外，以隱勝，不以顯勝。寓意于景，而非見意于景。蓋詞義有雙重：有表義，有蘊義。表義，卽字面之所指；蘊義卽寄託之所在，所謂重旨複意者是也。「高樹晚蟬，說西風消息。」「波心盪，冷月無聲。」言外別有許多意思，讀者不徒體味其淒苦之詞境，尤當默會其所以構此淒苦之境之詞心。此其妙處，正在於隔。彥和云：「情立詞外曰隱，狀溢目前曰秀。」（歲寒堂詩話引劉氏語為雕龍佚文）王氏論詞，有見於秀（人間詞話云：「飛卿之詞，句秀也；端己之詞，骨秀也；重光之詞，神秀也。」），而無見于隱，故反以隔爲病，非篤論也。詞之性質，「深文隱蔚，秘響傍通」，故以曲爲妙，以複見長，不能單憑直覺，以景證境。吾故謂王氏之說，殊傷質直，有乖意內言外之旨。若夫「晦塞爲深，雖奧非隱」，如斯方爲詞之疵累。質言之，詞之病，不在于隔而在于晦。（與觀堂同時之況蕙風，亦論詞境。其說云：「詞有穆之一境，靜而兼厚重大也。」又云：「詞境以深靜為至。此中有人，如隔蓬山，思之思之，遂由淺而見深。蓋寫景與言情，非二事也。善言情者，但寫景而情在其中。此等境界。唯北宋人詞往往有之。」此誠深造自得之言。我心寫兮，言不盡意，而百世之下，讀者之于我心，或契或否，如人飲水，冷暖自知。由淺見深，未始不以「隔」為妙。）

〔附說〕

蕙風詞話云：「意內言外，詞家之恒言也。韵會舉要引說文作『音內言外』，當是所見宋本如是。以訓詩詞之詞，於誼殊優。凡物在內者恒先，在外者恒後。詞必先有調，而後以詞塡之。調卽音也。」按況說殊迂。玉篇、易繫辭釋文、一切經音義及廣韻，引許書俱作「意內而言外」，其作「音內」者，尙有小徐繫傳通論。嚴鐵橋說文校議：「作音者，蓋爛文。」則非宋本如是也。段氏注取意內之說，以爲「意卽文字之義，言卽文字之聲。詞者，意主於內，而言發於外，故從司言」。王菉友云：「意內言外者，謂不直說其意，而于詞露之也。」徐灝譏段氏未解意內之旨，謂：「意在語詞之內而于言外得之。」考說文所謂詞者，本指語助詞，意內言外謂之詞，初不過謂藉語助以傳神，可得言外之意耳。其朔義本如是。惟倚聲之詞，義分表裏，必如郭象注秋水所謂「求之言意之表者」乃能得之。昔庾子嵩作意賦，成，從子文康見而問曰：「若有意耶，非賦之所盡；若無意耶，復何所賦？」答曰：「正在有意無意之間。」（世說新語文學）詞之妙處，烟水迷離，非霧非花，蓋言外別有意在。許君「意內」之說，雖本指語助詞傳神之妙，取以釋倚聲之詞，正自恰當，不必如況氏附會音律腔調耳。

王氏以張皋文評飛卿詞「深美閎約」四字許馮正中，又稱其堂廡特大。予誦正中詞，覺有一股莽蒼蒼之氣，鵲踏枝數首，尤極沈鬱頓挫。詞云「不辭鏡裏朱顏瘦」，鞠躬盡瘁，具見開濟老臣襟抱。「為問新愁，何事年年有？」則進退亦憂之義。「獨立小橋」二句，豈當羣飛刺天之時，而能自保其貞固，其初罷相後之作乎？另一首「驚殘好夢」，似悔討閩兵敗之役（保大五年事）。「誰把鈿箏移玉柱」，則嘆旋轉乾坤之無人矣。語中無非寄託遙深，非馮公身分不能道出。如此等詞，安可僅就字面欣賞耶？（張皋文謂「延巳為人，專蔽固嫉，又敢為大言」，於其詞頗致譏議；陳廷焯亦然。獨馮蒿庵謂：「周師南侵，國勢岌岌，翁負才略，不能有所匡救，危苦煩亂之中，鬱不自達者，一於詞發之。」（四印齋刊本序）而張孟劬亦謂：「正中身仕偏朝，知時不可為。所作蝶戀花諸闋，幽咽惝怳，如醉如迷。此皆賢人君子，不得志發憤之所為作也。」（曼陀羅寱詞序）竊以為馮張之說可信。惜陽春詞之本事年代無可考，玆所發微，未必盡符事實，讀者可取夏承燾所撰馮正中年譜參照之。）

王氏頗譏白石詞，蓋受周止庵說影響，而沾沾于計較南北宋優劣，似先有一成見橫梗胸中。其云：「暗香疏影，格調雖高，然無一語道着。」不知此兩闋佳處，在于行間運用杜句，而神明變化，直以古詩開闔之法為詞，惝怳迷離，自然高妙（白石論詩有理、意、想、自然四種高妙。云：「寫出幽微，如清潭見底，曰『想高妙』；非奇非怪，剝落文采，知其妙而不知所以妙，曰『自然高妙。』」此二境界，其所作詞正自復爾也），為作詞開一新法門。北宋詞家，喜檃括詩話，特見創格。有就原句略改者，如：「寒鴉千萬點，流水繞孤村；斜陽欲落處，一望暗銷魂。」此隋煬帝野望詩，而淮海改作小詞（見珊瑚網引莫雲卿筆麈。楊升庵詞品引鐵圍山叢談但舉「寒鴉」「流水」二句，云全篇不傳，無名氏詞評及彭孫遹詞統源流所引俱斷句。按湯衡序于湖詞，謂：「元祐諸公，嬉弄樂府，寓以詩人句法，發自坡公。」夏承燾云：「此殆指水調歌頭之檃括韓詩，定風波之裁成杜句。」淮海出自蘇門，亦東坡之法乳也。他如美成，亦多用唐人詩句入律。陳氏直齋書錄解題論之已詳）。然此尚為其易，若白石則為其難。暗香、疏影二首全以虛字傳神，轉折翻騰。比之于文，如由駢入散。又進一境，論詞似當于此處著眼，不宜于區區一一二秀句絜長量短也。（止庵謂：「白石以詩法入詞，門徑淺狹。」論實未允。至暗香二詞，從當前景物造耑，借梅花興詠，以寓家國之思。杜詩：「東閣官梅動詩興，還如何遜在揚州。」同是江南偏安之局，故詞中人自比何遜，乃垂垂漸老，其何以堪！不管清寒，欲與攀摘，而寄與路遙，可勝浩歎！本思折梅，聊寄一枝，以傳春消息，奈江國寂寂，無人倣睬何！則翠樽共對，但有悲泣，紅萼無言，徒相憶而已耳。是則至於不可言說，亦不忍復言說矣。傷匡復之無望，懷忠悃而難忘，其音可謂既哀以思。疎影剪裁詠懷古跡句，或疑昭君與梅無關。鄭大鶴曾舉王建塞上詠梅詩以證之。慨南渡之宴安，發二帝之悲憤。方道君在北，聞番人吹笳笛，口占眼兒媚，有云：「春夢繞胡沙。家山何處？忍聽羌笛，吹徹梅花。」（見南燼紀聞）是詞中用胡沙及玉龍哀曲諸字眼，似即暗指其事。籬角黃昏，有半壁河山意。一片隨波去，則歎護花之無人，不勝今昔盛衰之感矣！極吞吐難言之苦，全賴若干虛字，傳神入妙。）

歐陽永叔浣溪紗詞「綠楊樓外出秋千」，能改齋漫錄引晁無咎云：「只一出字，自是後人道不到。」觀堂謂此本于馮正中上行杯詞「柳外秋千出畫牆」。按王維詩「秋千競出垂楊裏」，馮、歐二公詞意出此，彭孫遹詞藻（卷三）已發之，王氏殆未之見耶？

王氏論境，有造境及寫境，即理想與寫實二派之別，其說頗韙。試以畫喻。寫境如寫生畫，造境如文人畫。夫心固有藉于外境，境隨心生，同一之外境，各人之心不同，所得之境亦因之有異。又諸心生之境，已非曩境，且超實境，故山川萬物，薦靈于我，而操在我心，一若山川萬物使我代其言也。我脫胎于山川萬物，又不糟粕山川萬物，以我有我之靈感存也。（蕙風詞話：「吾聽風雨，吾覽江山，常覺風雨江山外，有萬不得已者在。此萬不得已，即詞心也，此萬不得已者，由吾心醞釀而出，卽吾詞之眞也。」其說至精，可以參照。）必也，如石濤之言書，搜盡造化打我草稿，不如是不能深入，不能出奇。故造境寫境之外，又貴能創境。創境者，謂空所倚傍，別開生面。耆卿、美成，闡變於聲情；東坡、稼軒，肆奇于議論。若斯之倫，并其翹楚。然此一代不過數人，非大家不能辦到矣！

王氏區有我之境與無我之境爲二，意以無我之境爲高。予謂無我之境，惟作者靜觀吸取萬物之神理，及讀者虛心接受作者之情意時之心態，乃可有之。意有將迎，神有虛實，非我無我，無以悟解他人之我，他人之我亦無以投入有我之我也，此之謂物我合一。惟物我合一之爲時極暫，寖假而自我之我已浮現。此時之我，已非前此之我，亦非剛纔物我合一之我，而爲一新我——此新我卽自得之境。一切文學哲學之根苗及生機，胥由是出。苟乏此新我，我之靈魂已爲外物之所奪矣，爲他人之所剽矣，則我將何恃而爲文哉？故接物時可以無我，爲文之際，必須有我。尋王氏所謂無我者，殆指我相之冲淡，而非我相之絕滅。以我觀物，則凡物皆著我相，以物觀我，則渾我相于物之中。實則一現而一渾。現者，假物以現我；渾者，借物以忘我。王氏所謂「無我」，亦猶莊周之物化，特以遺我而遺我於物之中，何曾眞能無我耶？惟此乃哲學形上學之態度，而非文學之態度。邵康節曾論聖人反觀之道，謂：「反觀者，不以我觀物，而以物觀物。」（皇極經世）王氏之說，乃由此出。（王氏摭康節語以論詞，人多不知其所本。）惟「以物觀物，性之事也；以我觀物，情之事也。」（略用觀物外篇語）文學之務，所以道志，所以攄情，而非所以率性。依道家說，率性則喜怒哀樂一任于物，吹萬不同，咸使其自已也。凡能了然于此者，莊周謂之眞人，邵氏謂之聖人。此爲人之超凡境界。其所契合者，性也，天道也，而非志也，情也。文學則不然，非以超凡，而以入凡；非以出凡入聖，而以出聖入凡。惟其入凡，則我之一字一句皆衆人之心之共鳴，或思鳴而不能鳴，與夫鳴而不能善其鳴者。莊周有言：「無以人滅天。」此語于道也。吾則反其語曰：文學之道，寧以人入天，或以天入人。邵氏云：「任我則情，因物則性。」文者，苟爲天地之至情之所發，固未嘗悖于性，若乃離情而言性，則文乎何有？此文學之極摯，而與理學哲學殊科也。是故道貴直（邵氏云：「由直道，任至誠，則無所不通。天地之道，直而已。」），而文貴曲。道可無我而任物，而文則須任我以入物。矢人函人，厥旨斯異。權而論之：大抵忘我之文，其長處在極高明；現我之文，其長處在通人情。及其所至，皆天地之至文也，又安有勝負于其間哉？（為文之際，必有我者。清吳修齡曾云：「詩之中，須有其人在。」趙執信敢服膺是言，載之談龍錄。袁隨園續詩品江順詒續詞品中俱有「著我」一目，可為鄙說佐證。）

觀堂論詞，頗伸北宋而詘南宋（如云：「北宋風流，渡江遂絕。」「南宋詞雖不隔處，比之前人，自有淺深厚薄之別。」）。夫五代、北宋詞，多本自然，時有眞趣；南宋詞則間出鏤刻，具見精思。卽北宋末葉，過于求工者，已多斧鑿痕跡，漸開南宋之先路。一切文學之進化，先眞朴而後趨工巧。觀漢魏詩之高渾，下逮宋齊，則以雕鏤爲美，斯其比也。（德人論詩區為Volkpoesie與Kunstpoesie二者，以見古今風格有眞朴與工巧之殊，所論正相似。）故南北宋詞，初無畛域之限。其由自然而臻于巧練，由清泚而入于穠摯，乃文學演化必然之勢，無庸強爲軒輊。論詩而伸唐絀宋，清葉燮已深加非議（見原詩）。持以質王氏，寧不啞然失笑？周止庵于兩宋詞頗有優劣之論（如謂：「南宋則下不犯北宋拙率之病，高不到北宋渾涵之詣。」「南宋有門徑，似深而轉淺；北宋無門徑，似易而實難。」），語尙宏通，王氏殆受其暗示，而變本加厲，益爲偏激矣。

〔附說〕

觀堂與沈乙庵交稔，其論古聲韵及治西北史地，皆受沈之啓廸。雖論詞之見解不類，然爲詞之微意則有同然。沈之言云：「夫其不可正言者，猶將可微言之；不言莊語者，猶將以譎語之；不可以顯譬者，猶將隱譬之。微以合，譎以文，隱以辨，莫詞若矣。」所作僾詞，對舊君之眷戀，哀民生之多艱，一篇中而三致意，時若蒙莊之洸洋以自恣。又時若詩之主文而譎諫，要以歸于「微而顯」「志而晦」之旨。託興于一事一物之微，而獨照數計，乃在千里之外，厥意若欲以詞之小道以通于春秋之大義焉。晚淸詞人，其祈向大都類此，自一時之運會使然。故詞之爲用，至是又一變矣。（不特詞如此，于詩亦然。海藏序散原詩云：「詩亡而後春秋作，蓋詩之義婉，而春秋之義嚴，此難以強通者也，使天下議散原之詩，非詩而類于春秋，乃予之所樂聞。」其宗旨可見。）觀堂揭境界論詞，獨標一義，然其所作，如「君似朝陽，妾似傾陽藿」，「苑柳宮槐渾一片，長門西去昭陽殿」，拳拳忠悃，寄意正與乙庵相近。故其長短句，古微并收入滄海遺音。晚淸之詞，於詞史上有其不可磨滅者，正在其深文隱辨之詞旨。使諸公生乾嘉盛世，所造必不有同于是。故爲揭出，備他日談文學史者，有知人論世之一助云。

朱彊邨論清詞望江南箋

饒固庵新箋彊邨論詞望江南詞見示，即以彊邨懷寄人境廬韵題之。

趙尊嶽題詞

夜飛鵲

冰綃喚殘客，輕夢初廻，依約撰杖銜杯。花陰月午畫闌悄。拈髭倦睫微開。望裡流光如矢，恁百年多病，萬里登臺。風輪玉筍，換炎洲一霎蒿萊。收拾天機餘錦，秋士信多情，吟嘯蒼崖。好事蟲魚寂歷，細拈珠麝，良夜低回。草堂秀野，怕花冠，夙誤塵埃。祗襹褷白羽，丁東玉漏，惜起愁來。

按：曲子望江南，唐人寫經卷每書之（如英倫斯坦因敦煌列號五五五六于令狐幸深書觀音經小冊內，即為望江南）。郡齋讀書志有兵要望江南一卷，晁公武曰：「寓聲于望江南，取易記憶。」（此武安軍左押衙易靜撰。晁氏後志卷二云：「易靜，唐人。」雲自在龕藏，舊鈔本五百二十首。見蕙風詞話續編。）此調與五七言絕句，無大差異，不特易記，且復易作，宋人譜詞多唱之。清法式善孫來秀子俊（姓伍堯氏）有望江南詞一卷，四十首，專詠都門景物，以俏語出之，亦竹枝打油之體。南滙楊光輔淞南樂府六十闋，調皆望江南，述華亭風土掌故（賭棋山莊詞話卷八），皆此類也。

彊邨題清人詞二十四闋之倚此調，猶論詩者之用七言絕句。考調寄望江南以論詞，其先有粵人張德瀛（著有詞徵）十五首。朱老此作，顯論清詞，傳誦最廣。徐珂傳錄之，似據其初稿，與彊邨語業（卷三）微異。讀之可悟琢磨日進之工。本箋略參徐錄，記其歧出，以資校勘。朱老謝世之後，張孟劬曾補作望江南二首，申論朱老倚聲之成就，茲附于末。至盧冀野飲虹簃論清詞望江南百闋，備見陳乃乾清名家詞之第十冊，世所共覩，故不復及。

湘眞老，斷代殿朱明。不信明珠生海嶠，江南哀怨總難平。愁絕庾蘭成。（屈翁山）

此首第三、四句，徐珂錄（下稱徐錄）作「禁本道援堂晚出，江南哀怨不勝情」。湘眞老即陳子龍，字臥子，號大樽，松江華亭人。與徐孚遠、宋徵璧選輯皇明經世文編五百餘卷，倡舉幾社，南都陷，爲僧。尋通魯王，謀起義，事洩投水死。清追謚忠裕。清初，宋徵輿刊其詞，爲幽蘭草本江蘺檻詞一卷，又有湘眞閣稿。嘉慶間王昶輯刊陳忠裕公全集三十卷，其詞共七十九首。王士禎云：「湘眞一刻，晚年所作，寄意更綿邈悽惻。」（明詞綜六引）梅墩詩話：「明季詞家競起，惟湘眞一集江蘺檻諸什，多意到之句。」殿，論語雍也疏：「在軍後曰殿。」譚復堂云：「有明以來，詞家斷推湘眞第一。」朱老蓋本是說。故詞壇點將錄比之晁蓋，稱爲詞壇舊頭領。陳臥子江城子後半：「料得來年相見畫屏中。人自傷心花自笑，憑燕子罵東風。」（白雨齋詞話）最爲人傳誦。

韓愈別趙子（德）詩：「婆娑海水南，簸弄明月珠。」不意雙珠出于老蚌，語出孔融見韋元將與其父書。載三輔決錄。朱詞云：「明珠生海嶠。」以翁山爲廣東番禺產也。

庾信哀江南賦：「蘭成射策之年。」陸龜蒙小名錄：「蘭成，信小字也。」屈翁山與陳恭尹梁佩蘭合稱嶺南三大家。嘗北走秦、晉、燕、趙，與漁洋、竹垞多有酬唱。龔翔麟紅藕莊詞，「無俗念」二首喜翁山移家白門，有「羅浮道士忽攜家，直傍秦淮卜宅」之句。其道援堂集等書，語觸忌諱，雍乾間，遭燬禁。故王昶明詞綜錄其詞七首題名「二靈」，未敢注明爲屈氏也。其作品如夢江南「悲落葉」之作，可泣可歌。直是一字一淚。詞集名曰「騷屑」，寄意可知，故朱老謂爲江南哀怨也。所舉清代各家，以屈氏冠首，雖云時代列前，然其傾挹之深，可以想見。

清詞壇點將錄，以屈大均爲魯智深。蓋大均於順治七年禮函昰于番禺海雲寺爲僧，法名今種，字一靈。十六年訪錢謙益于吳門，謙益貽書毛晉，稱爲羅浮一靈上座(見錢作羅浮種上人詩集序)。

蒼梧恨，竹淚已平沈。萬古湘靈聞樂地，雲山韶濩入悽音，字字楚騷心。（王船山）

徐錄第三句作「萬古湖南清絕地」。

蒼梧故事出述異記，堯二女追舜不及，相與慟哭，淚下沾竹。李白遠別離樂府云：「蒼梧山崩湘水絕。竹上之淚乃可滅。」

湘靈聞樂者，莊子云：「黃帝張樂於洞庭之野。」九歌：「使湘靈鼓瑟兮。」唐錢起考功集卷六，省試湘靈鼓瑟詩云：「蒼梧來怨慕，白芷動芳馨。流水傳瀟浦，悲風過洞庭。曲終人不見，江上數峯青。」船山瀟湘怨詞中「瀟湘十景」小序云：「歌八景後，驅筆獵之，吟際習爲哀響，不能作和媚之音應節。爲湘靈起舞曰：非我也，有臣妾我者存也。」其寓意深矣！元遺山論詩絕句：「自是雲山韶濩音。」唐元結刺道州作欸乃曲，有云：「停橈靜聽曲中意，好似雲山韶濩音。」（見詞林紀事一）樂緯：「舜（樂）曰簫韶，殷曰濩。」

王漁洋論詩絕句題鄺海雪云：「九疑淚竹娥皇廟，字字離騷屈宋心。」朱詞暗用之。船山詞有鼓棹初集二集，故國之思，溢於言表。如卜算子詠傀儡云：「更無半字與關心，吐出丁香舌。」「鉛華誰辨假中眞，皮下無些血。」又昭君怨本意云：「嬌面胡風吹皺，拚與紅顏消受。」怨刺者深，言皆有物，體兼騷、辨。朱老謂爲字字楚騷心，信然。

爭一字，鵝鴨惱春江。脫手居然新樂府，曲中亦有齊梁。不忍薄三唐。（毛大可）

徐錄第三、四句作「樂府幾篇還跳出，斬新機杼蛻齊梁。餘論惜狷狂」。

文心雕龍明詩篇：「爭價一句之奇。」又練字篇：「今一字詭異，則羣句震驚。」杜甫詩云：「不數鵝鴨惱比鄰。」朱借用是語。春江句則指毛西河與汪蛟門（懋麟）論宋詩事。蛟門舉東坡「春江水暖鴨先知」，以爲不可及。西河怫然曰：「鵝也先知，豈獨鴨也？」見西河詩話卷五。毛氏云：「此正效唐人而能者。『花間覓路鳥先知』，唐人句也。覓路在人，先知在鳥，以鳥在花間故也。此先，先人也。若鴨則誰先乎？水中之物，皆知冷暖，必先以鴨，妄矣！」王漁洋曾概括西河語以爲鵝豈不先知，遂成笑柄（見居易錄）。西河弟子張文檒復辨其誣（螺江日札卷六）。亦文學批評史一公案也（參錢鍾書談藝錄頁二六二）。姜汝大論大可（西河）詞云：「其旨精深，其體溜麗。戶網粘蟲，枕聲停釧。吹簫苦唇朱之落，夢歡愁臂紅之消。腰慵結帶，時作縈廻；鏡喜看花，暗相轉側。此其靡曼之瑋詞，夫豈纖庸之逸調。」江順詒詞學集成以爲毛詞不足以當此。毛氏少年受知於陳臥子，承其指授，故所作仍沿雲間一路，而胎息于齊梁樂府，獨成一格，朱老詞茢取以冠諸編首，選錄至十一首之多。徐釚詞苑談叢云：「（奇齡）善詩歌塡詞，所爲大率託之美人香草，以寫其騷激之意。纏綿綺麗，按節而歌，使人悽惋。又能吹簫度曲。」蓋亦傍通樂律，故其西河詞話譏李于麟以塡詞法作樂府，不知樂有調同而詞異者。有調異而字句同者。非深于此道不能言之。又記其詞見賞于眞定梁尚書清標，與當時太倉王生，無譜而能倚曲，竟定一笛色譜，韵事流傳，足備掌故。

謝章鋌謂西河詞於小令中調長調之中，析隋唐題，特立一卷曰「原調」（賭棋山莊詞話四）。如浪淘沙之「江潮能苦雨能甜」，南鄉子云：「願紋桄榔皮裏肉。」「木棉花發野椒紅。」（寫嶺南風物）皆與詞牌取義相應。張德瀛云：「河右（西河號）詞六卷，姜長溲選刻，前四卷名『當樓集』，附西河集中。」又稱其望江南詞「總在石蓮東」句，即取自李昌谷詩「人在石蓮中」（詞徵六）。知其詞濫觴花間（如采蓮子之學皇甫松），溯源於齊梁樂府，而終以唐人爲皈依也。

雲海約，明鏡已秋霜。但願生還吳季子，何曾形穢漢田郎，歸老有纑塘。（顧梁汾）

徐錄「老」字作「我」。

李白秋浦歌：「白髮三千丈，緣愁似箇長。不知明鏡裏，何處得秋霜？」彈指詞賀新涼（湘潭夜泊）云：「菱鏡秋如許。……見說刀鐶如宿約，待結同心雙苣。」雲海約之「約」字，似用此句。

吳季子指兆騫漢槎。吳稱季子者，以有兩兄兆寬、兆宮也。漢槎以江南鄉闈案，遠竄寧古塔，顧梁汾貞觀以詞代書，貽金縷曲二首，句云：「季子平安否？」納蘭容若見之，爲泣數行下。曰：「河梁生別之詩，山陽死友之傳，得此而三。此事三千六百日中，弟當以身任之。」後漢槎果獲與孫陽同生還入關，皆梁汾力也。此事播爲美談，近人考之至詳。（參看孟森心史叢刊「科場案」及夏承燾撰顧貞觀寄吳漢槎金縷曲詞徵事，與補考二篇（唐宋詞論叢附錄）。）成德金縷曲簡顧梁汾云：「絕塞生還吳季子。算眼前此外皆餘子，知我者，梁汾耳。」朱詞即用此語。

惠山聽松庵竹製火爐，王孟端爲作畫，後歸容若，復舉以贈梁汾，容若逝後，梁汾與朱竹垞周青士（篔）諸人爲聯句，其交情可見（聆風簃詩自注）。

彈指詞金人捧露盤題序云：「大明湖晤田紫綸進士，時未就廷對，翩翩如二十許人，索詞爲贈。後問知田與余皆生丁丑，自顧形穢，一嘆而已！」詞云：「休教看殺風流京兆漢田郎。」

朱詞本此。按晉書衞玠傳：「王濟每見玠，輒歎曰：珠玉在側，覺我形穢。」此采自世說容止篇。三輔決錄：「田鳳爲郎，容儀端正。入奏事，靈帝目送之。因題柱曰：堂堂乎張，京兆田郎。」

乾隆重刻彈指詞諸洛序云：「至歸老纑塘，究心理學，視平昔才華，已如飛絮落花，任其沾泥隨水。」蘇軾詩查注：「（無錫）惠山寺，前有曲水亭，中有方池，名千葉蓮花池，亦名纑塘，亦名浣沼。」

貞觀與容若交契。其詞往往不加修飾。佳句如：「箇中須解，寒應勝暖，春不如秋。」極爲冷雋。寄吳漢槎二首，金石肝膽，長歌當哭，故傳誦最廣。雍正間，杜詔校刋彈指詞，序云：「彈指與竹垞、迦陵埒名。迦陵詞橫放傑出，大都出自辛、蘇，竹垞神明乎姜、史，刻削雋永；若彈指則極情之至。出入南北兩宋，而奄有衆長。」詔著浣花詞，康熙間與修歷代詩餘及欽定詞譜，稱梁汾爲師云。

梁汾詞集名「彈指」。蕙風詞續話云：「彌勒彈指一聲，樓閣門開，善財入，已見百千萬億樓閣，一樓閣有一彌勒，領諸眷屬，幷一善財，而立其前。」自是梁汾詞名所本。」

迦陵韻，哀樂過人多。跋扈頗參青兕氣，清揚恰稱紫雲歌。不管秀師訶。（陳其年）

徐錄初稿，「韻」作「語」，「氣」作「意」。

迦陵，梵語迦陵頻迦（Kalavinka）之略稱。慧苑音義：「此云美鳥，本出雪山，其音和雅。」粵黎遂球亦名其集曰「迦陵」。其年集名曰「迦陵者」，詳蔣景祁京少所撰陳檢討詞鈔序，稱其「磊砢抑塞之意，一發于詞，諸生平所誦習經史百家古文奇字，一一於詞見之。如是者近十年，自名曰迦陵詞」。可見其詞前後風格轉變之概。世說新語：「謝太傅語王右軍曰：中年傷于哀樂。」迦陵季弟宗石跋其詞：「伯兄少時，值家門鼎盛，意氣橫逸，故詞多旖旎語。中更顚沛，饑驅四方，一切詼諧、狂嘯、細泣、幽吟，無不寓之于詞。」杜甫贈李白詩：「飛揚跋扈爲誰雄。」宋史辛棄疾傳：「僧義端聚衆千餘，棄疾說使隸耿京。一夕，竊印逃，棄疾急追獲之。義端曰：我識君眞相，乃青兕也，力能殺人，幸勿殺我。」朱竹垞邁陂塘題其年塡詞圖云：「擅詞場，飛揚跋扈，前身可是青兕。」王西樵沁園春讀陳其年烏絲詞賦寄云：「屈指詞人咄咄，唯髯跋扈飛揚。」至清季陳廷焯白雨齋詞話亦以「飛揚跋扈」狀其年氣概。

毛詩鄭風：「淸揚婉兮」傳：「清揚，眉目之間婉然美也。」唐詩紀事：杜牧爲御史，分務洛陽時，李司徒愿罷鎭閒居，聲伎豪侈，高會宴客。杜牧引滿三巵，問李云：「聞有紫雲者，孰是？李指之，杜朗吟而起曰：華堂今日綺筵開，誰喚分司御史來。忽發強言驚滿座，三行紅粉一時廻。」此卽紫雲故事。烏絲詞佚名序云：「冬季歸陽羨當復借紫雲相伴，又何減堯章過垂虹橋畔，小紅低唱，我吹簫也。」秀師訶者，黃山谷晏小山集序云：「余間作樂府，以使酒玩世。道人法秀獨罪余，以筆墨勸淫，于我法中當下犂舌之獄。」

迦陵宜與人。駢文及詞俱雄視一時。蓋中年以後，始專學爲詩餘，晚年尤好之不厭。初作名「烏絲詞」，後作名「迦陵詞」。又嘗與朱彝尊合刊所作曰「朱陳詞」。康熙二十八年季弟宗石最後彙刻，爲迦陵詞全集三十卷，共一千六百二十九闋，中有迦陵不甚愜意者，亦盡付梓。譚復堂云：「錫鬯其年出，而本朝詞派始成。顧朱傷于碎，陳厭其率，流弊亦百年而漸變。錫鬯情深，其年筆重，固後人所難到。嘉慶以前，爲二家牢籠者，十居七八。」

江湖老，載酒一年年。體素微妨耽綺語，貪多寧獨是詩篇，宗派浙河先。（朱竹垞）

徐錄「老」作「夢」，體素作「靜志」。

杜牧外集遣懷詩：「落魄江南載酒行。」別本「江南」作「江湖」。

竹垞詞自定爲四集，有寓意者，名靜志居琴趣；詠物者，名茶煙閣體物集；其集句者，名蕃錦集，餘作入江湖載酒集。

中央圖書館有朱竹垞太史手定詞稿二函，余曾見之，硃墨圈點有甲寅諸暨周栻跋云：「旁注改竄皆竹垞手筆。」

體素二字見陶淵明答龐參軍詩：「君其愛體素。」司空圖詩品洗煉云：「體素儲潔，乘月返眞。」莊子刻意篇：「故素也者，謂其無所與襍也；純也者，謂其不虧其神也。能體純素，謂之眞人。」朱氏初稿體素作「靜志」。指靜志居琴趣。

綺語者，大乘義章云：「邪言不正，其猶綺色；從喻立稱，故名綺語。」朱耽綺語，自云：「幾曾圍燕釵蟬鬢。」可與風懷二百韵詩互參。

清初詩人北方推王漁洋，南方推朱竹垞，王才高而朱學博，故又有朱貪多王愛好之論。

浙派起于嘉興曹秋岳溶。朱彝尊自述其詞學出于曹，序靜惕堂詞云「往者明三百禩，詞學失傳，先生搜輯遺集，曾表而出之。數十年來，浙西塡詞者，家白石而戶玉田，春容大雅，風氣之變，實由先生」云云。況蕙風以「李蕭遠之點絳唇、意境不求甚深，讀者悅其輕倩，爲浙派初祖」，足備一說。

竹垞論詞崇雅正，選輯詞綜以示宗風。羽翼之者，多浙西籍，如二李二沈；繼之者厲樊榭，流衍至于郭頻伽之靈芬舘詞，不免傷于浮滑矣。

蘭錡貴，肯作稱家兒。解道紅羅亭上語，人間寧獨小山詞，冷暖自家知。（納蘭容若）

徐錄「貴」作「闕」。

蘭錡，西京賦云：「設在蘭錡。」李善引劉逵注：「受他兵曰蘭，受弩曰錡 。」張銑注：「蘭錡兵架，陳列于甲第之門。」

稱家兒三字，見韓愈殿中少監馬繼祖墓銘：「稱其家兒也。」

紅羅亭上二句，周之琦題所輯心日齋十六家詞選有「道得紅羅亭上語，後來惟有小山詞」。朱襄用之。江鄰幾雜誌：「李後主作紅羅亭子，四面栽紅梅花，作艷曲歌之。韓熙載和云：桃李不須誇爛縵，已失了春風一半。時已割淮南與周矣。」紅羅亭在上元縣，爲後主與小周后對酌處。蓋以緣鈿刷隔眼，糊以紅羅，種梅花於其外，詳五國故事上。周之琦以晏小山比後主；朱老更以比容若云。

初性德取晏小山「側帽風前花滿路」句，名弱冠所作曰側帽詞，及悼亡後，名所作曰飲水詞，顧貞觀吳綺校本，康熙十七年戊午刋于吳中。性德自謂：「如魚飲水，冷暖自知。」此二句本道明禪師答盧行者語，見五燈會元。

納蘭氏本隸滿洲正黃旗，葉赫後裔也。大學士太子太傅明珠子。十九歲成進士，授侍衞，三十一歲而卒。交遊皆一時攜彥，如嚴繩孫，顧貞觀，秦松齡，陳維崧皆所契厚。贖吳漢槎入塞，最為世所稱道。

性德慢詞粗不協律，令曲則純任性靈，格高韻遠。後主氣質渾厚，乃得自天成；花間高麗精英，性德尚未臻此境，擬之古人，殆出入東山、小山、淮海之間，較迦陵小長蘆更得詞家之正也。

消魂極，絶代阮亭詩。見説綠楊城郭畔，遊人齊唱冶春詞。把筆儘淒迷。（王貽上）

漁洋秋柳詩：「秋來何處最消魂。」綠楊城郭者，其官揚州，與杜于皇，陳其年等集紅橋，賦浣溪沙三首。有「北郭清溪一帶流，紅橋風物眼中秋，綠楊城郭是揚州」之句，盛傳一時，和者甚衆。今傳同時人詞集，皆可覆按（事詳漁洋詞小序）。

冶春詞，漁洋精華錄卷五有冶春絶句十二首，注云：「同林茂之（古度）前輩，杜于皇（濬）、孫豹人（枝蔚）、張祖望（綱孫）、程穆倩（邃）、孫無言（默）、許力臣（承宣）、師六（承家）修禊紅橋，酒間賦冶春詞。」蓋亦司理揚州時作。又有甲辰（康熙三年）歲修禊紅橋賦。嘉慶一統志揚州府名宦：「王士禛，順治十七年，任揚州推官。文藻瞻麗，暇則筍輿雀舫，與四方名彥，高會蜀山、虹橋之畔，授簡賦詩，傳爲盛事。」（參揚州畫舫錄卷十）

漁洋於順治十七年與鄒程村祇謨選刻倚聲初集（大冶堂本）時卽在揚州。是集錄紅橋懷古浣溪沙十闋。末注云：「紅橋詞卽席賡唱，興到成篇，各采其一，以誌一時勝事。當使紅橋與蘭亭竝傳耳。」當日同游十人。倚聲集所錄漁洋之外，有杜濬，邱象隨、袁于令、蔣階、朱克生、張養重、劉梁嵩、陳允衡、陳維崧。其後曹貞吉珂雪詞項蓮生憶雲詞亦有追和之作（蕙風詞話卷五備錄之）。一統志：「虹橋在甘泉縣北門外，一名紅橋，翼以朱欄，岸多植柳，爲郡人遊觀之地。」

漁洋詩主神韻，尤工絕句。白雨齋詞話云：「漁洋小令，能以風韵勝，仍是做七絕慣技。」其詞名衍波。自序云：「偶讀嘯餘譜，輒拈筆塡詞。易安漱石一卷，珍惜逾恒，乃依其韵和之。大抵涪翁所謂空中語耳。」其詞話則名「花草蒙拾」，自題云：「往讀花間、草堂，偶有所觸，輒以丹鉛書之，蓋未及廣爲揚搉。」阮亭于詞，自述如此。陳聶恒栩園棄稿前顧梁汾書，謂「漁洋之數載廣陵，實斯道總持」，「（洎在朝）位高望重，絕口不談」。是其於詞，本爲客串，然所持論，影響後來者殊鉅。

留客住，絕調鷓鴣篇。脫盡詞流薌澤習，相高秋氣對南山。駸駸衍波前。（曹升六）

徐錄「詞流」作「綺羅」。

珂雪詞有留客住賦鷓鴣「瘴雲苦。徧五溪、沙明水碧，聲聲不斷，只勸行人休去」一闋。譚復堂謂爲投荒念亂之感，又燕山亭九日排悶，句云：「深巷閉門，懶去登高，那問幾人曾醉，紅葉靑山，正渲染蒼涼天氣。何事只辜負秋光，淡然如此。」「相高秋氣」殆暗用此詞。杜牧詩長安秋望：「南山與秋色，氣勢兩相高。」蘅澤者，胡寅東坡樂府序云：「眉山蘇氏，壹洗薌澤綺羅之態，擺脫綢繆之度。」此用其語。衍波爲漁洋詞集名。黃山谷詩：「騣騣欲度驊騮前。」朱老詩原學山谷，故詞中用豫章句特多。

安丘曹實庵與宋犖田雯等唱和，稱燕臺十子。其詞以詠物懷古諸篇爲海內推重。王煒序稱其：「轉淒婉纖艷之情，爲風雨雲雷之用。」其玉女搖仙佩與朱紫來論詞，略云：「細數名家，晚唐南宋，漫說蘇豪柳膩。……又證入金荃蘭畹、小山、白石。」持論可見一斑。詞壇點將錄比之大刀關勝，馬軍五虎將之首。殆以其詞多奇氣，有洸洋縱恣，不可方物之槪。

長水畔，二隱比龜溪。不分詩各叨一饌，居然詞派有連枝。人道好壎篪。（李武曾、李分虎）

徐錄「一饌」作「一飯」。

長水爲嘉興別名。宋書三十五州郡志會稽太守條：「嘉興令，此地本名長水。秦改曰由拳。吳改曰禾興，以孫晧父名和，又改曰嘉興。曹貞吉珂雪詞有送李分虎歸長水臺城路一首。龜溪二隱者，龜溪古名孔愉澤，卽餘不溪之流，在浙江德淸縣。嘉慶一統志湖州府餘不溪：

「自杭州府錢塘縣流經德清縣坡中，又北入府城與苕水合，卽東苕溪下流也。一名龜溪，一名清溪，一名苧溪。」晉書：「孔愉行經餘不亭，見籠龜于路者，愉買而放之溪中，因以爲名。」南宋末李彭老字商隱，李萊老字周隱兄弟居之。朱氏刋彊村叢書中有龜溪二隱詞。

叨一饌，見曹貞吉秋錦山房詞序云：「頃者賦詩殿上，竟遭擯落。其詩得之惋惜者之口，始傳于外。出都時，自吟斷句云：「兒童莫笑詩名賤，已博君王一飯來。」賦詩殿上，謂李武曾應鴻博試也。龔翔麟紅藕莊詞自注，亦記一飯事。

詞派，朱竹垞耒邊詞序云：「二十年來，詩人多寓聲爲詞，吾里（指浙江秀水）若右吉（喻汝言）庚清（徐梗）青士（周篔）山子（沈進）武曾（李良年）咸先予爲之者也。」此卽浙江詞派初起之況。

李武曾卽李良年字，有秋錦山房詞集。李分虎爲李符字，號耕客，有耒邊詞，與兄繩遠合稱三李。而武曾與分虎俱以詞名，故曰連枝。白雨齋詞話云：「二李詞絕相類，大約皆規模南宋，羽翼竹垞者。武曾較雅正，而才氣則分虎爲勝。」分虎早歲受知于曹溶，及武曾與朱彝尊結社唱和。朱序耒邊詞云：「分虎之詞，愈變而極工，方之武曾，無異壎篪之迭和也。」朱老句「人道好壎篪」，卽用竹垞序中語。

南湖隱，心折小長蘆。拈出空中傳恨語，不知探得頷珠無。神悟亦區區。（厲樊榭）

南湖，郭麐靈芬館詩話云：「樊榭徵君舊居南湖，自號南湖花隱。倪米樓（稻孫）繪花隱樓圖。」仁和王曾祥茨檐靜便齋集南湖花隱記，以樊榭與南湖張功甫（鎡）比較，謂「功甫遺集鮮傳，又遜於樊榭者也」。樊榭詩集八有詩題云：「余僦居南湖上八年矣，其主將鬻它氏復謀棲止。」又續集一有移居詩：「南湖結隱八年餘，又向東城賦卜居。」「南湖隱」三字本此。陸謙祉樊榭年譜：「遷居南湖在雍正十年壬子，是年有論詞絕句之作。」

「心折小長蘆」語，取自論詞絕句。其言云：「寂寞湖山爾許時，近來傳唱六家詞。『偶然燕語人無語』，心折小長蘆釣師。」自註云：「朱竹垞檢討靜志居琴趣中語。」靈芬館詩話：「愚謂竹垞小令固佳，卽長調紆徐宕往，中有澡華艷耀之命，斯爲極致。卽小令中佳者，亦未必惟此語可心折。大抵樊榭之詞，專學姜張，竹垞則兼收衆體也。」案蘇詩查注引周必大吳郡諸山錄云：「早行至本覺寺登岸，卽古檇李也；舊號小長蘆。東坡過此，爲文長老賦詩。」知「小長蘆」乃檇李別名。

空中傳恨，出「空中語耳」一句，是山谷答法秀師語。朱竹垞解珮令自題詞集云：「老去塡詞，一半是空中傳恨。」

頷珠，見莊子列禦寇：「夫千金之珠，必在九重之淵，而驪龍頷下。」唐詩紀事「元微之、劉夢得、韋楚客同會白樂天舍。劉成『王濬樓船下益州』首。白公覽詩曰：四人探驪龍，子先獲珠，所餘鱗爪，何用耶？于是罷唱。」區區，用樊榭語。其續集自序云：「孏迂多病，無所託以自見。惟此區區有韻之語，曾繆役心脾。」

厲樊榭少作詞曰「秋林琴雅」。曾於入都經天津，至查蓮波家，同撰絕妙好詞箋。杭大宗稱：「漁洋竹垞詩，盛行海內，時太鴻獨矯之以孤澹。其詞亦于竹垞外獨闢幽蹊，惟體物之作。

不免餖飣。」故譚復堂評云：「樂府補題，別有懷抱，後來巧構形似之言，漸忘古意。竹垞樊榭不得辭其過。」然其佳處眞可分中仙夢窗之席。

回瀾力，標舉選家能。自是詞源疏鑿手，橫流一別見澠運。異議四農生。（張皐文）

徐錄「詞源」作「詞中」。

回瀾，韓愈進學解云：「挽狂瀾于既倒。」

皐文撰詞選二卷，與弟翰風同輯，選唐宋人四十四家詞，一百十六闋。自序稱，所以「塞其下流，導其淵源」。論者推爲常州詞派開山。譚復堂謂「雖町畦未盡，而奧窔始開」。

譚氏論周之琦十六家詞選曰：「截斷衆流，金針度與。雖未及皐文保緒之陳義甚高，要亦倚聲家疏鑿手也。」朱氏語本此。疏鑿二字，郭璞江賦：「若乃巴東之峽，夏后疏鑿。」

淄澠二水名。列子說符：「淄澠之合，易牙嘗而知之。」指詞選之立準的。以挽浙派末流之弊。

四農，潘德輿字，山陽人。道光戊子舉人。其與葉生書，論「張氏詞選抗志希古，標高揭己，而宏音雅調，多被排擯」。譚復堂謂養一齋詞平鈍淺狹，不足登大雅之堂，然其鍼砭張氏，亦是諍友。

皐文詞集名「茗柯詞」。按朱竹垞橄欖詞「配取茗柯消殘醉」，用世說新語賞譽篇「簡文云：劉尹茗柯，有實理。」劉注：「柯一作朾，又作仃，又作打。」任誕篇：「（山季倫）茗艼無所知。」陳鱣謂茗柯作朾是也。晉書山簡傳作「酩酊」，乃俗字，形容其頹，故茗柯卽酩酊（參蓮子居詞話）。清代詞集名曰茗柯者，又有二家：一爲江都程夢星（字午橋，康熙五十一年進士）作，一爲錢塘丁一揆（號自閒道人）作。

金鍼度，詞辨止庵精。截斷衆流窮正變，一燈樂苑此長明。推演四家評。（周保緒）

金鍼度，及截斷衆流，皆采譚復堂評語，引已見前。桂苑叢談：「鄭采娘七夕乞巧，織女遺一金針。」元遺山詩：「鴛鴦繡出從教看，不把金針度與人。」又禪宗論雲間有三種語，杼山長老指出「截斷衆流」句。葉夢得石林詩話取以論詩，其二爲截斷衆流句，謂超出言外，非情識所到。

周止庵詞辨區別正變，蓋用詩區分變風變雅之法。初輯十卷，沒于黃流。後追憶錄得二卷。卷一爲「正」，溫庭筠等十七家，卷二爲「變」，李後主等十一家。與茗柯詞選略異。而深惡猖狂雕斲之習則同。譚復堂稱：「周氏以二卷爲變，截斷衆流，解人不易索也。」又稱：「余固心知周氏之意，而持論小異，大抵周氏所謂『變』，亦余所謂『正』也。而折衷柔厚則同。」

「樂苑」，亦是書名，見崇文總目。錢東垣云：「通志：陳游撰。」「一燈長明」者，唐文粹有高邁長明燈頌云：「夫日主晝，太陽之精，中則昃，昃則沒，我長明燈不沒。月主夜，太陰之精，滿則虧，虧則盡，我長明燈不盡。」

「四家評」，謂周止庵道光中輯之「宋四家詞選」。自序謂：「讀者問途碧山，歷夢窗稼軒，以造清眞之渾化。」又云：「愼重而後出之，馳騁而變化之，胸襟醞釀，乃有所寄。」其敍論獨具隻眼，取途甚爲正大，爲世所宗。譚復堂況蕙風皆稱其書卽止庵集中之「宋四家詞筏」。止庵又有論調一書，以婉、澀、高、平四品分之，惜其書未見。

舟如葉，著岸是君恩。一夢金梁餘舊月，千年玉笥有歸雲。片席蛻巖分。（周稚圭）

徐錄「如」作「一」。

周之琦字稚圭，河南祥符人。其醉花間道光丁未（廿七年）二月朔抵家作云：「一葉扁舟初著岸，荷衣今始換。」謂官廣西巡撫告病得休也。其自著之詞四種，曰：金梁夢月詞、懷夢詞、鴻雪詞、退庵詞。總曰心日齋詞，此闋爲退庵詞之第一首。金梁，本橋名，在開封，爲周氏釣遊處。其詞有齊天樂過金梁橋云：「十年一覺春明夢，魚梁尙留殘照。片月牽魂，新詞按譜，爲爾羈懷縈繞。」故其集名曰「金梁夢月」。

周詞鷓鴣天題序云：「病中夢一人，鶴骨翛然，白稱王聖與（卽王沂孫字），來問余疾。平生傾倒中仙。或許把臂入林耶？拈小詞記異。詞云：片雲從此謝塵寰，憑誰訪我棲眞地，黃葉蕭蕭玉笥山。」此闋爲退庵詞末首，疑絕筆也。張玉田瑣窗寒悼王碧山云：「悵玉笥埋雲。」朱用其句。

蛻巖指元張仲擧翥著有蛻巖詞，謂周詞足與仲擧分席。黃燮清云：「夢月詞渾融深厚，語語藏鋒，北宋瓣香，於斯未墜。」或據「片席蛻巖分」語，謂稚圭詞學張翥，未允。周固以中仙自許也。其所選心日齋十六家詞，專取唐宋，而以元張蛻巖殿焉。於仲舉詞，亦所重視。

無益事，能遣有涯生。自是傷心成結習，不辭累德爲閒情，茲意了生平。（項蓮生）

徐錄結句作「茲意託平生」。

錢塘項鴻祚蓮生專志倚聲，年僅三十八。所著憶雲詞學吳夢窗分甲乙丙丁稿，皆自序刊行。此撮自其序中語。

蓮生甲午人日丙稿自序云：「己丑冬，編次丙稿，弊廬不戒于火。」「嗣是疊遭家難。」「嗟乎！不爲無益之事，何以遣有涯之生？時異境遷，結習不改。」又己未小除夕甲稿自序云：「生幼有愁癖，故其情艷而苦。其感于物也鬱而深。」「不無累德之言，抑亦傷心之極致矣。」又乙未閏六月丁稿自序，述其患難以來生活，而終結云：「嗟乎！當沈頓無憀之極，僅託之綺羅薌澤，以洩其思，蓋辭婉而情傷矣。」畢生肆力于詞，而蓮生亦卒于是年乙未。

閒情，陶淵明有閒情賦，昭明太子陶集序云：「白璧微瑕，惟在閒情一賦。」蓮生艷情而苦，故云不辭累德爲閒情也。

譚復堂云：「蓮生，古之傷心人也。盪氣迴腸，一波三折，有白石之秀折，而無其率，有夢窗之深細，而化其滯，殆欲前無古人。」「以成容若之貴，項蓮生之富，而塡詞皆幽艷哀斷，

文

異曲同工，所謂別有懷抱者也。」

娛親暇，餘事作詞人。廿載柯家山下客，空齋晝扇亦前因。成就苦吟身。（嚴九能）

徐錄「客」作「路」。

娛親，九能著有娛親雅言。

德清徐球柯家山館詞序云：「吾鄉當南宋時，詞人有李氏商隱周隱昆弟。近日許兵部（宗彥）有鑑止水齋詞刻。居士（悔庵）與兵部爲中表兄弟，經神學海，幷擅品目，雖詩人之餘事，天亦不生是使獨也。以覘二隱之競爽，夫何讓焉。」九能致力經傳，於聲音訓詁，多所闡發，著有爾雅匡名，詞特其餘事耳。

九能詞太常引題序云：「丙寅初冬，僕買屋德清北郭外柯家山麓。」考嘉慶十一年丙寅，至二十六年丁丑，九能卒不過十餘年，詞云：「廿載」幷指未遷前常過德清徐家計之。

九能西江月題序云：「向于高蘋洲齋中，閱所藏名流扇頭書畫，中有松圓老人一幅，署款『崇禎十年八月廿四日』。」孟陽，卽程嘉燧，僑居嘉定，工詩畫，人稱曰松圓詩老（見明史文苑傳）。

嚴元照柯家山館詞三卷，有湖州叢書本。其蝶戀花自注云：「自柳梢青以下二十七首，乃畫扇秋怨詞所汰存者。」蓋彼集先名「畫扇秋怨」（見悔庵學文卷一），後汰存此。顧翰和其蝶戀花附評云：「小令似南唐，長調出南宋，設色處不獵凡艷，非太眞之珠履，乃宓妃之羅禨。」

秋醒意，抱碧契靈襟。生長茝蘭工雜佩，較量台鼎讓清吟。欣戚導源深。（王壬秋、陳伯弢）

徐錄起二句作「人天夢，秋醒發遐心」。又初稿結句移作第二句。

王壬秋闓運有秋醒詞自序云：「戊午中秋」，「假寐以休」，「方醒之際」，「從靜得感，從感生空」，「亦有欣哀，未容相笑」，「幸契遐心，堪祛勞慮」。「蓋夢在百年之中，而愁居七情之外，由是澂心眇言，然脂和墨，聊賦其意，命曰秋醒詞」。本闋結句「欣戚導源」之意，詳具此序。

抱碧，謂陳銳。嘗學選詩于鄧輔綸及王壬秋，著有抱碧齋詞及詞話。

陳銳序鄭大鶴冷紅詞云：「生長茝蘭，非無雜佩。」此用其語，王陳皆湘產也。

王壬秋序鄭大鶴比竹餘音云：「才人固甘于寂寞，傳世無怨于涼獨，使我登台鼎，不如一清吟遠矣。」較量台鼎句本此。

甄詩格，淩沈幾家參。若舉經儒長短句，巍然高館憶江南。綽有雅音涵。（陳蘭甫）

唐釋齊已有風騷旨格，李慈銘論經儒四家詩，推淩次仲、沈沃田、王述庵、洪稚存四人。

陳澧甲辰以前詞，名「鐙前細雨詞」，于章貢舟中編定。有道光甲辰自序。後併前作題曰

「憶江南館詞」。手定詞稿祇二十五首，汪兆鏞增輯集外詞四首。道光二十四年五月，蘭甫謁阮元于揚州，請書「憶江南館橫額」。曾取周美成滿庭芳詞，自號「江南倦客」（陳宗穎憶江南館詞跋）。與許玉彬、沈世良、譚瑩、葉英華輩爲越臺詞社于學海堂，欲撰唐宋歌詞新譜，未成。譚復堂云：「近世經師惠定宇、江艮庭、段懋堂、焦里堂、宋于庭、張皋文、龔定庵多工小詞，其理可悟。」又云：「嶺南文學流派最正，蘭甫先生文儒蔚起，導揚正聲。」

皋文說，沆瀣得莊譚。感遇霜飛憐鏡子，會心衣潤費鑪烟。妙不著言詮。（莊中白、譚復堂）

徐錄「沆瀣」作「私淑」。

沆瀣二字，原見漢書司馬相如傳。南部新書，乾符二年，崔沆放崔瀣榜，談者稱座主門生沆瀣一氣。莊謂莊棫，譚卽譚獻，二人皆發揚茗柯詞說。

陳子昂有感遇詩。中白蘭陵王句云：「新霜糝翠鬢。休問流紅暗徑。朱樓晚，回首昔時，曾畫山眉對妝鏡。」霜飛憐鏡殆出此。

譚復堂詞，自序云：「周美成云：『流潦妨車轂。』（大酺）又曰：『衣潤費鑪煙。』（滿庭芳）辛幼安云：『不知筋力衰多少，祇覺新來嬾上樓。』（鷓鴣天）塡詞者試于此消息之。」故云「會心」也。

復堂又云「潘四農養心齋詞，清疏老成，而少生氣，其持論頗訾議宛陵詞選，以北宋之詞當盛唐之詩，不爲無見。而理路言詮，終非直湊單微之手。」淮南子有詮言訓。具說事理曰「詮」（一切經音義）。不著言詮，殆謂復堂論詞之語約而旨微也。

譚獻與莊棫齊名，世稱莊譚，所刊半广叢書，僅十之一。其選清人詞爲篋中詞六卷，續三卷，至爲精審。又批點止庵詞辨，皆能以金針度人者。葉遐庵廣篋中詞云：「仲修先生承常州派之緒，力尊詞體，上溯風騷，詞之門庭，緣是益廓，遂開近三十年之風尚，論清詞者，當在不祧之列。」譚氏持論不偏，彊村望江南實多采摭其說，如下蔣鹿潭條，即其例也。

窮途恨，斫地放歌哀。幾許傷春憂國淚，聲家天挺杜陵才。辛苦賊中來。（蔣鹿潭）

杜甫短歌行贈王郎：「王郎酒酣拔劍斫地歌莫哀。」

褚榮槐水雲樓詞序：「王郎抑塞拔劍斫地。」朱用此語。譚復堂推詡鹿潭甚至，謂：「水雲樓詞，固清商變徵之聲，而流別甚正，家數頗大。與成容若項蓮生二百年中，分鼎三足。咸豐兵事，天挺此才，爲倚聲家杜老。而晚唐兩宋一唱三歎之意，則已微矣。」直許鹿潭爲老杜，故彊村取以爲說。

杜甫自京竄至鳳翔喜達行在所云：「所親驚老瘦，辛苦賊中來。」（鹿潭事蹟，近人多所考論，故不詳述。）

香一瓣，長爲半塘翁。得象每兼花處永，起孱差較茗柯雄。嶺表此宗風。（王幼霞）

徐錄第三句作「抗志直希天水志」。

陳后山詩：「向來一瓣香，敬爲曾南豐。」任淵注：「諸方開堂，至第三瓣香，推其得法所自，則云此一瓣香敬爲某人。」彊村少年隨宦開封，納交王半塘，從學爲詞。庚子八國聯軍入北京，半塘與朱祖謀劉福姚等，共集宣武門外寓宅，相約塡詞，刻集二卷，所謂「庚子秋詞」者也。半塘晚歲裒其前後七稿，刪汰幾半，自訂爲「半塘定稿。」彊村爲刻于廣州。並序云：「君詞導源碧山，後歷稼軒夢窗，以還淸眞之渾化，與周止庵氏說契若鍼芥。」故望江南詞題語言：「得象每兼花外永。」花外者王碧山樂府，亦名花外集也。司空圖詩品：「超以象外，得其環中。」朱意謂半塘得力碧山者深。

半塘嘗彙刻花間集以迄宋元諸家詞爲四印齋所刻詞，開詞籍鈎沈之風。其轉移風會，領袖時流，晚淸詞學復振；半塘負起衰之功，較茗柯尤有進者。

半塘字幼霞，名鵬運，廣西臨桂人，官給諫，開廣西詞派。嶺表宗匠，舍半塘其誰與歸。其自號「半塘老人」者，況蕙風云：臨桂東鄉地名半塘尾，幼霞先塋所在也。其室名曰四印齋者，取黃山谷送張叔和詩，我提養生之四印，謂忍、默、平、直也，見蕙風簃二筆。

招隱處，大鶴洞天開，避客遇江成旅逸，哀時無地費仙才，天放一閒來。（鄭叔問）

大鶴旅食蘇州，其樵風樂府中屢言及招隱，幷與半塘有關，玆錄如次：

念奴嬌

甲辰仲夏半塘老人過江訪舊，重會吳皋，感遇成歌，以致言歎不足之意云。

小山叢桂，問淹留何意，空歌招隱。自見淮南佳客散，雞犬都霑仙分。碧海三塵，白雲孤抱，不羨靈飛景。仙才誰惜，世間空舐丹鼎。　我亦大鶴天邊，數峯危嘯，一覺松風枕。三十六鷗盟未遠，獨立滄江秋影，詞賦哀時，湖山送老，吟望吳楓冷。梅根重醉，舊狂清事能領。

鷓鴣天三闋，題序：「余與半塘老人有西崦卜鄰之約，人事好乖，高言在昔，款然良對，感述前遊，時復悽絕。」第一首下半云：「回首處，一潸然，小山招隱有新篇。淮南幾樹留人桂，縱得攀援不得仙。」

彊村此闋，雖題叔問詞集，然實爲半塘而發。如「仙才」二字，亦自大鶴詞中取材，大鶴又有雪梅香夢半塘老人云：「過江餘淚送蛟龍。」知朱詞之「過江」「哀時」，亦有來歷。俞樾序叔問瘦碧詞云：「余每入其室，左琴右書，一鶴翔舞其間，超然有人外之致。」陳伯弢水龍吟題大鶴山人樵風樂府云：「爲一閒放汝，掉頭高詠，蒼茫處，無人到。」是卽所謂「天放一閒」者矣。朱老此詞結句，借叔問之閒放，以悼半塘之侘際，其題半塘集，僅就詞言，而沉痛之情，則借此發之。半塘卽卒于此行。大鶴所倚數闋，乃與半塘最後之酬唱也。

閒金粉。曹鄶不成邦。拔戟異軍特起，非關詞派有西江。兀傲故難雙。（文道希）

文廷式芸閣論詞，頗異清末諸家。嘗謂：「自竹垞以玉田爲宗，所選詞綜意旨枯寂，後人繼之，尤爲冗漫。以二窗爲祖禰，視辛劉若仇讎，家法若斯，庸非巨謬。」又論：「詞家至南宋而極盛，亦至南宋而漸衰。其聲多嘽緩，其意多柔靡，其用字則風雲月露，紅紫芬芳之外；如有戒律，不敢稍出入。沿及元明，而詞遂亡。」（雲起軒詞序）此卽所謂「閒金粉」也。黃山谷與東坡詩自言：「吾詩如曹鄶，淺陋不成邦。」芸閣病各家步武二窗，才思未逮，不離方罫之間，罕見邁往之概，故以曹鄶譏之。

史記項羽本紀：「異軍蒼頭特色。」索隱：「晉灼曰：特異其軍爲蒼頭，謂著青帽。如淳云：特起，猶言新起也。」厲樊榭論詞絕句云：「不讀鳳林書院體，豈知詞派有江西。」自注：「元鳳林書院詞三卷，多江西人。」芸閣籍江西萍鄉。朱詞所云「西江」卽指江西。文氏持論迥異于衆，但又非江西詞派鳳林書院體所囿。其詞序復言：「寫其胸臆，則卒爾而作，徒供世人之指摘而已。然淵明詩云『兀傲差若穎。』故余亦過而存之。」所謂「兀傲難雙」，蓋擷其自序中語。詞壇點將錄比文氏以黑旋風李逵云。

雙飛翼，悔殺到瀛洲，詞是易安人道韞。可堪傷逝又工愁。腸斷塞垣秋。（徐湘蘋）

吳縣徐燦字明霞，號湘蘋，光祿丞徐子懋女，大學士海寧陳之遴素庵繼室。有拙政園詩餘。乾隆吳騫刊入拜經樓叢書（徐乃昌小檀欒室閨秀詞刊入第二集）。先是順治癸巳，相國曾序而刊之，尋燬。其序云：「吳人盛傳絡緯集，蓋湘蘋祖姑小淑所著。徐氏女子挾彤管而躡詞壇，可謂彬彬濟美矣。」其風流子同素庵感舊句云：「便把紅菱釀酒，只動人愁。謝前度桃花，休開碧沼；舊時燕子，莫過朱樓。悔煞雙飛新翼，誤到瀛洲。」朱詞即摭是語。

南海譚瑩玉生樂志堂集論詞絕句七十六首，亦品鷺清人詞，閨秀僅舉徐湘蘋。句云：「起居八座也伶俜，出塞能還綉佛靈。文似易安人道韞，教誰不服到心形。」朱老襲取之。易「文」字爲「詞」。彼于清詞壇點將錄比徐燦爲顧大嫂。

陳之遴素庵爲吳梅村兒女親家。梅村之應召，據杭人王莈檐說，即出于素庵之推挽。迨素庵以結交內侍，遣戍遼左，梅村旋亦南歸。有詠拙政園山茶花七古，引言陳相國自買此園，相國即指素庵也。（拙政園在婁齊二門之間，地名曰北街。嘉靖中，御史王獻臣因大宏寺遺址營別墅。文待詔徵明為作圖，凡三十一葉，各繫古今體詩（蓮子居詞話）。園後歸海寧陳相國，重為修葺。及海寧貶謫，籍沒入官。康熙初為吳三桂佳壻王永寧所有，後又入官。詳顧公燮消夏閑記「拙政園」條。）素庵浮雲集末附詩餘，有江城子，題「鴛鴦湖感舊」，起句「鴛鴦湖上水如天」，與梅村鴛鴦曲起句「鴛鴦湖畔草接天」相似。低徊前事，感慨正同。朱詞「腸斷塞垣」，即指譴謫遼左事。

素庵於順治二年投誠清室，官至宏文院大學士，十三年革職，以原官發遼陽居住。是年冬，回京，令入旂。以賄結內監流徙，家產籍沒，後死于戍所（時順治十五年）。事見貳臣傳。

梅村贈遼左故人七律，有句云：「兩拜中書再徙邊。」即爲素庵而作也（參馬導源編吳梅村年譜）。

又意有未盡再綴二章。紅友之律，順卿之韻，皆足稱詞苑功臣。新會陳洮叔、臨桂況夔笙並世二雄，無與抗手也。

談聲律，詞筆此權輿。翻譜竹枝歸扚度，重雕菉斐費爬梳。得配紫霞無。雕蟲手，千古亦才難。新拜海南爲上將，試要臨桂角中厚。來者孰登壇。

詞筆，姜白石詞云：「都忘却春風詞筆。」翠樓吟：「新翻胡部曲。」爾雅釋詁：「權輿，始也。」清王初桐有「倚聲權輿錄」。翻譜句，指萬樹詞律。扚，說文：「切也。」漢書元帝紀贊：「自度曲，被歌聲，分扚節度，窮極幼眇。」臣瓚曰：「度曲，謂歌終更授其次，謂之度曲。」韋昭曰：「扚，切也。謂能分切句絕，爲之節制也。」重雕句，指戈載詞林正韻。厲樊榭云：「欲呼南渡諸公起，韻本重雕菉斐軒。」朱借此以擬戈氏之書。戈書成于道光元年，頗正前人訛謬，倚聲家推爲善本。其夫人金婉玉卿有爲外錄詞林正韵畢，書後云：「羅襦甲帳愧非仙，寫韵何妨手一篇，從此詞林增善本，四聲堪証宋名賢。」（蕙風詞話一）戈氏持律雖嚴，所作詞亦有不能自守處。故項蓮生乙稿序譏之云：「近日江南諸子競尚塡詞，辨韻辨律，翕然同聲，幾使姜張頫首，及觀其著述，往往不逮所言。」殆爲順卿輩發也。紫霞即楊纘，號守齋（清初及中葉詞人，多誤以爲詩人楊誠齋），洞曉律呂。周密自云：「余向登紫霞之門。」張炎亦稱：「得樂律之學于纘。」幷載其作詞五要于詞源。朱老意以萬氏之律，戈氏之韵，比之紫霞，未知如何？張爾田序彊村遺書稱：「萬紅友起，審音于五要，精于四上，取宋賢樂句節度而扚比之，標尊前之逸唱，正勦餘之妄作，而後倚聲者人知守律，是爲詞學之一盛。」又稱：「有詩，沈休文始辨四聲？有詞，朱希眞乃制四部。天水末葉，無名氏著菉斐軒詞韻，以入聲分配三聲，論者謂其專爲北曲而設。胡文煥、沈去矜、程名世諸人承之，嚮壁虛造。戈順卿氏起，辭而闢之。知詞有異曲之部，則稽之混成遺譜；知詞有隨律之聲，則本之守齋緒言。通轉之迾必嚴，腹舌之諧斯準，而後倚聲音人知審者，是爲詞學之再盛。」以萬氏守律，戈氏審音，爲清代詞學盛事，與朱老之持論正相符契。

海南上將，指新會陳洵。陳有海綃詞，朱老刋入滄海遺音。曾手批陳詞，稱其「神骨俱靜，眞能火傳夢窗者」。又謂其「善用逆筆，處處見騰踏之勢，清眞法乳也」。海綃有說詞，主由吳入周，于夢窗清眞兩家，分闋論用筆之法，如云以提爲煞，漢魏六朝文往往遇之，尤具神解。臨桂謂況周頤，有蕙風詞。又著粵西詞見、蕙風詞話，薇省詞鈔。繆荃孫輯常州詞錄亦得況之助。況氏以詞爲專業，所爲詞話揭重拙大之旨，分析詞心，細入毫髮，沾溉詞林者多。朱彊村尤推爲絕作。況朱二家，世所共悉，茲不多論。

〔附〕

望江南 張孟劬

題彊村丈詞集。丈有望江南詞，題清代名家詞集略備，而丈實爲清代詞家一大殿，不以無述，爰倣其體，補題二解。

霜腴好，曾憶鷲翁評。天處鳳皇誰得髓，人間韶濩有中聲。七寶自然成。

衡門意，投老若爲家。半篋傷心餘諫草，一春垂淚對江花。應有匪風嗟。

（錄自同聲月刊四卷二期）

附錄・・淸詞壇點將錄　覺諦山人遺稿

詞壇舊頭領一員

晁蓋—陳子龍

詞壇都頭領二員

宋江—朱彝尊　盧俊義—陳維崧

掌管詞壇機密軍師二員

吳用—張惠言　公孫勝—厲鶚

一同參贊詞壇軍務一員

朱武—周濟

掌管錢糧頭領二員

柴進—性德　李應—顧貞觀

馬軍五虎將

關勝—曹貞吉　林冲—毛奇齡　秦明—王鵬運　呼延灼—蔣春霖　董平—朱孝臧

馬軍大驃騎兼先鋒八員

花榮—李雯　徐甯—曹溶　楊志—周之琦　索超—莊棫　張清—王士禎　朱仝—錢芳標　史進—嚴繩孫　穆弘—張祖同

馬軍小彪將兼遠探出哨頭領十六員

黃信—宋琬　孫立—吳偉業　宣贊—佟世南　郝思文—沈豐垣　韓滔—尤侗　彭玘—吳綺　單廷珪—吳翊鳳　魏定國—承齡　歐鵬—沈傳桂　鄧飛—朱綬　燕順—邊浴禮　馬麟—沈曾植　陳達—許宗衡　楊春—陳銳　楊林—張景祁　周通—王以慜

步軍頭領十員

魯智深—屈大均　武松—陳曾壽　劉唐—董士錫　雷橫—沈謙　李逵—文廷式　燕青—鄭文焯
楊雄—項廷紀　石秀—況周頤　解珍—李良年　解寶—李符

步軍將校十七員

樊瑞—樊增祥　鮑旭—黃景仁　項充—龔自珍　李袞—洪亮吉　施恩—吳錫麒　薛永—曹言純
穆春—郭麐　李忠—張琦　鄭天壽—易順鼎　宋萬—王時翔　杜遷—嚴元照　鄒淵—楊芳燦　鄒潤—楊揆　龔旺—朱紫貴　丁得孫—趙熙　焦挺—勒方錡　石勇—金泰

守護中軍馬軍驍將二員

呂方—萬樹　郭盛—戈載

守護中軍步軍驍將二員

孔明—謝元淮　孔亮—秦恩復

四寨水軍頭領八員

李俊—陳澧　張橫—陳洵　張順—譚廷獻　阮小二—宋徵輿　阮小五—宋徵璧　阮小七—成肇麐

童威—汪全德　童猛—王國維

四店打聽聲息邀接來賓頭領八員

孫新—馬曰琯　顧大嫂—徐燦　張青—杜文瀾　孫二娘—顧春　朱貴—曾燠　杜興—張四科　李立—謝章鋌　王定六—江炳炎

總探聲息頭領一員

戴宗—彭孫遹

專管行刑劊手二員

蔡福—張仲炘　蔡慶—李慈銘

軍中走報機密頭領四員

樂和—鄒祗謨　時遷—王拯　段金柱—王僧保　白勝—蔣敦復

專管三軍內探事馬軍頭領二員

王英—馮煦　扈三娘—吳藻

行文走檄調兵遣將一員

蕭讓—包世臣

定功賠罰軍政司一員
裴宣—趙文哲
考算錢糧支出納入一員
蔣敬—董祐誠
監造大小戰艦一員
孟康—陶樑
專造一應兵符印信一員
金大堅—吳熙載
專造一應旌旗袍襖一員
侯健—何紹基
專治一應馬匹獸醫一人
皇甫端—錢枚
專治內外諸科病醫士一員
安道全—曹元忠
監造一應軍器鐵器一員
湯隆—林蕃鍾
專造大小一應號砲一員
凌振—沈岸登

起造修葺房屋一員

李雲——黃燮清

屠宰牛馬豬羊一員

曹正——王闓運

排設筵宴一員

宋清——丁致和

監造供應一切酒筵一員

朱富——龔鼎孳

監造梁山泊一應城垣一員

陶宗旺——蔣平階

專一把捧帥字旗一員

郁保四——王昶

清詞壇點將錄。爲予數年前校刻彊村遺書時。友人聞在宥先生錄以見寄者。據在宥言。此爲彊邨先生晚年遊戲之作。又以董平自居。故原稿不署眞名。但題覺諦山人云云。此一別號。他處未見題署。雖一時戲筆。要爲談清代詞林故實者一絕好資料也。偶從行篋中檢出。特爲刋布。以示同好。辛巳初秋。龍沐勛謹識。

案此篇刊于同聲月刊第一卷第九號，流傳極稀，故附載于此，俾與望江南廿六首可以互相參證。

（原載一九六一年東方文化第六卷第一、二合期）

清詞與東南亞諸國

有清一代，倚聲之業，如日中天。作者蓁衆，凌越前古。其邁往逸駕，獨闢戶牖者，朱彊邨《詞莂》，列十五家❶。其沉思翰藻，名章秀句，略見於譚氏（復堂）《篋中詞》。雅聲所被，覃及四裔。東則高麗、日本，亦有別集，時見瓌瑋之作。韓國車柱環❷、日本神田喜一郎❸，各有專著，考述之矣。

越南

東南亞各國，以越南之漢文學，最爲發達。其詞人作品，享譽中土者，惟阮綿審一人。況周頤《蕙風詞話》尤稱道之（卷五）。綿審字仲淵，號白眉子，有《鼓枻詞》一卷。咸豐四年，越使過粵，遂傳入華。善化梁莘畬在粵督幕曾錄存之。郭則澐於《清詞玉屑》卷五亦載其事。考龍啓瑞《漢南春柳詞》中有《慶清朝》一首云❹：

今年冬，越南貢使道出武昌。其副使王有光以彼國大臣詩集來獻，且求刪訂。余以試事有期，未之暇，略展閱數卷而封還之。其中有越國公綿審及潘僅，詩筆之妙，不減唐人。如「茶江春水印山雲」，「畫屏圍枕看春山」，皆兩人集中佳句也。乃錄其數十首，並製此詞，以寓輶軒采風之意，因見我朝文教之遐敷焉。

蠅楷書成，烏絲界就，天南幾帙瓊瑤。茶江印水，殢人佳景偏饒。曾記畫屏圍枕，春山淡冶似南朝。風流甚、錦囊待𦡀，采筆能描。　摹到盛唐韻遠，但宋元人後，比擬都超。知音絕久，今番采入星軺。一自淡雲句邈，使臣風雅總寥寥。同文遠、試登韎樂，聊佐咸韶。

（原註：「淡雲微雨小姑祠」，康熙朝高麗使臣詩也）。

阮綿審與弟綿寘，俱以文學名。越南明命十九年，封皇十子綿審爲從國公，皇十一子綿寘爲綏國公。綿審著有《蒼山詩集》，綿寘著《葦野合集》。綿審之詞，因狀元龍啓瑞之表彰，特爲人所重視。龍氏提及之潘倣、王有光，其事蹟俱見《大南實錄》。茲錄綿審詞三首，以供欣賞。

歸國遙

溪畔路。去歲停橈溪上渡。攀花共繞溪前樹。　重來風景全非故。傷心處。綠波春草黃昏雨。

望江南

堪憶處，曉日聽啼鶯。百裥細裙偎草坐，半裝高屧踏花行。風景近清明。

玉漏遲　阻雨夜泊

長江波浪急。蘭舟叵耐，雨昏煙濕。突兀愁城，總爲百憂皆集。歷亂燈光，不定紙窗隙。東風滑入。寒氣襲。鐘殘酒渴、詩懷荒澀。　料想碧玉樓中，也背著闌干，有人悄立。彤管鸞榆，一任侍兒收拾。誰忍相思相望，解甚處、山川都邑。休話及。此宵鵑啼花泣。

綿寘之《葦野合集》，曩於法京國家圖書館曾見之。卷前有王先謙序。卷一有《詩詞合樂疏》，略云：「嘗受業於禮臣故申文權❺，與臣兄綿審，乃知宮商有一定之音，而製辭與合樂，二者各別。」又言「塡詞者，詩之苗裔，詩詞卽樂之表裏」云云。又同集卷三有《詞選跋》，言「其於詞家不必盡廢，亦不敢濫」。又有「與仲恭《論塡詞書》云：「聞君言子裕著詞話，間及僕詞，加以評語。」具見其詞學淵源之一斑。綿宧、綿審之於詞，可謂難弟難兄者矣。

清初，越南英宗（卽義王福溱）嘗令國恩寺僧謂元韶（潮洲程鄉人）如廣東，延請石濂和尚南來，招聘至再。石濂卽廣州長壽庵住持，其人善丹青，博綜藝事，與詞人往還尤密，爲陳其年迦陵繪塡詞圖，著有《離六堂集》❻。是集卷首附其自繪日常生活圖像三十四幀，海內名流徐釚、吳綺以下題詠殆遍。《離六堂集》附詩餘，有《渡江雲，安南書聘》一首云：

羈縻荒服國，版圖曾定，航海便風潮。澳門帆掛，入嶺去、分茆土地頗豐饒。曾通短札，在前王、未及新朝。那知到、臭名猶在，書聘竟相招。難消。兼金一笏，花杖藤條。更奇南香表專使，敬黃封手擧，煥爛龍雕。春明約、駕紅船候望，甘霖沾灑枯苗。誰說是、乘桴歎爲無聊。

詞不見佳，但可備中越文化交流之故實。所云「前王」指福溱，「新朝」謂明王（顯宗福週）兼金禮聘。大汕著《海外紀事》，載其赴越經過云：

（甲戌年）八月初四日，知客叩門，稱大越國專使至，見之。使，閩人也，捧黃封甚謹，拜而將命，享禮南金、花藤、黃絹、奇南之屬。獻畢，跽而請曰：「大越國王馳慕老和上有年，今特焚香遙拜，奉尺書聘於獅子座前，伏乞道駕往化。允行，則國之福也。計自前王有書，並今凡三次矣。」❼

是時閩人專使爲陳添官及吳資官（據《華夷變態》卷二十二）。乙亥年正月上元，大汕率僧徒五十餘人於黃浦登船。同月廿七日，抵會安港外之光碧蘿。廿八日，抵順化，下榻禪林寺。時康熙三十四年也（一六九五）。在越所見山川風土，題詠甚多，載於《海外紀事》中。大率皆近體詩，惟渡江雲爲倚聲，尤可珍異。

明人喜附詞入傳奇中，瞿佑《剪燈新話》即其顯例。安南人傳奇作品，最有名之阮攸❽《斷腸新聲》（原名《金翠翹傳》），民間流行極廣，傳刻亦夥。余所見本，下截爲字喃，上截爲漢文。元黎前《安南志略》，曲有《南天樂》、《玉樓春》、《踏青遊》、《夢遊仙》、《更漏長》，不能殫紀。或用土語爲詩賦，樂譜便於歌吟。土語即以字喃記音是也。阮攸書中今夕是何夕十首，亦是長短句體裁，仍沿明人之舊習也。

緬甸

次言緬甸。詞人王昶於乾隆五三年戊申（一七八八）曾履其地。其《琴畫樓詞》有《應天長》一首，記騰越城工事。

應天長 戊申四月，因驗騰越城工，復至大樹園。總戎劉君之仁留飲。時緬酋入貢，已抵近關。

蠻江一線，翠嶂千層，又來叱馭登陟。雉堞新成，更為誅番壯邊色，懷前歲，剩舊蹟。望銅壁，關山路直。榕陰地下，瀨傳烽，噩夢都息。叢竹尚如初，昔雨依依，猶勞薦青碧。（酒名）聞說金沙江上，獻琛已馳檄。慶中外，邀平格。正好是、凝香宴客。微酣後、

> 難忘當時，佩刀籌筆。❾

王昶著有《征緬紀聞》及《征緬紀略》❿二書，於緬事敘述甚詳。《紀略》云：

> （乾隆）五十二年……（緬）國人不服，亦殺孟魯（Maung Maung，亦稱邦角牙 Poangazá）迎孟隕（Bodawpaya）立之。……今緬地安寧，特差頭目，遵照古禮，進表納貢。總督富綱等以聞。上允所請，賚其使而歸之，且賚孟隕佛像文綺珍玩器皿。

魏源《征緬記》亦云：

> （乾隆）五十一年詔封（鄭）華暹羅國王，於是緬益懼。五十三年，由木邦（Onbaung，即錫箔 Hsipaw）賚金葉表馴象金塔，欵關求貢，並歸楊重英等。表言已嗣國後，深知孟駁（Hsinbyushin）父子前罪，久欲進貢，因暹羅侵擾，是以稽遲。乃諭暹羅罷兵。五十五年，遣使賀八旬萬壽。

《清史稿》所記華緬通使事略同。惟「孟隕」作「孟雲」。此詞言「是時緬酋入貢」，即指孟隕也⓫。

暹羅

清詞亦言及暹羅。清初陳維崧贈大西洋人魯君《滿江紅》有句云：

> 經過處，暹羅瘴惡，荷蘭烟窗。

又云：

海外海，光如漆；國外國，天無日。[12]

魯君卽魯日滿。吳歷從遊，康熙十五年曾繪《湖天春色圖》相贈，蓋比利時籍西教士也[13]。清時暹使與華交往頗繁，見於長短句者，湯貽汾《畫梅樓倚聲》有《渡江雲》云：

乙亥秋，余自廣州押伴暹羅使臣丕雅梭抡粒巡呑押撥蔴昭突，廊窩紋蓀泥暇握撥突，廊拔車哪鼻悶平哩突，坤第匹呱遮辦事等四人入貢京師。明年春，役竣還粵，蓬窗驛舍，謦談海外異聞，頗極歡洽。今將別矣，難已於情，因書此為贈。

霎時舟鼓動，風旌獵獵，海客罷離觴。萬里歸程，天海渺茫茫。多情鮫淚，恐化作、蜑雨凄涼。漫回首、皇華景物，幾度赴天閶。　思量。蓬萊宮闕，柳雪花陰，到雞林細講，忍忘却疏狂。都護曾伴梯航。舶趠風高從此別，便相思、知我何方。怕我也、夢魂難到扶桑。[14]

湯氏《琴隱閣詩集》卷九，「偕暹羅使臣丕雅梭抡粒巡呑押撥，蔴昭突，廊窩汶蔴泥暇，握撥突，廊拔車那鼻悶，平哩突，坤第匹呱遮辦事飲於高唐，舍弟峻欽贈之以詩，因次其韻」，有「輦盡航琛萬里囘，流光恰憶嶺梅開」之句。別有「廊窩汶蔴尼暇握撥突索詩」七律一首，亦卽暹副使名。以暹文之人名入詞題，極爲罕見。乙亥應是暹羅佛曆二三五八年。此輩使臣之名，蔴（莿）昭突，暹語爲Raja-thoot，義卽皇使。握撥突，暹文爲Upa-thoot，義爲副使。平哩突疑是禾哩突之訛，暹文爲Tri-thoot，義爲第三使（禾字潮音ta平聲，暹人多操潮音）。

丕雅　梭抡粒　巡呑　押撥　＝　Phya（公爵）Swaddi Sunthom appaiya

廊　窩紋　莃尼暇＝Luang（伯爵）　Bovorn Saneha

廊　拔車那　鼻悶＝Luang Photjana Phimola

坤　第四呱遮＝Khun（子爵）　Phiphitvaja

茲參暹語對音，俾各人名可以復原。據泰國文獻，是時赴華使節，尚有通事坤樸乍那披集（Khun Photjana Phijita），則湯詞中未提及者⑮。

新加坡

新加坡自光緒初，曾紀澤出使英國，始倡設領事官。蒞茲土者若黃遵憲、左秉隆輩，均以詩名，塡詞者甚少。江蘇江陰人蔣玉稜有《蕃女怨》詞，題「新加坡觀西樂，乙未南歸時事」。其詞曰：「白題胡舞融汗粉。春綻香吻。玉衣翻，珠絡褪。乳酥雙嫩。萬枝燈影照滄波。擁天魔。」（《清詞鈔》卷廿五）乙未即光緒二十一年（一八九五）。江東楊圻雲史於光緒戊申（三十四年，一九〇八）隨軺海外，司書記，寄跡島國。晴雨烟月，吟詠不輟。其詩多見於《壯年集》（《江山萬里樓詩》卷二、三）。同時亦工倚聲。《海山詞》六十六闋，大都星洲所作。其中《南鄉子》二十二首，寫炎方景物，足與李秀才（珣）後先媲美，爲南荒生色。故當日傳誦一時。茲錄一首如下：

花滿路，是嘉東。沙登宮殿浪花中。艷陽三月裏。車如水。十萬綠椰青草地。

嘉東卽Katong，馬來語，義爲漂蕩。沙登宮殿句正是寫實。「車如水」句暗嵌「牛車水」地名，星洲商貨輻輳之區。茲再選錄一首：

聲聲慢　星洲白薔薇盛開感賦

玉環風色。斜倚欄干，珊珊有恨無力。深徑誰聽風雨，夜來狼藉。上階三兩蝴蝶，悄無聲、飛過牆北。春去也、綠連天，牆外尋春無迹。萬里深閨消息。任月底黃昏，碎陰攲側。流水吳宮，閑夢暗傷南國。珠簾更垂繡戶，付何人、深尋細覓。算只有、社燕去，相寄怨憶。

戀惜餘光，悱惻可誦。他如《高陽臺》，南溟見燕：「道江南處處花飛。莫搴幃。不見長安，一片斜暉。」蘊藉頗近玉田。《長亭怨慢》秋柳，雋句如：「黃到不成絲，能掛得斜陽多少。」更似白石。清季詞人，無至南溟者，遂使雲史《海山》一集，為歷來壓卷之作。故特表而出之，以殿吾篇⑯。

一九六九年四月於星洲

安南人工為長短句，由來已久。吳士連《大越史記全書》卷一黎紀：北宋雍熙四年（即安南王黎桓丁亥八年），宋使李覺辭歸，詔（僧吳）匡越制曲以餞。其詞曰：「祥光風好錦帆張，遙望神仙復帝鄉。萬重山水涉滄浪，九天歸路長。情慘切，對離觴，攀戀使星郎。願將深意為邊疆，分明奏我皇。」（此篇吳其昱博士檢示）可見其熏沐於漢文學者至深。附書於此。

❶《詞莂》，有《彊村遺書》本，凡選一百三十七闋。

❷車氏所作曰《韓國詞文學研究》，載韓國高麗大學出版《亞細亞研究》，Vol. II, No. 3, 4, 1964。

❸神田氏著有《日本塡詞史》。

❹漢南《春柳詞》，《清名家詞》本第九冊，一〇頁。

❺申文櫂，見《大南列傳》二集卷二八，《諸臣傳》一八。

❻《離六堂集》，香港大學馮平山圖書館藏本。又謝元韶邀大汕來越事，見《大南列傳》卷六。

❼參陳荆和編：《十七世紀廣南之史料》，謝國楨：《明清筆記談叢》，六五頁，「海外紀事」條。

❽阮攸以乾隆嘉慶間充如清歲貢正使。詳《金翠翹傳》卷首阮氏序銜名。

❾《清名家詞》，第五冊，九七頁。

❿俱見《小方壺齋輿地叢鈔》第十帙。

⓫參 G. E. Harvey: History of Burma, 雍籍牙朗，姚枬譯，注二〇二—二〇四。

⓬《湖海樓詩》，《清名家詞》本，冊二。

⓭魯日滿後葬常熟。見陳垣撰：《吳漁山年譜》，「康熙丙辰」條。

⓮《清名家詞》，第七冊，二九頁。

⓯暹文人名與泰國文獻，承友人翁寒光兄代查，附此誌謝。

⓰楊圻《江山萬里樓詩鈔》自序云：「二十七爲戶部郎中擧孝廉，郵部奏調郎中，外部奏充英國南洋領事。迄辛亥遜國，棄職東歸。所謂宦者，如是而已。」《海山詞》《如夢令》云：「戊申季冬，冒風雪浮家南渡星洲。」雲史《海山詞》作於此時，仍在清季，故此文列爲清詞。

（原載選堂集林）

清詞年表（稿）

拙作清詞派別論，剞劂有待；有附錄二篇：一為朱彊村論清詞望江南箋，前年刊於港大東方文化❶。一為清詞年表，於詞人生卒及詞集刊行年月可稽者略為排比，首尾粗具。其間詞人之交往，及詞籍之發現與刊布，按年條列。事僻者有時兼註出處，用便考覽。有清二百餘年間，詞學演變之梗概，於焉可覩；治近世文學史者，或有取焉。爰先刊布，用俟訂補。尚希方聞，匡其違失，跂予望之。一九六九年十二月饒宗頤識。

一九六九年十一月饒宗頤識。

❶ 見該刊第六卷一、二合期，一九六一年，香港大學出版。

卷前（一五七四——一六四四）

一五七四	明萬曆二年甲戌	曹學佺生
一五七八	六年戊寅	徐石麒生
一五八〇	八年庚辰	吳興茅一楨（叔貞）凌霞山房刊行訂釋溫博花間集補二卷

一五八二	十年壬午		（現藏北京圖書館）。
一五八三	十一年癸未		顧梧芳刻尊前集。 確山陳耀文刻花草粹編十二卷。
一五八九	十七年己丑	葉紹袁生	
一五九〇	十八年庚寅	沈宜修生	
一五九二	廿年壬辰	王時敏生	
一五九四	萬曆廿二年甲午		常州董逢元（善良）成唐詞紀十六卷。 李廷機批評，翁正春校正「新刻注釋草堂詩餘評林」六卷書林鄭世豪宗文書舍刊（北京圖書館藏）。
一五九七	廿五年丁酉	張　岱生	周履靖刊唐宋元酒詞。

一五九八	廿六年戊戌	毛　晉生	謝天瑞詩餘圖譜補遺十二卷刊行。
一五九九	廿七年己亥	陳洪綬生	張綖增正詩餘圖譜由游元涇補訂刊行。
一六〇一	廿九年辛丑		
一六〇三	卅一年癸卯	王　翃生 萬壽祺生	
一六〇六	卅四年丙午		歡賞齋刊焦竑澹園集（卷四載詞三十二首）。
一六〇七	卅五年丁未		胡桂芳重輯類編艸堂詩餘三卷，黃作霖等刊。
一六〇八	卅六年戊申	陳子龍生 張　怡生	
一六〇九	卅七年己酉	吳偉業生	
一六一一	卅九年辛亥	杜　濬生	眉州張養正刊瞿汝

一六一二	四十年壬子	李漁生 黃周星生 方以智（藥地）生 錢陸燦生 周亮工生	稷（式耜之叔）集（卷五載詞卅八首）。 黃冕仲跋汪□編詩餘畫譜（四部總錄藝術編）。
一六一三	四十一年癸丑	曹溶生 葉小紈生 孫默生	
一六一四	四十二年甲寅	宋琬生 陸圻生 金堡（澹歸）生 傅扆生	陳仁錫等輯類編箋釋艸堂詩餘正續編及國朝詩餘刊行。
一六一五	四十三年乙卯	龔鼎孳生	
一六一六	四十四年丙辰	余懷生 葉小鸞生	武林朱元亮輯刊「青樓韻語」四卷，張夢徵摹像。

一六一七	四十五年丁巳	曹爾堪生 陸求可生	
一六一八	四十六年戊午	尤　侗生 施閏章生 宋徵輿生	
一六一九	四十七年己未	王夫之生 吳　綺生 趙進美生	新安程明善嘯餘譜刊行。
一六二〇	四十八年泰昌元年庚申	宗元鼎生 梁清標生 陸嘉淑生 毛　騤（先舒）生 孫枝蔚生	閩撫南居益刊徐渤鼇峯集（卷廿八有詞十四首）。
一六二一	天啓元年辛酉	顧景星生 宋實頴生	楊肇祉輯詞壇艷逸品，閔一栻刊套印本。
一六二二	二年壬戌	黃　生生	
一六二三	三年癸亥	毛奇齡生	

一六二四	四年甲子	周　篔生 嚴繩孫生 曾王孫生	
一六二五	五年乙丑	陳維崧生	
一六二六	六年丙寅	王士祿生 倪　燦生	
一六二七	七年丁卯	葉　燮生	
一六二八	崇禎元年戊辰	姜宸英生 沈　進生 趙吉士生	
一六二九	二年己巳	朱彝尊生	
一六三〇	三年庚午	陸　柔生 蒲松齡生 屈大均生	胡震亨序毛晉宋名家詞。
一六三一	四年辛未	彭孫遹生 吳兆騫生	陸雲龍翠娛閣「詞菁」刊行。
一六三二	五年壬申	吳　歷生 王士祜生	

一六三三	六年癸酉	吳興祚生 葉小鸞卒 毛際可生	卓人月徐士俊同輯古今詞統刊行。
一六三四	七年甲戌	宋　犖生 王士禛生 高層雲生	
一六三五	八年乙亥	李良年生 沈宜修卒	濟南王象晉刊張綖詩餘圖譜。
一六三六	九年丙子	徐　釚生 查　容生 王　晫生	潘游龍刊古今詩餘醉十五卷（十竹齋本）。
一六三七	崇禎十年丁丑	顧貞觀生 秦松齡生	卓人月刊其蕊淵集、蟾台集（收詞八十首）。
一六三九	十二年己卯	李　符生	
一六四〇	十三年庚辰	汪懋麟生	
一六四一	十四年辛巳	金　烺生	

一六四二	十五年壬午	孫致彌生 王項齡生	
一六四四	十七年甲申	吳　雯生	陳繼儒晚香堂詞刊行（五十八歲前夕游三泖之作）。

本卷（一六四五——一九一一）

一六四五	順治二年乙酉	高士奇生 徐石麒卒 王鴻緒生	
一六四六	三年丙戌	曹學佺卒	
一六四七	四年丁亥	李　雯卒 尤　珍（尤侗之子）生	
一六四八	五年戊子	陳子龍卒 孔尚任生	

一六四九	六年己丑	葉紹袁卒	鄒祗謨滿江紅己丑感述（麗農詞）有「滾滾紅塵哭秋風斜陽宮刹」句。	
一六五〇	七年庚寅	查慎行生（初名嗣璉）		
一六五二	九年壬辰	陳洪綬卒（年五十九，有寶綸堂詞） 朱昆田生（彝尊之子） 萬壽祺卒（有遯渚唱和集詞）		
一六五三	十年癸巳	汪　森生 王　翃卒	翃前歲遊粵，是年四月返，卒于途中。	
一六五四	十一年甲午	查嗣瑮生 納蘭性德生		周亮工刊孫承宗高陽集（內詞四十九首）。

一六五七	十四年丁酉		吳兆騫遣戍寧古塔，居塞上二十三年（清史列傳吳傳）。王廉州為吳梅村寫秋江晚思小册吳賦沁園春（梅村詞下）。朱彝尊遊廣州在布政使曹溶所，赴東官有菩薩蠻詞。	西爽堂刊李雯蓼齋集（詞）。
一六五八	十五年戊戌	曹　寅生 龔翔麟生	六月，曹爾堪有隔浦蓮藻玉軒晚集（南溪詞）。	趙進美清止堂詩餘刊行。胡震亨唐音癸籤刊行（一九五六年，北京古典文學出版社出版癸籤，定原本刊于是年）。
一六五九	十六年己亥	洪　昇生 毛　晉卒	曹爾堪有中秋京邸懷舊詞（南溪詞）。王士禛選揚州府	

一六六〇	十七年庚子	焦袁熹生 傅占衡卒（有湘帆詞）	推官，以翌年三月抵郡城（揚州畫舫錄）。 錢謙益為李元鼎婦朱中楣作「遠山夫人四十初度序」（有學集）。	王士禛、鄒祗謨合輯倚聲初集刊行（大冶堂本）。
一六六一	十八年辛丑	盛　楓生		魏裔介懷舫詞刊。
一六六二	康熙元年壬寅	趙執信生	是年季夏，王士禛與杜濬（茶村）輩漾舟揚州小秦淮，撰浣溪沙二章，并紅橋遊記，一時和者甚衆（見衍波詞上）。	顧璟芳等編蘭皋明詞彙選八卷，蘭皋詩餘近選二卷，刊行。 程以善嘯餘譜序刊。
一六六三	二年癸卯		十一月先是宋琬冤繫二年，是月得解網，賦感皇恩（二	

一六六四	三年甲辰	錢謙益卒（年八十三）	鄉亭詞二）。八月，朱彝尊至京師，渡居庸關，有百字令。九月，至大同訪曹溶。	孫默刊三家詩餘（中有鄒祗謨、彭羨門、王阮亭詞），杜濬為序。
一六六六	五年丙午	杜　詔生	朱彝尊在太原王顯祚幕。	
一六六七	六年丁未	宋徵輿卒（有林屋詩文彙）	朱彝尊客大同與曹溶以詞相唱和其後所作日多（朱邊詞序），云是年靜志居琴趣成（楊謙作朱譜）。	孫默刊六家詩餘，孫金礪序。盧紘刊四照堂樂府二卷。
一六六八	七年戊申	黃之雋生		孫默刊十家詩餘，是年有汪懋麟序。
一六七〇	九年庚戌	董以寧卒（年四十二）		董俞玉鳧詞刊。周銘林下詞選刊。

一六七一	十年辛亥	吳偉業卒 周亮工卒 惠士奇卒	是年春，曹爾堪至京師，周在浚寓居孫退谷之秋水軒。六月，爾堪過軒，為賀新涼詞柬紀映鍾輩，龔鼎孳見而和之，遂有秋水軒倡和詞之刻。曹又為竹垞詞序。無可（方以智）被累入粵，卒于道中（見黎士弘託素齋文集三）。	遙連堂刻曹爾堪等秋水軒唱和詞。 沈士鼎作延碧堂詩餘彙選序。
一六七三	十二年癸丑	龔鼎孳卒 宋　琬卒 王士祿卒 沈德潛生		梁允植刊梁清標棠村詞。
一六七四	十三年甲寅		曹溶為朱彝尊寫竹	

一六七六

十五年丙辰

坨圖（雲自在龕隨筆）。

是年，性德二十二歲，始識顧貞觀，為作贈梁汾金縷曲，結有「百心期、千刧在、後身緣恐結他生裏。然諾重、君須記」。故貞觀書贈詞後云：「歲丙辰，容若年二十二，乃一見卽恨識余之晚。閱數日填此曲，余為題照，極感其意，而私訝『他生再結』語殊不祥，何意竟為乙丑五月之讖也。」

徐釚刊棠村詞于錢塘。

曹貞吉刊珂雪詞。

王士禛等輯古今詞滙六卷。

丁煒刻問山詩餘。

一六七七	十六年丁巳			性德、顧貞觀古今詞初集十二卷刊行。孫默刻十五家詞，鄧漢儀為序。宜興曹亮武陳維崧等同編荊溪詞徵初集七卷刊。顧貞觀、吳綺校刊性德飲水詞于吳中。汪森序詞綜初刊二十六卷。錢芳標湘碧詞刊行。佟世南東白堂詞選刊于錢塘。張淵懿、田茂遇撰詞壇妙品刊行。李漁自序其耐歌詞。朱彝尊序蔣景祁梧
一六七八	十七年戊午	孫　默卒	是年閏三月，迦陵填詞圖釋大汕作。毛奇齡入京，過淮城駐馬流涕作少年游。朱彝尊自江寧應召入都與李良年同寓南泉寺論詞甚契（魚計莊詞序）。陳其年蔣景祁訪朱彝尊于京師僧舍。	

一六七九

一六八〇

十八年己未

十九年庚申

曹爾堪卒

陸求可卒

黃周星卒

王時敏卒

澹歸（金堡）卒（疑年錄十二）

是年，毛奇齡在梁清標座上，太倉王生歌毛氏詞，并譜為笛曲。

開特科，詞人彭孫遹輩多被拔擢。（清史稿文苑彭孫遹傳云：「康熙十八年開博學宏儒科。……明年三月朔，召試太和殿，發詩賦題各一。學士院給官紙，光祿布席，賜宴體仁閣下。於是天子親擢孫遹

月詞。

朱氏蓄錦集成，柯維樸序刊之。

查培繼輯刊詞學全書。

王晫峽流詞，由文沾堂刊行。

一等一名授編修，自孫遹外，其隸籍浙江者，又有錢塘汪霦；秀水徐嘉炎，朱彝尊；平湖陸棻；海寧沈珩，仁和沈筠，吳任臣，邵遠平；遂安方象瑛，毛升芳；蕭山毛奇齡；鄞陳鴻績，凡十三人。江蘇二十三人：曰上元倪燦；寶應喬萊；華亭王頊齡，吳元龍；無錫秦松齡，嚴繩孫；武進周清原；宜興陳維崧；長洲馮勗，汪琬，尤侗，范必英。吳錢中諧；儀徵汪楫；淮安邱象隨；吳江潘耒，徐釚；太倉黃與堅；常熟周慶曾；山陽李鎧，張鴻烈；上海錢金甫；江陰曹禾；直隸五人：曰太興張烈，東明袁佑，宛平米漢雯，獲鹿崔如岳，任邱龐愷。安徽三人，曰宣城施閏章，高詠，望江龍燮。江西二人：臨川李來泰，清江黎騫。陝西一人，曰富平李因篤。

一六八一	二十年辛酉	王士祜卒	河南一人，曰睢州湯斌。山東一人，曰諸城李澄中。湖北一人，曰黃岡曹宜溥。凡五十人。皆以翰林入史館。其列二等者，亦多知名之士，稱極盛焉。」（參聽雨叢談四） 是年吳兆騫獲還鄉。	王霖刊陸求可月湄詞。 林雲銘刻吳山彀音四卷。 朱彝尊在吳跋吳文定手抄本尊前集。 龔翔麐刊浙西六家詞，陳維崧為序
一六八二	二十一年壬戌	陳維崧卒（年五十八，一作年五十九）		

一六八三	二十二年癸亥	施閏章卒		（事詳東城雜記）。王庭秋閑詞刊行。朱彝尊序柯崇樸振雅堂詞。
一六八四	二十三年甲子	吳兆騫卒（年五十四） 傅扆卒		孫枝蔚溉堂詩餘刊行。
一六八五	二十四年乙丑	曹溶卒 納蘭性德卒（年三十一） 查容卒	曹溶古今詞話序：「歲在乙丑，余來金閶，偶僧沈（雄）出示詞話，丹崖江子力為贊成。」	柯崇樸小慢亭刊行絕妙好詞與柯炳同校古今名媛百花詩餘四卷刊行（卷首題鴛湖歸淑英等同選輯）。
一六八六	二十五年丙寅	杜濬卒		宋犖序蔣景祁瑤華集。吳綺序刊記紅集附詞韻。
一六八七	二十六年丁卯	孫枝蔚卒（年六十八，		萬樹詞律廿卷刊行，

一六八八	二十七年戊辰	生泰昌元年） 董元愷卒 周　篔卒（有詞緯及今詞綜） 金　農生 汪懋麟卒（年四十九） 馬曰琯生 毛　騤（先舒）卒，年六十九（有詞韻及韋填詞名解）	共六百五十九調，一千七十三體。 蔣景祁瑤華集廿三卷刊行。 徐釚刊詞苑叢談十二卷（蛾術齋刊本）。 宋犖楓香詞刊行（緜津詩集附刊）。 宋犖刊十名家詞抄十卷吳江沈雄為古今詞話凡例。
一六八九	二十八年己巳	李　符卒（于福州） 王　岱卒（于澄海縣任） 陸嘉淑卒	陳維崧迦陵詞刊行。 傅燮詷成詞覯。 侯文燦亦園詞選刊。 沈雄古今詞話，江尚質補，由澄暉堂刊。

一六九〇	二十九年庚午	高層雲卒 盧見曾生		徐樹敏錢岳輯衆香詞六卷，由錦樹堂刊行。 尤珍（尤侗之子）靜嘯詞刊行。 吳綺序衆香詞。 胡震亨序毛晉宋名家詞（原序僅署庚午年）。
一六九一	三十年辛未	梁清標卒		納蘭性德飲水詞刊行。 汪氏裘杼堂再刊詞綜。
一六九二	三十一年壬申	厲鶚生 王夫之卒	是年五月樊榭生于杭城東園（東城什記自敘）。	先著程洪同輯詞潔六卷刊行。
一六九三	三十二年癸酉	查爲仁生 鄭燮生	鐵嶺李興祖為山東鹽運使。	李興祖榷鹺時，刻課慎堂集內詩餘一

一六九四	三十三年甲戌	李良年卒（年六十） 吳　綺卒（年七十六） 喬　萊卒		卷。 韓菼為尤侗序西堂全集（附百末詞六卷）。
一六九五	三十四年乙亥	張　怡卒		徐釚序傅爕侗詞覯。
一六九六	三十五年丙子	屈大均卒		徐釚刊菊莊詞。
一六九七	三十六年丁丑	沈　進卒（年六十四）	六月，朱彝尊居長水，賦紅蓮並頭花作綺羅香（集中道珍堂記）。	
一六九八	三十七年戊寅	吳興祚卒 曹貞吉卒 錢陸燦卒 宗元鼎卒		高士奇重刊絕妙好詞。
一六九九	三十八年己卯	朱昆田卒 曾王孫卒（年七十六）		

一七〇〇	三十九年庚辰	陸　棻卒 李　符卒 彭孫遹卒（年七十） 王　隼卒（清詩紀事八）	
一七〇一	四十年辛巳	吳敬梓生	
一七〇二	四十一年壬午	嚴繩孫卒（年八十） 沈岸登卒 金　烺卒	李振祺、振祜刊李元鼎夫婦文江唱和集（香雪堂精刊）。
一七〇三	四十二年癸未	葉　燮卒（年七十七）	湯斌借庵詞刊行。王一元序其詞家玉律十卷（未刊稿，見羅振常善本錄）。
一七〇四	四十三年甲申	洪　昇卒 高士奇卒 尤　侗卒 岳端卒（年卅五）	孫致彌序所撰詞鵠。陳聶恒栩園詞棄稿刊行。岳端桃坂詩餘刊。

一七〇五	四十四年乙酉	宋實潁卒		樓儼補訂孫致彌詞鵠刊行。
一七〇六	四十五年丙戌	江　昱生 趙吉士卒	朱彝尊至吳江祝徐釚七十之壽，作二老垂綸圖。	曹寅楝亭十二種刊于揚州使院。 孔傳誌清濤詞刊行。
一七〇七	四十六年丁亥	盛　楓卒	朱彝尊過徐釚豐草亭見沈伯英古今詞譜為題其後（本集四十三）。	內府刊行歷代詩餘一百二十卷。
一七〇八	四十七年戊子	吳農祥卒 錢　載生 孔尚任卒 徐　釚卒（年七十三，有詞苑叢談） 毛際可卒（年七十六，有浣雪詞鈔） 潘　耒卒（年六十三）		
一七〇九	四十八年己丑	朱彝尊卒（年八十一）		顧彩編成岬堂嗣響。

一七一一	五十年辛卯	孫致彌卒（年六十八，有詞鵠） 王士禛卒（年七十八）		趙式古今別腸詞選，遺經堂刊行。 聶先、曾王孫刻百家詞。
一七一二	五十一年壬辰	曹寅卒（年五十四，有楝亭詞鈔）	是年，無錫杜詔春闈落第，詔特與廷對，遂入翰林，以詞受知。	侯晰輯梁溪詞選，由醉書閣刊行。 郭鞏詩餘譜式二卷刊行。
一七一三	五十二年癸巳	宋犖卒		揚州書局刊吳貫勉綠意詞，秋屛詞。
一七一四	五十三年甲午	顧貞觀卒 秦松齡卒		
一七一五	五十四年乙未	蒲松齡卒		王奕清等纂欽定詞譜成，共八百二十六調計二千三百六體。內府朱墨套印刊行。

一七一六	五十五年丙申	毛奇齡卒（年九十四） 陶元藻生 查禮生	至山堂精刊沈時棟古今詞選。 錢芳標刊湘瑟詞。
一七一七	五十六年丁酉	萬光泰生	
一七一八	五十七年戊戌	程晉芳生 吳歷卒 邵齊燾生	顧嘉容、金壽人輯本朝名媛詩餘四卷，由金氏秀實軒刊。 丁煒紫雲詞刊。
一七一九	五十八年己亥		曹士勳翠羽詞精刊。
一七二一	六十年辛丑	張九鉞生 江聲生 尤珍卒	
一七二二	六十一年壬寅	王鳴盛生	厲鶚秋林琴雅由宛平瓮禧（履吉）鐫刊。厲氏時年三十一歲。

一七二三	雍正元年癸卯	王鴻緒卒	傳占衡族孫士鳳以活字印行其湘帆詞。
一七二四	二年甲辰	王　昶生	
一七二五	三年乙巳	蔣士銓生	
		焦袁熹卒	
		王項齡卒	
		趙文哲生	
一七二六	四年丙午	汪　森卒	
一七二七	五年丁未	查慎行卒（年七十八）	
一七二八	六年戊申	鮑廷博生	
一七二九	七年己酉	吳省欽生	
		董　潮生	
一七三〇	八年庚戌	王文治生	李漁笠翁一家言刊行（第八卷餘集即詞）。
		畢　沅生	
一七三一	九年辛亥	姚　鼐生	

一七三二	十年壬子	嚴長明生 曹仁虎生 沈業富生	厲鶚撰論詞絕句十二首。
一七三三	十一年癸丑	龔翔麟卒 吳　騫生	
一七三四	十二年甲寅	陸錫熊生	
一七三五	十三年乙卯	沈　初生	
一七三六	乾隆元年丙辰	錢　塘生 王懿修生 杜　詔卒	
一七三七	二年丁巳		盛熙祚輯刊棣華樂府（檇李三盛集）。
一七三八	三年戊午	余　集生	錢塘江炳炎冷紅詞精刊。
一七四〇	五年庚申	崔　述生 沈起鳳生 潘奕雋生	

一七四一	六年辛酉	惠士奇卒（年七十一）		
一七四二	七年壬戌	吳翌鳳生		
一七四三	八年癸亥	陳昌齊生 秦　瀛生		
一七四四	九年甲子	趙執信卒（年八十三） 黃　易生 王時翔卒于成都（年七十）		
一七四五	十年乙丑	武　億生	厲鶚為揚州寓公，以倚聲倡，從而和者數家（王昶梅鶴詞序）。	毛西河全集刊（詞話及詞集附）。
一七四六	十一年丙寅	奚　岡生 洪亮吉生		世德堂重刊查培繼詞學全書。
一七四七	十二年丁卯	吳錫麒生 趙懷玉生 張雲璈生	王昶初識江賓谷于秦淮水榭（王氏梅鶴	

一七四八	十三年戊辰	黎　簡生 黃之雋卒	詞序）。	查為仁蔗塘外集刊行。 厲鶚與查為仁同撰絶妙好詞箋于天津。
一七四九	十四年己巳	黃景仁生 查爲仁卒		
一七五〇	十五年庚午			查氏子善長、善如刻絶妙好詞箋，徐樹農任校勘（查氏跋）。
一七五一	十六年辛未	左　輔生		夏秉衡歷代名人詞選十三卷序刊（清綺軒本）。
				清高宗為歸愚全集作序。 沈德潛歸愚全集刊

一七五二	十七年壬申	厲鶚卒（年六十一）	王昶寓朱氏蘋華水閣研練四聲二十八調（琴畫樓詞鈔序）。	行（詩餘二卷附）。洪振珂校重印毛晉詞苑英華。焦袁熹此木軒直寄詞精刊。江昱為山中白雲詞作疏證。
一七五三	十八年癸酉	楊芳燦生		
一七五四	十九年甲戌	吳敬梓卒（年五十四）	春鄭燮回揚州。	
一七五五	二十年乙亥	馬曰琯卒（年六十八） 吳　鼐生 凌廷堪生 王芑孫生 萬光泰卒		
一七五六	二十一年丙子	石韞玉生	王昶赴揚州兩淮運使盧見曾之招（年譜）。	

一七五七	二十二年丁丑	惲　敬生 郝懿行生	王昶為盧運使撰紅橋小志。
一七五九	二十四年己卯		張梁幻花广詞抄寫刻行。
一七六〇	二十五年庚辰	孫原湘生 袁　棠生 曾　燠生 秦恩復生	
一七六一	二十六年辛巳	張惠言生 錢　枚生 江　藩生	
一七六二	二十七年壬午	劉嗣琯生 徐熊飛生	
一七六三	二十八年癸未	焦　循生 黃丕烈生	
一七六四	二十九年甲申	張　琦生 阮　元生 李富孫生	

一七六五	三十年乙酉	金農卒（年七十八，有冬心曲） 董潮卒 鄭燮卒 舒位生		吳烺、江昉等學宋齋詞韻刊行。
一七六六	三十一年丙戌	樂鈞生		
一七六七	三十二年丁亥	郭麐生 曹言純生		蔣重光昭代詞選刊行（卅八卷，經鋤堂精刊）。
一七六八	三十三年戊子	陳鴻壽生 彭兆蓀生 許宗彥生 張鑑生	是冬王昶在叢台驛（作思遠人詞）時往雲南（春融堂集二十七）。	
一七六九	三十四年己丑	李兆洛生 邵齊燾卒		
一七七〇	三十五年庚寅	顧廣圻卒 孫爾準生		
一七七一	三十六年辛卯	陳文述生		許寶善自怡軒詞譜

一七七二	三十七年壬辰	陳壽祺生 盛大士生 陶　樑生 陸繼輅生	刊。
一七七三	三十八年癸巳	嚴元照生 趙文哲（璞函）卒（年四十九） 端木國瑚生 董國華生	歸愚全集再版（目錄有詩餘一卷）。 吳縣陸昶（梅坨）歷朝名媛詩詞評選十二卷，紅樹樓刊行（選詞六十七首）。
一七七四	三十九年甲午	改　琦生	
一七七五	四十年乙未	江　昱卒 包世臣生	新安吳載ロ刊吳氏傳宗集填詞一卷（清穆堂精刊）。
一七七六	四十一年丙申	宋翔鳳生 劉逢祿生	
一七七七	四十二年丁酉	姚　椿生 湯貽芬生	方成培香研居詞麈刊行。

一七七八	四十三年戊戌	錢　侗生	張載華輯其師許昂霄之詞綜偶評。王昶輯刊「琴畫樓詞抄」。
一七七九	四十四年己亥	吳慈鶴生	蔡琬（季玉）蘊真軒小艸二卷寫刻（有詩餘七首），張宗橚詞林紀事廿二卷及附集「樂府指迷」「詞旨」「詞韻考略」刊行。
一七八〇	四十五年庚子	張維屏生 馮登府生	
一七八一	四十六年辛丑	周　濟生 屠　倬生	
一七八二	四十七年壬寅	周之琦生 董士錫生	
一七八三	四十八年癸卯	顧　翰生	

一七八四	四十九年甲辰	黃景仁卒（年三十五） 李貽德生 程晉芳卒 蔣士銓卒（年六十一，有銅絃詞。）		仁和賴以邠塡詞圖譜六卷精刊。 海鹽吳寧榕園詞韻刊行。
一七八五	五十年乙巳	潘德輿生 陳　沆生 林則徐生 張祥河生 姚　瑩生		
一七八七	五十二年丁未	嚴長明卒 曹仁虎卒		
一七八八	五十三年戊申	朱駿聲生	四月，王昶監滕越城工，時緬甸入貢（應天長詞序）。	查禮銅鼓堂全集刊（共卅二卷，廿七詞、卅二詞話）。
一七八九	五十四年己酉	朱　綬生		
一七九〇	五十五年庚戌	方履籛生		

一七九一	五十六年辛亥	陶元藻生 錢　塘卒（有響山閣詞、玉葉詞） 董祐誠生	周暟輯刊黃山兩布衣詞合稿（方成培及周暟二人詞）。
一七九二	五十七年壬子	龔自珍生 潘曾沂生 儀克中生	
一七九三	五十八年癸丑	劉喜海生 錢　載卒	王初桐杯湖欸乃、花村琴趣、羨天閣琴趣、雲藍詞各一卷，由嘉定王氏刊行。
一七九四	五十九年甲寅	汪遠孫生 丁　晏生	談泰（星符）序汪汲撰詞名集解。
一七九六	嘉慶元年丙辰	程庭鷺生	太平戚學標刻三台詞錄一卷。

一七九七	二年丁巳	畢　沅卒 王鳴盛卒（年七十六，有謝橋詞）	隨園女弟子詩六卷刊行（各家如張玉珍等幷附錄詞若干首）。 吳蔚光小湖田樂府刊。
一七九八	三年戊午		華亭姚階國朝詞雅廿四卷刊行。
一七九九	四年己未	何紹基生 江　聲卒（年七十八，有艮庭詞） 奕　繪生 武　億卒（年五十五） 顧　春生（奕繪妾） 王柏心生 黎　簡卒（年五十二，有藥烟閣詞）	

一八〇〇	五年庚申	吳熙載生 項廷紀（原名鴻祚）生	慈溪袁鈞輯四明近體樂府成（見自序）。
一八〇一	六年辛酉	譚　瑩生 陶元藻卒	
一八〇二	七年壬戌	黃　易卒（年五十九） 張惠言卒（年四十二，有詞選）	王昶自刻明詞綜，國朝詞綜于三泖漁莊。
一八〇三	八年癸亥	王文治卒（年七十三） 錢　枚卒 吳省欽卒 張九鉞卒 奚　岡卒（年五十八，有冬花盦詞）	吳氏拜經樓刊徐燦拙政園詩餘三卷，列入海昌麗則。
一八〇四	九年甲子		陳燮序學宋齋詞韻，袁通刊捧月樓綺語。
一八〇五	十年乙丑	姚　燮生	漱石詞摘選孫鳳儀

一八〇六	一八〇七
十一年丙寅	十二年丁卯
黃燮清生 石贊清生 王昶卒(年八十三,有國朝詞綜)	沈業富卒

撰刊。
芙蓉山館詞抄刊。
南滙馮金伯改編徐釚詞苑叢談集錄衆說幷著出處,增入旨趣,指摘等門,是年書成,有自序。
馮雲鵬紅雪詞,掃紅亭精刊。
彭兆蓀小謨觴館詩餘,韓江寓舍刊行。
沙張白定峯樂府(附:諸公論樂書、山左什詠)刊。
楊揆桐花吟館詞刊行。
趙翼序張雲璈三影閣箏語(詞附簡松

				草堂詩集後）。
一八〇八	十三年戊辰	蔣敦復生 張文虎生 潘曾瑩生		
一八〇九	十四年己巳	洪亮吉卒（年六十四） 凌廷堪卒（年五十三，有梅邊吹笛譜）		
一八一〇	十五年庚午	陳　豐生于廣州木排頭舊宅（汪宗衍撰陳譜）		秦恩復刊詞林韵釋于詞學叢書中。
一八一一	十六年辛未	袁　棠卒 吳　雲生	董士錫在武陟有摸魚兒題袁通倉山月話圖（齊物論齋詞）。	秦恩復刊鳳林書院本艸堂詩餘。
一八一二	十七年壬申	徐子苓生	屠倬（琴隖）舊寓米市胡同雙藤老屋，周之琦劉嗣綰輩	張亨梧感物吟刊。

一八一三	十八年癸酉	吳騫卒 秦湘業生 劉熙載生 汪曰楨生	時集觴詠。金梁夢月詞始是年訖辛巳。 是年秋，周之琦使幷州，次恒山驛（解連環小序）。	
一八一四	十九年甲戌	龍啓瑞生 承　齡生 周壽昌生 孫衣言生 樂　鈞卒 鮑廷博卒		李富孫序所著曝書亭集詞註（梅徑廎全書中）。 汪世雋凭隱詩餘刊行。 桐花閣刊孫雲鶴聽雨樓詞。
一八一五	二十年乙亥	王錫振（拯）生 舒　位卒（年五十一） 杜文瀾生 方濬頤生 楊芳燦卒（年六十三）		

一八一六　二十一年丙子

一八一七　二十二年丁丑

一八一八　二十三年戊寅

姚　鼐卒

錢　侗卒（年三十八，有小泉來山館詞）

勒方錡生

端木埰生

崔　述卒（年七十七，有佳窻樂府選十四首）

王懿修卒

嚴元照卒（年四十五，有柯家山館詞）

惲　敬卒（年六十一）

王芑孫卒

吳錫麒卒（年七十三）

方履籛南遊，有翠棲吟四首（萬菩花堂詞，有小序）。

戈載等撰四春詞刊行。

陽湖董基誠編刊張琦等倡和之作為荅影詞。

張宗橚藕村詞存刊。

慈溪鄭喬遷重編四明近體樂府十三卷

一八一九	二十四年己卯	蔣春霖生 薛時雨生 許宗彥卒(年五十一) 吳翌鳳卒	序刊。 周世緒壽蓀山館詞附。 武進程應權編刊裘鶡鴻等倡和之作，為萍聚詞一卷。 嚴駿生滄花吟館詞抄刊行。
一八二〇	二十五年庚辰	焦循卒(年五十八，有詞話) 陳昌齊卒 劉嗣綰卒(年五十九)	
一八二一	道光元年辛巳	彭兆蓀卒(年五十四) 俞樾生 吳鼒卒	宋翔鳳為其香艸詞作自序。 戈載詞林正韻行世。

一八二二	二年壬午	秦　瀛卒（年七十九，有淮海年譜） 陳鴻壽卒（年五十五，有桑連理館詞）	顧廣圻序吳中七家詞。 焦循雕菰樓詩餘附全集刊行。
一八二三	三年癸未	余　集卒 趙懷玉卒（刻花間集） 董祐誠卒（年三十三，有蘭石詞）	周濟為其味雋齋詞自序，又為周青柳下詞序。
一八二四	四年甲申	張裕釗生 葉衍蘭生 許　增生	陳裴之夢玉詞刊行。 蕉齋舊史小蘇譚詞刊。
一八二五	五年乙酉	郝懿行卒 黃丕烈卒	蔣敦復芬陀利室詞話三卷刊。

		許庚身生	黃承勳刊歷代詞腴。丹陽劉念恩輯刊曲阿詞綜四卷（劉九思堂刊）。
一八二六	六年丙戌	周星譽生 易佩紳生 陳沆卒 吳慈鶴卒（年四十九，有岑華館詞）	
一八二七	七年丁亥	劉履芬生	
一八二八	八年戊子	王韜生 屠倬卒	雲間沈氏來鶴樓刊改琦玉壺山房詞選。馮登府自刊詞集。秦恩復重刊戈載校本詞源。錢塘徐楙重刊厲氏絕妙好詞箋附續鈔二卷。

一八二九	九年己丑	張雲璈卒（年八十三，有三影閣箏語） 孫原湘卒（年七十） 李慈銘生 張鳴珂生 劉逢祿卒（有詞雅） 改　琦卒	夏，周之琦悼亡，效納蘭作青山濕遍（懷夢詞）。 是年九月，宋翔鳳在滄州有生查子十二首，舟次為小記（碧雲厂詞上）。	宋翔鳳洞簫詞刊行。 葉申薌刊天籟軒詞譜。 秦恩復刊陽春白雪于詞學叢書。
一八三〇	十年庚寅	莊　棫生 翁同龢生 王詒壽生 譚　獻生 潘奕雋卒（年九十一） 潘祖蔭生 龔易圖生		清吟閣刊陽春白雪及外集。 宛鄰書屋刻張惠言輯詞選，附錄為鄭善長輯。 徐本立輯刊詞律拾遺八卷。
一八三一	十一年辛卯	曾　燠卒（年七十二） 郭　麐卒（年六十五，有靈芬館詞）	宋翔鳳客幷州，有八聲甘州贈樂部王四喜（碧雲厂詞下）。	袁通輯三家詞。

一八三二	十二年壬辰	方履籛卒 江　藩卒 李貽德卒（年五十） 王闓運生 孫爾準卒（年六十一，有雕堂詞）	是冬，周濟作介存齋詞選（即宋四家詞選）序論。 葉申薌刊本事詞二卷。 吳衡照蓮子居詞話由汪氏振綺堂刊行。 汪允治編刊納蘭性德詞及補遺。
一八三三	十三年癸巳	張　琦卒 丁　丙生 左　輔卒 周星詒生	陳丙綬罨溪漁唱刊行。 夏寶曹笛椽詞刊行。 馮登府刊石經閣叢書（詞集附）。
一八三四	十四年甲午	陳壽祺卒（年六十四）	陶樑紅豆館刊詞綜補遺廿卷。

儀克中卒（年四十二，有劍光樓詞）

陸繼輅卒（年六十三）

一八三五　十五年乙未

項廷紀卒

沈景修生

吳大澂生

高心夔生

吳唐林生

徐熊飛卒

一八三六　十六年丙申

汪遠孫卒（年四十三，有借閒生詞）

秦恩復家火，宋元精刻秘笈付煨熔，

葉申薌刊天籟齋詞選六卷。

葉申薌輯刊閩詞鈔四卷。

高郵王敬之刊高郵耆舊詩餘。

范鍇苕溪漁隱詞刊行（見蕁溪詞徵）。

黃燮清拙宜園集刊行（詞集附）。

孔昭薰口藤吟舫詞刊行。

張渭婕花樓詞抄刊行。

邊浴禮空青館詞刊行。

趙函飛鴻閣琴意刊。

朱鋐月底修簫譜刊。

一八三七	十七年丁酉	葛金烺生 曹言純卒 端木國瑚卒（年六十五）	詞板亦毀（阮元秦詞序）。	汪道孫甲子夢餘詞刊。 王柏心子壽秋詞刊。
一八三八	十八年戊戌	奕　繪卒		邊浴禮空青館詞與詩集合刊。
一八三九	十九年己亥	周　濟卒（年五十九） 潘德輿卒（年五十五，有養一齋詞） 顧廣圻卒（年七十）	鴉片戰爭事起，林則徐與粵督鄧廷楨共賦高陽臺詠鴉片。	葉申薌刊天籟軒詞選六卷。 孔氏玉虹樓刻闕里孔氏詞抄五卷。 汪遠孫清尊集十六卷，錢唐振綺堂刊行。 釋子璞清夢軒詩餘刊。
一八四〇	二十年庚子	寶　廷生	是年元旦，詔留林	江遠孫借閑生詞刊

		朱　綬卒	則徐督粵，以鄧廷楨移督兩江。迨抵金陵鄧寄林則徐酷相思。有句：「儂去也心應碎君住也心應碎。」	行。
一八四一	二十一年辛丑	龔自珍卒（年五十） 馮登府卒 李兆洛卒（年七十三）	蔣敦復為僧于南滙，一夕和山中白堂三十餘首（蔣劍人年譜）。	錢裕有真意齋詞譜刊行（吳門敦本堂本）。
一八四二	二十二年壬寅	王先謙生		
一八四三	二十三年癸卯	秦恩復卒（年八十四，刻詞學全書） 李富孫卒（年八十，有曝書亭詞注） 馮　煦生 陳文述卒（年七十三）	二月，許玉彬，黃玉階邀陳澧與譚瑩，沈世良，徐灝等為越台詞社于學海堂。	三月，陳澧撰唐宋歌詞新譜（見自序）。 張應昌烟波漁唱詞鈔正、續集刊行。 張湄蜨花樓詞抄續集刊行。

一八四四	二十四年甲辰	繆荃孫生	秋，陳澧于贛舟中編所為詞，題曰「燈前細雨詞」。	謝元淮寄默山房詩餘精刊（朱墨套印）。
一八四五	二十五年乙巳	諸可寶生 陶方琦生		彭兆蓀小漠觴館詞刊行。
一八四七	二十七年丁未	蔣師轍生		黃曾鉼隱山房詞刊行。
一八四八	二十八年戊申	孫詒讓生 王仁堪生 黃遵憲生		徐釚詞苑叢談由海山仙館叢書刊行。 吳江陸鎣序其問花樓詞松滋謝元淮刊其所著碎金詞譜。 蔣敦復婦支機序其芬陀利室詞。
一八四九	二十九年己酉	王鵬運生 徐　琪生		番禺沈世良，許玉彬合刊粵東詞鈔初編。
一八五〇	三十年庚戌	張　鑑卒（年八十三）		方廷瑚序楊夔生真

一八五一	咸豐元年辛亥	林則徐卒 皮錫瑞生 沈曾植（寐叟）生于京師南橫街寓次。（王蘧常撰沈譜） 董國華卒（年七十八，有雲壽堂詞） 盛　昱生	是年蔣春霖為淮南鹽官（水雲樓詞甘州序）。	松閣詞。
一八五二	二年壬子	潘曾沂卒 劉喜海卒		
一八五三	三年癸丑	湯貽芬卒（年七十六） 姚　椿卒（年七十七）	是年十一月二十七日，官軍收復揚州，蔣春霖作揚州慢。	錢塘金繩武輯刊評花仙館詞。 潘德輿養一齋詞刊行。

一八五四	四年甲寅		蔣敦復為上海製造局英人艾約瑟西席，與法蘭西學士院教授儒蓮（Stanislas Julien）通訊，討論中國文學。	孫瀜輯刊同人詞選。吳江翁太年校輯文瀾閣本樂府指迷于晚翠軒叢書。龍啓瑞漢南春柳詞鈔，有臨桂唐岳師友文鈔錄本。黎兆勛葑烟亭詞鈔，由敦復堂刊行。潘曾瑋玉洤詞刊行。番禺沈世良棣華室詞刊行。阮恩灤慈暉館艸詞刊行。
一八五五	五年乙卯	包世臣卒（年八十一，序月底修蕭譜） 顧印愚生		王慶勛詒安堂詩餘刊行。孫麟趾絕妙近詞六卷刊。

一八五六	六年丙辰	七月廿八日，鄭文焯生于大粱節署（戴誠撰，鄭譜自序） 十一月廿六日，文廷式生于潮州府（錢萼孫撰文譜）	邵瓚情田詞刊。 高恩齊等撰聚紅榭雅集詞刊。
一八五七	七年丁巳	陳　衍生 朱祖謀生 陶　樑卒（年八十六，有紅豆樹館詞） 劉履芬遇孫月坡于吳門，年六十餘（詞逕跋）。	秦緗焦詩餘音刊。 彙刻婁東七子程庭鷺等家為滄江樂府。
一八五八	八年戊午	沈瑜慶生 龍啓瑞卒（年四十五） 程庭鷺卒 朱駿聲卒（年七十一，有詞說二卷，選詞九十調譜二卷） 承齡于冠山作水龍吟詠水車，凡七易稿（冰蠶詞）。	趙我佩碧桃館詞刊行。 許謹身師竹詞抄刊行。 丁至和萍綠詞刊行。 潘遵嗷香隱庵詞刊行。

公元	紀年	詞人生卒	詞事	詞籍
一八五九	九年己未	楊傳第卒（包世臣女夫，有汀鷺詞） 張維屏卒（年八十） 況周頤生		王錫振茂陵秋雨詞刊行。 王錫振龍壁山房詞二卷刊。
一八六〇	十年庚申	宋翔鳳卒（年八十五） 顧　翰卒 陳　蛻生 江　標生	重九杜文瀾以西岐登高之作寄蔣春霖，蔣和以霜葉飛（水雲樓詞）。 趙起以城陷，一門七十餘口投約園池中死。	貴築陳鍾祥香艸詞等五種刊。 錢國珍寄廬詞存刊行。 王學增序杜文瀾采香詞。 李肇增輯刊淮海秋笳集。
一八六一	十一年辛酉			杜文瀾刊詞律補遺及校勘記于曼陀羅華閣叢書夢窗詞四卷補遺一卷刊行。

一八六二	同治元年壬戌	周之琦卒（年八十一） 張祥河卒	宗源瀚居泰州時，兵戈方威，文士多渡江而至（水雲樓續序）。	蔣春霖水雲樓詞刊行。 孫祐培味紅閣詞刊行。
一八六三	二年癸亥			陳元鼎苑央宣福館吹月詞刊行。 楊希閔成詞軌八卷，補錄六卷。
一八六四	三年甲子	姚　燮卒（年六十，有玉笛樓詞學標準八卷） 于式枚生 李希聖生 黃燮清卒	是年，六月十六日克金陵。丁日昌任蘇松太道，蔣敦復入其幕。	王錫振再刻龍壁堂詞（自題云：近作二卷仍附庚申所刊詞之後）。
一八六五	四年乙丑	承　齡卒 譚嗣同生	蔣春霖與婉君泛舟黃橋，翌年題琵琶仙（水雲樓續集）。	張鴻卓綠竹詞與朱紫鶴萬竹樓詞合刻。
一八六六	五年丙寅			薛時雨藤香館詞刊。

一八六七	六年丁卯	蔣敦復卒 曾習經生	陽湖陸初望懷白軒詞刊。 何紹基東洲艸堂詩餘一卷刊（附全集內）。
一八六八	七年戊辰	蔣春霖卒（年五十一）	張曜孫輯刊同聲集。 蒯德模序王映薇潄潤齋詩餘。 冬心自度曲刊。 丁丙西冷五布衣集刊行。 西冷王氏刊行趙慶熺香銷酒醒詞。 江順詒願為明鏡室詞稿刊行，如冠九序之。
一八六九	八年己巳	石贊清卒	丁紹儀聽秋聲館詞話刊于福州。

一八七〇	九年庚午	吳熙載卒
一八七一	十年辛未	譚瑩卒（年七十二，有論詞絕句）
一八七二	十一年壬申	

孫德祖寄籠詞刊。
陳嘉茶夢厂詞稿等集刊行。
張觀美寄影軒詞稿刊行。
齊學裘雲起樓詞刊行。
許宗衡玉井山館詩餘刊行。
湯承烈序陸循烈鷗汀詞。
汪士進鬘雲軒詞刊行。
趙國華青艸堂詩餘刊行。
滂喜齋叢書刊陳壽祺比部遺集（有青芙館詞抄，二韭室詩

一八七三

十二年癸酉

王柏心卒
何紹基卒

餘）。
蔣彬蔚跋汪士進鬘雲軒詞。
張炳堃序國朝詞綜續編。
王詒壽望月詞、花影詞刊行。
癸酉，潘祖蔭重刊周濟宋四家詞選。
黃燮清國朝詞綜續編二十四卷、宗景藩刊行。
何兆瀛心广詞存刊。
諸可寶序詞綜續編。
趙口俞瘦鶴軒詞刊。
唐壎蘇广詩餘刊。
興化劉熙載撰藝概（內有詞曲概）行

西元	一八七四	一八七五	一八七六
年號	十三年甲戌	光緒元年乙亥	二年丙子
生卒		丁　晏卒（年八十二） 麥孺博生	王錫振卒 顧　春卒
			是時吳中文讌多在顧文彬之怡園。
	世。 徐本立詞律拾遺刊行。 是冬宗源瀚序水雲詞續集。 韓聞南雪鴻吟館詞刊。 豐潤趙國華輯刊明湖四家詞鈔。	管繩萊鳳孫樓詞刊行。 恩錫蘊蘭吟館詩餘刊行。 沈景修井華詞刊行。 顧復初絳紗詞稿刊行。	杜文瀾刻詞律。 顧翰拜石山房詞鈔

一八七七	三年丁丑	王國維生	刊行。萬樹詞律及詞律拾遺石印本。水雲樓詞續集有嚴州刊本。蓮池書局刊蔣曰豫倚石遺書（有秋雅詞）。沈道寬話山艸堂詞鈔刊行。
一八七八	四年戊寅	莊棫卒 潘曾瑩卒	汪藻繡蝀厂詞鈔刊行。譚獻批周止庵詞辨刊行。
一八七九	五年己卯	劉履芬卒	江陰葛湘春艷詞刊行。吳鼒吳學士百調一萼紅詞刊行。

一八八〇	六年庚辰	勒方錡卒	許增刊郭麐靈芬館詞。鄧由熙蓮漪詞，江左書局刊行。顧復初梅影厂詞刊。邗江承啓堂據秦恩復輯詞學叢書重刊。江順詒輯刊詞學集成八卷。姚詩雅景石齋詞略刊行。汪淵藕絲詞刊。譚獻撰篋中詞六卷，刊于半厂叢書。吳寶生籜仙詞稿活字本刊行。沈瑩留鷗吟館詞存
一八八一	七年辛巳	王詒壽卒（年五十二）杜文瀾卒 劉熙載卒（年六十九）汪曰楨卒	
一八八二	八年壬午	陳　澧卒（年七十三，有憶江南館詞）	

一八八三	九年癸未	潘曾綬卒 吳　雲卒 秦湘業卒	刊姚正鏞吾意厂長短句甲乙稿刊。 劉荃、劉大受等刊影事詞存初稿六卷。 懷寧江上小蓬萊吟舫詩餘家刻。 張景祁新蘅詞刊行。 石贊清紫荃山館詩餘刊行。
一八八四	十年甲申	周壽昌卒(年七十一，有詞鈔) 周星譽卒(年五十九) 陶方琦卒(年四十，有蘭當館詞)	顧文彬眉綠詞刊行。 方濬頤古香凹詩餘刊行。 應寶時射雕詞由紅蕉館叢書刊行。 長樂謝章鋌賭棋山莊詞話刻于南昌。 項廷紀憶雲詞刊入榆園叢刻。

一八八五

十一年乙酉

薛時雨卒（年六十八，有藤花香館詞）

張文虎卒（年七十八，校論白石旁譜）

劉澼年約園詞刊。

吳唐林編刊侯鯖集五卷于杭州。

袁通捧月樓綺語刊行。

題冰館主人冰鷗詞鈔刊行。

南海謝朝徵箋白香詞譜印行。

長洲王韜刊蔣敦復之芬陀利室詞話三卷。

丁丙西泠詞萃由是年起至十三年刊完。

窺生鐵齋詞三種刊行。

胡薇元天雲樓詞刊行。

一八八六	十二年丙戌		杜文瀾刊校戈載七家詞選七卷。 王廷鼎紫薇花館詞稿刊行。 孔傳誌清濤詞刊行。 張雲驤冰壺詞刊行。 馮煦選宋六十一家詞十二卷刊于蒙香室叢書。 郭鍾岳和天倪齋詞刊。 成肇麐輯刊唐五代詞選二卷。 潘曾瑋詠花詞刊行。 陳克劬紅豆簾琴意刊行。 錢塘汪氏據明毛晉本宋名家詞重刊。
一八八七	十三年丁亥	端木埰卒	
一八八八	十四年戊子	龔易圖卒	

一八八九	十五年乙丑	方濬頤卒 汪士鐸卒（年八十六，有悔翁詞）
一八九〇	十六年庚寅	寶　廷卒 潘祖蔭卒（年六十一） 葛金烺卒

王鵬運輯四印齋所刻詞，臨桂王氏家塾景刊，附四印齋彙刻宋元三十一家詞。

王頤正痕夢詞刊行。

粟香室覆刊侯文燦十名家詞集。

張炳堃抱已樓詞刊行。

蔣左賢梅邊笛譜刊。

朱景行詠花館詩餘刊（與南唐二主詞合刊一冊）。

葉衍蘭秋夢厂詞刊。

王先謙編刊詩餘偶抄六種。

彭鑾編刊薇省同聲

一八九一　十七年辛卯

一八九二　十八年壬辰

集。

鄭文焯刊詞源斠律二卷，潘祖蔭為之序。

香海閣刊楊文斌輯三李詞。

海豐吳重熹刻山左人詞十九種（四十六卷）。

楊芳燦聽雨小樓詞稿由西溪艸堂活字板刊行。

周天麐水雲欸乃、泥爪詞、竹窗秋籟、悔餘詞與蕭恒貞月樓琴趣合刊。

海寧曹宗載編硤川詞鈔刊行（雙山講

舍刊）。

一八九三	十九年癸巳	許庚身卒 王仁堪卒		徐琪刊程頌萬（子大）广鞬詞于廣州。 掃葉山房重刻杜文瀾曼陀羅花閣詞（附叢書中）。 劉炳照留雲供日庵詞刊行。
一八九四	二十年甲午	張裕釗卒 孫衣言卒 李慈銘卒（年六十六）	十一月禮部右侍郎志鋭（伯愚）出為烏里雅蘇參贊大臣，文廷式有八聲甘州送之（文譜）。	史念祖弢園詞刊行。 丹徒陳廷焯白雨齋詞話八卷刊行。 黃振鈞比玉樓遺稿刊。 朱綬知止堂詞錄由湖南思賢書局刊行。
一八九五	二十一年乙未			文廷式雲起軒詞鈔刊。 王鵬運味黎詞刊行。 清綺軒重刊夏秉

一八九六	二十二年丙申		衡歷朝詞選。譚獻編粵東三家詞鈔刊行。丁紹儀國朝詞綜補遺，是年有心禪題記。江標輯宋元名家詞，湖南思賢書局刊行。
一八九七	廿三年丁酉	葉衍蘭卒	江陰繆荃孫輯刊國朝常州詞錄卅一卷。臨桂況周頤輯粵西詞見二卷，刊于金陵。徐乃昌刊金繩武汪淑娟評花仙館詞合集。

一八九八	一八九九
廿四年戊戌	廿五年己亥
	丁　丙卒 江　標卒（年四十） 沈景修卒（年六十五，有井華詞）
王鵬運舉咫村詞社，鄭大鶴（文焯），朱古微（祖謀），宋育仁皆社友（鄭譜）。	
賀雙卿雪壓軒詞刊行（閨秀詞）。 昆池釣徒輯海淀酬唱集刊行。 徐乃昌檀欒室彙刻閨秀詞十集成（張謇題第一集封裏云：光緒二十四年刊行）。 曹元忠刊翁之潤題襟集于宣南。 李宗祥（拔可之父）雙辛夷樓詞刊行。 黃家鼐藝蘅山館詞刊行。	王鵬運校刻夢窗詞。

一九〇〇	廿六年庚子	盛　昱卒（年五十）	拳匪亂，京師陷，王鵬運、朱孝臧坐困危城以填詞寫憤，即世所傳之庚子秋詞，和者二百闋。鄭大鶴賦楊柳二十六首，謁金門三解，每闋以「行不得」、「留不得」、「歸不得」之語發端。	杜貴墀桐花閣詞鈔刊行。 莊蘭佩盤珠詞刊行（十二樓叢書）。
一九〇一	廿七年辛丑	譚　獻卒		海豐吳重熹輯刊山左人詞（石蓮广刻）。 王錫元夢鶴詞刊行。 朱雋瀛玉屑詞刊行。 邵香聽花詞刊行。

一九〇二	廿八年壬寅	吳大澂卒（年六十八）	胡延苾芻館詞集家刻。 江陵陳作霖輯刊國朝金陵詞鈔八卷。 沈硯傳為鄭叔向（文焯）刊比竹餘音四卷。
一九〇三	廿九年癸卯	諸可寶卒（年五十九） 許　增卒	
一九〇四	卅年甲辰	蔣師轍卒 翁同龢卒（年七十五） 王鵬運卒（年五十） 文廷式卒（年四十九） 周星詒卒	王鵬運序檀欒室閨秀詞。
一九〇五	卅一年乙巳	黃遵憲卒（年五十八） 李希聖卒	金武祥況周頤序檀欒室閨秀詞。

一九〇六	卅二年丙午	俞樾卒（年八十六，有春在堂詞錄） 易佩紳卒	王鑒懷荃室詩餘刊行。 朱祖謀彊村詞刊。 何震鞠芬室詞甲稿鉛印。 李家濬攖雲閣詞鉛印。
一九〇八	卅四年戊申	張鳴珂卒 孫詒讓卒（年六十一）	夢窗詞四卷，補遺一卷，札記一卷，朱祖謀刊行。 徐琪輯徐氏一家詞。 沈宗畸編今詞綜一卷刊于晨風叢書。 梁令嫺藝蘅館詞選印行。
一九〇九	宣統元年己酉		徐乃昌懷幽雜俎叢書刊行（詞集居泰

一九一〇　二年庚戌

一九一一　三年辛亥

半)。

梁祚昌倚蘿山館詞鈔刊行。

沈寐叟(曾植)校刊嘉泰本白石道人歌曲,附印事林廣記卷八「音樂舉要」及卷九「樂星圖譜」(沈譜)。

楊鍾義輯刊白山詞介五卷。

陳作霖可園詞存刊于金陵。

朱祖謀湖州詞徵二十四卷,章震福刊行。

吳江朱和義輯清人自度曲四十七調為

新聲譜，是年徐乃昌為刊于懷豳什俎中。

汪兆鏞雨屋深燈詞及續稿印行。

吳蘭修桐花閣詞及補遺刊行。

仁和吳昌綬雙照樓刊宋元明本詞，其後武進陶湘續刻完成。

（原載星洲新社學報）

附錄：全清詞順康卷序

倚聲之事，至清代而蔚盛，詞宗碩匠輩出。葉丈《清詞鈔》所選，逾五千家。專集散篇，汗牛充棟。記一九三九年余在香港，嘗繼楊鐵夫後，佐丈考證清代詞人仕履，是爲余留心清詞之始。時楊翁年逾八旬，居大嶼山曰雙樹居，舟車出入爲艱，不久物化，余遂以全力襄其事。清詞選輯之業，造端於朱彊村，實在庚午之年（卽一九三〇年，見黃孝紓《清名家詞》）。朱老既謝世，葉丈承其遺緒，旁搜賡功，聲氣所被，網羅彌富，積稿增至一百零四册。其前三十六册，鈐有漚尹一印者，皆出朱老所遴選。及全書經余整比成稿，視原鈔全帙僅錄若干分之一，順、康兩朝，入選者三百人而已。去取既嚴，刪汰遂多，其棄材亦不可勝計矣。

《全清詞》之輯，蓋繼《全明詞》之後，可謂歷代倚聲總結集之殿軍。千帆先生主其事有年。一九八五年五月間，承以討論稿見示，順康卷共收二千二百九十八人。今茲定本實得二千一百四十人，共五百餘萬言。嗚呼！何其盛哉！

明代倚聲衰落，獻壽之什朋興，誦之殊乏意味。其作手復以俗氣、硬語，爲人詬病，即楊用修，王元美輩，亦被譏爲「強作解事，與樂章未諳」（朱彝尊《詞綜發凡》）。然三百年中，能詞者爲數仍夥，余輯《全明詞》初稿得九百人，而林下佔極大比例，以徐氏（村敏）《衆香詞》所錄獨多故也。明世藝人雅士，嗜詞者亦衆，祝枝山曾以小楷精書《草堂詩餘》全部（錫山華氏藏，見《式古堂書畫考》頁四二一），又以草書寫《樂府指迷》，向藏葉丈處（見《矩園題跋》）。

元倪迂始爲《江南春詞》，明賢和者自沈石田以下凡三十九人（顧夏《平生壯觀》紀其事，臺灣中央圖書館有明抄本一冊）。其時「論詞者惟《草堂》是規」（汪森語），故書賈於《草堂詩餘》疊次翻刻。自洪武以降，舉其犖犖大者，計有遵正書堂、嘉靖荊聚、杭州顧從敬（《類編》）、閩沙太學生陳鍾秀、知歙縣李謹、萬曆間余氏滄泉堂、李廷機評起秀堂、陳仁錫序陳繼儒重校，及楊金（《羣碧樓書目》）、胡桂芳、沈際飛、閔映壁各本，又張綖輯《別錄》（《天一閣書目》）；東及朝鮮有鈔本出自韓兪臣校者。林林總總，言詞者既以是爲依歸，不免裘杼樓之誚。顧其他總集可供漁獵者尚更僕難數。朱竹垞所舉，未經寓目者如《天機餘錦》，書實尚存（休寧程敏政編，臺灣中央圖書館藏，藍格抄本）。今睹順康卷，亘補葉抄者不少。總集之專錄清初倚聲之什，似尤有一二可採者，若侯文燦《亦園詞選》（字蔚讞，與萬紅友友善。所錄分八卷，皆清初人。作卷一，一六六首；卷二，一二三首；卷三，一三七首；卷四，一二五首；卷五，一〇一首；卷六，七九首；卷七，六八首；卷八，集句一一五首；康熙二十八年己巳刊。有僧宏倫序。往年於日本內閣文庫見之，記其梗概）、顧彩《草堂嗣響》（成書在康熙四十八年，收順康間一百二十人詞，附姓氏錄，康熙間闢疆園精刻本，《詞學季刊》有簡記），二君皆無錫人。余閱樣稿，有常州侯文曜而無侯文燦，顧彩收有其集，想新定本必已搜討增入矣。

清初學人，慨詞學之失傳，大都肆力搜輯南宋遺集，曹秋岳實首倡之。朱竹垞從曹游，南至嶺表，西極雲中，迭表彰其事（見朱序《靜惕堂集》），浙西一派導源於此。周青士初有《詞緯》之作，得曹氏之砥礪（曹集有〔摸魚兒〕聞青士有《詞緯》之選，寄之一詞），嗣是錢葆馚有《詞隩》，書均未就。其後孫致彌亦有《詞鵠》之刻，均欲遠紹宋氏，一洗《草堂》之陋，其事乃集大成於竹垞《詞綜》。順治末年，王漁洋刻《倚聲初集》（共二十卷，大治堂本），其書實出鄒祗謨之手（鄒氏《麗佛詞》末有（戚氏），題云：「《倚聲集》將成，復得阮亭新詞並簡。」），集五十年間新詞欲以續《花間》、《草堂》之後，康熙以前作品，略具于斯。鄒氏序吳駿公詞，許其詩可爲詞，詞可爲曲；其題墓乃終以「詞人」自居，而歸宿於詞。夫詞之爲物，要眇悱惻，可以寫一人一時之怫鬱。緣情之製，無須與聲樂結合，而凄心悄志，既哀以思，意內言外，合於《國風》好色，《小雅》怨誹之遺。故明之亡，人多樂趨之。蓋是時曲已成強弩之末，乃退而爲詞。順康詞學中興，鄙明而返宋，與經學之反求漢氏，同一趨向，亦時代風會使然也。

順康此卷既成書，千帆不遠千里來書囑序其端。念曩年亦曾涉獵於此，愧無以獻替，喜千帆不憚疏鑿之勞，綿聲雅於不墜，承學之士，得所歸趨，厥功至偉，無待揚榷。既謬附知言，故不辭固陋，覼縷論之如此，以爲後之讀是書者告焉。

選堂賦話

小引

賦學之衰，無如今日。文學史家直以塚中枯骨目之，非持平之論也。古之為賦者，在德音九能之列。傳曰：升高能賦，可以為大夫。言堂廡之上，揖讓之間，以微言相感，自有其實用之價值也。劉彥和云：「登高之旨，覩物興情。」宋龔鼎臣東原錄：「賦者，緣物以成文，必辭理稱則彬彬可觀。」夫緣物有作，荀況蠶、雲之類是也；往往折衷於理，故文有其質。若乃興情之製，則猶詩之緣情，而日趨綺靡。六朝儷賦，斯其極摯；蕪城小園，靡亦甚焉。降而下之，以賦為科舉之習作，間且成散體之尾閭，文苑英華所收，讀之殊難終卷，膚受不精，寖失舊觀。現存論賦較早之書，有日本流傳失名之賦譜，作於太和以後，分述句式之壯、緊、長、隔、漫發、送等法門。唐人律賦作法，可窺一斑。五代賦集多至二百卷（見唐圭璋南唐藝文志著錄江文蔚「唐吳英秀賦七十二卷，出宋志；徐鍇編賦苑二百卷，出崇文總目」），永樂大典「賦」字號只存二卷（卽卷一四八三七及卷一四八三八），徵引「大全賦會」，多屬有明考試有關性理之作，亦賦之別格也（如盱江鄒子益聖人擬天地參諸身賦）。然明人擬古，鴻篇屢出，于以制割大理，羽翼風騷，亦甚有可觀者，而世多忽視之。其時小學雖亡，賦仍間作，豈至皋文修補黃山，始成絕業也哉（此反章太炎「辨詩」說）！何君沛雄，向從余問，特致力于賦。既有志乎全漢賦之評，復勾集諸家賦論，都為一袟，以便來學，而徵及下走。余愧無詮次，偶有著筆，秪同目論，稽考史事，輙及賦篇。拉雜言之，饋貧而已；若云欲師斲輪，言其甘苦，則吾豈敢。甲寅歲暮，饒宗頤識。

賦者古詩之流也。詩言志，賦亦道志，故漢人或稱賦爲詩。莊夫子哀時命云：「志憾恨而不逞兮，杼中情而屬詩。」王褒九懷云：「悲九州兮靡君，撫昔歎兮作詩。」劉向九歎云：「舒情陳詩，冀以自免兮。」文廷式嘗舉此三例以明賦亦可謂之詩，見純常子枝語二十六。余謂屈賦九歌已云：「展詩兮會舞。」（見少司命。洪興祖注：「展詩猶陳詩也。」）九章亦云：「介眇志之所惑兮，竊賦詩之所明。」展詩、賦詩，同以見志。此亦以詩代賦之先例，可補文氏之說。藝文志云：「學詩之士，逸在布衣，而賢人失志之賦作矣。」楚辭自屈子以下至莊忌、王、劉之流，俱爲失志之賦，名雖曰賦，其旨仍無以異於詩也。

大招：「二八接舞，投詩賦只；叩鐘調磬，娛人亂只。」詩賦聯言。注家謂：「詩賦雅樂，關雎鹿鳴之類。」亂卽關雎之亂，二八指舞，此舞與樂並作也。如注說，此處詩賦指雅樂，是但指詩，而爲偏稱也。漢志詩賦略雖兼指詩與賦二類，然名稱早已出此。

世之爲文學史者，習謂詩經爲北方文學，楚辭爲南方文學，強分畛域，然陳良楚產，北學於中國。楚君臣賦詩，見於左傳者，其例至夥。宣十二年，楚莊王引周頌。成二年，子重引文王。襄二十七年，薳罷如晉，賦既醉。昭三年，楚子享子產賦吉日。昭七年，芋尹無宇引北山。昭十二年，子革引佚詩祈招。昭廿三、廿四年，沈尹戌引大雅文王及桑柔：楚人沐詩敎者深矣。故屈賦中襲用詩句者不一而足。若九歌少司命「援北斗兮酌桂漿」，此取之詩大東「惟北有斗，不可以挹酒漿」也。哀郢：「忽若去不信兮，至今九年而不復。」此取之詩豳風九罭「鴻飛遵陸，公歸不復，於女信宿」也。九辯云：「竊慕詩人之遺風，願託志乎素飧。」此取伐檀：「彼君子兮，不素飧兮。」以此足見屈賦上承于詩，故曰：「賦者受命於詩人，而拓宇於楚辭。」自靈均唱騷，始廣聲貌。南國之文，雖自創新局，抑亦詩之流亞也。

王逸招隱士序稱：「招隱士者，淮南小山之所作也。淮南王安好古愛士，招致賓客。客有八公之徒，分造詩賦，以類相從，或稱大山，或稱小山，如詩之有大小雅焉。」自屈賦以來，爲辭賦之分類總集者，似以此爲最早。漢志有淮南王賦八十二篇，又有淮南王羣臣賦四十四篇。謂之小山、大山者，叔師云猶言小雅、大雅。雅者正也，言王政事謂之雅（釋名釋典藝）。山之爲言宣也（說文）、產也（釋名），以山爲書名，亦如三墳九丘之比。墳、分也；丘、區也。以地理名書，古有此例。淮南子有說山訓。高誘注：「說道之旨，委積若山，故曰說山。」循是言之，小山、大山，乃書名而非人名。若何點何胤，人稱爲大小山，此又別例。

漢志列嚴夫子賦二十四篇，在賈誼之前，卽吳人莊忌著哀時命，嘗爲梁孝王客。史記司馬相如傳：「會景帝不好辭賦，是時梁孝王來朝，從游說之士齊人鄒陽、淮陰枚乘，吳莊忌夫子之徒，相如見而說之。」忌子助有賦三十五篇。又常侍郎莊忽奇賦十一篇，其人與枚臯同時。顏師古引七略云：「忽奇者，或言莊夫子子，或言族家子；莊助昆弟也，從行至茂陵造作賦。」知西漢初年，賦以莊氏一家爲最盛。助又荐朱買臣，蓋皆會稽郡吳人，並傳習楚辭。漢書朱買臣傳：「方會邑子嚴（莊）助貴幸，薦買臣召見，說春秋，言楚辭，（武）帝甚悅之。」又地理志：「吳有嚴助、朱買臣貴顯，漢朝文辭並發茂，故世傳楚辭，其失巧而少信。」是楚辭之學出于吳，蓋本自莊忌也。

最先爲屈賦撰傳者爲淮南王。淮南王國都於安徽壽春，實爲楚之故疆。溯楚自陳東徙壽春之郢，爲最後之國都。近年出土銅器甚夥，若曾姬無卹壺，其銘文云：「聖趄之夫人曾姬無卹，望安玆漾（指漢水）陲，蒿閒（間）之無鴄（匹）。」「後嗣甬（用）之，職在王室。」情意繾綣，居然樂府古辭之遺響，猶挽歌也。蒿間蓋卽蒿里，楊樹達讀爲「稾矢」頗牽強。無鴄者，傷其無偶，與好逑義正相反。向來以無卹爲人名，非是。余謂無卹乃成語，猶言「不弔」。（詩：「昊天不弔。」）此銘辭意富傷感，知蒿間、蒿里原指蓬蒿沒人之葬地，不必泰山下也。（吐魯番出姚萇白雀元年帳券有「歸蒿里」三字〔文物十九，七三，十〕。崔豹古今注蒿里曲「謂人死魂魄歸于蒿里」。西北邊地，亦目葬地爲蒿里。）淮南王居舊楚都之壽春，習于楚俗，故能爲楚辭，理有固然。招隱士之託意以招屈原，亦非無故也。

漢書地理志云：「壽春合肥，受南北湖皮革鮑（鞄）木之輸，亦一都會也。始楚賢臣屈原被讒放流，作離騷諸賦以自傷悼。後宋玉、唐勒之屬慕而述之，皆以顯名。漢興，高祖兄子濞，于吳招致天下之娛遊子弟。枚乘、鄒陽、嚴夫子之徒，興于文景之際，而淮南王安亦都壽春，招賓客著書。而吳有嚴助、朱買臣貴顯，漢朝文辭竝發，故世傳楚辭。」此段極重要。知楚都壽春爲楚辭萌芽之地，而吳又其傳播之區，故枚乘撰七發，亦本於騷。乘與嚴忌均吳王濞之客也。地理志云：「屈原被讒放流，作離騷諸賦。」蓋目騷爲賦，與藝文志稱屈原賦正可印證。

楚辭以用兮爲主要語詞；馬王堆三號墓老子寫本，所有兮字均寫作呵，如「淵呵似萬物之宗」，與「呵丌（其）若冬涉川，猷呵其若畏四㚴（鄰），嚴呵其若客」。老子爲楚苦縣人。漢志苦縣在淮陽國，淮陽都陳，頃襄王自郢徙此，漢初陳涉將葛嬰嘗攻下之。老子以呵爲兮，正用楚言。經典釋文河上本作淵兮，兮字下從曰。孔廣森詩聲類謂：「猗兮音義相同，猗古讀阿。」今老子漢初寫本作呵，可證孔說。猗兮原皆爲南音；呂氏春秋音初篇塗山氏作歌：「候人兮猗，實始作爲南音。」此自南疆之舊曲，連用猗兮兩助詞，異形而實重聲，均宜讀爲「呵」，豈所謂聲曲折者非耶？（太炎嘗舉晉語惠公葬時之誦，威兮懷兮，猗兮違兮，皆曲折詠歎之詞，非有實義。言其逗留曲折，非韻所持，固詩之特異者。然則老子中此類詞句，未嘗不可視為戰國楚人之曲折也。）

漢書王褒傳，宣帝時「徵能爲楚辭者，九江被公，召見誦讀。益召高材劉向、張子僑、華龍、柳褒等，待詔金馬門」。漢九江本秦郡名（非今江西），地及淮南，亦楚之故疆。御覽八百五十九：「宣帝詔徵被公，見誦楚辭。被公年衰老，每一誦，輒與粥。」其人老邁，殆楚遺民之餘裔乎？（彼公向不知為誰。日本楠山春樹謂有四人名被，在淮南左右。即茅被、周被、伍被等。尚乏碻證。）宣帝喜其誦，則被公必能爲楚聲，如隋釋道騫之善讀者。隋志稱：「至今傳楚辭者，皆祖騫公之音。」則漢人之習楚辭，乃祖被公之音可知矣。劉向云：「不歌而誦謂之賦。」則楚人之賦，原有其聲腔，宜於唱誦，有如後世曲之有弋陽腔、黃梅調乎。宣帝時被召諸高材皆辭賦家，漢志劉向有賦三十三篇，又有光祿大夫張子僑賦三篇，漢中都尉華龍賦二篇，又車郎張豐賦三篇，注張子僑子。是子僑及子豐均能賦。子僑與華龍俱見蕭望之傳，別作子蟜；望之亦有賦四篇。劉向又編集楚辭，爲天問解（見王逸天問叙）。楚辭之興，宣帝提倡之力獨多，而辭賦作者亦於斯時爲盛。劉勰詮賦篇所以有「繁積于宣時」之語也。

漢初簡牘有楚辭寫零本。安徽阜陽殘簡離騷只存四字，又涉江存五字。文殘辭「☐橐猗（兮）北辰游」（文物：一九八三，五，頁廿三），以「猗」爲兮。

詩賦略云：「漢興，枚乘、司馬相如，下及揚子雲競爲侈麗閎衍之詞。」夫詞之閎衍，實出於莊生之卮言與寓言，故不持一端之畸見，爲孟浪之語，相待而兩行，故因以曼衍，而以寓言爲廣。高唐賦李善注：「此蓋假設其事，風諫婬惑也。」「登徒子好色賦，此假以爲辭諷于淫也。」假設其事，卽寓言之爲用也。子虛賦之區分其山、其土、其石、其東、其南、其西、其北、其高、其埤、其上、其下，則齊物之洼者、汚者、前者、隨者，導其先路；而招魂之天地四方，亦其濫觴。自非區其性質方向爲言，則其辭何得閎衍而瓌瑋？卮言之施于賦，而篇幅遂彌富矣。莊生云：「振于無竟，而寓諸無竟。」故終不免于濫。或曰莊生書西漢未盛行，余謂枚乘七發，爲太子奏方術之士，舉莊周魏牟爲首，豈得謂賦家未沐其膏澤也哉？劉勰云：「若夫楚辭招魂，可謂祝辭之組纚也。」周禮春官太祝，掌六祝之辭，以事鬼神示，祈福祥，求永貞。六辭者：祠、命、誥、會、禱、誄。後世文體可追溯焉。而詞者又人神交接之辭；說文：「春祭曰祠，品物少，多文辭也。」既曰多文詞，則有長篇之祝辭可知矣（秦簡有馬祭祝辭）。古者卜祝異職，史遷云：「文史星歷，近于卜祝之間。」卜掌卜事，而祝以文辭事神。今殷墟甲骨出土數萬片，皆卜者貞問之語，其祝者之辭則罔見。殷人之文學，宜存于祝辭；而祝辭書于典册，卒歸澌滅。殷契後編兩云「其品司在茲」（綜類三一三），品司殆卽品詞也，惜其詞已亡。招魂云：「工祝招君。」蓋楚巫原有招魂之製，存于民間，宋玉特聯綴成篇，故曰祝辭之組纚也。

招魂：「帝告巫陽，有人在下，我欲輔之，魂魄離散。巫陽對曰：掌夢，上帝其命難從。」

五臣呂延濟曰：「陽對天帝之招魂者，乃掌夢官之主也。」是古必以掌夢之官主招魂也。周禮夏官占夢：「乃舍萌于四方以贈惡夢，遂令始難毆疫。」以除惡鬼。驅鬼必有文辭，漢世剛卯爲韻文，而中黃門倡，侲子和，呼十二神以追尋惡凶（見續漢書禮儀志）皆其類也。故東方朔有罵鬼之書，而王延壽作夢賦，乃敍夢中鬼物，備極恐怖；其所取材，必自黃門振子之呪辭，及西漢「執不祥、劾鬼物」諸篇（是書共八卷，見漢志）。延壽文頗爲西儒所激賞，故述其源流如此。

天問云：「厥利維何？而顧菟在腹。」晉傅玄擬天問：「月中何有？玉兎擣藥。」古詩十九首：「三五蟾兎滿。」「四五蟾兎缺。」少室石闕銘圖像，亦月中有兎與蟾蜍共見。王充談日篇儒者曰：「日中有三足烏，月中有兎蟾蜍。」歸其說於儒者。張衡靈憲：「月者，陰精之宗。積而成獸，象兎蛤焉，其數偶。」天文家亦以爲言。蛤指蟾蜍也。今觀漢初馬王堆蓋棺之圖，月中有蟾、兎俱見，實爲二物，知此說淵源甚遠，不始於緯書矣！足正聞一多之說。庾信象戲賦：「陰翻則顧兎先出，陽變則靈烏獨明。」烏兎正分指日月也。

揚雄反騷，朱子極加詆諆。方望溪則謂弔屈之文，無若反騷之工者，其隱痛幽憤，視賈、嚴猶若過焉。知雄之言雖反而實痛也（望溪集五）。賈誼經長沙，爲賦以弔屈原；至晉元帝時，庾闡補零陵太守，入湘川，爲文以弔賈誼，其辭若蘭生而芳，玉產而絜（見晉書九十二文苑傳），則又顏延之弔屈文「物忌貞芳，人諱明絜」所襲用者矣。

班孟堅之爲兩都賦也，極衆人之所眩耀，折以今之法度。故西都盡鋪陳之能事，盛誇長安之制，東都則陳太清之化，述法度之宜。其言曰：「監于太清，以變子之惑志。」李善注引淮南子說之。按管子內業云：「監于太清，視于太明，敬慎無忒，日新其德。」孟堅直用其語。房玄齡

注：「太清、道也。」此太清亦卽太素，漢志陰陽家有黃帝泰素二十篇。東都賦云：「昭節儉，示太素，百姓滌瑕盪穢，而鏡至清。」又云：「相與嗟嘆玄德。」善注引尙書：「玄德升聞。」按老子：「玄德深矣，遠矣，與物反矣；然後乃至大順。」長沙馬王堆三號墓新出黃帝經法中大分章云：「王天下者有玄德。」蓋謂太清之世，無爲之至治也。

後漢書循吏王景傳：「（章帝）建初七年，遷徐州刺史。先是杜陵杜篤奏上論遷都，欲令車駕遷還長安，耆老聞者皆動懷土之心，莫不眷然佇立西望。景以宮廟已立，恐人猜疑，會時有神雀諸瑞，乃作金人論，頌洛邑之美，天人之符，文有可采。」章懷注：「章帝時有神雀等瑞。」按明帝紀永平十七年：「甘露仍降，樹枝內附，芝草生殿前，神雀五色，翔集京師。西南夷、哀牢、儋耳、僬僥、槃木、白狼、動黏諸種，前後慕義貢獻。」王景因神雀而進金人論，必在是時，非章帝之世。班賦所謂天人合應，以發王明者也。其金人論惜乎不傳，金人疑卽浮圖金人。永平之世已有求法之傳說，北齊王琰冥祥記載明帝夢見神人身黃金色，項佩日光，其事亦見後漢紀：「永平八年詔楚王英論黃老之微言，尙浮屠之仁祠。……其還贖以助伊蒲塞桑門之盛饌。」（范書英傳）張衡西京賦亦言：「展季桑門，誰不能營？」伊蒲塞卽優婆塞，桑門卽沙門。此類梵譯名詞，已見于永平八年之詔中。則王景所作金人論，殆與佛教傳入之事有關，惜此文不傳，否則必大有裨于佛教史也。是時神雀之頌，班固、傅毅皆有文章，當在永平十七年也。若杜篤論都賦，原文備載于後漢書文苑本傳，其賦云：「伏作書一篇，名曰論都，謹并封奏如左。皇帝以建武十八年二月甲辰升輿洛邑，巡于西岳。其歲四月反于洛都，明年有詔復函谷關，作大駕宮。是時山東翕然狐疑，意聖朝之西都，懼關門之反拒也。客有爲篤言，彼埳井之潢汙，固不容夫吞舟。且洛邑之渟瀅，曷足以居乎萬乘哉。」明在建武十九年，證之光武紀：「建武十九年，復置函谷關，都尉修西京宮室。」其事正合。兩都賦之作，其年代向來不可確知，范書本傳系于固爲郎之後。今以東都賦遂綏哀牢，開永昌一事證之，永平十二年以益州徼外夷哀牢內附，置永昌郡。（郡國志作永平二年，分益州置，實脫「十」字。）知東都賦之成，必在永平十二年之後，諒在十七年間乎？當與王景上金人論相去不遠。高閬仙李注義疏于兩都賦寫作背景，未遑細考，爰覼縷述之。

魏晉尚名理，如裴頠崇有論，影響所及，賦家亦主覈實，左思其例也。思序三都，謂：「美物者貴依其本，讚事者宜本其實；匪本匪實，覽者奚信。」而成公綏以爲「賦者貴能分賦物理，敷演無方，天地之盛，可以致思矣」。于是爲天地賦，「俯盡鑒于有形，仰蔽覩于所蓋」。仍取徵實之學。又皇甫謐爲左思游揚，亦病「綴文之士，不率典言，並務恢張，其文博誕空類」。摯虞亦以「古詩之賦，以情文爲主，以事類爲佐；今之賦以事形爲本，以義正爲助」，言賦有四過（全晉文五十三）。西晉之賦，重于事形，而減于情義，蓋一反建安以情緯文之旨，亦時代使然。世之言賦評者，多未援成子安之語。子安每與張華受詔，同爲詩賦；卒於泰始九年（晉書文苑傳止錄其二賦）。蓋晉開國之文士，宜在太冲之前列，知人論世，有不可不知也。

六朝長賦，世推大謝山居，庾子哀江南爲巨構。然張纘之南征（見梁書），沈約之郊居，正相伯仲。山居有自注，而顏之推之觀我生賦亦自著事實，片言短記，尤有裨于考史。如記臺城陷，梁武曾獨坐歎曰：「侯景於文爲小人百日天子。」及景以大寶二年十一月十九日僭位，至明年三月十九日棄城逃竄，是一百二十日，笋（蓋）天道紀大數，故文爲百日。然後知哀江南賦所謂天道周星，諒亦指此耶。謝賦區岩棲、山居與丘園、城傍四者之異，故唐吳筠撰岩棲賦，以闡其意，陸龜蒙作幽居賦，則以別於沈休文之郊居。謝賦自注詳于山川，尤有助于地理，惜顏謝兩篇皆有缺文，如謝賦于「遠西」下缺字至四十四。謝意在廢艷辭，存深意，去飾取素。注云：「能重道則輕物，存理則忘事，古今質文，可謂不同，而此處不異。」與其詩「道以神理超」，「理來情無存」，可相證發。其賦云：「乘恬知以寂泊，含和理之窈窕。」而終之以「暨其窈窕幽深，寂漠虛遠。事與情乖，理與形反。既耳目之靡端，豈足跡之所踐」，則仍居之未安，而資之不深，是以祇成近慮淺智而已，非眞能滅人事而絕跡雲峯，不免朝市之累，謝固不失有自知之明也。

左太冲三都賦以魏爲正統，薄蜀陋吳以尊魏，正所以諛晉也。自習鑿齒之論起，宋人競爲新說，扶漢黜魏，故宋王騰撰辨蜀都賦（文見賦彙卷三十二），譏左思不顧正氣之淪溺，而爲申論蜀之橫被狂抑之所由，致辨于情理，讀左賦者，宜三復其言。

世譏左思以椒房自矜，故齊人不[illegible]也（見世說注引別傳）。按洛陽出土左棻墓誌記：「父熹，字彥雍，太原相，弋陽太守。」可訂史云「父雍」之訛。史稱棻拜修儀，誌稱貴人。隋志著錄左九嬪集四卷。芬于泰始八年拜修儀。文館詞林六五二引左思悼離贈妹詩：「峨峨令妹，應期挺生。」張溥百三家不收左思。于荀公會（勗）集題辭云：「江左文士，盛談茂先散珠，太冲橫錦，若二荀之流，忽而不言；不幾乘大輅笑椎輪乎？」言下頗有不平。思與摯虞，同爲賈謐二十四友之一。摯爲皇甫玄晏高弟，思賦亦乞玄晏爲序，引以爲重，非偶然也。

隋志齊都賦二卷幷音，左思撰。水經淄水注、文選廿八注均引左思齊都賦注。知三都之外，別撰有齊都賦，傳稱：「造齊都賦一年，乃成，在三都前。」文選集注本三都賦序下注：「陸善經曰：舊有綦母邃注。」又若干句下有「綦母邃曰」。兩唐志有綦母邃三京賦音。按衞權三都賦略解序稱：爲序者，太子中庶子皇甫謐。晉書謐傳徵爲太子中庶子，在武帝咸寧二年，謐有高名，晉初累徵不起，又嘗就帝借書一車。今皇甫謐序及劉逵注載在文選，劉逵及衞權序在晉書，皆非苟作。衞爲楷子，字伯輿，貴妃兄子，汝南王亮以爲尚書郎。（世說注引左思別傳說，非，嚴可均已辨之。）裴松之注謂權作左思吳都賦敍及注，粗有文辭。至于注了無發明，直爲塵穢，不合傳寫也。見衞臻傳。權、陳留襄邑人。（按或誤以為瓘，見衞覬傳，乃河東人。）

又世說注引思別傳：「思造張載問岷蜀事，交接亦疎。皇甫西州高士；摯仲治（洽）宿儒知名，非思倫匹。」按摯虞于賦亦有所見，藝文類聚五十六引文章流別論一段甚長，述賦有四過：「假象過大則與類相遠，逸辭過壯則與事相違，辯言過理則與義相失，靡麗過美則與情相悖，此四過者，所以背大體而害政教。」摯虞賦說可與其師玄晏比觀，與太冲同主徵實者也。思造張載問岷蜀事者。蓋載父收，蜀郡太守。載于太康中至蜀省父，經劍閣，因作銘。益州刺史張敏見而奇之，表上其文武帝。益州名畫錄引益州學館記成都石室圖畫耆舊，云西晉太康中。益州刺史張收筆。此人向來失考，當卽載父之張收也。

陸士衡述祖德賦云：「西夏坦其無塵，帝命赫而大壯。登具瞻于太階，濯長纓乎天漢。解戎衣以高揖，正端冕而大觀。」西夏指蜀，此謂陸遜猇亭之勝。此文見藝文類聚，而本有誤作我衣者。「戎」、「我」形近而訛，姜亮夫撰陸機及張華兩年譜，均謂張華解衣推恩及于士衡，蓋爲誤本所累，亟宜訂正。雙梧書屋本歷代賦彙外集此賦亦作「戎衣」，不誤。

徐擒賦篇，藝文類聚引其冬蕉卷心賦四句云：「拔殘心于孤翠，植晚翫于冬餘。枝橫風而悴色，葉漬雪而傍枯。」頗覺奇警，傳稱其好新變之體，此卽宮體所由昉也。

簡文與湘東王書，稱當日作者，「有張士簡之賦，周升逸之辨，亦成佳事。」士簡卽吳張率。梁書錄其河南國獻舞馬賦。其傳稱：「七略及藝文志所載詩賦今亡其文者，並補作之。」可謂好事。士簡又著文衡十五卷，使其書能傳，不讓劉彥和專美于前矣。昇逸卽周捨。

蕭子顯著鴻序賦，沈約見而稱曰：「可謂得明道之高致，蓋幽通之流也。」比之孟堅。其自序謂爲文「須其自來，不以力作，所爲詩賦，鴻序一作，體兼衆製，文備多方，頗爲好事所傳，故虛聲易遠。」又稱：「風動春朝，月明秋夜；早雁初鸎，開花落葉，有來斯應，每不能已。」物色之感，萌於興會，佳句忽來，若有神助，不捉住卽飛去矣。子顯可謂深知其中甘苦者。蕭選于賦分類中有物色一目，僉曲園深詬病之，謂「風月雪賦之物色，義既不通」；不知彥和文心有物色之篇，卽昭明之所本也。

爲釋氏作賦者，似始魏高允鹿苑賦，見廣弘明集。晉時彭城王紘上言：「樂賢堂有先帝（明帝）手畫佛象，經歷寇難而此堂猶存，宜勑作頌。」成帝下其議，太尉司空蔡謨曰：「佛者夷狄之俗，非經典之制。先帝量同天地，多才多藝，聊因臨時而畫此象；至于雅好佛道，所未承聞也。盜賊奔突，王都隳敗，而此堂塊然獨存，斯誠神靈保祚之徵，然未是大晉盛德之形容歌頌之所先也。人臣覩物興義，私作賦頌可也。今欲發王命，勑史官，上稱先帝好佛之志，下爲夷狄作一象之頌，於義有疑焉。」於是遂寢，事見晉書七十七讀傳。道明稱佛者夷狄之俗，此卽韓昌黎以佛爲夷狄之一法之所本。蔡亦闢佛，世但知有韓而不知有蔡，可歎也。若高允之賦，蓋爲北魏獻文帝作。帝在位六年而禪位于太子宏，志存澹泊，移居北苑崇光宮，建鹿野佛圖于苑中之西山，去崇光右十里，釋老志詳焉。允賦稱其「思離塵以邁俗，涉玄門之幽奧。禪儲宮以正位，受太上之尊號」，蓋指此也。帝建永寧寺于平城，浮圖高三百尺。酈道元謂爲「工在寡雙」者也（水經注漯水篇）。此鹿苑乃在山西者。余向日旅印度，嘗臨鹿苑，殘甃廢塔，有僧徒闃其無人之嘆矣。

文選孫興公（綽）遊天台山賦，范榮期稱擲地金聲者也。泯色空以合跡，消一無于三幡句下，李善注云：「三幡：色一也；色空二也；觀三也。言三幡雖殊，消令爲一，同歸于無也。」又引郗敬輿（超）與謝慶緒（敷）書云：「近論三幡諸人，猶多欲既觀色空，別更觀識，同在一有，而重假二觀，于理爲長。然敬輿之意，以色、空、及觀爲三幡。」郗超爲支遁信徒，蓋本道林之說。弘明集王該日燭篇云：「今則支子特秀，領振玄標，一言發則蘊滯披，三幡著則重冥昭。……孫濯流以逸契，詠遂初于東皋，何深味以栖素，輕大寶於秋毫。道風之所扇蕩，深連之所逍遙，才不難則賢不貴，愚不笑則聖不高。」孫殆指孫綽乎？超著見陸澄法論目錄有論三行，即三幡之義也。孫稱道支公于王逸少，謂其拔新領異，蓋夙所服膺者。

晉書庾敳（子嵩）傳，錄其意賦，云：「以豁情，衍賈誼之服鳥也。」此蓋文心所謂致辨于情理者流。其辭曰：「蠢動皆神之爲兮，癡聖惟質所建。」從性分言之也。「顧瞻宇宙微細兮，眇若豪鋒之半。」則莊生知天地爲稊米之義。從子庾亮見賦問曰：「若有意也，非賦所盡；若無意也，復何所賦？」答曰：「在有無之間。」機悟之言，足窺玄致。東海王越冀其有吝，敳醉答：「下官家有二千萬，隨公所取。」其外物知分如此。

明汪芝西麓堂琴統云：「宋玉負才放志，不協于時，感秋氣而有悲哀之嘆，後人因被之徽軫。」（琴曲集成頁一二一一）自遠堂、天聞閣諸譜均有此曲。此後人理九辯之秋聲，以入琴也。自潘岳秋興賦隱括其語，賦家賡作，東晉曹毗，梁元帝，宋陳普，明馮時可俱有秋興賦。南齊褚淵有秋傷賦。元帝云：「秋何興而不盡，興何秋而不傷？」直是「秋何月而不一淸？月何秋而不明」（蕩婦秋思賦）一類句法也。晉夏侯湛賦秋可哀，李白賦悲淸秋，未若李顒（充子）之賦悲四時，則眞淮南所謂木葉落長年悲者矣。明祝枝山知秋賦序：「立秋其夕頓涼，不俟一葉。」感淮南之論，則有取于一葉落天下知秋之義；知秋而不悲秋，亦秋興之餘韵也。

庾信春賦類七言詩。元帝集中春賦句云：「苔染池而盡綠，桃含山而併紅；露湑枝而重葉，網蒙花而曳風。」與庾句：「釵朵多而訝重，髻鬟高而畏風；眉將柳而爭綠，面共桃而競紅。」可相媲美。倪璠謂此梁朝宮中，子山創爲此體，然齊蕭慤已有春賦，亦五七言句相雜，如「二月鶯聲纔欲斷，三月春風已復流」，分明爲子山「二月楊花滿路飛」所祖。慤字仁祖，梁上黃侯曄之子，北齊天保中入北，工于詩詠。其「芙蓉露下落，楊柳月中疏」，爲知音所賞，見北齊書文苑顏之推附傳。

向論敦煌曲與孝子之關聯，未見梁武之孝思賦也。廣弘明集二十九載之云：「導情源以流澍，引思心而無已。」誠至性之文。「無一息而緩念，與四時而長切」一段，不啻感四時之賦矣。誦「寒冰已結，寒條已折，林飛黃落，山積白雪」諸句，令人隕淚。此賦太常卿劉之遴嘗爲注，道宣不載，殊爲可惜。

庾信象戲賦，蓋入周後武帝天和三年帝制象經成，王褒爲注，信則進賦揄揚。唐書呂才傳周武帝三局象經，才尋繹一宿，便能作圖解釋，卽是書也。

楊敬之茂孝華山賦，氣勢浩瀚，似三峰之積仞，若黃河之奔流。中間形容衆山之狀諸「者」字，學齊物論，引喻繁富，尚無奇者。其贊曰以下累用廿二個「矣」字，不必擲地，已成金聲，足嘆觀止。無怪韓愈亟稱嘆，而李德裕之咨賞也。敬之之稱項斯，世傳爲美談，然此賦得昌黎游揚，士林一時傳布（見唐書一百六十本傳），後人則鮮知之。賦中云：「蟁蠓紛紜，秦速亡矣。蜂窠聯聯，起阿房矣。」杜牧作阿房宮賦：「蜂房水渦。」卽用其語。故洪邁以爲杜卽模仿楊作（容齋五筆卷七），然小杜造句鑄辭，實取資多方。劉克莊云：「余讀陸傪長城賦：『千城絕，萬城列；秦民竭，秦君滅。』不覺失笑曰：『此豈非蜀山兀，阿房出之本祖歟？』傪名輩在樊川前。」（後村大全集一百七十五）袁枚則以其「開粧鏡也，棄脂水也」，乃出自漢邊韶塞賦（隨園詩話補遺卷三，邊賦見賦彙一百三）。邊氏連用十「也」字，皆四字句式。若：「棊有十二，律呂極也。人操其半，六爻列也。赤白色者，分陰陽也。乍亡乍存，象日月也。」牧之襲其法，連用六「也」字，神明變化，青出于藍矣。宋王楙又謂：「牧之蓋體魏卞蘭許昌宮賦（野客叢書二十四）。」然卞賦平鋪，只末段用三字句，稍見錯綜有致，餘文絕無兔起鶻落之勢，遠非杜比（卞賦見賦彙卷七十二）。劉後村嘗指出賈誼過秦論「鉏耰棘矜，不銛于鉤戟長鎩」諸句，語本呂覽「鉏耰白梃，可以勝人之長銚利兵」，稱賈生可謂善融化者（大全集一百七十八）。按語見仲秋紀簡選引世有言曰，而譏其爲不通乎兵家之論者，是殆戰國末年爲兵家所駁之恒言。其末段「故凡兵勢險阻，欲其便也。」以下專用「也」字疊至七次，行筆可謂浩乎其沛然矣。而過秦結語，「且夫天下非小弱也」以下，亦用「也」字，疊至九次，顯自呂覽變化而來。而阿房賦末段議論，疊爲比較句法，用「多于」者五次，「滅六國」句以下，專用「也」字收束凡六次，則學過秦痕跡猶歷歷可覩。杜牧喜兵書，又習爲縱橫家言，此賦以兵家縱橫之筆出之，故奇險曠逸，一洗往轍，爲樊川集中第一奇文（明李朱一是評語）。東坡爲之讀遍，卽再三咨嗟，至于夜分不寐（見道山清話），非東坡之神解，無此鑒賞力。而此文分明得力過秦論，范蔚宗所云，「筆勢縱放，實天下奇作」者，惟此賦足以當之。姚鉉唐文粹選賦至精，此篇列于第三，于宮殿中特立「失道」一目，以爲千秋龜鑑，可云有識。

柳子厚撰牛賦，語皆四言，與瓶賦爲體相同，蓋倣揚子雲者。賦云：「牛雖有功，于己何益？」以牛自喻，言牛雖有耕墾之勞，利滿天下，而莫以自保，不免穿緘縢、實俎豆之用，亦自傷也。東坡在海南嘗錄此賦，以遺瓊州僧道贇，並書其後，謂：「客自高州載牛渡海，海南人病不飲藥，但殺牛以禱。地產沈水香，香必以牛易之。黎人得牛，皆以祭鬼。」笑其以燒牛肉易香供佛求福，何福之能得？則憫殺生之愚。據年譜蘇文作于徽宗元符三年三月十五日，是月放魚于城北作記，其書此賦以貽僧人，意豈有同于此歟？則與子厚用意不同。梅堯臣有問牛喘賦，乃感漢相丙吉之事，「恐天令之愆錯」。然後世「我自我、物自物、天自天、人自人」已不能喻此義，梅賦慨乎言之。故宮博物院有宋人水墨畫問喘圖，拖尾有王逢（原吉）跋，可與梅氏賦參看。以牛入賦，尙有陳臧道顏「駛牛賦」斷句（賦彙一百三十六），云：「價齊驥騄。」則詠牛之馭車。呂覽勿躬稱：「王冰作服牛。」說者謂卽殷卜辭之高祖王亥。愼大覽云：「武王稅馬于華山，稅牛于桃牛與林。馬不復乘，牛不復服。」此服牛卽駛牛，淵源甚遠。余嘗行身毒各地，見牛與人駢肩，閒步過市，牛雖服箱耕墾，操作最勞，而受人之崇奉也亦最隆。身毒梵書傳爲瞿頻陀所造，頻陀訓智，而譯曰瞿者，謂牛也（見翻梵語）。身毒之牛如神，與柳州、瓊州相去不可同日而語，使子厚居彼土，當無不平之鳴，而牛賦亦不庸作矣。

唐皮日休上憂賦，以爲南蠻不賓，天下徵發，民力將弊，因爲賦以見志云：「既憂其身，須憂其時。」言臣憂者凡十七八，悃愊惻至，誠范希文所謂先天下之憂而憂者，歐陽子言行天下，未有一人能如李習之之憂，使其見日休此作，則其憂宜加甚矣。嗚呼！唐之文人能爲社稷憂者，不可一二數，終無救于覆亡者，諷諭不行，賦于何有，可勝歎哉！

陸甫里求志賦序云：「孔子曰：吾志在春秋。予以求聖人之志，莫尙乎春秋。得文通陸先生所纂之書，伏而誦之，作求志賦。」歎其「用千載之遺法，發一辭而可判」。是龜蒙亦宗陸元冲爲春秋之學者。陸淳，河東人；歿後，門人諡爲文通，乃柳子厚之師。淳著春秋纂例微旨，子厚作陸文通先生墓表，章孤桐於河東此文頗多闡發，惟未及甫里是篇。蓋唐季爲春秋學多祖文通，不獨子厚而已。賦亦有關於經學，此其一例也。

賦苑八卷　中央圖書館藏，不著編撰人。前有蔡紹襄序云：「李君持萬琦（賓）之豐襟，洞千秋之朗鑒，吐吞雲夢，走荀賈于筆舌之端，囊括寰區，役馬班于雌黃之什，靈蛇握而隋珠和璞已鎔象于一腔，武庫儲而東壁西崑欲大觀于億禩，乃以剸劇理楚之罅，廣拾名山秘府之遺，凡六朝以前，曁荀宋而後，釐爲上下八卷，名之曰賦苑。」此書據其凡例云：「人因世次，文沿人集，故不足分門別類。自甲午歲始輯，積至捌佰柒拾伍首。」錄賦始荀況而訖隋蕭后。四庫提要（三十九）著錄爲紀昀家藏本，謂但稱曰李君不著歲月。相其版式，乃萬曆以後書也。按據千頃堂目，李鴻賦苑，字漸卿，吳人。

賦海補遺二十卷　明周履靖等編，亦中央圖書館藏。首頁題賦海補遺卷之一，次行題沛國子威劉鳳，嘉禾逸之周履靖，四明緯眞屠隆同輯。次行題金陵書林葉如春繡梓。其下接周履靖題識，文云：「余觀作賦，始祖風騷，創于荀宋，盛于兩漢。迄至魏晉六朝，賈曹傅陸之儔，縱橫玄圃，司馬江王之輩，馳騁藝苑，浩如河漢，燦若斗星。慚余管見，不能遍閱，僅纂題雅詞玄句寡意長者七百餘篇，名曰賦海補遺。少俟暇時披覽，倚韻追和，無暇計其工拙也。觀者幸毋大噱。周履靖識。」全書類別，凡分天文、時令、節序、地理，宮室、人品、身體、人事、文史、珍寶、冠裳、器皿、伎藝、音樂、樹木、花卉等，共二十部。履靖，浙江嘉興人，以輯夷門廣牘著名，此書四庫未著錄。

哈佛燕京圖書館藏有賦珍八卷，明刋本。題芝山施重光慶徵甫輯撰。起成公綏天地賦，訖王元美二鳥賦。前有延陵吳宗達序。有「淸儀閣」印，蓋爲張廷濟舊藏。

選賦六卷，郭正域平點，吳興凌氏「鳳笙閣」硃批本，末附選賦名人世次爵里；文選賦部分之單刋本，頗便讀者。正域字美命，江夏人，爲萬曆癸未進士。禮部侍郎，著有黃離草，論爲文不可專學一家。（明陳山毓有賦略一書，已佚。）

日本存賦譜一書（五島慶太氏藏），論賦句法，有壯緊、長隔等式。小西甚一著文鏡秘府論考曾引用之。韓國有朝鮮賦一卷，見楊守敬日本訪書志（卷十四）。

又日本慈覺大師將來外典，其中有詩賦格，及丹鳳賦。通鑑二一三突騎施入貢，玄宗宴之丹鳳樓，胡注：「東內大明宮正門曰丹鳳門也。」

以地域輯錄賦集如同治十二年楊浚集閩南唐賦六卷，收十二家，一百四十四篇。始陳詡、林藻，至徐寅、黃滔、韓偓，資料大都輯自全唐文、賦彙及英華。自序稱：「調吻不叶，有如痞癧；選典失均，又如跛躃。」深中律賦之病。

自揚雄爲反離騷，此例一開，後此爲賦以反案爲文者比比皆是。唐皮日休作反招魂，金趙秉文爲反小山賦，明徐昌業爲反反騷，淸汪琬作反招隱，皆步此塗轍。

江淹賦邃古篇，顏之推亦作歸心篇，於天道囘旋，多所詰難，競仿屈子，馳騁其詞。若夫黃泉罔極，坤維誰繫，尚無人設問。陳石遺欲撰地問而未遑，著其說於宋詩菁華錄中王逢原原蝗篇後，謂：「逢原有此才，恨不起九原，使操筆賦之。」比歲文章之業，江河日下，世無逢原，爲之擲筆三嘆。

況蕙風謂李白惜餘春、愁陽春二賦，烟水迷離，舉以比證詞有事外遠致之旨（見詞學講義）。謫仙浸淫齊梁，會心不遠，往往鬱伊易感，俯仰難懷。樂府與賦，皆異曲同工，不獨此二賦也。

明人以賦題畫，若陸治練川草堂圖，爲睢陽朱繼甫作，乃有沛彭年（孔加）之練川草堂賦，現藏士林，允稱劇迹。

宋儲國秀作寧海縣賦，其序曰：「孫興公作天台賦，信耳聞而任臆度。寧海其東麓也，事或湮沒而弗著，獨一貝邱存舊名，而臨海天台交有之莫訂其實。余家寧邑蓋五世，其山川里社之所隸，人物土產之所鍾，有親見非剽聞，有諗知非臆度也。」此純爲徵實之賦，固可助興公之遺，然「其引而申之，不能極美，觸而長之，不克盡麗」（借皇甫謐語），則讀者又不能無憾焉。豈宋人之賦，則而未麗，自與漢人之麗則、麗淫者殊軌也歟？

祝枝山希哲以狂草名噪朱明，著書滿家，所著興寧縣志，近頗流傳，其賦尤稱大家。若大遊賦長逾萬言，古今罕敵，餘如蕭齋求志賦、棲清賦，亦清警可誦。

黃山谷題跋記王右軍書文賦，褚遂良臨之。唐陸柬之行楷書文賦，今存故宮，李倜跋稱其筆法正自蘭亭來，揭奚斯許其有晉人風格。

賦以海外風物爲題材者，晉殷巨有奇布賦，作於泰康二年。安南將軍廣州牧滕侯鎮作南方，大秦國來獻火布，蓋卽 Asbestos 也。去魏文撰典論爲時不遠；典論嘗鐫諸石，力斥火浣布之不可信，嗣乃刋削之。張華博物志卷二異產引周書曰：「西域獻火浣布。」則此布漢世有獻者，又在亘之前矣。

珠崖自漢已入中國版圖，漢書地理志謂「自合浦徐聞南入海，得大州」是也。明丘濬爲瓊人，乃作南溟奇甸賦以誇耀之，謂：「年有八蠶之繭，歲三穫以常穫。」其豐收一如暹羅也。湛若水以正德八年正月奉命往封安南王，至其地因撰交南賦，以存故實。朱舜水於丁酉三月在越南供役，作堅確賦，其句云：「確則繇堅而致，堅不能並確而陳。」忠耿之情，躍然紙上。又明陳乃玉爲噶喇吧賦，其句云：「原夫永樂初登，舟遇彭兄（卽彭亨，在馬來半島）之山，地生金鑠，人指𪎭衣之洞。」（原注逸之勿里洞，卽麻逸）「彼文島（指 Muntok）無文之可羨，寔叻（原注國名，卽新加坡）少寔以堪揚。慶盤石之安，落落山居，亞齊（在蘇門答臘北部）文身而跣足；收魚鹽之利，鱗鱗水厝，暹羅亞答與膠章（卽茭葦 Kuchang，可作蓆）。」文載開吧歷代史記（南洋學報第九卷第一輯）。噶喇吧卽今印尼耶加達也。梅縣羅芳伯於坤甸東萬律撰遊金山賦，其句如：「日氣薰蒸，草木曾無春夏。」「晨昏淋浴，周身雨汗交流。」文雖庸近，自是寫實之作，見林鳳超編坤甸歷史。金山指東萬律山，因產金礦著名。上舉諸賦，皆詠南裔海外鄰邦，雖非傑構，亦足爲考史之助。

琴之有賦，濫觴甚早。漢志已有雜鼓琴劍戲賦十三篇，劉向有雅琴賦，傅毅、蔡邕皆繼而有作，至嵇叔夜嘆觀止矣。唐人律賦，張隨之賦無絃琴，吳晃之賦昭文不鼓琴。黃滔之賦戴安道碎琴，均別出機杼。余嘗爲寥天一閣沙礫琴賦序之曰：「蒙夫以譚嗣同琴號沙礫，有銘曰寥天一閣者見假。感其遭運遇于領會，同嵇生之尸化，遂爲賦以悼之。」其辭曰：「紋裂春冰，軫銷夏綠。神韞龍宮，生譬蛇足。忍死須臾，委命寸木。魂奪猗蘭之操，淚續湘妃之竹。虞淵顧影，運會何速？山鬼夜鳴，秋風野哭。一絃一柱，世短意多。方出沙礫，遽泣銅駝。且捐淨土，甘衝網羅。重陰難改，尙寐無吪。仁者之言，惑亡理勝。妙聲未絕，法身先證。寧異觳音，嗚呼誰定！唯茲旦宅，聊比崑峯，前毀者光澤，後凋者長松。生知倚其神變，縣解託乎高蹤。一入寥天，頓萌生意。坤維罔極，乾陽無死。六合同聲，八荒一指，渾沌非無可鑿之姿，金剛有常不毀之理。皮骨縱落，眞實在邇，志士怛化，疇與論此。感瑤山之叢桂，每摧折于芳菲，撫茲桐而奏曲，長寥亮而不虧。超六入以韻暢，配三仁而心歸，泝玄津之重柂，閔遺響于孤徽。」按「自非渾沌無可鑿之姿」，語見北齊書文苑傳序。」崑峯積玉，光澤者前毀；瑤山叢桂，芳茂者先折」，見祖鴻勳傳。覽者詳焉。

枚叔七發，章太炎謂乃解散大招招魂之體而成。章實齊謂七體肇自孟子之問齊王，似均未覈。近日曾撰「釋七」一篇，附錄于此：

枚乘首創七發之體，後人稱曰「七辭」（太平御覽卷五九〇文部銘志下，連珠之上，爲七辭一類）。劉勰文心雕龍有雜文篇，專論「對問」、「七」、「連珠」三者，謂皆文章之枝派，暇豫之末造。枚叔之文，擧六事以起楚太子之疾。每段之末，輒有「太子能彊起」之問句，因事而異。自至悲之音，至美之味，至駿之馬，以至八月廣陵波濤至怪異之壯觀，皆不足以起太子之沉痾，而太子概以「僕病未能」答之。此「彊起」者，卽所謂「起廢疾」之起，欲以起太子，故名文曰七發。發者，風賦云：「發明耳目。」七發亦言「發皇耳目」，是其義也。李善文選注：「七發者，說七事以起發太子也。猶楚辭七諫之流。」七諫蓋東方朔之作。自初放、沈江、至謬諫凡七段。王逸稱：「古者，人臣三諫不從，退而待放，原加爲七諫，慇懃之意，忠厚之節也。或曰七諫者，法天子有爭臣七人。」此釋七諫所以爲七之旨。考諸子篇章，以七名者，管子有七法，七臣七主。大戴禮主言，論明主內修七教，外行三至。王制「明七教以興民德」。尙書五教，此則演而爲七。左傳宣十二年言死有七德；管子五輔篇論義有七體。秦漢以來，著論者頗多採用七數，不特七發與七諫爲然。管子七臣七主篇，雖名曰七，而文中實論「六過一是，以還自鏡而知得失」。所謂「七」者，乃包括「六過」與「一是」言之。枚叔七發之爲篇，原共八首。首篇是序，而末爲總結，中間所陳，僅六事耳。李善謂「說七事」，必合序言之，方有七也。向來解「七」之取義，可得二說。劉勰云：「枚乘摛豔，首製七發。腴辭雲構，夸麗風駭。蓋七竅所發，發乎嗜欲，始邪末正，所以戒膏粱子弟也。」此以七竅說之。李善又云：「乘恐梁孝王與吳王濞同反，故作七發以諫之。七者，少陽之數，欲發陽明于君也。」則以七爲少陽說之。莊子應帝王言，人皆有七竅，以視聽食息，而混沌鑿竅，七日乃死（醫書則以配九州，稱為九竅。靈蘭秘典論云：「生之末本于陰陽，其氣九州九竅，皆通乎天氣。」靈樞經：「地有九州，人有九竅。」）易復卦言：「反復其道，七日來復，天行也。」則七之數，在易有來復之義，此天道也。七發爲太子起沈痾，以「七」爲名，其有取來復之意乎？「七」于易數爲少陽，說文「七」字云：「易之正也。」易占用九不用七，蓋用變而不用正也。七爲少陽，九爲老陽，李氏以易數譬之，不若逕以人體陰陽說之之爲愈也。案素問陰陽離合論，人身有三陰、三陽之離合。三者何？謂開、闔與樞。開者，所以司動靜之基；闔者，所以執禁固之權；樞者，所以主動轉之微。此可以脈搏見之。故少陽少陰，皆爲樞；病者之轉機，在于是焉。吳客爲楚太子診疾，「察其虛中重聽，惡聞人聲」。善注以素問「精氣奪則虛，黃帝八十一問陰病惡聞人聲」解之。度枚叔必當細繹素問之書，其於陰陽離合之義，庸有不知之理？則李氏所謂，欲發陽明于君者：人身之中，胃爲陽明。靈樞經以腰以上爲天，腰以下爲地。中身而上，名曰廣明；廣明之下，名曰太陰；太陰之前，名曰陽明。太陰指脾臟。胃在人身中，在脾之前，故爲陽明。陽明之脈，卽胃脈也，故「發陽明」者，謂胃氣調和而百病可瘳矣。李氏之意，殆指此歟？自七發七諫而後，詩中又有七哀一體，王仲宣倡焉，曹子建、張孟陽賡作焉，俱載文選（卷二十三）。五臣呂向云：「七哀謂痛而哀、義而哀、感而哀、怨而哀、耳目聞見而哀、口欲而哀、鼻酸而哀也。」是其哀嘆可謂原于七竅。劉勰稱：七竅所發爲七發。此說正可爲其張目，不可謂持之無故也。西漢翼奉以五際六情說詩，以爲「詩之爲學，情性而已。五性不相害，六情更興（與）廢，觀性以曆，觀情以律」（參迮鶴壽齊詩翼氏學）。此情之數爲六。然禮運謂：「何謂人情？喜、怒、哀、懼、愛、惡、欲，七者弗學而能。」則以爲七情，故七哀者實通乎七情，亦漢人之說也。莊子天下篇：「其數一二三四是也，明于本數，係于末度，其數散于天下。」古哲喜以數區別事物，七亦其一，故在天有七政（舜典）、七緯（新論思愼論），在地有七澤（子虛賦）、七賦（法言問道指五穀桑麻），于禮有七廟（王制）、七體（士喪禮）、于樂有七律（國語周語）、七始（漢書禮樂志）。自春秋以迄漢世，遽數之不能終其物。七復如三九，以指成數。詩大東織文之數，曰：「終日七襄。」爾雅釋地，言七戎六蠻，亦其例矣。有詢七發之取義，因效汪中釋三九，撰爲是篇。若夫七發自漢而後蔚爲新文體。踵武者衆。傅玄七謨序，及摯虞文章流別論（俱詳御覽文部引），敍述已備，不復多及云。

唐詩漫話

招提

杜集第一首詩爲遊龍門奉先寺。起句云：「已從招提遊，更宿招提境。」其太平寺亦云：「招提憑高岡。」仇注引僧輝記云：「招提者，梵言拓鬬提奢，唐言四方僧牧。但傳筆者訛拓爲招，去鬬奢留提，卽今十方住持寺院。」宋法雲翻譯名義集六十四篇招提下引「經音義：梵云招鬬提奢，唐言四方僧物，但筆者訛稱招提。後魏太武始光元年造伽藍，創立招提之名」。按招鬬卽四之梵語音譯。招鬬提奢，梵言Catur（四）diśa（方）（on all sides），漢語意譯應爲四方，有如「十方」，梵言daśa（十）diśāni（方）。譯名通例，每於四音節取其二。如菩提薩埵（梵言 Bodhi〔覺〕Sattra〔有情〕）之作菩提。招鬬提舍之省略作招提，亦其比也。梵語又有Caitya一字，巴利文Cetiya，漢語音譯作制底或質底。義卽是窟殿、堂塔。印度人所謂Caitya，其地僧衆祈禱聚集，每舉行於窣堵波（塔）與佛像之前，將指葬地有紀念物者（sēpūlchral monument）。詳S. Dutt著「印度佛教之僧徒廟宇」。一石窟中可有若干制底，及制底居（Catiyaghara）。曩歲讀書天竺，遊Kanheri，Karle等佛窟，曾目驗之。

龍門石窟，唐代梵僧來往甚夥。譯經大師南天竺人菩提流志原住洛京長壽寺，入寂後，遷窆於龍門西北原，勒石爲記（高僧傳三）。或譯事完了之後，請求於龍門置寺。如迦濕密羅人寶思惟，於景雲二年造天竺寺於龍門山，蘇頲爲撰碑（文見文苑英華八五六）。奉先寺大窟開鑿之年，據窟中開元十年立大盧舍那佛像記云：「粤以咸亨三年，皇后武氏助脂粉錢二百貫，奉敕檢校僧西京實際寺善道禪師……至上元二年乙亥畢功。調露元年己卯，奉敕大像置奉先寺。」善導寫彌陀經十萬卷，畫淨土變相二百鋪。杜公此詩，黃鶴謂當是開元二十四年後遊東都時作，恰在武后新窟完成之後，煥然一新，美輪美奐。故其龍門五律句云「金銀佛寺開」。當日金碧輝煌，可以想像。今龍門窟經歷代兵燹，已七零八落。讀公此詩，爲之神往。

坼

杜公登岳陽樓名句「吳楚東南坼，乾坤日夜浮」，仇注引史記地坼東南句說之。尋趙世家原文云：「幽繆王遷五年，代地大動，自樂、徐以西，北至平陰。……地坼東西百三十步。」張守節正義：「其坼溝見在，亦在晉、汾二州之界也。」本作東西，不作東南，仇注引誤。地坼實指當日大地震，其裂痕唐時猶存。杜公必不用趙世家語。「東南」一詞常見。爾雅釋地：「東南之美者，有會稽之竹箭焉。」是也。地坼之坼字，依說文篆應作𡍲，裂也。許氏引詩生民：「不𡍲不疈。」廣韻二十一陌：「𡍲，裂也。亦作坼。」龍龕乎鑑土部此字，有𡊅、㘿、𡊅、坼諸形，注以坼爲正。訓分也、裂也。杜句「吳楚東南坼」自以訓「分」爲宜，言吳楚東南至洞庭而分界。

固知其與史記無關。學人於杜詩必欲尋其字字有出處，不免於刻舟求劍；王船山之譏訶，良有以也。

莫徭

歲晏行云：「歲云暮矣多北風，瀟湘洞庭白雪中。漁父天寒網罟凍，莫徭射雁鳴桑弓。」莫徭爲少數民族名，註家皆只引隋書地理志，其實南朝時已見之。梁書張纘傳：「（湘）州界零陵、衡陽等郡，有莫徭蠻者，依山險爲居。」湖南土著實有莫徭。劉禹錫有莫徭歌云：「莫徭自生民，名字無符籍。市易雜鮫人，婚姻通木客。星居占泉眼，火種開山脊。夜渡千仞谿，含沙不能射。」又有連州（在粵北）臘日觀莫徭獵西山五言古，記述粵北莫徭生活甚詳。後此則顧況酬張使君詩云：「薛鹿莫徭洞，網魚盧亭洲。」薛鹿義爲殺鹿，其族以射獵爲生，可與杜詩參證。

望嶽

杜公平生有望嶽詩三首：「岱宗夫如何」，詠泰山也；「南岳配朱鳥」，詠衡山也；「西岳崚嶒竦處尊」，詠華山也。五嶽有三，公皆經過其地，而未能躋登，但遙望以慰情而已，故均以「望嶽」詩爲題。岱宗者，仇注引鄭昂云：「王者升中告代，必於此山。」續高僧傳元魏曇靖傳：「東方泰山，漢言代岳。陰陽交代，故謂代岳。」北朝人有此說，訓岱爲代。

蜀道難

此詩舊說最繁，大抵有：一、罪嚴武，二、諷章仇兼瓊，三、諷玄宗幸蜀，四、卽事成詠，諸不同看法。按殷璠河岳英靈集已收之。殷書據自序云起甲寅終癸巳（卽天寶十二載），詩必作於天寶癸巳以前。經殷氏采入，故幸蜀說不攻自破。孟棨本事詩記李白初自蜀至京師，賀知章已見其蜀道難。其事又見唐摭言。白會晤知章在天寶二年，卽以此詩受知於賀監。

宋人大抵主諷劍南節度章仇兼瓊說。自沈括夢溪筆談四，洪芻洪駒父詩話，洪邁容齋續筆六皆同。李集北宋本（繆氏影印）於蜀道難題下注云：「諷章仇兼瓊也。」黃山谷於宜州曾以雞毛筆爲周維琛書蜀道難，下亦云諷章仇兼瓊也。」黃山谷亦主是說。考開元二十八年討吐蕃，收復維州安戎城，李林甫有賀表（見全唐文三四五），實出益州司馬章仇兼瓊之策。兼瓊以此有功，遂爲劍南節度。蜀道難句云：「所守或非親，化爲狼與豺。」「親」字，文苑英華及雲溪友議作「人」。詹鍈云：「人字是。」竊謂蜀道難乃用張載劍閣銘「一人荷戟，萬夫趦趄，形勝之地，匪親弗居」語，謂所守若爲非親信，卽化爲豺虎矣；所以爲恃險割據者昭其鑑戒（胡震亨論之是也）。如作「非人」，語無所本。白詩「劍閣崢嶸而崔嵬，一夫當關萬夫莫開」，正襲用張載成句。全篇用夸飾手法形容蜀地之險，必有親信扼守其地，否則召亂，未必專指任何一人。宋人謂諷章仇，殆指其妄啓邊釁而言。

白詩最精彩處爲承用古樂府而加以推陳出新。此篇唐人寫卷題作「古蜀道難」。蜀道行本爲相和歌瑟調曲。見王僧虔技錄。陳時陰鏗亦有蜀道難。（詩為五言。錄之如下：「王尊奉漢朝，靈關不憚遙。高岷長有雪，陰棧屢經燒。輪摧九折路，騎阻七星橋。蜀道難如此，功名詎可要。」以王尊事起興，結句「功名」云云，即忠臣孝子不可兩兼之意，仍用王尊事加以推演。無甚新意。）白詩張大其詞，變化為長短句散文化騷體，故殷璠稱其「奇之又奇，自騷人以還，鮮有此體調」。賀知章讀後至譽之曰：「公非人世之人，可不是太白星精耶。」此詩縱橫奇譎。正如「天梯石棧相鉤連」，險意險句，以道出蜀道之險，誠古今未有之奇作。杜甫贈白詩云：「李侯有佳句，往往似陰鏗。」鏗事見陳書阮卓傳。陰詩存者皆五言，非白之匹。惟蜀道難用陰鏗舊題，別開生面。杜公之意，豈指此乎（王觀國則辯此為美太白善為五言詩）？蜀道難此詩在唐代影響最大。陸暢至反其意而作蜀道易，以美韋皐，殊屬無謂。姚合詩：「李白蜀道難，羞為無成歸。」說者或據此謂白作此詩，述功名之難成，則所見更淺矣。

遠別離

遠別離為樂府別離十九曲之一。漢以來有錄別一類之作，以蘇、李為主題，從九歌「悲莫悲兮生別離」推衍而出。有生別離、長別離、遠別離。至於近代，復有今別離（黃公度作）。皆一脈之作。

此詩刻意效楚辭。「皇穹不照余之忠誠」，逕襲用離騷「荃不察余之中情」句法。月慘慘，雲憑憑，如誦山鬼之篇。結句翻哀江南賦「竹染湘妃之淚」意。「山崩川竭，淚乃可滅」，以喻海枯石爛，此情難絕，一結有雷霆萬鈞之力。用韻錯綜變化，奇險突兀，蓋得力於漢鐃歌者。

此詩已見河岳英靈集，自爲天寶十二載以前之作。向來諸說，比附史事，均有未安。詩中借堯舜禪讓，舜南征而二妃未之從故事，以生情造文，輸入作者之情感。滿紙愁思怨懟，撲朔迷離，一唱三歎；楚聲遺響，感人特深。范梈謂「此篇最有楚人風」，是也。化沈悶僵化之古史，爲悱惻生動之文辭。從純文學角度翫味之，可窺測作者表達之手法。東坡與弟子由詩：「九疑聯緜屬衡湘，蒼梧獨在天一方。」用此詩字句。亦援虞舜典故以申天下一家之觀念，與青蓮竟大異其趣。摭拾古事，如何造意，因人而異。於此可悟用典之法。

數字

夸飾數字爲詩文中常用手法，以李白最爲離奇。常用不可思議之數字，作高度之夸張。蜀道難云「爾來三萬八千歲」，此由揚雄蜀王本紀「從開明上到蠶叢，積三萬四千歲」一語而來。梁甫吟云「廣張三千六百釣」，唐宋詩醇謂「以百年三萬六千場計之，七十至八十約三千六百釣」。或謂卽鞠歌行「虎變蟠溪中，一舉釣六合」之意。天姥留別云「天台四萬八千丈」，據道藏「鞠」字號天台山志引陶隱居眞誥稱天台爲「一萬八千丈，周迴八百里，山有八重」，白詩更加增飾而爲四萬八千（王本注云：「當作一」）。上舉諸例，可見其概。若乎秋浦歌「白髮三千丈」，人所習知。妙在下句「緣愁似箇長」，則愁與髮其長相等，更屬非夷所思。宋王楙謂「文士言數目處，不必深泥，豈可拘以尺寸」（野客叢書二十四），誠通達之論。

清新、俊逸

最能了解李白者，無如杜甫。杜贈李詩云：「清新庾開府，俊逸鮑參軍。」清新指有佳句，俊逸謂能行氣。前者謂富辭采，多新意；後者謂有骨氣，饒風力。何謂俊逸？本爲品藻人物之用語。魏氏春秋記袁紹檄文言：「邊讓英才俊逸天下知名。」（後漢書袁紹傳）（文選陳琳檄作「邊讓英才俊偉」。）「智過千人爲俊」（淮南子）也。逸言逸氣，以馬之逸足爲喻。李白天馬歌：「逸氣稜稜凌九區，白璧如山誰敢沽。」逸羣之馬，與絕世之人，同爲非常之物。鮑照詩文，「發調驚挺，如饑鷹獨出，奇矯無前」（敖陶孫評語）。樂府如「五丁鑿山，時出奇警」。方東樹謂俊逸蓋取其有氣。李白古詩樂府，正得力於此。

庾信詩爲賦所掩。集中雋句紛披。如：「問君一壺酒，細酌對春風。」「山明疑有雪，岸白不關沙。」「野戍孤烟起，春山百鳥啼。」「雨歇殘紅斷，雲歸一雁征。」不勝縷舉。李白學鮑在行氣，學庾爲琢句。於鮑得其健筆，於庾得其精思。雙軌並進。李白言「一生低首謝宣城」，實則有得於鮑、庾者多。經杜甫指出，巨眼若燭，不愧知音。

五兩

王琦舊注有極簡陋者。如送崔氏昆季之金陵詩「扁舟敬亭下，五兩先飄揚」（卷十八）注只引韻會：「綄，船上候風羽；楚人謂之五兩。」按綄字已見廣雅、玉篇。唐人詩用五兩習見。權德輿句：「烟水飛一帆，霜風搖五兩。」（文集，卷五，送人使之江陵）王維句：「愁看北渚三湘近，惡說南風五兩輕。」（送楊少府貶郴州）

敦煌曲子詞浪濤沙（斯坦因二六〇七號）「五雨竿頭風欲平」，雨卽兩之俗寫。蔣禮鴻校議謂卽五兩是也。太平御覽七七一舟部四有「五兩」一項，引淮南子「若綄之候風」，許愼曰：「綄，候風扇也；楚人謂之五兩。」又引兵書：「凡候風法，以鷄羽，重八兩，建五重旗。取羽，繫其巔，立軍營中。」郭璞江賦云：「氣氛祲於淸旭，覘五兩之動靜。」唐初李淳風乙巳占卷十候風法云：「鷄有知時之効，羽重八兩，以倣八風。竿長五丈……羽毛必五兩已上，八兩已下……」是五兩亦可作八兩。唐以來則習以「五兩」爲舟之代語。

三點成伊

王右丞集箋注卷十與京兆苑咸詩句云「貝葉經文手自書」，「梵字何人辨魯魚」。其題稱：「苑舍人能書梵字，兼達梵音，皆曲盡其妙。」集附苑咸答詩句云：「三點成伊猶有想，一觀如幻自忘筌。」趙殿成注：「佛書伊字如草書下字。按涅槃經：何等名爲秘密之藏？猶如∴字三點，若並則不成伊，縱亦不成。如摩醯首羅（大自在天）面上三目，乃得成伊。三點若別，亦不得成伊，我亦如是。解脫之法，亦非涅槃，如來之身，亦非涅槃；摩訶般若，亦非涅槃；三法各異，亦非涅槃。我今安住，如是三法，爲衆生故，名入涅槃，如世伊字。」溫庭筠楊柳枝辭：「井底點燈深燭伊。」說者謂是伊字或雙關骰子點數及伊人也（王運熙：六朝樂府與民歌，頁一五三）。按∴爲伊，乃出悉曇字母。印度古文本作∴，是爲婆羅謎文（Brahmi）之i。尚有保存圓圈寫法。若天城體梵文i ī，則並不作三點。知苑咸所書者，乃用悉曇字體也。

王維　摩詰

維摩詰梵名爲vimalakirti，吳支謙譯經依梵音始稱維摩詰二卷。譯義爲無垢稱，或淨名。mala爲垢。梵語字頭vi訓否定詞之「無」與「不」。於吠陀經用作前置詞away。如vi-tarām訓副詞遠方（far away）。六朝時，維摩詰經傳譯至多且廣，一時成爲顯學。南北諸帝且親自開講。如北魏世宗永平二年（五〇九）於式乾殿爲諸僧朝臣講維摩詰經，是其例也。梁昭明太子以維摩爲小字。王維兄弟五人名皆從糸旁，卽維、縉、繟、紘、紞（唐書宰相世系表）。縉亦佞佛，而字曰夏卿，與佛無關；維乃效昭明，取摩詰爲號，合維與摩詰爲一，則原名之維，豈有體無之意乎？舊唐書維本傳云：「弟兄俱奉佛，居常蔬食。在京師日，飯十數名僧，以玄談爲樂；焚香獨坐，以禪誦爲事。」考宋僧傳十七釋元崇傳，「至德初，杖錫去郡，入終南。至白鹿，上藍田，於輞川得右丞王公維之別業。松生石上，水流松下。王公焚香靜室，與崇相遇。神交中斷，於時天地未泰，豺狼稱患。……偶茲一會，抗論彌日。鉤深索隱，襟期許與。」元崇俗姓王氏，與維爲本宗。維卒於上元二年。至德初，兩京未收復，維處淪陷區中，被迫授僞官。元崇卽當日彼所接高僧之一人，僧傳足以證史。維號摩詰，維於梵義爲無。裴徽問王弼：夫無者，誠萬物之所資也。弼答因有聖人「體無」之語（何劭撰弼傳）。維以玄談爲樂，玆亦足以窺其一端矣。

談中國詩的情景與理趣

滄浪詩話談詩，認爲詩法有五個要點：「曰體製，曰格力，曰氣象，曰興趣，曰音節。」（詩辨）而詩的極致是入神。五法之中，以音節爲最重要。固爲詩如果沒有音節，便不成詩。體製是詩的形式問題。格力、氣象、興趣幾點很抽象，不易了解。清人王漁洋以「典」、「遠」、「諧」、「則」四字論詩：「典」是典故、事實；「則」是法則，雅正的意思。揚雄論賦就有「麗以則」、「麗以淫」的說法。王漁洋論詩提倡神韻，主張不要講得太近，要意在言外，所以拈出「遠」字。而其中「諧」本指諧聲律，就是承襲嚴滄浪「音節」這一點而發揮的❶。

我認爲中國詩大概不離事、景、情、理四個要素。離此四者固然不可以成詩，四者之中，中國詩特別重視寫「景」。歷來的詩詞大都朝著這個方向發展，不離風、花、雪、月。

至於抒「情」詩，古人是歸入言志一類的，故先有言志一類的詩❷，其後再由言志詩分出抒情詩。往後發展，就出現了詠懷詩❸。到了初唐時候，陳子昂繼承這個傳統寫出了感興詩。漢人詩多「言志」，一以道德立場爲本。他們解說：「詩者，持也。」所謂「持」者，在持人之性，使不失墜。漢人把情和性分開，以性來控制情，使情來就理。「發乎情，止乎禮義」，就是這個意思。直至建安時期，情性問題才沒有這樣嚴格分別。這是由於建安政治動盪，詩人大都有人生無常的感覺；連格調豪雄的曹操，詩中亦帶有悲涼的意味。這使得詩人情感能夠盡量得到發揮。

所以自建安以降，才有正式的抒情詩。沈約宋書謝靈運傳論說：「至於建安，曹氏基命；三祖陳王，咸蓄盛藻。甫乃以情緯文，以文被質。」「以情緯文，以文被質」正說出建安文學以情入文，使文章更易動人。齊、梁時的文心雕龍就有情采篇，把情、采分辨得很清楚，指出形文、聲文、情文三者之別，強調了情文在文學上的地位。

詩的表現方法有很多種。長期以來，在傳統中最多用的方法是以景造端。所謂「觸景生情」便是了。詩經中的興詩多屬此類。如「楊柳依依」「杲杲出日」等句子，多不勝數。這都是由外在環境引出內在感情。楚辭繼承詩經的傳統，大量採用寫景手法，因物起興。所取材的景色，古人給予一個名稱叫「物色」。文選賦的部份就有一類叫「物色」，把描寫自然界，如風、花、雪、月等景物，列爲一類。「色」字李善注謂「有物有文爲色」。宇宙最好的文無如風與水。詩經有說到河水之漪，易經渙卦❹，都是取象於風行水面的形態。劉勰說的「物色」，即自然界之「文」。文心雕龍第四十六篇即發揮「物色」之義：「吟詠所發，志惟深遠。」王漁洋所提出的「遠」，正是以物色、風景來表現深遠的心志。所以自楚辭、漢賦以下，一路發展到唐詩宋詞，都很重視「物色」一路。

傳統重視寫景詩，到劉宋時便有山水詩的崛起。謝靈運是個中翹楚，擅寫山水。有人以爲山水詩是受老、莊道家思想的反動而興起的。文心雕龍明詩篇謂：「莊老告退，而山水方滋。」其實描寫物色這是中國詩的傳統，不是道家的反動，所以不妨將這兩句改爲「莊老未退，而山水已滋」——因爲山水詩更能發揮物色的特點。

由于老莊玄言詩與山水詩有它的關係，我們可進而談談情理消長的問題。大謝以前詩多言理；

但呆板而乏變化。漢代班固的說理詩已爲後人所詬病。如他的明堂詩❺，明人陸時雍便譏它爲「質而鬼矣」（詩鏡）。鍾嶸詩品稱班固詩「質木無文」——所謂「質」是「質實」的意思，質木則指詩無餘味——已經不客氣了，陸時雍更稱質而鬼，鬼的對面是神，神指有生氣，鬼指無生氣——可謂貶斥得相當厲害。事實上晉、宋時的玄言詩正好像是爲老莊作註解，沒有情，也沒有景，淡而無味。而謝靈運的詩旣寫景，也言情、理；在組織上，情、景分開。他的詩開始時說景，後轉說情說理。這種機械式的安排，在元嘉以後不甚受歡迎。可見正面說理的辦法行不通。謝朓比謝靈運進步，能融情入景，達到情景交融的境界。此種手法下開唐風。唐詩受小謝影響，似乎較大謝爲多。王漁洋的神韻說便卽融情入景法，以景爲主體（因爲物色更能引起人的情感，產生感應），再加上和諧的音律就成了。至於王漁洋的神韻說，實已源於明人。薛蕙（西原）很早就提出神韻字眼的說法❻。神韻實是寫景，利用物色以激發起人的情感。

接著談談理趣的問題。說理詩的失敗是因爲正面說理成爲障礙。詩障有兩種：一是理障；二是事障。玄言詩是理障；與大謝同時的顏延年詩則獺祭事類太多，屬於事障。欲救此病，則可將理融入情、景之中：或寫理於景（物色），或以物色擬理，或獨言「物」而不講理，將理消融在物色裏面的幾種手法。末一種手法也就是最高明的了。

六朝人講神趣。廬山道人詩序稱：「其爲神趣，豈山水而已哉？」卽說山水物色之外，更有令人低味廻環之處。這是「理趣」。「理趣」是山水詩的提昇，能供人細細玩味。

所以詩在說理時還得有趣味。純理則質木，得趣則有韻致；否則不受人歡迎。理上加趣，成爲最節省的藝術手法。舉一個例來說：八大山人自題山水有云：「方語河水，一擔直三文。三輔錄：

安陵郝廉，飲馬投錢。諸聲會意。所云郝者，曷也；曷其廉也！予所畫山水圖，每每得少而足，更如東方生所云，又何廉也。八大山人記。」❼按此用漢書東方朔傳：「朔來！朔來！受賜不待詔，何無禮也！拔劍割肉，壹何壯也！割之不多，又何廉也！歸遺細君，又何仁也！」「又何廉也」一語出此。由此可知典故能增加趣味。胡適提倡白話文，主張不用典故。但是如果詩完全不使用典故，則不易生動——因典故可以增加趣味。中國人不愛正面講理，凡見正面講理的詩便覺討厭，就是因爲說理詩缺乏理趣的緣故。文鏡秘府論提出詩有十七勢，其中有理入景勢和景入理勢二項，指出「詩不可一向把理，皆須入景語，始清味」，「事須景與意相兼始好」。可見理宜入景中，然後始有清味。這個道理，前人早已說得很透徹，是不用多講，便可了然的。（李銳清、陳金鳳整理）

❶ 漁洋論詩多宗嚴羽之說。

❷ 後人解詩經就有詩言志的說法。參看朱自清「詩言志辨」一書。

❸ 魏晉時的阮籍有詠懷詩八十二首。

❹ 文選卷十三「物色」一目，李善注：「有物有文曰色。」引詩注云：「風行水上曰漪。」（尤刻文選）按詩伐檀「河水清且漣漪」，釋文本亦作漪。毛傳：「風行水成文曰漣。」則應作「漣」爲是。

❺ 明堂詩：「於昭明堂，明堂孔陽。聖皇宗祀，穆穆煌煌。上帝宴饗，五位時序。誰其配之？世祖光武。普天率土，各以其職。猗歟緝熙，允懷多福。」

❻ 池北偶談卷十八：汾陽孔文谷（天允）云：「詩以達理，然須清遠爲尚。薛西原論詩獨取謝康樂、王摩詰、孟浩然、韋應物云：『白雲抱幽石，綠篠媚清漣。』清也。『表靈物莫賞，蘊眞誰能傳。』遠也。『何必絲與竹，山水有清音。』『景昃鳴禽集，水木湛清華。』清遠兼之也。總其妙，在神韻矣。」……

❼ 見饒著：至樂樓藏八大山人山水畫及其相關問題，中國文化研究所學報，第八卷第二期。

連珠與邏輯

——文學史上中西接觸誤解之一例

連珠是文體的一種，劉勰列於雜文類。其文體製，辭句要對比，而雋永含蓄，上下對句，互相引伸，不是指說事情（not a statement），而是借喻以達旨（used as a simile or metaphor）❶。試舉一、二例：

吾聞
道行則五福俱臻，
運閉則六極所鍾；
是以
麟出而悲，豈唯孔子？
途窮則慟，寧止嗣宗！
（梁簡文帝被幽禁時所作連珠）

希世之寶，違時必賤，
偉俗之器，無聖則淪；
是以
明玉黜於楚岫。
章甫窮於越人。
（宋書劉祥連珠十五首之一）❷

它是很特殊的表現方式：一、上下二聯必是偶句，上聯可以相反或者相成。二、中間必用「是以」（therefore）一語詞來銜接下面的偶句。三、上下聯意思必有相互關係。往往是由一般（同然）

推到特殊（獨然），從虛理推出事例。當然，「連珠」亦是采用推理的形式來表達的，但它沒有「中詞」來作媒介，中間用「是以」僅是一個 conjunction，所以嚴格言之，它應該只有二段論法，沒有三段。

邏輯的 syllogism，因爲由大、小前提（major premiss, minor premiss），得到結論，重要是作爲媒介的中詞（middle term），故日人譯稱爲「三段論法」（嚴譯稱大前提爲例詞，小前提爲案詞，結論爲判詞）。可是，嚴復深識日譯三斷論法的不妥，他在翻譯 John Stuart Mill 的 A System of Logic 的導論時，卻把 Syllogism 譯作「連珠」。他在《穆勒名學部首》上說道：「連珠者，持論證理最要之器也，」❸用典雅的漢士舊有名詞來翻譯，是「格義」的老套，是可以的，但必須準確。以連珠譯 Syllogism，很有問題，故引起人們的非難。1909年，章士釗撰文曰《論翻譯名義》，加以指摘，譏其出於傅會❹。一九一九年，即五四運動之年，章士釗講授邏輯於北京大學（他原是一九〇七年在蘇格蘭大學學過邏輯的）。在五四前後，國內學者接受西方思想，從事中外邏輯的比較工作尚有多人。章氏在《甲寅雜誌》中發表不少論文，可以反映當時人物對西方思維術了解的一般情況。章氏又提出墨子大取篇中「三物必具」一語，與邏輯三段合符。以是他說三段論法，亦可稱爲「三物語經」（說見他後來在民國三二年〔一九四三〕另著成的《邏輯指要》專書，頁一五一）。按「三物」一詞與亞氏所論 three figures 頗相應。惟墨子三物的內容，沒有亞氏《前分析篇》那樣具體，亦不宜輕易比附。

其實 Syllogism 一名，在明末崇禎四年（一六三一）由耶穌會士葡萄牙的傅汎際譯義，李之藻達辭的《名理探》之中，音譯爲「細錄世斯模」（卽拉丁文的 Syllogisme）。有自注云：「推論一規式也。」把它意譯作「推論」是不錯的。《名理探》譯自十六世紀葡萄牙 Coimbra 耶穌會士學院的邏輯講義。該院在 Pyrenee 半島，當時有邏輯名師 Fonseca，傅汎際即是他的學生。李之藻通過傅氏之助，從拉丁文本譯出是很可靠的❺。

「推」字在《墨子・小取篇》已出現。「推也者，以其所『不取』之同於『所取』者，予之也。」「不取」是指媒介的中詞。

不取＝媒詞

所取＝其他二詞

墨子所言的「推」，含義與三段論法很接近。故以「推理」譯 Syllogisme，比較「連珠」爲合適。雜文類連珠的寫作，是以比興暗示爲其手段，與邏輯之講究推論方式，毫不相干。用連珠一名來譯 Syllogism，完全出乎格義的舊套，擬不於倫，欲求典雅而反失眞，章氏糾正之，是也。

自從中西思想接觸以來，外來名詞許多逕從日本吸收，國人無條件接受而不加以仔細探討。至今「三段論法」一名，人人皆知，明末及清季的譯名反無人知道。究竟何者爲恰當，還須好好切磋。今試舉「連珠」一例，以見五四運動前後，學人對邏輯了解和商討的情況。前事不忘，後事之師，本文之作，或者有一點的參考價值呢。

❶ 傅玄《敍連珠》云：「其文體辭麗而言約，不指說事情，必假喩以達其旨。而覽者微悟，合於古詩諷興之義。欲使歷歷如貫珠，易覩而可悅，故謂之連珠。」劉勰云：「揚雄覃思文闊，業深綜述，碎文瑣語，肇

為連珠。……自連珠以下，擬者間出，杜篤賈逵之曹，劉珍潘勖之輩，欲穿明珠，多貫魚目。……唯士衡運思，理新文敏，而裁章置句，廣於舊篇。……夫文小易周，事閑可贍。足使義明而詞淨，事圓而音澤，磊磊自轉，可稱珠耳。」依是以言，「連珠」文體不能單指其中一個事項，而是聯合若干事項合成一篇，才能做到「磊磊自轉」，「歷歷如貫珠」，方符合纍珠相聯就串的名義；否則一個事項只可看做一顆明珠，而不能說是成串的連珠。這是《文選》所標揭的傳統雜文的連珠。又詩中尚有一體稱曰連珠體者，如明代畫家唐寅的「花月吟效連珠體十一首」。試舉一首為例：

有花無月恨茫茫，有月無花恨轉長。花美似人臨月鏡，月明如水照花香。
扶笻月下尋花步，攜酒花前帶月嘗。如此好花如此月，莫將花月作尋常。（唐伯虎集，卷二）

這是將花與月二字，在每句中連環複出。儘管花樣不同，而不離此二字。這是另一種文字遊戲的「連珠體」。

❷ 上舉二則，采自（宋本）《太平御覽》卷五九〇文部六的連珠類（頁二六五八）。

❸ J.S. Mill : A System of Logic Ratiocinative & Inductive 書中的 Introduction 第三節 " By some, indeed, these previous topics were professedly introduced only on account of their connexion with reasoning and as a preparation for the doctrine & rules of the Syllogism." 嚴譯在《穆勒名學部首》第三節「論名學乃求誠之學術」譯出上段文提及「作者之意，亦以連珠法例而後為之」。這是他把 Syllogism 譯作連珠的一例。

❹ 章士釗《論翻譯名義》此文首先於宣統元年（1909）為《國風報》而作。後收入《邏輯指要》，作為附錄（頁425-433）。文中舉義譯不可犯之弊有四：一、鬥字；二，附會；三、選字不正；四、製名不簡潔。他反對嚴復譯 Syllogism 一名為連珠，列於第二項的附會類。指要一書抗戰時重慶的時代精神社印行。

❺ Syllogism 一字原出希臘文。亞理士多德在他的前分析篇（Analytica Priors）全書即專論 syllogism 的構造、模式，作極詳細分析。西方學人研討至繁。康德（Kant）著文論三段論四式之虛幻精巧（1762），

仍是同一律與矛盾律的道理。他如 Jonathan Lean：Arisotle and logical theory, Cambridge U. 1980 開端便論 Syllogistic conseqence，是其一例。今不詳述。李之藻譯傅汎際《名理探》云：「至論要界，則云『細緣世斯模』。緣推論極切之規式，在拉細錄世斯模故也。」（商務印世界名著本，頁 29）這個音譯是用拉丁文的。《名理探》書中商討亞氏設推論之規模甚詳，宜取與亞氏原著互勘。亞氏範疇篇近年已有人新譯。至於《前分析篇》涉及的問題，有韋卓民著：亞里斯多德邏輯（1957 年北京科學出版社），他仍舊沿用「三段論式」一詞。

國立中央圖書館出版品預行編目資料

文轍：文學史論集 / 饒宗頤著. -- 初版. --
臺北市：臺灣學生，民80
面；　公分. --（中國文學研究叢刊：36）
ISBN 957-15-0303-7（一套：精裝）. -- ISBN 957-15-0304-5（一套：平裝）

1. 中國文學 - 歷史 - 論文，講詞等

820.9　　80004095

文轍──文學史論集（全二冊）

著作者：饒宗頤
出版者：臺灣學生書局
發行人：丁文治
發行所：臺灣學生書局
臺北市和平東路一段一九八號
郵政劃撥帳號〇〇〇二四六六八號
電話：三六三四一五六
FAX：三六三六三三四
本書局登記證字號：行政院新聞局局版臺業字第一一〇〇號
印刷所：淵明印刷廠
地址：永和市成功路一段43巷五號
電話：九二八七一四五
香港總經銷：藝文圖書公司
地址：九龍偉業街九十九號連順大廈五字樓及七字樓
電話：七九五九九五九五
定價 精裝新臺幣八九〇元
平裝新臺幣七七〇元
中華民國八十年十一月初版

82018

ISBN 957-15-0303-7（一套：精裝）
ISBN 957-15-0304-5（一套：平裝）

臺灣學生書局出版

中國文學研究叢刊

①詩經比較研究與欣賞	裴普賢著
②中國古典文學論叢	薛順雄著
③詩經名著評介	趙制陽著
④詩經評釋	朱守亮著
⑤中國文學論著譯叢（二册）	王秋桂編
⑥宋南渡詞人	黃文吉著
⑦范成大研究	張劍霞著
⑧文學批評論集	張健著
⑨詞曲選注	王熙元等編著
⑩敦煌兒童文學	雷僑雲著
⑪清代詩學初探	吳宏一著
⑫陶謝詩之比較	沈振奇著
⑬文氣論研究	朱榮智著
⑭詩史本色與妙悟	龔鵬程著
⑮明代傳奇之劇場及其藝術	王安祈著
⑯漢魏六朝賦家論略	何沛雄著
⑰古典文學散論	王熙元著
⑱晚清古典戲劇的歷史意義	陳芳著
⑲趙甌北研究（二册）	王建生著
⑳中國兒童文學研究	雷僑雲著
㉑中國文學的本源	王更生著
㉒中國文學的世界	前野直彬著 龔霓馨譯
㉓唐末五代散文研究	呂武志著
㉔元白新樂府研究	廖美雲著
㉕五四文學與文化變遷	中國古典文學研究會主編
㉖南宋詩人論	胡明著
㉗唐詩的傳承——明代復古詩論研究	陳國球著

㉘中外比較文學研究　第一冊（上、下）	李達三 劉介民 主編
㉙文學與社會	中國古典文學 研究會主編
㉚中國現代文學新貌	陳炳良編
㉛中國古典文學研究在蘇聯	俄・李福清著 田大畏譯
㉜李商隱詩箋釋方法論	顏崑陽著
㉝中國古代文體學	褚斌杰著
㉞韓柳文新探	胡楚生著
㉟唐代社會與元白文學集團關係之研究	馬銘浩著
㊱文轍（二冊）	饒宗頤著